PATRICK O'BRIAN

STURM IN DER ANTARKTIS

PATRICK O'BRIAN

STURM IN DER ANTARKTIS

Roman

Aus dem Englischen von
Matthias Jendis

DROEMER KNAUR

DEUTSCHE ERSTVERÖFFENTLICHUNG

Die Originalausgabe erschien unter dem Titel *Desolation Island*
by HarperCollins Publishers Ltd., London

Die Deutsche Bibliothek – CIP-Einheitsaufnahme:

O'Brian, Patrick:
Sturm in der Antarktis / Roman / Patrick O'Brian
Aus dem Englischen von Matthias Jendis
München : Droemer Knaur 1999
Einheitssacht.: Desolation Island >dt.<
ISBN 3-426-19392-2

Besuchen Sie uns im Internet:
www.droemer-knaur.de

ERSTES KAPITEL

DAS FRÜHSTÜCKSZIMMER war der heiterste Raum in Ashgrove Cottage. Die Bauleute hatten den Garten mit Haufen von Backsteinen, Sand und ungelöschtem Kalk verunziert, und die feuchten Wände des neuen Flügels, zu dem dieses Zimmer gehörte, rochen noch nach Putz. Aber auf den abgedeckten Silberschüsseln funkelte das hereinströmende Sonnenlicht und ließ das Gesicht von Sophie Aubrey erstrahlen, die dort saß und auf ihren Gatten wartete. Es war ein ausnehmend liebliches Gesicht, waren doch die Sorgenfalten ihrer früheren Armut nun annähernd verschwunden, jetzt aber lag ein bedrückter Ausdruck darauf. Als Frau eines Seemannes wußte sie die überraschend lange Zeit des Zusammenseins mit ihrem Mann zu schätzen: Die Admiralität hatte ihn in ihrer unendlichen Güte (und ziemlich gegen seinen Willen) mit dem Kommando über die örtliche Küstenwacht betraut, in Anerkennung seiner Verdienste im Indischen Ozean, und sie spürte, daß dieser Zeitabschnitt nun zu Ende ging.

Als sie seine Schritte hörte, verwandelte sich ihre sichtbare Sorge in ungetrübte Freude. Die Tür öffnete sich, das Sonnenlicht fiel auf Kapitän Aubreys strahlendes, rotwangiges Gesicht mit den hellen blauen Augen, und sie wußte, daß er das Pferd gekauft hatte, das er hatte haben wollen, wußte es so sicher, als ob es auf seiner Stirn geschrieben stünde. »Hier bist du, Liebling«, rief er und ließ sich neben ihr in einen breiten Lehnstuhl fallen, der unter seinem Gewicht ächzte.

»Kapitän Aubrey, ich fürchte, Euer Speck wird kalt«, sagte sie.

»Zuerst eine Tasse Kaffee und dann allen Speck dieser Welt.« Er hob die Deckel mit seiner freien Hand. »Mein Gott, Sophie, das ist ja ein Seemannsparadies hier – Eier, Speck, Koteletts, Räucherhering, Nierchen, Weißbrot … Was macht der Zahn?« Dies galt seinem Sohn George, dessen Geschrei dem ganzen Haus schon seit einiger Zeit Sorgen bereitete.

»Er ist durch!« rief Mrs. Aubrey. »In der Nacht durchgebrochen, und jetzt ist er wieder obenauf, der Arme. Nach dem Frühstück wirst du ihn sehen, Jack.«

Jack lachte vor lauter Freude laut auf, sagte aber nach einer Pause in etwas angestrengtem Ton: »Ich bin heute morgen zu Horridge rübergeritten, um ihnen Beine zu machen. Ihn habe ich nicht angetroffen, aber sein Vorarbeiter sagte, sie wollten diesen Monat nicht kommen. Der Kalk ist anscheinend nicht genügend gelöscht, und in jedem Fall würde es nicht vorangehen, solange ihr Zimmermann das Bett hütet und die Rohre noch gar nicht ausgeliefert sind.«

»Was für ein Unsinn! Gerade gestern noch hat eine ganze Truppe von denen bei Admiral Hare Rohre verlegt. Mama hat sie im Vorbeifahren gesehen, und hätte Horridge sich nicht hinter einem Baum versteckt, hätte sie ihn auch angesprochen. Bauleute sind schon seltsame und unbegreifliche Wesen. Du warst wohl sehr enttäuscht, Liebster?«

»Nun, ein bißchen geärgert habe ich mich schon, das gebe ich zu, noch dazu mit leerem Bauch. Aber weil ich nun einmal da war, bin ich bei Carroll auf den Hof gegangen und habe das Stutenfüllen gekauft. Er ist bei ihr auch noch vierzig Guineen heruntergegangen. Und es ist ein gutes Geschäft, verstehst du, selbst wenn ich mal von den Fohlen absehe, die sie werfen wird. Die wird mit Hautboy und Whiskers laufen und aus denen das Beste herausholen. Ich wette fünfzig zu eins, daß ich Hautboy bei den Rennen in Worral unterbringe.«

»Ich bin gespannt auf sie«, sagte Sophie, wobei ihr allerdings der

Mut sank. Abgesehen von der ganz sanften Sorte mochte sie die meisten Pferde nicht, besonders nicht diese Rennpferde, selbst wenn sie über Old Bald Peg von Flying Childers und dem Darley-Araber höchstpersönlich abstammten. Es gab viele Gründe für ihre Abneigung, aber sie war immer besser als ihr Ehemann darin gewesen, Gefühle zu verbergen, und so fuhr er ohne Punkt und Komma mit einem Ausdruck glücklicher Vorfreude fort: »Irgendwann am Vormittag wird sie gebracht. Das einzige, was mich ein wenig stört, ist der neue Boden im Stall. Wenn wir nur ein wenig Sonne und eine schöne, steife Nordostbrise gehabt hätten, wäre er jetzt vollständig abgetrocknet ... Nichts ist so schlimm für Pferdehufe wie so ein Rest von Nässe. Wie geht's denn deiner Mutter heute morgen?«

»Es geht ihr wohl ganz gut, Jack, danke. Ein wenig Kopfweh hat sie noch, aber ein paar Eier und eine Schüssel Hafergrütze hat sie schon gegessen. Sie wird nachher mit den Kindern herunterkommen. Wegen der Arztbesuche ist sie schon ganz aufgeregt und war früher angezogen als sonst.«

»Wo Bonden nur bleibt?« Jack warf einen Blick auf seine astronomische Uhr, den strengen Gebieter über seine Zeit.

»Vielleicht ist er wieder einmal von der Leiter gefallen«, sagte Sophie.

»Killick war bei ihm, um ihn zu stützen. Nein, nein – zehn zu eins, daß die im Brown Bear wieder mit ihren Reitkünsten prahlen, die gottverdammten Dummköpfe.« Bonden war Kapitän Aubreys Steuermann, Killick sein Steward. Die beiden zogen mit ihm von einem Kommando zum nächsten, wann immer es sich einrichten ließ. Beide waren von Kindesbeinen an zur See gefahren – Bonden war sogar zwischen zwei Unterdeckskanonen der INDEFATIGABLE zur Welt gekommen –, und obwohl erstklassige Seeleute für ein Kriegsschiff, gaben sie doch kümmerliche Pferdeknechte ab. Die Post für den kommandierenden Offizier der Küstenwacht, dies war allen klar und ziemte sich auch nicht anders, mußte jedoch von einem berittenen Diener geholt werden, und so ritten die beiden täglich auf einem kraftstrotzenden, untersetzten Pferd, das passenderweise den Rücken nur wenig über dem Boden trug, über die Downs.

Mrs. Williams, eine kräftige, untersetzte Frau und Kapitän Aubreys

Schwiegermutter, betrat den Raum, gefolgt von der Amme mit dem Säugling und den zwei kleinen Mädchen in Obhut eines einbeinigen Seemanns. In Ashgrove Cottage waren die meisten der Bediensteten Seeleute, was zumindest teilweise auf die außerordentlichen Schwierigkeiten zurückzuführen war, die es bereitete, Dienstmädchen innerhalb der Reichweite von Mrs. Williams' herrischer Stimme zum Bleiben zu bewegen. Seemänner dagegen ließ ihre scharfe Zunge ungerührt, waren sie doch seit langem an die Ansprache durch den Bootsmann und seine Gehilfen gewöhnt. Auch zügelte sie auf jeden Fall ihre Zunge merklich, weil sie Männer waren und alles nachweislich so sauber hielten wie auf der königlichen Yacht. Die penibel geraden Linien im Garten und um die angepflanzten Büsche und Sträucher waren vielleicht nicht jedermanns Sache, ebensowenig die weißgetünchten Begrenzungssteine, die ohne Ausnahme die Pfade säumten. Aber auf jeden, der ein Anwesen führte, mußte der Anblick der blitzsauberen Fußböden großen Eindruck machen. Jeden Tag wurden sie noch vor Sonnenaufgang mit Sand gescheuert, abgeschrubbt und trockengefeudelt. Und ebenso eindrucksvoll mußten das blitzende Kupfer in der pieksauberen Küche und die glänzenden Fensterrahmen mit ihrem stets frischen Farbanstrich wirken.

»Ihnen einen guten Morgen, Ma'am«, sagte Jack und erhob sich. »Sie sind wohlauf, hoffe ich?«

»Guten Morgen, Kommodore – oder besser, Kapitän. Sie wissen, ich beklage mich nie. Aber ich habe hier eine Liste« – dabei wedelte sie mit einem Blatt Papier, auf dem sie alle ihre Symptome aufgelistet hatte –, »und bei der werden die Ärzte Augen machen. Ich frage mich, ob der Friseur vor ihnen hier sein wird. Aber wir sollten nicht über mich sprechen: Hier ist Ihr Sohn, Kommodore, oder besser, Kapitän. Er hat gerade seinen ersten Zahn bekommen.« Mit sanftem Druck auf deren Ellbogen ließ sie die Amme vortreten, und Jacks Blick fiel auf ein kleines, rosarotes, fröhliches und erstaunlich menschenähnliches Gesicht in einem Haufen von Wolle. George lächelte ihn an und gluckste, wobei er seinen Zahn zeigte. Jack stupste seinen Zeigefinger in die wollene Verpackung und sagte: »Nun, wie geht's uns denn? Großartig, denke ich doch, erstklassig. Ha, ha.« Das Baby schien verwirrt oder gar erschreckt. Die Amme wich zurück, und Mrs. Williams sagte mit tadelndem Blick: »Wie können Sie nur so laut werden, Mr. Aubrey?« Sophie nahm das Kind in ihre Arme und flüsterte: »Ist ja gut, mein Herzblatt, ist ja gut.« Rings um George schloß sich der Kreis der Frauen. Sie sprachen untereinander von den empfindlichen Ohren, die Babys doch hätten – schon ein Donnerschlag könne bei ihnen einen Anfall auslösen – kleine Jungen seien viel empfindlicher als kleine Mädchen ...

Einen Augenblick lang fühlte Jack einen wenig noblen, eifersüchtigen Stich, als er die Frauen und besonders Sophie sah, wie sie das kleine Wesen mit ihrer blödsinnigen Liebtuerei und Ergebenheit überhäuften. Kaum hatte er angefangen, sich dafür zu schämen und innerlich zu sagen, er sei zu lange hier der Hahn im Korb gewesen, als Amos Dray (vormals Bootsmannsgehilfe auf der HMS Surprise und im Dienst der gewissenhafteste und unparteilichste Auspeitscher der ganzen Flotte, bis er ein Bein verlor) eine Hand vor den Mund hielt und mit tiefer Flüsterstimme grummelte: »In Linie antreten, meine Lieben!«

Zwei kleine, vollmondgesichtige Zwillingsschwestern in sauberen Schürzenkleidern traten bis zu einer bestimmten Markierung auf dem Teppich vor und piepsten gemeinsam mit hohen und schrillen Stimmchen: »Guten Morgen, Sir.«

»Guten Morgen, Charlotte. Guten Morgen, Fanny«, begrüßte sie ihr Vater und beugte sich mit knarzend protestierenden Hosen hinunter, um ihnen einen Kuß zu geben. »Aber Fanny, du hast ja eine Beule auf der Stirn.«

»Ich bin nicht Fanny!« Charlotte verzog das Gesicht. »Ich bin Charlotte.«

»Aber du hast doch ein blaues Kleidchen an«, erwiderte Jack.

»Ja, weil Fanny meins anhat, und sie hat mich mit ihrem Pantoffel geschlagen, diese Seeziege«, sagte Charlotte mit kaum verhohlener Wut.

Jack warf Mrs. Williams und Sophie einen besorgten Blick zu, aber beide waren noch verzückt über das Baby gebeugt. Fast im selben Moment kam Bonden mit der Post herein. Er setzte die lederne Tasche mit dem Messingschild ab, auf dem Ashgrove Cottage eingraviert war, und die Kinder, ihre Großmutter sowie deren Bedienstete verließen den Raum. Er bitte um Verzeihung für seine

Verspätung, aber es sei nun einmal Markttag dort unten, mit Pferden und Vieh.

»Bestimmt eine Menge los, nicht wahr?«

»Und wie, Sir. Aber ich habe Mr. Meiklejohn gefunden und ihm gesagt, Sie würden bis Samstag nicht ins Büro kommen.« Bonden zögerte, fuhr aber auf Jacks fragenden Blick hin fort: »Tatsache ist, Killick hat einen Kauf gemacht, mit Siegel und allem, und er hat mich gebeten, Ihnen das als erstes zu melden, Euer Ehren.«

»Ach ja?« Jack öffnete die Tasche. »Einen Gaul, nehme ich an. Nun, hoffentlich hat er Spaß daran. Er kann ihn in den alten Kuhstall stellen.«

»Ein Gaul ist's nicht gerade, Sir, obwohl, einen Halfter trug's auch. Wenn ich mal so sagen darf: zwei Beine und ein Rock. Eine Frau, Sir.«

»In Gottes Namen, was will er denn mit einer Frau?« Jack starrte ihn an.

»Nun, Sir«, sagte Bonden, der dabei rot wurde und sich rasch von Sophie abwandte, »das kann ich auch nicht genau sagen. Aber er hat eine gekauft, ganz legal. Die und ihr Gatte hatten sich nicht vertragen, also hat der sie auf den Markt gebracht, mit einem Strick um den Hals. Killick hat sie gekauft, mit Brief und Siegel, das Geld vor allen Augen auf den Tisch gezählt, Händeschütteln und alles. Drei gab's da zur Auswahl.«

»Wie kann man nur seine Frau verkaufen? Und Frauen wie Vieh behandeln?« rief Sophie. »O pfui, Jack, das ist ja völlig barbarisch.«

»Es scheint ein wenig merkwürdig zu sein, aber weißt du, es ist so Sitte, und zwar eine sehr alte Sitte.«

»Aber Jack, du wirst doch so etwas Böses niemals dulden, oder?«

»Also, was das angeht, würde ich mich nur ungern gegen einen alten Brauch stellen. Soweit ich weiß, ist das sogar Gewohnheitsrecht. Es sei denn, irgendein Zwang war dabei – unerlaubte Nötigung, wie man so sagt. Wo kämen wir denn hin in der Marine ohne unsere Sitten und Bräuche? Er soll hereinkommen.«

Als das Paar vor ihm stand – sein Steward, ein häßlicher, langer Schlaks mittleren Alters, den sein schüchternes Auftreten jetzt noch unbeholfener wirken ließ als gewöhnlich, und dessen junge Frau, ein aufreizendes, schwarzäugiges junges Ding, der Traum jedes

Seemanns –, sagte er: »Nun, Killick, ich hoffe doch, daß du nicht unüberlegt die Ehe ansteuerst? Die Ehe ist eine sehr ernste Angelegenheit.«

»O nein, Sir. Hab's mir gut überlegt, bestimmt fast zwanzig Minuten. Drei gab's zur Auswahl, und diese hier« – mit stolzem Blick auf seinen Kauf – »war das beste Stück.«

»Aber Killick, was mir gerade einfällt: Du hattest doch in Mahón schon eine Frau. Sie hat meine Hemden gewaschen. Du weißt, daß du keine Bigamie treiben darfst, das ist gegen das Gesetz. Ganz sicher hattest du in Mahón schon eine Frau.«

»Klar, nämlich ich hatte sogar zwei, Euer Ehren, die andere im Dock von Wapping. Aber die waren mehr von der unsteten Sorte, zogen immer herum. Das war nichts Festes, so ohne Bescheinigung, wenn Sie verstehen, was ich meine, Sir – nicht legal gekauft, mit Handschlag und Halfter in die Hand.«

»Na gut«, erwiderte Jack, »ich nehme also an, du willst sie hier bei uns aufnehmen lassen. Da mußt du dich erst einmal beim Pfarrer sehen lassen. Ab mit dir zum Pfarrhaus.«

»Aye, aye, Sir«, sagte Killick. »Zum Pfarrhaus, wird gemacht.«

»Herrgott, Sophie«, seufzte Jack, als sie wieder allein waren. »Was für ein Aufmarsch!« Er öffnete die Posttasche. »Ein Schreiben von der Admiralität, noch eins vom Sanitätsamt, und dieses hier sieht aus, als sei es von Charles Yorke an mich – ja, das ist sein Siegel. Und hier, zwei für Stephen, unter deiner Adresse und Obhut.«

»Ich wünschte, er *wäre* in meiner Obhut, der Arme«, sagte Sophie und besah sich die Briefe. »Diese hier sind schon wieder von Diana.« Sie legte sie auf ein Beistelltischchen, wo schon ein anderer lag, der in derselben kühnen und entschlossenen Handschrift an Herrn Stephen Maturin, Doktor der Medizin, adressiert war, und betrachtete sie schweigend.

Diana Villiers, Sophies Cousine, war etwas jünger als diese und eine Frau mit wesentlich gewagterem Stil: eine schwarzhaarige Schönheit mit tiefblauen Augen, die von einigen für anziehender gehalten wurde als Mrs. Aubrey. Damals, lange vor ihrer Heirat, als Sophie und Jack noch kein Paar waren, hatten beide, Jack und Stephen Maturin, nichts unversucht gelassen, um Dianas Gunst zu gewinnen. Das Ergebnis dieser Anstrengungen hätte Jack beinahe die Karriere wie auch die Ehe gekostet. Stephen dagegen, noch voller Hoffnung auf eine spätere Heirat mit Diana, war durch deren Abreise nach Amerika als Protegé eines Mr. Johnson tief getroffen worden – so tief, daß er viel von seiner Lebenslust verloren hatte. Er hatte angenommen, sie würde ihn heiraten. Zwar hatte ihm seine Vernunft gesagt, daß eine Frau mit ihren gesellschaftlichen Verbindungen, ihrem Aussehen, Stolz und Ehrgeiz in dem unehelichen Sohn eines irischen Offiziers in Diensten Seiner Allerkatholischsten Majestät und einer katalonischen Dame nicht gerade eine geeignete Verbindung sehen konnte – besonders dann nicht, wenn dieser uneheliche Sohn ein kleiner, unangenehm unattraktiver Mann mit dem, wie es schien, bescheidenen Status eines Schiffsarztes war. Dennoch hatte er sein Herz völlig an sie verloren, und es hatte ihn unendlich viel gekostet, ihm und nicht seinem Verstand gefolgt zu sein.

»Noch bevor wir erfahren haben, daß sie in England ist, wußte ich, daß den armen Stephen irgend etwas bedrückt«, sagte Sophie. Sie hätte noch ihre kaum überzeugenden Beweise nennen können: eine neue Perücke, neue Jacken und Röcke, ein Dutzend bester Batisthemden. Aber sie liebte Stephen so, wie auch Brüder nur selten geliebt werden, und konnte es nicht ertragen, ihn auch nur in die Nähe von Lächerlichkeit zu rücken. Sie fragte: »Jack, warum besorgst du ihm nicht einen anständigen Diener? Selbst in den schlimmsten Zeiten hätte Killick dich niemals derart schlecht gekleidet aus dem Haus gelassen: das Hemd seit zwei Wochen nicht gewechselt, die Strümpfe nicht zueinander passend, und dann dieser scheußliche Rock. Warum hat er nie einen festen, zuverlässigen Mann gehabt?«

Jack wußte nur zu gut, warum Stephen keinen Diener für längere Zeit beschäftigt hatte, so daß der sich an seine Art hätte gewöhnen können, sondern sich mit achtlosen Seesoldaten und Schiffsjungen, vorzugsweise Analphabeten, oder mit einem halb schwachsinnigen Mann aus der Achterwache begnügt hatte. Dr. Maturin war nämlich nicht nur Marinearzt, sondern auch einer der am meisten geschätzten Geheimagenten der Admiralität. Diskretion war unerläßlich, wollte er sein Leben und das der vielen Kontakte in dem riesigen, von Bonaparte kontrollierten Gebiet nicht gefährden und überhaupt seiner Arbeit nachgehen können. Im Laufe ihrer gemeinsamen Dienstjahre war Jack dies notwendigerweise nicht verborgen geblieben, aber er wollte dieses Wissen mit niemandem teilen, nicht einmal mit Sophie. So gab er jetzt nur eine Antwort in dem Sinne, daß man zwar hoffen könne, mit viel Mühe und Anstrengung ein halsstarriges Maultiergespann umzustimmen, daß aber nichts, auch nicht eine Breitseite nach der anderen, jemals Stephen von einem einmal eingeschlagenen Weg abbringen würde.

»Diana könnte das, sie bräuchte nur mit ihrem Fächer zu wedeln«, sagte Sophie. Ihr Gesicht eignete sich nicht besonders gut für schlechte Laune, drückte jetzt aber viele Facetten von Verstimmung aus: ein Gefühl von Scham für Stephen, Verärgerung wegen dieser erneuten Komplikation, dazu etwas von der Ablehnung oder gar Eifersucht, die eine Frau mit sehr bescheidenem Geschlechtsdrang für eine andere empfindet, für die genau das Gegenteil zutrifft. Dies alles wurde allerdings durch ihre Abneigung gemildert, von jemandem schlecht zu denken oder zu sprechen.

»Das könnte sie wohl«, erwiderte Jack. »Und wenn sie ihn durch so etwas glücklich machen könnte, würde ich den Tag loben und preisen. Weißt du, es gab mal eine Zeit«, hierbei blickte er durch das Fenster in die Weite, »da dachte ich, es wäre meine Pflicht als sein Freund – da dachte ich, das beste für ihn wäre, die zwei nicht zusammenkommen zu lassen. Ich hielt sie einfach nur für böse und teuflisch, glaubte, sie würde nur Verderben bringen und sein Untergang sein. Aber jetzt bin ich mir nicht so sicher. Vielleicht sollte man sich in solche Dinge niemals einmischen, das ist viel zu heikel. Aber wenn man einen Freund sieht, wie er blindlings auf den Abgrund zusteuert … ich habe nur sein Bestes gewollt, so wie ich es sah, aber vielleicht habe ich damals nicht sonderlich gut gesehen.«

»Du hast recht getan, da bin ich sicher.« Sophie legte ihm tröstend die Hand auf die Schulter. »Schließlich hat sie ja gezeigt, daß sie – nun, wie soll ich sagen? – leicht zu haben ist.«

»Also, was das angeht«, versetzte Jack, »halte ich derartige Kapriolen für immer unwichtiger, je älter ich werde. Die Menschen sind so verschieden, sogar die Frauen. Es mag Frauen geben, für die sind solche Dinge fast so wie für einen Mann. Für diese Frauen bedeutet es nicht unbedingt etwas, mit einem Mann das Bett zu teilen, es berührt sie in ihrem innersten Wesen nicht, würde ich sagen, und es macht aus ihnen keine Huren. Bitte verzeih mir, Liebes, wenn ich so ein Wort benutze.«

»Willst du damit sagen«, fragte seine Frau, die letzte Bemerkung ignorierend, »daß es Männer gibt, für die ein Verstoß gegen die Zehn Gebote nichts bedeutet?«

»Ich bin hier auf gefährlichem Boden, merke ich gerade«, sagte Jack. »Was ich meine, ist . . . ich weiß genau, was ich meine, aber ich kann es nicht so gut in Worte fassen. Stephen könnte es dir viel besser erklären – er könnte es verständlich machen.«

»Ich hoffe nicht, daß Stephen oder irgendein anderer Mann mir verständlich machen könnte, daß es nichts bedeutet, gegen das Ehegelübde zu verstoßen.«

An diesem Punkt der Unterhaltung erschien zwischen den Haufen von Bauschutt ein furchteinflößendes Tier von niedriger Gestalt und mattblauer Farbe, eine Kreatur, die wie ein Pony ohne Ohren aussah. Sie trug einen kleinen Mann und eine große, würfelförmige Kiste auf dem Rücken. »Da kommt der Friseur«, rief Jack. »Zur Hölle mit ihm – er kommt viel zu spät. Deine Mutter wird mit der neuen Frisur bis nach der Untersuchung warten müssen. Die Ärzte wollen in zehn Minuten hier sein, und Sir James ist immer auf die Minute pünktlich.«

»Und wenn das Haus in Flammen stünde, selbst das würde Mama nicht dazu bringen, unfrisiert zu erscheinen«, sagte Sophie. »Wir werden ihnen den Garten zeigen müssen. Stephen wird sich sowieso verspäten.«

»Sie könnte eine Haube aufsetzen«, schlug Jack vor.

»Natürlich wird sie eine Haube aufsetzen«, sagte Sophie mit mitleidigem Blick. »Wie könnte sie auch nur daran denken, unbekannte Gentlemen ohne Haube zu empfangen? Aber darunter muß ihr Haar frisiert sein.«

Die Untersuchung, zu der sich diese Gentlemen nach Ashgrove Cottage aufgemacht hatten, betraf Mrs. Williams' Gesundheit. Früher einmal hatte sie eine Operation, bei der ihr ein gutartiger Tumor entfernt wurde, mit einer Standhaftigkeit ertragen, die selbst

Dr. Maturin in Erstaunen versetzt hatte, und der war von seinen Seeleuten Mut und Zähnezusammenbeißen gewohnt. Seither aber klagte sie über Blähungen, was ihre Lebensgeister merklich dämpfte, und sie hofften, das hohe Ansehen dieser hervorragenden Ärzte würde sie überzeugen, in Bath, Matlock Wells oder gar noch weiter im Norden eine Trinkkur zu machen.

Sir James war mit Dr. Lettsome in dessen Kutsche gereist. Sie kamen daher gemeinsam an und lehnten auch gemeinsam Kapitän Aubreys Einladung ab, den Garten zu besichtigen. Also ließ Jack sie mit der Weinkaraffe allein und ging, den Pferdehändler und sein neues Füllen in Empfang zu nehmen.

Schon von weitem waren die neuen Gebäudeflügel von Ashgrove Cottage den Ärzten ebenso aufgefallen wie der Wagenschuppen für zwei Kutschen, die lange Reihe der Ställe und die glänzende Kuppel des Observatoriumsturms. Jetzt schätzten ihre geübten Augen den offensichtlichen Wohlstand ab, den der Morgensalon mit seinen neuen, wuchtigen Möbeln verriet: Hier hingen Bilder von Pocock und anderen hervorragenden Leuten, die Schiffe und Seegefechte zeigten, außerdem ein Bild von Kapitän Aubrey selbst, den Beechey in der Paradeuniform eines hochrangigen Vollkapitäns mit dem roten Band des Bath-Ordens quer über seine breite Brust gemalt hatte. Er blickte frohen Mutes zu einer explodierenden Mörsergranate hin, in der man das Wappen der Aubreys erkennen konnte, ehrenvoll erweitert durch zwei Mohrenköpfe – Jack hatte kürzlich die Besitztümer der Krone um die Inseln Mauritius und Réunion vermehrt, und das königliche Heroldsamt, obwohl nur mit einer nebulösen Vorstellung von diesen Besitzungen ausgestattet, war der Meinung gewesen, Mohren seien in diesem Fall angemessen. Während sie am Wein nippten, sahen sich die Ärzte um und kalkulierten mit sichtbarer Befriedigung ihre Gebühren.

»Gestatten Sie mir, werter Kollege, Ihnen nachzuschenken«, sagte Sir James.

»Sie sind zu gütig«, erwiderte Dr. Lettsome. »Wirklich ein ganz ausgezeichneter Madeira. Ich nehme an, der Kapitän hat ein glückliches Händchen in Sachen Prisengeld?«

»Man hat mir erzählt, er habe zwei oder drei unserer Indienfahrer bei Réunion zurückerbeutet.«

»Wo liegt Réunion?«

»Nun, früher nannte man es die Ile Bourbon – sie liegt in der Nähe von Mauritius, wissen Sie.«

»Ah ja, tatsächlich?« sagte Dr. Lettsome, worauf sie sich der Erörterung ihrer Patientin zuwandten. Die belebende Wirkung von Stahl wurde betont, ebenso die überraschenden Nebenwirkungen von Colchicum, im Übermaß verabreicht; der therapeutische Wert von gut zerstoßenem Baldrianwurz wurde diskutiert; auch der einer Schwangerschaft, nicht nur in diesem, sondern tatsächlich in fast jedem Fall; Blutegel, hinter den Ohren angesetzt, hielten sie immer eines Versuches wert; milde Abführmittel brachten sie in die Debatte und deren Wirkung auf die Milz; Hopfenblütenkissen und Schlafstörungen; Abreibungen mit Schwamm und kaltem Wasser, dazu eine Pinte Wasser auf nüchternen Magen; Schonkost sowie schwarze Arznei; schließlich erwähnte Dr. Lettsome den Behandlungserfolg, den er in bestimmten, nicht unähnlichen Fällen mit Opium erzielt habe: »Der Saft der Mohnblume macht aus einem kratzbürstigen Weib eine liebliche Rose.« Seine Formulierung gefiel ihm, und mit lauter, wohltönender Stimme sagte er: »Aus einer Kratzbürste macht die Mohnblume eine Rose.« Sir James' Gesicht aber verfinsterte sich, und er antwortete: »Eure Mohnblume ist gut und schön, dort wo sie hingehört. Wenn ich aber bedenke, wie groß die Gefahr des Mißbrauchs oder der Gewöhnung ist, das Risiko, den Patienten zu nichts als einem Sklaven der Arznei zu machen, dann neige ich manchmal zu der Ansicht, daß sie nirgendwo hingehört außer in den Garten. Ich kenne einen äußerst fähigen Mann, der damit in Form von Laudanumtinktur einen derartigen Mißbrauch getrieben hat, daß er gewohnheitsmäßig eine Dosis von nicht weniger als achtzehntausend Tropfen pro Tag einnahm – das ist die Hälfte dieser Karaffe. Zwar hat er mit dieser Gewohnheit gebrochen, aber als er neulich in einer Krise steckte, ist er wieder auf seinen Seelenbalsam zurückverfallen. Obwohl er nie das hatte, was man einen Opiumrausch nennt, weiß ich doch aus sicherer Quelle, daß er es keine zwei Wochen lang schaffte, ohne Unterbrechung nüchtern zu bleiben. Und er – oh, Dr. Maturin, wie geht es Ihnen?« rief er, als die Tür aufging. »Sie kennen doch unseren Kollegen Lettsome, nehme ich an?«

»Zu Ihren Diensten, Gentlemen«, sagte Stephen. »Ich hoffe, daß Ihr Warten nicht mir gegolten hat?«

Keineswegs, versicherten sie. Ihre Patientin sei noch nicht soweit, sie empfangen zu können. Ob Dr. Maturin nicht mit einem Glas dieses hervorragenden Madeira in Versuchung geführt werden könne? Das sei ein leichtes, sagte Dr. Maturin, und während er trank, bemerkte er, wie horrend teuer Leichen doch geworden seien. Gerade heute morgen noch hätte er eine herunterhandeln wollen, und die Banditen hätten die Unverschämtheit besessen, vier Guineen dafür zu fordern – ein Londoner Preis für einen Kadaver aus der Provinz! Er habe ihnen vorgehalten, derartige Gier sei das Ende der Wissenschaft und damit auch ihres eigenen Geschäfts, aber vergebens, er habe die vier Guineen bezahlen müssen. Nun aber sei er ganz froh, den Kauf getätigt zu haben: Es handle sich dabei um eine der wenigen von ihm sezierten weiblichen Leichen mit dieser merkwürdigen Quasiverkalkung der Palmaraponeurosen, dazu noch ganz frisch. Er sei jedoch im Moment nur an den Händen interessiert – ob sich vielleicht einer der Kollegen die Dame mit ihm teilen wolle?

»Ich bin immer froh über eine schöne, frische Leber für meine jungen Leute«, sagte Sir James. »Wir werden sie im Kutschkasten mitnehmen.« Dabei erhob er sich, denn die Tür wurde geöffnet, und herein trat Mrs. Williams, begleitet von einem strengen Geruch nach angesengtem Haar.

Die Untersuchung nahm ihren zähen Lauf. Stephen, der sich ein wenig abseits hielt, gewann den Eindruck, daß die ernsten und aufmerksamen Ärzte alles taten, um ihr Geld wert zu sein, mochten die Gebühren auch noch so exorbitant hoch sein. Beide besaßen ein natürliches Talent für die theatralische Seite der Medizin, das ihm völlig abging, auch wunderte er sich über die Kunstfertigkeit, mit der sie den Redefluß der Dame kontrollierten. Er wunderte sich weiterhin, daß Mrs. Williams in seiner Anwesenheit derartige Lügen aufzutischen wagte: Sie sei eine Witwe ohne ein Dach über dem Kopf, und seit man ihren Schwiegersohn degradiert habe, gehe sie nicht mehr aus dem Haus. Tatsächlich hatte sie mehr als ein Dach über dem Kopf. Die Hypothek auf Mapes, ihrem großen und weitverzweigten Anwesen, war mit Hilfe der Siegesbeute von Mauritius abgelöst worden, sie aber hatte vorgezogen, es zu vermieten.

Als Kommandeur eines Geschwaders im Indischen Ozean hatte ihr Schwiegersohn zeitlich begrenzt den Posten eines Kommodore bekleidet; aber es entsprach dem natürlichen Gang der Dinge, daß er zum Rang eines Kapitäns zurückkehrte, sobald der Einsatz beendet und das Geschwader aufgelöst worden war. Eine Degradierung hatte es nicht gegeben. Dieser Sachverhalt war Mrs. Williams wieder und wieder erläutert worden, und die recht einfachen Tatsachen hatte sie mit Sicherheit auch verstanden. Wenn sie sich trotzdem nicht enthalten konnte, das alles erneut in Stephens Anwesenheit vorzubringen, und sich dabei auch noch seines Wissens um die Falschheit ihrer Worte bewußt war, dann war dies zweifellos ein Maßstab dafür, wie sehr diese starke, einfältige und herrschsüchtige Frau sich nach Mitleid oder gar Anerkennung sehnte.

Nach einiger Zeit wurde jedoch sogar die Stimme von Mrs. Williams heiser und Sir James' Art und Tonfall immer strenger. Das Dinner stand nun unmißverständlich und unmittelbar bevor, Sophie schaute kurz ins Untersuchungszimmer, und schließlich war die Konsultation beendet.

Stephen ging, um Jack in den Ställen zu suchen, und sie trafen sich auf halbem Wege zwischen rauchenden Kalkhaufen. »Stephen! Was für eine Freude, dich zu sehen«, rief Jack, der seinem Freund bei diesen Worten beide Hände auf die Schultern legte und voller Zuneigung auf ihn herabsah. »Wie geht es dir?«

»Wir haben's geschafft. Sir James läßt nicht mit sich reden: Scarborough, sonst würde er keinerlei Verantwortung mehr übernehmen, und reisen wird die Patientin unter Betreuung eines Assistenten von Dr. Lettsome.«

»Nun, ich bin sehr froh, daß so gut für die alte Dame gesorgt wird«, sagte Jack mit einem leisen Lachen. »Komm und sieh dir mal meine neueste Errungenschaft an.«

»Was für ein schönes Tier.« Stephen begutachtete das Stutenfohlen, das vor ihnen auf und ab geführt wurde. Ein schönes Tier, vielleicht eine Spur zu schön, vielleicht gar ein Blender. Die Fesseln dick wie bei einem Schaf, und dieser verkürzte Rumpf ließ doch sicher auf eine schwache Ausdauer schließen. Ohren und Augen verhießen nichts Gutes. »Kann ich einmal aufsitzen?« fragte er.

»Dafür ist einfach keine Zeit.« Jack blickte auf seine Uhr. »Jeden Moment wird zum Essen geläutet werden. Aber« – er warf einen bewundernden Blick zurück, während er Stephen zum Haus drängte – »ist sie nicht ein großartiges Tier? Wie geschaffen dafür, die Oaks in Epsom zu gewinnen.«

»Von Pferden verstehe ich nicht allzuviel, aber um eines bitte ich dich, Jack: Steck kein Geld in dieses Tier, bevor du es nicht mindestens ein halbes Jahr bei dir gehabt hast.«

»Du meine Güte, ich werde lange vorher auf See sein, genau wie du, hoffe ich, wenn deine Angelegenheiten das erlauben – los, wir müssen hetzen wie die Hasen – ich habe große Nachrichten – warte nur, bis die Doktoren fort sind.« Die Hasen stolperten keuchend weiter. Jack rief seinem Freund zu: »Das Gepäck ist in deinem alten Zimmer, versteht sich«, stampfte die Treppe hinauf, wechselte seinen Rock und tauchte mit dem ersten Glockenschlag der vollen Stunde wieder vor seinen Gästen auf, um sie zu Tisch zu bitten.

»Eines von den vielen Dingen, die mir an der Marine gefallen«, sagte Sir James, als die Tafel zum erstenmal abgeräumt wurde, »ist die Achtung vor der Zeit, die man dort lernt. Bei Seeleuten weiß ein Mann immer, wann er sich zu Tisch begeben wird, und seine Verdauungsorgane danken ihm diese Pünktlichkeit.«

»Ich wünschte nur, ein Mann wüßte ebenso, wann er die Tafel verlassen sollte«, dachte Jack bei sich, als die Organe von Sir James gut zwei Stunden später immer noch dankbar beschäftigt waren, und zwar nun mit Portwein und Walnüssen. Er brannte vor Ungeduld, Stephen von seinem neuen Kommando zu erzählen und ihn wenn möglich zu bewegen, auf dieser Reise noch einmal mit ihm zu segeln. Auch wollte er ihn in das Geheimnis enormen Reichtums einweihen und war begierig zu hören, was sein Freund in eigener Sache zu berichten hatte. Was seine Unternehmungen während der letzten Abwesenheit anging, war Stephen ungefähr so gesprächig wie ein Grab der stilleren Sorte, aber Jack war gespannt auf alles, was mit Diana Villiers und den Briefen zusammenhing, die in jüngster Zeit im Gästezimmer deponiert worden waren. Laut sagte er nur: »Komm, Stephen, so geht das nicht. Die Flasche steht und wartet.« Jacks Worte waren klar und deutlich, und doch reagierte Stephen erst, als sie wiederholt wurden. Dann erwachte er aus seiner Versunkenheit, blickte um sich und reichte die Karaffe weiter, aufmerksam gemustert von den zwei Ärzten, die ihre Köpfe zur Seite geneigt hielten. Jacks freundschaftlicher Blick konnte an ihm keinerlei auffällige Veränderung feststellen. Stephen war bleich und in sich gekehrt, aber kaum mehr als sonst, er wirkte vielleicht etwas verträumter. Trotzdem war Jack heilfroh, als die Doktoren die Einladung zum Tee dankend ablehnten, nach ihrem Diener riefen und sich von Stephen, der eine Säge bei sich trug, in den Wagenschuppen geleiten ließen. Nach einer gräßlichen Pause kamen sie wieder heraus, verstauten ein Bündel hinten in der Kutsche (die schon viele solcher Bündel transportiert hatte – Diener und Pferde waren Experten in Sachen Leichenraub), betraten noch einmal das Haus, sackten ihr Geld ein, verabschiedeten sich und fuhren davon.

Sophie saß allein mit Teemaschine und Kaffeekanne im Salon, als Jack und Stephen schließlich zurückkehrten. »Hast du Stephen von dem Schiff erzählt?« fragte sie.

»Noch nicht, mein Herz«, sagte Jack. »Ich war gerade dabei, davon anzufangen. Erinnerst du dich an die LEOPARD, Stephen?«

»Die scheußliche alte LEOPARD?«

»Also wirklich, du bist mir einer. Erst machst du mir das neue Fohlen mies, dabei gibt es kein Pferd, das mehr Chancen hätte, die Oaks zu gewinnen – und eins sage ich dir, mein guter Stephen, bei aller Bescheidenheit: Es gibt in der ganzen Marine niemanden, der sich so mit Pferden auskennt wie ich.«

»Daran, mein Lieber, zweifle ich überhaupt nicht. Marinepferde habe ich ja schon einige gesehen, ha, ha. Denn Pferde sind es wohl, haben sie doch im allgemeinen annähernd vier Beine, und außerdem gibt es im ganzen Tierreich kein anderes Geschöpf, mit dem sie verwandt wären.« Stephen fand Gefallen am eigenen Witz und ließ für kurze Zeit das krächzende Geräusch vernehmen, mit dem er Lachen am nächsten zu kommen meinte, darauf sagte er: »Die Oaks, bei meiner Seel'.«

»Nun gut«, sagte Jack. »Und jetzt sprichst du von der ›scheußlichen alten LEOPARD‹. Sicher, sie hatte etwas von einer Schnecke, und zwar von einer abgetakelten alten Schnecke, als Tom Andrews sie hatte. Aber die Werft hat bei ihr gründlich Hand angelegt und sie von

Kopf bis Fuß überholt – Snodgrass-Diagonalstreben, neue Innen-
beplankung, Kniestücke aus Eisenplatten nach Roberts überall – ich
erspar' dir weitere Einzelheiten –, und jetzt ist sie das schönste
Fünfzig-Kanonen-Schiff mit Wasser unter dem Kiel, die Grampus
eingeschlossen. Mit Sicherheit das schönste Schiff vierter Klasse in
der ganzen Flotte!« Das schönste Schiff vierter Klasse: möglicherweise. Aber wie Jack nur zu gut wußte, gehörten die Schiffe vierter
Klasse zu einer armseligen und aussterbenden Art. Seit mehr als
einem halben Jahrhundert waren sie nicht mehr als Linienschiffe
eingesetzt worden, und die Leopard hatte zudem zu keiner Zeit zu
ihren glänzenderen Vertretern gehört. Keiner kannte die Schwach-
stellen dieses Schiffs besser als Jack. Er wußte, daß sie 1776 auf Kiel
gelegt und halb fertiggestellt worden war; daß sie zehn oder mehr
Jahre lang in diesem wenig befriedigenden Zustand verharrt hatte
und unter freiem Himmel langsam verrottet war; daß sie dann nach
Sheerness verholt und dort schließlich 1790 zu Wasser gelassen
worden war: der Beginn einer höchst unauffälligen Karriere. Ihre
Generalüberholung hatte er jedoch mit aufmerksamem und profes-
sionell geschultem Blick beobachtet, und so wußte er, daß von ihr
zwar keine atemberaubenden Leistungen erwartet werden konnten,
daß sie aber seetüchtig war. Darüber hinaus stand für ihn nicht das
Schiff als solches an erster Stelle, sondern sein Ziel, sehnte er sich
doch nach unbekannten Meeren und den Gewürzinseln.
»Wenn ich mich recht erinnere, hatte die Leopard mehrere Decks«,
sagte Stephen.
»Ja, sicher. Sie ist ein Schiff vierter Klasse, also ein Zweidecker. Sie
ist geräumig, fast wie ein Linienschiff. Du wirst allen Platz der Welt
haben, Stephen, man wird da nicht so eng zusammengepackt wie
auf einer Fregatte. Ich muß schon sagen, diesmal hat die Admiralität
mir zur Abwechslung mal etwas Gutes getan.«
»Ich denke, sie hätten dir ein Linienschiff erster Klasse geben
sollen«, sagte Sophie. »Und zum Lord hätten sie dich auch machen
müssen.«
Jack schenkte ihr ein liebevolles Lächeln und fuhr fort: »Sie haben
mich vor die Wahl gestellt: entweder die Ajax, ein neues Vierund-
siebzig-Kanonen-Schiff, das noch im Bau ist, oder die Leopard.
Die Ajax wird ein sehr schönes Schiff, wie man es sich besser nicht

wünschen kann, aber sie würde einen Einsatz im Mittelmeer unter Harte bedeuten. Im Mittelmeer kann man zur Zeit keinen Ruhm ernten, und ein Vermögen läßt sich da außerdem auch nicht machen.« Hier war Jack wiederum etwas weniger ehrlich. Zwar traf es zu, daß in diesem Stadium des Krieges für einen Seemann im Mittelmeer wenig zu holen war, jedoch hatte die Person von Admiral Harte bei dieser Bewertung eine größere Bedeutung für ihn, als er jetzt erkennen ließ. Jack hatte ihm in früheren Jahren Hörner aufgesetzt, und der skrupellose Admiral würde in seiner Rachsucht keinen Moment zögern, Jacks Karriere zu ruinieren, sofern sich dazu eine Gelegenheit böte. Während des Aufstiegs in der Marine hatte sich Jack viele Freunde in der Flotte erworben, aber für einen so liebenswürdigen Mann auch erstaunlich viele Feinde: Einige neideten ihm den Erfolg, andere, und zwar seine Vorgesetzten, hatten ihn in jungen Jahren für zu unabhängig oder gar für ungehorsam gehalten, wieder anderen gefiel seine politische Linie nicht (er haßte jeden Whig), und schließlich gab es noch etliche, die aus demselben Grunde schlecht auf ihn zu sprechen waren wie Admiral Harte oder zumindest annahmen, einen solchen Grund zu haben.

»Du hast doch schon allen Ruhm und alle Ehre, die sich ein Mann nur wünschen kann, Jack«, sagte Sophie. »Diese schrecklichen Wunden und Geld genug.«

»Hätte Nelson so gedacht wie du, mein Herz, hätten wir nach St. Vincent auf ›unentschieden‹ plädiert und die Sache beendet. Den Nil und Abukir hätte es nicht gegeben, und was wäre dann wohl aus Jack Aubrey geworden? Ein kleiner Leutnant bis ans Ende seiner Tage. Nein, nein: In seinem Beruf kann sich ein Mann gar nicht genug auszeichnen. Und was das Geld angeht, bin ich nicht sicher, ob er davon je genug haben kann. Wie dem auch sei – die Leopard geht nach Ostindien. Nicht daß wir dort viel Pulver riechen würden«, fügte er mit einem Seitenblick auf Sophie hinzu. »Und das Schöne daran ist, daß in Botany Bay eine undurchsichtige Situation entstanden ist. Die Leopard wird also nach Süden segeln, sich mit der Lage dort unten befassen und dann irgendwo bei Penang zu Admiral Drury stoßen. Unterwegs sollen wir Beobachtungen und Messungen durchführen. Denk nur an die Möglichkeiten, Stephen:

Tausende von Meilen fast unbekannter See und unerforschter Küste – Wombats am Strand für den, der will, denn wenn das auch keine von deinen gemütlichen Erkundungsreisen ist, bin ich doch sicher, daß für ein Känguruh oder einen Wombat immer Zeit sein wird, wenn irgendein wichtiger Ankerplatz vermessen werden muß – die Position von Inseln bestimmen, die sicher noch nie ein Mensch betreten hat – und dann, bei ungefähr hundertundfünfzig Grad Ost und zwanzig Grad Süd genau am richtigen Ort sein für die Sonnenfinsternis, wenn wir das mit der Zeit hinbekommen. Denk an die Vögel, Stephen, denk an die Käfer und an die Kasuare, vom Tasmanischen Teufel ganz zu schweigen! So eine Gelegenheit für einen Kerl mit Wissenschaft im Kopf hat es doch seit den Tagen von Cook und Sir Joseph Banks nicht gegeben!«

»Es klingt nach einer wunderschönen Reise«, sagte Stephen, »und ich wollte schon immer Neu-Holland sehen. Die Fauna dort – Monotremen und Marsupialier ... Aber sag mir eins, auf was für eine undurchsichtige Lage spielst du an, was ist denn der Stand der Dinge in Botany Bay?«

»Erinnerst du dich an Brotfrucht-Bligh?«

»Nein, leider nicht.«

»Natürlich erinnerst du dich, Stephen. Der Bligh, den sie vor dem Krieg mit der BOUNTY nach Tahiti geschickt haben, damit er dort Brotfrüchte für Westindien beschafft.«

»Ja, natürlich! Er hatte einen exzellenten Botaniker an Bord, David Nelson, war ein sehr vielversprechender junger Mann, schade um ihn. Gerade neulich habe ich sein Werk über die Bromelien in der Hand gehabt.«

»Dann wirst du dich erinnern, daß seine Leute gemeutert und ihm das Schiff weggenommen haben?«

»Sicher, ich erinnere mich dunkel. Sie sind statt der Pflicht den Lockrufen der Frauen von Tahiti gefolgt. Er hat aber überlebt, oder?«

»Ja, aber nur, weil er so ein erstklassiger Seemann ist. Sie haben ihn in ein Boot mit sechs Rudern und sehr wenig Proviant gesteckt, bis an die Dollborde überfüllt mit neunzehn Männern, und er hat es fast viertausend Meilen nach Timor gesteuert. Was für eine erstaunliche Leistung! Mit seinen Untergebenen scheint er nicht so eine geschickte Hand zu haben: Vor einiger Zeit machte man ihn zum Gouverneur von Neusüdwales, und jetzt heißt es, seine Offiziere hätten wieder eine Meuterei gegen Bligh angezettelt, ihn abgesetzt und eingesperrt. Zum größten Teil Leute aus der Armee, wie ich glaube. Wie du dir vorstellen kannst, ist die Admiralität alles andere als glücklich darüber, und sie schicken jetzt einen hochrangigen Offizier mit dem nötigen Dienstalter dahin, der soll die Situation bereinigen und nach eigenem Ermessen entweder Bligh wieder einsetzen oder zurück in die Heimat bringen.«

»Was ist dieser Mr. Bligh für ein Mensch?«

»Ich persönlich habe ihn nie getroffen, aber ich weiß, daß er unter Cook als Master gesegelt ist. Dann hat man ihm ein Offizierspatent gegeben, eine dieser seltenen Beförderungen aus der Dienstgradgruppe der Decksoffiziere – als Belohnung für ungewöhnliche seemännische Tüchtigkeit, nehme ich an. Bei Camperdown hat er sich gut geschlagen, hat die DIRECTOR mit ihren vierundsechzig Kanonen mitten unter die holländischen Linienschiffe gebracht und ist dann beim Admiral der Holländer längsseits gegangen. Blutiger kann man sich einen Kampf kaum wünschen. Und vor Kopenhagen hat er sich auch nicht versteckt. Nelson hat ihn in seinem Bericht ausdrücklich erwähnt.«

»Vielleicht ist er ein weiteres Beispiel dafür, wie Befehlsgewalt einen Mann korrumpiert.«

»Das mag schon sein. Ich kann dir nicht viel über ihn sagen, aber ich weiß einen, der das kann. Erinnerst du dich an Peter Heywood?«

»Peter Heywood? Ein Vollkapitän, der mit uns bei dem Dinner an Bord der LIVELY war? Der Gentleman, den Killick mit der kochenden Fruchtsauce begossen hat? Ich mußte ihn wegen nicht unerheblicher Verbrennungen behandeln.«

»Genau den Mann meine ich.«

»Wie kam es denn, daß die Sauce kochte?« fragte Sophie.

»Der Hafenadmiral war bei uns, und er sagt immer, Fruchtsauce muß kochen, sonst taugt sie nichts, also haben wir ein kleines Stövchen bis knapp achtern von der Luke der Kapitänskajüte verholt. Ja, das ist er: der einzige Vollkapitän in der Marine, der je wegen Meuterei zum Tode verurteilt worden ist. Er war einer von

Blighs Kadetten auf der BOUNTY und einer der wenigen Männer, oder besser Jungs, die man gefaßt hat.«

»Wie kam er dazu, etwas so Unüberlegtes zu tun?« fragte Stephen. »Er schien mir ein sanfter und friedfertiger Gentleman zu sein. Als ihm der Admiral Vorhaltungen wegen der herumspritzenden Sauce machte, hat er das mit einer bescheidenen Art hingenommen, die ihm sehr gut anstand. Und die Sauce selbst hat er mit solch spartanischer Härte ertragen, daß mir eine derart unbedachte Verhaltensweise bei ihm kaum vorstellbar scheint. War es jugendlicher Übermut, eine plötzlich aufwallende Abscheu gegen Bligh oder die Liebe zu einer dunklen Schönheit?«

»Hab ich ihn nie gefragt«, sagte Jack. »Ich weiß nur, daß er und vier andere hängen sollten. Ich war damals noch ein Jungspund auf der TONNANT und habe drei von ihnen gesehen, wie sie mit einer Kapuze über den Augen zur Rahnock der BRUNSWICK hinaufklettern mußten. Aber der König sagte, es wäre Unsinn, den jungen Peter Heywood aufzuknüpfen. Also wurde er begnadigt, und bald darauf gab ihm Admiral Howe, der Schwarze Dick, der immer schon etwas für ihn übrig gehabt hatte, das Offizierspatent. Genaueres über das ganze Hin und Her habe ich nie erfahren, obwohl Heywood und ich auf der FOX Bordkameraden waren. Ein Kriegsgericht ist eine heikle Sache, da rührt man nicht einfach dran – und das war ja nicht irgendein Kriegsgericht! Wir können ihn aber sicher zu Bligh befragen, wenn er am Donnerstag hierher kommt. Es ist wichtig zu wissen, mit was für einem Mann wir es zu tun haben werden. Auf jeden Fall will ich von ihm etwas über die Gewässer dort unten erfahren. Er kennt sie gut, weil er in der Endeavour-Straße einmal Schiffbruch erlitten hat! Und was noch wichtiger ist: Er soll mir ein paar kleine Eigenheiten der LEOPARD verraten, er befehligte sie nämlich im Jahre fünf. Oder war es sechs?«

Sophies wachsames Ohr fing von ferne ein leises Geheul auf, viel schwächer zwar, als es vor einiger Zeit gewesen wäre, als Ashgrove Cottage noch aus allen Nähten platzte, aber doch vernehmbar.

»Jack«, sagte sie im Gehen, »vergiß nicht, Stephen die Pläne für die Orangerie zu zeigen. Stephen weiß alles über Orangen.«

»Das werde ich«, sagte Jack. »Zuerst aber – Stephen, noch ein wenig

Kaffee? Da ist noch genug in der Kanne – zuerst aber will ich dir von einem noch interessanteren Plan erzählen. Hast du den Wald vor Augen, in dem die Wespenbussarde ihr Nest haben?«

»Ja, ja. Die Wespenbussarde.« Stephens Augen leuchteten auf. »Ich habe einen Unterstand für sie mitgebracht.«

»Was sollen die denn mit einem Unterstand? Sie haben ein sehr ansehnliches Nest.«

»Das ist ein tragbarer Unterstand. Ich habe vor, ihn zuerst am Waldrand aufzustellen und dann nach und nach bis auf den Hügel vorzurücken, der ihren Nistbaum überragt. Dort werde ich dann ganz bequem und unbeobachtet sitzen, geschützt vor den Unbilden des Wetters, und die Entwicklung ihrer familiären Verhältnisse verfolgen. Er hat Fensterklappen und ist mit allem ausgestattet, was man zur Observation braucht.«

»Nun gut. Also, ich habe dir doch die römischen Minenschächte gezeigt, erinnerst du dich? Meilenlang und sehr gefährlich – aber weißt du auch, was die Römer dort abgebaut haben?«

»Blei.«

»Und weißt du, woraus alle diese knolligen Hügel bestehen? Auf einem davon willst du deinen Unterstand aufstellen.«

»Schlacke.«

Jack beugte sich vor, den unmißverständlichen Ausdruck überlegenen Wissens im Gesicht: »Jetzt, Stephen, werde ich dir etwas erzählen, was du zur Abwechslung einmal noch nicht wußtest. Diese Schlacke ist voller Blei – vor allem aber: Das Blei enthält Silber. Das römische Schmelzverfahren hat bei weitem nicht alles Metall herausziehen können. Und da liegen sie nun, tausend und abertausend Tonnen wertvoller Schlacke, und warten nur darauf, mit Kimbers neuer Methode verhüttet zu werden.«

»Kimbers neue Methode?«

»Genau. Du wirst sicher von ihm gehört haben – ein brillanter Bursche. Sein Verfahren besteht darin, daß er mit Auslaugung durch einige besondere Chemikalien beginnt, dann folgt die Trennung nach Grundsätzen, die er selbst entdeckt hat. Das Blei deckt die laufenden Kosten, das Silber ist reiner Gewinn. Die Rechnung würde schon aufgehen, wenn nur ein Teil Blei auf hundertsiebenunddreißig Teile Schlacke käme, dazu ein Teil Silber auf über zehntausend. Nach an die hundert Zufallsproben können wir aber davon ausgehen, daß unsere Schlacke durchschnittlich mehr als siebzehnmal soviel enthält.«

»Ich bin erstaunt. Daß die Römer in Britannien einmal Silber abgebaut haben, war mir neu.«

»Das war mir auch neu. Aber hier ist der Beweis.« Er trat an ein Schränkchen unter dem Fensterbrett, schloß es auf und entnahm ihm einen großen Bleiklumpen, den er schwankend zum Tisch zurücktrug. Obenauf lag ein kleiner, vier Zoll langer Silberbarren. »Das ist nur das Ergebnis eines ersten Versuchs«, sagte er. »Nur ein paar Karren Schlacke. Kimber hat einen kleinen Schmelzofen in der alten Feldscheune gebaut, und ich habe das Zeug mit eigenen Augen herausrinnen sehen. Ich wünschte, du hättest dabeisein können.«

»Das wünschte ich auch«, sagte Stephen.

»Es müßte natürlich einiges an Kapital vorgeschossen werden – Straßen, Gebäude, richtige Schmelzöfen und so weiter. Ich dachte, ich könnte die Anteile der Mädchen dafür verwenden, aber wie es scheint, sind das Treuhandgelder, an die ich nicht herankomme. Die sind festgelegt in Konsols und Marineanleihen zu fünf Prozent, obwohl ich nachgerechnet habe, daß es mathematisch unmöglich ist, mit denen auch nur ein Siebtel des hier möglichen Ertrags zu erzielen. Und dabei gehe ich nur von der schlechtesten Probe aus. Ich habe auch nicht vor, das Ganze mit voller Kraft laufen zu lassen, solange ich nicht etliche Jahre an Land vor mir sehe, und zwar ohne Unterbrechung.«

»Liegt das denn im Bereich des Möglichen?«

»O ja. Wenn ich nicht erschlagen oder bei irgend etwas wirklich Schlimmem erwischt werde, müßten sie mir in den nächsten fünf Jahren oder so die Admiralsflagge geben. Vielleicht auch früher, falls die alten Knaben oben auf der Liste nicht mehr so sehr darauf bestehen sollten, am Leben zu bleiben. Es ist schwieriger, für einen Admiral Verwendung zu finden als für einen Kapitän, also werde ich mehr als genug Zeit haben, mir ein Gestüt aufzubauen und meinen Bergbau zu betreiben. Ich will jetzt aber schon einen Anfang machen, ganz bescheiden, nur um die Dinge ins Rollen zu bringen und ordentlich Kapital auf die Seite zu schaffen. Zum Glück stellt Kimber sehr bescheidene Forderungen: Er verpachtet mir sein Patent zur Nutzung und wird die ganzen Arbeiten selbst leiten.«

»Gegen Gehalt?«

»Ja, das und ein Viertel Gewinnanteil. Das Gehalt ist wirklich bescheiden, was ich besonders anständig von ihm finde. Es gibt da nämlich einen Prinzen von Kaunitz, der vor ihm auf den Knien liegt, damit Kimber sich um seine Bergwerke in Transsilvanien kümmert, und der bietet ihm zehn Guineen pro Tag plus ein Drittel Anteil. Er hat mir alle möglichen Briefe von großen Männern in Deutschland und Österreich gezeigt. Aber komm mir jetzt bloß nicht auf die Idee, er wäre einer dieser übereifrigen, pläneschmiedenden Spekulanten, die einem das Blaue vom Himmel herunter versprechen. Nein, nein, der nicht, das ist ein grundehrlicher Bursche, durch und durch gewissenhaft, und er hat mich fairerweise gewarnt – wir würden vielleicht im ersten Betriebsjahr mit Verlust arbeiten, sagte er. Das ist mir schon klar, trotzdem kann ich's gar nicht erwarten anzufangen.«

»Aber meine Wespenbussarde wirst du doch wohl in Ruhe lassen, Jack?«

»Um die brauchst du dir gar keine Sorgen zu machen. Es gibt da eine lange Anlaufzeit: Kimber braucht mehr Zeit und Geld, um seine Patente wasserdicht zu machen und für bestimmte Experimente. Ich denke doch, die Vögel werden geschlüpft und flügge sein, bevor wir die Schmelzöfen anfahren. Und vor allem eines, Stephen: Du wirst dann schon auf dem Weg zum Wohlstand sein. Eigentlich ist Kimber zwar dagegen, in unser Projekt viel fremdes Risikokapital hineinzulassen, aber er mußte mir versprechen, daß du von Anfang an dabeisein darfst, beim Grundsteinlegen, wie er es nannte.«

»Tut mir leid, Jack. Was ich besitze, ist alles angelegt und steckt in Spanien fest. Tatsächlich bin ich hier in England so knapp bei Kasse, daß ich die Absicht habe, dich leihweise um, laß mich sehen« – er warf einen Blick auf einen Zettel – »siebenhundertundachtzig Pfund zu bitten.«

»Ich danke dir«, sagte er zu Jack, als dieser mit einem Wechsel auf seinen Bankier zurückkehrte. »Ich bin dir sehr verpflichtet.«

»Ich bitte dich, sprich nicht von Verpflichtung, denk nicht mal daran«, sagte Jack. »Zwischen dir und mir hat so ein Wort einen sehr merkwürdigen Klang. Übrigens ist der auf London gezogen, aber für die kommenden Tage ist reichlich Gold im Haus.«

»Nein, mein Lieber, nein: Das Geld ist für einen besonderen Zweck. Mir persönlich fehlt es an nichts, es geht mir so gut, wie mein bester Freund es nur wünschen kann.«

Der beste Freund musterte ihn zweifelnd. Stephen sah durchaus nicht so aus, als fehle es ihm an nichts, schien er doch innerlich unzufrieden, ja traurig, und äußerlich angespannt und erschöpft zu sein. Allem Anschein nach stand er unter Druck.

»Was meinst du, wollen wir ausreiten?« fragte Jack. »Ich habe ein paar Männern lose versprochen, sie bei Craddock's zu treffen. Sie wollen mir Revanche geben.«

»Von ganzem Herzen, ja«, sagte Stephen, aber der Versuch, herzliche Freude vorzutäuschen, verbarg kaum die tiefe Melancholie, und Jack konnte es sich nicht verkneifen zu bemerken: »Stephen, sollte irgend etwas nicht stimmen oder ich dir irgendwie helfen können, verstehst du . . .«

»Nein, nein, Jack. Aber du bist ein guter Freund. Es stimmt schon, meine Lebensgeister liegen etwas danieder, nur schäme ich mich, daß ich es nicht besser verbergen kann. In London habe ich einen Patienten verloren. Leider kann ich keineswegs sicher sein, ihn nicht durch meinen eigenen Fehler verloren zu haben. Mein Gewissen setzt mir zu, und ich bin tief in Trauer um ihn, er war ein so vielversprechender junger Mann. Und dann habe ich in London auch noch Diana Villiers getroffen.«

»Ach ja«, sagte Jack betreten. »Ganz recht.«

Eine Pause trat ein, in der die Pferde zur Tür gebracht wurden und Stephen Maturin sich an einen dritten Grund für seine Trübsal erinnerte: Er hatte gedankenlos und fahrlässig eine Mappe mit höchst vertraulichen Unterlagen in einer Mietskutsche liegengelassen. Jack setzte nach: »Villiers hast du gesagt, nicht Johnson?«

»Ja«, antwortete Stephen, während er sich in den Sattel schwang. »Es hat den Anschein, daß der Gentleman in Amerika bereits eine Ehefrau besitzt und eine Eheannullierung oder was immer sie dort drüben haben nicht zu bekommen war.«

Das Thema Diana Villiers war für beide heikel, und um seinen Gedanken eine andere Richtung zu weisen, bemerkte Jack, nachdem sie ein gutes Stück geritten waren: »Du denkst doch nicht, daß man für ein Spiel wie Siebzehn-und-Vier besonderes Talent braucht, oder? Wirklich nicht. Aber diese Kerle ziehen mich immer bis aufs letzte Hemd aus, wenn ich mit ihnen spiele. Du hast beim Pikett das gleiche mit mir getan, aber das sind zweierlei Stiefel.«

Stephen gab keine Antwort, sondern trieb sein Pferd schneller und schneller über den kahlen Hügel; vornübergebeugt saß er im Sattel mit einem Ausdruck so grimmiger Entschlossenheit im Gesicht, als sei er auf der Flucht. So ritten sie in leichtem und mittlerem Galopp über den festen Grasboden dahin, bis sie den Kamm von Portsdown Hill erreichten. Dort zügelte Stephen sein Pferd vor dem steilen Abhang. Sie verharrten eine Weile, eingehüllt in den Geruch von erhitzten Pferden und Leder, und blickten hinunter in das weite Rund des Hafens mit Spithead, der Isle of Wight und dem Kanal in der Ferne: Kriegsschiffe lagen vertäut an den Liegeplätzen, liefen ein oder aus; ein riesiger Konvoi lief vor der Halbinsel von Selsey mit der Tide aus.

Sie lächelten sich zu, und Jack überkam das Vorgefühl von etwas sehr Wichtigem, das Stephen jetzt sagen würde. Aber die Ahnung trog ihn, Stephen erinnerte ihn lediglich daran, daß Sophie sie gebeten hatte, von Holland's Fisch mitzubringen, darunter drei Schollen für die Kinder.

Bei Craddock's gingen gerade die Lichter an, als sie die Pferde dem Stallknecht übergaben. Jack führte Stephen unter einer Reihe edler Kandelaber hindurch zum Spielzimmer, wo er dem Mann am kleinen Tisch hinter der Tür achtzehn Pence gab, seinen Blick durch den Raum schweifen ließ und sagte: »Hoffen wir, das Spiel lohnt die Kerze.« Craddock's wurde von wohlhabenderen Offizieren, Gentlemen vom Lande, Anwälten, Beamten diverser Regierungsbehörden und anderen Zivilisten frequentiert, und unter diesen erblickte Jack auch die Männer, nach denen er suchte. »Dort sind sie«, sagte er, »im Gespräch mit Admiral Snape. Der mit der Perücke ist Richter Wray, der andere ist sein Cousin, Andrew Wray, ein wichtiger Mann in Whitehall, verbringt die meiste Zeit da unten in Angelegenheiten des Marineministeriums. Ich denke, die werden unseren Tisch schon komplett haben: Carroll sehe ich, wie er wartet, bis sie mit dem Admiral durch sind – der lange Kerl im himmelblauen Rock und weißen Pantalons. Das ist mal ein Mann, der wirklich etwas von Pferden versteht. Seine Ställe hat er drüben hinter Horndean.«

»Rennpferde?«

»Aber sicher. Seinem Großvater gehörte Potoo, also hat er es im Blut. Nimmst du vielleicht ein Blatt? Wir spielen hier französisch.«

»Ich glaube nicht. Aber ich setze mich neben dich, wenn ich darf.«

»Ich würde mich sehr freuen – du wirst mir ein wenig von deinem Glück bringen. Glück im Spiel hattest du ja immer schon. Jetzt muß ich zu dem Tisch dort und ein paar Spielmarken kaufen.«

Jack verschwand, während Stephen von Tisch zu Tisch wanderte. Viele waren bereits besetzt, an anderen spielten ernste Männer konzentriert und tief versunken einen sehr wissenschaftlichen Whist, und doch hatte er das Gefühl, der Abend habe noch gar nicht richtig begonnen. Er traf ein paar Leute, die er aus der Navy kannte, und einer von ihnen, Kapitän Dundas, sagte zu ihm: »Ich hoffe, er wird heute abend wieder Lucky Jack Aubrey sein. Als ich zuletzt hier war ...«

»Da bist du ja, Heneage«, rief Jack, als er zu ihnen stieß. »Kommst du mit? An unserem Tisch wird Siebzehn-und-Vier gespielt.«

»Nichts für mich, Jack. Wir armen Bettler mit unserem halben Landsold können mit Nabobs wie dir doch nicht mithalten.«

»Dann komm, Stephen. Sie setzen sich gerade.« Er führte Stephen an das andere Ende des Raumes. »Richter Wray«, sagte er, »gestatten Sie mir, Ihnen Dr. Maturin vorzustellen, meinen speziellen Freund. Mr. Wray. Mr. Carroll. Mr. Jenyns.« Sie begrüßten einander, tauschten einige höfliche Bemerkungen aus und nahmen dann an dem breiten, mit grünem Fries ausgeschlagenen Tisch Platz. Der Richter war von seiner beruflich bedingten Unergründlichkeit auch im privaten Bereich derart durchdrungen, daß Stephen keinen Eindruck von ihm mitnahm außer dem Bild eines Mannes, der von seiner eigenen Wichtigkeit zutiefst überzeugt war. Andrew Wray, sein Cousin, war etwas jünger und offensichtlich wesentlich intelligenter. Er hatte unter der politischen Führungsriege der Admiralität gedient; Stephen hatte gehört, er werde mit der Patronagebehörde und dem Schatzamt in Verbindung gebracht. Jenyns ließ sich gar nicht einordnen, der Mann hatte eine große Brauerei geerbt und dazu ein breites, blasses und nichtssagendes Gesicht. Dagegen war Carroll deutlich interessanter, genauso groß wie Jack, aber schmaler, mit einem länglichen Gesicht, das große Ähnlichkeiten mit dem eines Pferdes hatte – jedoch eines Pferdes mit sehr viel Temperament und Verstand. Beim Mischen fiel der joviale Blick seiner blauen Augen (so blau wie die von Jack) auf Stephen, und ein so außergewöhnlich gewinnendes Lächeln überzog sein Gesicht, daß dieser einfach gezwungen war, zurückzulächeln. Ein Strom von Karten floß unter Carrolls Händen gehorsam hin und her.

Jeder zog eine Karte, und es war Mr. Wray, der austeilen durfte. Stephen war mit ihrer Version des Spiels nicht vertraut, wenn er auch dessen kindlich einfache Grundregeln sofort begriff, und für eine Weile amüsierten ihn die Rufe wie »Zehn im Kopf«, »Rouge et Noir«, »Sympathie und Antipathie«, »Ich und wir« und »Zifferblatt«. Es bereitete ihm auch einiges Vergnügen, in den Gesichtern der Tischrunde zu lesen: Die Pomphaftigkeit des Richters wich verstohlener Befriedigung, die wiederum einer sauertöpfischen Miene, zu der sich noch ein bösartiges Zucken der Mundwinkel gesellte; die gewollte Nonchalance seines Cousins wurde ab und zu durch das Aufblitzen seiner Augen Lügen gestraft, Carrolls ganze Person strahlte intensiven Tatendrang und eine Lebensenergie aus, die Stephen an seinen Freund erinnerte, wenn er sein Schiff in den Kampf führte. Jack schien mit allen auf sehr vertrautem Fuße zu stehen, selbst mit dem phlegmatischen Jenyns, so als kenne er sie ohne Ausnahme seit vielen Jahren. Aber das mußte nichts bedeuten, denn sein offenes, freundliches Wesen ließ ihn in jeder Runde bestens ankommen, und Stephen hatte ihn schon unter Gentlemen vom Lande reüssieren sehen, die von nichts anderem als ihren Jungstieren reden konnten.

Auf dem Tisch lagen anstatt des Geldes nur Spielmarken. Diese wanderten von einem Platz zum anderen, zunächst noch ohne erkennbare Tendenz. Da Stephen nicht wußte, für welche Werte sie standen, verflüchtigte sich sein Interesse am Spiel sehr schnell. Die Form einiger Spielmarken erinnerte ihn an Sophies Fische, daher zog er sich leise zurück und ging die geschäftige High Street hinunter, vorbei am George bis zu Hollands Geschäft, wo er die Schollen und ein paar schöne, dicke Neunaugen erstand (die aß er am liebsten). Mit den eingewickelten Fischen unter dem Arm gelangte er zum Hard, wo die Besatzung der MENTOR, die gerade ihren Sold erhalten hatte, mit viel Geschrei und unter lauten Hallorufen rings um ein Freudenfeuer tanzte. Um die Seeleute drängte sich eine wachsende Menge stämmiger und starkgebauter junger Frauen, die als Pferdchen bekannt waren, dazu Luden, herumlungernde Lehrjungen und Taschendiebe. Das Feuer sandte seinen glutroten Schein weit hinauf in den nächtlichen Himmel. Hoch oben kreisten aufgeschreckte Möwen, die Flügel rosa im Widerschein des Feuers, und inmitten der Flammen hing eine Puppe, die den Ersten Offizier der MENTOR darstellen sollte. »Kamerad«, flüsterte Stephen einem benebelten Seemann ins Ohr, dessen Pferdchen ihn gerade vor aller Augen bestahl, »habe ein Auge auf deinen Geldbeutel.« Noch während er sprach, fühlte er, wie jemand ihm das Päckchen unter seinem Arm mit einem starken Ruck entriß – weg waren die Neunaugen und Schollen. Der Bösewicht, ein winziger Dreikäsehoch, verschwand blitzschnell in der brodelnden Menge, und Stephen begab sich zurück zum Laden, konnte jetzt aber nur noch einen sündhaft teuren Lachs und zwei vertrocknete Plattfische erstehen.

Je mehr sie sich an seiner Brust erwärmten, desto auffälliger stanken sie, deshalb ließ er das Päckchen bei den Pferden und kehrte dann auf seinen Platz am Tisch zurück. Nichts schien sich verändert zu haben, nur Jacks Vorrat an Spielmarken war sichtbar zur Neige gegangen. Immer noch riefen sie eine Runde »Bezahl die Zahl« oder »Antipathie« aus, aber jetzt hing eine merkliche Spannung über allem. Jenyns' bleiches, breites Gesicht schwitzte stärker als zuvor, Carroll wirkte durch und durch elektrisiert vor Aufregung, und die zwei Wrays gaben sich jetzt noch kälter und kontrollierter. Jack zog eine Karte und wischte dabei eine der ihm verbliebenen Spielmarken, einen Fisch aus Perlmutt, vom Tisch. Stephen hob ihn auf, worauf Jack sagte: »Danke dir, Stephen, das ist ein Pony.«

»Für mich sieht es eher nach einem Fisch aus«, sagte Stephen.

»Das ist unser Slang für fünfundzwanzig Pfund«, erklärte Carroll und schenkte ihm ein Lächeln.

»Tatsächlich?« Stephen dämmerte es, daß hier um viel höhere Einsätze gespielt wurde, als er je gedacht hätte. Er beobachtete das einfältige Spiel mit wachsender Aufmerksamkeit und begann es bald merkwürdig zu finden, wieviel, wie oft und wie regelmäßig Jack verlor. Die Hauptgewinner waren Andrew Wray und Carroll; der Richter schien weder nennenswert gewonnen noch verloren zu haben; Jack und Jenyns dagegen hatte das Glück verlassen, beide riefen nach neuen Spielmarken, kaum daß Stephen eine halbe Stunde zurück war. Während dieser halben Stunde war er zu der Überzeugung gelangt, daß es hier nicht mit rechten Dingen zuging. Die Wahrscheinlichkeitsgesetze wurden von irgend etwas außer Kraft gesetzt. Was es genau war, wußte er nicht zu sagen, aber sollte es ihm gelingen, sozusagen den Code zu knacken, würde er Beweise für das Zusammenspiel finden, das er vermutete. Ein fallengelassenes Taschentuch gab ihm Gelegenheit, ihre Füße zu sehen – ein häufiges Kommunikationsmittel –, aber er fand nichts Ungewöhnliches. Worin bestand das Zusammenspiel? Zwischen wem? Verlor Jenyns tatsächlich so viel, wie es den Anschein hatte, oder hatte er ihn unterschätzt? In diesen Dingen konnte man leicht zu schlau sein und sich übernehmen, am Ziel vorbeischießen: In der Naturwissenschaft wie im politischen Geheimdienst lautete eine bewährte Regel, zuerst das zu prüfen, was offen zutage tritt, und die leichten Teile des Problems zu lösen. Der Richter hatte die Angewohnheit, mit den Fingern auf die Tischplatte zu trommeln, sein Cousin ebenso. So etwas war ja nicht unnatürlich, aber trommelte Andrew Wray nicht auf irgendwie besondere Art? Seine klopfenden Finger schlugen weniger den üblichen, rollenden Rhythmus, sie waren vielmehr auf der Suche nach einer Melodie und deren Variationen. Irrte er, wenn er zu beobachten meinte, daß Carroll seine wachen Piratenaugen auf diese Finger gerichtet hielt? Es war unmöglich zu entscheiden, und so bewegte er sich um den Tisch herum, bis er hinter Wray und Carroll zu stehen kam, um zu sehen, ob zwischen dem Trommeln und den Karten in ihren Händen möglicherweise eine Verbindung bestand. Sein Zug brachte ihn jedoch in dieser Richtung nicht weiter. Er hatte erst kurz auf seiner neuen Position gestanden, als Wray nach Sandwiches und einer halben Pinte Sherry verlangte und das Trommeln aufhörte – eine Hand, die ein Sandwich hält, ist naturgemäß dazu nicht in der Lage. Mit Ankunft des Weines aber erlangten die Gesetze der Wahrscheinlichkeit ihre

Geltung und Wirkung wieder: Jacks Blatt wendete sich, Fische kehrten in kleineren Schwärmen zu ihm zurück, und er stand etwas reicher vom Tisch auf, als er dort Platz genommen hatte.

Man hätte tatsächlich glauben können, alle anwesenden Gentlemen hätten nur zum Vergnügen und um nichts weiter gespielt, so wenig sichtbare Emotionen zeigten sie. Auch sein Freund vermied es, eine unschickliche Selbstzufriedenheit an den Tag zu legen, aber Stephen wußte, daß er sich insgeheim freute.

»Stephen, du hast mir Glück gebracht«, sagte er, als sie im Sattel saßen. »Du hast die verfluchteste Pechsträhne unterbrochen, die mir mit den Karten in meinem ganzen Leben untergekommen ist. Und das Woche für gottverdammte Woche.«

»Darüber hinaus habe ich dir noch einen Lachs und ein Paar Plattfische gebracht.«

»Sophies Fische!« rief Jack. »Gott ist mein Zeuge, die waren mir völlig aus dem Sinn gekommen. Ich danke dir, Stephen, du bist ein Freund, wie er unter tausend nur einmal vorkommt.«

Schweigend ritten sie durch Cosham, um betrunkene Seeleute, Soldaten und Frauen einen Bogen schlagend. Stephen wußte, daß Jack sein Glück mit dem Mauritius-Unternehmen gemacht hatte. Auch nach Abzug des Admiralsanteils, der Gebühren für die Verwaltung und Bestechungsgelder an Zivilisten dürften allein schon die zurückeroberten Indienfahrer ihn recht weit oben auf der Liste der Kapitäne plaziert haben, die hohe Prisengelder erzielten. Und doch ... Als sie die Häuser hinter sich gelassen hatten, sagte er: »Als solcher sollte ich dich vor einigen Unannehmlichkeiten warnen, die Freunden widerfahren können. Weil ich aber gerade erst eine große Geldsumme von dir geliehen habe, wäre es weder besonders anständig noch sehr überzeugend, jetzt an deine Sparsamkeit oder auch nur an dein gesundes Mißtrauen zu appellieren. Ich muß stumm bleiben und mich mit der Bemerkung begnügen, daß man von Lord Anson – sein Reichtum stammt aus derselben Quelle wie deiner – berichtete, er sei zwar *um* die Welt *gereist*, aber nie *in* die Welt *gegangen*.«

»Ich verstehe«, sagte Jack. »Du denkst, daß sie Falschspieler sind und mich hereingelegt haben?«

»Sicher bin ich nicht. Aber an deiner Stelle würde ich nicht mehr mit diesen Männern spielen.«

»Ich bitte dich, Stephen, bei aller Liebe: ein Richter? Und ein Mann im Dienste der Regierung, der so weit oben steht?«

»Ich erhebe ja keine Anklage. Aber hätte ich Beweise anstelle eines bloßen Verdachts, es wöge nicht sehr schwer, daß der Mann Richter ist. Sicher, es wirkt immer wenig durchdacht und kleingeistig, von einer ganzen Gruppe von Menschen schlecht zu sprechen. Aber es ist nun einmal so, daß alle mir bekannten Richter höchst eigensinnige Mitmenschen sind, und ich muß daran denken, daß sie nicht nur dem schlechten Einfluß von Macht und Autorität ausgesetzt sind, sondern auch dem ihrer eigenen moralischen Entrüstung, was noch verderblicher ist. Sie fällen Urteile über Verbrecher mit einer ungezügelten, rachsüchtigen Rechtschaffenheit, die einem Erzengel schlecht anstünde. Geradezu obszön wirkt so etwas, wenn da ein Sünder über einen anderen spricht, der sich noch dazu nicht verteidigen kann. Rechtschaffene Entrüstung – von mir aus jeden Tag und unter Beifall der Öffentlichkeit! Ich erinnere mich, wie ein Bekannter von mir buchstäblich Schaum vor den Lippen hatte – ich konnte einen weißen Strich zwischen seinen Lippen sehen –, während er einen am Boden zerstörten Jungen zur Deportation verdammte, und zwar wegen Befriedigung der Fleischeslust mit einem hübschen, kessen, aufrechten jungen Ding. Und doch ist dieser selbe Mann ein regelrechter Schürzenjäger, ein kalter und zu allem entschlossener Lüstling, ein geiler und zügelloser Mensch, der heimlich Mutter Abbots Haus in der Dover Street besucht. Ein anderer Mann, der mir in seinem Haus unverzollten Wein, Tee und Brandy kredenzte, wies einen Schmuggler mit großer Vehemenz zurecht: Die Gesellschaft müsse vor Übeltätern wie ihm und seinen Komplizen geschützt werden. Glaube jetzt aber trotzdem nicht, daß ich deinen Richter einen Falschspieler nenne. Es kann sein, daß seine Ehrbarkeit nichts als ein nützlicher Schutzschirm für andere ist.«

»Nun, ich werde ein Auge auf sie haben«, sagte Jack. »Ich habe mich mit ihnen für nächste Woche wieder verabredet, aber ich werde meine Adleraugen offenhalten. Eine heikle Sache ist das … Es wäre nicht gut, Andrew Wray gegen mich aufzubringen …«

Sie führten die Pferde am Zügel den Hügel hinauf. Zu ihrer Rechten hörten sie vom Galgen auf dem Gipfel das Surren eines Ziegenmelkers, der auf dem Querbalken saß. Eine halbe Meile später sagte

Jack: »Ich kann mir das von ihm nicht vorstellen. In der Stadt ist er ein bedeutender Mann, mal abgesehen von allem anderen. Er versteht etwas von Kapitalanlagen und hat mir einmal gesagt, ich könnte in ein paar Wochen bestimmt einen hübschen Profit machen, wenn ich Geld in Bankanleihen stecken würde. Und richtig, Mr. Perceval gab eine Erklärung ab, und etliche Leute haben Tausende eingesackt. Aber so ein Dummkopf bin ich dann doch nicht, Stephen. Aktien und Anteile sind wie Glücksspiel, und ich bleibe bei den Leisten, von denen ich etwas verstehe: Schiffe und Pferde.«

»Und Silberabbau.«

»Da liegt die Sache ganz anders«, rief Jack. »Ich sag's Sophie immer wieder: Die Lowthers brauchten nichts vom Bergbau zu verstehen, als auf ihrem Boden Kohle gefunden wurde. Sie mußten nichts weiter tun, als auf die Experten zu hören und darauf zu achten, daß alles seinen geregelten Gang nahm – und dann brauchten sie sich nur noch einen Sechsspänner zuzulegen und die reichste Familie im Norden zu werden, mit Gott weiß wie vielen Abgeordneten im Unterhaus und einem, der jetzt gerade ein Lord der Admiralität ist. Aber nein, den armen Kimber kann sie nicht ausstehen, obwohl er ein zuvorkommender und höflicher kleiner Mann ist. Sie nennt ihn einen Spekulanten. Als wir das letzte Mal in der Stadt waren, sind wir ins Theater gegangen, und da war ein Kerl auf der Bühne, der sagte, er wüßte auch nicht, warum, aber jedesmal wenn er und seine Frau sich stritten, hätte sie zufällig immer unrecht. Während alles kicherte und klatschte, fand ich, er hätte das sehr schön gesagt, und habe Sophie nur ›Kohle‹ zugeflüstert, aber sie hat gerade so herzlich gelacht, daß sie es nicht gehört hat.«

Er seufzte und fuhr dann in anderem Ton fort: »Herrgott, Stephen, siehe nur, wie Arkturus strahlt! Der rötliche Stern dort hinten. Morgen wird es ordentlich aus Südwest blasen, oder ich will Hans heißen. Aber es ist ein schlechter Wind, der die Suppe verdirbt, weißt du.«

Ihre Suppe wartete in der Küche auf sie, und Sophie, blaß vor Müdigkeit, aber ganz pflichterfüllte Ehefrau, teilte ihnen aus. Während Stephen aß, ging Jack aus dem Raum und kam mit einem schön gearbeiteten Schiffsmodell zurück. »Hier«, sagte er, »das ist das Werk von Moses Jenkins, dem Bildhauer der Werft. Also das nenne ich Kunst, Phidias kommt da gar nicht mit. Natürlich erkennst du sie.«

Stephen beugte sich herab, um das Schiff so zu sehen, wie es von der Wasserlinie aus erschien. Die Galionsfigur, eine Dame in fließendem Gewand, die geheimnisvoll den Deckel von einer Schüssel zu nehmen oder das Becken zu schlagen schien, kam ihm vage vertraut vor, aber kein Name wollte ihm einfallen, bis er hinter der Dame in der Bugspitze einen gelben, gefleckten Hund mit einer rundlichen Knolle als Kopf erblickte. »Die scheußliche, alte – ich meine, die Leopard«, sagte er.

»Haargenau«, sagte Jack mit einem anerkennenden, verklärten Blick. »Ich hatte befürchtet, ihr verändertes Heckwerk würde dich verwirren, aber du hast sie gleich erkannt. Die rundum erneuerte Leopard. Hier ist die Diagonalverstrebung, siehst du? Die Kniestücke aus Eisenplatten nach Roberts. Hinter den Mastscheiben des Achterdecks ist alles neu gemacht. Nur eines ist mir nicht so recht, das ist der neumodische Achtersteven. Alles ist maßstabsgetreu, und ihre echten Maße sind: Kanonendeck einhundertsechsundvierzig Fuß fünf Zoll, Kiel einhundertzwanzig Fuß und dreiviertel Zoll, Breite mittschiffs vierzig Fuß acht Zoll, Tonnage nach unserer Berechnung eintausendsechsundfünfzig. Genau richtig für eine weite Reise! Sie hat achterlich nur fünfzehn Fuß acht Tiefgang, ohne Ladung, aber siebzehn Fuß sechs Zoll Laderaum! Erinnerst du dich, wie wir auf der guten alten Surprise selbst mit den Kantnägeln geizen mußten? Der Magen unseres Leopards wird gestopft voll sein mit Nägeln und jeder Art von Vorräten in rauhen Mengen. Zähne kann er auch zeigen, wie du siehst: zweiundzwanzig Vierundzwanzigpfünder auf dem Unterdeck, zweiundzwanzig Zwölfpfünder auf dem Oberdeck, dazu zwei Sechspfünder auf der Back und vier Fünfpfünder auf dem Achterdeck. Außerdem bringe ich noch meine Messing-Neuner als Heckgeschütze mit. Eine Breitseite von uns sind vierhundertachtundvierzig Pfund Eisen – mehr als genug, um jede holländische oder französische Fregatte vom Wasser zu fegen, denn bei den Gewürzinseln haben die kein Linienschiff stehen, das ist zu weit weg.«

»Die Gewürzinseln«, murmelte Stephen, fühlte dann aber, daß

etwas mehr von ihm erwartet wurde: »Wie ist ihre volle Mannschaftsstärke?«

»Dreihundertdreiundvierzig Mann. Vier Leutnants, drei Offiziere von den Seesoldaten, zehn Kadetten und Fähnriche, und sogar der Schiffsarzt bekommt zwei Gehilfen, Stephen. An Gesellschaft oder Platz wird es nicht mangeln. Dieses Kommando hat noch eine angenehme Seite. Endlich habe ich nämlich Zeit, die Sache vorzubereiten, und Männer ganz nach meinem Geschmack. Tom Pullings wird mein Erster sein, Babbington ist schon auf der Rückreise von Westindien und Mowett kann hoffentlich am Kap einsteigen. Pullings wie auch Heywood wirst du am Donnerstag treffen. Tom wird genauso gespannt sein wie wir alle, etwas über die Gewässer da unten zu hören und über Bligh, denn natürlich muß er das Kommando übernehmen, sollte ich – ich meine, wenn ich an Land bin, führt er ja das Schiff.«

Mr. Pullings kam am Donnerstag und zeigte seine Wiedersehensfreude so offen, daß Stephen nicht den Eindruck gewann, er habe sich sehr verändert, seit er ihm vor vielen, vielen Jahren erstmals begegnet war. Damals war er Kadett gewesen, ein schüchterner, freundlicher Junge mit langen Armen und Beinen und spindeldürrem Körper. Jetzt dagegen war er ein Mann von weitaus größerem Gewicht, äußerlich wie innerlich, eine starke und gestandene Persönlichkeit. Die kompetente Musterung des jungen George, der ihm zur Inspektion vorgeführt wurde, sowie sein Verhalten gegenüber Kapitän Heywood machten deutlich, daß er in seinem Leben genau auf Kurs lag und der Wind günstig stand. Selbstverständlich ließ er es nicht an der gebotenen Ehrerbietung fehlen, erwies sie aber mit der Haltung eines Mannes, der in seiner langen Dienstzeit viel erlebt hat und sein Handwerk durch und durch versteht.

Gespannt waren sie alle gewesen, und doch erfuhren sie von Heywood nur wenig über Bligh. Er wolle nichts gegen Kapitän Bligh sagen – erstklassiger Seefahrer – selbst sehr empfindlich, teile aber ordentlich aus, ohne zu merken, wie dies andere verletze – könne einen heute vor versammelter Mannschaft herunterputzen und morgen zum Dinner einladen – man wisse nie, woran man bei ihm sei – Christian, dem Mastergehilfen, habe er das Leben zur Hölle gemacht, aber ihn auf seine ganz eigene und merkwürdige Art wohl auch gemocht – die Lage an Bord der BOUNTY sei ihm nie klar gewesen, keinen blassen Schimmer habe er gehabt, so überrascht war er, als sich die Leute gegen ihn stellten – ein Mann mit seltsamen Anwandlungen: mit Heywood habe er sich die allergrößten Mühen gemacht, um ihm bei den Mondbeobachtungen auf die Sprünge zu helfen, andererseits sich derart eingefleischt bösartig gezeigt, daß er sich sein eigenes Grab gegraben habe. »Seinen Zimmermann hat er wegen Unbotmäßigkeit vor das Kriegsgericht gezerrt, und das, nachdem sie gemeinsam die Reise in der Barkasse überlebt hatten – viertausend Meilen auf See in einem offenen Boot, und er bringt den Mann nach Spithead vor die Richter!«

Als Heywood geendet hatte, trat eine Stille ein, die nur vom Geräusch des Knackens von Nüssen gestört wurde. Zu jener Zeit war er noch ein Junge gewesen. Aus tiefem Schlaf erwachend, hatte er das Schiff in den Händen bewaffneter und in ihrer Wut zu allem entschlossener Meuterer gefunden. Der Kapitän war ihr Gefangener, gerade setzten sie die Barkasse aus – er zögerte, verlor für einen Moment den Kopf und ging unter Deck. Nicht gerade ein schlimmes Verbrechen, aber auch alles andere als eine Heldentat. Er wollte sich nicht weiter darüber auslassen.

Jack, der seine Gefühle verstand, ließ die Flasche kreisen, und kurze Zeit später bat Stephen Kapitän Heywood, ihm etwas über die Vögel auf Tahiti zu erzählen. Viel gab es da anscheinend nicht zu berichten: Er erinnerte sich an verschiedene Arten von Papageien, einige Tauben und »die üblichen Möwen«.

Während die anderen sich den Eigenheiten der LEOPARD zuwandten, versank Stephen in einem Tagtraum, aus dem er erst wieder auftauchte, als Heywood rief: »Edwards! Zu diesem Mann habe ich eine ganz besondere Meinung, und ich verrate sie Ihnen gern. Ein Schuft ist er und ein schlechter Seemann dazu – in der Hölle soll er schmoren.« Kapitän Edwards hatte die PANDORA befehligt, die zur Ergreifung der Meuterer ausgesandt worden war und diejenigen nach England gebracht hatte, die auf Tahiti geblieben waren. Heywood blickte zurück auf den Jungen, der er damals gewesen war: Voller Freude und in sicherer Erwartung eines herzlichen Willkommens sei er sofort nach Sichten des Schiffes vom Strand zu ihr hinausgerudert. Er leerte sein Glas und sagte mit einer Stimme, in der bitterer Vorwurf mitschwang: »Dieser verdammte Schurke von einem Mann hat uns in Eisen gelegt und uns alle, vierzehn Männer, Schuldige wie Unschuldige zusammen, in einen Käfig auf dem Achterdeck gestopft. Die Büchse der Pandora nannte er das Ding, vier Yards breit, sechs lang, und darin hielt er uns mehr als vier Monate lang, während er nach Christian und den anderen suchte. Hat sie natürlich nie gefunden, dieser Trottel von Landratte. Uns aber hat er die ganze Zeit über die Fußeisen nicht abgenommen, und aus dem Käfig durften wir auch nicht, noch nicht einmal für den kleinen Gang zum Bug. Und wir steckten immer noch in der Büchse, immer noch in den Eisen, als der Hurensohn das Schiff am Eingang der Endeavour-Straße auf ein Riff gesetzt hat. Und was, denken Sie, hat er für uns getan, als sie unterging? Keinen Handschlag, nichts. Hat uns weder die Eisen abgenommen noch den Käfig aufgeschlossen, und dabei dauerte es Stunden, bis sie wegsackte. Hätte der Korporal der PANDORA nicht in letzter Sekunde die Schlüssel durch die Luke geworfen, wir wären alle ertrunken. Auch so wurden vier Mann im anschließenden Handgemenge unter Wasser gedrückt – das Wasser stand uns bis zum Hals – übel war das . . . Und dann hatte der hundserbärmliche Bursche zwar vier Boote zu Wasser gebracht, den Proviant dafür aber vergessen. Wir mußten mit nichts als etwas Zwieback und zwei oder drei Bechern Wasser pro Mann und Tag auskommen, bis wir die Holländer in Coupang erreichten, und das waren mehr als tausend Meilen. Coupang hätte er ohne den Master noch nicht einmal gefunden, der Lump. Wäre das nicht unchristlich, ich würde auf seine Verdammnis trinken, möge sie dauern bis ans Ende aller Tage.« Heywood trank trotzdem, wenn auch schweigend. Dann änderte sich seine Laune abrupt, und er erzählte ihnen von den Gewässern um Ostindien, den Wundern Timors und Cerams und von den zahmen Kasuaren, die dort zwischen Ballen von Gewürzen herumstolzierten. Er schwärmte von den bezaubernden Schmetterlingen von Celebes, von Nashörnern auf Java, heißblütigen Mädchen in Surabaya und den Gezeiten in der Sundastraße. Sein Bericht fesselte alle, und obwohl aus dem Salon gemeldet wurde, der Kaffee werde kalt, hätten sie ohne Ende weiter zuhören können. Als er gerade bei den Dhaus angelangt war, die Pilger nach Arabien bringen, versagte Heywood die Stimme. Er setzte noch ein- oder zweimal an, blickte nervös nach beiden Seiten, hielt sich am Tisch fest und stand auf. Schwankend und sprachlos blieb er dort stehen, bis Killick und Pullings ihn hinausführten.

»Es wäre eine Jahrhundertreise«, sagte Stephen. »Ich wünschte, ich könnte dabeisein, aber leider . . .«

»O Stephen«, rief Jack. »Ich hatte so auf dich gezählt.«

»Du weißt doch, wie das mit meinen Geschäften ist, Jack. Ich bin nicht mein eigener Herr, man hat mich nach London bestellt. Am Dienstag muß ich hin, wie ich jetzt weiß, und wenn ich von dort zurückkehre, werde ich wohl absagen müssen. Es ist so gut wie sicher. Auf jeden Fall kann ich dir aber einen exzellenten Schiffsarzt verschaffen: Ich kenne einen äußerst fähigen jungen Mann, ein brillanter Chirurg und ein sehr kundiger Naturforscher dazu, eine Korallen-Koryphäe sozusagen, der würde sein rechtes Auge geben, um mitreisen zu können.«

»Meinst du Mr. Deering, an den du alle deine Rodriguez-Korallen geschickt hast?«

»Nein. John Deering ist der Mann, über den ich heute nachmittag gesprochen habe. Er ist mir unter den Händen weggestorben.«

ZWEITES KAPITEL

A LS DIE POSTKUTSCHE die ersten Häuser von Petersfield passiert hatte, öffnete Stephen Maturin seine Tasche und entnahm ihr eine vierkantige Flasche. Er betrachtete sie mit einer Mischung aus Furcht und Sehnsucht, wobei er sich aber bewußt war, daß gemäß seinen selbstgesetzten Regeln die eigentliche Krise trotz des gegenwärtigen Verlangens ohne irgendwelche Verbündeten durchgestanden werden mußte. Hierauf ließ er die Flasche sinken und warf sie zum Fenster hinaus.

Dort traf sie nicht das Gras der Böschung, sondern einen Stein, explodierte wie eine kleine Granate und überzog die Straße mit Laudanumtinktur. Das Geräusch ließ den Postkutscher herumfahren; als er jedoch die blassen Augen seines Passagiers und dessen kalten, feindseligen Blick auf sich gerichtet fühlte, wandte er sein Interesse zum Schein einem vorbeifahrenden Tilbury zu. Der Abdecker sei ganz in der Nähe, rief er zum Kutscher hinüber, nur eine Viertelmeile die Straße hinunter, die erste links, wenn er sein Viehzeug loswerden wolle. Als sie dann aber in Godalming hielten, um die Pferde zu wechseln, gab er seinem Kollegen den Rat, den Kerl in der Kutsche im Auge zu behalten: Ein merkwürdiger Kauz sei das, könne plötzlich einen Anfall haben oder Unmengen von Blut spucken wie der Herr damals in Kingston, und wer würde die

Schweinerei dann wieder wegmachen müssen? Der neue Postkutscher versicherte, er werde auf jeden Fall ein Auge auf die Passagiere haben, ihm würde nichts entgehen. Unterwegs dann dämmerte es ihm allerdings, daß alle Wachsamkeit dieser Welt einen Gentleman nicht daran hindern konnte, Unmengen von Blut zu erbrechen, wenn es ihm beliebte. Und so war er froh, als Stephen ihn am Laden eines Apothekers in Guildford halten ließ – der Gentleman wollte sich zweifellos einen Vorrat an Medizin anlegen, der ihn für den Rest der Reise versorgen würde.

Tatsächlich jedoch durchstöberte der Gentleman mit dem Apotheker die Regale nach einem Gefäß mit einer Öffnung, die weit genug für die Hände war, die Stephen in sein Taschentuch gewickelt bei sich trug. Schließlich wurde auch eines gefunden, gefüllt und mit dem besten destillierten Weingeist aufgegossen, worauf Stephen sagte: »Wenn ich schon einmal hier bin, kann ich auch gleich ein Pint alkoholische Laudanumtinktur mitnehmen.« Diese Flasche steckte er in die Innentasche seines Übermantels, während er das Gefäß unbedeckt zur Kutsche trug und der Postkutscher nichts sah außer einem Paar grauer Hände mit bläulichen Fingernägeln, alles überdeutlich sichtbar im frischen Spiritus. Der Kutscher kletterte ohne ein Wort auf den Bock, wobei sich seine Stimmung auf die Pferde übertragen haben mußte, denn sie flogen förmlich die London Road entlang, durch Ripley und Kingston, über die Heide bei Putney hinweg und am Schlagbaum von Vauxhall vorbei, donnerten über die London Bridge und gelangten schließlich zu einem Gasthof namens The Grapes. Dort, in der Nähe des Savoy-Palastes, hielt Stephen zu jeder Zeit ein Zimmer für sich reserviert. Dies alles geschah mit einer derartigen Geschwindigkeit, daß die Wirtin ihm zurief: »Ach, Herr Doktor, ich hatte Sie frühestens in einer Stunde erwartet. Ihr Abendessen ist noch nicht einmal auf dem Feuer! Soll ich Ihnen nicht einen Teller Suppe bringen, Sir, die wird Sie stärken nach dieser Reise? Erst eine schöne Suppe, und dann das Kalbfleisch, sobald es gar ist?«

»Nein danke, Mrs. Broad«, entgegnete Stephen. »Ich ziehe nur rasch andere Kleider an und muß schon wieder fort. Lucy, Liebes, sei so gut und bring diese winzige kleine Tasche hinauf, ich werde das Gefäß tragen. Hier, Kutscher, für deine Mühen.«

Im Grapes hatte man sich an Dr. Maturin und seine ganz eigene Art bereits gewöhnt. Auf ein Gefäß mehr oder weniger kam es nicht an, im Gegenteil, es war sogar recht willkommen, galt doch der Daumen eines Gehenkten als einer der besten Glücksbringer, die es in einem Haus geben konnte, zehnmal stärker noch als der Strick selbst – und in diesem Fall gab es sogar deren zwei. Das Glas überraschte sie also nicht weiter, aber bei Stephens erneutem Auftritt in einem modischen flaschengrünen Rock und mit gepudertem Haar waren sie sprachlos. Schüchtern betrachteten sie ihn und starrten ihn an, ohne es zu wollen. Er aber war sich ihrer Blicke nicht im geringsten bewußt und nahm ohne ein Wort in der Mietkutsche Platz.

»Man würde nie denken, daß er derselbe Gentleman ist«, sagte Mrs. Broad.

»Vielleicht geht er zu einer Hochzeit.« Lucy preßte die Hände gegen ihren Busen. »Eine von diesen Heiraten in einem Salon, für die man eine Erlaubnis braucht.«

»Da ist ganz sicher eine Dame im Spiel«, vermutete Mrs. Broad. »Hat man denn jemals von einem Gentleman gehört, der staubig herein- und so schön herauskommt, ohne daß da eine Dame im Spiel wäre? Ich wünschte nur, ich hätte das Preisschild von seiner Krawatte entfernt, aber das hab' ich mich nicht getraut, nicht einmal nach all diesen Jahren.«

Stephen ließ sich am Haymarket absetzen und sagte dem Mann, er würde den Rest des Weges zu Fuß gehen. Tatsächlich hatte er noch fast eine Stunde Zeit, und so spazierte er ohne Eile über den Markt von St. James in Richtung auf Hyde Park Corner und umrundete St. James' Square einige Male. In diesem Teil der Stadt erregte er mit seiner Kleidung kein Aufsehen, außer bei den Frauen, mit denen er die Straßen teilte. Zahlreich waren sie, standen in Torbögen und Ladeneingängen. Einige von ihnen, wilde, zornige Geschöpfe mit Verachtung im Blick und ausladendem Dekolleté, boten ihre Dienste für ausgefallene Bedürfnisse an. Andere waren derart jung und schmächtig, daß es selbst in einer so riesigen Stadt einem Wunder gleichkam, wenn sie Freier fanden. Eine versicherte ihm, er würde ein gutes Frühstück mit Würstchen bekommen, falls er mitkäme, und wenn er ihr Angebot auch mit Hinweis auf seine Liebste, zu der er unterwegs sei, höflich ablehnte, regte der Gedanke an Essen seinen Appetit doch enorm an. Er trat in eine der von Dienstpersonal frequentierten Seitengassen und kaufte von einer alten Frau mit einem glühenden Kohlenbecken eine Hammelpastete, um sie unterwegs zu essen. Mit der Pastete in der Hand erreichte er schließlich Almack's, wo gerade ein Ball gegeben wurde. Hier hielt er inne und sah aus der kleinen Menge heraus den ankommenden Kutschen zu. Er nahm ein paar Bissen, aber sein ohnehin rein theoretischer Appetit war verflogen, und so bot er die Pastete einem großen, schwarzen Hund an, der zum benachbarten Club gehörte und an seiner Seite alles beobachtete. Der Hund roch daran, sah mit einem verlegenen Ausdruck zu ihm auf, leckte sich die Lefzen und wandte den Kopf ab. Ein Zwerg von einem Jungen sagte: »Ich ess' das für Sie, Gevatter, wenn Sie wollen.«

»Wohl bekomm's«, sagte Stephen und wandte sich zum Gehen. Weiter durch den Green Park, dessen ausgedehnte Fläche nur schwach durch die Sichel des Mondes erleuchtet wurde. In ihrem Licht waren schemenhaft Paare zu erkennen, dazu einzelne Gestalten, die zwischen den nahen Bäumen warteten. Stephen war für gewöhnlich kein furchtsamer Mann, jedoch hatte es im Park in letzter Zeit viele Morde gegeben, und heute nacht war ihm sein Leben lieber als sonst. Deshalb schlug sein Herz tatsächlich wie das eines Knaben, während er seinen Pulsschlag sonst in gefährlichen Situationen mit Hilfe der Erfahrung, die er mitbrachte, und der Umsicht (oder dem Aberglauben), die er walten ließ, kontrollieren konnte. Er nahm eine Abkürzung nach Piccadilly und dann den Weg, der den Hügel hinunter in die Clarges Street führte.

Die Nummer sieben war ein großes Haus, aufgeteilt in einzelne Wohnungen, deren Mieter sich einen gemeinsamen Pförtner teilten. Der Mann öffnete, als Stephen an die Tür klopfte. »Ist Mrs. Villiers anwesend?« fragte Stephen in einem Tonfall, dessen Härte und Förmlichkeit seine ganze innere Anspannung und erregte Erwartung verriet.

»Mrs. Villiers? Nein, Sir, sie wohnt hier nicht mehr«, erwiderte der Pförtner mit einer Stimme, die entschieden ablehnend klang und keinen Widerspruch duldete. Dabei machte er Anstalten, die Tür zu schließen.

»In diesem Fall«, sagte Stephen und trat schnell ein, »wünsche ich die Dame des Hauses zu sehen.«

Die Dame des Hauses war mehr als bereit, ihn zu empfangen, hatte sie doch derweil hinter dem Vorhang einer Glastür verborgen gewartet und hindurchgespäht, aber sie war deutlich weniger geneigt, ihm irgendwelche Informationen zu geben. Sie wüßte gar nichts über die Sache, so etwas sei in ihrem Haus noch nie vorgekommen, niemals zuvor habe einer der Häscher aus der Bow Street ihre Schwelle überschritten. Auf den guten Leumund aller Hausbewohner habe sie stets den allergrößten Wert gelegt und niemals auch nur die geringste Unregelmäßigkeit geduldet. Die ganze Nachbarschaft, die gesamte Gemeinde von St. James und alle Händler könnten dies bezeugen. Das anschließende Gespräch drehte sich um die Schwierigkeit, einen erstklassigen Ruf zu wahren, auch fand die Frage unbezahlter Rechnungen darin Erwähnung. Stephen versicherte, für jedes Versehen in dieser Hinsicht sofort Abhilfe zu schaffen, er selbst würde Sorge dafür tragen, jede noch ausstehende Summe zu begleichen. Er sei ärztlicher Berater von Mrs. Villiers – hierbei stellte er sich vor – wie auch von diversen Mitgliedern ihrer Familie und hierzu vollstens befugt.

»Dr. Maturin!« rief Mrs. Moon. »Da ist ein Brief für einen Gentleman dieses Namens. Ich werd' ihn holen.« Sie brachte ein einzelnes, zusammengefaltetes und versiegeltes Blatt, adressiert in der ihm wohlbekannten Handschrift, außerdem holte sie eine Anzahl von aufgerollten und mit einem Bändchen zusammengehaltenen Rechnungen von ihrem Schreibtisch. Stephen steckte den Brief ein und warf einen Blick auf die Beträge. Auch wenn er Diana nie im Verdacht gehabt hatte, in übergroßer Bescheidenheit zu leben, und zu keiner Zeit davon ausgegangen war, daß sie mit ihren oder mit irgendwelchen Einkünften würde auskommen können, war er doch von der Höhe einiger Posten sehr überrascht.

»Eselsmilch?« fragte er. »Mrs. Villiers ist nicht schwindsüchtig, Ma'am, und selbst wenn sie es wäre, was Gott verhüten möge, dann könnte ein ganzes Regiment in einem Monat nicht so viel Eselsmilch trinken, wie hier steht.«

»Das war nicht zum Trinken, Sir«, sagte Mrs. Moon. »Einige Ladys baden gern darin, für ihre Haut, obwohl ich keine Dame kenne, die Eselsmilch weniger gebraucht hätte als Mrs. Villiers.«

»Nun denn, Ma'am«, sagte Stephen kurz darauf, während er die Beträge auflistete und einen Schlußstrich darunter zog. »Vielleicht haben Sie die Güte, mir kurz zu berichten, wie es zu Mrs. Villiers' plötzlicher Abreise gekommen ist, denn die Zimmer sind meines Wissens bis zum Michaelstag gemietet.«

Aus Mrs. Moons Bericht, der weder kurz noch sonderlich zusammenhängend war, wurde immerhin deutlich, daß ein Gentleman in Begleitung von mehreren kräftig aussehenden Gehilfen sich nach Mrs. Villiers erkundigt hatte. Als man ihm sagte, sie könne einen ihr unbekannten Gentleman nicht empfangen, ging er nach oben, wobei er den Pförtner anwies, sich nicht von der Stelle zu rühren, im Namen des Gesetzes – hier zogen seine Helfer Schlagstöcke mit kleinen Kronen darauf, worauf sich niemand zu bewegen wagte. Sie hätte nie erfahren, daß es Büttel aus der Bow Street waren, wenn nicht einige von ihnen, die an der Hintertür Wache standen, in die Küche gekommen wären und den Dienstboten gesagt hätten, woher sie kämen. Auch erzählten sie, der Gentleman sei im Auftrag des Außenministeriums oder etwas Ähnlichem unterwegs – irgend etwas in der Regierung. Von oben waren heftige Worte zu hören, kurz darauf brachten der Gentleman und zwei seiner Büttel Mrs. Villiers und ihre französische Zofe die Treppe herunter und eskortierten sie hinaus in eine Kutsche. Die Herren bestanden höflich, aber bestimmt darauf, daß Mrs. Villiers weder mit Mrs. Moon noch mit sonst jemandem ein Wort wechselte, und verschlossen die Haustür hinter sich. Der Gentleman kehrte kurz darauf mit zwei Schreibern noch einmal zurück und holte eine Menge Papiere aus dem Haus.

Keiner hatte gewußt, was davon zu halten war. Am folgenden Donnerstag war dann Madame Gratipus, die Zofe, plötzlich zurückgekehrt und hatte gepackt. Sie sprach kein Englisch, aber Mrs. Moon glaubte, irgend etwas von Amerika gehört zu haben. Später an jenem Nachmittag, als Mrs. Moon unglücklicherweise nicht im Hause weilte, war Mrs. Villiers mit einem von ihr Mr. Johnson genannten Gentleman erschienen – ein Amerikaner wohl mit seiner altmodischen, näselnden Art zu sprechen, jedoch sehr vornehm gekleidet. Sie schien ungewöhnlich guter Stimmung zu sein, lachte sehr viel, machte einen Rundgang durch die Zimmer, ob auch nichts vergessen worden war, trank eine Tasse Tee, gab jedem aus der

Dienerschaft ein ansehnliches Trinkgeld, hinterließ dieses Schreiben für Dr. Maturin, bestieg sodann eine vierspännige Kutsche und ward nie mehr gesehen. Sie hatte nichts von ihrem Ziel gesagt, und die Diener hatten nicht fragen wollen, weil sie doch so eine vornehme Dame war und so leicht reizbar, schon bei der geringsten Unverschämtheit oder Ungehörigkeit, obwohl sonst von allen so hochgeschätzt – eine äußerst großzügige Dame.

Stephen dankte und gab ihr einen Wechsel über die Gesamtsumme, denn er trage, wie er bemerkte, niemals eine so beträchtliche Menge Gold bei sich.

»Nein, sicher nicht«, sagte Mrs. Moon. »Das wäre ja der Gipfel der Unvorsichtigkeit. Keine drei Tage ist's her, da wurden einem Gentleman in dieser Straße hier vierzehn Pfund und seine Uhr gestohlen, und das kurz nach Sonnenuntergang. Soll William eine Sänfte oder eine Kutsche für Sie holen, Sir? Draußen sieht man die Hand vor den Augen nicht.«

»Wie bitte?« fragte Stephen, der mit seinen Gedanken weit weg war.

»Hätten Sie nicht gern eine Kutsche, Sir? Es ist pechschwarze Nacht da draußen.«

Auch drinnen war pechschwarze Dunkelheit: Er wußte, daß der Brief in seiner Tasche Abschiedsworte, seine Entlassung und das Ende aller Hoffnungen für ihn enthielt. »Ich denke nicht«, sagte er. »Es sind nur ein paar Schritte.«

Diese Schritte brachten ihn in ein Kaffeehaus an der Ecke der Bolton Street. Es waren, wie er gesagt hatte, nur einige wenige Schritte. Und doch, wie viele Gedanken waren ihm durch den Kopf gegangen, noch bevor er durch die Tür trat, sich setzte und Kaffee bestellte: Gedanken, Ideen, Erinnerungen, schneller entstanden als die Worte, die sie höchstens unvollkommen hätten ausdrücken können, zeichneten die Geschichte seiner langen Verbindung mit Diana Villiers nach. Es war eine Beziehung voller Leid in den verschiedensten Formen gewesen, unterbrochen von seltenen Zeiten strahlenden Glücks, aber, wie er bis zu diesem Abend gehofft hatte, mit einem glücklichen Ausgang. Genau wie er jedoch im Geiste zu vorsichtig gewesen war, vollends auf den eigenen Erfolg zu vertrauen, so widerstrebte es ihm jetzt, den Beweis für das endgültige Scheitern vor sich zu sehen. Er legte den Brief auf den

Tisch und starrte ihn eine Zeitlang an. Solange er ungeöffnet blieb, konnte der Brief noch ein Rendezvous enthalten, konnte es noch ein Billet d'Amour sein und seine Hoffnungen erfüllen. Schließlich brach er das Siegel.

Maturin –
Ich behandle Dich mal wieder abscheulich, auch wenn es diesmal nicht ausschließlich meine Schuld ist. Eine ganz dumme Sache ist passiert, die ich Dir nicht weiter erklären kann. Es scheint aber so, daß ein Freund von mir sich äußerst taktlos verhalten hat, und zwar derart, daß ich von einer Bande von Lumpen belästigt worden bin. Diese Häscher haben meinen spärlichen Besitz und alle meine Unterlagen durchsucht und mich stunden-lang verhört. Ich weiß nicht, was für ein Verbrechen ich begangen haben soll, jetzt aber, da ich wieder in Freiheit bin, habe ich mich entschlossen, sofort nach Amerika zurückzukehren. Mr. Johnson ist bei mir und hat alle Vorkehrungen getroffen. Es war völlig übereilt, ihn zurückzuweisen – das sehe ich jetzt. Ich dummes Ding hätte niemals zurück nach England fliehen dür-fen, mit feurigem Herzen und einem großen Dickkopf. Diese Rechtssachen, die übrigens jetzt günstiger stehen, verlangen Ge-duld und Überlegung. Wir werden uns nicht wiedersehen, Ste-phen. Vergib mir, aber es wäre zwecklos. Denke nichts Schlechtes von mir, denn Deine Freundschaft bedeutet mir sehr viel.

D. V.

Mit einem kurzen, rebellischen Aufflackern von Zorn und Enttäu-schung dachte er an den enormen geistigen Energieaufwand der vergangenen Wochen und an die wachsende Hoffnung, die er wider besseres Wissen und trotz ihrer häufig lautstarken Auseinander-setzungen genährt hatte. Aber diese Flamme erlosch wieder und ließ weniger eine fühlbare Trauer als vielmehr schwarze, wortlose Ver-zweiflung zurück.

Als er die Straße zum Kaffeehaus entlanggegangen war, hatten seine durch lange Übung geschulten Augen die zwei Männer wahrgenom-men, die ihm folgten. Dies taten sie noch, als er das Kaffeehaus wieder verließ, aber ihre Anwesenheit war ihm völlig gleichgültig. Jedoch bewahrten sie ihn vor einer unangenehmen Begegnung im Green Park, als er dort zwischen den Bäumen spazierte, tief in Gedanken versunken, und seine Beine ihn gemächlich zu seinem Gasthaus finden ließen, wo er sofort in einen dumpfen, bleischweren Schlaf fiel.

Abel, der Hausknecht, ersparte es Stephen, langsam aus dem Schlaf finden und den vorigen Tag rekonstruieren zu müssen: Morgens früh polterte er mit der Nachricht an die Tür, ein Bote sei da, der sich nicht abweisen lasse, ein Bote in offizieller Angelegenheit mit einem Brief, den er dem Doktor persönlich übergeben müsse.

»Er soll heraufkommen«, sagte Stephen.

Die Nachricht war sehr kurz: Stephen wurde ersucht oder besser aufgefordert, bereits um halb neun Uhr statt um vier, der verabredeten Zeit, in der Admiralität zu erscheinen.

»Haben Sie eine Antwort für mich, Sir?« fragte der Botengänger.

»Habe ich«, sagte Stephen und schrieb mit ebenso kalter Förmlichkeit: *Dr. Maturin versichert Admiral Sievewright seiner Hochachtung und wird ihm um halb neun Uhr morgens seine Aufwartung machen.*

Um Viertel vor neun wartete der Admiral immer noch auf Dr. Maturin, sogar noch um neun Uhr. Stephen hatte nämlich beim eiligen Überqueren der Promenade Sir Joseph Blaine getroffen, den früheren Leiter des Marinegeheimdienstes, eifrigen Entomologen und engen Freund, der gerade aus einer Frühbesprechung im Cabinet Office gekommen war. Da Stephen bereits verspätet war, hatten sie nur hastig ein paar Worte gewechselt, verabredet, sich später am Tag zu treffen, und dann Abschied voneinander genommen, Stephen seiner Verabredung wegen und Sir Joseph, um im St. James' Park spazierenzugehen.

»Aber, aber, Dr. Maturin«, rief der Admiral, als er den Raum betrat. »Was zum Teufel soll das? Die Leute vom Innenministerium haben ein paar leichte Damen aufgegriffen, die ihre Zeit damit zubringen, Informationen zu beschaffen, und man hat Ihren Namen in deren Papieren gefunden.«

»Ich verstehe nicht, Sir«, sagte Stephen mit einem kühlen Blick auf den Admiral. Nie zuvor hatte er ihn ohne den eigentlichen Abteilungsleiter, Mr. Warren, gesehen.

»Nun gut«, versetzte der Seemann. »Ich will nicht um den heißen

Brei herumreden. Es gibt da zwei Frauen, eine Mrs. Wogan und eine Mrs. Villiers. Das Außenministerium hat sie schon seit einiger Zeit im Auge, vor allem die Wogan – sie hat Verbindungen zu einigen zwielichtigen Gestalten unter den französischen Royalisten hier und zu amerikanischen Agenten. Schließlich und endlich haben sie sich dann zum Eingreifen entschlossen, und es war höchste Zeit, glauben Sie mir: In Wogans Haus hat man einige höchst erstaunliche Unterlagen gefunden – zum großen Teil sind die wohl über dunkle Kanäle in die Hände der Villiers gelangt und von ihr weitergeleitet worden. Und aus Villiers' Wohnung haben sie eine Anzahl von Briefen mitgenommen, darunter diese hier.« Er schlug eine Mappe auf, und Stephen erblickte seine eigene Handschrift. »Also, das wär's dann«, sagte der Admiral, der vergeblich auf eine Äußerung von Stephen gewartet hatte. »Ich habe alle meine Karten offen auf den Tisch gelegt. Das Innenministerium besteht auf einer Erklärung. Was soll ich denen sagen?«

»Eine Karte fehlt noch«, sagte Stephen. »Wie kommt es, daß sich das Innenministerium wegen solcher Informationen an Sie wendet? Darf ich daraus schließen, daß meine Identität und die Natur meiner Tätigkeit einer dritten Partei gegenüber ohne mein Wissen preisgegeben wurden? Und dies entgegen einer ausdrücklichen Übereinkunft mit dieser Abteilung? Gegen alle Regeln solider ge-heimdienstlicher Arbeit?« Seine Tätigkeit für den Geheimdienst war Stephen äußerst wichtig. Er haßte und verabscheute die ganze napoleonische Tyrannei aus tiefstem Herzen und war sich im klaren, daß er ihr, objektiv betrachtet, einige der schmerzlichsten Schläge hatte versetzen können, die sie jemals im Kampf erhalten hatte. Er kannte auch die verwirrende Vielfalt der verschiedenen britischen Geheimdienste und wußte, wie erschreckend und amateurhaft un-dicht einige von ihnen waren – ein Unsicherheitsfaktor, der nur zu leicht seiner Nützlichkeit ebenso ein Ende setzen konnte wie seinem Leben. Jedoch war sein Geist an diesem Morgen noch träge, und so wußte er eines nicht, nämlich daß der Admiral log. Mrs. Wogan war über einen jüngeren zivilen Lord der Admiralität unter anderem in den Besitz etlicher Marinedokumente gelangt. Aus diesem Grunde hatte das Innenministerium das sichergestellte Beweismaterial an den Admiral geschickt, und es war nun an diesem, eine Erklärung zu finden. Dessen schroffe, unverblümte Eröffnung hatte den angeschlagenen, noch unter dem Eindruck der jüngsten Ereignisse stehenden Maturin getäuscht. Der fühlte jetzt heiße Flammen der Wut in sich hochsteigen und seine Apathie verzehren – Wut über den vermeintlichen Verrat seiner Identität. »Bei meiner Seele«, sagte Stephen, lauter werdend. »Ich bin es, der hier auf etwas zu bestehen hat. Ich verlange von Ihnen, mir hier und jetzt zu sagen, wie es möglich ist, daß die Leute vom Außenministerium meinen Namen Ihnen gegenüber ins Spiel bringen konnten.«

Der Admiral wußte nicht, wie er sich achtbar aus der Affäre ziehen sollte, und schlug in der Hoffnung, die Frage unterdrücken zu können, einen beschwichtigenden Ton an: »Lassen Sie mich zunächst einmal die Maßnahmen nennen, die wir ergriffen haben. Alle Lecks sind gestopft, das versichere ich Ihnen. Wir haben die Frauen einzeln vernommen, und Warren hat genug herausgeholt, um die Wogan vom Stand weg zu hängen. Aber sie ist eine bemerkenswert schöne Frau und hat einige sehr angesehene oder doch zumindest sehr einflußreiche Gönner. Als wir dies erkannten und in Betracht zogen, wie wenig uns an einem Prozeß gelegen sein konnte, und als sie freiwillig mit einigen nützlichen Namen herausrückte, da haben wir mit ihr einen Handel abgeschlossen: Sie bekennt sich schuldig im Sinne einer Anklage, die aber nur die Deportation nach sich zieht, mehr nicht. Wir hätten sie beliebig vieler kapitaler Verbrechen anklagen können, einschließlich versuchten Mordes, weil sie dem Botengänger die Perücke vom Kopf geschossen hat, aber wir haben beschlossen, kein Aufhebens zu machen. Was die andere, die Villiers, angeht, sind wir entschlossen, die Sache fallenzulassen. Ihre Erklärung, sie habe die Weitergabe der Briefe als reinen Freundschaftsdienst angesehen, als Teil einer heimlichen Affäre der Wogan mit einem verheirateten Mann, war schwer zu widerlegen. Außerdem hätte es erhebliche rechtliche Schwierigkeiten gegeben, weil sie amerikanische Staatsbürgerin geworden ist. Die Regierung wünscht in dieser Phase des Krieges keine zusätzlichen Komplikationen mit den Amerikanern. Schlimm genug, daß wir ihnen die Männer von den Schiffen wegpressen, da müssen wir ihre Frauen ja nicht auch noch mitnehmen. Und sie könnte tatsächlich unschuldig sein. Als ich sie so betrachtete, da schien mir ihre

Ausrede, sie habe nur in einer Liebesaffäre helfen wollen, recht einleuchtend und passend zu ihrem Wesen. Sie hat sich erstaunlich gut behauptet und ist eine noch schönere Frau als die Wogan, hielt sich kerzengerade und funkelte uns an wie eine Wildkatze. Mit Zornesröte im Gesicht beschimpfte sie den Mann vom Innenministerium wie ein Landsknecht – mit schönem, wogendem Busen, ha, ha! Habe mir einige Breitseiten eingefangen – hätten ruhig noch mehr sein können – Liebesintrigen, ha, ha, ha!«

»Mein Herr, Sie gehen zu weit. Sie vergessen sich. Ich bestehe darauf, daß Sie meine Frage beantworten, statt sich hier so rüpelhaft gehenzulassen.«

Tatsächlich hatte sich der Admiral selbstvergessen den süßen und warmen Freuden seiner Vorstellung hingegeben, aber diese Worte holten ihn gewaltsam in die Gegenwart zurück. Er wurde blaß, erhob sich etwas aus seinem Sessel und rief: »Ich darf Sie daran erinnern, Dr. Maturin, daß es bei uns so etwas wie Disziplin gibt.«

»Und ich darf Sie daran erinnern, Sir«, erwiderte Stephen, »daß es auch so etwas wie die Verpflichtung gibt, zu seinem Wort zu stehen. Darüber hinaus muß ich leider feststellen, daß Sie über diese Dame in einer Weise sprechen, die selbst einem lüsternen Schankjungen keine Ehre machen würde. Aus Ihrem Mund aber ist das im höchsten Maße widerwärtig. Bei allem, was mir heilig ist, mein Herr: Ich habe einem Mann schon für weniger die Nase lang gezogen. Ihnen einen guten Tag, Sir, Sie wissen ja, wo Sie mich finden.« Beim Verlassen des Raumes stieß er mit einem Schreiber zusammen, der gerade die Tür öffnete, und schob sich an ihm vorbei in den Korridor.

»Sofort eine Abteilung Seesoldaten hierher!« brüllte der Admiral, jetzt dunkelrot im Gesicht.

»Jawohl, Sir«, sagte der Schreiber. »Sir Joseph ist draußen und läßt fragen, ob Dr. Maturin noch hier ist. Die Seesoldaten, sofort, Sir.«

Stephen verließ das Gebäude durch die kleine, grüne Geheimtür zum Park hin. Er fühlte, wie seine Wut verrauchte und Erschöpfung sich wie ein Leichentuch über ihn legte, alles Feuer und damit auch alle Sorgen in ihm erstickend. Und doch war er kaum eine Viertelmeile in östlicher Richtung gegangen, als er merkte, daß ihm Hände und Knie zitterten, daß die Nerven mit ihm durchgingen, als seien sie Pferde, die man bis aufs Blut gepeitscht hatte, und er eilte schnelleren Schrittes zurück zum Grapes und der kantigen Flasche auf dem Kaminsims.

Mrs. Broad, die sich vor ihrer Tür sonnte, sah ihn bereits, als er noch am anderen Ende der Straße war. Von weitem schon las sie in seinem Gesicht, und als er auf sie zusteuerte, rief sie ihm mit ihrer mächtigen, fröhlichen Stimme zu: »Sie kommen genau richtig für ein spätes Frühstück, Sir. Nun gehen Sie bitte erst mal hinein, setzen Sie sich in die gute Stube, dort brennt ein Feuer und heizt tüchtig ein. Ihre Post liegt auf dem Tisch, Lucy bringt Ihnen die Zeitung, und der Kaffee ist jede Minute fertig. Wird Ihnen guttun heute, das Frühstück, Sir, da bin ich sicher, wo Sie doch so früh und mit leerem Magen gegangen sind, und das bei der feuchten Luft.«

Vergeblich seine Einwände: Nein, nach oben könne er nicht – sein Zimmer würde gerade aufgeräumt –, er könnte dort im Dunkeln über Eimer und Besen stolpern. Also setzte er sich und starrte ins Feuer, bis der Geruch frischen Kaffees den Raum erfüllte und er den Stuhl an den Tisch rückte.

Seine Post bestand aus den *Unterweisungen zur Syphilis* (mit den besten Empfehlungen des Verfassers) sowie den *Philosophischen Abhandlungen.* Als er mit zwei Tassen des starken Gebräus das Zittern in den Gliedern überwunden hatte, aß er automatisch alles, was Lucy ihm vorsetzte, wobei ein Artikel von Humphry Davy über die Elektrizität beim Zitterrochen seine ganze Aufmerksamkeit gefangennahm. »Wie ich diesen Mann verehre«, murmelte er und nahm sich dabei ein weiteres Kotelett vor. Und dann dieser Quacksalber Mellowes wieder, mit seiner nichts als Unheil stiftenden Theorie, die Schwindsucht werde durch übermäßige Sauerstoffzufuhr ausgelöst! Er ging den trügerischen Unsinn von vorn bis hinten durch, um die scheinbar einleuchtenden Argumente nacheinander zu zerpflücken. »Hatte ich nicht schon ein Kotelett?« fragte er mit Blick auf die Pfanne, die gerade neu gebracht wurde.

»Das war doch nur ein kleines, Sir«, sagte Lucy und legte ihm erneut auf. »Mrs. Broad sagt, für gesundes Blut gibt's nichts Besseres als ein Kotelett. Aber es muß ganz heiß gegessen werden, sagt sie.« Sie sprach zu ihm mit freundlicher Bestimmtheit wie zu jemandem, der nicht ganz bei sich ist. Mrs. Broad und sie wußten, daß er seit seinem Aufbruch gestern weder Abendbrot noch Frühstück gegessen und in dem feuchten Hemd geschlafen hatte.

Maturin machte sich über den Toast und die Marmelade her, verschlang dabei Mellowes mit Haut und Haar, und als er bemerkte, mit welcher Empörung er am Rand die phrasendreschende Effekthascherei der Schlußerörterung angestrichen hatte, stellte er fest: Ich lebe noch.

»Sir Joseph Blaine für Sie, Sir, falls er nicht ungelegen kommt«, sagte Mrs. Broad, sichtlich erfreut, daß Dr. Maturin einen so angesehenen Freund hatte.

Stephen stand auf, zog für Sir Joseph einen Stuhl ans Feuer, bot ihm eine Tasse Kaffee an und sagte: »Ich nehme an, du kommst vom Admiral?«

»Ja. Aber als Friedensstifter, so hoffe und glaube ich jedenfalls. Mein lieber Maturin, du bist ihn ganz schön hart angegangen, nicht wahr?«

»Das stimmt«, sagte Stephen. »Und was würde ich darum geben, ihn noch härter anfassen zu können, wann immer und wo immer er will. Ich war seit meiner Rückkehr auf Besuch von seinen Freunden eingestellt, aber vielleicht ist er ein solcher Angsthase, daß er mich jetzt verhaften lassen will. Überraschen würde mich das nicht. Ich hörte, wie er irgend etwas in der Richtung rief.«

»In seinem aufgebrachten Zustand wäre er zu allem fähig. Er bringt wohl eher die körperlichen als die geistigen Voraussetzungen für sein Amt mit, und wie du ja weißt, war es nie vorgesehen, daß er befugt sein sollte . . .«

»Was hat sich Mr. Warren nur dabei gedacht, eine derartige Angelegenheit ihm zu überlassen? Verzeih, wenn ich dich unterbreche.«

»Er ist krank, ganz plötzlich und überraschend erkrankt! Du würdest ihn nicht wiedererkennen.«

»Woran leidet Mr. Warren denn?«

»Ein ganz scheußlicher Schlagfluß hat ihn ereilt. Seine Waschfrau – er hat Zimmer im Temple – fand ihn am Fuß der Treppe: Er konnte nicht sprechen, und rechter Arm wie rechtes Bein waren fast völlig gelähmt. Man ließ ihn zur Ader, aber zu spät, wie sie sagen. Sie haben kaum noch Hoffnung.«

Mr. Warren, ihr vernünftiger, wenn auch langweiliger Kollege, hatte ihr ganzes Mitgefühl, allerdings war beiden mit Blick auf die unmittelbare Situation klar, daß dieser Schlaganfall einen Machtzuwachs für Admiral Sievewright bedeuten mußte.

Nach einer Pause sagte Sir Joseph: »Es war ein glücklicher Umstand, der mich just in dem Moment die Admiralität betreten ließ: Ich hatte vergessen, dir gegenüber eine außerordentliche Sitzung der Entomologen am heutigen Abend zu erwähnen. Ich traf den Admiral in einem Zustand höchster Erregung an. Als ich ihn verließ, hatte er sich beruhigt. Er war verunsichert und so nahe daran, einen Fehler einzugestehen, wie dies einem Mann von seinem Rang in unserem Dienst möglich ist. Ich machte ihm deutlich, daß du zuallererst einmal aus völlig freien Stücken unser Verbündeter geworden bist, und zwar als unser wertvollster Alliierter; daß du insofern ihm in unserer Abteilung in keiner Weise unterstellt bist; daß du weiterhin ganz ohne Entgelt für uns arbeitest, dabei Kopf und Kragen riskierst und wahre Wunder für uns vollbringst. Einige habe ich ihm aufgezählt, dazu auch etliche deiner Verwundungen. Ich sagte ihm weiter, daß Mrs. Villiers eine Dame aus gutem Hause und mit besten Verbindungen sei und daß du für sie . . .« Er zögerte und warf einen besorgten Blick auf Stephens ausdrucksloses Gesicht, bevor er fortfuhr, ». . . seit Jahren schon Respekt und Bewunderung empfunden hättest, sie also keineswegs für dich lediglich eine neue Bekanntschaft sei, wie er angenommen hatte. Darüber hinaus erwähnte ich Lord Melville, der von dir gesagt hat, du seist jederzeit ein Linienschiff wert für uns – eine Einschätzung, gegen die ich mich vorzubringen genötigt sah, daß kein Linienschiff, nicht einmal eines erster Klasse, damals im Jahr vier allein mit den spanischen Schatzschiffen hätte fertig werden können. Für den Fall, daß sein Verhalten in dieser zugegebenermaßen heiklen Angelegenheit zu einem indignierten Rückzug deinerseits und dem Ende deiner Arbeit für uns führen sollte, so sagte ich weiter, würde der Erste Lord der Admiralität zweifellos einen Bericht verlangen, und dieser Bericht würde über meinen Schreibtisch gehen. – Ganz im Vertrauen gesagt: Mein Rückzug ins Privatleben hat sich als eher hypothetisch erwiesen. Ich nehme in beratender Funktion an gewissen Sitzungen teil, und das fast jede Woche, auch hat man mir den schmeichelhaften Vorschlag gemacht, ein Amt mit ungewöhnlich weitreichenden Befugnissen zu übernehmen. Sievewright weiß davon. Er wird sich entschuldigen, falls du das wünschst.«

»Nein, nein. Ich will ihn auf keinen Fall demütigen, so etwas ist immer und ausnahmslos das Falsche. Aber es wird uns wohl kaum möglich sein, bei einem Treffen so etwas wie Herzlichkeit aufkommen zu lassen.«

»Also gehst du nicht? Du läßt uns nicht im Stich?« Sir Joseph schüttelte Stephens Hand. »Das freut mich von ganzem Herzen. Es paßt auch zu dir, Maturin.«

»Ich bleibe«, sagte Stephen. »Aber wie du nur zu gut weißt, ist unsere Arbeit ohne blindes Vertrauen nicht möglich. Wie lange wird uns der Admiral noch erhalten bleiben?«

»Fast ein Jahr noch«, antwortete Sir Joseph, mit dem stillschweigenden Zusatz: falls ich ihn nicht vorher abschieße.

Stephen nickte und sagte nach einer kleinen Pause: »Natürlich habe ich mich über seinen dilettantischen Manipulationsversuch geärgert. Bei aller Liebe: Versucht der blauäugige Seebär doch, einen vermeintlichen Doppelagenten dadurch in Sicherheit zu wiegen, daß er ihm sagt, welche Schritte bisher unternommen wurden! Daß man mich mit so dummen Tricks von vorgestern hereinzulegen versucht – mit Tricks, die selbst ein Kind von bescheidener Geisteskraft durchschaut hätte! Er hat sich das mit dem Innenministerium ausgedacht, oder? Das war nur der etwas einfältige Versuch der Navy, verschlagen zu sein, nicht wahr?«

Sir Joseph nickte seufzend.

»Natürlich«, sagte Stephen, »hätte ich nur einen Moment nachgedacht, wäre ich darauf gekommen. Es ist mir unbegreiflich, wie mich mein Verstand derart im Stich lassen konnte. Aber der ist seit einiger Zeit auf Wanderschaft, wie der Allmächtige weiß ... – dieser unverzeihliche Fehler mit den Gomez-Berichten.«

Wie Sir Joseph nur zu gut wußte, waren diese von Stephen in einer Mietskutsche vergessen worden: der klassische Lapsus eines übermüdeten und überarbeiteten Agenten. »Man hat sie doch binnen vierundzwanzig Stunden wiederbeschafft, und die Siegel waren intakt«, sagte er. »Nichts war passiert. Aber es stimmt schon, du bist nicht in Form. Dem armen Warren habe ich erzählt, so kurz nach Paris wäre die Reise nach Vigo für jedermann zuviel gewesen. Mein lieber Maturin, du bist erschöpft. Verzeih mir meine Worte, aber du bist regelrecht am Ende. Als Freund kann ich das besser sehen als du selbst. Das Gesicht ist eingefallen, deine Augen liegen tief, und die Haut hat eine ganz ungesunde Farbe. Laß dich untersuchen, ich bitte dich.«

»Sicher, mit meiner Gesundheit steht's nicht zum besten«, sagte Stephen. »Wäre ich im Vollbesitz meiner Kräfte, hätte ich niemals den Admiral derart angegangen. Ich mache gerade eine Behandlung mit einer Medizin, die mir den Tag zu überstehen hilft, aber die Arznei ist heimtückisch wie Judas Ischariot und könnte mir übel mitspielen, wenn ich auch jederzeit aufhören kann. Ich habe den Verdacht, daß sie bei einem Patienten, den ich verloren habe, mein Urteilsvermögen getrübt hat, und das macht mir schwer zu schaffen.« Es kam äußerst selten vor, daß Stephen sich einem Menschen anvertraute, aber für Sir Joseph empfand er ebensoviel Sympathie wie Respekt, und so fuhr er jetzt, unglücklich wie er war, fort: »Sag mir eines, Blaine, wie tief war Diana Villiers in diese Sache wirklich verstrickt? Du weißt, welche Bedeutung dies für mich . . . du kennst den Grund für meine Sorge.«

»Von ganzem Herzen wünschte ich mir, eine klare Antwort geben zu können, aber, ehrlich gesagt, kann ich nur den Eindruck schildern, den ich gewonnen habe. Ich denke schon, daß Mrs. Wogan sie in großem Maße getäuscht hat, aber Mrs. Villiers ist kein Dummkopf, und eine heimliche Korrespondenz findet selten in Gestalt von vierzigseitigen Dokumenten im Aktenformat statt. Und dann die überhastete Abreise mit dem Vierspänner nach Bristol, die ganze Nacht und den ganzen Tag hindurch – darauf ein Boot mit sechs Mann am Ruder, zwanzig Pfund pro Kopf, um die Sans Souci abzufangen, die auslaufbereit vor Lunby auf Reede lag – das alles illustriert doch eher ein schlechtes Gewissen. Und doch neige ich zu der Annahme, daß die Hast und Eile vor allem Mr. Johnsons Werk waren, der dafür ein rein persönliches Motiv gehabt haben dürfte. Nicht daß er als Amerikaner nicht auch an Informationen interessiert sein könnte, die für sein Land von großem Wert wären –

obwohl wir keinerlei Verbindung zwischen ihm und Mrs. Wogan haben herstellen können, wenn man mal von dieser vielleicht zufälligen gemeinsamen Bekanntschaft mit Mrs. Villiers und natürlich von dem gemeinsamen Interesse an Amerika absieht. Aber in jedem Fall sind die Vereinigten Staaten Nutznießer dieser Aktivitäten, nicht Frankreich. Mrs. Wogan war deren Aphra Behn. Deren Aphra Behn«, wiederholte er, erhielt aber keine Antwort.

Schließlich fragte Stephen: »Aphra Behn, dieses liederliche Frauenzimmer, das lange vor unserer Zeit Stücke für die Bühne geschrieben hat?«

»Nein, nein. Hier liegst du ausnahmsweise einmal ganz falsch, Maturin«, sagte ein höchst zufriedener Sir Joseph. »Du sitzt da einem weitverbreiteten Irrtum auf. Was ihre Moral angeht, dazu kann ich nichts sagen, aber sie war vor allem und zuallererst Geheimagentin. Als wir vor nicht einmal einer Woche die Akten des Geheimen Staatsrats durchsahen, fielen mir einige ihrer Berichte aus Antwerpen in die Hände, und die waren brillant, Maturin, brillant. Niemand ist besser in der Nachrichtenbeschaffung als eine attraktive Frau mit einem scharfen Verstand. Sie hat uns gemeldet, daß De Ruyter kommen würde, um unsere Schiffe niederzubrennen. Es ist wahr, wir haben daraufhin nichts unternommen, und die Schiffe wurden niedergebrannt. Aber der Bericht an sich war ein Meisterwerk an Präzision. Ja, wirklich.«

Es folgte eine lange Pause, in der Stephen auf Sir Joseph blickte, wie er dort in Gedanken versunken am Kaminfeuer saß, und das gut geschnittene, freundliche Gesicht betrachtete, das eher zu einem Gentleman vom Lande als zu einem Staatsdiener paßte, der sein Leben zum größten Teil am Schreibtisch verbracht hatte. Er dachte, daß irgendwo in diesem scharfen, fähigen Kopf ein Gedanke Gestalt anzunehmen begann: Falls Maturin nun tatsächlich so langsam ausgedient haben sollte, schaffen wir ihn besser aus dem Weg, bevor er einen großen Fehler macht. Zweifellos würde ein solcher Gedanke gemildert durch ehrliche Hochachtung, Freundschaft und Menschlichkeit, ja sogar Dankbarkeit. In seinem Umfeld wäre Platz für eine Klausel von der Art, daß Maturin sich irgendwann erholen könnte und dann wieder Verwendung für seine Fähigkeiten und Verbindungen gefunden würde, für die einmalige Kenntnis der

Situation in seinem speziellen Bereich, über die er verfügte. Aber wie die Dinge bei Betrachtung der vielen Aspekte standen, die Lage der Admiralität eingeschlossen, wäre ein solcher Gedanke auch ohne irgendeine Einschränkung für die berufliche und amtliche Seite von Sir Josephs Denken vernünftig, ja sogar richtig und angebracht gewesen. Ein gut geführter Geheimdienst braucht sein eigenes System, um diejenigen aus dem Verkehr zu ziehen, die ihren Höhepunkt überschritten haben oder mit den Ereignissen nicht mehr Schritt halten können, aber doch zuviel wissen: Eine Abdeckerei braucht man, je nach dem Wesen ihres Leiters mit mehr oder weniger Brutalität geführt, mindestens jedoch eine Abstellkammer, jedenfalls für eine gewisse Zeit.

Sir Joseph fühlte den Blick aus Stephens hellen Augen und kehrte, nicht ohne ein gewisses Unbehagen, zu Aphra Behn zurück. »Ja. Eine brillante Agentin war sie, brillant. Und Mrs. Wogan könnte man die Behn von Philadelphia nennen: Auch sie schreibt geschliffene Verse und hübsche kleine Stücke, und die Literatur ist mindestens eine so gute Tarnung wie die Naturwissenschaften, wenn nicht besser. Aber nun hat man sie erwischt, anders als Mrs. Behn, und wird sie mit dem nächsten Schiff nach Neu-Holland verfrachten. Sie ist ja nur mit Glück dem Galgen entgangen. Eine Frau habe ich noch nie gerne hängen sehen, du vielleicht, Maturin? Aber ich vergaß – das ist alles Wasser auf deine schauerliche Mühle, du hast ja auch weibliche Untersuchungsobjekte. Doch sie entgeht ja dem Galgen. Der Duke of Cornwall hat sich für sie starkgemacht, denn anscheinend haben die beiden vor nicht allzu langer Zeit noch das Bett geteilt. Das ist auch der Grund, warum wir sie ein wenig mit Samthandschuhen anfassen sollen: eine eigene Kabine an Bord, vielleicht auch eine Zofe, und keine Zwangsarbeit nach ihrer Ankunft in Botany Bay. Dort wird sie dann bis zum Ende ihrer Tage bleiben. Botany Bay, Maturin! Was für ein Reiseziel für einen Naturforscher, wenn nicht für eine Abenteurerin. Du brauchst eine Pause, Maturin, einen Urlaub, damit du wieder auf die Beine kommst, und du hast ihn dir verdient. Warum steigst du nicht mit ein? Wenn du in Übung bleiben willst, kannst du den Verstandesapparat der Dame einmal sondieren. Der enthält nämlich noch ungeheuer viel, was sie uns bisher nicht verraten hat, da bin ich ganz sicher. Was sie zu sagen hat, könnte unsere Zweifel hinsichtlich Mrs. Villiers zerstreuen. Um meinen Vorschlag vollends zur Versuchung werden zu lassen, kann ich verraten, daß dein Freund Aubrey auf dem fraglichen Schiff das Kommando haben wird, auch wenn er diesen Aspekt des Auftrags noch nicht kennt. Die LEOPARD, so heißt sie, hatte bereits Order, sich in Botany Bay mit Mr. Bligh, diesem Unglücksraben, zu befassen. Du kennst ja seine mißliche Lage. Wenn sie das erledigt hat, setzt sie Mrs. Wogan ab, dazu einige Leute, die wir zur Tarnung mitschicken, und soll dann zu unserer Ostindienflotte stoßen. Wenn deine Lebensgeister zurückgekehrt sind, wirst du uns dort von allergrößtem Nutzen sein. Denk bitte darüber nach, Maturin.«

Stephens Verlangen war durch das Essen nur vorübergehend besänftigt worden und kehrte jetzt mit um so größerer Macht zurück. Er ging aus der guten Stube ins Schlafzimmer, wo die Arznei wartete. Wieder zurück, sagte er: »Zu deiner Mrs. Wogan: Du sprichst von ihr als einer zweiten Aphra Behn, einer Frau mit formidablen Fähigkeiten also.«

»Vielleicht habe ich da etwas übertrieben. Ich hätte wohl ein paar einschränkende Zusätze machen müssen, was Zeit und Ort angeht. Noch ist die Intelligenz der Amerikaner nur ein zartes Pflänzchen – du erinnerst dich wohl an den treuherzigen, jungen Begleiter von Mr. Jay? Und selbst wo es so etwas wie angeborene Schläue gibt, ist sie doch kein Ersatz für etliche hundert Jahre Übung. Trotzdem, diese junge Frau ist gut geschult, wußte, welche Fragen sie stellen mußte, und hat auch auf viele davon Antworten bekommen. Zu meiner Überraschung mußte ich feststellen, daß eine Verbindung nach Frankreich nicht existiert, jedenfalls keine, auf die wir sie hätten festnageln können. Aber mein Vergleich hinkt eigentlich. Während nämlich die Mrs. Behn aus den Akten bemerkenswerten Scharfsinn zeigt, dazu eine Auffassungsgabe, die jedem Politiker zur Ehre gereichen würde, scheint unsere Mrs. Wogan letztlich eine eher einfache Dame zu sein. Sie setzt mehr auf Intuition und Elan als auf einen irgendwie bedeutenden Fundus an Wissen, wenn sie gezwungen ist, jenseits ihrer klaren Instruktionen zu improvisieren.«

»Beschreibe sie mir doch bitte einmal.«

»Zwischen fünfundzwanzig und dreißig Jahre, aber sie hat noch

etwas von jugendlicher Frische. Haare schwarz, Augen blau, ungefähr fünf Fuß und acht Zoll, wirkt aber größer, weil sie so aufrecht
steht – hält ihren Kopf wunderbar. Schlanker Körper und doch
unbestreitbar weiblich, aber bei diesen Dingen kann man ja durch
Pölsterchen nachhelfen, wie du weißt. Wirkt sehr kultiviert, gar
nicht unverschämt oder extravagant. Schreibt wie ein Kind, unter-
streicht jedes dritte Wort und hält nichts von Orthographie. Spricht
aber ausgezeichnet Französisch und sitzt anbetungswürdig im Sattel. Von sonstiger Bildung ist nichts zu bemerken.«

»Man könnte meinen, du beschreibst Mrs. Villiers«, sagte Stephen,
schmerzlich lächelnd.

»Ja, genau. Die Ähnlichkeit der beiden fand ich so beeindruckend,
daß ich mich gefragt habe, ob da nicht irgendeine Verwandtschaft
besteht. Es gibt jedoch anscheinend keine. Die genauen Einzelheiten ihrer Herkunft sind mir im Moment entfallen, aber die stehen
alle in den Akten. Ich sorge dafür, daß du sie bekommst. Keine
Verwandtschaft, glaube ich, und doch diese erstaunliche Ähnlichkeit.« Er hätte noch hinzufügen können, daß es auch in Mrs.
Wogans Fall einen hoffnungslos Verliebten gab, einen jungen
Mann, der sich an den äußersten Rand ihres Lebens klammerte. Er
war von so nebensächlicher Bedeutung, daß man ihn auf freien Fuß
gesetzt hatte. Als er aufgegriffen wurde, fand sich keinerlei Hinweis
auf schuldhaftes Mitwissen, und so hielt man es für besser, ihn
wieder gehen zu lassen. Sir Joseph behielt nur einen Eindruck tiefer
Traurigkeit sowie den einigermaßen ausgefallenen Namen zurück,
Michael Herapath. »Wenn ich aber von ihrem allen Anschein nach
einfachen Wesen spreche«, fuhr er fort, »dann könnte ich mich
genausogut in Gesellschaft mit den vielen Männern wiederfinden,
die bereits von Frauen getäuscht worden sind. Hier steckt mehr
dahinter, als wir zur Zeit wissen, und es lohnt sich, das Knäuel
einmal zu entwirren. Wie ich schon sagte, Maturin, es würde dich
in Übung halten, und vielleicht springt sogar wirklich etwas dabei
heraus. Sei so gut und überleg es dir.«

Unterwegs nach Hampshire wälzte Stephen die Sache im Geiste hin
und her, aber nur an der Oberfläche seines Bewußtseins. Darunter
war alles angefüllt von Sehnsucht nach Diana, und unaufhörlich

erschien ihr peinigendes Bild vor seinem inneren Auge, von der Person, ihrer Stimme und dem Gang, der in seiner leichtfertigen Extravaganz viel über ihre moralischen Unzulänglichkeiten verriet. Dies verstärkte die Sehnsucht noch, und er dachte an sie mit einer geradezu absurden Zärtlichkeit. Was Sir Josephs Vorschlag anging, war ihm alles egal, überdies wußte er, daß er sowieso kaum eine Wahl hatte – praktisch keine, so wie es jetzt um ihn stand. Er würde gehen, und nach seinen bisherigen Erfahrungen, sofern man diesen trauen konnte, würde der Naturkundler in ihm beizeiten wieder erwachen. Er könnte umfangreiche Sammlungen anlegen, riesige Gebiete stünden ihm offen, und sein Herz würde höher schlagen beim Anblick neuer Arten und Gattungen von Pflanzen, Vögeln und Vierbeinern. Im Indischen Ozean könnte es außerdem zu Feindberührungen kommen, die in der äußersten Erregung des Gefechts alles andere vergessen lassen würden. Aber konnte er sich auf die Erfahrungen vergangener Jahre noch verlassen? Auf der Reise ließ die stimulierende Wirkung Londons und der Begegnungen dort nach, und an ihre Stelle trat eine Gleichgültigkeit, wie er sie bis dahin noch nie empfunden hatte.

In diesem trüben Geisteszustand erreichte er Ashgrove Cottage. Seine Gleichgültigkeit betraf nicht die Sorgen seiner Freunde, daher fühlte er auch sofort, daß etwas nicht stimmte. Zwar wurde er so herzlich willkommen geheißen, wie er es sich nur wünschen konnte, aber Jacks Gesicht, von Wind, Wetter und vielen Gefechten gezeichnet, war noch stärker gerötet als sonst. Er wirkte größer als gewöhnlich, überlebensgroß fast, und der gezwungene Umgang der Eheleute miteinander verriet die Spuren gerade erst überstandener Stürme. Von einigen Dingen, die er erfuhr, zeigte sich Stephen kaum überrascht: Das neue Stutenfohlen hatte sich merkwürdigerweise als unfähig erwiesen, nach der ersten Viertelmeile schneller als die anderen zu laufen, außerdem neigte es zum Krippensetzen, Bocken, Auskeilen, Sichaufbäumen und Beißen. Eine Gruppe von Kimbers Arbeitern hatte sein Bussardnest mit Steinen bombardiert; Kimber selbst hatte sich unbeliebt gemacht, indem er unerwartet einen revidierten Kostenvoranschlag mit sehr hohen Summen vorgelegt hatte. Und doch war Stephen ziemlich bestürzt, als Jack ihn beiseite nahm und ihm von seiner Höllenwut auf die Admiralität erzählte, daß er kurz davor sei, den Dienst zu quittieren, und zum Teufel mit seiner Admiralsflagge. Er hätte ja Erfahrung mit dem Lumpenpack – hätte unter ihnen gelitten, seit er mit Diensteintritt zu den Nachfahren Kains gehört habe –, aber daß sie derartige A ... löcher sein könnten, ihm von heute auf morgen, einfach so, mitzuteilen, die LEOPARD sei für einen Transport vorgesehen, das hätte er nie gedacht.

»Einer Landratte mag der Transport als die vordringliche Aufgabe eines Schiffes erscheinen, als sein wahrer *raison d'être*«, sagte Stephen.

»Nein, *nein;* ich meine: Transport –«, rief Jack.

»Das habe ich schon verstanden.«

»Transport von Gefangenen, Deportation. Gefangene, Stephen! Allmächtiger! Man schickt mir so einen verdammten, hingekrakelten Brief, wo drinsteht, ich könnte einen Tender vom Gefängnisschiff erwarten – vom Verbrecherkahn, stell dir das einmal vor! – mit fast zwei Dutzend Mördern aller Art, die ich an Bord nehmen und nach Botany Bay schaffen soll. Die Werft hat Order erhalten, einen Käfig für die Vorpiek zu bauen, außerdem Unterkünfte für die Aufseher. Herrgott, Stephen, die erwarten von einem Offizier mit meiner Dienstalterssstufe, daß ich mein Schiff für eine Deportation hergebe und selbst den Gefangenenwärter spiele! Du solltest mal den Brief sehen, den ich ihnen gerade schreibe! Mußt mir da noch mit ein paar Ausschmückungsworten helfen. Aber was mich wirklich auf die Palme bringt: Sophie scheint gar nicht zu begreifen, wie unmöglich die sich verhalten. Ich sage ihr, was für ein deplazierter Vorschlag das ist und daß ich auf der AJAX bestehe, dem neuen Vierundsiebziger. Das ist ein schönes Schiff, ohne solche falsche Fuffziger aus den Zellen von Newgate. Aber nein, sie seufzt, sagt, ich wüßte sicher, was das Beste ist – keine fünf Minuten später wieder lobt sie die LEOPARD über den grünen Klee, was das für eine wunderschöne, interessante Reise würde, und dann so bequem, alle meine alten Bordkameraden und die alte Besatzung. Man könnte fast meinen, sie will mich weghaben und so schnell wie möglich außer Landes schaffen. Der Einsatzbefehl für die LEOPARD wurde nämlich geändert. Sie soll Samstag in einer Woche auslaufen.«

»Einen unbeteiligten Beobachter muß es seltsam ankommen, wenn du deine Würde durch weniger als zwei Dutzend Gefangene verletzt siehst. Gerade du, der du dir deine Laderäume so bereitwillig mit französischen und spanischen Gefangenen vollgestopft hast, nimmst nun derart Anstoß an ein paar deiner eigenen Landsleute. Und das, obwohl du von denen immer viel mehr gehalten hast als von irgendwelchen Ausländern und sowieso gar nichts mit ihnen zu tun haben müßtest, denn die hätten ja ihr eigenes Aufsichtspersonal.«

»Das sind zwei Paar Schuhe. Kriegsgefangene und Galgenvögel, das sind zwei Paar Schuhe.«

»Beide sind schließlich doch ihrer Freiheit beraubt, beide werden nicht wie Menschen, sondern beinahe wie Sklaven gehalten. Wir zwei sind einmal Kriegsgefangene gewesen, auch im Schuldturm waren wir schon. Beide sind wir mit einer Anzahl von Männern an Bord gereist, die sich der verabscheuungswürdigsten Verbrechen schuldig gemacht hatten. Was mich betrifft, hat das meine Würde nicht sonderlich beeinträchtigt. Allerdings kannst nur du das für dich entscheiden, aber gestatte mir die Bemerkung, Jack, daß der Spatz in der Hand besser ist als die Taube auf dem Dach, wie du selbst so oft sagst, und daß die AJAX augenblicklich kaum mehr ist als ein nackter Kiel. Wer weiß, ob sie noch eine Aufgabe hat, wenn sie vom Stapel geht. Vielleicht macht sie nur noch Höflichkeitsbesuche und darf die Trikolore mit Salutschüssen und einem freundlichen Hurra begrüßen.«

»Du meinst doch nicht etwa, uns droht ein Frieden?« rief Jack, korrigierte sich aber gleich: »Das heißt, ich weiß natürlich die Segnungen des Friedens zu schätzen, nichts wäre schöner als das – aber man will doch gewarnt sein.«

»Ich denke nicht. Darüber weiß ich auch gar nichts. Ich wollte dich nur darauf hinweisen, daß die AJAX noch ein halbes Jahr braucht, bevor sie Segel setzen kann, und einiges spricht dafür, sein Eisen zu schmieden, solange es heiß ist, und daß nur der Gold im Mund hat, der nicht rastet.«

»Wie wahr, wie wahr«, sagte Jack mit ernster Miene. »Aber das bringt mich auf einen anderen Punkt. Sechs Monate könnte ich gut gebrauchen in dieser Bergbausache, du weißt schon, um die Dinge in Gang zu bringen. Aber viel wichtiger als das ... erinnerst du dich, wie du mich vor den Wrays gewarnt hast?«

Stephen nickte.

»Damals habe ich dem kaum Glauben geschenkt, aber du hattest recht. Während du weg warst, bin ich für ein Spielchen zu Craddock's gegangen. Der Richter stand dabei, und nur Andrew Wray, Carroll, Jenyns und ein paar von ihren Freunden aus Winchester saßen mit am Tisch. Nach dem, was du gesagt hattest, habe ich aufgepaßt wie ein Schießhund, und wenn ich auch nicht erkennen konnte, wie sie es gemacht haben, sah ich doch, daß ich immer dann verloren habe, wenn Wray auf seine typische Art mit den Fingern trommelte. Ich wartete ein paar Runden lang ab, nur um sicherzugehen. Bei der sechsten Runde lag dann ein hübscher Haufen auf dem Tisch, und die Zeichen waren mehr als deutlich. Ich sprach Wray darauf an, zeigte ihm, was ich meinte, und sagte, unter diesen Umständen wäre ich nicht bereit weiterzuspielen. Er darauf: ›Ich verstehe nicht, was Sie meinen, Sir‹, und ich glaube, er stand kurz davor, mir irgend etwas von Kerlen, die nicht verlieren können, an den Kopf zu werfen, besann sich dann aber noch. Ich erwiderte, das könnte ich ihm jederzeit erklären, wenn er wollte – obwohl, Ehrenwort, ich hätte nicht sagen können, wer der Empfänger seiner Zeichen war. Es hätte jeder der Männer dort sein können –, täte mir leid, wenn es Carroll gewesen sein sollte, ich mag ihn. Aber er sah ganz schön blaß um die Kiemen aus, das muß ich schon sagen. Was das angeht, sahen sie alle ganz schön blaß um die Kiemen aus. Aber keine Menschenseele gab auch nur einen Mucks von sich, als ich fragte, ob noch ein Gentleman irgendeine Bemerkung zu machen wünschte. Es war ein unangenehmer Moment, und ich war Heneage Dundas sehr dankbar, als er quer durch den Raum eilte und sich zu mir stellte. Ein verdammt unangenehmer Moment war das.«

Stephen Maturin konnte sich das gut vorstellen, aber selbst seine lebhafte Phantasie reichte bei weitem nicht aus, um zu begreifen, wie unangenehm es tatsächlich gewesen war: Jack Aubrey, rasend vor Wut angesichts der Erkenntnis, als Einfaltspinsel dazustehen, den man hereingelegt hatte, als gerupftes Huhn, als Kaninchen, dem das Fell übergezogen worden war, ganz zu schweigen von seinem gerechten Zorn über den Verlust von sehr viel Geld; die Stille, die in dem großen, mit Männern von Rang und Namen gefüllten Raum eintrat, als einer der Mächtigsten unter ihnen offen und sehr lautstark des Betrugs beim Kartenspiel beschuldigt wurde; das Schweigen auch, mit dem viele im Bewußtsein des ganzen Ernstes der Situation sich diskret abwandten, und das erst durch die forcierte Konversation gebrochen wurde, mit der Jack und Dundas den Raum verließen.

»Wray bereist jetzt die Marinewerften, um korrupte Praktiken aufzudecken. Er wird noch einige Zeit unterwegs sein. Vor seiner Abfahrt habe ich nichts von ihm gehört, was ich merkwürdig finde. Aber so eine Sache kann er auf keinen Fall aussitzen, und ich möchte im Lande sein, wenn er zurückkommt. Ich will den Eindruck vermeiden, daß ich davonlaufe.«

»Wray wird dir aus dem Weg gehen«, sagte Stephen. »Wenn er nach einem derartigen Affront zwölf Stunden tatenlos verstreichen läßt, wird er den Kampf nicht annehmen. Er wird sich auf andere Weise Satisfaktion verschaffen.«

»Ich bin ganz deiner Ansicht. Andererseits bin ich nicht gerade erpicht darauf, daß er sich mit der Begründung aus der Affäre ziehen kann, er habe mich nicht erreichen können.«

»Also bitte, Jack, das geht jetzt deutlich zu weit, wirklich. Alle Welt weiß, daß dienstliche Befehle allem anderen vorgehen. Solch eine Angelegenheit kann wohl auch ein Jahr oder länger liegenbleiben. Wir kennen doch beide Fälle dieser Art, und niemals stand der abwesende Mann schlechter da.«

»Mag sein, und doch hätte ich ihm viel lieber alle Zeit dieser Welt für die Inspektionsreise und seine . . .«

Die Ankunft von Admiral Snape und Kapitän Hallowell, die von den Aubreys zum Hammelessen eingeladen worden waren, verhinderte die weitere Unterhaltung.

Es dauerte jedoch nicht lange, da hatte das Thema Stephen wieder eingeholt. Sophie hatte ihm zugeflüstert, er möge sich doch bitte frühzeitig zu ihr gesellen, und da die drei Seefahrer offensichtlich darauf aus waren, die Schlacht von St. Vincent Schuß für Schuß noch einmal auszufechten, war es ihm ohne weiteres möglich, sich in den Salon zurückzuziehen, während die anderen Nußschalen in Schlachtordnung formierten. Er ging in dem sicheren Gefühl, eine lange, ruhige Pause vor sich zu haben.

Sophie begann mit der Feststellung, daß nichts auf Erden so sündhaft, barbarisch und unchristlich sei wie ein Duell, und es bliebe auch dann eine Sünde, wenn nur der Mann im Unrecht immer unterliege, was aber nicht der Fall sei. Sie erwähnte den jungen Mr. Butler von der CALLIOPE, der allen Berichten nach vollkommen unschuldig gewesen und vor nicht einmal einem Jahr seinen Wunden erlegen sei – und Jane Butler, die ihm am Krankenbett alle Liebe dieser Welt gegeben habe und jetzt allein mit zwei kleinen Kindern dastehe, ohne auch nur einen Penny für die hungrigen Münder. Nichts, seufzte sie, rang dabei mit den Händen und sah Stephen aus großen, tränenfeuchten Augen an, absolut gar nichts könne Jack davon abhalten, hinzugehen und sich niederschießen oder abstechen zu lassen, also sei es ihrer beider höchste Pflicht, ihn zum Aufbruch mit der LEOPARD zu bewegen. Das Schiff wäre lange Zeit fern von England, lang genug, daß Gras über die ganze Sache wachsen oder der unselige Mr. Wray sich eines Besseren besinnen könnte oder vielleicht ... Sie zögerte, worauf Stephen sagte: »Oder vielleicht jemand anders ihm zuerst eins überzieht. Wäre nicht unmöglich: Er wird oft mit Pferdewettern und Kartenspielern gesehen und lebt weit über seine Verhältnisse. Für seine Stelle beträgt das Gehalt nicht mehr als sechs- oder siebenhundert Pfund pro Jahr, auch scheint er keinerlei Grundbesitz zu haben, und doch tritt er auf wie ein reicher Mann. Nach dieser Geschichte wird allerdings niemand mehr mit ihm um Geld spielen wollen, wodurch ein solches Ereignis zu meinem Bedauern sehr unwahrscheinlich wird. Andererseits bin ich zutiefst davon überzeugt, daß Wray nicht der Mann ist für ein Duell. Ein Kerl, dem solche Worte zwölf Stunden im Magen liegen, dem liegen sie auch zwölf Jahre im Magen, und verdauen wird er sie erst im kalten, lieblosen Grab. Meine Liebe, du brauchst dir darum keine Sorgen zu machen, glaube mir.«
Sophie konnte Stephens tiefe Überzeugung nicht teilen. »Warum mußte Jack auch so etwas sagen?« rief sie. »Warum konnte er nicht einfach gehen? Er hätte an seine Kinder denken sollen.« Und wieder brachte sie ihre Argumente gegen ein Duell vor, diesmal jedoch mit noch größerer Vehemenz, als ob sie Stephen trotz seiner Beteuerungen, völlig ihrer Meinung zu sein, noch überzeugen müßte. Bei

jeder anderen Person hätte es ihn zutiefst gelangweilt, nahm sie doch in Ermangelung neuer Argumente bei diesem abgegriffenen Thema bei jenen Zuflucht, die von klügeren Köpfen seit hundert Jahren vorgebracht wurden. Jedoch, er hatte sie sehr lieb, war von ihrer Schönheit und aufrichtigen Sorge tief bewegt, und so hörte er ihr bedächtig nickend und ohne die geringsten Anzeichen von Ungeduld zu. Wie es ihre Art war, redete sie mit einer bezaubernd gewandten Zungenfertigkeit: Wie der Flug einer Schwalbe in einer Scheune purzelten ihre Worte durcheinander und flogen in überraschenden Wendungen hierhin und dorthin. Dann aber unterbrach sie sich, holte tief Luft und warf ihn mit den Worten hinaus: »Da du also meiner Meinung bist, lieber Stephen, mußt *du* ihn überreden, der du so viel gescheiter bist als ich. Du wirst Argumente finden, auf die ich nie gekommen wäre – du wirst ihn sicher überzeugen können. Er hält so große Stücke auf deine Klugheit.«

»Ach, meine Liebe«, seufzte Stephen. »Auch wenn er's täte, und daran erlaube ich mir zu zweifeln, so hilft doch in dieser Sache Klugheit nicht weiter. Jack ist ebensowenig auf einen Kampf aus wie« – schon wollte er sagen »wie ich«, vermied das dann aber gerade noch, weil er Sophie gegenüber stets auf die Wahrheit achtete – »euer Pfarrer hier. Dazu ist er viel zu vernünftig. Aber seine persönliche Überzeugung zählt hier gar nicht. Die Menschen sind nämlich nicht erst in unserem Zeitalter zu der Übereinkunft gelangt, daß von ihrer Gesellschaft ausgeschlossen wird, wer sich einer Duellforderung verweigert. Ihm sind die Hände gebunden, Bräuche sind alles, vor allem im Heer und in der Marine. Würde er sich verweigern, so wäre dies das Aus für seine Karriere, und er könnte nie mehr in Frieden mit sich leben.«

»Also muß er sich töten lassen, um in Frieden mit sich leben zu können? Ach, Stephen, was habt ihr Männer bloß aus der Welt gemacht«, sagte sie, nach ihrem Taschentuch suchend.

»Sophie, mein Schatz, du stellst dich an wie ein dummes Weib. Gleich fängst du noch an zu weinen, wenn das so weitergeht. Du solltest bedenken, daß die allermeisten Duelle mit höchstens einem Kratzer abgehen. Nein wirklich: Eine Vielzahl von ihnen besteht aus nichts als einer geringfügigen Neufassung der gefallenen Worte oder wird von den Sekundanten so geleitet, daß sie sich in einigen Degenstößen in die Luft oder einer kaum geladenen Pistole erschöpfen. Und doch denke ich, daß Jack der Sache aus dem Weg gehen sollte. Er sollte tatsächlich an Bord dieser LEOPARD gehen, ans andere Ende der Welt segeln und dort für eine ganze Zeit bleiben.«

»Denkst du das wirklich, Stephen?« Sophie sah ihn fragend an.

»Das tue ich. Wie ihn habe ich schon so viele Seefahrer gesehen, die an Land sind und die Taschen voller Guineen haben. Bald wird auch er, wie wir in der Navy sagen, kieloben dahintreiben. Pferderennen, Kartenspiel, die Bauarbeiten und sogar, Gott behüte, Silberminen. Fehlt nur noch ein Kanal für die Schiffahrt zu zehntausend Pfund pro Meile und das Perpetuum mobile.«

»Ich bin ja so froh, daß du das gesagt hast«, rief Sophie. »Ich habe mich so danach gesehnt, dir mein Herz auszuschütten, aber wie kann eine Frau denn in dieser Weise über das Verhalten ihres Mannes sprechen, und sei es zu seinem besten Freund? Aber nachdem du davon geredet hast, kann ich doch antworten, ohne ihm untreu zu werden, oder? Ich bin ihm nicht untreu, Stephen, noch nicht einmal in den kleinsten, geheimsten Ecken meines Denkens, aber es bricht mir das Herz, wenn ich sehe, wie er sein Vermögen zum Fenster hinauswirft. Er hat es sich doch so schwer verdient mit diesen schrecklichen Wunden. Und dann zu sehen, wie seine gutmütige, offene, vertrauensselige Art von solchen ordinären Falschspielern ausgenutzt wird, von jenen Männern mit ihren Pferderennen und den Leuten mit Plänen und Projekten – es ist, als würde man ein Kind betrügen. Und ich hoffe, du findest mich nicht habgierig und gewinnsüchtig, wenn ich sage, daß ich auch an meine Kinder denken muß. Die Mädchen sind versorgt, aber wie lange noch, das weiß ich nicht, und was George betrifft ... Wenn ich eines von Mama gelernt habe, dann Buchhaltung, und als wir damals arm waren, habe ich die Bücher bis auf den letzten Heller genau geführt und war so stolz und glücklich, wenn wir ein Quartal ohne Schulden überstanden hatten. Jetzt ist das kaum noch zu überblicken, mit diesen vielen enormen Ein- und Auszahlungen und seltsamen Lükken in der Bilanz, aber eins zumindest weiß ich: daß viel, viel mehr hinausgeht als hereinkommt und daß es so nicht weitergehen kann. Manchmal wird mir richtig angst und bange. Und manchmal«, fügte sie mit leiser Stimme hinzu, »kommt mir ein ganz schrecklicher Gedanke: Vielleicht ist er an Land nicht wirklich glücklich und stürzt sich deshalb in diese Projekte, eines verwegener als das andere – um dem langweiligen Landleben zu entkommen und, wer weiß, auch seiner langweiligen Frau. Ich möchte so sehr, daß er glücklich ist. Ich habe sogar angefangen, mich mit Astronomie zu beschäftigen, damit ich mit dieser Miss Herschel mithalten kann, die er immer erwähnt und die mich behandelt, als wäre ich ein kleines Kind. Aber es ist zwecklos – ich verstehe immer noch nicht, warum die Venus ihre Form ändert.«

»Das sind doch bloß Launen, meine Liebe, nichts als Hirngespinste und Grillen«, sagte Stephen, sie heimlich musternd. »Aber ich sollte dich zur Ader lassen, so ein oder zwei Unzen. Im übrigen glaube ich, daß du recht hast: Jack muß fort von hier, er muß wieder in seinem Element sein und dort seinen Mann stehen, damit er einen geraden Kiel unter sich hat, wenn er wieder an Land ist.«

Als Jack seine Gäste mit vom Wein geröteten Gesichtern an den Leitern der Bauleute vorbei in den Salon führte, lag in seiner Stimme, die dröhnend den Flur erfüllte, nicht einmal ein Anflug von Traurigkeit. Einige Stunden später aber, während er seine Nachtmütze über die Ohren zog und die Bänder festband, antwortete er seiner Frau mit so etwas wie Verdrießlichkeit und sogar Verbissenheit in der Stimme: »Mein Herz, nichts und niemand auf der Welt wird mich dazu bringen, die LEOPARD unter diesen Bedingungen zu übernehmen, also spar dir deine Mühen für den heißen Brei.«

»Welchen heißen Brei?«

»Nun, den Haferbrei, das Porridge. So sagen die Leute, wenn sie dir bedeuten wollen, daß es keinen Zweck hat, immer auf derselben Sache herumzureiten. Außerdem sollen Frauen an Bord gebracht werden, und du weißt doch genau, wie sehr mir Frauen zuwider sind. Frauen an Bord, meine ich. Nichts als Scherereien und Streit hat man mit ihnen. Sophie, würdest du bitte die Kerze ausblasen? Die Nachtfalter kommen sonst herein.«

»Du hast sicher recht, Liebster, und es würde mir nicht einmal für einen Moment einfallen, dir zu widersprechen, vor allem, wenn es um die Navy geht.« Sophie war bestens mit der Gabe ihres Mannes vertraut, auf der Stelle einzuschlafen und sich dann von keinerlei äußeren Umständen wecken zu lassen. Und so warf sie jetzt, sorgfältig den Teppich im Auge behaltend, die Kerze mitsamt Leuchter und Löschhütchen zu Boden. Jack sprang aus dem Bett, brachte alles wieder in Ordnung, und sie fuhr fort: »Aber eine Sache muß ich noch loswerden, weil ich fürchte, daß du wegen all dieser Hetze und dem ganzen Ärger mit der Küstenwacht und den Bauarbeitern sie nicht ganz so siehst, wie ich das tue. Wir müssen nämlich auch an Stephen denken und an seine große Enttäuschung.«

»Aber Stephen hat doch sofort abgewinkt. Er sagte, es bricht ihm das Herz, aber er kann nicht mitkommen, das steht so gut wie fest. Und seit seiner Rückkehr hat er kein Wort mehr gesagt.«

»Sein Herz ist schon gebrochen, da bin ich ganz sicher. Auch wenn er nichts sagt, ist es doch sonnenklar, daß er von Diana wieder tief verletzt worden ist. Der Arme, es stand ihm doch ins Gesicht geschrieben, als er aus der Stadt zurückkam. Liebster, wir schulden Stephen eine Menge. Eine Reise nach Botany Bay wäre jetzt genau das richtige für ihn: der Frieden und die Ruhe, und dann all die unbekannten Tiere, mit denen er sich vom Grübeln ablenken kann. Stell dir nur einmal vor, wie er Monat um Monat in irgendeiner scheußlichen Absteige vor sich hin brütet, bis die AJAX endlich vom Stapel läuft – er würde nur Trübsal blasen und sich vor Kummer verzehren.«

»Mein Gott, Sophie, vielleicht ist etwas dran an dem, was du sagst. Diese verdammte Sache mit Kimber und dann die LEOPARD und mein Brief an die Admiralität – ich war so voll davon, daß ich kaum daran gedacht habe –, natürlich habe ich gesehen, daß ihn etwas bedrückte, und ich nahm an, sie hätte ihm wohl übel mitgespielt. Aber mir gegenüber hat er davon kein Sterbenswörtchen gesagt, niemals so etwas wie: ›Die Dinge laufen bei mir in einer Beziehung nicht so, wie ich mir das wünsche, also steige ich mit dir auf der LEOPARD ein‹, oder: ›Jack, ich könnte einen Klimawechsel gebrauchen, und zwar brauche ich *tropisches* Klima‹ – das hätte ich sofort verstanden.«

»Stephen ist viel zu feinfühlig und rücksichtsvoll für so etwas. Nachdem ihm klargeworden war, daß du das Schiff nicht mehr wolltest, hätte er seine eigenen Sorgen nie mehr erwähnt. Aber du hättest ihn hören sollen, als er über die Wombats sprach – o nein, nur ganz nebenbei und ohne irgendeinen Vorwurf –, es hätte dich zu Tränen gerührt. Ach Jack, er ist wirklich am Boden zerstört.«

DRITTES KAPITEL

DER NORDWESTSTURM hatte im Golf von Biskaya eine tückische See aufgetürmt, und die LEOPARD lag zwei Nächte und einen Tag lang nur unter stark gerefftem Großbramsegel. Die Bramstengen waren längst gestrichen, ihre Vormarsrah lag an Deck, und sie hielt den Steven nach Norden gerichtet. Jedesmal, wenn eine hohe See ihren Bug backbords traf und der weiße Wellenkamm in der pechschwarzen Nacht auf sie zuraste, ergoß sich eine Wasserwand über das Mittschiff, zerrte an den doppelt verzurrten Booten und Sparren und zwang sie, nach Nordnordost abzufallen, aber jedesmal kämpfte sie sich wieder bis auf vier Strich an den Wind, wobei das Wasser aus ihren Speigatten strömte. Sie mühte sich, sie rollte schwer – und die zerklüftete Küste Spaniens lag, wie jeder der Seeleute an Bord wußte, nicht weit entfernt leewärts in der Dunkelheit: schwarze Riffe und schwarze Klippen, auf denen sich riesige Wellen in gewaltiger Höhe brachen. Die genaue Entfernung kannte niemand, denn bei den tiefhängenden, schnell dahinziehenden und düsteren Wolken der vergangenen drei Tage war keinerlei Positionsbestimmung möglich gewesen, aber sie fühlten das Land bedrohlich nahe aufragen, und manch ein besorgtes Auge starrte nach Süden. Sie hatte eine schwere Zeit hinter sich, schwer sogar für die Biskaya, und war hin und her geworfen und auf und ab gestoßen worden wie eine Schaluppe. Dies vor allem zu Beginn des Sturmes, als der Nordwestwind sich heulend über die Dünung aus West gelegt und eine steile, unruhige, ineinanderstürzende Kreuzsee aufgetürmt hatte, die sie in alle Richtungen schleuderte, bis sie wieder in jeder Fuge ächzte. Der Kampf gegen den Sturm hatte so viel Wasser durch die Bordwände gepreßt, daß die Pumpen in keiner Wache stillstanden. Sie war ein guter Luvhalter für jedes Wetter, immer folgsam am Ruder, und doch konnte selbst ihr Kommandant nicht mehr behaupten, sie sei ein trockenes Schiff.

Aber ihre Prüfungen näherten sich dem Ende. Das Geheul des Windes in der Takelage war um eine halbe Oktave gefallen, hatte seine hysterische, bösartige Schärfe verloren, und zwischen den Wolken taten sich einige Lücken auf. Kapitän Aubrey hatte während der vergangenen zwölf Stunden in triefendem Ölzeug unter dem Decksabsatz der Poop gestanden und sich mit seinem neuen Schützling vertraut gemacht. Jetzt hielt er gerade seinen Sextanten unter dem Arm, den er in der Hoffnung auf einen flüchtigen Blick durch Risse in der Wolkendecke bereits auf die ungefähre Position von Antares eingestellt hatte. Eine Stunde nach dem ersten Riß erschien der edle Stern, schoß mit irrsinniger Geschwindigkeit nordwärts durch eine lange, schmale Wolkenlücke und zeigte sich ihm gerade lange genug, um ihn zu fixieren und am Horizont herunterzubringen. Sein Horizont war zugegebenermaßen alles andere als perfekt, glich er doch eher einer Bergkette als einer idealen Geraden, aber die Ablesung war trotzdem besser als erhofft – die Leopard hatte noch reichlich freie See um sich. Er kehrte ans Steuerrad zurück, während die Zahlen in seinem Geist fließend ineinandergriffen und ein ums andere Mal mit demselben befriedigenden Ergebnis kontrolliert wurden. Nachdem er an die Leereling getreten war und dort den altbackenen Hefewecken und das Glas Marsala, beides kurz zuvor hinuntergewürgt, erbrochen und der See mit langerprobter Leichtigkeit übergeben hatte, wandte er sich an den wachhabenden Offizier: »Mr. Babbington, ich denke, Sie können abfallen. Lassen Sie Vormarsstengen- und Großstagsegel setzen. Kurs Südwest, ein halb West.« Während er sprach, sah er, wie sich das bärtige Gesicht des Quartermasters in den Schein der Kompaßhauslampe schob, wo dieser auf das Halbstundenglas starrte. Die letzten Sandkörner liefen durch, der Quartermaster murmelte: »Ab mit dir, Bill«, und die in eine Teerjacke gehüllte Gestalt sprang vor. Tiefgebeugt gegen den peitschenden Regen und die Gischt klammerte sie sich fest an ein von vorne nach achtern gespanntes Strecktau, um sieben Glasen der Mittelwache anzuschlagen: halb vier Uhr morgens. Babbington griff nach seiner Flüstertüte, um alle Mann zum Halsen an Deck zu rufen. »Warten Sie«, sagte Jack. »Eine halbe Stunde macht keinen Unterschied. Lassen Sie bei acht Glasen halsen, es ist nicht nötig, die Backbordbulinen anzuschlagen.«

Er war sehr versucht, bis zum Wachwechsel zu bleiben und die Ausführung des Manövers zu beobachten, aber er hatte in Babbington einen äußerst fähigen Leutnant, einen jungen Mann, den er selbst geformt hatte, und sein weiterer Aufenthalt an Deck würde Mangel an Vertrauen verraten und Babbingtons Autorität schmälern. Nach zehn Minuten ging er unter Deck, hängte sein Ölzeug über einer Wanne auf und wischte sich mit einem Handtuch, das dort eigens für diesen Zweck hing, die Mischung aus salzigem Seewasser und Regen aus dem Gesicht. In der Schlafkajüte war ein sehr verärgerter Killick damit beschäftigt, die Schwingkoje wieder aufzuhängen, die ein Leck genau darüber völlig durchnäßt hatte. Er war deshalb so übellaunig, weil er schon nach wenig mehr als einer Woche aus den Armen seiner Wonnenspenderin gerissen worden war. »Diese verdammten Kalfaterer in der Werft«, brummelte er, »verstehen ihr beschissenes Handwerk nicht ... Ich tät sie schon kalfatern ... o ja, ordentlich kalfatern tät ich sie, und zwar mit einem glutroten Kalfateisen mitten in ihre ...« Die Vorstellung gefiel ihm, sein verdrießliches Gesicht heiterte sich ein wenig auf, und mit so etwas wie Freundlichkeit in der Stimme sagte er laut: »Hier, bitte sehr, Sir, Sie können sich jetzt hinlegen. Nämlich, obwohl Sie Ihre Haare nie nich' abgetrocknet haben.« Letzteres in strengem Tonfall, tatsächlich hingen Jack die Haare in langen, gelblichen Strähnen den Rücken hinunter. Killick wrang sie wie Scheuerlappen aus, bemerkte, sie seien nie nich' so dicht, wie sie früher mal war'n, schlug sie in einen festen Zopf und empfahl sich sodann.

Normalerweise wäre Jack so formlos und augenblicklich eingeschlafen, wie eine Kerze gelöscht wird, jetzt aber behielt er von der schlingernden Koje aus den Tochterkompaß über seinem Kopf im Auge. Er hatte noch nicht lange darauf gestarrt, als ein tiefer Donner sich unter das Brüllen des Sturms mischte. Er verband sich mit dem krachenden Aufprall der Seen gegen die Bordwand der LEOPARD und dem Gesang der zahllosen, straff gespannten Taue und Leinen, die ihre vielstimmige Melodie an den Schiffsrumpf weitergaben, wo diese im Widerhall eine tiefere Tonlage annahm. Dies war das Trampeln der Backbordwache, die durch die Achterluke stürmte – Vorder- und Hauptluke waren fest verschalkt –, um nach vier Stunden Schlaf ihren Dienst wieder anzutreten. Fast augenblicklich begann die Kompaßrose, gegen den Steuerstrich auszuwandern, als die LEOPARD abfiel: Nordnordost, Nordost zu Nord, Nordost, dann schnell abfallend auf Ost, ein halb Südost, wo das Geheul des Windes fast erstarb, und immer langsamer herum bis auf Südwest und Südwest, ein halb West, dort kam sie dann zur Ruhe. Die LEOPARD hatte gehalst. Sie segelte jetzt über den Backbordbug und durchschnitt die Seen mit einer munteren Schlängelbewegung. Jack fielen die Augen zu, sein Mund öffnete sich, und heraus kam (denn er lag auf dem Rücken, ohne seine Frau, die ihn hätte kneifen oder umdrehen können) ein tiefes, rasselndes und gutturales Schnarchen von erstaunlicher Lautstärke.

All das Geschrei und Gerufe, die Bootsmannspfeifen und das Herumgerenne auf der Poop ein paar Fuß über dem Kopf des Schlafenden störten diesen auch nicht für einen Moment. Sein Gesicht blieb leer und ausdruckslos, außer wenn von Zeit zu Zeit ein Lächeln darüber hinwegglitt und er, tief im Traum, einmal lachte. Und doch arbeiteten einige Bereiche seines Seemannshirns noch, denn als Kapitän Aubrey bei zwei Glasen der Morgenwache erwachte, war ihm bewußt, daß der Seegang während der verbliebenen Nachtstunden stetig abgenommen, der Wind mehr nach Süd gedreht und die LEOPARD gemütliche fünf Knoten Fahrt aufgenommen hatte.

»Das ist aufgewärmter Kaffee. Er hat gekocht!« sagte er und besah sich das rötlich-schwarze Gebräu. Killicks Gesicht nahm einen böswilligen und gequälten Ausdruck an, der seine Gedanken widerzuspiegeln schien: »Wenn Leute den ganzen Tag in ihren Kojen liegen, wo andere schuften und sich schinden, dann kriegen sie, was sie verdienen.« Aber der Kaffee war tatsächlich aufgekocht worden, was für den Kapitän zu dieser Tageszeit ein nahezu todeswürdiges Verbrechen darstellte, und Killick begnügte sich mit einem unfreundlichen Schniefen und den Worten: »Eine neue Kanne kommt gleich.«

»Wo ist der Doktor? Und nimm deinen Daumen aus der Butter.«

»Bei der Arbeit seit sechs Glasen der Morgenwache, Euer Ehren«, sagte Killick bedeutungsvoll, und dann sehr leise: »Er war nich' drin, nich' mal nahe bei.«

»Dann ab nach vorne und sag ihm, hier gäbe es scheußlichen gekochten Kaffee, falls er so was vertragen kann. Und meine Empfehlung an Mr. Pullings, ich würde mich freuen, ihn zu sehen.«

»Guten Morgen, Tom«, rief er, als sein Erster Offizier erschien. »Setzen Sie sich und nehmen Sie sich eine Tasse. Sie sehen so aus, als bräuchten Sie eine.«

»Guten Morgen, Sir. Ein Kaffee würde mir sehr guttun.«

»Ich nehme an, Sie haben einen ziemlich üblen Bericht für mich?« fragte er mit Blick auf Pullings' sorgenvolles Gesicht.

»Ja, Sir, den habe ich«, sagte Thomas Pullings kopfschüttelnd.

»Doch hoffentlich keinen Mast abgesegelt?«

»So schlimm nicht, Sir, aber die Sträflinge haben ihrem Aufseher den Hals umgedreht, und ihr Wundarzt ist in die Kiellast gestürzt und hat sich das Genick gebrochen. Die Sträflinge sind alle halbtot vor Seekrankheit, und eine der Frauen hat einen Schreikrampf. Und dann der Dreck da unten, Sie würden's nicht glauben. Ich habe ein paar Seesoldaten dort aufgestellt, für alle Fälle, aber von den Gefangenen könnte jetzt sowieso keiner einer Fliege was zuleide tun, die sind platt wie Pfannkuchen und haben kaum Kraft zum Stöhnen. Abgesehen von diesen Kleinigkeiten und davon, daß die vordere Kettenpumpe verstopft, das Vormarsfall übel durchgescheuert ist und die Bugsprietzurring besser sein könnte, ist alles sauber und ordentlich, einigermaßen wenigstens.«

»So, so, den Hals haben sie ihm umgedreht?« Jack pfiff leise. »Ist er tot?«

»Mausetot, Sir. Sein Hirn ist durchs ganze Deck verspritzt. Die müssen ihre Fußeisen dazu genommen haben.«

»Ihr Wundarzt ist auch tot?«

»Dazu kann ich nichts Genaues sagen, Sir, der Doktor hat ihn im Lazarett.«

»Na, der Doktor wird ihn schon zusammenflicken. Sie erinnern sich doch sicher noch, wie er dem Stückmeister auf der SOPHIE den Kopf aufgesägt und sein Hirn zurechtgesetzt hat – ah, da bist du ja, Stephen. Einen guten Morgen wünsche ich dir. Das ist ja eine schöne Bescherung, nicht? Aber ich denke, du wirst ihren Wundarzt schon wieder zurechtgeflickt haben, oder?«

»Das habe ich nicht«, sagte Stephen. »Ein durchtrenntes Rückgrat kann ich nicht wieder flicken. Der Mann war schon mausetot, als sie ihn gefunden haben.«

Schweigend sahen sie ihn an. Er war sichtlich erregt, und sie hatten ihn nur sehr selten aufgeregt gesehen, kaum je einmal verstimmt über eine gewisse Verdrossenheit hinaus. Ganz sicher nicht wegen ein paar Zivilisten, die (obwohl dies jetzt, da die Männer noch nicht beigesetzt waren, niemand offen sagte) so unangenehme, armselige Wichte gewesen waren, wie man es sich nur vorstellen konnte. Beide konnten sie nicht erkennen, daß Stephens innerstes Wesen nach der gewohnten Dosis verlangte, aber ihnen war klar, daß ihm etwas fehlte, und da sie nichts weiter hatten als Freundlichkeit, Kaffee, Toast und Orangenmarmelade, boten sie ihm diese an, dazu Tabak. Keines dieser Dinge stillte sein ganz eigenes Verlangen, aber in ihrer Gesamtheit besänftigten sie ihn, und als Pullings sagte: »Oh, Sir, ich vergaß: Als wir den Wundarzt aus der Kiellast hochholten, haben wir einen blinden Passagier entdeckt«, da rief Stephen: »Ein blinder Passagier auf einem Kriegsschiff? So etwas hab ich ja noch nie gehört«, und wirkte nun lebhaft interessiert. Es gab eine Menge Dinge an Bord eines Kriegsschiffs, von denen Dr. Maturin noch nie gehört hatte, aber seit kurzem machte er erste, tastende Versuche, den Unterschied zwischen einem Grummetstropp und einer Kausch in Erfahrung zu bringen – ja, man hatte ihn nicht ohne Selbstgefälligkeit sagen hören, er sei »leidlich amphibisch« geworden, was ihnen gefiel. Sie stimmten ihm von Herzen zu: Ein blinder Passagier war äußerst ungewöhnlich, unerhört sogar, und Jack sagte mit einer Verbeugung in Stephens Richtung: »Bevor wir uns dieser häßlichen Geschichte in der Vorpiek zuwenden, schickt uns diesen *rara avis in mara, maro* herein.«

Der blinde Passagier war ein schmaler junger Mann, der von einem Sergeanten der Marineinfanterie nach achtern gebracht wurde, wobei dieser ihn eher stützte als festhielt. Wo Schmutz und ein Wochenbart seine Haut nicht verbargen, war er sehr blaß, er trug ein Hemd und eine zerrissene Hose. Er machte einen Kratzfuß und sagte: »Guten Morgen, Sir.«

»Sprich nicht zum Kapitän«, herrschte ihn der Sergeant mit Feldwebelstimme an, packte ihn dabei am Ellbogen, schüttelte ihn und richtete den Gefallenen wieder auf.

»Sergeant«, sagte Jack, »setzen Sie ihn auf die Truhe dort, dann können Sie wegtreten. Nun, Sir, wie ist Ihr Name?«

»Herapath, Sir, Michael Herapath, zu Ihren Diensten.«

»Nun, Mr. Herapath, und was haben Sie sich dabei gedacht, sich an Bord dieses Schiffes zu verstecken?«

In diesem Augenblick rutschte die LEOPARD nach Lee, und die jetzt hellgrüne See stieg jenseits des Speigatts mit einer Langsamkeit empor, die einem den Magen umdrehte. Herapath wurde noch grüner um die Nase, preßte eine Hand auf den Mund, um ein trockenes und leeres Würgen zu unterdrücken, und stieß zwischen den Brechkrämpfen, die seinen ganzen Körper schüttelten, die Worte hervor: »Ich bitte um Verzeihung, Sir, ich bitte um Verzeihung. Ich fühle mich nicht sehr wohl.«

»Killick«, rief Jack. »Verstau diesen Mann in einer Hängematte im Orlopdeck.«

Killick, drahtig und einem Affen nicht unähnlich, lud sich Herapath ohne erkennbare Anstrengung auf und trug ihn hinaus, wobei er sagte: »Paß auf deinen Kopf auf am Türpfosten, mein Freund.«

»Den habe ich schon mal gesehen«, sagte Pullings. »Er kam an Bord, kurz bevor man uns die Sträflinge schickte, und wollte anheuern. Na ja, ich sah, daß er kein Seemann war – das gab er auch selbst zu –, also sagte ich ihm, wir hätten keinen Platz für Landratten, und schickte ihn weg. Ich habe ihm geraten, sich als Soldat zu melden.«

Es war zu jener Zeit tatsächlich so, daß die LEOPARD keine Matrosen auf erster Fahrt in ihrer Musterrolle stehen hatte, abgesehen von denen, die zu der ursprünglich ausgehobenen Besatzung zählten. Ein Kapitän von Jack Aubreys Ruf – ein strenger Kommandant, ab und zu sogar ein Wüterich, dabei aber gerecht und kein Anhänger der Peitsche, vor allem aber vom Glück begünstigt, was den Paragraphen über Prisengeld in den Kriegsartikeln betraf – hatte keine große Mühe, sein Schiff zu bemannen. Dies bedeutete, daß es ihm leichtfiel, das magere Plansoll durch Freiwillige auf volle Besatzungsstärke zu bringen, sofern die Neuigkeit Zeit hatte, die Runde zu machen. Er brauchte nur ein paar Handzettel zu drucken, Treffpunkte in geeigneten Kneipen einzurichten, und die Besatzung der LEOPARD war komplett. Wer vorher schon unter ihm gesegelt war, erstklassige Seeleute, die den Preßpatrouillen und Seelenverkäufern auf nur ihnen allein bekannten Wegen entronnen waren, tauchte grinsend auf und brachte oft ein paar Freunde mit. Die Männer erwarteten, daß er sich ihrer Namen und früheren Dienstgrade erinnern würde – und ihre Erwartung wurde selten enttäuscht. Seine einzige Schwierigkeit mit dieser Besatzung von kriegserfahrenen Seeleuten, von denen sogar die Kuhlgasten Segel beschlagen, reffen oder ein Schiff steuern konnten, bestand darin, sie vor dem Zugriff des Hafenadmirals zu schützen. Dies gelang ihm bis zum allerletzten Tag, als der Mann Order erhielt, die DOLPHIN sofort in Marsch zu setzen, koste es, was es wolle, worauf er die LEOPARD um hundert Seeleute erleichterte und diese durch vierundsechzig Gestalten aus dem Kasernenschiff ersetzte: Leute aus dem städtischen Preßkontingent sowie Männer, die das offene Meer einem Gefängnis ihrer Grafschaft vorzogen.

»Und als ich dann sah, Sir«, fuhr Pullings fort, »wie er so niedergeschlagen dastand, sagte ich ihm, das würde nie gutgehen, ein gebildeter Mann im Unterdeck – er würde die Arbeit nicht aushalten, seine Hände wären nach kürzester Zeit rohes Fleisch, er würde zum Spielball der Bootsmannsmaate, vielleicht sogar aufs Seitendeck gebracht und ausgepeitscht werden, und mit seinen Decksgenossen würde er niemals klarkommen. Aber nein, er sagte, zur See zu fahren sei sein Traum und er würde sich ordentlich anstrengen. Also gab ich ihm einen Zettel für Warner von der EURYDICE, dem fehlten noch hundertundzwanzig Mann, und er bedankte sich sehr höflich, wirklich.«

Stephen hatte den jungen Mann ebenfalls schon einmal gesehen. Er war auf dem Weg zum Kaffeehaus auf der Promenade gewesen, als Herapath ihn grüßte, nach dem Weg und der Uhrzeit fragte und sehr bemüht schien, mit ihm ins Gespräch zu kommen. Aber Stephen war ein vorsichtiger Mensch. Viele Leute waren schon auf ihn angesetzt worden, manche auf noch seltsamere Art, und obwohl die Kontaktaufnahme nahezu mit Sicherheit für einen Agenten viel zu erbärmlich naiv war, zog er es doch vor, sich aus der Sache herauszuhalten, besonders in seinem gegenwärtigen Zustand der Apathie. Er hatte also Herapath noch einen guten Tag gewünscht und sich ins Kaffeehaus begeben. Allerdings erwähnte er diese Episode jetzt nicht, teils wegen seiner verschlossenen Natur, teils weil er an Mrs. Wogan dachte, die er noch nicht gesehen hatte. Er maß der Dame keine große Bedeutung bei, auch gab es mehr als genug Zeit auf einer Reise, die neun Monate dauern konnte, aber trotzdem war Vorsicht geboten. Hatte Diana ihr gegenüber seinen Namen erwähnt? Sein gesamtes Vorgehen würde davon abhängen.

Jack leerte eine letzte Tasse und sagte: »Wir sollten uns besser auf den Weg machen.« Sie traten hinaus in das gleißende Tageslicht auf dem Achterdeck. Die Sonne stand recht hoch an Backbord achteraus, weiße Wolken zogen in stetiger Prozession nordwestwärts über einen hellblauen Himmel, die Luft war frisch vom Regen, funkelnd und klar, die Dünung stark und doch mit sehr gleichmäßigen Wellen. Die LEOPARD hatte sich von den Schlägen, die ihr die See verpaßt hatte, erstaunlich schnell erholt. Sie segelte dicht am Wind über den Steuerbordbug und machte gut sieben Knoten Fahrt, vielleicht nicht mit der leichtfüßigen Grazie einer gut getrimmten Fregatte – das Bild eines verspielten Zugpferds schoß Stephen durch den Kopf –, aber mit einer für einen Zweidecker achtbaren Gangart. Die Bramstengen lagen noch an Deck; der Bootsmann hatte vorne eine Gruppe im Einsatz, die am Bugspriet zugange war und gewaltig naß wurde bei der Belegung der Bugsprietzurring. Andere Seeleute krochen auf der Back herum wie große, netzbauende Spinnen und reparierten die beschädigte Takelage. Und doch hätten es bei ihrem allgemein sauberen und ordentlichen Aussehen keine Landratte und nur wenige Seeleute für möglich gehalten, daß sie kaum fünf Stunden vorher aus einem der bösesten Stürme herausgekommen war, die der Golf von Biskaya zu bieten hatte.

Jack erfaßte die Szene mit einem schnellen und geschulten Blick, dann aber verfinsterte sich seine Miene. Zwei Kadetten lehnten an der Reling, während sich das Schiff in der Dünung hob und senkte, und hielten nach dem fernen Finisterre Ausschau, das sich dunkel am Horizont andeutete. Auf einem von Kapitän Aubrey kommandierten Schiff wurde es nicht gern gesehen, wenn junge Gentlemen an der Reling lehnten. »Mr. Wetherby«, sagte er, »Mr. Sommers: Falls Sie die Geographie Spaniens in Augenschein zu nehmen wünschen, so werden Sie dafür im Masttopp den geeigneteren Ort und die bessere Aussicht vorfinden. Sie wollen bitte ein Fernglas mitnehmen. Mr. Grant, der andere junge Gentleman wird sich dem Bootsmann auf dem Bugspriet anschließen.«

Die Klampen und Persennings waren bereits von den Niedergangsluken entfernt worden, und Jack schritt entlang des Seitendecks nach vorne, den Backsniedergang hinunter und gelangte so zur Hauptluke. Dann tauchte er unter Deck, wobei er Stephen ermahnte, »eine Hand am Geländer dort« zu haben, denn die See ging immer noch hoch und unberechenbar. Unten am Niedergang wandte er sich rasch um, gerade noch rechtzeitig, um Stephen an seinen Rockschößen aufgehängt in Pullings' kraftvollem Griff schweben und seine Glieder einer Schildkröte gleich von sich strecken zu sehen. »Du mußt wirklich lernen, dich festzuhalten, Doktor«, sagte er, als er ihn in seinen Armen auffing und ihn auf dem unteren Deck absetzte. »Wir können es uns nicht leisten, daß auch du dir noch den Hals brichst. Los jetzt, eine Hand für den Mann und eine für das Schiff.« Nach achtern durch das dämmerige Unterdeck mit seinen mächtigen Vierundzwanzigpfündern, die gebackst gegen die fest geschlossenen Stückpforten standen, dann weiter hinunter zum Orlopdeck und den Kabelgatts. Hier rief Jack nach einer Handlaterne, denn nur ein sehr schwaches Licht kam durch die Grätings über ihren Köpfen. Außerdem wußte er nicht mehr genau, wie es hier aussah, seit dieser Teil des Schiffes für die Sträflinge eingerichtet worden war. Er hielt kurz an der Leiter des Niedergangs inne, der hinab in die Vorpiek führte, und überlegte. Wenn er auch als alleiniger Kommandant an Bord der LEOPARD nur Gott über sich hatte, so war dies hier doch eine andere Welt, ein Lebensraum, der unangenehmerweise aus seinem Königreich herausgetrennt worden war und in größter Eile nach Neu-Holland transportiert werden sollte, um dort entvölkert zu werden und seine wahre Aufgabe als Teil eines Kriegsschiffes zurückzuerhalten. Eine autarke Welt mit eigenen Vorräten und unmittelbaren Befehlsgewalten; eine Welt, mit der er nur über den Aufseher in Verbindung trat, der zusammen mit seinen Untergebenen alle Probleme löste, die auftreten mochten. Es war allerdings eine dicht bevölkerte Welt, denn obgleich man zunächst der Ansicht gewesen war, ein halbes Dutzend Sträflinge genügten als Tarnung von Mrs. Wogans Deportation (genügten, um diese als etwas anderes erscheinen zu lassen als das, was sie tatsächlich war: eine höchst außergewöhnliche Maßnahme), hatten doch einige der betroffenen Behörden oder Abteilungen der Versuchung nicht widerstehen können, die Zahl der Sträflinge zu erhöhen. So war sie auf weit mehr als zwanzig angewachsen, mit einem Aufseher, einem Wundarzt und einem Kaplan zu ihrer Betreuung neben den üblichen Wachen oder Wärtern. Und alle diese Menschen, die verurteilten wie die nicht verurteilten, bewohnten den vorderen Teil des Orlopdecks und die Vorpiek, unter der Wasserlinie, wo sie das Schiff weder bei seiner Fahrt noch im Kampf behinderten und wo sie, so hoffte er, folglich vergessen werden konnten. Der Kaplan und der Wundarzt hatten Erlaubnis, das Achterdeck zu betreten, aber die restlichen freien Männer einschließlich des tödlich beleidigten Aufsehers waren gezwungen, sich ihre Frischluft auf der Back zu verschaffen. Hinzu kam, daß sie sich alle zusammen die Bootsmannskammer als Messe teilen mußten.

»Hier sind die Frauen untergebracht«, bemerkte er mit einem Nicken zum Zimmermanns-Hellegatt hin.

»Sind es viele?« fragte Stephen.

»Drei«, antwortete Jack, »und noch eine Dame achtern. Mrs. Wogan heißt sie.« Er sammelte sich, rief: »Wahrschau, da unten! Einmal leuchten«, setzte seinen Fuß auf den Niedergang und lief hinunter. Von den Spillbetingen nach vorn erstreckte sich ein dreieckiger Raum mit gewölbten Wänden, der weiß getüncht und am achteren Ende mit einer Eisenstange diagonal verstrebt war. Unter ihren Füßen dümpelte eine Lage Stroh einen Fuß tief in der Bilge und dem flüssigen Unrat, der sich mit der Auf- und Abbewegung des Schiffes hob und senkte. Darauf verteilt lagen Männer in den verschiedensten Körperhaltungen äußerster Entkräftung. Einige wenige kauerten sich gegen das Fußlager des Vormasts, viele gaben immer noch die heiseren Geräusche der Seekrankheit von sich, alle waren sie in Fußeisen gelegt. Der Gestank war scheußlich, und die Luft so schlecht, daß die Flamme der Laterne, als Jack sie tiefer hielt, flackerte und schwach und bläulich wurde. Die Seesoldaten standen in einer Reihe außerhalb des Gefängniskäfigs, ihr Sergeant darin und nahe der Tür, dazu zwei Wachen bei der Leiche des Aufsehers. Der Kopf des Mannes war zu einer breiigen Masse zermalmt worden, und es wurde Stephen klar, daß er bereits seit einiger Zeit tot sein mußte, wahrscheinlich schon seit Beginn des Sturms.

»Sergeant«, sagte Jack, »schnell nach achtern – Mr. Larkin und den Schiffslastgasten. Mr. Pullings, sofort zwanzig Mann mit Schrubbern. Dieses ganze Stroh verstopft die Bilgenkanäle und Pumpendahle, sie müssen freigemacht werden. Segeltuch und den Segelmacher wegen der Leiche. Wollen Sie die noch untersuchen, Doktor?«

»Nicht weiter nötig, Sir«, sagte Stephen, der sich tief zu dem Toten hinuntergebeugt und eines von dessen Augenlidern zurückgeschoben hatte. »Ich weiß, was ich wissen muß. Aber darf ich vorschlagen, diese Männer sofort nach oben tragen zu lassen? Auch sollte ein Windsegel angebracht werden. Die Luft hier ist tödlich.«

»Veranlassen Sie das, Mr. Pullings«, sagte Jack. »Und lassen Sie einen Schlauch durch das Speigatt des Schafstalls in den Bug legen. Damit kommen wir durch bis zum vorderen Pumpenpott. Der Zimmermann soll alles stehen- und liegenlassen und die vordere Kettenpumpe klarmachen.« Zu den Gefangenen gewandt, sagte er: »Wissen Sie, wer das getan hat?«

Nein, sagten sie, das wüßten sie nicht. Sie hätten sich alle Fußeisen angesehen, soweit dies möglich war, da sie sich ja kaum bewegen könnten und keinen Befehl dazu erhalten hätten, nicht wahr, aber in der ganzen Nässe und dem Schmutz hier, nun, da sähe ein Paar Eisen genauso aus wie das andere. Einer von ihnen wies mit einer Kopfbewegung auf einen riesigen, grobknochigen Mann, der praktisch nackt und völlig gleichgültig in dem plätschernden Schwappwasser lag, das seinen Körper von einer Seite auf die andere rollte, und sagte mit leiser Stimme: »Ich glaube, der war's, Sir. Der Große da. Und seine Kumpel.«

Mr. Larkin, der Master der LEOPARD, kam den Niedergang heruntergelaufen, gefolgt von einem seiner Gehilfen. Jack unterbrach ihre überraschten Ausrufe sehr schnell, gab einige scharfe, klare Befehle und brüllte zum Niedergang gewandt mit einer Stimme, die bis auf die Poop gehört werden konnte: »Schwabbergasten, zur Hand hier, auf der Stelle. Verflucht sollt ihr sein!«

Sobald die ekelhafte Arbeit gut in Gang gekommen war, befahl er dem Oberschließer, ihm zu folgen, und schob Stephen den Niedergang hoch in das vergleichsweise helle und saubere Kabelgatt. Hier stand deutlich weniger Wasser, andererseits gab es viel mehr Ratten, denn wie immer bei einem wirklich schweren Sturm waren die Ratten der Kiellast ein oder zwei Decks nach oben gezogen und hatten es angesichts der nach wie vor starken Schiffsbewegung der LEOPARD noch nicht für ratsam gehalten, wieder ein Deck tiefer zu gehen. Jack gab einer von ihnen einen geübten Tritt, als er zur Tür des Zimmermanns-Hellegatts gekommen war, und ließ den Schließer öffnen. Auch hier etwa dasselbe schmutzige Stroh, aber bei den Frauen hatten die Ballen besser gehalten, und es war wesentlich trockener. Zwei der Frauen waren nahezu bewußtlos, eine dritte jedoch, ein Mädchen mit einem breiten und einfältigen Gesicht, saß aufrecht da, blinzelte ins Licht und fragte, ob es »endlich vorbei sei«. Sie klagte: »Wir haben seit Tagen und Tagen kein Essen nich' gehabt, mein Herr.«

Jack versicherte ihr, dafür würde gesorgt werden, und sagte: »Sie müssen sich aber ein Kleid anziehen.«

»Hab keine Kleider nich' mehr«, antwortete sie. »Die haben mir mein Blaues und das Gelbe aus Batist mit den Musselinärmeln gestohlen, wo mir meine Herrin gegeben hat. Wo ist meine Herrin, werter Herr?«

»Gott steh uns bei«, brummte er, als sie auf dem Weg zurück nach achtern an den riesigen Ankertrossen vorbeikamen, die noch nach dem Schlamm von Portsmouth stanken. In den Gatts wimmelte es von Ratten. Sie passierten die Crew des Zimmermanns, die an der vorderen Kettenpumpe arbeitete, und gingen weiter in Richtung auf das achtere Cockpit.

»Hier haben wir die andere untergebracht«, sagte er. »Mrs. Wogan sollte eine eigene Kabine haben.« Er klopfte an die Tür und rief: »Alles wohlauf hier?«

Von innen kam nur ein unbestimmter Laut. Der Schließer öffnete die Tür, und Jack trat ein. Er sah eine junge Dame, die in einer ordentlich aufgeräumten Kabine saß und bei Kerzenlicht Schiffszwieback aß, wobei sie eine Truhe als Tisch benutzte. Verärgert, ja sogar zornig blickte sie zur Tür, aber als er ihr ein »Guten Morgen, Ma'am. Ich hoffe, es geht Ihnen gut?« entbot, erhob sie sich, machte einen Knicks und antwortete: »Ich danke Ihnen, Sir. Ich habe mich schon fast wieder erholt.«

Eine unangenehme Pause folgte: körperlich unangenehm, weil der Balken des Unterdecks, der die kleine Kabine oder vielmehr den großen Schrank durchzog, Jack in eine gebückte Haltung zwang, als er dort genau in der Tür stand und sie vollständig versperrte. Es war so wenig Platz, daß er kaum einen Meter vortreten konnte, ohne in direkte Berührung mit Mrs. Wogan zu kommen. Die Pause war auch innerlich unangenehm, weil ihm nichts einfiel, was er hätte sagen können, weil er nicht wußte, wie er dieser offensichtlich wohlerzogenen jungen Frau, die mit bescheiden gesenktem Blick dort vor ihm stand und eine schwere Zeit so respektabel durchgestanden hatte – die Koje ordentlich gebaut, die Bettdecke sauber gefaltet, alles Gepäck verstaut –, wie er dieser Frau beibringen sollte, daß ihre Kerze, das einzige Licht, auf keinen Fall geduldet werden konnte. Offenes Licht, zumal eine offene Flamme nicht weit von der Pulverkammer, stellte an Bord eines Schiffes das schwerste Vergehen überhaupt dar. Er blickte ernst in die Flamme und sagte: »Nun denn.« Aber dies führte auch nicht weiter, und kurz darauf fragte Mrs. Wogan: »Wollen Sie sich nicht setzen, Sir? Leider kann ich Ihnen nur einen Hocker anbieten.«

»Zu gütig, Ma'am«, sagte Jack, »aber ich fürchte, ich habe nur wenig Zeit. Eine Laterne jedoch – genau, eine Laterne, aufgehängt am Deckenbalken. Viel besser für Sie, mit so einer Laterne am Deckenbalken. Denn ich muß Ihnen sagen, Ma'am, daß eine nackte – daß eine unbedeckte – also, daß eine ungeschützte Flamme an Bord unmöglich gestattet werden kann. Ein offenes Licht ist mehr – ist kaum weniger – als ein Verbrechen.« Während er noch sprach, schien ihm das Wort »Verbrechen«, an einen weiblichen Sträfling, eine Verbrecherin, gerichtet, unglücklich gewählt. Mrs. Wogan jedoch sagte nur mit leiser, reumütiger Stimme, sie sei sehr betroffen, das zu hören, sie bitte um Verzeihung, und es würde nicht wieder vorkommen.

»Für Sie wird sofort eine Laterne gebracht«, sagte er. »Wünschen Sie sonst noch irgend etwas?«

»Falls man Erkundigungen über die junge Frau einholen könnte, die mir aufwartet, dann würde mich dies sehr beruhigen, Sir. Ich befürchte, dem armen Geschöpf ist vielleicht etwas zugestoßen. Und wenn es mir gestattet sein dürfte, ab und zu an die frische Luft zu gehen ... vielleicht eine ungehörige Bitte. Aber wenn jemand die Güte hätte, die Ratte zu entfernen, wäre ich unendlich dankbar.«

»Die Ratte, Ma'am?«

»Ja, Sir, in der Ecke dort. Ich habe ihr schließlich mit meinem Schuh eins übergezogen – es war ein ziemlicher Kampf.«

Jack stieß die Ratte mit dem Fuß zur Tür hinaus, versicherte, daß man sich um diese Dinge kümmern und die Laterne sofort bringen würde, wünschte ihr einen guten Tag und zog sich zurück. Er sandte den Schließer nach vorne, um Mrs. Wogans Dienerin zu holen, und gesellte sich dann zu Stephen, der im Licht, das durch die Brotlastgräting fiel, die Ratte am Schwanz hochhielt und voller Aufmerksamkeit untersuchte. Es war eine trächtige Ratte, kurz vor dem Wurf und voller Flöhe. Außerdem wies sie einige auffällige wunde Stellen auf, abgesehen von den vom Schuhabsatz herrührenden Verletzungen.

»Das also war Mrs. Wogan«, sagte Jack. »Nach dem, was der Bote über sie gesagt hatte, war ich gespannt auf sie. Was denkst du von der Dame?«

»Ihre Tür ist so schmal, und dein enormer Leibesumfang füllte sie derart aus«, erwiderte Stephen, »daß ich gar nichts von ihr gesehen habe.«

»Man sagt, sie sei eine gefährliche Frau. Anscheinend hat sie angeboten, den Premierminister mit einer Pistole zu erschießen oder das Parlamentsgebäude in die Luft zu sprengen – irgend etwas äußerst Schockierendes, was sehr pianissimo gespielt werden mußte, daher war ich neugierig auf sie. Ganz schön Mut hat die, da bin ich sicher: Vier Tage übler Sturm, und ihre Kabine ist blitzsauber! Großer Gott, Stephen«, sagte er, als er seine schmutzstarrenden Kleider gewechselt hatte. Sie saßen in der Heckgalerie und betrachteten das Kielwasser der LEOPARD, das von ihnen als reinweiße Bahn in leuchtendem Blau wegströmte. »Hast du jemals so ein gottverlassenes Durcheinander wie die Vorpiek gesehen?« Er war äußerst niedergeschlagen. Es war ihm bewußt, daß er hinsichtlich der Vorpiek seine Aufsichtspflicht vernachlässigt hatte. Niemals hätte er die Konstruktion eines Käfigs zulassen dürfen, der so gebaut war, daß er vollaufen konnte. Der hohe Bodenbalken, auf dem die senkrechten Stäbe ruhten, hatte wie ein Damm gewirkt – dies war für ihn jetzt offensichtlich, ebenso wie die einfache Gegenmaßnahme. Und er hätte einen Bericht des Gefängnisaufsehers einholen müssen. Obwohl der Mann nur einmal in der Woche zu einem Bericht verpflichtet und ihm bereits vor dem Ankerlichten auf der Reede von Spithead zuwider gewesen war, hätte er doch nach ihm schicken sollen. Nun war der unglückselige, aufgeblasene, brutale Angeber tot, und das hieß für Jack, die Verantwortung für die Sträflinge entweder auf die unfähigen, einfältigen und des Lesens und Schreibens unkundigen Wärter abzuwälzen oder sie auf sich selbst zu nehmen. Wenn dann irgend etwas schiefging, dann hatte er nicht nur die Admiralität am Hals wie einen Zentner Backsteine, sondern auch noch das Marineministerium, die Transportbehörde, das Flottenproviantamt, den Minister für Kriegsführung und Kolonien, das Innenministerium und zweifellos ein halbes Dutzend weiterer Behörden, eine besser als die andere darin, Rechnungen, Lieferscheine und Belege einzufordern sowie Abmahnungen zu erteilen. Oder darin, Offiziere für außerordentlich hohe Summen haftbar zu machen und sie von Amts wegen in einen endlosen Papierkrieg zu verwickeln.

»Nein«, sagte Stephen, nachdem er sich die Gefängnisse, die er kannte, ins Gedächtnis gerufen hatte. »Das habe ich nicht.« Besonders in Spanien waren sie ähnlich dreckig gewesen, und in den unterirdischen Gewölben von Lissabon sogar noch feuchter, aber zumindest hatten sie sich nicht bewegt. Man hatte in ihnen verhungern oder an einer Vielzahl verschiedener Krankheiten sterben können, aber nicht an einer simplen Seekrankheit, dem unrühmlichsten Ende von allen. »Nein, habe ich nicht. Und es scheint mir, daß nun, da ihr Wundarzt tot ist, ich mich wohl um ihre Gesundheit kümmern muß. Einen zweiten Assistenten vermisse ich jetzt schon.« Als Arzt auf einem Schiff vierter Klasse hatte Stephen Anspruch auf zwei Assistenten. Mehrere hochqualifizierte Männer hatten sich bei ihm beworben, darunter mehrere Bordkameraden von früheren Reisen, denn Dr. Maturin wurde in der ärztlichen Welt hochgeschätzt. Seine *Vorschläge zur Verbesserung der Schiffslazarette,* die *Gedanken zur Prophylaxe der unter Seeleuten am weitesten verbreiteten Krankheiten,* auch *Eine neue Operation für suprapubische Zystotomie* und schließlich sein *Tractatus de Novae Febris Ingressu* wurden vom gesamten denkenden Teil der Marine gelesen. Eine Seereise mit ihm bedeutete Zugang zu Berufswissen, eine wahrscheinliche Beförderung sowie, da er im allgemeinen unter dem Glückspilz »Lucky Jack« Aubrey segelte, die Chance auf große Summen Prisengeld. Der Assistent auf der BOADICEA hatte zum Beispiel mit dem Prisenanteil den Dienst quittiert, eine Praxis in Bath gekauft und fuhr bereits seine eigene Kutsche. Aber da Stephen dem Prinzip der Selbstisolation treu blieb, das ihn daran hinderte, einen Untergebenen seines Vertrauens zu haben, segelte er nie zweimal mit demselben Kollegen. Diesmal hatte er nicht nur die Dienste seiner Bekannten abgelehnt, sondern sich darüber hinaus auf einen einzigen Assistenten beschränkt: Paul Martin, einen brillanten Anatomen von den Kanalinseln, den ihm sein Freund Dupuytren vom Hôtel Dieu empfohlen hatte. Obwohl Martin nämlich Untertan der britischen Krone war, oder genauer gesagt des Herzogs der Normandie, der zufällig auch noch über die britischen Inseln herrschte, hatte er doch einen Großteil seines Lebens in Frankreich verbracht. Dort hatte er vor kurzem sein *De Ossibus* veröffentlicht, ein Werk, das auf beiden Seiten des Kanals unter denjenigen erhebliches Aufsehen erregt hatte, die ausgesprochenen Gefallen an Knochen fanden. Auf beiden Seiten des Kanals deshalb, weil die Wissenschaft trotz des Krieges in freiem Austausch stand. Stephen war sogar früher im Jahr eingeladen worden, im *Institut* zu den Gelehrten von Paris zu sprechen. Er hätte die Reise mit Zustimmung beider Regierungen auch unternommen, wären da nicht die Anwesenheit von Diana Villiers und gewisse Bedenken und Zweifel gewesen, die zu der Zeit, als die LEOPARD in See stach, immer noch nicht ausgeräumt waren.

»Unser Kaplan«, sagte er, »der Kaplan könnte vielleicht mal mit anpacken, wie du sagen würdest. Ich habe Pfarrer gekannt, die Heilkunde mit recht beachtlichem Erfolg studiert haben. Man weiß von ihnen, daß sie im Gefecht dem Arzt im Lazarett eine große Hilfe gewesen sind. Von ihren geistlichen und erzieherischen Aufgaben einmal abgesehen, und weil ja auch Schiffsärzte nicht unsterblich sind, kann man sie sicher als potentiell nützliche Mitglieder einer Besatzung ansehen, und ich habe mich schon oft über deinen Unwillen gewundert, sie an Bord zu haben. Dabei beziehe ich mich nicht auf den barbarischen Aberglauben, den zu vertreten einige ungeschulte Köpfe sich nicht entblöden, was Katzen, Kadaver und Kleriker auf einem Schiff angeht – so etwas könnte jemanden wie dich ja sicher niemals beeinflussen.«

»Ich sag dir jetzt mal was«, erwiderte Jack bedeutungsschwer. »Selbstverständlich respektiere ich den Talar und die Gelehrsamkeit, aber ich kann nicht glauben, daß ein Kriegsschiff der richtige Platz für einen Pfarrer ist. Nimm nur einmal den heutigen Morgen ... Am Sonntag, wenn wir Gottesdienst abhalten, wird er uns wohl erzählen, wir müßten einander wie Brüder lieben und was du nicht willst, das man dir tu ... du weißt schon. Wir werden alle Amen dazu sagen, und die LEOPARD wird weitersegeln ganz wie zuvor, mit all diesen Leuten in Eisen in jenem dreckigen Loch im Vorschiff. Aber soweit nur, was mir heute morgen dazu eingefallen ist. In einem weiteren Sinne scheint es mir mehr als seltsam und schon fast scheinheilig zu sein, der Mannschaft eines Kriegsschiffes mit geladenen Kanonen zu sagen, ›liebe deine Feinde und halt die andere Wange hin‹, wenn du verdammt genau weißt, daß das Schiff und jeder Kerl an Bord zu nichts anderem da ist, als den Feind unter Wasser zu drücken, falls er nur irgendwie kann. Entweder die Männer glauben das, und wo ist dann deine Disziplin? Oder sie tun's nicht, und dann scheint mir das einer Gotteslästerung höllisch nahe zu kommen. Ich lese ihnen lieber die Kriegsartikel vor oder halte ihnen eine Predigt über ihre Pflicht. Wenn so etwas von mir kommt, ohne Beffchen oder Talar, nun, das hat dann eine ganz andere Wirkung.«

Er überlegte noch, ob er die erbärmlichen Qualitäten der meisten ihm bekannten Marinegeistlichen erwähnen oder die abgedroschene Anekdote von Lord Cloncarty erzählen sollte. Dieser hatte, als ihm sein Erster Offizier Meldung machte, daß der Kaplan vom Gelbfieber dahingerafft worden und als römischer Katholik gestorben sei, geantwortet: »Na ja, um so besser.« Darauf der Erste Offizier: »Pfui, Mylord, wie können Sie so etwas über einen britischen Geistlichen sagen?« Lord Cloncarty: »Nun, weil ich, so glaube ich, der erste Kommandant eines Kriegsschiffes bin, das sich eines Kaplans rühmen kann, der überhaupt irgendeiner Religion angehörte.« Aber als Jack sich vor Augen rief, daß Stephen selbst ein Papist war und möglicherweise verletzt sein würde und daß die Anekdote in jedem Fall irgend etwas von Verrat an den eigenen Leuten an sich hatte, schwieg er und dachte nur: Du warst mal wieder ganz kurz davor, in Lee zu geraten, Jack.

»Sicher«, sagte Stephen, »diese Frage hat schon viele kluge Köpfe verwirrt, es steht mir fern, irgendeine Lösung vorzuschlagen. Ich denke, ich sollte mal nach vorn gehen und mir diese neuen Patienten ansehen. Ich nehme an, man wird sie auf die Back getragen haben, die Armen? Und dann ist da noch deine Mrs. Wogan: Wann darf sie an die frische Luft? Denn das muß ich dir sagen, ich kann keine Verantwortung für die Gesundheit dieser Leute übernehmen, wenn sie nicht für mindestens eine Stunde jeden Tag an die Luft kommen, bei schönem Wetter zweimal.«

»Guter Gott, Stephen, das hatte ich ganz vergessen. Mr. Needham!« rief Jack mit lauter Stimme nach seinem Schreiber in der Vorkammer. »Den Ersten Offizier zu mir.« Und kurz darauf, als Pullings eilends mit einem Stoß Papiere eintrat: »Nein, Tom, im Moment geht es nicht um die Wachrollen. Lassen Sie bitte eine Laterne in die kleine Kabine achtern von den Kabelgatts bringen – zu der weiblichen Gefangenen, die hat dort ihre eigene Kabine.« Pullings wurde außerdem beauftragt herauszufinden, welche Vorkehrungen der verstorbene Aufseher für die Proviantierung der Sträflinge getroffen hatte, auch sollte er deren Rationen, die verfügbaren Vorräte und die bei gewöhnlichen Deportationen gängige Regelung für die Leibesübungen der Gefangenen herausfinden.

»Aye, aye, Sir«, sagte Pullings in seiner zupackenden, gutgelaunten

Art. »Und dann ist da noch dieser blinde Passagier, Sir. Was soll ich mit ihm anfangen?«

»Der blinde Passagier? Ah ja, dieser halbverhungerte Kerl heute morgen. Gut, da er nun mal unbedingt zur See fahren will und nun schon auf See *ist*, denke ich, Sie können ihn als überzähligen Matrosen auf erster Fahrt aufnehmen. Gott weiß, welche romantischen Flausen er sich in den Kopf gesetzt hat ... Das Unterdeck wird sie ihm schon austreiben.«

»Vielleicht läuft er vor einem jungen Ding weg, Sir. Zwanzig Burschen von der Steuerbordwache sind in derselben Lage.«

»Oft sind es diese schmächtigen jungen Männer, die sich so fleißig vermehren«, sagte Stephen, »während der Boxmeister des Dorfes zwar herumstolziert wie der Deckbulle vom Kirchspiel, aber tatsächlich vergleichsweise keusch bleibt. Mangel an Gelegenheit? Wer mag das sagen? Brennt die Flamme glühender in ihrer schmaleren Form? Kann ein gewinnenderes Wesen das alles erklären? Aber du wirst ihn mir nicht an die Arbeit schicken, bevor er wieder zu Kräften gekommen ist. Was für eine Auszehrung! Er muß Brei mit einem Löffel gefüttert bekommen, und zwar mit einem kleinen Löffel, jede Wache einmal, oder du hast bald noch eine Leiche am Hals. Mit einem Stück Schweinefleisch kannst du ihn leicht umbringen, und das aus lauter Freundlichkeit und gutem Willen.«

Er überlegte einen Moment, und als Pullings weggetreten war, um seinen zahllosen Aufgaben nachzugehen, sagte er: »Jack, kanntest du jemals irgendwelche Gentlemen, die im Unterdeck gefahren sind?«

»Ja, ein paar.«

»Und wie hat es dir selbst dort gefallen, als du damals Fähnrich warst und dein Kapitän dich wegen Unfähigkeit vor den Mast schickte?«

»Es war nicht wegen Unfähigkeit.«

»Ich erinnere mich deutlich, daß er dich einen Tolpatsch genannt hat.«

»Schon, aber einen *lüsternen* Tolpatsch. Ich habe mir damals ein Mädchen im Kabelgatt gehalten. Es war eine Beurteilung meiner Moral, nicht meines seemännischen Könnens.«

»Du erstaunst mich, aber sag schon, wie fandest du es?«

»Ich war nicht gerade auf Rosen gebettet. Aber ich bin mit dem Meer groß geworden, und die Koje eines Fähnrichs ist auch nicht gerade das reine Vergnügen. Eine Landratte, die so erzogen wurde, daß sie Ansprüche an das Essen stellt und so weiter, käme es sehr hart an. Ich kannte mal einen, den Sohn eines Pastors, war auf der Universität in Schwierigkeiten geraten – der konnte es nicht aushalten und starb. Insgesamt würde ich sagen, daß dein gebildeter Mann, falls er jung und gesund ist, auf einem zufriedenen Schiff fährt, und sofern er sich zu behaupten weiß und den ersten Monat überlebt, eine echte Chance hat. Sonst nicht.«

Stephen ging auf dem Luv-Seitendeck nach vorn und fühlte seine Lebensgeister zurückkehren, trotz der tief in sein Herz eingegrabenen Traurigkeit und trotz des Verlangens, das sein ganzes Wesen erfüllte. Der Tag war noch strahlender geworden, der Wind hatte weiter abgenommen und einen Strich und mehr rückgedreht, und die LEOPARD machte unter Besan-, Mars- und unteren Leesegeln gute Fahrt. Ihr neues Segeltuch blähte sich als Feld von strahlendem Weiß in den Himmel: große, glatte und straffe Kurven von einem so intensiven Weiß, daß ihre Oberfläche eher zu ahnen als deutlich zu sehen war, abgesetzt gegen das scharf definierte und klar geschnittene Muster der Takelage. Vor allem aber war es die warme und doch belebende, erfrischende Luft, die über die Bordwand des Schiffes wehte und bis tief in seine Lungen eindrang, sein trauriges Gesicht aufheiterte und seine stumpfen Augen lebendig werden ließ. Es freute ihn, daß sein Assistent und der Loblollyboy bereits seit einiger Zeit auf der Back waren und daß Martin ihm einen Bericht über die Sträflinge geben konnte, die wegen Entkräftung noch liegen mußten. Die meisten von ihnen hatten sich jedoch bereits so weit erholt, daß sie sitzen oder sogar stehen und ein wenig Interesse am Leben zeigen konnten. Zu dieser Kategorie gehörten die beiden älteren Frauen (das schwachsinnige Mädchen war wohl bei Mrs. Wogan). Sie standen an der Brüstung und schauten hinab in die Vorpiek, zum unendlichen Ärger der Mannschaft. Das Vorschiff diente nämlich in dem Teil beiderseits des Vorstevens als Abtritt für die Seeleute, ihr einziger Ort, an dem sie sich erleichtern konnten, folglich standen viele von ihnen jetzt stark unter Druck. Eine der Frauen war eine Zigeunerin mittleren Alters, hager, dunkel, mit harten und adlerartigen Zügen, die andere eine bemerkenswert bösartig aussehende Frau mit einer so offensichtlichen Gemeinheit in Gesicht und Augen, daß man sich wunderte, wie sie jemals das Leben mit einem Beruf hatte bestreiten können, der sie in Berührung mit ihren Mitmenschen brachte. Dem Leibesumfang nach zu urteilen, schien sie jedoch recht erfolgreich gewesen zu sein. Durch die Gefangenschaft und ständige Seekrankheit war sie schmaler geworden, so daß ihr schmutzstarrendes, karmesinrotes Kleid jetzt lose an ihr herabhing, aber sie war immer noch eine schlaffe, schwabbelige Frau von fast zweihundert Pfund. Spärliches karottenrotes Haar, auf halber Länge gelb gefärbt, kleine gelblich-grüne Augen, engstehend und tiefliegend in einem großen und ungeformten Gesicht, die Augenbrauen ein unpassender Strich quer darüber. Einige wenige Sträflinge hätten ihre Vettern sein können, andere sahen eher aus wie Taschendiebe, wieder andere hätten in Arbeitskleidern ganz gewöhnlich ausgesehen, zwei schließlich waren schwachsinnig. Alle hatten die Leichenblässe von Gefangenen und alle, abgesehen von den zwei Schwachsinnigen, trugen einen Ausdruck von Niedergeschlagenheit und Hoffnungslosigkeit im Gesicht. Mit ihren abstoßenden Kleidern und in den unmenschlichen Fußeisen waren sie eine verwahrloste, ja elende Gruppe, die dort wie Vieh zusammengepfercht wurde. Sie waren nur im Weg, und die Seeleute warfen ihnen abfällige Blicke zu, aus denen Verachtung, bisweilen auch Feindschaft sprach.

Einer der schlimmsten Fälle war der große Mann, der im Verdacht stand, den Aufseher getötet zu haben. Zwar zuckte sein mächtiger Körper von Zeit zu Zeit noch wie im Krampf, aber ansonsten glich er einer Leiche. Stephen sagte auf lateinisch zu seinem Assistenten: »Hier sind extreme therapeutische Maßnahmen geboten. Nach Einführen eines Trichters in seinen Pharynx sollten fünfzig, nein besser sechzig Tropfen Schwefeläther verabreicht werden.« Er verschrieb dann für einige der übrigen Patienten einen Absud aus Orangenschalen und Chinarinde, wobei er bemerkte: »Diese entnehmen Sie bitte unserer Kiste. Ich für meinen Teil werde die Vorräte des verstorbenen Wundarztes überprüfen und nachsehen, was sie enthalten.«

Sie enthielten außerordentliche Mengen von Hollands-Gin, einige wenige Bücher und etliche minderwertige und verdreckte Instrumente, darunter eine große Säge, die der ganzen Länge nach mit Rost und alten Blutresten überzogen war. Hinzu kamen die vom Innenministerium vorgeschriebenen Arzneimittel, ganz andere als die, mit denen das Sanitätsamt Kriegsschiffe ausstattete. Das Innenministerium vertraute eher auf Rhabarber, Graupulver und Hirschhorn, während das Sanitätsamt mehr auf Lucatellus-Balsam, Eichentüpfelfarn und, zu Stephens Überraschung, alkoholische Laudanumtinktur setzte. Drei Winchester-Quarts davon. »*Vade retro*«, rief er, griff nach der ihm nächsten Flasche und öffnete das Speigatt. Aber schon nach der ersten hielt er inne und stellte mit einer Stimme voll falscher Umsicht fest, der Rest solle seinen Patienten zugute kommen, denn in vielen unvorhersehbaren Fällen könne die Tinktur für sie von entscheidender Bedeutung sein.

Dann rief er einen Wärter herbei, dessen bleiches Gesicht Hoffnungslosigkeit verriet, und begab sich sofort nach achtern zur Kabine von Mrs. Wogan. Sie und ihre Dienerin, die immer noch nichts außer einer über dem Busen mit einer Nadel zusammengehaltenen Decke trug, falteten Bettlaken zusammen. Im anschließenden Durcheinander fiel Stephen auf, daß es Mrs. Wogan zumindest nicht an der Fähigkeit zu entschlossenem Handeln mangelte: Sie gab dem Mädchen ein Hemd und ein einfaches Kleid, wies den Wärter an, sie dahin zurückzubringen, wo sie hergekommen war, und schickte beide fort.

»Guten Morgen, Ma'am«, sagte Stephen, sobald der Wärter und seine Gefangene im dämmrigen Decksgang außer Sicht waren und nur noch das Kreischen wegen der Ratten zu hören war. Er trat in die Kabine, und Mrs. Wogan prallte zurück, so daß ihr Gesicht voll vom Licht der herabhängenden Laterne getroffen wurde. »Mein Name ist Maturin. Ich bin Bordarzt auf diesem Schiff und komme, um mich nach Ihrem Befinden zu erkundigen.« Nicht das geringste Zeichen, daß ihr der Name etwas sagte. Entweder war die Frau eine höchst begabte Schauspielerin, oder sie hatte niemals von ihm gehört. Verbittert dachte er, daß Diana nicht stolz genug auf die Bekanntschaft mit ihm gewesen sein mochte, um ihn zu erwähnen. Egal, er würde noch öfter nachbohren, schon seinem Gewissen zuliebe, doch jetzt schon wettete er tausend zu eins, daß die Dame noch nie etwas von Stephen Maturin gehört hatte.

Mrs. Wogan entschuldigte sich für die Unordnung, bat ihn, sich zu setzen, und gab an, es gehe ihr recht gut, wobei sie sich wiederholt für seine Nachfrage bedankte.

»Trotzdem scheint mir Ihre ein wenig gelbliche Gesichtsfarbe etwas zu wünschen übrig zu lassen«, sagte Stephen. »Die Hand, bitte.« Der Puls war normal, das sprach nun sehr für ihre Behauptung. »Jetzt bitte Ihre Zunge.« Keine Frau kann mit weit geöffnetem Mund und herausgestreckter Zunge anziehend oder würdevoll aussehen, und Mrs. Wogan rang anscheinend innerlich etwas mit sich. Stephen jedoch hatte die ganze Autorität des Arztes auf seiner Seite, und die Zunge wurde gezeigt. »Nun«, gab er zu, »es ist eine gar löbliche Zunge. Wie ich vermute, haben Sie sich gründlich übergeben. Was immer man auch gegen die Seekrankheit sagen mag, es gibt nichts Besseres, will man die rohen Säfte und alles Unverdaute loswerden.«

»Sir, um die Wahrheit zu sagen: Mir war gar nicht übel, ich war nur ein wenig indisponiert. Ich habe schon mehrere Reisen nach Amerika hinter mir und finde das Geschaukel nicht besonders unangenehm.«

»Dann sollten wir vielleicht an eine Darmentleerung denken. Wären Sie so gut, mir über Ihren Stuhlgang zu berichten?«

Mrs. Wogan sprach ganz offen darüber, denn Stephen verfügte nicht nur über die Autorität des Mediziners, sondern auch über dessen nichtmenschliche Aura – die Maske des Hippokrates war ihm mittlerweile zur zweiten Natur geworden. Ebensogut hätte sie ein Götzenbild vor sich haben können. Trotzdem zuckte sie kurz zusammen, als er sie fragte, ob Gründe für die Möglichkeit einer Schwangerschaft bestünden, und die Antwort – »überhaupt keine, Sir« – kam nur äußerst reserviert. In ihren folgenden Worten lag jedoch keinerlei Kälte: »Nein, Sir, ich denke, es ist wesentlich wahrscheinlicher, daß ich an das Bett meiner Kabine gefesselt werde, als an irgendein Kindbett. Und mein gelbliches Gesicht«, fuhr sie fort, mit der amüsierten und gutmütigen Andeutung eines Lächelns auf ihren Lippen, »könnte doch vielleicht mit der Einbuchtung hier in der Kabine zusammenhängen? Nicht daß ich mir anmaßen würde, einen Doktor die Heilkunst zu lehren, Gott bewahre, aber wenn ich doch nur einmal reine Luft atmen könnte ... Ich habe das bereits erwähnt, als dieser sehr große Gentleman vorhin hier war – ein Offizier, nehme ich an –, aber leider ...«

»Sie sollten bedenken, Madam, daß der Kommandant eines Kriegsschiffes sich um sehr viele Dinge kümmern muß.«

Sie legte ihre gefalteten Hände in den Schoß, senkte die Augen und sagte leise und ergeben: »O ja, ganz sicher.«

Als Stephen sie verließ, war er ganz zufrieden mit seinem hochtrabenden, offiziellen Tonfall; dies war eine gute Ausgangsstellung für spätere Rückzüge. Er erreichte die Vorpiek, die nun vorbildlich sauber und ordentlich war. Während er sie noch musterte, brach über seinem Kopf ein gewaltiges, wenn auch vertrautes Pandämonium los: Alle Mann backen und banken. Dem ging, wenn auch nur um Haaresbreite, das Schlagen von acht Glasen und das Gellen der Bootsmannspfeife voraus. Stephen hielt einen zwar äußerst unwilligen, aber höflich bleibenden Zimmermannsgehilfen fast zehn Minuten lang mit seinen Ansichten über die angemessene Unterbringung von Gefangenen auf, danach begab er sich nach achtern durch das Unterdeck, das durch die geöffneten Backbord-Stückpforten jetzt heller war. Mehr als dreihundert Mann saßen dicht gedrängt an den zwischen den Kanonen aufgehängten Tischen und vertilgten geräuschvoll ihre zwei Pfund Pökelfleisch und ein Pfund Schiffszwieback pro Mann (es war nämlich Dienstag). Zur Mittagszeit war die Mannschaftsmesse ein Ort, an dem ein Offizier fehl am Platze, ja geradezu undenkbar war, es sei denn am Weihnachtstag, und wer ihn nicht kannte, war beunruhigt bis bestürzt. Aber viele waren bereits mit Dr. Maturin gereist oder hatten durch Berichte von Freunden von seiner ganz eigenen Art gehört. Sie sahen in ihm ein sehr nützliches Wesen, das aber außerhalb des Lazaretts unzurechnungsfähig war, weil geradezu grausam unwissend in allen Seemannsdingen, einen Mann, der kaum zwischen Backbord und Steuerbord, zwischen richtig und falsch unterscheiden konnte – sozusagen fast noch ein Kind. Man konnte mit diesem Gentleman prahlen, war er doch ein richtiger Arzt und dazu mit der Säge der beste Mann in der ganzen Flotte, aber wenn man auf andere Schiffe traf, sollte er besser so wenig wie nur möglich zu sehen sein.

»Behaltet Platz, ich bitt euch«, rief er im Vorbeigehen den kauenden Gesichtern zu, die ihn je nachdem freundlich oder verwirrt musterten. Tief in Gedanken versunken, verglich er vor seinem inneren Auge Diana Villiers und Mrs. Wogan, und erst ein ihm besonders bekannt vorkommendes Gesicht brachte ihn zurück in die Wirklichkeit. Es war das breite, rote, grinsende Gesicht von Barret Bonden, Jack Aubreys Bootssteurer, der sich dort vor ihm aufbaute, mit der Bewegung des Schiffs hin und her schwankte und ihm einen kleinen Löffel entgegenstreckte, offensichtlich in Erwartung von Stephens ungeteilter Zustimmung.

»Barret Bonden«, sagte er. »Was soll das denn werden? Bleibt alle sitzen, um Gottes willen.«

Die Backschaft, acht kräftige Kriegsschiffmatrosen mit Zöpfen bis zur Taille sowie ein neunter Mann, unauffällig und nicht hierher gehörend, setzten sich wieder. »Weil nämlich, wir füttern Herapath, Sir«, sagte Bonden. »Tom Davis stampft den Zwieback im Backsgeschirr hier, Joe Plaice mischt unser Gesöff rein in dem anderen dort, das gibt einen schön weichen Brei, und ich treib's ihm mit diesem kleinen Löffel rein, so ein ganz kleiner Löffel, wie Sie gesagt haben, Euer Ehren. Ist ein silberner Teelöffel, hat mir Killick aus der Kajüte geliehen.«

Stephen warf einen Blick in den ersten Napf mit einem guten Pfund zerbröselten Zwiebacks darin, dann in den zweiten, der eine eher noch größere Menge Brei enthielt. Sodann betrachtete er Herapath, kaum wiederzuerkennen in den Kleidern des Zahlmeisters, der die Augen mit heftigem Verlangen nicht vom Löffel abwandte. »Nun denn«, sagte er, »wenn ihr ihm ein Drittel von dem Inhalt des Potts gebt und den Rest in fünf Portionen, sagen wir, alle acht Glasen eine, könnt ihr aus ihm vielleicht noch einen Seemann machen und keine Leiche. Ihr solltet nämlich bedenken, daß es weniger die Maße des Löffels sind, die zählen, als vielmehr die gesamte Summe, die Menge des Breis.«

In der großen Kajüte fand er den Kapitän der LEOPARD vor einem Berg von Papieren. Es war nicht zu übersehen, daß er sich um sehr vieles kümmern mußte, aber Stephen hatte fest vor, ihm noch mehr aufzubürden, sobald Jack mit den Rechnungslisten des Zahlmeisters fertig sein würde. Unterdessen fuhr er in seinen Überlegungen fort: Der Vergleich zwischen Diana Villiers und Mrs. Wogan hinkte. Beide waren zwar schwarzhaarig und blauäugig und hatten ungefähr dasselbe Alter, aber Mrs. Wogan war gute zwei Zoll kleiner, und diese zwei Zoll machten einen enormen Unterschied – den Unterschied zwischen einer großgewachsenen Frau und einer, die das nicht war. Dann Kleopatras Nase. Vor allem aber fehlte Mrs. Wogan die unendliche Anmut, mit der Diana jedesmal Stephens Herz betörte, wenn sie durch einen Raum ging. Ihr Gesicht zu beurteilen erschien ihm als nicht gerade fair angesichts dessen, was sie erst kürzlich durchgemacht hatte. Jedoch gab es dort trotz der gelblichen Hautfarbe und der fehlenden Frische eine gewisse Ähnlichkeit, zwar nur oberflächlich, doch auffällig genug, daß ein zufälliger Betrachter eine enge Verwandtschaft vermuten könnte. Er selbst war aber der Meinung, soweit er nach so kurzer Zeit sich überhaupt eine bilden konnte, daß Mrs. Wogans Gesicht von einer sanfteren Geisteshaltung geprägt worden war. Entschlossen wirkte es schon, aber es schien ihm trotz ihres gefährlichen Berufs der äußerliche Ausdruck eines milder gestimmten, weniger grausamen und undurchdringlichen, vielleicht auch naiveren und gefühlvolleren Wesens zu sein, was allerdings nicht viel besagte. Vielleicht ein Leopard gegen Dianas Tiger. Ein schlechtes Bild, sagte er sich und dachte an die Leoparden, die ihm begegnet waren. Keiner war sonderlich sanft oder naiv gewesen. Jedenfalls ist sie kleiner, alles bei ihr ist in einem kleineren Maßstab.

»Hier, Mr. Benton«, sagte Jack. »Alles gut gezurrt und fest belegt.« Und sobald der Zahlmeister sich mit seinen Büchern entfernt hatte: »Jetzt stehe ich ganz zu deiner Verfügung, Stephen.«

»Dann tu mir den Gefallen und wende dich in Gedanken einmal meinen Gefangenen zu. Ich spreche von meinen Gefangenen, weil ich für ihre Gesundheit verantwortlich bin, und die ist ziemlich gefährdet, das kann ich dir sagen.«

»Ja, ja, Pullings und ich haben das schon erledigt. In der Vorpiek werden Hängematten aufgehängt, nach guter, alter Marineart – nichts von diesem ekelhaften Stroh mehr. Die Leute sollen an die Luft, immer ein Dutzend zur selben Zeit auf der Back, einmal vormittags und dann während der ersten Hundewache. Dein Windsegel wird aufgetakelt sein, bevor der Tag um ist. Und sobald der Bericht von dir und dem Kaplan vorliegt, werden wir sehen, wem wir die Eisen abnehmen können. Bewegung können sie sich an den Pumpen verschaffen.«

»Und Mrs. Wogan soll wohl auch an die Pumpen? Als Mediziner sage ich dir: Sie wird in diesem feuchten, verpesteten, licht- und luftlosen Schrank von einem Raum nicht lange überleben. Auch sie muß an die Luft!«

»Ah, da hast du mich erwischt, Stephen. Was sollen wir mit ihr anfangen? Bei den Papieren des Aufsehers habe ich eine Notiz gefunden. Er war angewiesen, ihr alle Erleichterungen zu gewähren, die sich mit Ordnung und Sicherheit vereinbaren ließen – eine Dienerin und bis zu eineinhalb Tonnen eigener Kleidung und Vorräte. Von Bewegungsübungen kein Wort.«

»Was ist denn die normale Prozedur auf den regulären Transporten nach Botany Bay, wenn sie privilegierte Personen an Bord haben?«

»Das weiß ich nicht. Ich habe die Schließer gefragt – gottverdammte Hurensöhne, unfähige Landratten –, aber die konnten mir auch nicht mehr sagen, als daß Barrington, der Taschendieb – du erinnerst dich? –, die Erlaubnis hatte, mit dem Bootsmann zu banken. Aber das hilft uns nicht weiter, der war ja nur ein kleiner Gauner. Mrs. Wogan dagegen ist nun wirklich eine Dame ... Übrigens, Stephen, ist dir aufgefallen, wie überaus ähnlich sie und Diana sich sehen?«

»Ist mir nicht aufgefallen, Sir«, antwortete Stephen, worauf es für kurze Zeit still wurde, Zeit genug für Jack zu bedauern, einen Namen erwähnt zu haben, der an alte Wunden rühren mochte. Wieder mal in Lee geraten, Jack. Gleichzeitig fragte er sich, was Stephen in den letzten Tagen so höllisch reizbar hatte werden lassen.

»Ich kann sie ja nicht gerade einladen, das Achterdeck zu betreten«, sagte er. »Das wäre bei einer Verurteilten mit Sicherheit nicht in Ordnung. Scheint eine höchst gefährliche Frau zu sein – als man sie verhaftete, hat sie nach allen Himmelsrichtungen ausgeteilt.«

»Du wirst mit einer solchen Übeltäterin doch sicher keinen Umgang haben wollen, oder? Obwohl ich glaube, hierfür einen exzellenten Präzedenzfall zu kennen – dein Kaplan wird dir mehr dazu sagen. Dann ist da die Gefahr, wie du richtig sagst, und ich habe volles Verständnis für deine Befürchtungen. Ganz zweifellos trägt sie einen Pistolengurt in der Tasche. Gestatte mir trotzdem den

Vorschlag, ihr das Betreten des Seitendecks zu bestimmten Zeiten zu erlauben, bei schönem Wetter ab und zu auch der Poop. Ich muß gestehen, daß sie dein heiliges Achterdeck überqueren müßte, um zur Poop zu gelangen, und aufgrund deiner ganz natürlichen Besorgnis – ich sage nicht: Furchtsamkeit – wirst du dabei sicher eine Haubitze mit Kartätschen auf sie gerichtet halten. Nichtsdestotrotz scheint mir dies eine angemessene Lösung des Problems zu sein.«

Jack war zur Genüge mit Stephens Bereitschaft vertraut, sogar die seemännisch wertlosesten seiner Patienten vehement zu verteidigen, sobald sie unter seiner Obhut waren. Im Kopf addierte er die starke Ähnlichkeit der beiden Frauen, die ihm aufgefallen war, und die beispiellose Schärfe, die sein Freund soeben gezeigt hatte: Stephen hatte bei den Worten nicht gelächelt, und in seiner Stimme war ein Anflug von Grausamkeit gewesen. Darauf unterdrückte er die Antwort, die ihm bereits auf der Zunge lag. Dies kostete ihn einige Anstrengung, denn Jack war weder ein besonders geduldiger noch ein ausnehmend langmütiger Mensch, und Stephen schien ihm in diesem Fall seine Zunge nicht genügend im Zaum gehabt zu haben. Ziemlich steif sagte er: »Ich werde darüber nachdenken«, und war ausnahmsweise einmal ganz froh, als die Trommel kurz darauf *Roast Beef of Old England* schlug und Dr. Maturin zum Essen in die Offiziersmesse rief.

Die LEOPARD verfügte über eine schöne, große Offiziersmesse, die ihren Offizieren und den Gästen, die man mit der traditionellen Gastfreundschaft der Navy einzuladen pflegte, viel Platz bot. Der lange Raum mündete in ein riesiges Bugfenster, das die ganze Breite ausfüllte. Ein zwanzig Fuß langer Tisch in der Mitte betonte die Länge des Raumes noch. Zu beiden Seiten lagen die Kammern der Leutnants, und über dem Schott sowie an den Seitenwänden hingen geschmackvolle Arrangements von Enterpiken, Tomahawks, Entermessern, Pistolen und Schwertern. Heute nun war sie eigentlich zum erstenmal voll besetzt, denn während der außergewöhnlich rauhen Passage durch den Kanal und die Biskaya waren beim Dinner selten mehr als ein halbes Dutzend Männer zur selben Zeit zugegen gewesen. Nun fehlte lediglich Turnbull, der wachhabende Offizier. Viele blaue Uniformjacken bestimmten das Bild, ergänzt und kontrapunktiert durch das Scharlachrot der Marineinfanterie, das Schwarz des Kaplans sowie die lichtblauen Messejacken für die Jungen, die hinter den Stühlen der Seeleute standen. Jetzt, zu Beginn des neuen Einsatzes, leuchteten die Farben frisch und hell im Widerschein der strahlenden Sonne – ein erfreulicher Anblick, der jedoch auf Stephens griesgrämige Stimmung wenig Einfluß hatte. Selten zuvor hatte er eine derartige Verärgerung allem und jedem gegenüber gefühlt, selten auch solche Zweifel, ob es ihm gelingen würde, sich nichts anmerken zu lassen. So löffelte er seine Suppe, als gelte es, die Erlösung im Suppenteller zu finden. Und so falsch lag er gar nicht: Die zähe, verdauungsfördernde Graupensuppe half ihm, inneres Wesen und äußere Erscheinung bei sich selbst besser in Einklang zu bringen (soviel zum freien Willen), und als ein neues Gedeck kam, kostete ihn die gebotene Höflichkeit nur noch geringe Mühe. Die Konversation in der Offiziersmesse war gewöhnlich äußerst banal und erschöpfte sich in höflichen Gemeinplätzen. Dies war eine natürliche Vorsichtsmaßnahme für Männer, die für die nächsten Jahre dasselbe Deck teilen mußten. Zuerst wollte man die Lage sondieren, die Eigenheiten der Deckskameraden herausfinden und keine Bemerkungen austeilen oder einstecken, die noch zehntausend Seemeilen später Unfrieden stiften und dann schließlich in den Antipoden zu offener Feindschaft führen konnten.

Stephen wußte, daß die Engländer – und die meisten am Tisch waren Engländer – sozialen Unterschieden gegenüber äußerst empfindlich waren. Es war ihm klar, wie genau hier von den Ohren der Anwesenden kleinste Unterschiede in der Intonation wahrgenommen wurden, und so freute es ihn besonders, Pullings' schönen, gutturalen, südenglischen Akzent zu hören, stand dieser doch in seinen Augen für ein grundsolides und doch völlig friedfertiges Selbstbewußtsein, für eine ganz eigene Art von Stärke. Er betrachtete Pullings, wie er so dastand und Scheiben vom Rinderbraten schnitt, und auf einmal traf ihn die Erkenntnis, daß ihm am Ersten Offizier etwas Wichtiges bis jetzt entgangen war: Er kannte Pullings so lange schon, noch aus der Zeit, als dieser ein schlaksiger Gehilfe des Masters gewesen war, daß er für ihn die ewige Jugend verkörperte. Sein Reifen war Stephen verborgen geblieben. Gewiß wirkte der Offizier neben Jack, seinem geliebten und bewunderten Herrn und

Meister, noch immer sehr jung, aber hier in der eigenen Messe überraschte er Stephen durch Größe und selbstverständliche Autorität. Es war nicht zu übersehen, daß er seine Jugend in Hampshire zurückgelassen hatte, und dies vielleicht schon vor einiger Zeit. Er war dabei, einer jener starken und überaus wertvollen Führungsoffiziere des Unterdecks vom Schlage eines Cook oder Bowen zu werden, und Stephen war dies bis jetzt nicht aufgefallen.

Er ließ seinen Blick über die ihm gegenüber sitzenden Männer gleiten. Moore, links von Pullings, befehligte die Marineinfanterie, daneben Grant, Zweiter Offizier der LEOPARD, ein korrekt wirkender Mann mittleren Alters, dann das ausgefallene, intelligente Gesicht von Macpherson, dem dienstältesten Leutnant der Marineinfanterie, einem schwarzhaarigen Schotten aus den Highlands, Larkin, der Master, jung für diesen Posten und ein fähiger Navigator, aber mit Anzeichen von Weingenuß so früh am Tag, die nichts Gutes verhießen, Benton, der Zahlmeister, ein lustiger, kleiner, runder Mann mit Augen, die glänzten und zwinkerten wie bei dem Wirt einer gutgehenden Kneipe oder einem wohlhabenden Handelsvertreter. Seine Koteletten trafen sich fast unter dem Kinn, er trug selbst auf See Schmuck und war entwaffnend aufrichtig in seiner Selbstverliebtheit, besonders was seine wohlgeformten Beine anging – er gestand selbst, ein Salonlöwe zu sein.

Stephen zur Rechten saß der junge Leutnantsanwärter, fast noch ein Kind, der, wenn man von der unterschiedlichen Uniform absah, fast bis aufs Haar dem Diener glich, den sich Stephen als Dümmsten aus sechzig dem Schiff zugeteilten Seesoldaten herausgepickt hatte. Beide hatten dieselben dicken, blutleeren Lippen, die gleiche helle, blasse Haut, vorquellende Augen in der Farbe von Austern und einen Gesichtsausdruck beleidigten Erstaunens, wenn sie entspannt waren; hinzu kam bei beiden eine erstaunlich grobknochige Stirn. Der junge Mann hörte auf den Namen Howard. Er hatte sich vergeblich um Stephens Aufmerksamkeit bemüht und unterhielt sich jetzt mit seinem anderen Nachbarn, einem Gast aus dem Fähnrichslogis namens Byron, über den Adelsstand, und dies mit einem Enthusiasmus, der ihm das Blut in sein breites, bläßliches Gesicht trieb. Zu Stephens Linken saß Babbington, der dritte der Leutnants und ebenfalls ein alter Bordkamerad von ihm. Stephen hatte ihn, obwohl er noch sehr jungenhaft wirkte, im Mittelmeer seit dem Jahre null von diversen blamablen Krankheiten kuriert. Seine frühreife und andauernde Leidenschaft für das andere Geschlecht hatte ihn zwar im Wachstum gehemmt, seine allgemeine Lebenslust aber nicht gedämpft. Er erzählte gerade in leuchtenden Farben von einer Fuchsjagd, als er an Deck gerufen wurde: Der Neufundländer, ein von ihm an Bord gebrachter Hund von der Größe eines Kalbes, hatte beschlossen, am blauen Kutter, in dem Babbington seine Wolljacke abgelegt hatte, Wache zu stehen und auch die kleinste Berührung des Dollbords zu verhindern. Durch seinen Weggang zeigte sich zur Rechten von Pullings die schwarzgekleidete Gestalt des Geistlichen Mr. Fisher. Stephen betrachtete ihn eingehend: ein großgewachsener, athletisch gebauter Mann von vielleicht fünfunddreißig Jahren, blond und eher gutaussehend, mit einem Gesichtsausdruck, in dem sich Gier und eine gewisse Unruhe mischten. Er trank gerade ein Glas Wein mit Hauptmann Moore, und dabei bemerkte Stephen, daß die Fingernägel seiner ausgestreckten Hand bis auf das Fleisch abgebissen waren, außerdem wiesen Handrücken und freiliegendes Handgelenk ein häßliches Ekzem auf.

»Mr. Fisher«, sagte er kurz darauf, »ich hatte, so glaube ich, noch nicht die Ehre, Ihnen vorgestellt zu werden. Ich bin Maturin, der Schiffsarzt.« Nachdem sie Artigkeiten ausgetauscht hatten, fuhr er fort: »Es freut mich sehr, noch einen Kollegen an Bord zu haben. Vielleicht kann man Kaplan und Schiffsarzt als Kollegen bezeichnen, wo doch die Dinge des Geistes und des Körpers so untrennbar miteinander verwoben sind, selbst wenn wir einmal von der unerläßlichen Zusammenarbeit im Lazarett absehen. Sagen Sie, Sir, haben Sie vielleicht ein wenig Heilkunde studiert?«

Nein, das hatte Mr. Fisher nicht, hätte es aber getan, wenn man ihn in die Pfründe einer ländlichen Gemeinde eingesetzt hätte. Viele Geistliche auf dem Lande täten dies, und er wäre sicher ihrem guten Beispiel gefolgt. Mit medizinischen Kenntnissen hätte er dort Gutes tun können – noch mehr Gutes. Ein Hirte müsse sich mit seinem Teerpott auskennen, sowohl im eigentlichen wie im übertragenen Sinne, denn die Leiden seiner Schafe könnten ja, wie Dr. Maturin ganz richtig bemerkt habe, von mindestens zweierlei Natur sein. Nach dieser Bemerkung kühlte die Atmosphäre in der Messe etwas ab. Insgesamt jedoch hatte die Offiziersmesse eine gute Meinung von Mr. Fisher, der sich alle Mühe gab, angenehm aufzufallen. Und wenn man auch nicht allzu viel Wert darauf legte, als eine Herde von Schafen bezeichnet zu werden, war eine derartige Bemerkung doch zu verzeihen, wenn sie aus dem Mund eines Pfaffen kam.

Diese Meinung der anderen fand ein Echo in Stephens Tagebucheinträgen, die er während der Pause zwischen dem Dinner und den Seebegräbnissen in seiner ungemütlichen Orlopdeckskabine zu Papier brachte. Anschließend sollte er zusammen mit dem Kaplan die Gefangenen untersuchen und einen Bericht darüber verfassen. Er hätte an Jacks Glanze teilhaben und eine geräumige Kabine sein eigen nennen können wie schon auf früheren Reisen als Gast des Kapitäns, aber als Schiffsarzt auf der LEOPARD wollte er nicht im Genuß von Privilegien stehen, auf die er keinen Anspruch hatte. Zudem war ihm seine private Umgebung sowieso in eigentümlicher Weise gleichgültig. »Heute habe ich den Kaplan getroffen«, schrieb er. »Er ist ein zugänglicher Mann und recht belesen, vielleicht nicht von allzu großer Verstandeskraft und möglicherweise mit einer gewissen Neigung zum Überschwang behaftet. Aber vielleicht hat er sein Licht unter den Scheffel gestellt. Er ist nervös, wirkt verkrampft, ihm fehlt die nötige Gelassenheit. Trotzdem mag er sich als Bereicherung für unsere Messe erweisen. In gewisser Weise fühle ich mich zu ihm hingezogen, und an Land würde ich wohl die Absicht haben, die Bekanntschaft zu vertiefen. Hier auf See habe ich keine andere Wahl.« Er fuhr fort mit einer Beschreibung seiner Symptome – zurückkehrender Appetit, nachlassende Spezifität der intensiven Sehnsucht, das Gefühl, die unmittelbare Entzugskrise wohl überstanden zu haben. »Derartig erwischt zu werden, und das von einem alten Bekannten!« schrieb er. »Diese zwei Quartflaschen in der Kiste des verstorbenen Mr. Simpson – stellen die nun eine Gefahr dar oder eher einen Schutz, als ständiger Beweis meiner Entschlossenheit, ja meiner wiedergewonnenen Freiheit?« Über diesen Punkt geriet er ins Grübeln und versank in tiefes Nachdenken, er spitzte die Lippen, ließ den Kopf zu einer Seite herabsinken und starrte mit weit aufgerissenen Augen auf seinen Cellokasten. Nach mehrmaligem längeren, aber vergeblichen Klopfen an der Kabinentür wurde sie von dem Fähnrich, der ihn an Deck holen sollte, geöffnet: »Ich hoffe, ich störe nicht, Sir, aber der Kapitän dachte, Sie wären vielleicht gern bei dem Begräbnis dabei.«

»Danke, ich danke Ihnen, Mr. – Mr. Byron, nicht wahr?« sagte Stephen, wobei er dem jungen Mann seine Handlaterne entgegenhielt. »Ich bin gleich oben.«

Er erreichte das Achterdeck gerade noch rechtzeitig, um die letzten Worte und das viermalige Aufklatschen zu hören: der Wundarzt, der Aufseher und zwei der Gefangenen, wobei die letzten zwei für ihn die bisher einzigen Fälle darstellten, bei denen es durch Seekrankheit tatsächlich zum Tod gekommen war. »Obwohl«, wie er zu Mr. Martin bemerkte, »zweifellos partielle Asphyxie, extreme Unterernährung, lasterhafte körperliche Angewohnheiten und die lange Haft zusätzliche Ursachen waren.«

Das Logbuch der Leopard hielt sich nicht mit Ursachen oder Kommentaren auf, sondern beschränkte sich auf die Fakten:

Dienstag, der 22te. Wind SO. Kurs S 27 W. Etmal 45 Sm. Position 42° 40' N 10° 11' W, Kap Finisterre peilt O bis S in ungefähr 12 Meilen. Stürmisch auffrischender Wind, klare Sicht. Mannschaft unterschiedlich eingesetzt. Um 5 die Körper von William Simpson, John Alexander, Robert Smith und Edward Marno dem Meer übergeben. Püttingswanten der Vormarsstenge geschwichtet. Ochsen von 522 Pfund geschlachtet.

Dagegen beschränkte sich ihr Kapitän in dem Fortsetzungsbrief an seine Frau wiederum auf die Wirkungen: Nichts brächte eine Besatzung so gründlich zur Besinnung wie ein Begräbnis. Keiner der Kadetten würde an diesem Abend in der Takelage herumturnen, und das wäre auch gut so, denn die Grünschnäbel wären ohne jede Erfahrung einfach damit überfordert, bei ordentlichem Seegang in den Masttopp hochzujagen und einigermaßen heil an einer Backstage wieder herunterzurutschen. Das Herz war Jack beinahe stehengeblieben, als der Schiffsjunge Boyle in der kurzen, steilen Dünung des Ärmelkanals versucht hatte, den Knopf des Großmasts zu erreichen, während das Schiff unter ihm bockte wie ein junges Pferd beim Zureiten. Er schrieb:

Zehn von denen haben wir insgesamt, und ich bin ihren Eltern gegenüber verantwortlich für sie. Da fühle ich mich wie eine besorgte Glucke. Einige von ihnen sind allerdings in keiner großen Gefahr außer der, Schläge zu bekommen. Der Junge, den ich Harding zuliebe zum Diener des Hauptmanns gemacht habe, ist ein übler kleiner Gauner – seine Grogration mußte ich schon streichen. Und dann gibt es da noch ein paar Halunken unter den Älteren, Neffen von Männern, die mir einmal einen Gefallen getan haben. Das ist vielleicht ein Gesindel. So etwas will ich auf meinem Achterdeck nicht sehen. Aber zurück zum Begräbnis. Mr. Fisher, der Kaplan, hat den Gottesdienst sehr ordentlich gemacht, und die gesamte Mannschaft war zufrieden. Obwohl ich eigentlich finde, daß ein Pfarrer an Bord nichts zu suchen hat, denke ich, wir hätten es auch wesentlich schlechter treffen können. Mr. Fisher ist von seiner ganzen Art her ein Gentleman und nimmt seine Aufgaben ernst. Im Moment ist er gerade dabei, sich mit Stephen zusammen diese armen Pechvögel von Gefangenen in der Vorpiek genauer anzuschauen. Zu Stephen muß ich Dir sagen, daß er ein verteufelter Griesgram geworden ist, und ich befürchte, er ist alles andere als glücklich. Wir haben eine weibliche Gefangene an Bord, die ist Diana wie aus dem Gesicht geschnitten, und ich glaube, daß die Erinnerung an sie ihm weh tut. Er sagte, es gäbe da überhaupt keine Ähnlichkeit, stieß das aber so scharf heraus – ich konnte nur schwer an mich halten. Die junge Frau ist eine auffällige Erscheinung und bestimmt nicht unbedeutend, denn sie hat eine eigene Kabine und Dienerin, während die anderen, Gott steh ihnen bei, in einem Loch backen, banken und leben müssen, das wir noch nicht einmal unseren Schweinen zumuten würden. Aber schönes Wetter haben wir jetzt, nach diesem Sturm endlich den Südostwind, den ich mir gewünscht habe. Die Leopard *hält sich bemerkenswert gut und segelt vor jedem Wetter. Wie ich hier sitze, haben wir den Wind fast von achtern, und seit heute morgen spult sie ihre neun Meilen pro Stunde herunter. Wenn das so weitergeht und der Wind nicht dreht (was ich nicht glaube), müßte die Insel in zwei Wochen über den Horizont kommen, trotz unseres vorherigen Beidrehens, und dann hat Stephen*

*Sonne, Meer und seltsame Spinnen, um sein Herz wieder zu
erfreuen. Meine Liebste, letzte Nacht habe ich wieder an die
Abflüsse für den Stall denken müssen, und ich bitte Dich: Mr.
Horridge soll dafür sorgen, daß sie richtig tief gelegt und mit
Backsteinen gefaßt werden ...*

Was den bedeutungsvollen Ernst des Begräbnisgottesdienstes sowie
die Bewertung einiger seiner jungen Gentlemen als Gesindel anging, lag Jack richtig, aber hinsichtlich der Musterung der Gefangenen irrte er: Der Anblick des Atlantiks, wie er höher und immer
höher stieg, um dann wieder zu fallen, war zuviel für Mr. Fisher
gewesen. Zwar hatte er sich ehrenhaft bemüht, seine Amtspflichten
noch zu erfüllen, sofort danach aber bat er, ihn zu entschuldigen,
und mußte sich zurückziehen. Stephen hatte den Rundgang allein
gemacht und stand jetzt genau über Jacks Kopf auf der Poop,
unterhielt sich mit dem Ersten und rauchte dabei eine Zigarre.
»Dieser junge Mann beim Dinner, Byron: Ist er verwandt mit dem
Dichter?«
»Mit dem Dichter, Doktor?«
»Aye. Mit dem berühmten Lord Byron.«
»Ach, Sie meinen den Admiral. Ja, soviel ich weiß, ist er sein Enkel
oder vielleicht ein Großneffe.«
»Ein Admiral, Tom?«
»Ja klar. Der berühmte Lord Byron. Schietwetter-Jack wird er
immer noch genannt, die ganze Marine kennt ihn. Da können Sie
mal richtigen Ruhm sehen! Mein Großvater ist mit ihm gesegelt, da
war er noch ein Fähnrich, und dann später wieder, als er schon
Admiral war und die INDEFATIGABLE befehligte. Oft haben sie von
der Zeit in Chile erzählt, damals als es die WAGER erwischt hatte.
Mann, der Admiral liebte einen richtigen Sturm! Fast so sehr wie
unser Kapitän Jack. Ritt ihn einfach ab und lachte dabei, ha, ha, ha,
aber Gedichte waren nicht so seine Sache, soweit ich mich erinnere.
Als ich diese Geschichten über ihn hörte, da spürte ich zum
erstenmal, daß ich zur See wollte. Die Geschichten über ihn waren
es und dann die von meinem Großvater über den Schiffbruch.«
Stephen hatte einen Bericht über den Verlust der WAGER in den
kalten und stürmischen Gewässern vor dem chilenischen Archipel

gelesen – Gewässer, die auf keiner Karte verzeichnet waren. Er sagte: »Aber das war doch wohl kein schöner Schiffbruch? Kein Kythera mit weißem Strand, Palmen und dunkelhäutigen Maiden, die einem das Füllhorn reichen? Keine Vorräte zur Hand wie bei Crusoe? Wenn ich nicht irre, haben sie die Leber eines ertrunkenen Seemanns gegessen.«

»Ganz recht, Sir, es war keine gemütliche Zeit, wie mein Großvater immer sagte, und doch hat er gern auf sie zurückgeschaut und darüber nachgedacht. Er war ein nachdenklicher Mann, obwohl er in der Schule über die Abc-Fibel und den Dreisatz nie hinausgekommen ist. Er hat mit Vorliebe über Havarien nachgedacht – sieben hat er miterlebt zu seiner Zeit – und sagte immer, daß man einen Mann nicht wirklich kennt, bis man ihn in einem Schiffbruch erlebt hat. Er sagte, es hätte ihn immer wieder erstaunt, wie einige durchhielten, aber die meisten den Kopf verlören. Die Disziplin geht baden, sogar bei einer gut eingespielten Besatzung, zuverlässige und erfahrene Männer von der Back und sogar Decksoffiziere brechen die Rumlast beim Zahlmeister auf und besaufen sich sinnlos, plündern die Kammern, verkleiden sich wie zu Karneval, raufen, pöbeln ihre Offiziere an und springen in die Boote wie eine Horde panischer Landratten ... Im Unterdeck glauben sie seit jeher, daß der Kapitän nichts mehr zu befehlen hat, wenn das Schiff auf Grund gelaufen ist oder nicht mehr gesteuert werden kann. So ist das Gesetz, sagen sie, und nichts und niemand kann das aus ihren dämlichen Köpfen vertreiben.«

Es schlug vier Glasen. Stephen warf seine Zigarre in das Kielwasser der LEOPARD und verabschiedete sich von Pullings mit der Bemerkung, er müsse nun Bericht erstatten.

»Jack«, sagte er in der geräumigen Kajüte, »ich war vorhin unbeherrscht zu dir. Ich möchte dich um Verzeihung bitten.« Jack wurde rot, meinte, er habe es gar nicht bemerkt, und Stephen fuhr fort. »Ich habe gerade aufgehört, eine bestimmte Arznei zu nehmen. Vielleicht hätte ich niemals damit anfangen sollen, denn der Effekt ist derselbe wie bei einem gewohnheitsmäßigen Tabakraucher, dem man die Pfeife wegnimmt. Manchmal erliege ich dann leider einem Anflug von Gereiztheit.«

»Du hast mehr als genug Gründe, gereizt zu sein, wo dir doch jetzt diese Gefangenen anvertraut sind«, erwiderte Jack. »Übrigens denke ich, du hattest recht, was Mrs. Wogan angeht: Sie darf natürlich auf der Poop an die frische Luft.«

»Sehr gut. Nun zum Rest von ihnen. Zwei sind, *sensu stricto,* schwachsinnig, drei sind ganz schwere Jungs, darunter der große Kerl, der den Aufseher umgebracht haben soll. Ein anderer gehört, wie mir klargeworden ist, zu den Wiedererweckern, und diese Leute stellen sich immer äußerst geschickt an, wenn es gilt, eine starke Nachfrage nach Leichen zu befriedigen. Demnach sollte er wohl mit unter meine gewalttätigen Burschen gerechnet werden. Fünf weitere sind armselige, dumme Kreaturen, schwach und schlapp, die man wegen wiederholtem Ladendiebstahl aufgegriffen hat. Der gesamte Rest sind Männer vom Lande, die ein zu starkes Interesse an Fasanen oder Hasen gezeigt haben. Also keine Abgründe von Schlechtigkeit, denke ich, und du könntest sie ohne weiteres für einige der Subjekte eintauschen, die wir vom Kontingentschiff übernommen haben. Zwei von ihnen, die Adam-Brüder, haben mein Herz schon im Sturm erobert, kennen sie doch alles, was im Wald kreucht und fleucht. Sie mußten mit fünf Wildhütern und drei Schutzleuten anrücken, um sie schließlich dingfest zu machen. Hier ist meine Liste. Von Fußeisen rate ich ganz ab, denn aus unserem schwimmenden Gefängnis gibt es sowieso kein Entkommen. Vielleicht solltest du aber die Männer, bei denen ich ein Kreuz gemacht habe, beim Freigang eine Weile getrennt von den anderen halten, nur um einen Anfall von Torheit auszuschließen.«

»Den Mörder aber, den muß ich in Eisen legen, bis ich ihn übergeben kann.«

»Sicher war es ein Gemeinschaftsunternehmen. Der Aufseher hat sie mit aller Macht, die ihm zu Gebote stand, mißhandelt, und wie ich höre, hatte er aus ihnen schon einen Großteil des Geldes und persönlichen Reiseproviants herausgepreßt. Ich glaube, sie sind in einem einzigen, ungeordneten Haufen im Dunkeln spontan über ihn hergefallen, als ihm die Laterne heruntergefallen war. Derartige Verletzungen können nicht von *einem* Mann beigebracht werden, noch dazu, wenn der an den Füßen gefesselt ist. Natürlich sind viele von ihnen mehr als bereit auszusagen, wenn man ihnen eine halbe Guinee und ihr Leben verspricht, aber was stünde am Ende zu Buche? Sollen die Zivilisten doch ihre dreckigen Geschäfte in Neu-Holland selber regeln. Bis dahin solltest du ihnen die Eisen abnehmen – die würden sie sonst nur als Waffen verwenden.«

»Nun gut. Und was ist mit den Frauen?«

»Diese Kupplerin und Engelmacherin, Mrs. Hoath, hat, wie mir scheint, auch den letzten angeborenen Rest von Mitmenschlichkeit abgelegt. Durch lange Übung hat sie einen solche Boshaftigkeit erreicht, daß ich mich kaum erinnern kann, je etwas Vergleichbares gesehen zu haben, geschweige denn, Schlimmeres. Aber sie wird uns nicht mehr lange auf der Seele liegen: Dafür wird schon ihre Leber sorgen, von der Wassersucht in ihrem Bauch und einer ganzen Verflechtung von pathologischen Zuständen einmal abgesehen, und zwar noch bevor wir den Wendekreis passieren. Trotzdem, ich will mal sehen, was Quecksilber, Digitalis und ein ordentlicher, gut gespitzter Trokar ausrichten können. Salubrity Boswell dagegen, die Zigeunerin, hat als Frau ein nobleres Zeitalter verdient. Nachdem man ihren Mann ›wegdeportatiert‹ hatte, wie sie sich ausdrückte, oder: über den Ozean geschickt hatte, legte sie es darauf an, ebenfalls ›wegdeportatiert‹ zu werden und sich mit ihm wiederzuvereinigen. Sie ließ sich von seinem Bruder schwängern – eine Praxis, die an die alten Juden erinnert –, um mit Hinweis auf ihren Bauch dem Galgen zu entgehen, und dann fiel sie bei hellichtem Tage über den Richter her, der ihn verurteilt hatte. Wir dürfen das Kind in fünf Monaten erwarten, wahrscheinlich zwischen dem Kap und Botany Bay.«

»Oje, oje«, sagte Jack leise. »Das ist ja eine schöne Bescherung, noch dazu auf einem Schiff des Königs. Ich war ja immer gegen Frauen an Bord, und jetzt sieh nur, was sie anrichten.«

»Eine Schwalbe macht noch keinen Sommer, Jack, wie du selbst oft bemerkst. Sie hat mir auch aus der Hand gelesen. Willst du es hören?«

»Wenn du willst.«

»Ich soll eine erfolgreiche Reise machen, nicht zu lang, und alles haben, was mein Herz begehrt.«

»Ach, eine erfolgreiche Reise?« sagte Jack, und seine Miene hellte sich auf. »Na, das freut mich aber von ganzem Herzen, ich gratuliere dir. Irgend etwas ist ja immer dran an dem, was diese Frauen sagen, da kannst du noch so sehr deinen Kopf schütteln, Stephen. Ich kannte mal eine Zigeunerin in den Epson Downs, die hat mir vorausgesagt, ich würde nichts als Ärger mit den Frauen haben, und zwar von früh bis spät – genauer hätt' sie es ja wohl kaum treffen können. Komm, Stephen, iß mit mir zu Abend. Killick wird dir einen Toast mit Parmesankäse braten, und dann machen wir endlich einmal wieder Musik. Seit wir ankerauf gegangen sind, habe ich meine Fiedel nicht einmal angerührt.«

Stephen und Martin gingen auf ihre Nachmittagsrunde: einige gebrochene Rippen und Schlüsselbeine, unschöne Quetschungen und zerschmetterte Finger im Lazarett der LEOPARD, unvermeidlich nach einem gewaltigen Sturm und bei so vielen Landratten an Bord, dazu die übliche Reihe von Syphilisfällen. Für einen Marinearzt zählten letztere zu den vertrautesten Krankheitsbildern überhaupt, sie lagen jedoch etwas außerhalb von Martins praktischem Erfahrungsbereich. Deshalb ermunterte Stephen ihn, ausgiebig Gebrauch vom Quecksilber zu machen, selbst wenn das zum Speichelfluß führen sollte, das Übel zum frühestmöglichen Zeitpunkt an der Wurzel zu packen, hoch-, ja überzudosieren, anstatt sparsam mit den Arzneien umzugehen, selbst wenn dies ihren Vorrat an venerischen Mitteln drastisch vermindern sollte, denn sobald das Schiff sich weit genug vom Festland entfernt habe, würden die sowieso nicht mehr benötigt, da keine Neuinfektionen mehr befürchtet werden müßten. Mr. Martin wurde auch instruiert, sorgfältig neben jedem Patientennamen die jeweilige Dosis festzuhalten. Die liebestollen Dummköpfe, so Stephen, sollten für ihr törichtes Verhalten nicht nur mit körperlichen Leiden, sondern auch in barer Münze bezahlen: Die Kosten für ihre Medizin würden ihnen vom Sold abgezogen. Sie gingen weiter zu den Quartieren der Gefangenen. Zwei der Männer dort wiesen merkwürdige Symptome auf, die Stephen wie auch Martin Rätsel aufgaben, da sie mit den Anzeichen normaler Seekrankheit nichts gemein hatten. Martin setzte erst eine Brille auf, dann die andere, um die Patienten genau zu beobachten, während er auskultierte, um die Kranken herumging und palpierte, und Stephen fragte sich nicht zum erstenmal, ob seine Entscheidung für diesen Mann als Assistenten richtig gewesen war. Er war ein sehr kluger Kopf, keine Frage, aber vom Kopf abwärts schien es ihm an allerhand zu fehlen. Er ging mit seinen Patienten um, als habe er anatomische Spezimina vor sich und nicht menschliche Wesen. Seine Medizin wirkte inhuman und mechanisch. »In so einem Falle, Kollege Martin«, sagte er, »müssen wir mit unserer Diagnose die weitere Entwicklung abwarten. In der Zwischenzeit verabreichen Sie bitte die blauen Pillen und den schwarzen Trank.« Dann nahm er den Schlüsselbund des verstorbenen Mr. Simpson und begab sich mit klirrenden Schlüsseln nach achtern zur Kabine von Mrs. Wogan. Er bemerkte weniger Ratten in den Kabelgatts. Eine Schiffsratte war besser als ein Wetterfrosch, es sah also so aus, als könne die Prophezeiung der Zigeunerin wahr werden, jedenfalls, was die kommenden Tage anging. Andererseits sah er unter den wenigen verbleibenden Ratten zwei Tiere, männliche diesmal, die offensichtlich in schlechtem Zustand waren.

Er klopfte, öffnete die Tür und fand Mrs. Wogan in Tränen aufgelöst. »Aber, aber«, sagte er, ohne ihren Zustand weiter zu beachten, »beeilen Sie sich bitte. Ich bin gekommen, Ihnen ein wenig Bewegung an der frischen Luft zu verschaffen, Ihrer Gesundheit zuliebe. Wir sollten aber keine Zeit verlieren. Sobald die Glocke ertönt, heißt es ›Alle Mann auf Station‹, und wo bleiben wir dann? Nehmen Sie bitte etwas Warmes mit für Kopf und Schultern, die Seeluft wird Sie regelrecht durchpusten, besonders nach diesem stickigen Mief hier. Ihre Schuhe kann ich nicht gutheißen, denn oben an Deck ist die Schiffsbewegung viel stärker. Das richtige Schuhzeug wären Halbstiefel oder Slipper aus Stoff. Barfuß können Sie auch gehen.« Mrs. Wogan wandte sich ab, um ihre Nase zu putzen, griff nach einem blauen Kaschmirschal, streifte ihre roten, hochhackigen Schühchen ab und dankte Dr. Maturin tausendfach für seine Güte: nunmehr sei sie fertig und bereit. Er geleitete sie die Niedergänge hinauf, einen nach dem anderen, bis zum Hauptluk. Einmal fielen sie beide mit einem sanften Plumps in einen Haufen Leesegel, endlich aber traten sie hinaus auf das Achterdeck. Es war ein strahlender Nachmittag, klarer noch als sonst. Ein gleichmäßiger Wind strich über die Finknetze herein und roch nach Salz und

Leben. Babbington und Turnbull, die wachhabenden Offiziere, standen am Steuerbordniedergang und unterhielten sich; drei Fähnriche peilten mit ihren Sextanten die schiefhängende Sichel des abnehmenden Mondes an und maßen seinen Winkelabstand zur Sonne, die jetzt weit im Westen über der herrlichen Weite der See stand. Sofort brach das Gespräch ab, die Sextanten wurden gesenkt, Babbington richtete sich zu seinen vollen fünf Fuß sechs auf und ließ die alte Tonpfeife in einer seiner Taschen verschwinden, die LEOPARD kam einen halben Strich auf mit der Andeutung eines Flatterns in ihren Focksegeln, und Turnbulls Stimme dröhnte: »Voll und bei dort, verdammt noch mal, und Augen auf. Quartermaster, passen Sie auf am Steuer. Scharf am Wind bleiben!«

Stephen führte Mrs. Wogan über das schräggeneigte Deck zu den Nagelbänken und wies auf das Seitendeck. »Das ist das Seitendeck. Hier können Sie bei unfreundlichem Wetter promenieren.«

Aus einer Gruppe von Seeleuten, die an der Kuhl bei der Arbeit waren, ertönte ein leiser Pfiff. Turnbull rief: »Clarke, den Namen dieses Mannes aufschreiben, sofort. Und Sie, Sir, hoch in den Topp und wieder runter, und das siebenmal. Clarke, Sie scheuchen ihn ordentlich!«

»Und dies hier ist das Achterdeck«, fuhr Stephen mit einer Körperwendung fort. »Der obere Teil da drüben, das ist die Poop. Dort können Sie sich heute aufhalten und auch sonst bei schönem Wetter. Warten Sie, ich helfe Ihnen mit den Treppen hier.«

Der Ziegenbock der Offiziersmesse und Babbingtons Neufundländer lösten sich von den Hühnerställen neben dem Steuerrad und trabten herüber, um sie zu begrüßen. »Keine Angst, Ma'am«, rief Babbington. Er näherte sich ihnen mit einem Lächeln, das noch gewinnender ausgefallen wäre, hätte jugendlicher Übermut ihm mehr Zähne gelassen. »Der ist lammfromm.«

Mrs. Wogan enthielt sich bis auf ein leichtes Neigen des Kopfes einer Antwort. Der Hund schnüffelte an ihrer dargebotenen Hand und trottete, mit dem Schwanz wedelnd, hinter ihr her.

Sie ging auf der leeren Poop auf und ab, dann und wann stolpernd, wenn die LEOPARD wieder einmal schwerfällig bockte. Stephen sah einem Sturmtaucher zu, bis er hinter dem Heck verschwunden war, lehnte dann an der Heckreling und betrachtete sie. Barfuß und in diesem Schal, mit ihren verhangenen Augen und der Andeutung von dunklen Haaren sah sie auf wundersame Weise den jungen irischen Frauen seiner Jugend ähnlich, und sie blickte auch ebenso sorgenvoll, wie er es bei so vielen nach dem Aufstand von achtundneunzig gesehen hatte. Die Trauer in ihrem Blick überraschte ihn, auch wenn Grund genug dafür gegeben schien, hatte sie doch fünfzehntausend Seemeilen und ein Schicksal vor sich, um das sie kaum zu beneiden war. Aber er hatte eigentlich erwartet, ihre Lebensgeister würden mit dem Betreten des sonnigen Decks wieder erwachen.

»Gestatten Sie mir eine Warnung: Geben Sie der Versuchung nicht nach, niedergeschlagen zu sein«, sagte er. »Sollten Sie sich in Melancholie ergehen, würde Ihr Jammern mit Sicherheit zum Siechtum führen.«

Sie rang sich ein Lächeln ab und erwiderte: »Das ist vielleicht nur die Wirkung des Schiffszwiebacks, Sir. Mindestens tausend Stück muß ich davon gegessen haben.«

»Schiffszwieback und sonst nichts? Erhalten Sie denn gar kein Essen?«

»O ja, doch, und ich werde es sicher bald auch genießen können. Bitte denken Sie nicht, ich wollte mich beschweren.«

»Wann haben Sie zuletzt eine richtige Mahlzeit gehabt?«

»Nun, das muß wohl schon eine ganze Zeit her sein ... ich glaube, in der Clarges Street.«

Wie er bemerkte, verriet ihr Gesicht nichts, als sie die Clarges Street erwähnte, und er sagte: »Eine Ernährung nur mit Schiffszwieback – das würde die gelbliche Haut erklären.« Er holte eine katalonische Hartwurst aus der Tasche, pellte das Ende mit seiner Lanzette ab und fragte: »Also, Sie haben Hunger?«

»Du liebe Güte, ja! Das macht vielleicht die Seeluft.«

Er gab ihr die Wurst scheibchenweise zu essen, riet ihr, sehr gründlich zu kauen, und bemerkte, daß sie erneut den Tränen nahe war, dem Neufundländer heimlich ein paar Scheiben zuschob und ihre eigenen kaum hinunterbringen konnte. Babbingtons Kopf erschien über der Backbordpoopleiter. Er kam herauf, tat so, als suchte er seinen Hund und fände ihn nicht, kam schließlich herüber und sagte: »Komm, Pollux, du sollst doch nicht immer die Leute belästigen. Ich hoffe doch, Ma'am, er ist nicht zudringlich geworden?«

Von Mrs. Wogan kam jedoch nur ein kurzes »Nein, Sir«, sehr leise mit gesenktem Blick vorgebracht, und Babbington mußte sich angesichts der kalten Wut in Stephens Blick zurückziehen. Ihm folgte Turnbull, und seine Ausgangsposition war deutlich besser, hatte er sich doch einen Quartermaster und einen Bootsmanns-gehilfen mitgebracht, um irgend etwas am Flaggenmast zu machen. Bevor er aber auch nur den ersten Befehl gegeben hatte, brüllte er los: »Sie da, Sir! Zum Teufel noch einmal, was, glauben Sie, haben Sie hier verloren?« Dies zu einem jungen Mann, der mit einem vor Glück strahlenden Gesicht zur Poop hinauf stürmte. Das Strahlen verschwand, der Mann blieb stehen. »Ab nach vorne«, bellte Turn-bull. »Atkins, machen Sie dem Mann Beine.« Der Bootsmanns-gehilfe schoß vor, den Rohrstock hoch erhoben, der Mann wich ein oder zwei Schlägen aus und verschwand.

Mit dieser Art von Brutalität war Stephen hinreichend vertraut, er wandte sich jedoch zu Mrs. Wogan, um zu sehen, wie sie darauf reagieren würde. Zu seinem Erstaunen bemerkte er, daß sie tief errötet war. Aus dem Gesicht, das sie betont der See zuwandte, wie um den Horizont zu betrachten, war jede gelbliche Verfärbung gewichen, und als er sie erneut ansprach, vollzog sich vor seinen Augen eine ebenso überraschende Veränderung ihres Ausdrucks: ein leuchtender Blick, sichtbar aufflammende Lebensgeister, plötzliche Zungenfertigkeit und der hilflose Versuch, starke und sehr angeneh-me Gefühle zu verbergen. Ob Dr. Maturin wohl die große Güte hätte, ihr die Bezeichnungen für dieses Seil, jenen Mast dort, diese Segel hier zu verraten? Was er nicht alles wüßte – aber natürlich, er sei ja auch Seemann. Ob es wohl vermessen sei, ihn noch um eine klitzekleine Scheibe von dieser köstlichen Wurst zu bitten? Ab und an versuchte sie, ihren eigenen Redefluß zu unterbrechen, aber schon nach einer kurzen Pause überschlugen sich ihre Worte wieder in zum Teil unzusammenhängenden Bemerkungen.

»Die sind aber besser gerutscht«, stellte er fest. Die Worte waren nicht ausnehmend lustig, und doch lachte Mrs. Wogan, anstelle einer Antwort, ein gurgelndes Lachen, das gar nicht aufhören wollte und so viel tiefe Freude verriet, so natürlich und auf unerklärliche Weise hinreißend wirkte, daß sich sein Mund unwillkürlich verzog und er bei sich dachte: »Nein, nein, Hysterie ist das nicht. Hier ist

nichts von dem schrillen, verrückt-morbiden Klang der Hysterie.«
Sie sah ihm in die Augen, faßte sich und sagte mit jetzt wieder
ernster Stimme: »Denken Sie bitte nicht, ich sei impertinent, Sir –
aber ist es nicht eine Schande, diese Wurst in Ihrer Tasche zu tragen,
wo sie doch so fettig ist und Ihr Rock so schön?«
Stephen sah an sich herunter: Tatsächlich, dieser Schwachkopf von
Diener mußte ihm seinen besten Rock mit den goldenen Tressen zum
heutigen Dinner herausgelegt haben. Jetzt zierte ein großer Fettfleck
die eine Seite. »Ist mir gar nicht aufgefallen«, sagte er, wobei er das Fett
mit seinen Fingern weiter verteilte. »Das ist mein bester Rock.«
»Vielleicht wenn Sie ein Taschentuch darumwickeln? Sie haben kein
Taschentuch? Hier: Halten Sie das Ding bitte an der Schnur fest.« Sie
nahm ihr Brusttuch, wickelte die Wurst ordentlich darin ein, verkno-
tete die Enden und sagte mit einem Blick, der nur zärtlich genannt
werden konnte: »Sir, wie wäre es, wenn ich das trüge? Es wäre doch so
schade, wenn der Rock noch fettiger würde. Aber keine Sorge, mit
einer Kreidekugel bekommen wir das sicher schnell wieder heraus.«
»Was ist eine Kreidekugel?« fragte Stephen, immer noch in traurige
Betrachtung seines Rocks versunken. Dann aber: »Kommen Sie,
schnell, wir dürfen keine Sekunde verlieren. Sehen Sie, der Posten
ist schon auf dem Weg nach vorne. In zwei Minuten wird ›Alle
Mann auf Station‹ befohlen. Unsere Zeit ist um.« Er half ihr am
Kopf der Leiter, wo sich der Wind, der hier am Abriß der Poop
taktlos und liederlich entlangstrich, in ihren Unterröcken verfing.
Aber auf dem Achterdeck blieben alle Augen sittsam und fest nach
vorne gerichtet, denn Jack stand an der luvseitigen Reling. Und als
sie am Fuß der Leiter, nachdem sie ihren Rock wieder gebändigt
hatte, Stephen fragte: »Und was ist mit der Wurst, Sir?«, legte dieser
den Zeigefinger an die Lippen. Er geleitete sie nach unten und riet
ihr, niemals auf dem Achterdeck zu sprechen, wenn der hochgewachsene Gentleman, der Kapitän, sich dort aufhalte. Auch müsse
sie die Wurst selbst essen und ihren Magen an die Schiffskost
gewöhnen, »die sei nahrhafte, wenn auch harte Kost, aber Gewöhnung mache sie schmackhaft, jedenfalls für einen vernünftig denkenden Menschen«. Dann eilte er auf seine Gefechtsstation im
Cockpit, während die Trommel über seinem Kopf Salven rollenden
Donners ertönen ließ.

Der hochgewachsene Gentleman wirkte noch größer als gewöhnlich, als Stephen mit dem Cello unter dem Arm in seine Kajüte trat. »Da bist du ja, Stephen«, rief er, und sein ernstes, hartes Gesicht hellte sich auf. »Ich dachte, es wäre Turnbull. Entschuldige mich für ein paar Minuten, ja? Ich muß kurz mit ihm sprechen. Nimm dir Grants Beobachtungen mit in die Heckgalerie, sie werden dich interessieren – er schreibt auch über die Vögel.«

Stephen setzte sich mit dem schmalen, sauber gesetzten Büchlein in einen Schaukelstuhl auf die Galerie, einen prächtigen Balkon mit nichts als der See darunter. Es enthielt den Bericht von einer Entdeckungsreise der Sechzig-Tonnen-Brigg LADY NELSON, die im Jahre 1800 unter dem Kommando von Leutnant James Grant, Offizier der Königlichen Marine, in elf Monaten von England über das Kap und durch die Bass-Straße nach Neu-Holland gesegelt war.

Von Zeit zu Zeit hörte er die Stimme von Jack, oder besser die des Kapitäns: kalt, distanziert und voller Autorität. Auch bei normaler Lautstärke hatte sie eine bemerkenswerte Reichweite – und eine ebenso bemerkenswerte Zerstörungskraft. Mr. Turnbull war noch nicht unter Kapitän Aubrey gesegelt und machte zuerst noch den Versuch einer Verteidigung gegen den Vorwurf, brutal, inkompetent und eines Gentlemans unwürdig gehandelt zu haben. Sehr bald schon verstummte allerdings seine Stimme, während ein jetzt überlebensgroßer und äußerst ungnädiger Kapitän ihm in unmißverständlicher Weise die Leviten las: Nur ein Narr würde einen Seemann wegen eines Pflichtversäumnisses herumjagen, schlagen, peitschen oder sonstwie mißhandeln, wenn diesem Seemann seine Pflicht keineswegs klar sein könne, weil er zuvor noch nie zur See gefahren war. Außerdem kenne jeder gute Offizier die Namen aller Männer seiner Wache, dagegen sei es etwas simpel, Herapath mit »Sie da, Sir« anzusprechen. Auch würde kein Gentleman in Hörweite einer Lady fluchen – in dieser Hinsicht würde Turnbull von jeder Portsmouth-Hure übertroffen, falls er sich darauf verlegen wolle. Disziplin und ein straff geführtes Schiff sei eine Sache, Schikanen und ein unzufriedenes Schiff eine ganz andere. Die Mannschaft respektiere immer einen Offizier, der seemännisches Können zeige – wie aber könne Turnbull auf ihren Respekt hoffen, wenn er ihnen Spektakel biete wie heute nachmittag beim Trimmen der Focksegel, das er, Kapitän Aubrey, habe mit ansehen müssen? Es folgten Belehrungen über das richtige Trimmen der Focksegel: Turnbull tue gut daran, sich den Unterschied zwischen einem bretthart gerefften Segel und einem Segel einzuprägen, das bauchig stehe und Zug entwickeln könne. Es war schon einige Jahre her, daß Stephen den Freund bei der Zurechtweisung von einem seiner Offiziere belauscht hatte, und er war überrascht von dem bemerkenswerten Zuwachs an kalter Effizienz sowie von der unpersönlichen, strengen, gottähnlichen Autorität, die niemand vortäuschen oder sich zulegen konnte, dem sie nicht in die Wiege gelegt worden war. Eine solche Standpauke hätte von Lord Keith oder Lord Collingwood stammen können. Nur wenige andere konnten derart einschüchternd und vernichtend wirken.

»So, Stephen«, sagte Jack, jetzt mit seiner gewohnten Stimme, und trat hinter ihn. »Das wäre erledigt. Komm, laß uns einen Grog trinken.«

»Das ist wirklich ein interessanter Bericht.« Stephen schwenkte das Buch. »Der Autor hat genau die Gewässer bereist, die wir durchqueren müssen, und ein guter Beobachter ist er auch, obwohl ich nicht sagen könnte, was eine Kittiwake für ein Vogel sein soll. Ist der Mann irgendwie mit unserem Mr. Grant verwandt?«

»Genau das ist er. Er befehligte die LADY NELSON. Deshalb mußte ich ihn nehmen«, sagte Jack mit einem Anflug von sichtlichem Mißvergnügen. »Wegen seiner Erfahrung, du weißt schon. Aber er ist nicht so weit nach Süden gekommen, wie ich das vorhabe. Hat sich ziemlich nahe am achtunddreißigsten Breitengrad gehalten, während ich ja weit in die Vierziger hinunter will. Stephen, du erinnerst dich doch an die gute alte SURPRISE und an die Westwinde da unten?«

Stephen, der sich nur zu gut an die gute alte SURPRISE in den tosenden Vierzigern erinnerte, schloß die Augen. Andererseits waren das aber die richtigen Breiten für Albatrosse. Nach einigem Nachdenken sagte er: »Sag mal, wie kommt es eigentlich, daß Mr. Grant für seine Großtat nicht befördert worden ist? Es war doch sicher eine reife Leistung, mit so einem kleinen Schiff?«

»Wir reden hier von einer *Brigg*, Stephen. Eine Brigg. Aber es war schon eine reife Leistung, wie du sagst, zumal sie eines von diesen hundsgemeinen Dingern mit Hängekiel war – und nach der vermaledeiten POLYCHREST möchte ich so einem Ding nie mehr über den Weg laufen, solange ich lebe. Was die Beförderung angeht«, fuhr er ausweichend fort, »nun, eine Beförderung ist selbst im günstigsten Falle eine heikle Angelegenheit. Ich glaube, Grant hat versucht, die Zivilisten aufs Kreuz zu legen, und zwar die da unten wie die in der Heimat. Er ist ihnen quer über die Ankerkette gekommen, und da haben sie ihm die Trossen gekappt. Wahrscheinlich ist er nicht gerade der taktvollste Mensch der Welt. Ich denke, es muß da noch einen anderen Grund für ihre Unzufriedenheit gegeben haben, denn irgendwann fand er sich am Ende der Leutnantsliste wieder, und nur deshalb konnte ich Tom Pullings als meinen Ersten nehmen, weil der jetzt höher rangiert als Grant. Aber zur Hölle mit alledem«, rief er und griff nach seiner Violine, allerdings nur nach seiner seetüchtigen, alten Fiedel, denn die kostbare Amati durfte der tropischen Hitze und antarktischen Kälte nicht ausgesetzt werden. »Killick! He da, Killick! Wir brauchen dich.«

Sie konnten hören, wie Killick näher kam: »Keine ruhige Minute auf dieser verdammten Schaluppe«, und die Tür öffnete: »Sir?«

»Käsetoast für den Doktor, ein halbes Dutzend Hammelkoteletts für mich und ein paar Flaschen von dem Hermitage. Hast du verstanden? Und du, Stephen, gibst mir jetzt mal ein A.«

Sie stimmten die Instrumente mit diesen angenehmen, zögernden Klagelauten, und beim Stimmen sagte er: »Wie wär's mit unserem alten Corelli in C-Dur?«

»Von ganzem Herzen, ja«, erwiderte Stephen, seinen Bogen hebend. Dann hielt er kurz inne, blickte Jack in die Augen, beide nickten, er senkte den Bogen und das Cello begann seinen tiefen und würdevollen Gesang, dem kurz darauf die durchdringende Stimme der Violine folgte, jeden Ton exakt treffend. Die Musik erfüllte die geräumige Kabine, eine Melodie antwortete der anderen, bald verwoben sie sich miteinander, bald zog die Geige allein ihre hohe Bahn. Die Männer bildeten das Zentrum eines komplexen Klangkörpers und führten einen anmutigen und genau abgestimmten musikalischen Dialog miteinander. Das Schiff und seine Lasten und Sorgen ließen sie im Geiste weit, weit hinter sich.

VIERTES KAPITEL

TAG FÜR TAG WURDE mittags, sofern der Himmel klar war, die Position der LEOPARD am Sonnenstand abgelesen, und mit jedem neuen Tag stieg die Sonne höher im Süden hinauf. Immer, wenn der entscheidende Moment näher rückte, der Augenblick nämlich, da die Sonne den Meridian kreuzte, legten ihr Kapitän, der Master, alle wachhabenden Offiziere und jungen Gentlemen mit angehaltenem Atem die Instrumente an, fixierten den Stand der Sonne gegen den Horizont und notierten das Ergebnis. Der Master meldete dann: »Mittag, Sir« an den wachhabenden Offizier, und dieser schritt über das Achterdeck zum Kapitän, nahm seinen Hut ab und sagte: »Gestatten, Sir, es ist Mittag.« Der Kapitän, der dies alles von seiner eigenen Sextantenablesung genau wußte, selbst wenn er die Stimme des Masters aus den paar Yards Entfernung überhört haben sollte, pflegte dann: »Zwölf also, Mr. Babbington« (oder Grant oder Turnbull, je nachdem) zu sagen und zog so die Grenze zwischen einem Marinetag und dem nächsten.

Im allgemeinen stimmten die Ablesungen vom Master und von Grant bis auf wenige Sekunden mit Jacks eigenen überein, manchmal jedoch war Mr. Larkins Auge durch sein morgendliches Schlückchen getrübt, und dann ließ Jack lieber die eigenen Beobachtungswerte im Logbuch erscheinen. Für den Kenner sprach aus den nüchternen, lakonischen Aufzeichnungen, die normalerweise nichts außer Zahlen und dem einen oder anderen Unglücksfall enthielten, eine Andeutung von beinahe ekstatischer Freude angesichts der steten Folge von *Wetter gut, Wind frisch,* angesichts der glänzenden Etmale, nicht selten stolze zweihundert Seemeilen am Tag, und der rasch abnehmenden Breitengrade. *42° 5' N, 12° 41' W – 37° 31' N, 14° 49' W – 34° 17' N, 15° 3' W – 32° 17' N, 15° 27' W.* An diesem Punkt ließen sie Madeira mittags steuerbord querab liegen und passierten am nächsten Tag auch die Salvages-Inseln. Stephen schaute vom Großmasttopp wehmütig zu ihnen hinüber. Früher hätte er Jack angefleht, beizudrehen, diese wilde und gedankenlose Jagd nach Südsüdwest zu unterbrechen und ihm eine Gnadenfrist zu gewähren, sei es nur ein halber Tag, in der er sich die Insekten- und Arachnidenpopulation dieser höchst interessanten Felsen genauer hätte betrachten können – jetzt aber sparte er sich die Mühe. Er sparte sie sich auch, als die Spitzen der Kanaren Stunde um Stunde über den östlichen Horizont wanderten und der Pico de Teide von Teneriffa weit entfernt dort an Backbord emporragte. Aus langer, schmerzvoller Erfahrung wußte er, daß sein Bitten und Flehen nicht den geringsten Unterschied machte, sobald die Marineroutine ihr stetes Gleichmaß und damit das Gefühl niemals nachlassenden Zeitdrucks gefunden hatte.

Diese Routine hatte bereits weit vor den Salvages-Inseln eingesetzt. Obwohl der Hafenadmiral unter der Besatzung der LEOPARD ziemlich gewütet hatte, besaß immer noch ein ungewöhnlich hoher Anteil der Crew Kriegsschifferfahrung, und diese Männer schlüpften in ihre vertraute Lebensweise, sobald Kap Finisterre achtern lag und das Deck nach dem Sturm aufgeklart worden war. Sie zogen alle Grünschnäbel mit. Die prächtige Serie von Etmalen von der Höhe von Finisterre bis hinunter zum nördlichen Wendekreis – nur ein einziger windstiller Tag, sonst nahezu durchgängig starker und stetiger achterlicher Wind – machte alles einfacher, und noch vor dem zweiten regulären Schiffsgottesdienst schienen die naßkalten Nebel von Portsmouth einer anderen Welt anzugehören. Noch vor Tagesanbruch wurden die Decks geschrubbt, mit Sand gescheuert und trockengewischt, dann wurden die Hängematten an Deck gebracht; Jack nahm mit Stephen und oft auch mit dem Offizier der

Morgenwache sowie einem der Fähnriche das Frühstück ein und führte danach die Jungspunde durch das Labyrinth von Mackays Werk über die Längengrade; Stephen und Martin machten ihre Runde und die Gefangenen ihre Freiübungen an Deck; ein ums andere Mal wurde das Halbstundenglas gewendet, die Glocke geschlagen, wurden die Wachen gewechselt und vier warme Mahlzeiten in Folge aufgebackt: in der Mannschaftsmesse, bei den Gefangenen, in der Offiziersmesse und beim Kommandanten; der Nachmittag zog sich hin bis zur ersten Hundewache, dann folgte Antreten auf Station. Bevor die Hängematten wieder unter Deck gebracht wurden, beschloß die abendliche Schießübung den Tag. Jack war ein vergleichsweise wohlhabender Kommandant und konnte die hundert Schuß pro Kanone, die zusammen mit dem dazugehörigen Pulver von den Behörden bewilligt wurden, selbst ergänzen. So verging kaum ein Tag, ohne daß die LEOPARD in der Dämmerung ein oder zwei ohrenbetäubende Schüsse mit hellroten Flammenzungen abgefeuert hätte. Zu Beginn der Reise hatte er praktisch für jedes Stück gute Stückführer gehabt, dazu bei mehr als jeder zweiten Kanone eine fähige Stückmannschaft, und sein Ziel war es, bei Überquerung des Äquators alle fünfzig Stücke in den Händen exzellenter Crews zu wissen. Er war nämlich zutiefst davon überzeugt, daß alles seemännische Können auf der Welt, ein Schiff für den Angriff auf den Feind geschickt in Schußweite zu manövrieren, nur wenig nützte, wenn die großen Kanonen ihn nicht schnell und hart treffen konnten.

Sehr bald schon kehrten Gleichmaß und Routine an Bord ein, und die Seeleute, die nicht verpflichtet waren, tägliche Aufzeichnungen zu führen, konnten die Tage nur durch besondere Ereignisse auseinanderhalten: Gottesdienst, Waschtag (dann wurden auf der LEOPARD vorne und achtern Leinen aufgespannt und die saubere Wäsche zum Trocknen aufgehängt, was ihr ein seltsam unkriegerisches Aussehen verlieh, zumal etliche Exponate Frauenkleider waren) oder auch das ominöse Pfeifensignal »Besatzung antreten zum Strafvollzug«, was bedeutete, daß Samstag war, denn auf der LEOPARD wurden Strafen nur einmal in der Woche vollzogen. Tag für Tag erging sich Mrs. Wogan auf der Poop, ab und zu mit ihrer Dienerin, oft mit Dr. Maturin, immer mit Hund

und Ziegenbock. Sie hätte aber ebensogut ein Geist sein können, der unbemerkt von allen das Achterdeck heimsuchte, so wenig Aufsehen erregte sie jetzt. Nicht nur hatte Kapitän Aubrey nämlich besonders strikte Befehle gegeben, was Anstarren und jede Art von Kommunikation mit und ohne Worte anging, sondern es hatte sich in der Offiziersmesse und im Fähnrichslogis, ja überall auf dem Schiff, auch die Meinung verbreitet, Mrs. Wogan sei Eigentum des Doktors. Mit ihm wollte sich niemand anlegen. Jedoch wäre »unbemerkt« etwas übertrieben: In dem Maße, wie die Entfernung zum Festland zunahm, wuchs auch die generelle Begierde nach Frauen, und eine so ungewöhnlich hübsche Frau, deren Aussehen sich seit ihrem ersten Auftreten zumal noch verbessert hatte, mußte einfach zum Gegenstand vieler versteckter Blicke und sehnsüchtiger Seufzer werden.

Trotz aller Routine verliefen die Tage nicht ereignislos. Unter vollen Segeln und einem Kommandanten dahinzuschießen, der es liebte loszupoltern und dessen Impulsivität ihn zuweilen fast übereilt handeln ließ, schuf eine kontinuierliche Spannung auf dem Schiff. Jeden Moment konnte sich irgendein Versehen der Werftarbeiter zeigen. Tatsächlich riß einmal eine Großmasttalje ohne Vorwarnung, ein andermal sprangen die nicht richtig verzapften Fische der Großmarsrah heraus, und die Rah mußte in aller Eile abgeschlagen werden. Zwar hatten sie seit Verlassen der Küstengewässer nichts außer einer fernen und weit in Luv stehenden Schebecke gesehen, aber jederzeit konnte ein feindliches Schiff über der Kimm auftauchen, was bei einem Kriegsschiff ein Gefecht, bei einem Handelsschiff dagegen möglicherweise ein Vermögen bedeutete. Und selbst an dem einzigen Tag mit Flaute gab es eine vergnügliche Abwechslung.

Zufällig war gerade Samstag, Gerichtstag, und bei sechs Glasen der Vormittagswache schrillten die Pfeifen des Bootsmanns und seiner Gehilfen das unheilvolle Kommando durch das Schiff. Die Mannschaft strömte nach achtern, wo sich jede Wache in einem ungeordneten Haufen auf ihrer jeweiligen Seite des Achterdecks zusammenfand. Nichts konnte die Männer dazu bewegen, eine geordnete Gruppe zu bilden oder die Hände aus den Taschen zu nehmen, nichts außer der Musterung. In lässiger Haltung standen sie herum und betrachteten die Seesoldaten in ihrer scharlachroten Perfektion, wie sie mit aufgepflanzten Bajonetten an der Gräting am Abriß der Poop standen, besahen sich die hinter ihrem Kapitän versammelten Offiziere und jungen Gentlemen, die alle die goldbetreßten Hüte und Degen oder Seitengewehre trugen. Der Wachtmeister führte die Gefangenen vor: drei Fälle von Trunkenheit – eine Woche keinen Grog und vier, sechs und acht Stunden an den Lenzpumpen während ihrer Freiwachen. Dann ein Türke, den man beim Stehlen von vier Pfund Tabak und einer silbernen Uhr erwischt hatte. Die Uhr gehörte Jacob Styles, dem Schotenmeister. Die Sachen wurden vorgelegt, ihr Besitz beeidet, der Fall war klar, der Gefangene stumm.

»Möchte einer seiner Offiziere etwas zu seinen Gunsten vorbringen?« fragte Jack. Mr. Byron machte geltend, der Mann sei Eunuch, die Uhr defekt. »Das geht nicht an«, sagte Jack. »Seine – seine Aussichten in ehelicher Hinsicht tun hier nichts zur Sache, ebensowenig der Zustand der Uhr.« Zum Türken gewandt: »Ausziehen.« Zum Quartermaster: »Binden Sie ihn an.«

»Ist angebunden, Sir«, sagte der Quartermaster. Der Türke hing mit ausgebreiteten Armen und Beinen an der Gräting.

Jack und alle Offiziere nahmen ihre Hüte ab, der Schreiber reichte Jack das Buch, aus dem er den dreißigsten Kriegsartikel vorlas: »Wer als Angehöriger der Flotte irgendeine Art von Diebstahl begeht, wird mit dem Tode« – eine furchteinflößende Pause – »oder auf eine andere Weise bestraft, die ein Kriegsgericht nach Erwägung der Umstände des Falles festlegen wird.« Er setzte seinen Hut wieder auf und sagte: »Neun Schläge. Skelton, tun Sie Ihre Pflicht.«

Der Bootsmannsgehilfe entnahm einer Tasche aus rotem Fries die Katze. Neun herzhafte Schläge, neun entsetzliche Falsettschreie folgten, hinreichend schrill und laut, um diesen Tag von den anderen als ziemlich außergewöhnlich abzuheben und den Teil der Schiffsbesatzung zufriedenzustellen, der an Stierkampf, Bärenhatz, Preiskämpfen, an Prangern und Galgen Gefallen fand. Dies traf auf vielleicht neun von zehn der Anwesenden zu. Als nächster kam Herapath, Vortoppmatrose, Steuerbordwache, Vergehen: Abwesenheit bei der Wachantrittsmusterung am Freitagabend. Er war blaß, wozu er auch allen Grund hatte, weil die Backskameraden ihm seit seinem Fehltritt nach Kräften zu Leibe gerückt waren: So etwas sei auf einem Schiff das schlimmste Verbrechen von allen, hatten sie ihm mit ernster Miene erzählt, die Strafe dafür seien fünfhundert Schläge, gefolgt von einmal Kielholen, wenn einem denn das Glück hold war. Vor allem aber hatte er gerade erstmals in seinem Leben – Jack ließ selten und nur bei Diebstahl auspeitschen – die spektakuläre Wirkung der Katze gesehen und gehört.

»Haben Sie irgend etwas zu Ihrer Verteidigung zu sagen?« fragte der Kapitän.

»Nichts, Sir, außer daß ich mein Fehlen zutiefst bereue.«

»Können seine Offiziere für ihn sprechen?« Babbington gab an, Herapath habe sich bis dahin nichts zuschulden kommen lassen, er zeige sich willig und gehorsam, wenn auch ungeschickt; zweifellos würde er sich in Zukunft Mühe geben. Jack legte daraufhin Herapath die Dummheit und Niedertracht seines Verhaltens dar, bemerkte, daß auf dem Schiff ein schönes Durcheinander herrschen würde, wenn jeder sich so verhielte, wies ihn an, sich Mr. Babbingtons Worte zu Herzen zu nehmen und von jetzt an mehr Diensteifer zu zeigen, und ließ ihn wegtreten.

Als die LEOPARD später am Tag geisterhaft über eine glasige See glitt, mit gerade genug Wind in der Höhe, um ihre Royals zu bauschen, ließ Jack die Jolle wegfieren, um eine Runde um das Schiff zu drehen. Er wollte einen genauen Blick auf ihren Trimm werfen und ein Bad nehmen. Ungefähr zur selben Zeit hatte Michael Herapath zur Erleichterung seines Gewissens beschlossen, mehr Diensteifer zu zeigen und die Grundlagen seemännischen Handwerks zu lernen. Schlank und leicht, wie er war, hatte man ihm den Fockmars zugewiesen, genauer, die Rahen oberhalb davon, aber bis jetzt hatte der Einäugige Miller, Vormann der Vortoppgasten, ihn nicht höher hinauf geschickt als in den Topp, um dort genau nach Kommando mit dem Tau zu hantieren. Jetzt näherte er sich Miller, der auf der Back saß und sich eine Segeltuchhose schneiderte, umgeben von anderen, die dasselbe taten, sich Hüte aus Tauwerk machten oder, in Vorbereitung auf die Wachmusterung und den Gottesdienst am nächsten Tag, ihre Seemannszöpfe auf Vordermann brachten. »Mr. Miller«, begann er, »mit Ihrer

Erlaubnis würde ich gern hoch zur Bramrah.« Miller war ein Cousin von Bonden, und dieser hatte bei ihm für Herapath ein gutes Wort eingelegt. »Ein armes Schwein, meint es aber gut.« Miller war sowieso ein gutwilliger Mensch, und so wandte er ihm sein abschreckendes Gesicht zu, entstellt durch pockenähnliche Narben, die eine explodierende Kartuschenkiste hinterlassen hatte, strafte Herapath mit einem funkelnden Blick voll gutmütiger Verachtung aus dem einen Auge und sagte: »Nun, mein Junge, ich werd' schon wen finden, der dich nach da oben mitnimmt. Hättest keinen schöneren Tag finden können, windstill, wie es ist. Da oben fällt heute nich' mal ein neugeborenes Lamm von der Rah, nehme ich an. Sieh dich aber vor mit deinen Händen, der Erste mag kein Blut auf den Fußpferden.« Tatsächlich hatten die rauhen Taue in Herapaths zarten Handflächen tiefe Spuren hinterlassen, und die Gefahr bestand, daß er geradezu unanständige Flecken hinterlassen würde. Miller blickte suchend von einem der Paare, die sich emsig abwechselnd die Zöpfe flochten, zum anderen und blieb schließlich bei einem jungen Seemann hängen, der seine Haare nach der neuen Mode kurz trug. »Joe«, rief er, »bring mal Herapath nach oben. Zeig ihm, wo die Füße hinkommen und so, und wie sich's auf der Rah läuft. Und keine von deinen Scheiß-Zirkusnummern da oben.« Sanft fügte er hinzu: »Dann, so denke ich, wird er dir was von seinem Abendgrog abgeben.«

Höher und höher stiegen sie, ließen den Topp hinter sich, kletterten vorbei an den Dwarssalings und noch höher, während sich der Horizont ins Unendliche weitete. Joe glitt leichtfüßig voran und »half Herapath auf die Füße«, wie er lachend meinte. Als sie die Bramrah erreicht hatten, hielten sie kurz inne, um ein paar Jungspunde vorbeizulassen, die in den Royals herumtollen wollten. Joe zeigte ihm, wie man eine Rah entlangläuft. »Und jetzt zur Oberbramsaling«, sagte Joe. »Aufgepaßt dort, mein Freund. Fußpferde gibt's da keine mehr.«

Da war sie, die Rah der Fockmastroyals: sechs Zoll Durchmesser am Mast, kaum Halt für die Füße und die unglaubliche Weite der See zu beiden Seiten, das Himmelsrund über, die Masse der Segel unter sich. »Herrlich ist das hier!« rief Herapath. »Ich hatte ja keine Vorstellung . . .«

»Sieh mir zu, wie ich zum Mastknopf hochklettere.«

»Ich werde hinausgehen auf die Rah«, sagte Herapath. Was er auch tat, und Joe, der eben den Mastknopf erreicht hatte, sah gerade noch, wie er den Halt verlor, blickte in Herapaths Gesicht, das beängstigend schnell entschwand und ihm dabei mit dem Ausdruck tiefsten Entsetzens zugewandt blieb. Herapath traf im Fall steuerbords auf das Vor-Bram-Geitau, wurde durch den Schlag weit vom Fockmarssegel weggeschleudert und landete mit einem gewaltigen Platsch im Wasser. Sofort schrie Joe mit sich überschlagender Stimme »Mann über Bord«, und augenblicklich pflanzte sich der Ruf an Deck fort. Seeleute strömten auf die Back, ihre langen Haare im Wind wehend; ein Seesoldat warf einen Schwabber und eine Pütz ungefähr dorthin, wo Herapath untergegangen war.

Als Jack den Schrei hörte, war er bereits splitternackt. Er glitt vom Dollbord in das klare Wasser, entdeckte den Körper, der in überraschender Tiefe nur noch undeutlich zu sehen war, holte ihn hoch, schwamm mit ihm zum jetzt bereits hundert Yards entfernten Schiff, brüllte nach einer Leine, mit der ein besinnungsloser Herapath über die Bordwand gehievt wurde, und folgte dann selbst. »Mr. Pullings«, rief er wutentbrannt. »Sorgen Sie dafür, daß dieses infernalische Geschrei aufhört, und zwar augenblicklich. Jedesmal der gleiche gottverdammte Blödsinn, wenn ein Mann über Bord geht. Ein verdammter Haufen von dämlichen Idioten seid ihr. Ab mit euch nach vorne und Ruhe an Deck!« Dann, in normaler Lautstärke: »Den Doktor zu mir.« Stephen hatte bei Mrs. Wogan auf der Poop gestanden, und als Jack nach ihm Ausschau hielt, traf ihn ihr erstaunter Blick. Jack errötete wie ein kleiner Junge, griff sich den vollständig bekleideten Pullings als Schutzschild und beeilte sich, durch die Hauptluke unter Deck zu kommen.

Dieses Ereignis löste an Bord beträchtliche Heiterkeit aus, zog allerdings für einige Männer Disziplinarstrafen nach sich: Entzug der Grogration wegen gottverdammten Blödsinns, ein Vergehen strafbar gemäß Artikel sechsunddreißig: »Alle weiteren nicht kriminellen Vergehen, die von irgendeiner der Flotte angehörenden Person begangen und in dieser Vorschrift bisher nicht erwähnt oder mit Strafzumessung belegt wurden, sollen gemäß der Gesetze und Gebräuche bestraft werden, die in solchen Fällen auf See üblich sind.« Dieser Artikel war auch als »Kommandantenmantel« bekannt, als Umhang für alle Fälle. Ansonsten erregte die Rettung eines Ertrinkenden durch den Kapitän kein weiteres Aufsehen: Man nahm sie als selbstverständlich hin, hatte er doch, wie in der Flotte bestens bekannt war, bereits ungefähr einem Dutzend Seeleuten das Leben gerettet, wobei die meisten, wie er offen zugab, die Mühen nicht wert gewesen waren. Zwei davon befanden sich jetzt gerade an Bord der LEOPARD, der eine ein Finne, der nur Finnisch sprach, der andere ein harter und zutiefst einfältiger Mann namens Bolton. Der Finne sagte nichts, in Bolton dagegen wuchs eine unheilvolle Eifersucht auf Herapath, und er zog über dessen tollkühne Vermessenheit, niederträchtigen Charakter und verachtenswertes Äußeres mit unschönen Worten her. »Er wird's überleben, glaubt mir«, sagte er. »Er wird's überleben, aber nur, bis sie ihn an seinem verdammten Hals aufhängen – jedenfalls wäre er dem Galgen entgangen, wenn sie ihn gelassen hätten, wo er war, die Kröte.«

»Klar wird er's überleben«, erwiderten seine Deckskameraden. »Hat ihm der Doktor nicht den Wanst wieder trockengelenzt und die Gaffel mit Arznei durchgespült?« Es schien ihnen zur natürlichen Ordnung der Dinge zu gehören, daß Dr. Maturin alle Patienten in seiner Obhut am Leben erhielt. Schließlich war er ein richtiger Arzt, nicht bloß einer dieser gewöhnlichen Knochenflicker – hatte Prinz Billys Leiden kuriert, Admiral Keith den Wurm gezogen und ihm einen Stopper auf die Gicht gesetzt – ein Arzt, der dich für weniger als eine, fünf, ja zehn Guineen pro Nase an Land nicht einmal ansehen würde.

Der Vorfall schlug keine hohen Wellen, er tauchte nicht im Logbuch auf und fand auch keine Erwähnung, als Jack den Brief an Sophie fortsetzte.

> *An Bord der* LEOPARD *im Hafen von Porto Praya*
> *Hier sind wir nun, meine allerliebste Seele, aber es ist nicht*
> *Madeira und auch nicht Gran Canaria, sondern St. Jago. Die*
> *Kapverden, da wirst Du staunen, glaube ich. Der Wind stand so*
> *günstig und blies so stetig seit Verlassen der Biskaya, daß ich ihn*
> *einfach ausnutzen mußte. So haben wir dann auch tatsächlich*

den Nordostpassat viel weiter oben erwischt, als ich erwartet hatte, und nach sechsundzwanzig Tagen den Wendekreis des Krebses hinter uns gelassen – dabei ist die langweilige Zeit im Kanal mitgerechnet, als wir beidrehen mußten. Abgesehen von dem neumodischen Achtersteven und seinen Fingerlingen, die uns ein wenig Sorgen bereiten, gefällt mir die LEOPARD außerordentlich gut: Sie segelt mit raumem Wind genauso gut wie die SURPRISE, geht schnell über Stag, liegt gut am Ruder, und wenn wir erst einmal ein paar Tonnen von unseren Vorräten aufgezehrt haben, dann wird sie so schön wenden wie nur irgendein Schiff in der ganzen Flotte. Im Moment ist sie noch hecklastig und daher ein wenig träge. Kurz: Sie ist mehr, als ich erwarten konnte, und ich habe eine Menge erwartet. Die meisten vom neuen Teil der Mannschaft machen sich gut, und meine alten Schiffskameraden sind das, was sie immer waren, Seemänner durch und durch, aufmerksam im Dienst und nur etwas zu sehr dem Alkohol zugetan, sobald Gelegenheit dazu ist. Leider gibt es hier auf der Insel eine Brennerei, aber ich tue, was ich kann, um sie davon fernzuhalten.

Tom Pullings hält das Schiff erstklassig in Ordnung. Er nimmt mir fast die ganze Arbeit ab, und ich werde faul und fett. Stephen und ich haben schon so manches schöne Konzert zusammen gespielt. Seine seelische Unruhe scheint sich etwas gelegt zu haben, auch liegt ihm die Hitze hier. Mich hat sie fast umgebracht, als ich in voller Montur dem Gouverneur meinen Besuch abstatten mußte. Im Schweiße meines Angesichts schleppte ich mich einen hundsgemein steilen Pfad durch die Klippen hoch, rings um mich Schwärme von Eidechsen, die in der Sonne japsten. »Was war das für eine Art Eidechsen, Jack?« hat mich Stephen gefragt. »Lizardi percalidi« habe ich geantwortet und meinte damit: verd...t heiße Eidechse.

Ich glaube, ich habe falsch damit gelegen, in unserer Gefangenen das genaue Ebenbild von Diana zu sehen. Stephen hat den Unterschied sicher von Anfang an gewittert, und jetzt ist er auch mir klar. Auf der anderen Seite gleicht sie wieder sehr der Frau, die wir in der Gruppe um Lady Conyngham beim Rennen gesehen haben und deren Kleider Dir aufgefallen sind. Vielleicht ist sie es. Haut und Haare wie die von Diana, ansonsten ist sie anders. Zunächst einmal ist sie nicht so groß, dann geht sie einen nicht derart scharf an, und schließlich hat sie so ein Lachen, das fängt ganz leise an und hört überhaupt nicht mehr auf – ich habe schon das ganze Achterdeck grinsen sehen und mußte mich selbst in den Wind drehen, um mein Gesicht nicht zu zeigen. Viel Grund zum Lachen hat sie nicht, die Arme, aber wenn Stephen bei ihr auf der Poop ist, kann sie gar nicht mehr damit aufhören, so daß sogar Stephen sein komisches Krächzen hören läßt. Soweit ich mich erinnere, habe ich Diana noch nie lachen hören, jedenfalls nicht aus vollem Herzen wie Mrs. Wogan. Daher nehme ich an, er denkt nicht mehr allzu viel an sie. Zur Zeit ist er aber gerade einigermaßen verärgert, weil er hin- und hergerissen ist zwischen dem Wunsch, auf St. Jago und den anderen Inseln herumzuspazieren – eine davon rühmt sich einer besonderen Art von Papageientauchern –, und der Pflicht diesen unglückseligen Kreaturen gegenüber, die wir nach Neu-Holland bringen müssen. Ein Paar von denen sind immer noch krank, und er kann nicht herausfinden, was ihnen fehlt.

Viel verpaßt er allerdings nicht, wenn er an Bord bleibt. Diese Inseln sind nämlich wirklich ganz besonders schwarz und trostlos, weil sie früher Vulkane waren und eine starke Neigung zeigen, wieder Vulkane zu werden. Beim Einlaufen sahen wir, wie über Fogo – das liegt etwa vierzig Seemeilen westsüdwestlich von hier – eine dünne Rauchwolke aufstieg. Gestern bin ich an Land gegangen. Ich wollte mir einmal die Beine vertreten und vielleicht ein paar Wachteln fürs Dinner sowie einige interessante Vögel oder Affen für Stephen schießen. Ich nahm Grant mit, in der Hoffnung auf besseres Wetter zwischen uns, aber das hat wohl mehr geschadet als genützt. Wir plackten uns jedenfalls Meile um Meile über nichts als Bimsstein und Lava mit dann und wann einem Grashalm dazwischen, aber zurückgebracht haben wir überhaupt nichts, nur zwei üble Launen. Sehr heiß ist uns geworden, und wir waren staubig und erschöpft und durstig – es gab nicht einmal einen einzigen Tropfen Wasser in den knochentrockenen Flußbetten –, und die ganze Zeit über hat er mir Orte gezeigt, an denen er Trappen und Perlhühner gesehen hat, als er *zuletzt hier war. Immer wieder schlug er einen anderen Pfad vor, den wir nehmen sollten, so als gehöre die Insel ihm, und ganz nebenbei ließ er fallen, er an meiner Stelle wäre mit dem Schiff näher an der Wasserstelle vor Anker gegangen. Aber trotz all seiner Ortskenntnis haben wir uns letztendlich verlaufen, mußten zur Küste hinunter und über die glühendheißen Felsen klettern, um das Dorf zu erreichen. Seine Flinte ist ihm heruntergefallen, dabei wurde das Zündschloß beschädigt, und er wurde immer mürrischer in der Hitze; trotzdem habe ich mein Bestes getan, um die Geduld mit ihm nicht zu verlieren. Du wärest stolz auf mich gewesen, Sophie. Er ist zehn oder fünfzehn Jahre älter als ich, ein sehr guter Navigator, dem man übel mitgespielt hat. Und doch wußte ich schon bei unserem ersten Treffen an Bord, daß es nicht gutgehen würde: Kein Schiff kann zwei Kapitäne haben. Durch das lange eigene Kommando, diese bemerkenswerte Reise mit der* LADY NELSON *und die Kenntnis der Gewässer dort unten ist er für Unterordnung zu groß geworden. Vielleicht gäbe er einen guten Kommandanten ab, aber für einen Zweiten Offizier ist er zu alt und zu weit oben auf der Leiter. Ach, hätte doch die Admiralität meinem Wunsch entsprochen und mir Richardson oder Ned Summerhayes gegeben – aber wenn Schweine Flügel hätten, dann bräucht' das Haus auch kein Dach mehr, wie man so sagt. Stephen teilt meine Meinung, denke ich, aber natürlich kann ich mit ihm nicht über meine Offiziere sprechen, da er ja die Messe mit ihnen teilt. Tatsächlich kann ich mit überhaupt niemandem über sie sprechen, außer mit Dir, Liebes. Und im Vertrauen sage ich Dir, daß ich froh sein werde, wenn Turnbull am Kap von Bord geht und der junge Mowett zurückkehrt. Grundgütiger, was für ein undankbarer Kerl ich doch bin! Da habe ich ein, zwei Offiziere, einen Master und einen Bootsmann, mit denen ich nicht besonders zufrieden bin, andererseits habe ich doch Pullings und Babbington, zwei gute Mastergehilfen, vier oder fünf ordentliche Fähnriche, einen Zimmermann und einen Stückmeister erster Güte, und fast die halbe Besatzung sind Männer, wie ich sie mir nicht anders wünschen könnte. Den allermeisten Kommandanten geht es mit einem neu in Dienst gestellten Schiff nicht so gut. Außerdem ist das hier die*

reinste Erholung, verglichen mit vorher, als ich Geschwader-
kommandant war und eigenwillige Schiffskommandanten zu
führen hatte, die alle der Teufel ritt, einen mehr als den anderen.
Damit verglichen, ist dies hier geradezu ein Picknick auf See.

Meine Liebste, seit Niederschrift dieser Zeilen ist die PHOEBE
eingelaufen. Sie kommt vom Kap, geht nach England und ist
knapp an Wasser. Ich gebe diese Briefe Frank Geary mit, der
befehligt sie jetzt (der arme Deering und die Hälfte seiner
Besatzung sind am Gelben Jack gestorben, als das Schiff bei den
Leeward-Inseln stationiert war). Du wirst sie, zusammen mit
meiner ganzen Liebe, also viel früher erhalten, als ich zu hoffen
wagte. Bevor ich's vergesse, hier ist die Vollmacht, damit Du
meinen Sold beziehen kannst, und noch ein Brief für Kimber.
Lies ihn ihm bitte vor, sei so gut: Er soll sich auf das absolute
Minimum beschränken, wie wir's vereinbart haben. Und noch
einer für Collins, wegen der Pferde. Erinnere ihn daran, von
Wilcox Heu zu kaufen, und sorge dafür, daß es aufgesetzt und
gut abgedeckt wird (Carey ist der Richtige dafür), und zwar
in der Ecke zwischen den neuen Ställen und dem Wagenschup-
pen.

Gott segne Dich, Sophie, und gib den lieben Kindern einen Kuß
von mir. Wenn ich daran denke, daß George schon in Hosen
herumlaufen wird, bevor ich ihn wiedersehe, dann sinkt mir das
Herz. Aber bei unserer gegenwärtigen Geschwindigkeit werde ich
vielleicht rechtzeitig zu Hause sein, um ihn zu seinem ersten
Ausritt aufs Pony zu setzen – vielleicht auch rechtzeitig für Mr.
Stanhopes Jagdhunde.

Ganz rasch noch, meine Liebe, denn mein Bootsmann steht schon
in der Kajütentür und kocht vor Wut. Wahrscheinlich hat er
unsere Kabel irgendeinem Halunken an Land verkauft und will
jetzt, daß ich das Feld räume, damit er sie abliefern kann.
Wirklich, er treibt es zu bunt mit der Korruption, ich werde ihn
mir mal vorknöpfen müssen.

Sei also erneut meiner allerzärtlichsten Liebe versichert,

                Dein Dir immer treuer und verbundener
                               Jno Aubrey.

Während Jack diese Zeilen schrieb, befand sich Stephen auf Landgang mit Mr. Fisher. Sie besichtigten die Kirche und trafen dort auf den Priester, mit dem sie auch gleich ins Gespräch kamen. Sein Name war Pater Gomes, er war ein kleiner, dicker, älterer Mischling mit sehr dunklem Gesicht. Durch die weißen Haare wirkte seine Tonsur fast schwarz. Er gehörte zu den Menschen, die Güte geradezu ausstrahlen, und wurde offensichtlich von seiner Gemeinde geliebt und geehrt: Auf seinen Wunsch hin unternahm es einer von ihnen, Stephen drei Säcke voll Brechnüsse zu besorgen. Diese wuchsen auf der Insel in seltener Qualität, und man wollte ihm Nüsse aus der neuen Ernte besorgen, die auf dem freien Markt noch nicht erhältlich waren. Ein anderer bot an, ihn zu dem Haus eines Cousins zu führen, denn dort wollte er den vom Doktor beschriebenen Vogel oft gesehen haben. Sein Cousin verkaufte junge Papageientaucher fäßchenweise, junge Küken aus dem Nest, in Salzlake eingelegt, die man auch in der Fastenzeit essen könne, und als Zeichen habe er einen ausgewachsenen Vogel an seine Haustür genagelt.

Stephen ließ den Kaplan und den Priester in der Kühle des Kirchenportals zurück. Fishers englische Aussprache des Lateinischen ließ seine Worte für einen Portugiesen zum Teil unverständlich werden, und die Frömmigkeit von Pater Gomes war um so vieles größer als seine Gelehrsamkeit, daß ihm häufig das gesuchte Wort nicht einfiel. Und doch konnte man sicherlich nicht sagen, sie hätten einander nicht verstanden, so viel, wie beide redeten. Wie es Stephen schien, verständigten sie sich durch Intuition.

Die Qualität der Brechnüsse erwies sich als hervorragend, der Papageientaucher als echter Branco-Papageientaucher und nicht, wie Stephen befürchtet hatte, als Kormoran oder Möwe. Eine prächtige Erwerbung hatte er da gemacht, aber in einem derart fortgeschrittenen Zustand der Zersetzung, daß er sich beeilen mußte, den Vogel an Bord zu bringen, bevor er sich in seine Einzelteile auflösen würde. Stephen sah kurz nach seinen Patienten, wechselte einige Worte mit Martin und zog sich dann mit dem Vogel in seine Kabine zurück. Er beschrieb im Tagebuch exakt Federkleid und äußerlich sichtbare Körperteile und legte das Tier dann rasch für eine spätere Sezierung in Weingeist ein, wobei ihm der Gestank fast den Atem raubte.

Dann zündete er sich eine Zigarre an und überlegte ein wenig, bevor er weiterschrieb: »Dank dieses liebenswürdigen Priesters kann ich jetzt ohne Bedauern der Ilheu Branco adieu sagen. Es hat mir gutgetan, ihn zu sehen, ist er doch erst ungefähr der dritte heilige Mann, der mir je begegnet ist. Wie sie doch alles überstrahlt, diese seltenste aller Eigenschaften. Auch Fisher hat sie bemerkt. Ein armer Hund ist das, es geht ihm gar nicht gut, soviel ist mir klar. Worin aber die Ursache seiner Sorgen liegt, kann ich beim besten Willen nicht sagen. Es täte mir leid, wenn es etwas so Banales wäre wie eine Franzosenkrankheit, die er geheimhalten möchte, obwohl ich derartige Leiden, bei Gott, oft genug zu Gesicht bekommen habe, und zwar bei allen Dienstgraden und Ständen. Der alte Adam in uns ist eben mächtig und drängt zur unpassendsten Zeit heraus.

Quaere: Könnte P. Gomes das Herz eines Mannes wie Grant erweichen? Falls dafür Zeit bleibt, werde ich einmal den Versuch machen. Ein zutiefst verbitterter Mann. Hat lange und aufopferungsvoll gedient, ohne Anerkennung dafür zu finden, und mußte seine Hoffnungen über vielleicht fünfundzwanzig Jahre immer wieder neu begraben. Wie er sich an J. A. reibt! Meines Wissens hat er keinerlei Gefechtserfahrung, Jacks Körper hingegen ist über und über mit Narben bedeckt, die für alle augenfällig machen, daß er kampferprobt ist. MacPherson lenkte unsere Blicke darauf, als Jack sich einmal auszog, um im Meer zu baden. Die jungen Gentlemen starrten ihn voller Ehrfurcht an, Grant dagegen rief in höchster Erregung: ›War alles nur Glück, nichts als Glück – niemand hat Einfluß darauf, ob er verwundet wird oder nicht –, es gibt Männer, die haben allen Mut der Welt und stehen ihren Mann im Kampf, ohne je eine Wunde als Beweis davonzutragen.‹ Er sieht eine allgemeine Verschwörung in Whitehall und anderswo als Grund dafür an, daß er nicht befördert worden ist, vermutet Eifersucht dahinter sowie seine niedere Herkunft. ›Wäre mein Vater ein Gentleman vom Lande, General oder Parlamentsabgeordneter gewesen (letzteres eine deutliche Spitze gegen J. A.), ich hätte schon seit fünfzehn Jahren oder länger Vollkapitän sein können, mit meinem Namen auf der Liste und allem.‹ Eigentlich müßte ihm klar sein, wie schwachsinnig dieses Argument ist, hat er doch unter Admiral Troubridge gedient, und dessen Vater war Bäcker. Wie bei den meisten Seeleuten, ist auch bei ihm der Horizont außerhalb des Berufs äußerst beschränkt. Zwar hat er einiges gelesen, mehr noch als die meisten seiner Zunft, aber das kommt zu spät, um noch eine gute Grundlage zu legen. Jedoch glaubt er, niemand außer ihm habe je irgend etwas gelesen, folglich ist er ein wahres Füllhorn unerbetener Informationen. An Bescheidenheit läßt er es mangeln – dafür verfügt er über Selbstzufriedenheit im Übermaß. Sicherlich hat er eine Reise gemacht, die volle Bewunderung verdient, aber wenn man ihn davon reden hört, könnte man meinen, daß er Neu-Holland wie auch Van-Diemens-Land eigenhändig entdeckt habe, was ja nicht gerade der Fall ist. Andererseits gibt sogar J. A. mit seinen sehr strengen Maßstäben zu, daß er ein Seemann allerersten Ranges ist. Auch wirkt er äußerst gewissenhaft und pflichtbewußt: Seine alte Mutter und zwei unverheiratete Schwestern leben von seinem Leutnantssold von acht Guineen im Monat. Zoten hört man von ihm nicht, auch versucht er, obszönes Gerede unter den Offizieren von der Marineinfanterie zu unterbinden. Ein genauer und förmlicher Mann, den keine der drei Grazien je geküßt hat. Am besten versteht er sich mit Fisher, der hört sich seine Ausführungen über die pelagianische Häresie mit wundervoller Geduld an. Grant scheint die Bibel ebenso gut zu kennen wie die Kriegsartikel. Ich bin kein Theologe und kenne die Dogmen dieser jüngeren Sekten nicht; ich weiß nur, daß sie den, wie sie es zu nennen belieben, abscheulichen Aberglauben der Messe ablehnen. Meiner Erfahrung nach geht es ihnen jedoch vor allem um Ethik: Mystik und die alten frommen Rituale sind ihnen fremd, ebenso ihren respektablen und manchmal prachtvollen, modernen Versammlungshäusern. Also, was für einen Eindruck würde wohl eines ihrer strengeren Mitglieder von P. Gomes gewinnen?

Unmöglich zu sagen. Genausogut könnte ich versuchen, vorherzusagen, was das Krankenrevier der Gefangenen in den nächsten Tagen zu bieten haben wird. Die Prodromalsymptome sind so, daß ich mir eigentlich sicher sein könnte – zu sicher, leider –, wäre da nicht die lange Latenzzeit, die im Widerspruch zu allen mir bekannten Autoritäten von der Antike bis heute steht.

Nach so vielem, was ich nicht weiß, halte ich gerne fest, daß ich den unglückseligen Herapath erfolgreich ausgelotet habe. Er hat sich aus

Liebe zu Mrs. Wogan an Bord geschlichen. Wenn ich an sein Versteck denke, an diesen winzigen Raum zwischen zwei Fässern, in dem er es eine Woche lang ausgehalten hat, und wenn ich mir vor Augen rufe, was ihm bevorsteht, dann weiß ich nicht, was ich am meisten bewundern soll: seine Ergebenheit, seine Willenskraft oder seinen Wagemut. Es wäre nicht anständig von mir, ihm diese fatale Halsstarrigkeit vorzuwerfen, aber bedauern muß ich sie doch. Die Dame selbst läßt ein so starker Beweis der Anhänglichkeit keineswegs kalt – das erklärt die seltsame Szene, als ich erstmals mit ihr auf der Poop stand, eine Szene, der ich lange Zeit mit Vernunft nicht beikommen konnte.

Die Lösung des Problems begann mir zu dämmern, als ich H. im Halbdunkel des Korridors entdeckte, von dem Mrs. Wogans Kabine abgeht: Er kniete und machte als ein zweiter Pyramus Konversation mit ihr durch das Loch, das für ihren täglichen Bedarf benutzt wird. Ich habe mich hinter einem Schott, einer provisorischen Wand also, versteckt, um zu sehen, ob er es wirklich war. Es haben nämlich schon andere versucht, allen Verboten zum Trotz Verbindung mit der Frau aufzunehmen, und die Fähnriche vom Achtercockpit haben Gucklöcher in die Wand gebohrt, durch die sie die weiblichen Reize der Dame begutachtet haben. Aber es war Herapath. Die Konversation bestand von seiner Seite zum großen Teil aus nicht sonderlich originellen Koseworten, die aber offensichtlich ernst gemeint waren und dadurch recht rührend wirkten, sowie aus Liebesseufzern. Von ihr hörte ich wenig, abgesehen von diesem verrückten, endlos dahinplätschernden Lachen. Diesmal lag ein ganz großes Glücksgefühl in ihrer Heiterkeit, und es wurde sehr deutlich, daß die Bekanntschaft seit langem bestand, ihr Verhältnis ein enges und sie glücklich war, in diesem ganzen Elend einen Freund um sich zu wissen. So tief waren sie ineinander versunken, so fest hielten sie sich durch die Öffnung an den Händen, daß er einen Fähnrich nicht hörte, der vom Cockpit her durch den Korridor hastete. Ich hustete, um ihn zu warnen, aber vergebens – er wurde entdeckt. Auf die Frage, was er hier zu suchen habe, wurde er ganz konfus und antwortete, er habe sich unter Deck Hände waschen wollen, sich aber verlaufen. Der Fähnrich, der junge Byron, war nicht einmal unfreundlich. Er wies ihn auf seine Dienstpflicht hin; ob er denn nicht wisse, daß gleich Wachwechsel sei, fragte er ihn und meinte, selbst wenn er sich beeile, würde er die Wachantrittsmusterung mit Sicherheit verpassen.

Die schuldbewußten Blicke von Mrs. Wogan, die ich sofort anschließend aufsuchte, waren Bestätigung genug, hätte es einer solchen bedurft. Es gelang ihr zwar recht gut, ihre Hochstimmung zu verbergen, aber ihr Pulsschlag verriet sie. Ich denke jedoch, daß sie auch ohne unbeherrschbaren Puls höchstens eine durchschnittliche Agentin abgeben würde. Zweifellos ist sie talentiert dafür, bestimmten Quellen Informationen zu entlocken, sie bringt auch Entschlossenheit und Beherztheit mit, aber ohne intelligente Führung ist sie hoffnungslos verloren. Daß Schweigen mehr ist als Gold, hat ihr nie jemand gesagt; sie plappert ohne Ende vor sich hin, was sicher zum Teil die Ursache in ihren guten Manieren hat. Und Einfallsreichtum wie Erfindungsgabe sind kaum besser entwickelt als beim armen Herapath.

Unsere Bekanntschaft macht gute Fortschritte. Sie weiß, daß ich Ire bin und mein Vaterland gern unabhängig sähe; ebenso, daß mir jede Art von Unterwerfung anderer ein Greuel ist, also auch jede neue Kolonie. Und als ich ihr gegenüber meine Verärgerung darüber zum Ausdruck brachte, daß eben unsere LEOPARD im Jahre sieben die neutrale Fregatte CHESAPEAKE angegriffen, einige von der Mannschaft getötet und amerikanische Seeleute von irischer Herkunft in Dienst gepreßt hat – eine Tat, die beinahe zu einer Kriegserklärung geführt hätte, die in meinen Augen mehr als gerechtfertigt gewesen wäre –, da stand sie, glaube ich, kurz davor, eine Unvorsichtigkeit zu begehen. Sie warf mir einen flammenden Blick zu und warf den Kopf zurück, ich aber ging zu einem banaleren Thema über. *Festino lento*, wie Jack sagen würde. Ich wage zu bezweifeln, daß sie mir mehr verraten könnte als den Namen ihres Führungsagenten, aber auch darauf lohnt es sich zu warten. Selbst wenn es keine Verbindung zu Frankreich geben sollte: Der Gentleman und seine Freunde müssen beobachtet werden. Und wenn es der britischen Regierung gelingen sollte, den Amerikanern einen Krieg aufzuzwingen, indem sie diesen gegenüber weiterhin so ungeschickt und feindselig agiert, deren Handel abwürgt, Schiffe anhält und die Männer in eigene Schiffe preßt – wenn also eine solche Verbindung fast zwangsläufig entstehen sollte, dann muß dieser Anführer aus dem Verkehr gezogen werden. Sachte, ganz sachte: Mag sein, daß mir Herapath dabei gute Dienste leisten kann. Mein Geschäft ist mir des öfteren von Herzen zuwider, und von Zeit zu Zeit muß ich mir ins Bewußtsein rufen, was für eine monströse und unmenschliche Tyrannei Bonaparte zur Zerstörung Europas errichtet hat. Nur so kann ich die innere Contenance wahren und mich dem jungen, unschuldigen Mann gegenüber rechtfertigen, der ich einmal war.

Zu Louisa Wogan: Ich kenne mich selbst so wenig, daß mir ein gewisser Zuwachs an, sagen wir, Zärtlichkeit oder Wärme in unserem Verhältnis zueinander erst dann bewußt wurde, als diese neue Qualität durch das Auftreten ihres Geliebten beseitigt wurde. Nicht daß sie sich jetzt hart gezeigt hätte, keineswegs; es fehlt nur etwas, das sich schwer definieren läßt. Als sie noch ganz ohne Verbündeten in dieser düsteren, autarken, schwimmenden Welt dastand, die alle Sinne beleidigt, hat sie sich natürlich an das geklammert, was sich angeboten hat, und auf bezaubernde Art versucht, ihren Halt zu verbessern. Da sie ihren Geliebten nur sehr selten sehen kann, gehe ich davon aus, daß die Entfernung von mir nur vorübergehend ist. Zudem sieht sie sonst auch kaum jemanden außer ihrer Dienerin, und Mrs. Wogan kann mit der Gesellschaft von Frauen genausowenig anfangen wie Diana Villiers. Ich werde sie also im Auge behalten. Es gibt diese unerträglich einfältigen Gecken, die immer klagen, Frauen würden sie verfolgen. Man begegnet ihnen mit der gebührenden Verachtung, einer gehörigen Portion Unglauben und sonst nichts. Und doch könnte hier etwas passieren, was gewisse Ähnlichkeiten damit aufwiese, denn seit einiger Zeit schon ist mir klar, daß eine Avance meinerseits nicht gerade als Zumutung empfunden werden würde. Zudem regen sich auch in mir durchaus tiefere Gefühle, was wohl auch eine Folge meiner Enthaltsamkeit ist – Opium wirkt in jeder Form als Antiaphrodisiakum und hemmt das geschlechtliche Begehren. Verlangt es nicht also die Pflicht geradezu, daß ich es wieder nehme? Natürlich nur in Maßen und nicht, um einer Schwäche nachzugeben, sondern eher im Rahmen eines Forschungsprojekts, für das ein klarer Kopf unerläßlich ist. Eine wahrhaft teuflische Selbstsuggestion.

Man liest, daß der Mann in derartigen Fällen mit einer Zurückwei-

sung die Frau tödlich kränken könne. Das mag zutreffen, liegt aber
außerhalb meiner Erfahrung. Ich werde zwangsläufig an die Tatsache erinnert, daß alle Geschichten dieser Art von Männern erzählt
werden, die dem anderen Geschlecht gern einen maskulinen Appetit und Drang unterstellen. Ich für meinen Teil wage dies zu
bezweifeln – hat die dunkelhaarige Sappho denn ihren Phaon gehaßt? Jedenfalls: Alles dies trifft auf mich gar nicht zu. Ich bin für
sie kein Phaon, kein goldgelockter Jüngling, sondern ein möglicherweise nützlicher Verbündeter, Bezugsquelle für Dinge des täglichen
Komforts und eine gewisse, nicht sehr verläßliche Garantie auf die
Zukunft. Bestenfalls kann ich einen nicht unangenehmen Begleiter
abgeben, solange sich kein anderer finden läßt. Und doch schmeichele ich mir mit der Behauptung, eine gewisse ehrliche Zuneigung
ihrerseits zu spüren. Nicht das ganz große Gefühl, soviel steht fest,
aber es reicht, um mir vorstellen zu können, daß sie mich ohne
größere Opfer oder Verrat an eigenen Prinzipien in ihr Bett lassen
würde. Sie scheint nämlich diesen Betätigungen keine sonderliche
Bedeutung beizumessen, sondern darin etwas zu sehen, dem man
sich um des Vergnügens willen oder einfach aus Freundschaft und
Herzensgüte hingibt. Sogar reines Interesse mag ausreichend sein,
sofern ein Minimum an Sympathie vorhanden ist. Für solche
Frauen ist sexuelle Treue so bedeutungslos wie der Akt selbst:
Genausogut könnte man von ihnen verlangen, nur mit einem
einzigen Mann Wein zu trinken. Ich weiß, daß diese Sichtweise von
vielen verurteilt wird, die diese Frauen Huren nennen oder mit
anderen übelklingenden Namen belegen. In diesem Fall kann ich
aber nicht feststellen, daß meine Zuneigung für sie davon beeinträchtigt wird.«
Er machte eine Pause, warf einen Blick auf die Aktenmappe, die Sir
Joseph ihm nachgesandt hatte, und fuhr fort: »Soweit ich sehe, hat
sie vornehmlich drei Liaisons: eine mit G. Hammond, dem Abgeordneten für Halton, ein Freund von Horne Tooke und selbst ein
homme des lettres, dann eine mit dem reichen Burdett und eine
weitere mit dem noch reicheren Breadalbane. Hinzu kommt die
Verbindung zu dem zivilen Lord der Admiralität, die zu der gegenwärtigen Situation geführt hat. An einer Stelle wird ein Sekretär
erwähnt, ein gewisser Michael: Herapath, vermutlich. Die Liaisons

sind einigermaßen bekannt, ihr guter Ruf hat trotzdem wenig gelitten, sonst hätte sie kaum weiterhin bei Lady Conyngham und Lady Jersey verkehrt. Denen verdankt sie zweifellos die Bekanntschaft mit Diana. Irgendwann gab es da einmal ganz verschwommen einen Mr. Wogan aus Baltimore, der erst bei Mr. Jays Gesandtschaft Attaché war, darauf bei einer anderen in St. Petersburg; dort mag er jetzt noch sein. Hat unter dem Decknamen John Doe eine Komödie veröffentlicht: *Die leidenden Liebenden*, weiter einen Gedichtband: *Betrachtungen zur Freiheit, von einer Dame*. Warum bloß hat Blaine mir keine Exemplare besorgt? Ein Mann verrät sich nirgends so sehr wie im eigenen Buch. Die Finanzierung ihres Lebensunterhalts ist unklar. Aus Philadelphia kommen unregelmäßig Zahlungen, aber bei Morgan und Levy und den bedeutendsten Geldverleihern Londons hält man sie für nicht kreditwürdig. Wahrscheinlich kombiniert sie die Spionage mit Kurtisanendiensten der gehobenen Art.«

Ein ungewöhnlich lauter donnernder Lärm ließ sein Tintenfaß erzittern. Er stopfte sich die Wachskugeln noch tiefer in die Ohren, aber ohne Erfolg. Die LEOPARD bekam gerade die letzten Bootsladungen Frischwasser an Bord geliefert. Die großen Fässer polterten durch die Hauptluke in den Bauch des Schiffes und rollten dort mit einem tiefen Grollen an ihre Plätze. Tonne reihte sich dort unten an Tonne, alle mit dem Spundloch nach oben und frei über der Bilge. Gleichzeitig bereitete sich die Mannschaft darauf vor, ankerauf zu gehen, und kurz nachdem das letzte Beiboot wieder an Bord war, begannen sich die Kabelgatts mit den Achtzehnzolltrossen zu füllen. Diese brachten eine Menge Wasser und den charakteristischen Geruch des Schlicks von Porto Praya mit, was in der zum Schneiden dicken, stinkenden Luft des Orlopdecks wenigstens für etwas Veränderung sorgte. Manöver, gleich welcher Art, gehen in der Marine selten leise von der Hand: Die Männer an den Kabeltrossen arbeiteten jetzt unter rhythmischem Geheul, nur von Flüchen unterbrochen, während der Seemann am Ankerspillkopf mit aller Macht in die Pfeife blies und die Matrosen an den Spillspaken von Männern mit eisernen Lungen angetrieben wurden: »Fest und weiter, fest und weiter.« Befehle schallten vom Achterdeck und der Back hinunter, und über allem dröhnte eine gewaltige Stimme:

»Werdet ihr wohl mal diese Zeisinge lichten, da hinten?« Es ging auf jeden Fall wesentlich lauter zu als sonst, denn Jacks ganze Sorgfalt hatte nicht ausgereicht, um die Mannschaft von der Brennerei fernzuhalten. Viele waren nur leicht benommen, andere dagegen in so gehobener Stimmung, daß sie anfingen, Schabernack zu treiben, den Kameraden ein Bein stellten, komische Verrenkungen machten, Lähmungen bis hin zum Schlagfluß vortäuschten oder lauthals und unkontrolliert lachten.

Schließlich jedoch legte sich das Geschrei. Als Stephen an Deck kam, waren alle sich dort aufhaltenden Männer bis auf sechs damit beschäftigt, Taue aufzuschießen, die Anker zu fischen und das Deck aufzuklaren. Die übrigen sechs lagen in Lee auf dem Seitendeck, und ein Schwabbergast lenkte phlegmatisch den Strahl eines Schlauches auf sie, während seine Kompagnons die Vorschiffspumpe bedienten. Die nüchternen Leopards hatten die Segel gesetzt, die Bramsegel waren schon vor einer Stunde dichtgeschotet worden, und der kleine Ort lag bereits weit achteraus. Über ihren Köpfen zogen weiße Wolken stetig südwestwärts über einen Himmel von tiefem Blau. Die Luft wehte warm und doch mit einer belebenden Frische, die nach dem windgeschützten Ankerplatz höchst willkommen war, und als er um sich blickte, sah er den ersten tropischen Vogel dieser Reise weiß in der Sonne leuchten: Der gelbschnäbelige Tropenvogel war es, der jetzt mit schnellen, kräftigen Flügelschlägen gen Süden flog, seinen langen Schwanz als steife Fahne hinter sich herziehend. Er beobachtete ihn, bis er außer Sicht war, und ging dann nach vorne zum Gefangenenlazarett.

Dort roch es streng nach dem Essig, mit dem er es hatte auswischen lassen. Durch den frischen, weißen Anstrich wirkte der Raum heller, der Schwabbergast hatte ihn nach allen Regeln der Kunst gesäubert, und die reine Luft der See strich, vom Windsegel nach unten gelenkt, durch das Deck. Der Zustand der Patienten war fast unverändert. Die drei Männer wiesen leichtes Fieber auf, dazu extreme Entkräftung, einen schwachen, dünnen und unregelmäßigen Puls, fauligen Atem, starke Kopfschmerzen und verengte Pupillen: bei allen drei dieselbe Krankheit, aber welche? Ihr Verlauf stimmte mit nichts überein, was er, Martin oder die beiden Schiffsärzte von der Phoebe jemals an Krankheitsbildern in ihren Büchern gesehen hatten. Als er sich jedoch über sie beugte und sie genau musterte, war er sicher, daß das Fieber bald seine wahre Natur zeigen würde. Die eigentliche Krise war nicht mehr fern, und dann, bald schon, würde er nicht nur seinen Feind erkennen, sondern auch alle seine Verbündeten in die Schlacht werfen können. Zum Assistenten gewandt, sagte er: »Fahren Sie fort mit dem Schleimtrank, Soames«, dann eilte er nach achtern zu den übrigen Kranken. Im Lazarett lag außer Herapath nur sein alter Bordkamerad Jackruski, ein Pole, der mal wieder in ein tiefes Alkoholkoma gefallen war. »Es ist mir ein Rätsel«, sagte er, »wie ihre Körper das aushalten. Ich kann nur vermuten, daß Seeluft, gerade mal eine ordentliche Mahlzeit am Tag, mehr oder weniger permanente Feuchtigkeit, schwerste Arbeit, höchstens vier Stunden Schlaf ohne Unterbrechung – und dies in einer derart dichtgepackten Menge ungewaschener, schwitzender Körper, daß jede Absteige in Portsmouth sich schämen würde –, daß alles dies zusammen den menschlichen Körper durch und durch beieinander und gesund hält. Wir mit unseren Vorstellungen von Hygiene müssen wohl ziemlich falsch liegen. Herapath, wie geht es Ihnen?«

»Schon viel besser, danke, Sir«, antwortete Herapath.

Stephen blickte ihm in die Augen, betastete den Kopf und fühlte den Puls, dann sagte er: »Zeigen Sie mir mal die Hände. Immer noch mehr rohes Fleisch als heile Haut, wie ich sehe. Sie werden Fäustlinge tragen müssen, wenn Sie wieder einmal ein Tau einholen sollen, und zwar Baumwollfäustlinge, damit die Hornhaut Zeit hat zu wachsen. Würden Sie jetzt einmal das Hemd ausziehen? Herapath, Sie sind auffällig abgemagert und müssen Fleisch auf die Rippen bekommen, bevor Sie zurück an die Arbeit gehen. Unsere Kost hier an Bord mag nicht gerade delikat sein, aber sie nährt ihren Mann. Wie Sie sehen, geht es den Leuten ohne irgend etwas anderes prächtig damit. Allzu wählerisch zu sein ist immer von Übel. Ein stolzer Magen tut nie gut, Herapath.«

»Nein, Sir«, sagte Herapath, wobei er irgend etwas murmelte wie »Schiffszwieback sei ausgezeichnet« – er esse jede Menge davon, wenn er Freiwache habe, dann aber laut: »Darf ich Sie um einen Rat bitten, Sir?« Stephen warf ihm einen fragenden Blick zu, der nichts verriet, und er fuhr fort. »Ich würde dem Kapitän gerne dafür danken, daß er mich aus dem Wasser geholt hat, weiß aber nicht, ob ich das über meinen unmittelbaren Vorgesetzten tun sollte oder ob es überhaupt statthaft ist – ich bin mir da völlig unsicher.«

»Bei allen dienstlichen Angelegenheiten wäre der Weg über den Ersten Offizier, Mr. Pullings, angebracht, denke ich. Da der fragliche Zwischenfall sich aber im Meer und nicht an Bord ereignet hat und es daher um die private Beziehung einer Person zu einer anderen geht, scheint es mir mehr als statthaft zu sein, wenn Sie dem Kapitän Ihren Dank persönlich abstatten. Falls also, wie ich annehme, diese Nachricht für ihn bestimmt ist, will ich gern Ihr Briefträger sein.«

Stephen nahm das Briefchen an sich und begab sich zur Kabine von Mrs. Wogan. Unter erheblichem Lärm nagelte dort die Crew des Zimmermanns Zinnblech an die Außenwände. Er schloß auf und mußte schreien, damit sie seinen Vorschlag verstehen konnte, sich von ihm, sofern sie Zeit habe, auf die Poop geleiten zu lassen. Er bemerkte, daß sie weniger gefaßt wirkte als sonst, und als sie das schweigende Achterdeck überquerten, spürte er eine ganz besondere Spannung. Auf der Poop war für sie ein kleines Sonnensegel angeschlagen worden, und in dessen mittschiffs fallendem Schatten drehten sie Runde für Runde um das Deckenluk der Kapitänskajüte. Schließlich sagte sie zögernd: »Ihrem Patienten geht es, so hoffe ich, gut, Sir?«

»Welchem Patienten, Ma'am?«

»Dem jungen Mann mit den langen Locken, dem jungen Mann, den der Kapitän so heldenhaft gerettet hat, als er ins Meer gefallen war.«

»Den jungen Ikarus meinen Sie? Daß er Locken hat, ist mir nie aufgefallen. Ach, der wird schon wieder, keine Frage: Hat ein paar eingedrückte Rippen, und was sind schon ein paar Rippen? Wir haben ja alle vierundzwanzig, was immer in der Genesis stehen mag. Durch diesen mißlichen Engpaß werden wir ihn schon bringen, aber nur, so fürchte ich manchmal, um ihn anschließend an Unterernährung und schierer Entkräftung zugrunde gehen zu sehen – und dann wären alle unsere Mühen umsonst gewesen. Apropos, ich habe einen Brief von ihm für den Kapitän. Bitte entschuldigen Sie mich.«

Er ging die Treppe von der Poop hinunter, wurde aber an der Kajütentür vom dort postierten Seesoldaten angehalten: Zur Zeit könne nur Hauptmann Moore vorgelassen werden. Er kam gerade noch rechtzeitig zurück, um ihr einen weiteren Tropenvogel zu zeigen, und hatte sich gerade über deren Nestverhalten warm geredet, als die Wache unten geräuschvoll die Muskete präsentierte, die Tür zur Kajüte öffnete und rief: »Hauptmann Moore, Sir.«

»Hauptmann Moore«, begann Jack, »ich habe Sie holen lassen, weil mir zu Ohren gekommen ist, daß bestimmte Offiziere es vorziehen, gegen meine ausdrücklichen Befehle zu verstoßen und mit der Gefangenen hinter den Kabelgatts in Verbindung zu treten.«

Moore wurde erst so knallrot wie sein Uniformrock, dann entfärbte sich sein Gesicht ins Weißlich-Gelbe. »Sir«, sagte er.

»Die Folgen der Nichtbeachtung von Befehlen dürften Ihnen doch wohl bewußt sein, Hauptmann Moore . . .«

»Vielleicht sollten wir besser gehen«, sagte Mrs. Wogan. Aber das nützte nichts: Zwar war Jack Aubreys kräftige Stimme auf dem Achterdeck wegen der dazwischen liegenden Schlafkabinen und Messe nicht zu hören, aber durch das Deckenluk drang sie laut und deutlich über die gesamte Poop.

». . . außerdem«, fuhr die furchteinflößende Stimme fort, »hat einer Ihrer Untergebenen den Versuch unternommen, den Waffenmeister zu bestechen, damit der ihm einen Schlüssel für die Kabine der Dame macht.«

»Oh!« entfuhr es Mrs. Wogan.

». . . wenn nur ein Monat mit dieser teuflischen Frau an Bord zu solch kriminellen Zuständen führt, wie wird es dann hier nach einem halben Jahr oder länger auf See aussehen? Was haben Sie dazu zu sagen, Hauptmann Moore?«

Sehr schüchtern und zaghaft erlaubte sich Hauptmann Moore, auf die Hitze der Tropen hinzuweisen, die ja schlagartig eingesetzt habe – die Männer würden sich bald daran gewöhnt haben –, und auf die großen Mengen an Frischfleisch und Hummer, die St. Jago den Männern geboten habe.

»Ich trage mich mit dem Gedanken«, sagte Kapitän Aubrey, Hitze, Fleisch und Hummer mit einer beiläufigen Handbewegung abtuend, »ob es nicht meine Pflicht ist, nach St. Jago zurückzukehren, diese unzuverlässigen Leute dort an Land zu bringen und die Reise nur mit denen fortzusetzen, die ihre Leidenschaften wenigstens einigermaßen im Zaum halten können.«

»So wie zum Beispiel dein Türke«, murmelte Stephen für sich.

»Es unterliegt keinerlei Zweifel, daß jedes Kriegsgericht nach Ansicht meines Parolebuchs, gegengezeichnet von allen fraglichen Offizieren, diese sofort kassieren, mindestens aber degradieren würde. Eine Verteidigung kann es nicht geben: Ein klarer Befehl wurde gegeben und nicht befolgt. Trotzdem habe ich nicht vor, die Karriere von Männern wegen etwas zu ruinieren, was vielleicht nicht mehr war als ein Anfall geistiger Umnachtung. Aber eines sage ich Ihnen, Hauptmann Moore«, sagte Jack mit einer Stimme voll erschreckend kalter Wut, »ich werde aus meinem Schiff kein Bordell machen lassen. Ich will und werde ein straff geführtes Schiff haben. Ich werde dafür sorgen, daß man meine Befehle befolgt. Und wenn es auch nur die geringste Andeutung neuerlicher Mißachtung geben sollte, dann, bei Gott, haben sie von mir keine Gnade mehr zu erwarten – ich werde sie fertigmachen. Also, Sir: Sollte es nach diesem schändlichen Schauspiel einiger Ihrer Offiziere unter Ihren Männern noch jemanden geben, der weiß, was ein Befehl ist, dann haben Sie bitte die Güte, ihn als Posten vor der Tür der Lady aufzustellen. Und sagen Sie bitte Mr. Howard, daß ich ihn sofort zu sehen wünsche.«

Howard brauchte nicht lange. Da er von der Sache weit vor dem schlafenden Hauptmann Moore Wind bekommen hatte, war er seit mindestens einer Stunde mit der Vorbereitung auf die Unterredung zugange gewesen: eine doppelte Rasur, die Uniform blitzsauber, der Stehkragen so eng geknöpft wie möglich, außerdem hatte er vier Gläser Brandy mit Wasser intus. Was er zu sagen hatte, drang nicht bis zur Poop durch, konnte aber inhaltlich durch Jacks Ausbruch grob erschlossen werden: »Armselig ist das, mein Herr, ganz armselig! Die schändlichste, niederträchtigste, peinlichste Verteidigung, die ich von einem vorgeblichen Gentleman in meinem ganzen Leben gehört habe. Selbst der allerniedrigste Nichtsnutz aus der Gosse würde sich schämen ... Killick, he da, Killick«, er läutete mit der Glocke, »ruf den Posten und tragt Mr. Howard hinaus. Ihm ist nicht ganz wohl. Und Mr. Babbington soll zu mir kommen.«

Babbington nahm die erwartete Vorladung gefaßt auf, warf Pullings einen bemitleidenswerten Blick zu, fuhr sich mit der Zunge über die Lippen, wobei er auf absurde Weise seinem Hund ähnelte, wenn dieser vor etwas Angst hatte, und ging mit hängendem Kopf nach achtern.

Seine Hinrichtung fand jedoch in der Heckgalerie statt, deren Überhang den Schall der Stimmen dämpfte, und da die LEOPARD dicht am Wind segelte, um Fogo luvwärts zu umschiffen, wurden selbst diese gedämpften Töne vom Wind davongeweht.

»Da drüben, der Rauch dort«, sagte Stephen, »das ist Fogo, der Vulkan.«

»Du meine Güte«, sagte Mrs. Wogan, »wie unheimlich.« Und nach einer Pause: »Jetzt habe ich also einen Vulkan gesehen und auch einen gehört.« Diese Anspielung verstieß eigentlich gegen die stillschweigend vereinbarten Regeln für ihren Umgang miteinander, andererseits war Mrs. Wogan sichtlich bestürzt, was sich kurz darauf an einem ungeschickten Themenwechsel zurück zu Herapath zeigte. »So, Ihr Patient kann lesen und schreiben? Das ist doch sicher ungewöhnlich für einen einfachen Matrosen, oder?«

Stephen dachte kurz nach. Obwohl sie der letzten Bemerkung lobenswerterweise den Anschein unbeteiligten Interesses gegeben hatte, war doch der Zeitpunkt dafür so erbarmungslos schlecht gewählt, daß er geneigt war, sie für den Mangel an Professionalität zahlen zu lassen. Aber er war nicht in hinreichend bösartiger Stimmung; zudem war sie gerade »diese teuflische Frau« genannt worden, auch andere wenig schmeichelhafte Bezeichnungen waren gefallen, und deshalb antwortete er: »Ein gewöhnlicher Seemann ist er nicht. Vielmehr scheint er ein junger Mann aus guter Familie und mit einer gewissen Bildung zu sein, der wahrscheinlich wegen irgendeines Mißgeschicks oder einer Notlage, vermutlich erotischer Natur, weggelaufen ist und zur See wollte. Vielleicht flüchtet er auch vor einer abweisenden Geliebten.«

»Welch romantischer Gedanke. Aber wenn er so berauscht ist von der Dame, warum sollte er dann sterben wollen? Man stirbt nicht an Liebe, wissen Sie.«

»Tut man das nicht, Ma'am? Ich habe schon manche gesehen, die am Boden zerstört waren, deren Leben ziemlich merkwürdige

Wendungen genommen hat, die ihr Lebensglück, die Karriere, Zukunftsaussichten, den guten Ruf, Ehre, Haus und Hof und Verstand zugrunde gerichtet, mit Familie und Freunden gebrochen haben, verrückt geworden sind. Bei ihm fürchte ich, er wird weniger an gebrochenem Herzen als vielmehr an einem leeren Bauch sterben. Sie haben keine Ahnung davon, was für ein Durcheinander im Leben eines Seemanns herrscht, noch können Sie wissen, wie sehr es durch den fast vollständigen Mangel an Privatsphäre geprägt wird. Seeleute sind, alles in allem, anständige Leute, aber für jemanden, der mit einer anderen Lebensart groß geworden ist, kann ihre Gesellschaft schon eine arge Last sein. Was sie essen, zum Beispiel, und wie – der Lärm, das Kauen mit offenem Mund, die primitiven Gesten, die Geräusche ihrer Gedärme, das Gerülpse, die ganze dröhnende Heiterkeit, die – ich erspare Ihnen weitere Aspekte. Aber ich versichere Ihnen: Einen gebildeten Mann, dem es an äußerst robusten Lebensgeistern mangelt, der von der See nichts weiß, außer daß in Dover das Postschiff ankommt, der zurückgezogen gelebt hat und durch tiefes Unglück stark geschwächt ist, einen solchen Mann kann die Kombination aller dieser Faktoren in einen morbiden Zustand stürzen, in eine Anorexie. Und dann kann er buchstäblich mitten in der Fettlebe verhungern. Der arme Herapath – so heißt er nämlich – ist schon jetzt bloß Haut und Knochen. Ich päppele ihn mit meiner mitgebrachten Suppenmixtur ein wenig auf, und der Kapitän schickt ihm ein Brathuhn aus der Kajüte, aber ich sehe schon, man wird ihn begraben, und zwar nur noch seine Knochen, bevor er in den Genuß von . . . Die Glocke! Die Glocke! Kommen Sie, wir dürfen keine Sekunde verlieren.«

An der Tür hatte ein Seesoldat bereits Posten bezogen, und Mrs. Wogan flüsterte fast, als sie sagte: »Weil ich die Rettung des jungen Mannes miterlebt habe, fühle ich ein gewisses mitmenschliches Interesse an ihm. Ich habe mehr als genug Vorräte. Darf ich an Ihre Menschlichkeit appellieren und Sie bitten, ihm diese Dose Schiffszwieback und eine Zunge zukommen zu lassen?«

Stephen kehrte zur Kajüte zurück, diesmal wurde er vorgelassen. Er fand Jack alt und müde aussehend vor. »Stephen, ich hatte einen verflucht unangenehmen Nachmittag«, begann er. »Seltsam, wie es einem alle Kraft raubt, wenn man wütend ist. Diese geilen Sodomiten haben doch Mrs. Wogan Liebesbriefchen geschickt und rechts und links Leute bestochen, so schnell wollten die aus ihren Hosen, die verdammten Hunde. Heute abend werde ich alle Altgefahrenen, das gesamte Achtercockpit die Katze spüren lassen, und zwar keine Trockenübung, nur Striemen und kein Blut, sondern an die Kanone gebunden und dann zwanzig ordentliche Hiebe auf den blanken Hintern. In der Hölle sollen sie schmoren. Ist das nicht unglaublich, Stephen? Die haben Löcher in die Kabinenwand gebohrt und der Reihe nach angestanden, um sie im Unterhemd zu sehen. Ach, dieses widerliche Weibsstück! Wie ich mich danach sehne, sie loszuwerden. Frauen waren mir immer zuwider, vom Bändsel bis zum Bügel, mit Haut und Haar und von oben bis unten. Immer habe ich gesagt, daß so etwas passieren würde, du erinnerst dich: Ich war von Anfang an dagegen. Eine gottvermaledeite Schwester Leichtfuß ist das, dieses Biest. Ohne sie würden wir jetzt so schön dahinsegeln wie ...« – einen Moment lang fiel ihm nichts ein, was typischerweise mit »schön« zusammengebracht werden könnte, also fügte er mit einem wütenden Knurren »Schwäne« hinzu. »Gottverdammte Schwäne.«

»Hier ist ein Brief an dich, von Herapath.«

»Wie? O ja, Herapath, danke. Entschuldige mich.« Er las, lächelte und sagte: »Sehr nett formuliert. Hätte ich nicht besser machen können. Habe nie höflichere Zeilen von jemandem bekommen, den ich rausgezogen habe. Schreibt auch eine schöne, elegante Hand. Nun, wie nett von ihm. Er bekommt noch so einen Vogel. Killick! Gott strafe diesen stocktauben Beelzebub! Killick, da ist doch noch ein kaltes Huhn übrig, nicht wahr? Schick es mir dem Herapath ins Lazarett. Darf er ein wenig Wein haben, Stephen? Keinen Wein, Killick, aber treib mal für uns eine Flasche Sherry auf.«

»Jetzt hör mir einen Moment zu, ja?« sagte Stephen, als die Flasche halb leer war. »Was diese Dame angeht, schießt du übers Ziel hinaus, du bist ungerecht. Sie hat Teil an der Erbsünde aller Evas, das ist richtig, ansonsten ist sie ohne Schuld. Keine lüsternen Blicke, kein Augenzwinkern, kein fallengelassenes Taschentuch.

Und ich muß dir sagen, Jack, daß ich um freie Hand bei Mrs. Wogan bitte.«

»Du auch, Stephen?« rief Jack errötend. »Bei Gott, ich –«

»Versteh mich nicht falsch, Jack, ich bitte dich«, sagte Stephen und zog seinen Stuhl nah an seinen heran, um in sein Ohr flüstern zu können. »Ich meine das nicht im Sinne des Fleisches. Laß mich nur soviel sagen: Ihre Verhaftung hatte eigentlich einen geheimdienstlichen Hintergrund, was auch die Bedeutung der Worte erklärt, die du in den Instruktionen für den Aufseher gelesen hast: ›Dr. Maturin muß jede nur mögliche Unterstützung gewährt werden, Nachfragen sind zu unterlassen.‹ Damals habe ich sie nicht erläutert, denn in diesen Angelegenheiten ist Schweigen wirklich Gold. Aber jetzt wirst du mir die Bemerkung gestatten, daß es besser wäre, wenn der Posten im Gang auf und ab ginge, statt an der Tür zu horchen; für ihn wäre es auch kurzweiliger. Nach einer angemessenen Zeit könnte man ihn dann ganz abziehen.«

»Schweigen ist Gold«, sagte Jack. »Genau. Alles soll so sein, wie du es verlangst.« Er schritt auf und ab, die Hände auf dem Rücken verschränkt. Zu Stephen hatte er grenzenloses Vertrauen, tief in seiner Seele aber nagte das Gefühl, nicht gerade über den Tisch gezogen, noch nicht einmal manipuliert – aber vielleicht *gelenkt* worden zu sein. Das Ganze behagte ihm überhaupt nicht. Es kränkte ihn. Er griff zu seiner Geige und stand am offenen Heckfenster, blickte hinaus auf die Spur des Kielwassers und begann zu spielen: ein Strich über die G-Saite, ein tiefer Ton und dann immer weiter, eine Improvisation, die mehr über seine Gefühle in diesem Moment verriet, als Worte das hätten tun können. Als dann aber hinter ihm Stephen durch den Klang der Musik hindurch sagte: »Vergib mir, Jack. Manchmal zwingt mich meine Arbeit einfach, nicht aufrichtig zu sein. Ich habe da keine Wahl«, veränderte sich die Musik plötzlich und endete abrupt in einem fröhlichen Pizzicato. Jack setzte sich wieder, und während sie die angebrochene Flasche leerten, kreiste das Gespräch um Tropenvögel, den Fliegenden Fisch, den sie zum Frühstück verspeist hatten, und dann um das höchst merkwürdige Phänomen eines Dunstschleiers in großer Höhe mit derselben Bewegungsrichtung wie die weit darunter hinziehenden Kumuli. Jack hatte derartiges in den Passatbreiten noch nie gesehen, dort wehten obere und untere Winde stets aus entgegengesetzten Richtungen. Schließlich sprachen sie noch über den ungewöhnlichen Anblick, den das Meer zur Zeit bot.

»Wie du weißt, bin ich morgen zu euch zum Dinner eingeladen«, sagte Jack nach einer Pause. »Nach der verflixten Angelegenheit von heute frage ich mich, ob ich nicht besser absagen sollte.«

»Damit würdest du Pullings enttäuschen«, sagte Stephen. »Mac-Pherson ebenso, denn der ist für das Essen zuständig. Er hat einen Haggiss und einen besonderen Claret aufgefahren. Fisher wäre auch enttäuscht, genau wie zweifellos Fähnrich Holles, der ebenfalls als Gast geladen ist.«

»Holles würde auch im Stehen essen, solange ich nur irgendwie dabei bin«, erwiderte Jack. »Aber vielleicht sollte ich doch kommen, es könnte sonst leicht kleinlich wirken, so als ob ich nachtragend wäre. Obwohl ich nicht glaube, daß es das lustige Fest wird, das Tom Pullings sich so sehnlichst wünscht.«

Mit dem Dinner zu Ehren des Kapitäns in der Offiziersmesse ließ es sich tatsächlich etwas zäh an. Und dies, obwohl die LEOPARD gerade eines der schönsten Etmale dieser und aller ihrer Reisen gelaufen war. Fast flog sie dahin, die Bramstengen hielten gerade noch so in dem herrlichen Backstagswind, und das Log schoß bei jedem Glas vom Bug zum Heck und spulte beim Ausbringen konstant zwischen zehn und zwölf Knoten ab, was die ganze Mannschaft in freudige Erregung versetzte. Vielleicht war bei dieser Gelegenheit Haggis nicht so ganz das Richtige, vielleicht konnte es auch nicht gelingen, dienstliche Dinge ganz aus der höflichen Konversation herauszuhalten. Howard stand noch zu sehr unter Schock, um für letztere zu taugen, Babbington und Moore dagegen gaben ihr Bestes, tranken Jack zu und waren äußerst gesellig. Die komischen Geschichten des Zahlmeisters waren eine große Hilfe, während der Kaplan ihnen von einem ungewöhnlich authentischen Gespenst erzählte. Selbst der Kommandant mühte sich löblich, die Konversation mit harmlosen Nettigkeiten in Gang zu halten, und als dann die traurigen Reste des Haggis Jacks Lieblingsspeise Platz gemacht hatten, Schweinskopf in Aspik, begann der Lärmpegel im

Raum die für Marinefestlichkeiten gewohnte Höhe zu erreichen. Ausgerechnet jetzt mußte sich Grant einmischen und einen Vortrag über den korrekten Ort für die Äquatorüberquerung halten, der völlig fehl am Platze war. Er bestand darauf, zwölf Grad West sei die richtige Länge dafür und sonst nichts, darüber stieße man auf St. Roque, darunter auf die ungünstigen Strömungen, die Dünung und trügerischen Winde von Afrika. Es war allen bewußt, wie deplaziert diese Worte waren, da Jack seine Absicht betont hatte, bei einundzwanzig oder zweiundzwanzig Grad zu queren. MacPherson versuchte, einen ofenfrischen Hasen ins Spiel zu bringen, aber Grant hob die Hand und sagte: »Psst, ich bin noch nicht fertig«, worauf er mit seiner harten, oberlehrerhaften Stimme fortfuhr, eine endlose Tirade für ein unruhiges Publikum zu geben, bis schließlich Pullings sagte: »Wie oft haben Sie den Äquator überquert, Mr. Grant?«

»Nun, zweimal, wie ich erzählt habe«, sagte Grant, etwas den Faden verlierend.

»Ich denke, Kapitän Aubrey muß die Linie fast zwei dutzendmal gequert haben. Stimmt das nicht, Sir?«

»Nein, nicht ganz«, sagte Jack. »Nicht mehr als achtzehnmal, denn das Herumkreuzen vor der Amazonasmündung zählt für mich nicht. Mr. Holles, stoßen Sie mit mir an.«

»Nichtsdestotrotz«, sagte Larkin, der Master. Er hatte schon während der Vormittagswache ordentlich getrunken, und sein benebelter Geist hing noch am Anfang von Grants Ausführungen fest. »Es spricht einiges dafür, sogar bei weniger als zwölf Grad hinüberzugehen.«

»O Mann, schlag einen Stopper drauf«, flüsterte sein Nachbar, worauf es totenstill wurde. Die Stille wurde von einem Boten unterbrochen: Mr. Martin bitte um Verzeihung, aber könne der Doktor bitte kommen, sobald es ihm möglich sei?

»Gentlemen, Sie werden mich sicher entschuldigen«, sagte Stephen und faltete sein Mundtuch zusammen. »Ich hoffe, rechtzeitig zum Käse wieder bei Ihnen zu sein. Schafskäse von St. Jago. Nun, Sir, was gibt es?« fragte er Martin im Gefangenenlazarett. Ohne eine Antwort wies Martin auf die Kranken. »Jesus, Maria und Joseph«, flüsterte Stephen. Bei allen drei Patienten war ein bläulich-roter Hautausschlag ausgebrochen, hatte bereits auf den ganzen Körper übergegriffen und eine unheilverheißend dunkle Farbe angenommen. Jeder Zweifel war ausgeschlossen: Dies war Flecktyphus, und zwar eine äußerst virulente Art davon. Kaum hatte er die Patienten gesehen, war er sich schon sicher gewesen, trotzdem untersuchte er sie gewissenhaft auf weitere Symptome – Petechien, Milz vergrößert und fühlbar, bräunlich-trockene Zunge, Belag auf Lippen und Zahnfleisch, hohes Fieber –, alles war da.

»Jetzt wissen wir endlich, mit was wir es zu tun haben«, sagte er, indem er sich aufrichtete. »Mr. Martin, Sie haben Ihre Notizen sicher mit der größtmöglichen Genauigkeit geführt. Wenn wir unsere Beobachtungen vergleichen, werden wir zweifellos einiges zur Literatur über diese Krankheit beitragen können. Höchst interessante Anomalien bis jetzt, und nun eine so überzeugende Lösung des Rätsels. Seien Sie so gut und reichen Sie mir etwas Kantharidin, Soames soll drei Terpentinklistiere vorbereiten. Und die Scheren bitte.« Zu den Patienten gewandt, die sich bereits etwas besser fühlten, sagte er auf englisch: »Wir werden die Krankheit jetzt an der Wurzel packen. Seien Sie guten Mutes.«

Sie lächelten. Der Stärkste von den dreien sagte, sie freuten sich darauf, England wiederzusehen, und er würde gern auf Mr. Wilsons Land noch einmal einem Hasen begegnen. Dankbar blickten sie ihn an.

Er und Martin boten alle ihnen zur Verfügung stehenden Heilmittel auf, taten, was sie konnten, um den Kranken Linderung zu verschaffen: Schwämme, kalte Güsse, Rasieren des Kopfes. Aber der zuvor so ungewöhnlich langsame Fortgang der Krankheit beschleunigte sich jetzt rapide. Der Tag verging, das abendliche Antreten auf Station rückte näher, und Stephen bat in einer kurzen Mitteilung für das Achterdeck darum, auf das Abfeuern der Kanonen zu verzichten, obwohl zwei der Männer zu diesem Zeitpunkt bereits im schlaflosen Koma lagen, mit weit aufgerissenen Augen ins Leere starrten und im Innersten schon so tief entglitten waren, daß kein Kanonenschuß sie jemals wieder hätte zurückholen können. Als die Hängematten unter Deck kamen, fiel der dritte Mann ins Delirium und war kaum noch zu verstehen, und bei »Licht aus« lag auch er im Koma.

Im Lazarett brannten die Lichter weiter, und Stephen las in den glänzenden Augen seiner Patienten grenzenlose Enttäuschung, Vertrauensverlust und schwere Vorwürfe. Alle drei starben zwischen zwei und vier Uhr morgens. Zusammen mit Martin schloß er ihnen die Augen, wies den Loblollyboy an, sofort bei Tagesanbruch den Segelmacher zu holen, und begab sich zu Bett. Auf dem Wege nach achtern zu seiner Kabine bemerkte Stephen, daß das Schiff an Fahrt verloren hatte. Es fehlten die unzähligen Geräusche, die es bei der Bewegung durch das Wasser zu begleiten pflegten, und die gurgelnde Stimme des sonst gerade über seinem Kopf vorbeiströmenden Wassers war verstummt.

FÜNFTES KAPITEL

DIE LEOPARD HATTE den Nordostpassat auf 12° 30' Nord verloren, viel weiter nördlich, als Jack erwartet hatte. Zwar wehrte er sich gegen die Einsicht in den Totalverlust, solange er nur konnte, schließlich aber mußte er sich doch eingestehen, daß die Kalmen dieses Jahr viel weiter als sonst nach Norden vorgedrungen waren und sein Schiff darin festlag. Mit dem abnehmenden Atem der letzten echten Brise, zuletzt nur noch ein laues Lüftchen, war sie genau in die Windstille hineingetragen worden. Tag für Tag lag sie dort leblos fest, der Bug wanderte rund um den Kompaß durch, und ihre Segel hingen schlaff herab. Manchmal rollte sie so heftig, daß ein Großteil der Mannschaft andauernd seekrank war und er die Bramstengen niederholen ließ, damit sie von ihr nicht außenbords abgestreift würden – dann wieder lag sie bewegungslos unter einer verhangenen Sonne in der brütenden Hitze. Die Luft war stickig und schwer, noch nicht einmal während der Morgenwache sorgte ein wenig Wind für Erfrischung. Nachts erleuchteten Blitze den Horizont, und in manchen Nächten, häufiger jedoch bei Tag, regnete es warm vom Himmel, dies aber so stark, daß die Männer an Deck kaum atmen konnten und dicke Strahlen wie aus großen Schläuchen auf beiden Seiten aus den Speigatten schossen.
Nach diesen atemberaubenden Sturzbächen kam manchmal eine

Brise auf, und er ließ den Bug der LEOPARD herumziehen, um sie auszunutzen. Aber die Brise traf selten genau das Schiff, viel häufiger kräuselte sie nur die See in einer Entfernung von einer halben Meile oder mehr. Dann mühten sich die Bootsbesatzungen mit zwei Mann an jedem Ruder ab, vor der erneuten Flaute dorthin zu gelangen – in neun von zehn Fällen ein ebenso müßiges wie kräftezehrendes Unterfangen. Außerdem konnten diese Brisen, wenn sie den Namen überhaupt verdienten, aus allen Himmelsrichtungen kommen und die LEOPARD genausogut zurückwerfen wie voranbringen. Fast die ganze Zeit über lag sie ungefähr in denselben paar Quadratmeilen See. Rings herum trieb ihr eigener Abfall, darunter leere Fässer und Flaschen aus der Offiziersmesse. Aber dieser Teil der See war selbst in Bewegung. Wann immer er konnte, machte Jack eine genaue Mittagsbeobachtung oder nahm beide Amplituden und stellte so seine Position fest. Mond und Altair in perfekter Sicht bewiesen, daß die beiden Chronometer von allerhöchster Güte, die er sich geleistet hatte, zu Recht der Stolz ihres Herstellers waren und immer noch beinahe auf die Sekunde genau Greenwich-Zeit anzeigten. Den Messungen entnahm er, daß das Gebiet, in dem die LEOPARD herumrollte, sehr langsam nach Westen und ein wenig südwärts driftete und dabei einen sehr großen Kreis beschrieb. Die Vervollständigung dieses Kreises würde so lange dauern, daß er nicht mehr viel auf seine Berechnungen gab. Wie jeder Seemann hatte auch er von Schiffen gehört, die in den Kalmen hilflos über Wochen und sogar Monate festgelegen und die letzten Vorräte aufgezehrt hatten, um dafür am Rumpf Bärte von Algen anzusammeln. Er selbst hatte üble Erfahrungen mit ihnen gemacht, und während er prüfend den Himmel und die See betrachtete, die treibenden Algen, die Vögel und Fische, und spürte, wie schwer sich die Luft anfühlte, erkannte er, daß der LEOPARD harte Zeiten bevorstanden. Sie war jetzt ein düsteres und schwermütiges Schiff, niedergedrückt durch Hitze, Krankheit und Furcht vor der Zukunft.

Einmal zog eine Schule Wale vorbei. Pottwale waren es, zu beiden Seiten des Schiffes bliesen sie ihre Fontänen in die Luft, zogen stetig halb unter, halb über der Wasseroberfläche ihre Bahn, tauchten, nur um in einiger Entfernung wieder aufzutauchen: an die fünfzig riesige, dunkle Formen in ruhiger und doch schneller Bewegung, einige so dicht am Schiff, daß er ihre geöffneten Atemlöcher sehen konnte. Eines der Tiere war ein Weibchen mit einem Kalb kaum länger als die Barkasse der LEOPARD. An Bord waren ein halbes Dutzend ehemaliger Walfänger, und doch kam von der Mannschaft kein Laut, während die Schule vorbeizog. Der Flecktyphus hatte die Besatzung in Angst und Schrecken versetzt. Niedergeschlagen und erschöpft von der Schlepparbeit in den Booten warfen sie nur apathische Blicke auf die Tiere. Ein andermal trieben sie durch einen großen Algenteppich, der vielleicht von der fernen Sargasso-See kam und einige Vögel mitbrachte, die er noch nie zuvor gesehen hatte.

Nach Stephen zu schicken wäre jedoch sinnlos gewesen: Er war im vorderen Teil des Schiffes eingeschlossen. Dieser war in ein einziges, riesiges Lazarett verwandelt worden, vom Rest des Schiffes durch versiegelte Schotten isoliert – verbotenes Gelände, das Stephen nur für die täglichen Begräbnisse verließ. Bereits im frühesten Stadium der Epidemie hatte er das gesamte Schiff Abteilung für Abteilung mit reichlich Schwefel ausräuchern lassen, während die Mannschaft in den Booten und auf den Rahen saß. Anschließend hatte er sich mit allen Patienten in das Vorschiff zurückgezogen, und Jack hatte auf seinen Wunsch hin die Schotten kalfatert und geteert, weil Stephen gehofft hatte, so ein weiteres Ausbreiten der Seuche verhindern zu können.

Er hatte vergebens gehofft. Innerhalb der ersten Woche verzeichnete das Logbuch die Begräbnisse von vierzehn Gefangenen, den zwei verbliebenen Schließern und einem Schiffsjungen, der sich als Loblollyboy, wie die anderen Verstorbenen auch, vorwiegend im Vorschiff aufgehalten hatte. Die Eintragungen waren zuerst noch in Needhams schöner Handschrift gemacht, jetzt aber schrieb Jacks wesentlich gröbere Hand die tägliche Krankenliste. Sein Schreiber war mit zwei Kanonenkugeln als Gewicht über Bord gegangen, eingenäht in das Leichengewand seiner Hängematte. Er war der erste Mann hinter dem Fockmast gewesen, den die Krankheit geholt hatte.

Abgesehen vom unaufhörlichen Nachschub an frischem Regenwasser waren die Verhältnisse so ungünstig, wie sie nur sein konnten:

Die extreme Hitze drückte auf die Gemüter, und die gesamte Besatzung litt unter der verderbenden Atmosphäre von Niedergeschlagenheit, übermäßiger Furcht und allgemeiner Verzagtheit. Als die Krankheit im Unterdeck zuschlug, raffte sie die Männer rascher hinweg als die Pest. Sie gaben sich selbst verloren, und für Stephen hatte es manchmal den Anschein, als ob sie seine Arznei am liebsten verweigert hätten, um es so schnell wie möglich hinter sich zu bringen. Aber auch so ging es in vielen Fällen rasch dem Ende zu: Kopfschmerzen, Mattigkeit, ein moderater Temperaturanstieg und sofortige Verzweiflung noch vor dem Hautausschlag und den erschreckenden Fieberschüben, die von der drückenden Hitze wesentlich verschlimmert wurden, und weiter so bis zu einem Tod, den er in vielen Fällen für vermeidbar hielt. Dies glaubte er um so mehr, als seine extrem hochdosierten Verabreichungen von Chinarinde und Antimon langsam Wirkung zeigten. Im Lazarett lagen jetzt elf Rekonvaleszenten, Männer, die ihre Krisen überlebt hatten und auf dem Wege der Besserung waren. Trotz dieser eindeutigen Hoffnungszeichen gab es andere, die anscheinend sterben wollten und sich vom Moment ihrer Einlieferung an fast dankbar mit dem Tod abfanden.

»Ich glaube«, sagte er zu Martin, »daß einige unserer Patienten sich selbst heilen würden, wenn nur ein französisches Schiff über den Horizont käme und sie wieder Trommelschläge mit richtigem Kanonendonner hören könnten. Und die Zahl der Neuzugänge würde dramatisch abnehmen.«

»Ich muß Ihnen zustimmen.« Martin saß über seinem Buch. »Wie Rhazes bemerkt, liegen im Geist drei Viertel der Heilung. Aber wie mißt oder dosiert man Geist?« Er preßte die Hände auf die Augen und fuhr fort: »Im Fall von Roberts haben Sie doch zwanzig Drachmen gesagt, oder irre ich mich? Ich muß es notieren.«

»Zwanzig Drachmen, genau. Ich bin sicher, er hält das aus. Und bitte, halten Sie alles fest. Unsere Aufzeichnungen werden von allergrößter Wichtigkeit sein. Sie haben sie doch sicher ausführlich und vollständig gehalten, nehme ich an?«

»Das habe ich allerdings«, sagte Martin mit müder Stimme.

»Mr. Pullings, Sir«, sagte der neue Hilfsjunge.

»Bring ihn herein. Nun, mein lieber Leutnant Pullings, Sie haben höllisches Kopfweh, Sie fühlen Kälte im ganzen Körper, dazu eine deutliche Steifheit in Nähe des Zwerchfells und in den Gliedern? Ganz recht, dacht' ich's mir. Dies ist genau der richtige Laden für so etwas«, sagte Stephen und lächelte. »Sie sind ein leichterer Fall, und wir werden uns Ihrer sofort annehmen. Wir haben hier ein erstklassiges Mittel, das ist für Ihren Fall wie maßgeschneidert und wird Sie wieder ordentlich vor den Wind bringen. Und merken Sie sich, Tom: Ich wette hundert zu eins, daß Sie beizeiten die Flagge wieder hissen werden. Ein Pullings hat noch nie aufgegeben.«

Eine Stunde später bat Martin Dr. Maturin, ihm den Puls zu fühlen. Er tat es, sie sahen sich an, und Stephen sagte: »Sicher bin ich mir nicht. Das kann viele andere mögliche Ursachen haben. Sie haben ja auch seit gestern abend nichts gegessen. Essen Sie ein wenig Suppe, und bleiben Sie unter Deck. Diesmal werde ich hinaufgehen.«

Er nahm seinen besten Rock vom Haken und legte ihn an, denn auf der LEOPARD wurde bei derartigen Anlässen Wert auf die Etikette gelegt. Auf dem Seitendeck passierte er die Reihe der in ihre Hängematten eingenähten Körper, bis er Fishers weißen Talar auf dem Achterdeck erblickte. Er ging nicht weiter nach achtern als bis zum Großhalsblock, nahm seinen Hut ab und stand dort, bis der Gottesdienst vorüber war und die toten Seeleute über die Rutsche einer zähflüssigen See übergeben wurden.

Danach unterhielt er sich mit Jack über eine Distanz von etwa zehn Yards – kein Problem in der ruhigen Luft und der Stille an Bord – und ging eine Zeitlang auf der Back auf und ab. Als er zum Lazarett zurückkehrte, hatten sich die letzten Zweifel über Martins Zustand zerstreut.

»Sie werden doch unsere zwanzig Drachmen nehmen – nicht wahr?« sagte er.

»Ich werde sogar das Wagnis eingehen und fünfundzwanzig nehmen«, sagte Martin. »Und meine Notizen werden das Fortschreiten der Krankheit aus der Innensicht zeigen.«

Von jenem Tag an war Stephen allein. Er hatte zwar zwei Assistenten, die lesen und schreiben konnten (Herapath und bis zu einem gewissen Grade auch Fisher), aber beide waren sie in der Heilkunde nicht bewandert und konnten seine Arzneimixturen weder herstellen noch sachverständig verabreichen. Auch konnte er sich keinem von ihnen anvertrauen, als durch den enormen Bedarf die Vorräte seiner Medizinkiste zur Neige gegangen waren und er auf Placebos, zumeist aus zerstoßener und blau oder rot gefärbter Kreide, zurückgreifen mußte. Die Grenzen von Tag und Nacht verschwammen. Nur die Zeiten, zu denen Fisher den Talar anlegte und hinter den eingenähten Toten das Deck verließ, um sie der See zu übergeben, konnten noch als Markierung dienen. Selbst vor Martins Tod hatte er über Heilmittel im Grunde nur noch auf dem Papier verfügen können, aber es blieb ihm ja die unmittelbare Krankenpflege, die Sorge für Körper und Seele seiner Patienten. Dieser wandte er sich jetzt mit aller Kraft zu und nahm dabei Herapath in die Lehre, sooft es ging. Wie er einmal bemerkte, war die Schlacht mit guter Krankenpflege schon halb gewonnen. Auch Martin wurde durch sie gerettet – tatsächlich starb er dann an einer Lungenentzündung, die Tage nach dem vielversprechenden Ende der Krise einsetzte. Zu diesem Zeitpunkt hatte er bereits eine exakte schriftliche Schilderung der Krankheit vom Auftreten erster Symptome bis zum ersten Stadium der Rekonvaleszenz gegeben. Sein Latein blieb bis zum Schluß makellos.

Die Schlacht schien kein Ende zu nehmen, und doch waren laut Kalender nur dreiundzwanzig Tage verstrichen, als während der Morgenwache der üblichen Sintflut von oben, diesmal noch stärker als sonst, eine steife Brise aus Norden auf dem Fuße folgte. Sie trug die LEOPARD hinunter bis an den äußersten Rand des Seegebietes, in dem der Südostpassat blies.
Stephen hörte im Lazarett das ohrenbetäubende Prasseln der Wassermassen auf das Deck, wo es knietief stand und in Sturzbächen in das Vorschiff schoß. Er hörte ebenfalls, wie der Bootsmann in der Stille, die auf die Sintflut folgte, »Alle Mann zum Segelsetzen!« pfiff, maß dem aber wenig Bedeutung bei, so oft war dies in den letzten Wochen passiert. Selbst als er den schweren, algenüberwucherten Rumpf des Schiffes vorwärtsdrängen fühlte und hörte, wie der Scheg am Bug mit zunehmender Fahrt zischend die Dünung durchschnitt, war er in seiner extremen Erschöpfung müde, um Freude zu empfinden. Deshalb hatte er auch der abnehmenden Mortalität und

dem Ausbleiben neuer Fälle in den letzten Tagen keine wirkliche Befriedigung abgewinnen können.

Er schlief im Sitzen, dort, wo er war. Nur gelegentlich wachte er auf, gab einem Kranken Wasser oder half seinem Assistenten mit halbgeschlossenen Augen, einen delirierenden Mann auf seiner Schwingkoje festzulaschen. Als er jedoch am anderen Morgen erwachte, wußte er das Schiff in einer anderen Welt, wußte auch, daß es selbst jetzt eine andere Welt war. Frische, reine Luft strömte am Windsegel herab, und er fühlte, wie sich sein Innerstes mit neuer Lebenskraft erfüllte.

Oben an Deck fand sich Bestätigung für diese ungeordneten Gedankengänge seiner ersten wachen Minuten. Die LEOPARD hatte die Bramstengen gesetzt – wofür eine zusammengeschrumpfte Mannschaft eine dreiviertel Stunde statt der üblichen siebzehn Minuten, vierzig Sekunden gebraucht hatte – und hielt jetzt unter vollen Segeln mit fünf oder sechs Knoten nach Westsüdwest. Ein neuer, strahlender Tag, eine neue, gesund grünblaue See, die Luft klar und belebend, das Schiff zu neuem Leben erwacht. Killick hatte aufgepaßt und eilte jetzt mit einem Pott Kaffee und Zwieback herbei, stellte beides in einer Rolle Tau ab (der vereinbarte Ort, unmittelbar dort, wo die verbotene Zone begann) und zog sich zurück, nicht ohne ihm zuzurufen: »Guten Morgen, Sir. Da hat wohl wer unsere Gebete erhört.« Stephen nickte, nahm einen Schluck und fragte nach dem Kapitän. »Nämlich hat er sich gerade hingehauen«, sagte Killick. »Gekichert wie ein kleiner Junge, das hat er. Sagte, aus den Kalmen wären wir jetzt raus. Der gute alte gesegnete Passat, sagt er. Bis zum Kap will er keinen Fitzel Leinwand wegnehmen, sagt er.«

Stephen trank seinen Kaffee, in den er den Zwieback tunkte, im Stehen an der Reling. Das Schiff hatte sich ganz außerordentlich verändert: Die Männer liefen an Deck herum, redeten leise und vergnügt miteinander, waren gar nicht mehr wiederzuerkennen, und vom Bugspriet drang Gelächter herüber. Während der zurückliegenden Wochen hatte sich zwar an der Schiffsroutine nichts geändert, aber die Männer waren ihr nur lustlos und wie Halbtote gefolgt, hatten Befehle wie langsame Automaten ausgeführt. Jetzt mochte man annehmen, die LEOPARD sei gerade aus Porto Praya ausgelaufen, wenn man davon absah, daß eine sichtlich ausgedünnte Mannschaft die Decks bevölkerte.

Im Lazarett war die Veränderung noch dramatischer. Männer, die noch am Abend zuvor dem Tod ins Gesicht gesehen hatten, hoben jetzt die Köpfe von den Schwingkojen und redeten in schwachen, dünnen Stimmen angeregt miteinander. Ein noch sehr kraftloser Rekonvaleszent hatte es tatsächlich bis zum Niedergang geschafft und versuchte hinaufzukriechen. In den Augen, in den Gesichtern und aus den Worten, die er auf seiner Runde zu hören oder zu sehen bekam, las Stephen eine Lebensfreude wie seit Wochen nicht mehr, eine Vitalität, an deren Existenz er sich nur mit Mühe noch hatte erinnern können.

»Heute werden wir kaum neue Fälle bekommen, denke ich«, sagte er zu Herapath. Er irrte sich nicht: keine Neuzugänge und nur drei Tote, und diese waren Fälle, bei denen der komatöse Zustand bereits abnorm lange angedauert hatte.

Trotzdem verging noch eine ganze Woche, bis Stephen sein Pesthaus auflösen konnte. Den Kräftigeren unter den Rekonvaleszenten gestattete er, sich im Freien auf der Back oder im Unterdeck zu bewegen, dann zog er selbst wieder zurück in seine Kabine nach achtern.

»Jack«, sagte er, »ich bin gekommen, weil ich ein wenig bei dir sitzen möchte – wenn du gestattest, will ich dich auch bitten, mir eine deiner kleinen Kabinen zu überlassen. Ich sehne mich danach, einen Tag und eine Nacht lang ohne Unterbrechung zu schlafen, und zwar in allem Komfort, unter einem geöffneten Deckenluk und in einer Hängematte schaukelnd. Mach dir keine Sorgen: Ich habe mich unter den Pumpenstrahl gestellt und mich von Kopf bis Fuß mit frischem Regenwasser und Seife gewaschen. Auch glaube ich, die Epidemie ist jetzt vorüber. Falls irgend etwas Unvorhergesehenes passiert, wird Herapath mich wecken. Er kennt jetzt alle Symptome wie kaum ein anderer. Herapath würde sich nicht täuschen lassen. Nun, mein Herr?« rief er mit finsterem Blick auf einen Fremden, dessen Gesicht von einem kleinen Spiegel reflektiert wurde. »Jesus, das bin ja ich, da hinter diesem Bart!« Ein Dreiwochenbart: Er und das eingefallene, ausgezehrte Gesicht verliehen ihm das Aussehen von El Greco, wenn auch nicht dessen Körpergröße. »Ein Bart«, sagte er, daran zupfend. »Vielleicht lasse ich ihn stehen, und die Tortur mit dem Rasiermesser hat ein Ende. Die römischen Kaiser haben sich in Kriegszeiten einen Bart stehen lassen.«

Zu jeder anderen Zeit hätte es sich Jack nicht verkneifen können, auf den unübersehbaren Abgrund hinzuweisen, der einen römischen Kaiser von einem Schiffsarzt der Royal Navy trennt. Jetzt aber sagte er nur: »Herapath hat sich sehr gut gehalten, wie ich höre?«

»Ausgezeichnet, wirklich. Er ist ein guter, ruhiger und kluger junger Mann, auf ihn ist Verlaß. Und jetzt, da ich niemanden mehr habe, möchte ich, daß du ihn zu meinem Assistenten ernennst. Zwar hat er weder Heilkunde noch Chirurgie studiert, das ist wahr, aber dafür kann er Latein und Französisch lesen, und die meisten meiner Bücher sind in diesen Sprachen geschrieben. Außerdem brauche ich ihm keinen medizinischen Unsinn wieder auszutreiben, was man von den meisten dieser erbärmlichen Quacksalber nicht sagen kann. Die kommen an Bord mit nichts als einem Blatt Papier von der Ärztekammer, haufenweise Altweibergeschichten und einer gebrauchten Säge.«

»Ich kann doch einen Mann nicht zum Assistenten des Schiffsarztes machen. Wo denkst du hin, Stephen? Das Sanitätsamt würde das niemals hinnehmen, nicht für einen Moment. Aber ich sage dir, was ich tun kann: Ich befördere ihn zum Fähnrich, leider sind ja drei Posten frei geworden, und dann kann er als dein diensttuender Assistent arbeiten.« Er fuhr fort, Stephen die Feinheiten bei der Unterscheidung von tatsächlichem Dienstgrad und vorübergehender Dienststellung darzulegen, mußte jedoch feststellen, daß sein Freund tief und fest schlief – Kinn auf der Brust, der Mund ein rundes O, umgeben von Bart, die Augen nur noch dünne Mondsicheln von gelblichem Weiß unter fast geschlossenen Lidern. Auf Zehenspitzen entfernte er sich.

Der nächste Tag begann mit einem plötzlichen, strahlenden Sonnenaufgang genau um sechs Uhr. Bei klarer Sicht frischte der Wind aus Südost auf, und zu Beginn der Vormittagswache überquerte die LEOPARD den Äquator. Sie kreuzte die Linie ohne jede Zeremonie, nichts markierte das besondere Ereignis, außer daß es Schweine-

fleisch gab. Eigentlich wäre es einer der Seemannskummertage mit
Schmalhans als Küchenmeister gewesen: Trockenerbsen und Back-
pflaumenpudding.

Als es sechs Glasen schlug, kam Herapath mit den Krankenberich-
ten aus dem Lazarett und meldete, die Genesung der restlichen
Patienten mache gute Fortschritte. Bevor sie sich den düsteren
Berichten zuwandten, sagte Jack: »Herapath, Dr. Maturin hat Ihr
Verhalten in den höchsten Tönen gelobt und wünscht, Sie weiterhin
als Assistenten zu behalten. Ohne die notwendigen Zertifikate
erlauben es mir die Vorschriften der Flotte nicht, Sie in den Schiffs-
büchern als Assistent des Schiffsarztes zu führen. Ich schlage daher
vor, Sie zum Fähnrich zu befördern. Mit diesem Dienstgrad können
Sie als sein Assistent Dienst tun, mit den alten Hasen im Cockpit
achtern wohnen und das Achterdeck betreten. Wäre Ihnen das
recht?«

»Ich bin Dr. Maturin für seine hohe Meinung von mir außerordentlich zu Dank verpflichtet. Ihnen auch, Sir: Ihr Angebot ist zu gütig.
Aber gestatten Sie mir die Bemerkung, daß ich amerikanischer
Bürger bin, nur für den Fall, daß dies ein Hindernis darstellen
sollte.«

»So, Amerikaner sind Sie?« sagte Jack. Er warf einen Blick in die
Musterrolle, die er geöffnet vor sich hatte, um Herapaths Dienstgrad zu ändern. »Tatsächlich. In Cambridge geboren, Bundesstaat
Massachusetts. Nun, leider muß ich sagen, daß Sie dadurch niemals
ein Offizierspatent für die Royal Navy erhalten können. Jede Beförderung über den Mastergehilfen hinaus ist ausgeschlossen. Ich
bedauere das sehr.«

»Sir«, erwiderte Herapath, »ich muß es tragen wie ein Mann.«

Jack musterte ihn genau. Außer Stephen durfte sich niemand
ungestraft über Kapitän Aubrey lustig machen – aber konnte es sein,
daß Herapath gar nicht impertinent hatte sein wollen? Das Gesicht
des jungen Mannes war unbewegt und ernst, und auch Stephen
zeigte nicht einmal den Anflug eines Lächelns. Er fuhr fort: »Ich
nehme an, Sie wären nicht abgeneigt, gegen die Franzosen zu
kämpfen? Oder gegen irgendein anderes Land, mit dem England im
Krieg steht?«

»Überhaupt nicht, Sir. Im Jahre achtundneunzig, ich war eigentlich noch ein Junge, habe ich unter General Washington gegen die Franzosen gekämpft, mit der Waffe in der Hand. Es wäre mir eine Freude, Ihnen gegen die Feinde Englands zu helfen, wie ich nur kann – außer natürlich, wenn England den Staaten den Krieg erklären sollte, was Gott verhüten möge.«

»Amen«, sagte Jack. »Sei's drum. Ich freue mich, Sie demnächst auf dem Achterdeck begrüßen zu dürfen. Mr. Grant wird Sie den jungen Gentlemen vorstellen. Geben Sie ihm diesen Zettel von mir. Der arme Stokes hatte ungefähr Ihre Größe. Sie täten also vielleicht gut daran, seine Uniformteile zu kaufen, wenn sie am Großmast versteigert werden.«

Herapath zog sich zurück. Sie breiteten die Papiere aus, und Jack verglich sie mit dem Logbuch, strich die Namen aus und schrieb jeweils ADT dahinter, ausgeschieden durch Tod. Einhundertundsechzehn Namen waren es, vom Leutnant der Marineinfanterie William MacPherson und dem Mastergehilfen James Stokes bis zum Schiffsjungen dritter Klasse Jacob Hawley. Es war eine traurige Pflicht, denn immer wieder begegnete ihnen unter den zu streichenden Namen der eines alten Bordkameraden, der mit ihnen auf dem Mittelmeer, im Kanal, Atlantik oder Indischen Ozean gesegelt war – manchmal auch überall dort – und dessen seemännische und menschliche Eigenschaften sie genauestens kannten. »Weißt du, was mit am traurigsten ist an dieser Liste?« fragte Jack. »Unsere Freiwilligen sind viel stärker betroffen als der Rest. Ich kannte einmal ein gutes Drittel meiner Mannschaft, jetzt ist das ganz anders. Von den zwangsverpflichteten aus dem Kontingent sind erstaunlich viele durchgekommen – wie erklärst du dir das, Stephen?«

»Ich kann nur eine Vermutung wagen, mehr nicht. Eine leichte Form von Pocken macht einen immun gegen die schwere Form. Von diesen Männern sind viele im Gefängnis gewesen und dort möglicherweise mit einer stark geschwächten Form von Flecktyphus infiziert worden. So haben sie eine Resistenz dagegen erworben, die den anderen fehlt. Ich muß aber zugeben, daß meine Rechnung nicht so ganz aufgeht, denn von unseren Gefangenen haben nur drei Männer überlebt, und einer von denen wird nicht sehr alt werden. Die Frauen lasse ich bei meinen Überlegungen außen vor. Nicht nur verfügen sie über die einmalige Zähigkeit ihres

Geschlechts, sondern eine von ihnen ist auch schwanger. Und in anderen Umständen scheint eine Frau gegen alle möglichen Übel immun zu sein.«

Jack schüttelte den Kopf, ging die restlichen Unterlagen durch und sagte: »Ich nehme an, dies sind deine Rekonvaleszenten? Wann, glaubst du, werden sie wieder Dienst tun können?«

»Leider kann ich dir da wenig Hoffnung machen. Nur die paar Schiffsjungen dürften bald auf ihre Posten zurückkehren können. Ich fürchte, bei dieser Krankheit sind die Folgebeschwerden hartnäckig und nicht ungefährlich. Zwanzig von den fünfundsechzig auf meiner Liste könnten vielleicht unter anderen Verhältnissen in einem Monat wieder einigermaßen auf dem Damm sein, weitere zwanzig würden viel länger brauchen. Die restlichen fünfundzwanzig Mann aber sind dem Tod gerade noch so eben von der Schippe gesprungen und sollten überhaupt nicht auf einem Schiff sein, egal was für Zustände an Bord herrschen, sondern in einem gutausgestatteten Krankenhaus.«

Jack addierte und subtrahierte einige Zahlen und stieß einen leisen Pfiff aus, als er das Ergebnis hatte. »Also kann ich im günstigsten Fall um die zweihundert Mann einsetzen. Vielleicht hundertzwanzig davon können Wache gehen. Sechzig Mann pro Wache – Gott steh uns bei! Jede Wache nur sechzig Mann, und das bei einem Fünfzig-Kanonen-Schiff.«

»Aber man hat doch schon von Kauffahrern gehört, die mit so einer Besatzung ihr Schiff und alle Ware bis an das Ende der Welt gesegelt haben.«

»Das Schiff segeln, ja, das geht. Aber sie in ein Gefecht führen, das ist eine ganz andere Sache. Für die Stückmannschaften rechnen wir mit etwa fünf Zentnern, die ein Mann bewegen kann. Also: Unsere langen Vierundzwanzigpfünder wiegen ziemlich genau fünfzig Zentner, die Zwölfpfünder etwa sechsunddreißig. Um also auch nur eine Seite des Schiffs gefechtsbereit zu machen, brauchen wir hundertzehn Mann auf dem Unterdeck und siebenundsiebzig auf dem Oberdeck – und dann ist da noch die gesamte andere Seite, die Karronaden und die langen Neunpfünder. Außerdem braucht man, wie du nur zu gut weißt, Stephen, eine ganze Menge Leute für die Seemannschaft im Gefecht. Dieser Fisch stinkt gewaltig.«

»Es kommt noch schlimmer, als du jetzt befürchtest, Jack. Die Dinge stehen immer schlimmer als befürchtet. Du gehst ja davon aus, daß meine Rekonvaleszenten, diese fünfundsechzig Mann, dir umgehend zur Verfügung stehen. Aber wie du dich erinnern wirst, habe ich von anderen, günstigeren Umständen gesprochen, und die gegenwärtigen sind keineswegs günstig: mein Medizinschrank ist nämlich leer. Ich habe keine Chinarinde mehr, kein Latwerge, kein Antimon, kein – kurz und gut, ich habe gar nichts mehr außer den Mitteln für die venerischen Patienten und ein wenig Alba Mixtura, oder auch Augenwasser – davon nur noch sehr wenig – und kann deshalb auch für meine sechzig Rekonvaleszenten keine Verantwortung übernehmen. Sie brauchen Arzneien und eine Kost, die hier mitten auf dem Meer unmöglich zu finden ist. Bekommen sie das nicht, können sie einer ganzen Reihe von Leiden zum Opfer fallen. Dies gilt insbesondere für die Patienten auf meiner ersten Liste, der zu deiner Rechten: Thomas Pullings steht dort an erster Stelle. Das ist die Liste derer, die sofort Hilfe benötigen.«

»Können sie nicht bis zum Kap durchhalten?«

»Nein, Sir, das können sie nicht. Selbst bei dieser milden Witterung haben wir schon typische Symptome: dutzendweise angeschwollene Beine, dazu hochgefährliche Entkräftung und schwerwiegende Anzeichen für Nervenleiden. Südlich des Steinbocks würden die kalten Winde und das rauhe Wetter dafür sorgen, daß ohne neue Arzneien mindestens die Hälfte meiner Patienten den Tafelberg nicht erreicht. Und selbst wenn meine Kiste gut gefüllt wäre – die ersten auf der Liste hätten praktisch keine Chance, bis Afrika durchzuhalten.«

Jack antwortete nicht sogleich. Im Geist wog er die Vor- und Nachteile einer Kursänderung auf irgendeinen brasilianischen Hafen ab. Die küstennahen Passatwinde würde er verlieren; auch dachte er daran, wie der Südostpassat oft Woche um Woche im Osten genau unterhalb des Wendekreises festzuhängen pflegte. Ein Schiff mußte dann unter Umständen immer und immer wieder ohne echten Erfolg gegen den Wind ankreuzen oder weit nach Süden ausweichen, um dort die Westwinde zu suchen. Es galt, so viel zu bedenken. Sein vorher bereits trauriges Gesicht verfinsterte sich und wurde kalt, und als er schließlich sprach, sagte er Stephen nichts über seine Absichten, sondern fragte, ob Pullings und die anderen Kranken schon Wein haben dürften – er wollte nach ihnen sehen und ein paar Dutzend Flaschen mitnehmen.

Wann er zu einer Entscheidung gelangte, blieb allen verborgen, es mußte aber vor der ersten Hundewache gewesen sein. Stephen begleitete Mrs. Wogan auf die Poop, sah sich dort allerdings einem wütenden Angriff durch Babbingtons Neufundländer Pollux ausgesetzt. Der Hund hatte ihn mit dem Bart nicht erkannt und verteidigte Mrs. Wogan, der er tief ergeben war, in treuer Pflichterfüllung. Vergebens griff sie ihn am Ohr, zog daran und redete auf ihn ein, nicht so ein verdammter Narr zu sein, der Gentleman sei ein Freund: Das Tier mißtraute Stephen und klebte an seinen Fersen, wobei es mit jedem Atemholen und Ausatmen tief in der Kehle kollernd knurrte. Vergebens tadelte sie den Hund, gab ihm sogar einen Klaps auf die liebevoll emporgereckte Schnauze – alles umsonst, und Babbington war unter Deck. Also band sie ihm eine Flaggleine um den Hals und befestigte sie an der Nagelbank. Dann stand sie mit Stephen am Heck, und beide blickten in das Kielwasser, als sie den mit der Backbordhecklaterne beschäftigten alten Zimmermann einen seiner Gehilfen fragen hörten: »Was gibt's Neues, Bob?«

Mr. Gray war etwas schwerhörig, und sein Gehilfe sah sich zu einem lauteren Flüstern gezwungen, als ihm lieb sein konnte: »Wir segeln nach Recife.«

»Hä?« sagte der Zimmermann. »Nimm die Kartoffel aus dem Mund, du Hundesohn. Sprich deut-lich, Bob, deut-lich.«

»Recife. Nur kurz rein und wieder raus. Keine Wasserübernahme, kein Viehzeug. Grünzeug vielleicht.«

»Hoffentlich habe ich Zeit, Mrs. Gray einen sprechenden Papagei zu besorgen«, sagte der Zimmermann. »Dem letzten hat sie ewig hinterhergeweint. Nun sieh dir mal dieses Verkeilstück an, Bob. Selbst der Werft hätte ich nie zugetraut, daß die einem so ein verrottetes Stückchen Holz andrehen würden. Und der ganze verdammte Achtersteven ist so. Alles Dreck. Inzest ist gar nichts für die, der Sabbat ist ihnen auch nicht heilig, und uns schicken sie hinaus in einem alten Sieb, diese Arschlöcher.«

Bob hüstelte bedeutsam, stieß Mr. Gray den Ellbogen kräftig in die Seite und sagte: »Wir haben Gesellschaft, Alfred, Gesellschaft!«

Wie häufig auf Schiffen, traf dieses Gerücht über das Ziel der LEOPARD ziemlich genau zu. Der Bug wies jetzt deutlicher nach Westen und weg von Afrika; den Wind hatte sie nun eher von achtern als querab; Jack hatte begonnen, Unter- wie Oberleesegel setzen zu lassen. Aber sie schnitt jetzt schwerfälliger durch das Wasser, trug sie doch einen gewaltigen Bart von Algen, der ihr in den Kalmen gewachsen war. Außerdem brauchte der geschrumpfte Teil der Mannschaft, der jeweils Wache hatte, wesentlich länger für das Anholen der Segel – ja, sie hatten kaum das letzte Tau aufgeschossen, als die Trommel schon »Alle Mann auf Station!« rief. Das schwächliche, zögernde Abfeuern der Kanonen nach dieser Zeremonie unterschied sich sehr von dem Gebrüll, das die LEOPARD noch vor einem Monat aus voller Kehle angestimmt hatte.

Am Abend teilte Jack dem Freund seine Absicht mit, den nächsten brasilianischen Hafen anzusteuern, und bat ihn, eine Liste mit den gewünschten Medikamenten zusammenzustellen. »Proviant und Wasser haben wir mehr als genug«, sagte er, »deshalb werde ich weit draußen in der Reede ankern und gerade so lange nur, wie wir brauchen, um dir die Arzneien zu beschaffen. Wenn es in deinen Augen unbedingt erforderlich ist, können wir dabei auch die Kranken absetzen, die an Land müssen. Gib mir vorher ihre Namen. Wenn dieser Wind anhält, dürfte morgen St. Roque in Sicht kommen, und wenn es unter dem Land nicht abflaut, müßte Recife kurz darauf folgen. Sobald Grant und ich die neuen Wachlisten klar haben, setze ich mich an einen Brief für Sophie. Soll ich etwas von dir ausrichten?«

»Alles Liebe, selbstverständlich.«

Am nächsten Tag sagte Stephen nach der Visite: »Mr. Herapath, wie der Kapitän mir gesagt hat, legen wir kurz in Recife an, in Brasilien. Dort können wir unsere Medizinkiste wieder auffüllen. Ich werde jetzt die meiste Zeit damit zubringen müssen, Briefe zu schreiben und eine genaue Aufstellung von allem zu machen, was wir benötigen. Darf ich daher Sie ersuchen, Mrs. Wogan bei ihren Ausflügen auf die Poop zu begleiten? Das ist die unglückselige Dame, die hinter den Kabelgatts im Orlopdeck eingesperrt ist.«

»Sir?«

»Ich stelle fest, Sie sind mit unserer Seemannssprache noch nicht sehr vertraut«, sagte Stephen mit bemerkenswerter Selbstgefälligkeit. »Ich meine das Stockwerk unter uns, ungefähr in der Mitte, die Tür ist zu Ihrer Rechten. Oder an *Steuerbord*, wie wir Seemänner sagen. Nein, Backbord ist es, denn Sie werden ja rückwärts gehen, in Richtung Heck. Nun, wie dem auch sei – wir wollen nicht pedantisch werden, bei aller Liebe. Die Tür ist ganz klein und hat unten eine quadratische Öffnung, ein Speigatt nennt man das. Sie befindet sich in dem Korridor, wo einmal einer unserer Seesoldaten rund um die Uhr Wache gestanden hat. Aber vielleicht finden Sie nie dahin. Ich weiß noch, wie ich vor Jahren, als ich noch nicht so amphibisch war, mich einmal in den Tiefen eines viel kleineren Schiffes als unserem verloren habe. Mein Geist war damals auf seltsame Art verwirrt. Kommen Sie, ich zeige Ihnen den Weg und stelle Sie der Dame vor.«

»Bemühen Sie sich nicht, Sir. Ich bitte Sie, bemühen Sie sich nicht«, rief Herapath und brach abrupt sein Schweigen. »Ich weiß ganz genau, welche Tür Sie meinen. Ich bin schon oft – sie ist mir schon oft aufgefallen, diese bestimmte Tür. Sie liegt auf dem Weg von hier zum achternen Cockpit, wo ich ja jetzt schlafe. Sie sind zu freundlich, Sir, aber ich bitte Sie, bemühen Sie sich nicht weiter.«

»Hier haben Sie den Schlüssel«, sagte Stephen. »Meine besten Empfehlungen an die Dame.«

Mrs. Wogans Auftritt im Geleit des ärztlichen Assistenten erregte erhebliche, wenn auch nicht unverhohlene Neugier und noch mehr Neid auf dem Achterdeck. Die älteren Fähnriche litten körperlich an der Sehnsucht nach ihr, denn der Kapitän ließ nicht zum Vergnügen schlagen. Trotzdem hielt es der eine oder andere für unerläßlich, auf der Poop den ordnungsgemäßen Zustand des Flaggenstocks oder die Existenz der Heckreling zu überprüfen. Man war sich einig, daß sie bemerkenswert gut aussehe, und beobachtete, wie sie und ihr Begleiter einander offensichtlich sehr viel zu sagen hatten, wobei die Dame allerdings den Umständen entsprechend sittsam reserviert blieb. Dreimal hörten sie ihr absurdes, gurgelndes Lachen, und dreimal lächelten alle auf dem Achterdeck, vom wachhabenden Offizier bis zum bärbeißigen, alten Quartermaster am Steuer, wie die letzten Narren.

Beim dritten Lachen der Dame erstarb ihnen allerdings das Echo dazu im Gesicht, als sie hörten, wie die Kajütentür geöffnet wurde. Man begab sich mit ernster Miene an die Leeseite, denn der Kommandant hatte das Achterdeck betreten. Dieser musterte den Himmel und warf einen prüfenden Blick auf Takelage und Kompaßhaus. Dann begann er, wie gewöhnlich auf der Luvseite auf und ab zu gehen, wobei er bei jeder Wendung in Erwartung einer Meldung ein Auge auf den Mann im Masttopp hatte. Wieder dieses Lachen, leise und ganz nah kam es von der Poopreling, immer weiter ging es, wollte gar nicht mehr aufhören, schwoll an zu einem Crescendo puren Vergnügens, und er konnte beim besten Willen nicht widerstehen: Trotz der unerfreulichen Lage an Bord, die schwer auf ihm lastete, spürte er ein Kitzeln in der Magengegend und drehte sein Gesicht voll in den Wind. Warum ich in Gottes Namen den griesgrämigen, alten Stoiker spielen muß, weiß ich auch nicht, sagte er sich. Der Lachreiz tief in ihm aber wollte sich nicht legen, und so ging er gelassen nach vorne zum Großmast, legte seinen Uniformrock über eine Kanone, schwang sich über das Schanzkleid und die Hängematten in ihren Finknetzen in die Wanten und stieg gemächlich an den Webeleinen hinauf. Mein Gott, sagte er bei sich, während er höher und höher kletterte, auf dieser Fahrt bin ich bisher kaum oben gewesen. So wird man als Kapitän unbeweglich und fett, übellaunig und gallenbitter, ein richtiger Jupiter Tonans. Bei seinem Alter hatte er das Recht, sich nicht mehr beeilen zu müssen, um mit zwanzigjährigen Toppgasten mitzuhalten. Dies war auch gut so, denn als er im Topp eine kurze Pause einlegte, ging sein Atem bereits schwer. Er blickte hinunter, erst auf seinen Bauch, dann weiter hinab auf das Achterdeck. »Mr. Forshaw«, rief er, »bringen Sie mir mein Glas herauf.« Forshaw war der jüngste seiner Kadetten, ein unglücklicher Junge auf erster Fahrt, langsam im Begreifen wie in den Bewegungen.

Er wartete, nicht gerade widerwillig, bis das ängstliche Gesicht des Jungen über dem Mastkorb auftauchte. Forshaw schwang die kurzen Beine in einem einzigen, gewaltigen und nicht ungefährlichen Schwung über die Kante, landete im Topp und reichte ihm wortlos das Teleskop. Jack begriff, daß es dem jungen Kadetten im Moment unmöglich war, auch nur ein klares Wort herauszubringen, mochte er sich auch noch so bemühen, ruhig und gelassen zu wirken. »Da Sie gerade einmal hier sind, Mr. Forshaw«, sagte er. »Ich sehe Sie gar nicht hier oben herumturnen, wie die anderen Jungspunde aus Ihrem Deck das tun. Kann es sein, daß Ihnen eine solche Höhe unangenehm ist?« Er sprach in freundlichem Konversationston mit dem Jungen, dessen Gesicht nichtsdestotrotz purpurrot anlief. Die Antwort kam in einem hoffnungslosen Kuddelmuddel heraus: Schrecklich sei es, Sir – nein, es mache ihm gar nichts aus.

Nelson konnte so etwas, aber ich bezweifle, daß ich es auch kann, dachte Jack, fuhr aber dennoch fort: »Der Witz bei der ganzen Sache ist, nicht nach unten zu schauen, bis man's gelernt hat. Man muß sich außerdem mit beiden Händen in den Wanten festhalten, nicht an den Webeleinen. Folgen Sie mir jetzt hinauf zu den Dwarssalings vom Bramsegel. Wir gehen's ganz gemächlich an.«

Höher und höher, dem Himmel entgegen. »Sie werden sehen, bald geht es so leicht wie Treppensteigen zu Hause. Immer nach oben schauen – nicht zu stark festklammern – ganz ruhig atmen – jetzt hier schön um die Püttingswanten herum, nehmen Sie immer die Außenwanten beim Bramsegel – und jetzt legen Sie den Arm um den Fuß des Royals – das ist die Royalstenge, sehen Sie. Manchmal setzen wir sie direkt hinter die Bramstenge, bis hinunter zum Eselshaupt, aber dann hängt hier oben mehr Gewicht in der Luft – setzen Sie sich auf die Oberbramsalings, die dienen dazu, die Oberbramwanten zu spannen. So, da wären wir – schlägt das nicht alles?« Er starrte über die enorme Weite des Ozeans angestrengt zum westlichen Horizont hinüber, und da lag sie, genau dort, wo sie sein sollte: eine feste, dunkle Masse, zu unbeweglich für eine Wolke. Er nahm das Fernrohr von der Schulter, und im Glas tauchte die wohlvertraute Silhouette des Kaps von St. Roque auf. Es war eine perfekt navigierte Landung. »Da drüben«, sagte er und wies mit dem Kopf hinüber, »das ist Amerika. Sie können jetzt wieder hinunter, und sagen Sie Mr. Turnbull Bescheid. Hinunter geht es viel leichter, schon wegen der Schwerkraft – schauen Sie aber immer nach oben.«

Er blickte ab und zu hinab in das runde Gesicht, das voller fast religiöser Ehrerbietung zu ihm herauf starrte, und an Forshaw vorbei auf das Deck: Auf wunderbare Weise entrückt, lag es tief da unten im Meer, ein langer, dünner Splitter mit weißem Rand,

winzige Figürchen liefen auf ihm herum. Zumeist aber blickte er zum Kap hin. »Bei Gott, ich wünschte, Stephen ließe uns Pullings«, sagte er laut. »Ein Jahr mit diesem Grant als Erstem, und ich ...«
Die Meldung des Ausgucks unterbrach seinen Monolog, denn nun war das Kap auch von der Rah unter ihm zu sehen, und er hörte den Ruf: »Meldung an Deck: Land zwei Strich steuerbords.«

Dies war der Zeitpunkt, von dem an die familienverbunden fühlenden Besatzungsmitglieder nach Tintenfaß und Feder griffen, und wer des Schreibens unkundig war, diktierte seinen gelehrten Freunden. Die Briefe waren manchmal in einfachem Englisch gehalten, zumeist jedoch so gestelzt und offiziell wie den Verfassern nur möglich formuliert, dazu noch in salbungsvoll-feierlichem Tonfall. Stephen leitete, wie versprochen, Mrs. Wogans Ersuchen weiter, es möge ihr gestattet werden, einen eigenen Brief in den sich rasch füllenden Postsack zu geben. »Ich werde mit Interesse zur Kenntnis nehmen, was er enthält«, sagte er zu Jack, und wie erwartet wendete dieser sich ab – schnell zwar, aber nicht schnell genug, um vor dem Freund den Ausdruck von tiefem Widerwillen, ja beinahe Verachtung zu verbergen.
Um einen Feind zu täuschen, würde Kapitän Aubrey alles tun, was in seiner Macht steht, und jede seinem erfinderischen Geist zufliegende Kriegslist anwenden: Falsche Flaggen oder Signale würden den Gegner in dem Glauben wiegen, einen harmlosen Handelsfahrer, das Schiff eines neutralen oder gar des eigenen Landes vor sich zu haben – im Krieg war alles erlaubt. Alles, nur nicht, fremde Briefe zu öffnen oder an anderer Leute Türen zu lauschen. Stephen dagegen würde ohne die geringsten Skrupel sämtliche Briefe einer Postkutsche aufbrechen, wenn dadurch Bonaparte der Hölle auch nur einen Zoll näher gebracht werden könnte. »Du liest doch erbeutete Depeschen mit unverhohlener Schadenfreude und jauchzt und frohlockst darüber«, wehrte sich Stephen. »Du gibst zu, daß derartige Briefe öffentlichen Charakter haben. Wenn du auf Unvoreingenommenheit Wert legst, wirst du folglich zugeben müssen, daß jedes Dokument mit Bezug auf den Krieg ebenfalls quasi öffentliches Eigentum ist. Du solltest dich freimachen von solchen geistesschwachen Vorurteilen.«

Tief im Herzen blieb Jack bei seiner Ablehnung, Stephen aber bekam den Brief. Ihn in den Händen haltend, saß er in der geschützten Abgeschiedenheit der Kapitänskajüte, als die LEOPARD frühmorgens vor Recife lag. Sie war weit draußen auf der Reede vor Anker gegangen, und das Riff, das den inneren Ankergrund schützte, war mehr als eine halbe Meile entfernt. Er warf einen ersten Blick auf den Brief und erschrak: Diana war die Adressatin. Er war mehr als überrascht, hatte er doch die Bekanntschaft zwischen den beiden für eher flüchtig gehalten; jetzt brauchte er einige Minuten, bis er sich so weit beruhigt hatte, daß er sich dem Siegel zuwenden konnte. Siegel und die mit ihnen verbundenen Fallstricke hatten ihre Geheimnisse für ihn weitgehend verloren. In diesem Fall genügte bereits ein Messer mit schmaler, rotglühend erhitzter Klinge, und doch mußte er zweimal abbrechen, so sehr zitterten ihm die Hände. Er glaubte nicht, es ertragen zu können, sollte der Brief den Beweis für Dianas Schuld enthalten.

Das erste Lesen lieferte keinerlei Hinweis darauf. Mrs. Wogan beklagte wortreich die plötzliche Trennung von ihrer geliebten Mrs. Villiers: An den Vorgang selbst wolle sie gar nicht denken, so schrecklich war es gewesen, so traurig gestimmt hatte er sie hinterlassen. Für einen Moment hatte Mrs. Wogan gedacht, zwischen sie und ihre Freundin würde nun die ganze Distanz zwischen dieser Welt und dem Jenseits treten, denn in ihrer Verwirrung angesichts jener nichtsnutzigen Schurken hatte sie ein oder vielleicht auch zwei Pistolenschüsse abgegeben, ein weiterer hatte sich von selbst gelöst. Anscheinend war dadurch aus einer Meinungsverschiedenheit über einen harmlosen Freundschaftsdienst ein Kapitalverbrechen geworden, aber ihre Anwälte hatten die Angelegenheit trotz alledem sehr verständig gehandhabt – von herzensguten Freunden hatte sie viel Unterstützung erfahren. Nun lag zwischen ihnen beiden doch kaum der halbe Erdkreis der diesseitigen Welt, und das vielleicht nur für eine begrenzte Zeit. Mrs. Villiers solle sie doch bitte allen ihren Freunden in Baltimore empfehlen, vor allem Kitty van Buren und Mrs. Taft. Ob sie wohl auch die Güte hätte, Mr. Johnson aufzusuchen und ihm zu sagen, es stünde alles zum besten? Genaueres würde er von Mr. Coulson erfahren – irreparabler Schaden war jedenfalls nicht entstanden. Anfangs war die Seereise geradezu unerträglich gewesen, die Pest hatten sie an Bord gehabt, aber nun entwickelten sich die Dinge schon seit einiger Zeit zum Guten: Herrliches Wetter hatten sie jetzt, ihre privaten Vorräte hielten erstaunlich gut, auch hatte sie mit dem Schiffsarzt Freundschaft geschlossen. Ein häßlicher, kleiner Mann war er, und er war sich dessen wohl auch bewußt, denn seit neuestem trug er einen scheußlichen Bart, um das Gesicht dahinter zu verbergen, und bot nun einen geradezu erschreckenden Anblick. Aber man konnte sich ja an alles gewöhnen, und die Unterhaltungen mit ihm waren jeden Tag eine willkommene Abwechslung. Höflich und normalerweise freundlich, konnte er doch barsch und kurz angebunden mit ihr sein – dabei hatte sie es bis jetzt nicht gewagt, sich unverschämt oder auch nur irgendwie anders als lammfromm zu zeigen. Um es in der Seemannssprache zu sagen: An den Mast mußte man den nicht gerade binden, um ihn sich vom Halse zu halten; er war weit entfernt davon – sie glaubte, er litte an gebrochenem Herzen. Daß er Junggeselle war, hatte sie bereits herausgefunden. Gebildet und hochgelehrt, aber wie andere Männer dieser Art, die sie kennengelernt hatte, in vielen Dingen des alltäglichen Lebens geradezu lachhaft geistesabwesend – so war er für ein Jahr auf eine Seereise gegangen, ohne ein einziges Schnupftuch mitzunehmen! Gerade war sie dabei, ein Dutzend dieser nützlichen Dinger aus einem Stück mitgebrachten Batist für ihn zu säumen. Sie hatte wohl so etwas wie *sentiments tendres* für den Mann. Zumindest war sie enttäuscht, wenn statt seiner der Kaplan an ihre Tür klopfte: ein Mann mit roten Haaren wie Judas Ischariot und krummen Beinchen, der sich auffallend viel und durchaus nicht erwünscht um sie kümmerte, sich zu ihr setzte und aus erbaulichen Büchern vorlas. Sie für ihren Teil, so Mrs. Wogan weiter, fühlte sich angeekelt durch diese Kombination von beginnender Galanterie und Bibelkunde. In den Staaten war ihr so etwas oft begegnet, viel zu oft sogar – aber sie war ja keine naive Unschuld vom Lande und wußte genau, worauf er hinauswollte. Ihr Leben war sonst nicht allzu unangenehm: monoton zwar, kein Zweifel, jedoch ohne die unerträgliche Langeweile der letzten Jahre im Kloster. Von ihrem Dienstmädchen hörte sie amüsante Geschichten von einem Leben in London, wie es niedriger nicht vorstellbar war. Dann war da noch ein lieber, treudummer Hund, der auf der Poop immer hinter ihr herlief, außerdem eine Geiß, die sich gelegentlich zu einem Gruß herabließ. Über einen guten Vorrat an Büchern verfügte sie auch: Sie hatte doch tatsächlich CLARISSA ganz durchgelesen, ohne selbst zum Strick zu greifen – wenn auch manchmal nur, weil gerade kein passender Haken zu finden war – und ohne daß sie herauszufinden versucht hatte, wie dieser Gimpel Clarissa Harlowe den Fängen des niederträchtigen Stutzers Lovelace entgehen würde. Wie sie eitle Schönheit bei einem Mann verachtete – und doch hatte sie keine Zeile des Romans übersprungen, eine in der weiblichen Welt sicherlich bisher einmalige Leistung. Sollte sich Mrs. Villiers jemals in ähnlich unglücklicher Lage wiederfinden, konnte sie, Mrs. Wogan, ihr jedenfalls nichts heißer ans Herz legen als das gesamte Œuvre Richardsons, dann allerdings mit Voltaire als Gegengift und einem unerschöpflichen Vorrat an Schiffszwieback; jedoch sollte Mrs. Villiers versichert sein, das genaue Gegenteil, ein Leben in völliger Freiheit und in Begleitung eines wohlerzogenen und verständigen Mannes, wurde ihr von Herzen gewünscht von ihrer treu ergebenen Freundin, Louisa Wogan.

Aus dem ersten Lesen ergab sich kein Hinweis auf Dianas Schuld, eher schien das Gegenteil richtig: Ganz offensichtlich war der Brief in der Absicht geschrieben, die Freundin im dunkeln zu lassen. Im Herzen hatte er ihr die Absolution bereits erteilt, aber sein Kopf bestand auf einem zweiten, wesentlich langsameren Durchgang, und beim dritten Lesen analysierte er die Wortwahl sehr sorgfältig und suchte nach jenen kleinsten Zeichen und Wiederholungen, die auf einen Code hinwiesen. Er fand nichts.

Zufrieden lehnte er sich zurück. Natürlich war der Brief nicht wirklich aufrichtig, aber gerade die offensichtlichste Unaufrichtigkeit in ihm, die fehlende Erwähnung von Herapath, freute ihn sehr. Mrs. Wogan wußte, daß der Brief möglicherweise vom Kommandanten gelesen werden würde – seine geistesschwachen Vorurteile teilte sie mit Sicherheit nicht –, und beabsichtigte anscheinend, alle geheimdienstlich relevanten Informationen über Herapath weiterzuleiten. Es schien ihm mehr als wahrscheinlich, daß sie sich über das »irreparabler Schaden nicht entstanden« gerne genauer auslassen würde, um dem Vorgesetzten mitzuteilen, wieviel sie nun genau hatte verraten müssen, um ihren Kopf zu retten. Kein Agent, der auch nur einen Pfifferling wert war, würde dies unterlassen – zumindest kein Agent, der nicht gekauft worden war, und Mrs. Wogan hatte sich nicht kaufen lassen. Außerdem hatte er ihr mehr als genug Zeit gegeben, ihrem Geliebten alles darüber gründlich einzubleuen. Stephen machte eine Abschrift des Briefes für Sir Joseph; vielleicht würden dessen Kryptographen einen Code entdecken, der seiner genauen Untersuchung mit Erhitzen des Papiers und Anwendung diverser Chemikalien entgangen war. Dann brachte er das Siegel wieder an und legte den Brief zurück in die Posttasche, wobei er gleichzeitig unter der neuen Post nach einer Adresse in Herapaths auffälliger Handschrift suchte. Aber da war nichts.

»Jack«, sagte er, »wird es für irgendwen Landgang geben?«
»Nein«, erwiderte Jack. »Natürlich muß ich dem Gouverneur einen Höflichkeitsbesuch abstatten und die üblichen Artigkeiten beachten, und dann will ich sehen, ob ich im Hafen nicht noch ein paar Mann fürs Schiff auftreiben kann. Aber davon abgesehen werden nur du und die Kranken an Land gehen, bei denen du unbedingt darauf bestehst, daß sie im Hospital gepflegt werden müssen.« Hier blickte er Stephen voller Ernst an und fuhr dann fort: »Ich habe weder vor, auch nur eine Minute mehr als nötig zu verlieren, noch will ich auch nur einen einzigen Mann desertieren sehen. Du kennst das ja: Sobald sie auch nur den Hauch einer Chance wittern, laufen sie wie die Hasen.«
»Hier sind die Namen der Männer, die unbedingt von Bord müssen«, bemerkte Stephen. »Vor nicht einmal einer Stunde habe ich sie noch einmal sorgfältig untersucht.«
»Ich habe keine Ahnung, wie ich das Pullings beibringen soll.« Jack musterte die Liste. »Es wird ihm fast das Herz brechen.«
Jener wirkte tatsächlich gebrochen, als er in einem Tragetuch aus Leinwand an der Bordwand in den gemieteten Leichter hinabgelassen wurde, der ihn und die anderen Kranken an Land bringen sollte. Zum Aufsitzen war er zu schwach, was aber ein Segen für ihn war, denn so konnte er im Liegen sein Gesicht verbergen. Kaum einer der anderen war derart geschwächt, aber alle boten einen mitleiderregenden Anblick, und viele waren so störrisch wie unerzogene

Kinder. Ein Mann namens Ayliffe rief Stephen zu, der ihm in die Transportschlinge half: »Sachte, sachte, du bärtiges Arschgesicht – kannst du nicht vorsichtiger sein?« Er verdankte Stephen wahrscheinlich sein Leben, aber die Fellschere des Schiffsarztes hatte neben dem zotteligen Haupthaar auch einen Seemannszopf abgeschnitten, der zehn Jahre Geduld und Pflege hinter sich hatte, und dieser Verlust war dem griesgrämigen Ayliffe nur allzu gegenwärtig.

»Den Namen dieses Mannes aufschreiben«, rief der neue Erste.

»Schreib ihn dir sonstwo hin, du alte Flachpfeife«, sagte der Seemann. »Und dann steck ihn dir hinten rein. Hier gibt's kein Auspeitschen mehr.«

Von den übrigen Invaliden kam hierzu kein Kommentar, ihr Schweigen jedoch sprach Bände: Auch ihnen mochte es passieren, daß sie bei schwerer Krankheit, in der Hitze des Gefechts oder in volltrunkenem Zustand die gebotene und übliche Disziplin vermissen ließen, aber das hier ging doch ziemlich weit – zu weit eigentlich, in Anbetracht der Lage. Schließlich stand das Schiff weder in Flammen, noch war sie auf Grund gelaufen, und sturztrunken wirkte Ayliffe auch nicht. Stephen machte gerade Anstalten, seinen Patienten in den Leichter zu folgen, als Herapath zu ihm sagte: »Darf ich Sie begleiten, Sir?«

»Ganz sicher nicht, Mr. Herapath«, sagte Stephen. »Der Kapitän hat keinen Landgang gegeben. Außerdem werden Sie alle Zeit und Kraft für die Abschrift unserer Aufzeichnungen benötigen. Aber Sie verpassen nichts in Recife – es ist ein ausnehmend langweiliger Hafen.«

»Darf ich Sie in diesem Fall bitten, das hier dem Konsul der Vereinigten Staaten zu überbringen?« Er zog einen Brief hervor, und Stephen steckte ihn ein.

In jener Nacht saß Stephen noch sehr spät über seinem Tagebuch. Das Schiff war totenstill, nur der Passat sang leise in der Takelage. Ab und zu ließ sich die Ankerwache vernehmen, oder die Glocke schlug die halbe Stunde, gefolgt vom »An Bord alles wohl« der Wachen. Er löschte die Kerze, preßte die Hände gegen seine schmerzenden, rot umränderten Augen und schrieb: »Nach einer perfekt navigierten Landung habe ich Jack schon vor Freude strahlen sehen: dann nämlich, wenn er Gezeiten, Meeresströmungen und umspringende Winde genau einkalkuliert hat und das Ergebnis ihm recht gibt. So war es auch diesmal – aber auch meine Vorhersage war so, wie ich sie mir präziser nicht hätte wünschen können. Die arme Dame muß sich mit der Verschlüsselung sehr geplackt haben. Sie dürfte Fisher von ganzem Herzen zum Teufel gewünscht haben, als der darauf bestand, ihr Souths Opus über Demut und Entsagung vorzulesen. Wenn ich mir die Teile ansehe, die sie nicht mehr verschlüsseln konnte, dann dürften Sir Josephs Fachleute aus dem Rest ein bemerkenswert vollständiges Bild gewinnen können: Der Anblick eines Geheimdienstes, der gerade im Entstehen begriffen ist, wird ihn erfreuen. Er steckt noch in den Kinderschuhen, das mag wohl sein, aber es sind sichtlich die Schuhe eines talentierten Kindes, vielleicht sogar eines Wunderkindes. Die Dame tut mir leid. Der gute Gottesmann nimmt sie andauernd mit seinem langweiligen Gerede in Beschlag, während ihr die kostbare Zeit davonläuft. Beim Siegel mit den zwei Haaren als doppelter Sicherung hat sie alle ihre Kunst aufgewendet, und doch zeigt es Anzeichen offensichtlicher Ungeduld. Ich habe keinerlei Zweifel, daß morgen beim Treffen unsere Augen einander gleichen werden wie die zweier Albino-Frettchen: Obwohl meine Kopien und Briefe an Sir Joseph in doppelter Ausfertigung länger ausgefallen sind, habe ich nämlich mehr Erfahrung in diesen Dingen. Ich brauche bei meinem Code nicht an den Fingern abzuzählen, auch muß ich einmal Geschriebenes nicht auslöschen und neu schreiben, wobei ich auf den Seitenrändern Spuren kleinerer Berechnungen hinterlasse. Und dann ist mir auch die starke innere Unruhe und Seelenpein erspart geblieben, mit der sie zu kämpfen hatte. Ich muß aber aufpassen, daß sie mir den Triumph nicht ansieht, und werde meine freudestrahlenden Augen vielleicht hinter grün getönten Brillengläsern verbergen.« Er schloß das Buch – selbst ein Meisterwerk der Chiffrierkunst – und streckte sich in der Koje aus. Die Müdigkeit stieg in ihm hoch, und Schlaf umfing seinen Verstand. Aber für eine Weile noch war er wach genug, um über die angenehmen wie auch die unangenehmen und schmutzigen Seiten seines Geschäfts nachzusinnen: darüber, wie andauernde Täuschungen und lange gelebte Lügen vom Lügner bis ins Mark Besitz ergreifen, mögen sie auch noch so gerechtfertigt sein; wie der Agent in manchen ihm bekannten Fällen nicht nur sein

Leben, sondern sogar sein innerstes Wesen opfern mußte. Dann ein Gedankensprung zu Walen: Arten, Verhalten; weiter zur merkwürdigen Spaltung der Offiziersmesse in zwei Parteien: auf der einen Seite Grant, Turnbull und Larkin, auf der anderen Babbington, Hauptmann Moore und Byron, der jetzt als kommissarischer Vierter Offizier den Dienst versah, dazwischen Zahlmeister Benton und der unbedeutende Leutnant der Marineinfanterie, Howard. Vielleicht auch Fisher, andererseits hatte der seit kurzem seine Freundschaft mit Grant vertieft. Der Kaplan war ein seltsamer Mensch, möglicherweise etwas ohne Tiefgang und Standfestigkeit. Auf dem Höhepunkt der Epidemie war Stephen von Fishers Verhalten enttäuscht gewesen, sofern ihm für solche Gefühle Zeit geblieben war: mehr Schein als Sein, viele uneingelöste Versprechungen – sollte der Mann zu sehr mit eigenen Sorgen beschäftigt sein? Vielleicht war für ihn bei Tröstungen aller Art Nehmen seliger denn Geben? Auf jeden Fall hatte er sich äußerst unwillig gezeigt, mit Schmutz und Unrat in Berührung zu kommen. Und dann diese auffällige Besorgnis um Mrs. Wogans Wohlergehen … Die beiden Lager standen sich jedoch nicht in Feindschaft gegenüber, und wenn doch, so war dies zumindest nicht offensichtlich. Eher vertraten sie zwei verschiedene Grundhaltungen, die im gesamten Schiff ihre Vertreter finden dürften: Jacks alte Schiffsgenossen und die Freiwilligen auf der einen Seite, der Rest der Crew auf der anderen. Ob er wohl noch Männer auftreiben kann?, war der letzte dieser Gedanken, dem Stephen noch Form und Zusammenhang geben konnte.

Die Antwort auf diese Frage brachte der nächste Tag. Zwölf portugiesische Schwarze hatte Jack aufgetrieben, und am Nachmittag wollte er seine letzte Chance nutzen, um dann mit der Tide am Abend die Anker zu lichten. »Aber ich glaube kaum, daß er noch eine arme Seele findet«, bemerkte Bonden, der Stephen zum Apotheker ruderte, um eine weitere Ladung Arzneien zu holen. »Kann er nicht eine Preßgang auf das englische Schiff schicken, das gerade angekommen ist?«
»O nein, Sir, das geht nicht.« Bonden lachte. »Nicht in einem ausländischen Hafen. Außerdem ist das 'n Walfänger mit Kurs auf die Südsee. Die meisten der Männer werden Schutzbriefe haben,

also können wir gar nichts machen, selbst wenn wir den Kahn auf offener See stoppen. Und Freiwillige kriegt er von der nie nicht, nicht für die alte LEOPARD, egal, ob sie schon unter ihm gefahren sind oder nicht. Keiner von denen geht freiwillig bei der LEOPARD an Bord. Sie ist 'n alter Pott mit 'nem beschissenen Ruf – wer will da schon drauf?«

»Aber sie ist doch sicher ein sehr schönes Schiff? Besser als jede neue Fregatte, hat der Kapitän gesagt.«

»Na ja«, sagte Bonden, »ich bin ja nicht König Salomon höchstpersönlich und die Weisheit hab ich auch nicht gepachtet, aber ich weiß, was sich unsereins sagt. So 'n ganz gewöhnlicher Seemann, hat 'n paar Reisen auf 'm Buckel, der denkt nämlich so: Hier die alte LEOPARD, die hat wohl 'nen guten Skipper, das ist keiner von den Kommißköppen, die dir heute mit der Bibel und morgen mit der Peitsche kommen, wie wir sagen. Aber sie ist sehr alt, und an Bord ist übel Not am Mann. Totschuften müssen wir uns, also zur Hölle mit der LEOPARD. Und warum? Weil sie nichts als ein schwimmender Sarg ist und obendrein vom Pech verfolgt – ein Schiff mit 'nem Fluch drauf, wenn Sie mich fragen, Sir.«

»Nein, Bonden: Der Kapitän hat mir klipp und klar gesagt – ich erinnere mich an jedes seiner Worte –, daß man sie gründlich überholt hat: Diagonalverstrebungen nach Snodgrass und Roberts eiserne Kniestücke oder so ähnlich. Und jetzt sei sie das beste Fünfzig-Kanonen-Schiff auf dem Wasser.«

»Mag schon sein, vielleicht ist sie der beste Fünfziger mit Wasser unterm Kiel. Aber warum? Weil es weit und breit sonst nur die GRAMPUS gibt, dazu noch zwei oder drei, die wir die Ostsee-Bahren nennen. Aber was die Kniestücke und Streben angeht ... Nun, Sir, ich weiß nicht«, sagte Bonden mit einem Blick über die Schulter und einem blitzschnellen Manöver, das die Jolle durch eine Lücke zwischen einer ganzen Flottille kleiner Boote und der äußeren Begrenzungsboje schießen ließ. Für eine Weile schwieg er, um dann mit einer Stimme voll hartnäckiger Streitlust fortzufahren: »Man kann mir von Kapitän Seymour erzählen und von Lord Cochrane und Kapitän Hoste und wie sie alle heißen, aber ich sage, unser Skipper ist der beste Kapitän vor dem Feind, den die Navy hat, und ich habe unter Lord Viscount Nelson gedient, oder etwa nicht? Den

Mann will ich sehen, der das bestreitet. Wer ist denn mit 'ner Vierzehner-Brigg bei 'ner spanischen Fregatte längsseits gegangen, und zwar so, daß sie die Flagge streichen mußte? Wer hat auf der POLYCHREST gekämpft, bis sie unter ihm abgesoffen ist, und hat sie dann gegen eine Korvette eingetauscht, die er genau unter deren Kanonen gekapert hat?«

»Ich weiß, Bonden. Ich war dabei«, sagte Stephen sanft.

Aber Bonden redete sich allmählich in Wut: »Wer hat denn mit einer Achtundzwanziger-Fregatte einen Franzosen mit vierundsiebzig Kanonen angegangen? Aber«, fuhr er in verändertem Tonfall fort, jetzt leise und vertraulich sprechend, »wenn wir dann an Land sind, geraten wir manchmal ein wenig ins Schwimmen, wenn Sie wissen, was ich meine, Sir. Weil nämlich, grundehrlich wie wir Leopards sind, glauben wir dann und wann, daß diese Burschen mit den flinken Zungen auch anständig sind, die mit ihren patentierten Kniestücken und Streben und gottverdammten Silberminen – verzeihen Sie mir den Ausdruck, Sir. Nun denkt natürlich jeder Kapitän, sein Schiff ist das beste, wo jemals Segel getragen hat. Wenn es dann aber so herausstaffiert daherkommt, mit Kniestücken und Streben und so, dann denken wir vielleicht manchmal, sie ist 'n besseres Schiff, als wo wir mit unserem klugen Kopf denken sollten. Und dann glauben wir das sogar und sagen's auch, ohne daß es gelogen ist.«

»LEOPARD«, rief der Master der ASA FOULKES herüber, einer schönen amerikanischen Dreimastbark, der das Beiboot erkannt hatte.

»ASA FOULKES«, antwortete Bonden, wobei er die Aussprache des Namens in anstößiger Weise variierte und ein verächtliches Lachen folgen ließ.

»Braucht ihr noch Leute? Wir hätten da noch drei Iren aus Liverpool an Bord, außerdem den entlaufenen Quartermaster von der MELAMPUS. Warum kommt ihr nicht und preßt sie?« Heiterkeit auf der Bark, dazu Rufe wie: »Verdammte alte LEOPARD.«

»Wenn ich mir eure Aufbauten und die Hafenstauung so betrachte, glaube ich kaum, daß ihr auch nur einen Seemann auf eurem Pott habt, mit dem wir etwas anfangen könnten«, sagte Bonden, der jetzt auf einer Höhe mit der ASA FOULKES war. »Mein Rat an euch, ihr alten Bostoner Bohnenpuler, ist der: Geht zurück nach Sodom in

Massachusetts, und zwar gleich und auf Schusters Rappen. Dort findet erst mal ein oder zwei richtige Seeleute.« Auf der Bark erhob sich ein allgemeines Geschrei, und eine Pütz voll Kombüsenfett wurde in Richtung auf das Boot geschleudert. Bonden, der sich zu keiner Zeit dem Amerikaner zugewandt hatte, sagte: »Denen haben wir's ordentlich gegeben. Wohin jetzt zuerst, Sir?«

»Ich muß zum Apotheker, dann ins Hospital und zum amerikanischen Konsul. Würdest du bitte einen Punkt aussuchen, der von diesen drei Orten möglichst gleich weit entfernt ist?«

Stephen kehrte nicht später zu diesem Punkt zurück, als Bonden es erwartet hatte: Er kannte seinen Doktor. Der hatte einen Papagei für den Zimmermann dabei und im Schlepptau zwei Sklaven, die genug Medikamente trugen, um die gesamte Mannschaft der Leo-pard damit eineinhalb Jahre lang mit Arzneien zu versorgen. Außerdem folgten ihm zwei Nonnen, die einen gefrorenen und in Wolltücher geschlagenen Pudding brachten. »Habt noch einmal zehntausendfach Dank, verehrte Oberinnen«, sagte er. »Dies ist für eure Armen, und ich bitte euch: Betet für die Seele von Stephen Maturin.« Zu den Sklaven: »Hier, Gentlemen, für Ihre Bemühungen. Empfehlen Sie mich Ihrem hochgeschätzten Apotheker.« Und zu Bonden: »Jetzt bitte heimwärts, wenn's beliebt, und leg dich in die Riemen wie damals Nelson am Nil.«

Sie hatten das innere Hafenbecken bereits verlassen und die Reede vor sich, als er sagte: »Was für ein seltsames Schiff dort vorne bei unserer Leopard liegt.« Von Bonden kam keine Antwort außer einem wohlmeinenden Grunzen. Nach einer Viertelmeile fuhr Stephen fort: »Mit meiner ganzen seemännischen Erfahrung kann ich doch nicht sagen, jemals zuvor ein so merkwürdiges Schiff gesehen zu haben.« Bonden lächelte still in sich hinein bei dem Gedanken an Dr. Maturins ganze seemännische Erfahrung und erwiderte: »Tatsächlich, Sir?«

»Sie sieht aus wie eine Brigg, mit zwei Masten, weißt du. Aber die Masten sind gewissermaßen verkehrt herum.«

Bonden warf einen Blick nach vorne über die Schulter, und sein Gesicht wurde ernst. Zwei kraftvolle Ruderschläge ließen das Boot dahingleiten, während er erneut voraus starrte. »Eine von unseren Fregatten. Der Fockmast ist ihr an der Mastlochfischung weggebrochen. Trägt 'nen Behelfsbugspriet, und ihr Vorschiff ist die reinste Wuhling. Die Nymph, zweiunddreißig Kanonen, wenn ich mich nicht irre. Sehr guter Segler.«

Bonden irrte sich nicht. Die Nymph, unter Kapitän Fielding mit Depeschen unterwegs vom Kap der Guten Hoffnung nach Jamaika zur Weiterreise in die Heimat, war knapp nördlich des Äquators in Regen und Sturm bei schlechtester Sicht auf die holländische Waakzaamheid, einen Vierundsiebziger, getroffen. In dem kurzen Gefecht wurde ihr die Fockbramstenge weggeschossen, aber sie setzte soviel Segel, wie sie tragen konnte, und entkam dem viel schwerfälligeren Gegner in einer Jagd, die sich über zwei Tage hinzog. Als der Holländer endlich hoch an den Wind ging und die Jagd verloren gab, war die Nymph bereits in unmittelbare Nähe der Küste geraten. Kurz darauf warf eine plötzliche Windbö sie zurück, und der Fockmast ging über Bord. Glück im Unglück: Der Holländer war nicht mehr zu sehen und steuerte beim letzten Sichten südlichen Kurs, die Verfolgung hatte er aufgegeben. Kapitän Fielding hatte sein Schiff an der Küste hinab nach Recife gebracht, um nach Reparaturarbeiten die Reise fortzusetzen.

Fieldings höheres Dienstalter gab ihm Vorrang gegenüber Jack. Er war der Ansicht, es habe wenig Zweck, einen Behelfsfockmast zu setzen und in Begleitung der Leopard die Suche nach der Waakzaamheid aufzunehmen. Zum einen führe die Nymph Depeschen mit sich und dürfe daher gar nicht irgendeiner wilden Verfolgungsjagd wegen die Reiseroute verlassen, zum anderen könne der Holländer schneller segeln als die Leopard, wenn auch nicht so schnell wie die Nymph – und Fielding sagte, er habe überhaupt keine Lust, von vierundsiebzig Kanonen in Stücke geschossen zu werden, während er auf die schwerfällige Leopard warte. Zudem sei Aubrey so knapp an Leuten, daß sein Schiff im Gefecht kaum von Nutzen wäre. Er könne keinen von seinen Männern entbehren, aber am Kap könne Jack die Mannschaft dann ja auffüllen. Wäre er an Jacks Stelle, er würde einen weiten Bogen um die Waakzaamheid machen: ein schnelles Schiff unter einem entschlossenen Mann, der sein Handwerk verstehe, dazu eine Besatzung, die der Nymph drei Breitseiten in etwas über fünf Minuten mitgegeben habe. Man schied ohne übergroße Wärme voneinander, und dies, obwohl Jack seinen Kollegen mit mehr als der Hälfte von Stephens eisgekühltem Pudding königlich bewirtet hatte – eisgekühlt, eine Leistung, die, wie Jack selbst bemerkte, in der langen Geschichte der Marine fast beispiellos dastehen dürfte, wenn man die Hitze und all die anderen gegenwärtigen Umstände in Betracht zog.

»Ich für meinen Teil bin hochzufrieden«, sagte Stephen. Die LEO-PARD hatte den großen Buganker gefischt, und Amerika sank langsam unter den westlichen Horizont. »Ich konnte einige Berichte losschicken, die nicht ohne Bedeutung sind, und die NYMPH, dieser schnelle Segler mit ihrem vorsichtigen Kommandanten, wird die Duplikate nach England bringen, lange bevor die Originale dort eintreffen.«

SECHSTES KAPITEL

A N BORD DER LEOPARD führte das Wissen um die Anwesenheit eines feindlichen Linienschiffs im selben Ozean dazu, die Anstrengungen bei den täglichen Schießübungen zu verdoppeln. Eigentlich sollte das feindliche Schiff so weit entfernt sein – laut Bericht der NYMPH so etwa fünfhundert Meilen im Südwesten –, daß eine Begegnung lediglich eine rein theoretische Möglichkeit darstellte. Trotzdem wurden die Kanonen der LEOPARD allabendlich nach der Musterung rumpelnd aus- und eingerannt, oftmals auch noch während der Vormittagswache.

»Siehst du«, sagte ihr Kommandant, »jetzt, da wir die Gewässer um Mauritius und Réunion gesäubert haben, kann ein holländisches Schiff in unseren Breiten nämlich nur eines bedeuten: Verstärkung für Van Daendels, der bei den Gewürzinseln steht. Wenn der Holländer dahin will, muß er mindestens bis zum Kap denselben Kurs steuern wie wir.« Er war keineswegs erpicht auf ein Treffen. Im Laufe seiner Karriere hatte er kaum ein Risiko gescheut, aber die WAAKZAAMHEID war ein holländisches Schiff, und Jack hatte die Seeschlacht von Camperdown mitgemacht: Als Kadett war er auf dem Unterdeck der ARDENT, vierundsechzig Kanonen, stationiert gewesen und hatte mit ansehen müssen, wie die VRIJHEID einhundertneunundvierzig seiner Bordkameraden aus einer Besatzung von insgesamt vierhunderteinundzwanzig getötet oder verwundet und von dem Schiff kaum mehr als ein Wrack übriggelassen hatte. Dieses Erlebnis und alles, was über die Holländer erzählt wurde, hatte ihm Respekt vor ihrem seemännischen Können und ihrer Kampfstärke eingeflößt. »Du magst sie Butterdosen nennen«, sagte er, »aber vor nicht allzu langer Zeit haben sie uns noch ordentlich den Hintern versohlt, die Docks in Chatham angezündet und dabei Gott weiß wie viele Schiffe im Medway abgefackelt.« Bei einem Holländer hätte er sich auch bei ausgeglichenen Kräften zweimal umgesehen, aber jetzt standen die Chancen schlecht: bei den Kanonen vierundsiebzig gegen zweiundfünfzig und bei der Mannschaft noch stärker gegen ihn. Er tat sein Bestes, um die Kluft dadurch zu verringern, daß er Feuergeschwindigkeit und Zielgenauigkeit seiner Männer verbesserte. Aber er durfte nicht hoffen, im Gefecht gleichzeitig alle Stücke besetzen zu können und genug Hände für die Seemannschaft des Schiffes zur Verfügung zu haben; erst am Kap konnte er die dafür erforderlichen hundertdreißig Mann finden. Auch war gar nicht daran zu denken, bei einem zu allem entschlossenen Feind von der Größe der Waakzaamheid längsseits zu gehen und ihn zu entern. Aus dem Kreis der erstklassigen Seeleute, die zuvor bereits mit ihm gefahren waren und seine Vorstellungen über den richtigen Einsatz der Schiffsartillerie kannten, konnte er sich gerade einmal Stückmannschaften und Führer für eine volle Oberdecksbreitseite zusammenstellen. Das Unterdeck mußte im Moment sehen, daß es mit dem mageren Rest zurechtkam, wobei die ausgedünnten Crews an den Kanonen mit Seesoldaten aufgefüllt wurden – andererseits blieben dann keine Soldaten für Handwaffenfeuer übrig, zumindest so lange nicht, bis die Invaliden wieder einsatzfähig sein würden. Die Stückmannschaften wiederum waren so verteilt, daß die am wenigsten effizienten Crews ihre Station mittschiffs hatten, in dem Teil des Schiffes, der das Schlachthaus genannt wurde, weil sich im Gefecht das feindliche Feuer hierauf zu konzentrieren pflegte. Die noch schwächeren Mannschaften mittschiffs im Unterdeck: Die Zwanzigpfünder der Leopard konnten zwar schmerzhaft zubeißen, und eine ihrer Kugeln konnte auf siebenhundert Yards zwei Fuß harter Eiche glatt durchschlagen, andererseits lagen jedoch die unteren Stückpforten genauso tief wie bei allen Schiffen dieser Klasse – jene auf der Leeseite wären mit Sicherheit, die auf der Luvseite möglicherweise geschlossen, sollte das Schiff bei starkem Seegang den Kampf aufnehmen müssen.

Mr. Burton, sein Stückmeister, war ein guter Mann und lag völlig auf einer Linie mit dem Kapitän, wenn es um Schießübungen ging: Es mußte scharf geschossen werden, es reichte nicht, wie bei einer Pantomime die Stücke auszurennen und wieder zurückzuschieben. Auch verfügte Jack über ein Dutzend exzellenter Stückführer und hatte in Babbington im Unterdeck und in Moore bei den Marineinfanteristen die perfekten Sekundanten. Schließlich waren die Fähnriche sehr aufmerksam bei der Sache, wenn es um ihre Abteilungen ging, liebten sie doch diese Übungen mit dem ganzen Krach, der Hektik und Aufregung im Wettstreit miteinander. Grant aber war ein Klotz am Bein. Seine lange Diensterfahrung beschränkte sich auf Deportationen, Hafendienste und Forschungsreisen; ohne eigenes Zutun oder Verschulden war er einem Gefecht bisher entgangen. Ein guter Seemann und Nautiker, wußte jedoch nichts davon, was ein Gefecht auf See eigentlich ausmacht, und schien auch nicht gewillt, darüber etwas zu erfahren. Es hatte den Anschein, als glaubte er nicht wirklich, daß es zu einem Gefecht kommen oder man sich darauf anders als durch formalen Drill vorbereiten könnte, und mit dieser Einstellung, die er anderen gegenüber recht offen zur Schau trug, infizierte er viele, deren Vorstellungen von einem Seegefecht ähnlich verschwommen und falsch waren wie seine eigenen: überall Pulverdampf und Kanonendonner, alles auf kürzeste Entfernung und selbstverständlich mit der Royal Navy als Siegerin.

Ein- oder zweimal hatte er unter vier Augen mit Grant geredet, jedoch ohne Erfolg. Es war ihm nicht gelungen, die hartnäckige Selbstzufriedenheit des älteren Mannes zu erschüttern, der jede bedeutungsschwere Pause mit einem penibel korrekten »Jawohl, Sir« zu füllen wußte. Jack schrieb ihn ab – noch ein Stück Ballast, das sie mitschleppen mußten, ein nicht unbeträchtliches Stück zwar, aber doch weit weniger ins Gewicht fallend als die vielen Landratten im Unterdeck. Er bemühte sich weiter, aus der LEOPARD eine so wirkungsvolle Kampfmaschine zu machen, wie die beschränkten Mittel es zuließen. Bewährte Methoden veränderte er völlig und paßte sie an seine seltsame kleine Mannschaft an, indem er, wie er sich ausdrückte, »den Mantel nach der Decke streckte«.

Die Übungen am Vormittag fanden in der großen Achterkabine statt. Hier standen nämlich Jacks eigene Neunpfünder aus Bronze, die sonst gewöhnlich im Bug und auf dem Heck festgezurrt waren, um weniger Platz wegzunehmen. Die schönen, leichten Kanonen stammten aus der Kriegsbeute von Mauritius, und er hatte sie sorgfältig ausbohren lassen, damit er englische Neunpfundkugeln für sie verwenden konnte. Außerdem hatte er dafür gesorgt, daß sie in einem matten Schokoladenbraun angestrichen wurden. Er wollte damit das unaufhörliche Messingputzen verhindern, das auf einem Kriegsschiff so viel wertvolle Zeit beanspruchte – Zeit, die sinnvoller genutzt werden konnte. Aber diese menschliche und vernünftige Tat wurde von einem tiefsitzenden Marineinstinkt sabotiert: Killick und seine Gehilfen nahmen ein paar Stellen um den Verschluß und das Zündloch herum, an denen die Farbe abgeblättert war, zum Vorwand und dehnten die Fläche sichtbaren Metalls nach und nach so weit aus, daß die Kanonen nunmehr von der Mündung bis zum Auge glänzten. Und jetzt verschandelte Jack die Heckkabine, indem er Mr. Gray einen massiven Bodenbalken quer durch das Heck ziehen ließ, dazu die entsprechenden Kniestücke – die mußten stark genug sein, um den Rückstoß der Neunpfünder auszuhalten. Indem er die Kabinenfenster entfernen ließ, wie um dort Fensterblenden anzubringen, und einiges vom überflüssigen Zierschnitzwerk an der Galerie beseitigte, konnte er die Stücke als Jagdkanonen einsetzen; sie konnten jetzt von einem höheren Standort feuern als gewöhnlich, wenn sie durch die dafür vorgesehenen Stückpforten im Fähnrichslogis zielten. Fast jeden Tag war er im Heck, leitete selbst die Arbeiten und zeigte mal den Stückmannschaften, mal nur den Offizieren, mal den Kadetten und Fähnrichen eigenhändig, wie sie mit den Kanonen zielen mußten. Er liebte es, das Stück selbst auszurichten. Zumeist lernte er Crews aus dem Unterdeck an, die beide Extreme verkörperten: einerseits die beiden besten Stückführer mit ihren Mannschaften, andererseits die ungeschicktesten Tölpel mit nichts als linken Händen. Er hoffte, daß so die besten Crews noch besser und die schlechtesten beim Übungsschießen jedenfalls gut genug werden würden, um im Schiff einigermaßen nutzbringend eingesetzt werden zu können. Schießübungen mit den Heckjagdkanonen hatten den großen Vorteil, daß er auf leere, im Kielwasser der LEOPARD treibende Fässer zielen lassen konnte – so war die Crew, die gerade feuerte, in der Lage, ihre Zielgenauigkeit auf unterschiedliche Entfernungen zu überprüfen, ohne daß er dafür das Schiff beidrehen und ein Ziel ausbringen lassen mußte.

Andererseits jedoch brachten die Veränderungen in der Heckkabine reichlich Wirrwarr und Unordnung mit sich. Der Stewart eines Kapitäns sieht es in der Regel nicht gern, wenn die Ergebnisse sorgfältiger häuslicher Arbeit von jedem Windstoß zunichte gemacht werden und ihm heilige Dinge wie das Messing, der Farbanstrich, die Fenster, der blitzblanke Decksboden und das karierte Segeltuch so gründlich entweiht werden, wie das sonst nur ein Gefecht vermag. Killick, der glaubte, sich Altersrechte in Sachen Unverschämtheit und stillschweigender Befehlsverweigerung erworben zu haben und dem man dies der alten Zeiten halber nachsah, hatte sich zu einem regelrechten Tyrannen entwickelt und war nun vielleicht der griesgrämigste Stewart in der ganzen Flotte. Den Schwabbergasten und Schiffsjungen unter seiner Knute jagte er eine Heidenangst ein, und für seinen Kapitän war er eine Quelle steter Besorgnis. Dann aber verfiel Jack auf die glorreiche Idee, die erste Runde von ihm abfeuern zu lassen, und von da an konnten für Killick Ordnung und Sauberkeit in der Achterkabine vor die Hunde gehen; es interessierte ihn nicht mehr. Von ihm aus mochten Ringe, Bolzen und Schienen ruhig die karierten Decken durchlöchern und Girlanden von Kettenkugeln, nasse Feudel und verrußte Rohrkratzer die rigorose Symmetrie dieses Raumes (für Killick eher ein Salon) stören – es war ihm gleichgültig. Dreck und Durcheinander trafen auf pedantische Ordnung: Die eine Seitenwand war mit Schwertern verziert, während genau gegenüber Teleskope den Blick auf sich zogen und dazwischen Pistolen an der Wand wie Sonnenstrahlen arrangiert prangten. Tische und Stühle waren so angeordnet, daß sie genau auf den Weinkühler aus Mahagoniholz ausgerichtet blieben, der neben der Steuerbordtür der Heckgalerie stand. Jetzt aber konnte es überall nach Pulverrauch stinken – mitten darin stand Killick und hatte nur Augen für die glimmende Lunte, mit der er die Kanone zum Feuerspucken bringen würde. Er fixierte sie wie ein Terrier die Ratte oder der Bräutigam seine Braut. Ein einziger Schuß nur, und er war eine ganze Woche lang halbwegs höflich oder gar zuvorkommend.

Abgesehen vom Krach, den diese feuerspeienden morgendlichen Schießdrills verursachten, ging das Leben an Bord rasch wieder seinen angenehm ruhigen Gang, und die eintönige Routine eines Kriegsschiffs, das sich auf der Überfahrt befindet, kehrte zurück. Jack machte mit Stephen wieder Musik, manchmal spielten sie in der warmen Nachtluft der Heckgalerie, während hinter ihnen das Kielwasser der LEOPARD eine Pflugschneise von phosphoreszierendem Grün durch die samtschwarze See zog. In diesen Nächten war die ruhige See bedeckt von unzähligen Abbildern der Sterne des Südens, und über ihren Köpfen sang der Passatwind sein nimmer endendes Lied. Ab und zu stieß ein Vogel pfeilschnell zu den Hecklaternen hinab, aber Stephen gelang es nur selten, seine Art zu bestimmen. Dann und wann kochte das Meer auf doppelter Schiffslänge, wenn ein riesiger Schwarm fliegender Fische versuchte, einem unsichtbaren Feind zu entkommen. Ein Tag verlief wie der nächste, alles ging seinen geregelten Gang, und wirkten die Decks auch halb leergefegt, so schien die ausgedünnte Besatzung mit den vielen kahlgeschorenen, lethargischen Rekonvaleszenten bald der natürlichen Ordnung der Dinge zu entsprechen. Dies um so mehr, als den Köpfen, die während der Fieberschübe kahlgeschoren worden waren, nun erst stoppelige Borsten und dann dichte Matten von Bürstenhaaren wuchsen, wodurch sie weniger auffielen. Stephen fand Zeit, sich ausgiebig dem kariösen Gebiß des Ersten und den Wechselfieberschüben zu widmen, die den Steuermann seit Walcheren immer wieder plagten, außerdem unterzog er alle Offiziersanwärter einer Wurmkur.

Auch in Stephens Beziehungen zu Mrs. Wogan kehrte das Gleichmaß früherer Tage zurück: Wieder promenierten sie Tag für Tag auf dem Poopdeck, während die wenigen Gefangenen, die das Fleckfieber überlebt hatten, auf der Back ihre Leibesübungen absolvierten. Hierbei legten sie deutlich weniger Zurückhaltung an den Tag als zu Beginn der Fahrt: Die Männer reihten sich freiwillig an den Lenzpumpen ein und halfen bei einfacheren seemännischen Arbeiten mit. Sie lebten nicht länger in der völlig abgeschnittenen Eigenwelt der Verdammten und bekamen manchmal sogar etwas Tabak geschenkt, was eigentlich verboten war.

Bald war das spärliche Gemüse und Obst aufgezehrt, das in Recife frisch an Bord gekommen war, eisgekühlter Pudding existierte nur noch in der Erinnerung, und die Offiziersmesse wurde wieder auf die gewohnte Kost gesetzt. Das gewöhnliche Essen war hier zwar etwas abwechslungsreicher als im Unterdeck, aber immer noch recht eintönig: Für die Selbstversorgung der Offiziere war der junge Mr. Byron zuständig, und dessen Einfallsreichtum in Sachen Dessert reichte nur von Mehlspeise mit Rosinen bis Pflaumenpudding. Auch begann jetzt Grant, seine Autorität als Messenältester auszuspielen und alles daranzusetzen, Fluchen, ordinäre Sprüche und Kartenspiel zu verbannen. Damit stieß er bei Moore auf erheblichen Widerstand. Der war eine echte Frohnatur und befürchtete nun ernsthaft, durch Grant zu völligem Stillschweigen und Nichtstun im Deck verurteilt zu sein.

Vierundzwanzig Stunden Tag für Tag, in denen das Schiff nie schlief: Die Wachen wechselten, das Logscheit wurde ausgebracht und wieder eingeholt, Wind, Kurs und Etmal festgehalten. Letztere waren nun nicht mehr spektakulär, weil der Passat zwar beständig wehte, aber eher aus Südosten als aus Süden, so daß die LEOPARD andauernd so dicht wie möglich am Wind gehen mußte. Sie segelte mit zum Zerreißen gespannten Bulinen und wurde in der Fahrt immer noch von den Algenbärten am Rumpf behindert, die sie aus den Kalmen mitgebracht hatte.

Ereignislos und in geordneter Eintönigkeit verstrich so eine ganze Reihe von Tagen, die nur durch das Schlagen der Schiffsglocken unterschieden werden konnten. Eine der Glocken wurde vom Loblollyboy tagtäglich am Fockmast geläutet und war das Signal für alle, die blaß um die Nase waren, sich beim Schiffsarzt zu melden.

»Wenn das so weitergeht, werden uns auch die Venerealia noch ausgehen«, bemerkte dieser beim Händewaschen zu seinem Assistenten. »Wie viele Fälle haben wir jetzt, Herapath?«

»Howlands ist der siebte, Sir.«

»Das Fleckfieber hat mich an der Nase herumgeführt, aber die *lues venerea* kann das nicht«, sagte Stephen. »Die Franzosenkrankheit ist jedem seefahrenden Mediziner so vertraut, wie es die gewöhnliche Erkältung dem Kollegen zu Lande ist. Alle diese Männer haben sich erst kürzlich angesteckt, Mr. Herapath. Da nun aber unsere Zigeunerin die Enthaltsamkeit in Person ist, kommt als Quelle der Infektionen sicherlich nur Mrs. Wogans Dienerin Peg in Frage. Sie sollten sich nämlich darüber im klaren sein, daß trotz der erstaunlichen Zunahme sodomitischer Praktiken auf einer derart langen Seefahrt dies hier Wunden sind, die nur Venus schlägt. Unter uns befindet sich ein Brander, und sein Name ist Peggy Barnes.«

Stephen hatte sich nun warmgeredet. »Wie kommen die bloß an sie heran? Und wie sorgen wir dafür, daß die Dame keusch bleibt? Auf Schiffen vierter Klasse gehören Keuschheitsgürtel nicht zur Grundausstattung, und das mag wohl auch für den Rest der Flotte gelten. Eigentlich ist das eine seltsame Versorgungslücke, wenn man bedenkt, wieviel Frauen sich in den Decks von Schiffen finden lassen, die unter Kommandanten mit milderer Gemütsart als unserem segeln. Aber unser Kapitän weicht kein Jota von den Vorschriften ab, was Frauen betrifft. Wahrscheinlich ist er nur zu froh, sich derart gesetzestreu zeigen zu können, hält er doch Frauen an Bord für nichts als Unruhestifter. Vielleicht könnte der Segelmacher oder ein so findiger Mann wie der Waffenmeister helfen ... Ich werde mal mit dem Kommandanten sprechen.«

Was Stephen dann auch tat, und zwar zufällig gerade in dem Moment, als Jack besonders heftig über das andere Geschlecht herzog. »Alles, was sie einem geben, sind ein schwaches Herz, Schwermut und Seelenpein, dazu noch kraftlose Hände und wackelige Knie«, bemerkte er zu Stephens bassem Erstaunen. »So steht es auch in der Bibel, das habe ich selbst gelesen. Verflucht sollen sie alle sein. Nur drei davon an Bord, doch genauso gut könnten sie eine ganze Herde von Basilisken sein.«

»Wieso Basilisken, mein Bester?«

»Aber sicher, du weißt doch sicher alles über Basilisken, diese giftigen Schlangenmonster. Verbreiten Seuchen, indem sie die Menschen nur ansehen. Diese Peggy von dir wird noch aus der ganzen Mannschaft dieses Schiffes einen Haufen kahler, zahnloser und lahmer Invaliden mit abgefaulten Nasen machen, es sei denn, wir stecken sie in ein Faß – und das ohne Spundloch. Und dann diese böse Hexe, die Zigeunerin: Einem unserer Portugiesen hat sie gesagt, daß ein Fluch auf der LEOPARD liegt. Ein Klabautermann mit zwei Köpfen, der Geist eines ermordeten Gerichtsbüttels, soll in den Bugsprietnetzen herumspuken. Alle Mann haben die Geschichte schon gehört, und einer von der Morgenwache hat dann dieses Gespenst von einem Büttel gesehen, wie es sich auf der Rah des Sprietsegels fläzte. Saß da, schnitt Grimassen und warf das Gesicht in Falten, daß es keinen Mann mehr auf der Back hielt. Wie eine Herde dummer Kälber sind die nach achtern gestürmt und über die eigenen Beine gestolpert. Angehalten haben sie erst kurz vor dem Achterdecksabsatz – Turnbull konnte sie nicht dazu bringen, die Fockmastsegel anzubrassen. Und dann ist da ja noch deine Mrs. Wogan. Gerade bevor du kamst, war Mr. Fisher bei mir – er hält es nicht für statthaft, wenn der Arzt oder sein junger Gehilfe mit ihr auf der Poop herumspazieren –, er meint, es ist besser, wenn der Kaplan das tut. Er denkt, seine mahnenden Worte haben mehr Gewicht, wenn er allein ihre Schritte lenken kann, auch würde ihr Ruf nicht länger unter gewissen Gerüchten leiden, die gerade im Umlauf sind. Die meisten Offiziere waren seiner Meinung. Nun, Stephen, wie gefällt dir das?« Stephen zuckte hilflos mit den Schultern. »Also, es mag ja sein, daß ich den Wald vor lauter Bäumen nicht besser sehen kann als den Balken in des Nächsten Auge, aber«, fuhr Jack fort, »bei meiner Seel', ich will verflucht sein, wenn dieser schwarze Mann nicht in ihr Bett will, trotz Talar und allem. Ich sage das dir nur darum so deutlich, Stephen, weil man dir ja am Zeug flicken will. Ich habe aus Respekt vor der Kirche nur gesagt, daß ich es nicht gerne sehe, wenn meine Befehle in der Offiziersmesse oder sonstwo diskutiert werden, und daß es in der Flotte unüblich ist, Entscheidungen des Kapitäns in Frage zu stellen oder dreckige Gerüchte bis in seine Kajüte zu tragen. Dann habe ich ihnen noch gesagt, ich würde erwarten, daß man meine Befehle prompt ausführt.«

»Der Mensch ist zur Mühsal geboren, wie Feuerfunken, die hochfliegen – auch das steht in der Bibel, Jack«, sagte Stephen. »Ich werde tun, was ich kann, um Syphilis und Schiffsgespenst zur

Strecke zu bringen. Aber ein wenig Trost bringe ich dir auch noch, mein Bruder. Der junge Mann von den Seesoldaten, Leutnant Howard, kann Flöte spielen.«

»Seit ich ein Junge war, ist die Querflöte der Nagel zum Sarg der Marine«, seufzte Jack. »Unter den Kadetten, Fähnrichen oder Offizieren, mit denen ich an Bord zusammen war, gab es immer ein halbes Dutzend Dummköpfe, die darauf herumpiepsten und die erste Hälfte von RICHMOND HILL malträtierten. Außerdem ist Howard für mich kein Mann, den ich jemals außerdienstlich empfangen oder gar zu Tisch bitten möchte – nicht nach dem, was er über Mrs. Wogan gesagt hat.«

»Wenn ich sage, er kann spielen, dann meine ich ein Spiel, das die wütenden Wogen glättet und den brüllenden Löwen besänftigt. Was für eine Kontrolle! Und diese präzise Modulation! Die Arpeggios könnte Albini nicht besser legato spielen – was sage ich: nicht einmal so gut. Ich preise nicht den ganzen Mann, sondern nur seine Lungen und Lippen, die aber aus tiefstem Herzen. Wenn er spielt, verschwindet das grobschlächtige Soldatengesicht mit den Glubschaugen und den – aber ich sollte nicht schlecht von ihm sprechen . . . Alles tritt zurück hinter eine Wand aus reinstem Klang, die er wie besessen vor dir hochzieht. Sobald er die Flöte absetzt, schwindet der Glanz, die Augen stieren wieder und das Gesicht ist so vulgär wie zuvor.«

»Es ist ganz sicher so, wie du sagst, Stephen. Aber du mußt mir verzeihen – mit einem Mann, der so schlecht von den Frauen spricht, macht mir das Musizieren kein Vergnügen.«

Frauen sind aber doch wohl kaum ganz hilflos, dachte Stephen bei sich, als er durch das Orlopdeck nach vorne ging, um Peggy und Mrs. Boswell für ihr gedankenloses Verhalten den Kopf zurechtzusetzen. Gerade erst hatte Herapath Louisa Wogan von der Poop in ihre Kabine begleitet, und jetzt drangen durch die Luke in der Kabinentür Geräusche, die ihm schmerzhaft vertraut waren: Herapath wurden gründlich die Leviten gelesen.

Zu hören war eine leidenschaftliche und doch leise Stimme, die dem armen Mann in perfektem Französisch mitteilte, er sei ein kompletter Narr, hätte nichts, aber auch gar nichts verstanden – niemals, zu keiner Zeit. Es mangele ihm selbst an einer Ahnung von Takt,

Diskretion und Einfühlungsvermögen, außerdem fehle ihm jedes Gefühl dafür, wann und wo er was sagen oder tun sollte. Er mißbrauche seine Stellung auf das abscheulichste, und überhaupt: Wer glaube er eigentlich zu sein?

Mit einem Schulterzucken wandte Stephen sich ab und ging weiter. »Salubrity Boswell, was haben Sie sich bloß dabei gedacht?« sagte er. »Wie kommt eine Frau mit so viel gesundem Menschenverstand dazu, einem Seemann zu sagen, an seinem Schiff klebe ein Fluch? Wissen Sie denn nicht, Ma'am, daß unser Seemann das abergläubischste Wesen auf Gottes weitem Erdkreis ist? Daß Sie ihn dazu bringen, sich pflichtvergessen irgendwo im Dunkeln zu verstecken, anstatt Segel zu setzen oder Taue zu pullen, wenn Sie sein Schiff verflucht nennen oder gar böse Geister und Gespenster darauf finden? Dann nämlich und als Folge davon wird das Schiff wirklich vom Pech verfolgt – läuft auf ein unsichtbares Riff und zerbirst oder wird vom Wind weit zurückgeworfen und vom Kurs abgebracht. Und dann – was wird dann aus Ihnen, Ma'am? Und Ihrem Baby? Sagen Sie es mir.«

Die Zigeunerin sagte ihm, daß jeder, der ihr mit falschen Silberlingen querkäme, für seine Sünde nichts als ein dunkles Schicksal erwarten dürfte. Als er sie verließ, war sie weit entrückt und saß mürrisch über ihren Karten, verdrießlich vor sich hin murmelnd. Er wußte jedoch, daß seine Worte sie getroffen hatten. Die Frau würde tun, was in ihrer Macht stand, um das Phantom von einem Schergen wieder verschwinden zu lassen. Das würde aber kaum ausreichen, ganz gewöhnlicher Exorzismus mochte wohl wirkungslos sein gegen den Gespensterbüttel.

»Bonden«, sagte er, »hilf meinem Gedächtnis ein wenig auf: Wo genau sind die Bugsprietnetze?«

»Nun, Sir«, antwortete Bonden mit einem Lächeln, »die sind dort, wo wir Vormars-Stagsegel und Klüver riggen.«

»Ich wünsche, daß du mich heute abend nach der Musterung und dem Schießen dorthin führst.«

Jetzt lächelte Bonden nicht mehr. »Aber Sir, dann wird es dunkel sein.«

»Das macht gar nichts. Sorg bitte für eine kleine Laterne. Mr. Benton wird dir sicher gern eine leihen.«

»Ich glaube nicht, daß es gutgehen würde, Sir. Da draußen müssen wir hin, vor den Bug, genau überm Wasser. Sehen Sie, da gibt's nichts zum Festhalten, nur die Fußpferde. Für Sie viel zu gefährlich, Sir – Sie würden ganz sicher ausrutschen. Hier auf dem Kahn ist das der gefährlichste Ort von allen mit all den gierigen Haien ein paar Yards unter einem.«

»Unsinn, Bonden. Ich bin ein alter Seebär und habe vier Hände. Wir treffen uns hier an diesem – wie heißt das gleich?«

»Das ist das Judasohr, Sir«, antwortete Bonden mit stiller Verzweiflung in der Stimme.

»Ja genau – am Judasohr. Vergiß doch bitte die Laterne nicht. Nun muß ich aber zurück zu meinem Kollegen.«

Tatsächlich erschienen dann weder Bonden noch Dr. Maturin am vereinbarten Treffpunkt, und von einer Laterne war weit und breit nichts zu sehen. Der Bootssteuerer ließ einen Schiffsjungen ausrichten, bei allem Respekt, aber die Gig des Kommandanten wäre in einem derart schlechten Zustand, daß Bonden sich völlig unabkömmlich fühle, und Stephens Unterredung mit seinem Kollegen dauerte bis tief in die Nacht.

»Mr. Herapath«, begann er, »der Kapitän hat uns beide eingeladen, morgen bei ihm zu dinieren. Mr. Byron und Hauptmann Moore werden auch dort sein. Kommen Sie, rasch, wir müssen uns beeilen – dürfen keine Minute verlieren.«

Die letzten Worte stieß er schrill hervor, denn schon schlug die Trommel ihr drängendes »*Alle Mann auf Station*«, und sie beeilten sich, nach achtern zu ihrer Gefechtsstation im Cockpit zu gelangen. Dort saßen sie dann schweigend, während über ihren Köpfen das immer gleiche Ritual ablief. Ein oder zwei Versuche von Herapath, mit einer Bemerkung das Schweigen zu durchbrechen, blieben ohne Erfolg. Stephen beobachtete ihn hinter vorgehaltener Hand: Selbst im Licht der einen Talgkerze (ein Entgegenkommen des Zahlmeisters) war deutlich zu sehen, wie blaß der junge Mann war. Bleich und vergrämt saß er da, die Haare hingen ihm glatt und glanzlos herunter, die Augen lagen tief in den Höhlen.

»Das waren die großen Kanonen«, sagte Stephen schließlich. »ich denke, wir können gehen. Kommen Sie, wir gehen auf ein Glas in mein Reich – ich habe noch Whiskey aus meiner Heimat.«

In seiner Kabine setzte er Herapath in eine der drei Ecken, zwischen die Gläser mit Tintenfischen in Spiritus, und bemerkte: »Littleton, der Leistenbruch, Steuerbordwache, hat heute nachmittag eine schöne Koryphaena gefangen. Solange wir noch Tageslicht haben, will ich ihn sezieren, damit das Fleisch noch eßbar ist, wenn ich mit ihm fertig bin. Daher möchte ich Sie bitten, sich wieder um unsere schöne Gefangene zu kümmern.«

Stephen hatte seine eigenen, höchst merkwürdigen Grenzen. Ursprünglich war es gar nicht seine Absicht gewesen, den jungen Mann nur deshalb auf ein Glas einzuladen, um ihm die Zunge zu lösen oder ihm Geheimnisse zu entlocken. Wäre dies aber sein Ziel gewesen, er hätte es nicht besser ansteuern können. Herapath verschluckte sich hustend an dem ungewohnten Getränk – nein, der Whiskey sei ausgezeichnet, so wohltuend wie der beste Cognac, aber ein wenig Wasser vielleicht, dann würde er noch besser munden – und sagte dann: »Dr. Maturin, ich stehe tief in Ihrer Schuld, ganz abgesehen davon, daß ich Sie schätze und achte. Deshalb bereitet es mir große Pein, daß ich Ihnen gegenüber nicht offen, ja geradezu planmäßig unaufrichtig bin. Es drängt mich, Ihnen zu sagen, daß meine Bekanntschaft mit Mrs. Wogan schon seit langem besteht. Ich habe mich auf das Schiff geschlichen, um ihr zu folgen und bei ihr zu sein.«

»Ach ja, tatsächlich? Wie schön zu erfahren, daß sie hier an Bord einen Freund bei sich weiß. So ganz allein wäre die Reise doch zu traurig, und dann erst die Landung! Aber ist es denn wirklich weise, Mr. Herapath, die Welt von Ihrer Verbindung zu Mrs. Wogan wissen zu lassen? Vielleicht kompromittieren Sie die Dame dadurch und setzen sie der Gefahr aus, hier an Bord in eine noch schwierigere Lage zu geraten?«

Herapath war ganz seiner Meinung: Mrs. Wogan hatte selbst insistiert, er möge die Verbindung zu ihr niemandem verraten. Sie wäre sehr wütend, sollte sie erfahren, daß er Dr. Maturin davon erzählt hatte. Andererseits, so sagte er, sei der Doktor der einzige Mensch an Bord, dem er sich jemals anvertrauen würde, und wenn er das jetzt täte, so geschähe das zum Teil wegen des abscheulichen Gefühls, das die andauernde Heimlichtuerei bei ihm verursache, zum Teil aber auch, weil er gegenwärtig von der Pflicht entbunden zu sein wünsche, sich um sie zu kümmern. Herapaths Worten zufolge hatten sie eine sehr schmerzhafte Auseinandersetzung gehabt – sie meinte, er dränge sich ihr unter Ausnutzung ihrer Lage und seiner Position auf. »Und dabei hat sie sich doch anfangs so sehr gefreut, mich zu sehen«, sagte er. »Es war so wie in den ersten Tagen, die wir zusammen hatten – vor langer, langer Zeit.«

»Darf ich also annehmen, daß Ihre Bekanntschaft schon seit geraumer Zeit besteht?«

»Allerdings, ja. Als wir uns kennenlernten, war noch Frieden mit Frankreich. Ich traf sie auf dem Postschiff von Calais nach Dover, auf der Rückreise von Frankreich, wo ich mit Père Bourgeois zusammengearbeitet hatte.«

»Der Sinologe Père Bourgeois, der Missionar in China war?«

»Ja, Sir. Ich hatte meine Arbeit bei ihm beendet und war auf der Rückreise nach England. Nach ein oder zwei Wochen in Oxford wollte ich mich nach den Vereinigten Staaten einschiffen. Sie war allein an Bord, und ich sah, daß sie Hilfe brauchte – einige unverschämte Kerle belästigten sie. Also bot ich ihr meinen Schutz an, und sie war so gut, mein Angebot anzunehmen. Sehr bald stellte sich heraus, daß wir beide Amerikaner waren und etliche gemeinsame Bekannte hatten. Beide waren wir vor allem in Frankreich und England zur Schule gegangen, keiner von uns war reich oder wohlhabend zu nennen. Zwischen ihr und Mr. Wogan war es kurz zuvor zu einem Zerwürfnis gekommen – ich glaube, er hatte ihrer Zofe beigewohnt. Jetzt war sie auf Reisen, ohne festes Ziel, nur mit ein paar ihrer Schmuckstücke und sehr wenig Geld. Zum Glück wartete das Stipendium meines Vaters für die nächsten sechs Monate bei seinem Agenten in London bereits auf mich. Mit dem Geld haben wir uns dann etwas außerhalb der Stadt, in Chelsea, ein kleines Haus gemietet. Ich war in jenen Tagen so glücklich, daß ich noch nicht einmal den Versuch wage, es zu beschreiben, so sehr fürchte ich, mir die Erinnerung daran zu verderben. Hinter dem Häuschen lag ein Garten, in dem wollten wir Gemüse ziehen. Wir hatten einmal alles durchgerechnet und überschlagen, daß wir auf diese Weise trotz der Ausgaben für Mobiliar gerade so hinkommen könnten – mindestens bis zum nächsten Wechsel, den ich von meinem Vater erhalten würde. In seine Großzügigkeit setzte ich alle

Hoffnung. Die Bücher wurden mir von Paris aus nachgeschickt, und abends, wenn ich mit der Gartenarbeit fertig war, brachte ich Louisa die Anfänge der chinesischen Literatursprache bei. Aber wir hatten falsch kalkuliert. Die Gärtner und Händler der Nachbarschaft waren zwar sehr gütig, schenkten uns Pflanzen und zeigten mir sogar, wie man den Boden richtig umgräbt. Trotzdem hatten wir noch nicht eine Bohne geerntet und Louisa kannte kaum einhundert Wortstämme, als Männer kamen und ihr kleines Spinett mitnahmen. Ich weiß bis heute nicht, wie es dazu kommen konnte – das Geld schien uns unter den Händen zu zerrinnen, so sparsam wir auch waren. Mr. Wogan war in der Tradition des Südens freigebig, ja verschwenderisch mit Geld umgegangen, und vielleicht hat Louisa nie gelernt, mit sehr wenig hauszuhalten. Sie kommt ja wie er aus Maryland und hatte immer einen Schwarm von schwarzen Dienern um sich – in den Südstaaten dreht man nicht jeden Penny zweimal um, wie wir das in Massachusetts gewohnt sind, wo Schulden mehr gefürchtet werden als Tod und Teufel zusammen. Hinzu kam, daß sie ja Kleider brauchte, in denen sie die englischen und amerikanischen Freunde aus London empfangen konnte; sie hatte ihre gesamte Garderobe zurückgelassen. Immer öfter kamen die vorbei und brachten ihre Freunde mit in unsere Gartenlaube – so nannten sie das Häuschen. Die Coulsons und andere interessante Leute waren darunter, auch Mr. Lodge aus Boston und dann Horne Tooke, der wundervoll Konversation machen konnte. Aber in England ist selbst ein bescheidenes Dinner eine teure Angelegenheit, verglichen mit Frankreich oder Amerika. Unsere Lage wurde immer schwieriger.

Ich fürchte, ich war auch nicht der geistreichste aller Gefährten. Von der Welt hatte ich nur wenig gesehen, mein Leben war bis dahin in sehr ruhigen und geordneten Bahnen verlaufen. Und wenn sie auch meinen Sinn für die Schönheit der Werke unserer Dichter teilte, so konnte sie doch dem China der T'ang-Dynastie nicht die Faszination abgewinnen, die es für mich hatte. Andererseits war mir ihre Begeisterung für republikanische Prinzipien fremd. Während des Unabhängigkeitskrieges war mein Vater der Krone und England treu geblieben, meine Mutter aber stand innerlich im anderen Lager, weil sie entfernt mit General Washington verwandt war. Man kann ihr Zusammenleben nur als gespannt beschreiben, denn jeder versuchte unablässig, den anderen zu überzeugen. Ich habe als Kind so viel von Politik zu hören bekommen und dabei beide Überzeugungen so unvereinbar gefunden, daß ich mich keiner Richtung anzuschließen vermochte, weder den Republikanern noch den Royalisten. Ob König oder Präsident – ich lehnte beides gleichermaßen ab und empfand die ganze Debatte als unwichtig und lebensfern. Seit jener Zeit ist mir jede Unterhaltung über Politik zuwider. Wie dem auch sei – jedenfalls war sie immer öfter zu Besuch bei ihren radikalen Freunden in London. Einige von ihnen bekleideten hohe Posten und waren wohlhabend, und sie gab mir gegenüber offen zu, daß deren Lebensstil sie reizte.

Als ich endlich Post von meinem Vater erhielt, hatte sich unsere Lage schon so weit zugespitzt, daß es mir unvorstellbar schien, dem zudringlichen Bitten und Drohen der Handelsleute noch länger zu widerstehen. Wir hätten noch hungriger zu Bett gehen müssen in diesen letzten Tagen, wäre da nicht die Langmut unseres gütigen Bäckers gewesen. Aber der Brief meines Vaters enthielt lediglich einen auf den Bevollmächtigten in London gezogenen Wechsel über eine Summe, die für die Rückreise nach Amerika ausreichte, außerdem forderte er mich unmißverständlich auf, sofort nach Hause zu kommen. Ich hatte ihm meine Situation offen dargelegt, und seine Antwort war ebenso geradeheraus. Bis zu diesem Brief hatte ich mir eingeredet, daß die wortreiche Beschreibung der Gefühle, die ich für Louisa hegte und unverbrüchlich für alle Zeiten hegen würde, seine starre anglikanische Grundhaltung würde überwinden können, aber ich sah mich getäuscht. Er mißbilligte die Verbindung von Grund auf: erstens aus moralischen Gründen, zweitens weil die Dame eine Papistin sei, drittens wegen ihrer politischen Ansichten, die in ihm Abscheu und Widerwillen hervorriefen. Er zeigte sich durch Korrespondenz mit Londoner Geschäftspartnern bestens informiert über Mrs. Wogan und hatte auch unter unseren gemeinsamen Freunden und Bekannten in Baltimore Erkundigungen eingezogen. Er würde der Heirat nicht zustimmen, selbst wenn die Dame noch ledig sei, schrieb er. Gehorsam dem Vater gegenüber verpflichtete mich, sofort nach Massachusetts zurückzukehren. In einem Postskriptum fügte er hinzu, daß mir sein Agent ein Päckchen mitgeben würde, sollte ich bei ihm zur Einlösung des Wechsels vorstellig werden. Dieses Päckchen sollte ich mit zurück in die Staaten bringen und unterwegs sehr gut Obacht darauf geben. Ich wußte, was in dem Päckchen war. Als englandtreuer Royalist hatte mein Vater wegen seiner Unterstützung für König Georg schwere Verluste hinnehmen und sogar für einige Jahre nach Kanada außer Landes gehen müssen – nur der bekannten Haltung meiner Mutter und ihrer Verbindung zu General Washington war es zu verdanken, daß er überhaupt zurückkehren durfte. Die britische Regierung hatte beschlossen, die Loyalisten zu entschädigen, und schließlich wurden mit sehr großer Verzögerung auch die Schadensersatzforderungen meines Vaters in Teilen anerkannt. Ab und zu hatte ich über seinen Bevollmächtigten von den Fortschritten in dieser Sache gehört, nunmehr war die Zahlung fällig geworden. Ich öffnete das Päckchen und verkaufte die Forderungen – ziemlich unter Wert allerdings, dann zogen wir um nach London, diesmal genau in das Herz der Stadt, und mieteten eine möblierte Wohnung in der Bolton Street.

Das Geld meines Vaters reichte kaum länger als ein halbes Jahr. Wir lebten in Saus und Braus, so wie es Louisa gefiel, und hatten oft Gäste. Louisas Bekanntenkreis wurde allmählich unüberschaubar. Als nur noch einhundert Pfund übrig waren, schrieb sie zwei Stücke und ein paar Gedichte, von denen ich dann Abschriften für die Bühnenhäuser und Buchhändler fertigte. Sie hatte ein Händchen für diese Dinge und einigen Erfolg damit. Damals hoffte ich, von einer Missionsstation in China als Übersetzer angenommen zu werden, denn die Beherrschung des Chinesischen war die einzige Qualifikation, mit der ich hoffen konnte, meinen Lebensunterhalt zu bestreiten, so selten war sie – und wie man mir sagte, würde ich sehr gut bezahlt werden. Aber die Station wurde dann aufgegeben. Unsere letzte Guinee ging den Weg alles Irdischen, denn literarischer Erfolg kommt selten gerade dann, wenn ein Paar ihn gut gebrauchen kann und die Lebensbedürfnisse danach verlangen. Daraufhin verschwand Louisa. Sie hatte mir vorher oft erzählt, daß es für ihr Schreiben und aus politischen Gründen für sie unerläßlich sei, mit einigen von ihr oder mir nicht sonderlich geschätzten Männern Umgang zu pflegen. Kurz nachdem sie mich verlassen hatte, hörte ich, sie genieße jetzt die Protektion von einem dieser Männer – einem Mr. Harmond – und lebe mit ihm zusammen.

Ich habe vorhin nicht den Versuch gemacht, mein großes Glück zu beschreiben – nun werde ich es auch unterlassen, die tiefe Trauer zu schildern, in die ich stürzte. Louisa war aber auch nicht herzlos zu mir. Es entspricht nicht ihrer inneren Natur, sich gegen irgend jemanden absichtlich hartherzig oder böswillig zu zeigen. Nach einiger Zeit hatte sie herausgefunden, wo ich lebte, und schickte mir Geld. Sie reiste viel in jenem und im folgenden Jahr, aber immer, wenn sie in London war, fand sie einen Weg, mit mir in Verbindung zu treten und Treffen im Park oder sogar in meinem Zimmer zu gewähren. Von ihren diversen Liaisons sprach sie zu mir mit der Offenheit, die enge Freunde einander zeigen. Sie hat mich auch immer wie einen Freund behandelt, bis auf die Momente, in denen es galt, Abschied zu nehmen. Waren wir zusammen, dann waren wir glücklich. Einmal fand sie mich sehr krank vor und sagte, daß ich sie als ihr Sekretär begleiten dürfe, ich solle aber keinesfalls durchblicken lassen, wie nahe wir uns stünden. Damals lebte sie in einem kleinen und unauffälligen, aber sehr eleganten Haus nahe der Berkeley Street. Sie führte dort einen Salon, in dem zahlreiche Männer verkehrten, die sich durch Klugheit, Macht oder Reichtum einen Namen gemacht hatten – manchmal auch durch alle drei zusammen. Die Konversation dort war lebhaft und spritzig und kam den Salongesprächen der Franzosen näher als alles, was ich sonst je in England gehört habe. Den gebotenen Anstand ließ diese Runde zwar nur selten vermissen, insgesamt jedoch war es, soviel ich beobachten konnte, ein Haufen von Lebemännern mit losen Sitten. Ich erinnere mich an Mr. Burdett, dann an einen fetten Herzog, der immer traurig war, und an Lord Breadalbane. Auch andere waren oft da – ich denke an Mr. Colridge oder Mr. Godwin –, aber die gehörten nicht zum harten Kern. Von Zeit zu Zeit kamen auch Damen: Mrs. Standish habe ich oft dort gesehen und Lady Jersey mit etlichen ihrer Freunde. Ohne Zweifel überwogen aber die Herren. Louisa pflegte ihre engsten Bekannten im Boudoir zu empfangen, Männer wie den Bankier John Harrod oder John Aspen aus Philadelphia, der nach der Rückkehr von Mr. Jay hiergeblieben war, und den älteren Coulson – der war der Kopf dieser Dreiergruppe. Die kamen gewöhnlich aus einem gegenüberliegenden Haus durch den Garten und benutzten die Hintertür.«

Stephen dachte bei sich: Du bist doch wohl der armseligste Gefährte, den sich ein Verschwörer denken kann – es sei denn, ich unterschätze deinen Scharfsinn. In diesem Fall würde deine Verschlagenheit nun wirklich an ein Wunder grenzen. Laut sagte er: »Ich habe einmal einen Mr. Joseph Coulson in London getroffen, einen Amerikaner. Er sprach mit mir über politische Fragen und über irische Unabhängigkeitsbestrebungen, über die Iren in Amerika, über irische Offiziere im Dienste der Krone – zumeist aber über Politik, also europäische Politik.«

»Genau den meine ich. Zachary, ein deutlich jüngerer Bruder von ihm, war mit mir auf derselben Schule. Immer wenn ich ihn traf, redete Joseph über nichts anderes als Politik – ich konnte es kaum ertragen, ihm zuzuhören. Oft hat er mich auch zur allgemeinen Stimmung im Lande befragt: Wie er meinte, hätte so etwas Einfluß auf die Börse. Aber dazu konnte ich ihm nie etwas sagen, mochte er mich auch noch so oft mahnen, darauf zu achten, was die Leute so reden. Abgesehen von seinen politischen Ansichten schien er mir ein hochintelligenter Mann zu sein. Ich kannte ihn sehr gut, weil ich für ihn unzählige Schriftstücke kopiert habe. Häufig mußte ich auch Briefe innerhalb der Stadt austragen. Er tat immer sehr geheimnisvoll und sagte, ich solle sichergehen, daß mir niemand folge – also nahm ich an, er frequentiere Louisas Haus, um dort der Lust zu frönen, wie das so viele andere taten.«

Er starrte schweigend in sein Glas, und Stephen bemerkte: »Ich befürchte, der Aufenthalt und die Stellung dort müssen für Sie mit Seelenqualen verbunden gewesen sein, für die sich kaum Worte finden lassen.«

»Gewisse Seiten des Ganzen waren äußerst betrüblich. Andererseits hatte ich mein Hauptziel erreicht: Ich war bei ihr, oft im selben Zimmer wie Louisa, und mehr konnte ich kaum verlangen. Keinen ›Besitz‹ an ihr zu haben, wie man so sagt, ließ mich nicht gleichgültig, unendlich wichtiger war mir aber die Freundschaft mit ihr. Manchmal wunderte ich mich, warum sie sich gerade die Männer als Gönner und Beschützer aussuchte, mit denen sie sich umgab. Trotzdem konnte ich diese Männer nicht hassen, abgesehen von einigen wenigen Augenblicken während der ersten Tage im Haus. Auch sie konnte ich nicht verurteilen, mein Herz ließ das nicht zu, was immer sie auch tat. Vielleicht war das feige – jeden anderen Mann würde ich wohl verachten, wäre er so nachsichtig und gedankenlos in diesen Dingen. Und doch: Ich zweifle kaum daran, daß ich zu noch mehr Niedertracht dieser Art fähig wäre, sollte es erforderlich sein.«

»Ich würde es eher innere Stärke nennen als Niedertracht«, sagte Stephen. »Darf ich also davon ausgehen, daß die Gerüchte um Mrs. Wogan und meine Person Sie nicht gegen mich aufbringen? Sie müssen in der Fähnrichsmesse doch davon gehört haben.«

»Das läßt mich kalt. Zum Teil glaube ich diesen Gerüchten nicht, vor allem aber würde nur ein kompletter Narr versuchen, einem Wort wie ›Besitz‹ bei jemandem Geltung zu verschaffen, die so sehr Frau ist wie Louisa Wogan. Was die innere Stärke angeht ... – ja, anfangs hatte ich einiges davon nötig, da half mir alle Vernunft nichts. Glücklicherweise hatte ich einen Verbündeten mit, sagen wir, stärkeren Kanonen als alle Philosophie. Zu Beginn meines Studiums des Chinesischen traf ich einen Mann, der mich mit den Freuden und Tröstungen bekannt machte, die das Opium bereithält. Lange bevor ich Louisa traf, war ich mit seiner Macht bereits gründlich vertraut. Und wenn später Pein und Trübsal überhand nahmen, brauchte ich nur zwei oder drei Pfeifen zu rauchen, und schon schien mir meine Bürde viel leichter zu werden: Die Unruhe meines Geistes legte sich, philosophische Gelassenheit erfüllte mein ganzes Wesen, und ich verstand auf einmal alles. Das Opium stillte außerdem den Hunger meines Körpers wie auch den meiner Lenden – mit Pfeife und Lampe in Reichweite fiel es mir leicht, stoische Ruhe zu zeigen.«

»Hatten Sie denn dadurch keinerlei Unannehmlichkeiten? Man liest von Appetitlosigkeit und mangelnder Lebenskraft, sodann von den Gefahren der Gewöhnung und sklavischer, entwürdigender Abhängigkeit.«

»Im allgemeinen habe ich davon nichts bemerkt – ich habe jedoch auch nur selten mehr als ein oder zwei Pfeifen in der Woche geraucht, genau wie mein Mentor und alle erfahrenen Raucher es tun, die ich kenne. Ein- oder zweimal geben sie sich dem Genuß hin, wie andere zum Konzert oder ins Theater gehen – nur glaube ich, daß meine Konzerte und Bühnenstücke weit gehaltvoller waren, tiefer gingen und mehr Abwechslung boten als alles, was das objektive Leben uns bieten kann: Träume, Phantasmagorien und Einsichten von scheinbarer Weisheit fand ich dort, für die mir die Worte fehlen. Was die Lebenskraft angeht, so konnte ich zwölf oder gar vierzehn Stunden ohne Unterlaß arbeiten, ohne mich erschöpft zu fühlen. Und wenn Sie fragen, ob mein männliches Begehren nicht gelitten habe – nun, Sir, da könnte ich lachen, wenn das nicht einen Mangel an Respekt beweisen würde. Aber es gibt noch die andere Seite: Am tiefsten Grund meiner Verzweiflung angelangt, habe ich gelegentlich meine Pfeife allzu häufig benutzt, und dann bleibt alles, was Sie soeben an Unannehmlichkeiten erwähnt haben, weit hinter der Wahrheit zurück. Man spürt die sklavische Ergebenheit und leidet unter der Erniedrigung, aber das ganze Leben wird dann zu einem einzigen, schrecklichen Alptraum, aus dem man nicht erwacht. Träume suchen einen tagsüber heim, und waren sie früher bezaubernd, so verbreiten sie nun Angst und Schrecken – und das nur durch kleinste Veränderungen der Atmosphäre – Nuancen, die im Geist Angst säen. Gleiches passiert mit den Farben. Sie müssen wissen, meine Träume sind nämlich voller Farben, und farbig waren in meiner Vorstellung auch die Zeichen, die ich las oder schrieb: Sie füllten sich dadurch für mich mit einem Mehr an Bedeutung, das ich zwar spüren, aber nicht näher benennen kann. Jetzt wurden diese Farben immer düsterer und bedrohlicher, changierten dabei allerdings nur um einen Viertelton. Sie sahen böse aus und erschreckten mich zutiefst. Um ein Beispiel zu geben: Durch das Fenster meines Zimmers blickte ich auf eine kahle Mauerwand, und aus den Rissen im Putz der Mauer wuchs ein Veilchen, ein kleiner Farbfleck, der nun immer größer wurde und dabei mit solch unheilvoller Höllenglut leuchtete, daß ich mich auf dem Boden zusammenkauerte. Louisa fand mich in diesem Zustand blanken Entsetzens und nahm mich als ihren Sekretär bei sich auf. Dort konnte ich mich erholen, während sie beinahe jeden Tag in meiner Nähe blieb. Eine Zeitlang war meine Gier nach Opium fast übermächtig – damals mußte ich wirklich beständig und innerlich stark sein. Aber zum Glück waren die sonstigen Umstände nicht ungünstig, und ich blieb standfest. Wenn ich jetzt meine Pfeife betrachte, so kann ich das mit sanfter, zärtlicher Zuneigung tun; sie ist für mich nicht länger das böswillige Monster, dem ich nicht entrinnen kann, das war einmal. Einmal in der Woche nehme ich sie in die Hand – oder sollte ich sagen: nahm, denn sie liegt jetzt mehr als fünftausend Meilen von hier – und tat mich an ihr gütlich wie der Arbeiter an seinem Krug Bier. In seltenen Notfällen griff ich zu ihr oder wenn ich für eine ungewöhnliche Aufgabe lange wach und aufmerksam bleiben mußte.«

»Mr. Herapath, wollen Sie damit etwa sagen, daß Sie mit der Abhängigkeit gieriger Gewohnheit gebrochen haben und zu einer maßvollen und wohltuenden Verwendung der Droge zurückkehren konnten?«

»Ja, Sir.«

»Und verlangte es Sie zwischen zwei Pfeifen nicht mehr danach? Ist dieses unmäßige Verlangen nicht zurückgekehrt?«

»Nein, Sir, nicht nachdem ich mich einmal entwöhnt hatte. Von da an war Opium wieder mein alter, vertrauter Freund und Begleiter. Wenn ich wollte, konnte ich darauf zurückgreifen, aber ich konnte mich auch enthalten. Hätte ich einen Vorrat davon hier an Bord, ich würde mir sonntags eine Pfeife gönnen und es dazu verwenden, Mr. Fishers öde Predigten ertragen zu können – die würden angenehm und farbenfroh an mir vorüberwehen und im Handumdrehen vorüber sein, denn wie Sie sicher wissen, spielt Opium mit der Zeit, oder besser mit dem eigenen Zeitempfinden, die seltsamsten Streiche. Gerade zum jetzigen Zeitpunkt könnte ich es außerdem gut gebrauchen, um mich damit in der Trauer über das Mißverständnis zwischen Louisa und mir zu trösten. Es tut sehr weh zu wissen, daß sie mich einer derartigen Rücksichtslosigkeit verdächtigt – ich soll mich ihr aufgedrängt haben. Und es schmerzt noch mehr, wenn ich daran denke, wie ich in einer plötzlichen Aufwallung ausfällig geworden bin: Heftig getadelt habe ich sie, ihr falsche Vorwürfe gemacht – ihr gehe jedes gewöhnliche Mitgefühl, jede menschliche Güte ab – und sie in Tränen aufgelöst verlassen. Wie ich sie dazu bringen kann, mich jemals wieder in ihrer Nähe zu dulden, weiß ich nicht.«

Stephen sagte: »Mr. Herapath, vielleicht finden Sie Gnade vor der

Dame, wenn Sie jetzt gleich zu ihr gehen, den Fehler eingestehen und auf ihre Großherzigkeit hoffen – und zwar in der Abgeschiedenheit von Mrs. Wogans Kabine. Hier haben Sie den Schlüssel. Bitte vergessen Sie nicht, ihn mir morgen zurückzugeben. Was die Erklärung betrifft, warum Sie im Besitz des Schlüssels sind – das überlasse ich ganz Ihnen. Allerdings wäre es ratsam, Mr. Herapath, unter gar keinen Umständen etwas von dieser Unterhaltung preiszugeben oder auch nur anzudeuten, daß sie stattgefunden hat. Nichts, rein gar nichts kann eine Frau stärker gegen einen Mann einnehmen, nicht einmal die allerschlimmste Untreue direkt vor ihrer Nase. Ich jedenfalls werde schweigen.«

In seinem Tagebuch notierte er: »Was mir M. Herapath über den erneuten Gebrauch der Droge berichtet, hat mich aufs äußerste erstaunt. Er ist ein höchst intelligenter Mann und hält sich, wie ich jetzt glaube, strikt an die Wahrheit; daher denke ich, seinem Exempel folgen zu dürfen. Seit vielen Tagen schon reizt mich Mrs. Wogans Schönheit, weckt ihre ganze Art und vor allem dieses unendlich dahinperlende, ansteckende Lachen meine amourösen Neigungen. Ich habe mich dabei ertappt, wie ich ihren Busen, die Ohren und den Ansatz ihres Halses um einiges zu oft und zu eingehend betrachtete. Und es ist, davon bin ich überzeugt, die nackte Wahrheit, daß mein Bart einzig ihrer weiblichen Anmut geopfert wurde. Es kann kein Zweifel daran bestehen, daß es die Pflicht verlangt, zum Laudanum zu greifen und damit keusch zu bleiben. Herapath gefällt mir, morgen sind er und ich zum Abendessen bei Jack eingeladen. Was wird der wohl von dem jungen Mann halten?«

Kapitän Aubrey schien nicht allzu viel von dem jungen Mann zu halten. Er sagte freimütig zu Stephen: »Ich will dir den Jungen ja nicht madig machen, Stephen, aber glaubst du nicht, man müßte ihn von der Flasche fernhalten? Wein verträgt er nicht, der steigt ihm zu Kopfe. Sieh mal, drei Gläser hat er getrunken, keinen Tropfen mehr hat er von mir bekommen – und der war kurz davor, den *Yankee Doodle* zu singen. Denk nur, den *Yankee Doodle* auf einem Schiff des Königs! Bei meiner Ehre!«

Stephen wußte nichts darauf zu erwidern. Es stimmte: Herapath hatte zwar bleich und verhärmt ausgesehen, als hätte er sich längere

Zeit mit schwerer Arbeit geschunden, aber doch ein merkwürdiges Verhalten an den Tag gelegt: Er war ohne erkennbaren Grund in lautes Gelächter ausgebrochen, hatte mit den Fingern geschnippt, still in sich hinein gelächelt und auf Fragen höchst unberechenbar geantwortet, manchmal sogar, ohne gefragt worden zu sein. Er hatte am falschen Ort gelacht, Grimassen geschnitten und die unangenehme Neigung gezeigt, unaufgefordert in Gesang auszubrechen. Stephen zog es vor, das Thema zu wechseln: »Jack, wo sind eigentlich diese Bugspritznetze?«

»Du meinst die Bugsprietnetze, wo das Gespenst wohnt?«

»Nichts ist engstirniger und kleingeistiger, als einen offensichtlichen *lapsus linguae* ebenso offensichtlich zu verbessern. Natürlich meinte ich die Bugsprietnetze.«

»Komm mit, ich zeig sie dir.« Jack ging mit Stephen nach vorn, führte ihn auf dem Bugspriet hinaus bis zum Eselshaupt und setzte ihn auf den Klüverbaum.

»O ja«, rief Stephen, nachdem er sich vorsichtig umgesetzt hatte und jetzt das Schiff vor sich sah, »dies muß wohl der schönste Ort auf der Welt sein!« Er fand sich hoch, aber nicht zu hoch über der See, dabei ein gutes Stück vor dem Schiff und seiner mächtigen Bugwelle. Von seinem Sitzplatz schaute er auf die LEOPARD zurück, eine hohe Pyramide glänzendweißer Segel, die unaufhörlich auf ihn zustrebte, ohne ihn jedoch zu erreichen, und vor der er ohne Unterlaß auf der Flucht zu sein schien, die ungeteilte See im Rücken. »Ich bin verzaubert – könnte für immer hier bleiben!«

Jack erlangte seine Aufmerksamkeit schließlich wieder, als er auf die Fußpferde der Blinde-Rah und die darunter hängenden Netze zeigte.

»Dort also wohnt unser Gespenst«, sagte Stephen. »Hättest du von einer Nymphe oder Dryade gesprochen, es hätte besser gepaßt. Bruder, du mußt mich heute nacht noch einmal hierhin bringen – wir nehmen ein paar blaue Bengalfeuer mit, und ich habe noch eine Flasche Weihwasser. Damit lege ich dem Geist das Handwerk, denn offensichtlich fällt die Angelegenheit in mein Ressort, haben wir es doch hier schlicht und ergreifend mit einer kollektiven Wahnvorstellung zu tun. Und dazu ist ein Arzt ja da.«

»Heute nacht noch?« fragte Jack.

»Bei Einbruch der Dunkelheit«, antwortete Stephen. Er warf einen Blick auf Jack und fuhr fort: »Aber, aber, mein Lieber, du wirst doch nicht so schwach im Geist sein und an Geister glauben?«

»Aber keine Spur – es wundert mich, wie du auf so einen Gedanken kommst –, es ist nur so, daß ich heute abend sehr beschäftigt sein werde, und da das ja sowieso ein medizinisches Problem zu sein scheint, wie du selbst gesagt hast, habe ich gedacht, Herapath wäre in jeder Hinsicht genau der richtige Mann für dich.«

Noch im Morgengrauen sprang Jack aus der Koje. Ein Klopfen an der Tür hatte ihn aus einem süßen Traum gerissen, in dem Mrs. Wogan mit weicher Stimme ihm gewisse Freiheiten erlaubte. Sein hellwacher Geist wußte sofort, daß der Wind in der Nacht nicht gedreht hatte und die LEOPARD weiter genau auf dem abgesteckten Kurs lag, mit demselben Rigg wie gestern, also mußte es wohl wieder eine der Launen dieses verdammten Bordgespensts sein. Aber während der zwei Schritte, die seine Koje von der Kabinentür trennten, erinnerte er sich plötzlich an Stephens Worte; vor seinem inneren Auge erstand das Bild von seinem Freund, wie er mit bengalischem Feuer und Weihwasser bewaffnet das Phantom aufspürte und exorzierte – unter dem stillen Beifall und zur Zufriedenheit der Besatzung, besonders der Papisten, die immerhin ein gutes Drittel ausmachten. Er hörte, wie der Kaplan wütend etwas von Hokuspokus rief, hörte Stephens etwas unglückliche Antwort: *»Hoc est corpus!«* und sah, wie schon kurz darauf ein paar Toppgasten auf den Bugspriet hinausliefen, ohne auch nur mit der Wimper zu zucken.

»Guten Morgen, Mr. Holles«, sagte er zu dem Fähnrich.

»Guten Morgen, Sir. Mr. Grant hat Wache und meldet ein Schiff, klar über der Kimm backbord voraus.«

»Ich danke Ihnen, Mr. Holles. Bin sogleich oben.« Sogleich war das richtige Wort: Mit nichts als Hosen bekleidet, stand er kurz darauf an der Luvreling des Vorschiffs und lehnte sich weit hinaus, das lange Haar ungebändigt im Wind wehend. Dort lag sie und zeigte der LEOPARD das Heck, aber so, daß alle drei Masten deutlich zu sehen waren. Ihre Marssegel standen scharf ab gegen die rote Scheibe der gerade aufgehenden Sonne.

»An die Bramsegelfallen. Luvbrassen. Geit auf, los, los!« rief er. »Luvliek-Buline belegen.« Und voller Zorn zischte er leise zum Offizier der Wache: »Herrgott noch einmal, Mr. Grant – reicht denn Ihr Wissen in so einer Lage nicht bis hinauf zu den Bramsegeln?« Laut dagegen wieder: »Alle Mann – Klar zum Halsen.«

»Dieses verdammte Waschweib«, sagte er, sich einen Weg durch herumlaufende Männer, Schwabber, Scheuersteine und Pützen bahnend. Er erreichte den Großmast und enterte schnell wie ein Schiffsjunge zum Großtopp auf. »Es geht um Minuten, und er läßt mich wecken.«

Für den Kommandanten jedes Schiffes, das unterwegs mit Feindberührung rechnen mußte, lautete die goldene Regel: sehen, ohne gesehen zu werden, oder zumindest als erster das fremde Schiff sichten. Aus diesem Grund gab es an Bord der LEOPARD eine ständige Dienstanweisung, die besagte, daß unmittelbar vor Tagesanbruch die Ausgucke doppelt zu besetzen waren – Jack hoffte so, das allererste Büchsenlicht bereits nutzen zu können. Wären die Bramsegel im selben Moment verschwunden, als der Ausguck seine Meldung an Grant machte, hätte die LEOPARD möglicherweise unbemerkt passieren können. Selbst jetzt konnte es sein, daß der Unbekannte sie noch nicht bemerkt hatte, denn die LEOPARD stand weit im Westen gegen einen noch nachtfahlen Himmel, und die Sicht wurde zusätzlich durch leichten Dunst getrübt.

Höher und höher kletterte er. Unter ihm schwang das Schiff sauber herum und lag auf dem neuen Ausweichkurs ruhig am Ruder – zumindest so viel durfte man Grant zutrauen. Jack starrte über die Weite der See hinüber zu dem fremden Schiff, das sich rasch entfernte. Er blickte ihm nach, bis die Sonne ihn halb blind gemacht hatte. Wieder an Deck, hielt er die Hand vor die Augen, sah aber nichts als einen grellrot leuchtenden Ball und sagte: »Wer hat sie zuerst gesichtet?«

Ein junger Toppgast stürzte aufs Achterdeck und salutierte andeutungsweise, indem er mit den Knöcheln seine Schläfe berührte. »Gut gemacht, Dukes«, sagte Jack. »Verdammt gute Augen hast du.« In seiner Kabine zog er sich fertig an. Die Luft war kühl an diesem Morgen, was auch nicht verwunderlich war, denn die LEOPARD segelte jetzt schon ein gutes Stück südlich vom Steinbock und war nur noch eine Tagesreise von den kühlen Strömungen des riesigen

Kaltwassergebiets und der Westwinddrift entfernt. Während er in seinen Rock schlüpfte, ging er im Geist die Möglichkeiten durch: An sich wußte er nur sehr wenig. Fest stand eigentlich nur, daß es ein Schiff war – aber welche Flagge und wieviel Kanonen? War sie überhaupt ein Kriegsschiff? Er war sich fast sicher, sie kurz vor Ausschütteln ihrer gerefften Marssegel überrascht zu haben. Indienfahrer und Holländer, aber auch ein paar seiner Kollegen von der Royal Navy, refften sie bei Sonnenuntergang der Bequemlichkeit halber dicht. Aber die Indienfahrer dieses Jahres sollten das Kap der Guten Hoffnung schon vor zwei Monaten erreicht oder hinter sich gelassen haben, und es war mehr als unwahrscheinlich, daß ein einzeln fahrender Nachzügler so weit im Westen über die Linie gehen würde, daß die LEOPARD hier auf ihn stoßen konnte. Eines stand für ihn fest: Ein Walfänger war sie nicht. Vielleicht ein Amerikaner unterwegs in den Fernen Osten, möglicherweise auch ein Schiff des Königs – aber Jack hielt es für das Wahrscheinlichste, daß er soeben die WAAKZAAMHEID vor Augen gehabt hatte.

»Besser vorher gewarnt als nachher gesunken«, sagte er beim Frühstück zu Stephen.
»Ein äußerst kluger Gedanke«, erwiderte Stephen, »und unglaublich originell – sag, wann hat dich diese Eingebung ereilt?«
»Schon gut, schon gut. Aber hättest du so etwas auf latein oder griechisch oder hebräisch dargeboten, würdest du eine halbe Stunde lang darin schwelgen und die madig machen, die sich nur wie ordentliche Christen auszudrücken wissen. Dabei ist es doch einerlei, wie man's sagt, oder? Soll ich dir unsere Position zeigen?«
»Ich bitte darum – sobald ich diese Scheibe Toast verspeist habe.«
»Also, wir sind jetzt hier«, sagte Jack und markierte auf der Seekarte einen Punkt, der ungefähr doppelt so weit von der brasilianischen Küste entfernt war wie von der Südspitze Afrikas. »Zwei Drittel hinter, ein Drittel vor uns, nicht mehr weit bis zur Höhe des Kaps. Den Passat werden wir noch einige Zeit haben, aber sehr bald, vielleicht morgen schon, erreichen wir die kalte Strömung nach Osten, und dann wird der Passat schwächer. Vielleicht findest du dort ein paar deiner Albatrosse, bevor uns die launischen Winde packen – die richtigen Westpuster kommen später.«

»Gerade vorhin habe ich vom Deck aus eine Kaptaube gesehen.«
»Ich gratuliere dir, Stephen. Und hier steht der Fremde, in unserem Luv, wie du siehst. Wenn er nun der Holländer ist – und ich muß mit dem Schlimmsten rechnen –, wird er wohl so weit wie möglich nach Süden vorstoßen, so früh wie möglich die Vierziger erreichen, um dann in weitem Bogen um das Kap nordöstlich nach Indien zu laufen. Selbst wenn er ein Draufgänger ist, an Bord alles tipptopp, volle Besatzung – durch die Straße von Mozambique wird er sich nicht wagen, seit unsere Kreuzer vor Mauritius auf der Lauer liegen. Andererseits . . .« Jack fuhr fort, laut zu denken, so als ob Stephen vor einem stummen Kollegen nach und nach eine Diagnose zu einem Patienten entwickeln würde. Sein Freund war mit den Gedanken anderswo und hatte volles Vertrauen zu Jack: Er würde diese Probleme schon lösen – wenn nicht er, dann gar keiner und ganz sicher nicht Stephen Maturin. Verstohlen warf er einen Blick auf die Todesanzeigen aus dem uralten *Naval Chronicle*, dessen eine Ecke unter der Karte hervorlugte.

Verstorben:
Am 19ten Juli diesen Jahres, an Bord der Theseus, *in Port Royal, Jamaika: Francis Walwin Eves, Fähnrich zur See. Auf St. Mary's am 25sten August: Miss Home, älteste Tochter des Vizeadmirals Baron George Home (verst.). Am 25sten September, in Richmond: der ehrenwerte Kapitän Carpenter von der Royal Navy. Plötzlich, am 14ten September: Mr. Wm. Murray, Bordarzt in der Werft Seiner Majestät zu Woolwich –*

an Murray erinnerte sich Stephen:
ein Linkshänder, äußerst fähig mit dem Messer –

Am 21sten September, in Rotherhithe: Leutnant zur See John Griffiths von der Royal Navy, im Alter von 67 Jahren.

Zugleich jedoch hörte er mit halbem Ohr Jack zu, der sich gerade über die Pflicht dieses hypothetischen Holländers ausließ, als Kapitän sein Schiff unbehelligt bis nach Indien zu bringen, ohne unterwegs zu trödeln – unter solchen Umständen gar keine gute Idee, nachts die Marssegel zu reffen – die Vorzüge anderer Verhaltensweisen. Plötzlich aber schreckte er schuldbewußt hoch, denn Jack sagte in barschem Ton: »Alles schön und gut, diese hübschen Diagramme mit den Winden drauf, aber der soll sich nicht zu sehr darauf versteifen, daß die Natur sich nach seinen Büchern richtet oder die Westwinde einsetzen, sobald der Passat aufhört – besonders nicht in einem Jahr wie diesem. Der Südostpassat war nämlich diesmal längst nicht so weit jenseits der Linie zu fassen gewesen, wie man das hätte erwarten können. Und wer weiß, was die ein bißchen weiter östlich oder südlich für Winde vorfinden.«

Er warf kurz ein: »Das kann niemand sagen, Jack – da hast du völlig recht«, und driftete erneut in Gedanken ab – dachte an das traurige Los eines siebenundsechzigjährigen Marineleutnants –, bis er sich mit einer Frage konfrontiert sah: »Aber ist das überhaupt der Holländer? Das ist die alles entscheidende Frage.«

»Könntest du denn nicht mal nachschauen?«

»Du vergißt, daß er in unserem Luv den Windvorteil hat. Wenn ich ihm jetzt auf den Pelz rücke, kann er mir mit ziemlicher Wahrscheinlichkeit genau dann ein Gefecht aufzwingen, wenn es ihm paßt.«

»Also willst du den Holländer kampflos davonsegeln lassen?«

»Grundgütiger, ja! Was bist du bloß für ein Hornochse, Stephen. Soll ich mich etwa aus purer Lust und Laune mit einem Linienschiff von vierundsiebzig Kanonen anlegen, mit seinen Zweiunddreißigpfündern, den Vierundzwanzigern und sechshundert Mann an Bord? Eine Breitseite von uns wiegt halb soviel an Eisen, wir haben einen Mann für drei von denen – wenn sich also der LEOPARD die Chance bietet, an dem Käskopp vorbei zum Kap zu schlüpfen, dann muß sie genau das tun, und zwar mit eingezogenem Schwanz und ganz leise. Der Tagesbefehl lautet: schändliche, ehrlose Flucht. Wenn wir das Kap hinter uns hätten und die Mannschaft komplett wäre, tja, dann sähe die Sache vielleicht anders aus. Aber auch dann wär's noch sehr riskant, wirklich sehr riskant ... Trotzdem will ich mich heute nach dem Abendessen, wenn wir nur noch ein paar Stunden Tageslicht haben, absetzen und ihn mir mal ein wenig unter die Lupe nehmen. Vor Sonnenaufgang war er zehn Meilen weg – jetzt werden's wohl vierzehn sein, so wie wir gehalst haben und dann weitergelaufen sind. Wenn ich in der Nachmittagswache mehr Tuch setze, kann ich bis auf vier oder fünf herankommen, und selbst wenn er acht Knoten schafft gegen unsere sieben, bekommt er mich vor der Dunkelheit nicht in Schußweite. Und heute nacht ist alles dunkel: Neumond.« Nach einer langen, nachdenklichen Pause fuhr er fort: »Mein Gott, Stephen, wie oft muß ich an Tom Pullings denken. Es ist ja nicht bloß deswegen, weil er einer war, dem ich die LEOPARD getrost anvertrauen konnte, komme, was da wolle – ich wußte, er würde genau das tun, was wir schon immer für richtig gehalten haben. Nein, ich frage mich einfach sehr oft, wie es ihm jetzt wohl geht.«

»Aye, das ist bei mir kaum anders. Aber unsere Sorgen sind überflüssig, denke ich – schließlich haben wir ihn ja in ein gut katholisches Land gebracht.«

»Du meinst, er kann noch gerettet werden?«

»Ich denke da weniger an den sterblichen Körper als vielmehr an seine unsterbliche Seele. Franziskanerinnen werden ihn pflegen, nicht diese Hospitalshexen der Marine in Haslar. In solchen Fällen kommt es entscheidend auf die Krankenpflege an – und es gibt einen himmelweiten Unterschied zwischen den Schwestern: Die einen tun es für Geld, die anderen für Gott. Die sanften Nonnen in Recife werden die nervösen Begleiterscheinungen von Toms Rekonvaleszenz ebenso geduldig ertragen wie seinen störrischen Mißmut. Ich weiß, er wird dort richtig aufblühen, während jedes richtige Hospital durchaus in der Lage wäre, ihn unter die Erde zu bringen. Und was macht es schon, wenn dabei sein Geist infiziert wird und er künftig zum Beten niederkniet? Das dürfte ihm doch kaum zum Nachteil gereichen bei dem Versuch, sich in der Marine hochzudienen: Das hierarchische Denken in der Flotte hat ja geradezu byzantinische Ausmaße erreicht.«

Es war Waschtag an Bord der LEOPARD, aber Wäscheleinen wurden nicht gerigt. Statt dessen waren alle Mann mit der Pflege der Kanonenkugeln beschäftigt. Die Stücke selbst waren dank einem äußerst aufmerksamen Stückmeister in hervorragendem Zustand, abgesehen von der Lafette von Nummer sieben im Kanonendeck, die etwas wurmstichig war. Mr. Burton hatte auch ausreichend Kartuschen gebunkert und hielt das Kraut trocken, aber tief unten in den Halterungen am Boden der Schiffslast war ein Teil der

Eisenkugeln wie üblich mittlerweile von Rost angefressen. Jeweils hundert von ihnen wurden Hand über Hand an die einzelnen Kanonen in den zwei Batteriedecks verteilt, und die Stückmann-schaften machten sich über sie her, bis überall auf dem Schiff die gleichen metallischen Geräusche zu hören waren: Vom Bug bis zum Heck saßen die Männer mit runden Eisenkugeln im Schoß, feilten, raspelten und hämmerten, bis sie so rund wie möglich waren, um sie anschließend mit altem Kochfett aus der Kombüse glattzupolie-ren.

Als Stephen in der Nachmittagswache Mrs. Wogan zu ihrem tägli-chen Ausgang an Deck begleitete, erklärte er ihr Sinn und Zweck des gelärmigen Treibens um sie herum. Sie trug eine warme Jacke und Halbstiefel, barst vor Energie und sah aus wie das blühende Leben. »Tatsächlich? So ist das also – und ich dachte schon, an Bord wäre jeder verrückt geworden, einschließlich der Bordkatze. Oder die Matrosen hätten geschlossen umgesattelt und wären alle unter die Kesselflicker gegangen. Aber sagen Sie mir eines, Sir: Warum müssen diese Eisenbälle so rund sein?«

»Nun, je perfekter gerundet sie sind, desto genauer treffen sie ihr Ziel, und das sind die lebenswichtigen Teile des Feindes.«

»Ein Feind? Herr im Himmel, wo ist er? Doch nicht etwa ganz nah?« rief Mrs. Wogan. »Ein Meuchelmörder unter uns – wir werden alle im Bett sterben.« Sie begann zu lachen, zuerst nur ein leises Kichern, dann aber, als sie sich nicht mehr beherrschen konnte, ein warmes, volles, anschwellendes Lachen, das gar nicht einmal laut war und doch weit trug. Weit genug jedenfalls, daß Jack, der seit Stunden in der Großbramsaling saß, einen hinaufgewehten Hauch davon er-haschte und unwillkürlich lächeln mußte. Die meiste Zeit über hatte er das fremde Schiff vor dem Glas gehabt und war sich jetzt so sicher, wie er sich aus dieser Distanz sein konnte, daß es die WAAKZAAMHEID war: Nur die Holländer bauten Schiffsrümpfe mit so breit ausgelegtem Heck. Natürlich bestand da noch die entfernte Möglichkeit, daß sie von den Käsköppen erbeutet worden war und jetzt als Schiff des Königs unter britischer Flagge segelte, aber das war doch mehr als unwahrscheinlich. Ein Schiff der Royal Navy würde nicht derart tief in den Süden hinuntergehen, sondern versuchen, schnurstracks auf direktem Kurs das Kap zu erreichen.

Für einen südlichen Kurs segelte sie recht dicht am Wind und hatte reichlich Tuch gesetzt, machte aber trotz der Bramsegel kaum mehr als sechs Knoten Fahrt. Ein langsames Schiff also, dem die LEOPARD bei einer anständigen Brise leicht das Heck zeigen konnte. Es sei denn ... Vielleicht waren diese Bulinen dort gar nicht so straff gespannt, wie es den Anschein hatte – in diesem Fall war ihr Kommandant eindeutig ein schlauer Fuchs, der nur darauf wartete, daß die LEOPARD Kabel für Kabel aufschloß.

»An Deck.«

»Sir?« antwortete ihm Babbingtons Stimme von tief unten.

»Loggen Sie, und lassen Sie mir eine Matrosenjacke, etwas zum Beißen und meine Flasche heraufbringen.«

Der junge Forshaw flüsterte: »Oh, Sir, kann ich das tun? Bitte, Sir.«

»Ruhe!« rief Babbington und zog ihm eins mit der Flüstertüte über. »Sieben Knoten, drei Faden, Sir.« Und dann: »Mr. Forshaw, ab in die Kajüte, von Killick Jacke, Flasche, Essen gefaßt und dann hoch in die Saling, aber daß Sie mir unterwegs bloß keinen Rost ansetzen, verstanden?«

»Ist das da oben der Kapitän unseres Schiffes?« fragte Mrs. Wogan.

»Allerdings, mein Kind – seit Stunden schon beobachtet er das fremde Segel vor uns. Vielleicht ist es ein feindliches Schiff.«

»Er hört sich an wie der Allmächtige selbst«, sagte sie. Wieder dieses Lachen, diesmal aber im Ansatz unterdrückt. Sie fuhr fort: »Ich sollte nicht so respektlos daherreden. Kommt es denn wirklich zum Gefecht?«

»Niemals, Ma'am. Was wir hier machen, nennen wir rekognoszieren. Wir schauen sie uns nur mal an. Zum Kampf wird es sicher nicht kommen.«

»Oh«, sagte sie und klang leicht enttäuscht, dann: »Frieren Sie denn gar nicht, nur mit dieser Kattunjacke? Mein Spencer ist gefüttert, und doch zittere ich fast wie Espenlaub.«

»Das ist kein Kattun, Ma'am, sondern feinste Seide aus Recife. Der macht so ein kalter Wind nichts aus.«

»Da muß ich Ihnen wohl die Augen öffnen, mein Herr. Die Jacke ist aus Kattun, und zwar geköpertes Kattun. Wir nennen das Jean. Da sind Sie in Recife aber an einen richtigen Halunken von Händler geraten – so ein gewissenloser Kerl!«

»Es war ein weiblicher Kerl«, knurrte Stephen und musterte mürrisch einen Ärmel.

»Ich werde Ihnen einen Wollschal stricken. Ist das da vorne das fremde Schiff? Ich glaube, wir haben in die falsche Richtung geschaut.«

Vier oder fünf Meilen vor ihnen war der Rumpf des Holländers, vom Poopdeck der LEOPARD aus betrachtet, bereits über die Kimm gekommen.

»Das ist sie – steht genau dort, wo der Kapitän und ich sie erwartet haben«, sagte Stephen.

»Es sieht so klein aus und scheint unendlich weit entfernt zu sein. Müssen die Männer einen solchen Lärm machen? Sie klopfen und hämmern, als wären sie Zigeuner. Wie weit sind wir eigentlich noch vom Kap, können Sie mir das sagen?«

»Wenn ich mich nicht irre, sind es so um die tausend Seemeilen.«

»O Gott, so weit noch? Na, Sie bekommen Ihren Schal sicher vorher.«

Stephen dankte ihr und brachte Mrs. Wogan zurück unter Deck. Die stickige Luft der engen Kabine schien ihr nun offensichtlich hochwillkommen, und er kehrte zurück auf das Achterdeck. Alles schwieg. Mit Ausnahme des Rudergängers blickten alle gespannt auf das fremde Schiff, nun gar nicht mehr so weit entfernt. Ein Zweidecker, soviel war klar, und sicher holländisch, wahrscheinlich ein Vierundsiebziger. Sie steuerte schnurgerade süd-südwestlichen Kurs mit dem Wind aus Südost zu Ost, ein halb Ost, und wirkte etwas schwerfällig unter der Masse von Tuch. Sechs Knoten Fahrt machte sie; die LEOPARD war ein oder zwei Knoten schneller, hatte allerdings auch mehr Segel gesetzt. Bei unveränderter Fahrt würde es noch einige Zeit dauern, bevor die Schiffe in Gefechtsentfernung kommen würden – es sei denn, der Holländer drehte bei oder verkleinerte seine Segelfläche. Dafür gab es allerdings keinerlei Anzeichen: Er pflügte mit breitem Bug stetig durch die See, als ob es keinen Verfolger gäbe. Combermere, der junge Fähnrich an den Signalflaggen, hatte bisher auf der Reise seine Fähigkeiten noch kaum unter Beweis stellen können und studierte jetzt mit hektischem Eifer neben dem offenen Flaggenspind sein Signalbuch – vielleicht hoffte er aber auch, der Signalgast an seiner Seite würde im Ernstfall die Flaggen besser setzen können als er. Die übrigen Männer, die sich auf der Leeseite des Achterdecks aufhielten, bewahrten eine gespannte Ruhe und unterhielten sich höchstens leise miteinander, um den Kapitän nicht zu stören. Jack stand an der Luvreling und blickte hinüber zum Feind, das Fernglas gestützt auf ein Hängemattenbündel in einem der Finknetze. Das Schiff war klar zum Gefecht, aber so etwas Ähnliches gab es an Bord jeden Tag bei der abendlichen Musterung, und so war an Bord wenig von der Hochspannung zu spüren, die zu einem unmittelbar bevorstehenden Kampf gehört. Ruhe bewahrten vor allem die Männer, die bereits Pulver gerochen hatten, oft unter ihrem jetzigen Kommandanten. Die anderen, noch ohne Kampferfahrung, wurden zusehends gesprächiger: »Sehen Sie, dort«, rief Mr. Fisher und wies auf einen Gabelschwanz-Sturmvogel, »eine Schwalbe – was für ein günstiges Omen! Und so weit von jedem Land.«

»Nein, das ist eine Sturmschwalbe, *procellaria pelagica*«, ließ sich Grant vernehmen.

»Keineswegs – mit Sicherheit ein Gabelschwanz«, versetzte Stephen.

»Ich glaube kaum. Der Gabelschwanz-Sturmvogel findet sich in diesen Breitengraden nicht. Dies ist eindeutig ein *procellaria pelagica* aus der Familie der *turbinares*.« Grant fuhr fort, Stephen über einige Fakten aus dem Vogelreich im allgemeinen in Kenntnis zu setzen. Der unvermeidlich didaktische Tonfall war einigen Anwesenden aus der Offiziersmesse nur allzu vertraut.

Schließlich sagte Jack: »Mr. Combermere, setzen Sie unsere Farben und den Stander.« Und zum Master am Ruder: »Eineinhalb Strich beidrehen, Mr. Larkin.«

Die LEOPARD zeigte ihre Farben: ein britisches Kriegsschiff, unterwegs im Auftrag Seiner Majestät. Jack ließ sie etwas abfallen, damit die Botschaft den Adressaten auch unmißverständlich erreichte. Eine halbe Minute später behauptete der Holländer dasselbe von seinem Schiff, stellte sein Fockmarssegel back, braßte Großsegel und Fock an und drehte bei, dabei drohend die Breitseite zeigend.

»Geheimsignal und unsere Kennung«, sagte Jack.

Die Flaggen des Codes stiegen am Mast empor und entfalteten ihre bunten Wimpel. Jack hielt sein Glas auf das Achterdeck des Holländers gerichtet: Die Antwort ließ auf sich warten – jetzt wurde der

Heiß am Signalfall gesetzt – alles sehr bedächtig – und hochgezogen, langsam, langsam, während sich der Abstand zwischen beiden Schiffen zusehends verringerte – und wieder niedergeholt. »Klar zum Wenden«, sagte er, ohne das Fernglas abzusetzen. Wieder setzte der Holländer sein Antwortsignal, als habe er sich beim erstenmal lediglich vergriffen und korrigiere jetzt. Höher und höher stiegen die Flaggen empor und wurden endlich ausgeschüttelt: die falschen natürlich, ein sinnloses Signal, gesetzt in der Hoffnung auf einen Zufallstreffer. »Hart Ruder«, sagte Jack, und der Rudergänger wirbelte das Steuerrad herum. »Mr. Combermere, Signal: *Überlegenes feindliches Schiff gesichtet. Werde verfolgt, allgemeine Richtung Süd-Südwest.* Zwei Schüsse nach Lee, und lassen Sie es stehen – hoffentlich versteht er's.«

Auf der WAAKZAAMHEID verschwand zur selben Zeit das blaue Banner vom Flaggenknopf des Großmasts. Sie hißte die Landesfarben, verschwand Sekunden später hinter einer gewaltigen Rauchwolke und ging vor den Wind. Das tiefe Dröhnen ihrer Kanonen erreichte die LEOPARD einige Herzschläge später, und noch bevor es verklungen war, kochte die See unter den Einschlägen von fast einer halben Tonne Eisenkugeln. Angesichts der extrem großen Entfernung konnte Jack vor der Leistung der gegnerischen Kanoniere nur den Hut ziehen: Die Einschläge lagen dicht beieinander, allerdings zu kurz. Ein paar Kugeln prallten von der Wasseroberfläche ab und hüpften in weiten Sätzen über die Dünung auf die LEOPARD zu. Drei von ihnen fanden ihr Ziel: Im Großsegel klaffte plötzlich ein Loch, ein dichtgestautes Hängemattenpack drückte in seinem Finknetz nach innen und versetzte dem unmittelbar dahinter stehenden Kaplan einen gehörigen Schreck, und irgendwo im Vorschiff hörte man Holz splittern.

Die LEOPARD hatte den Wind bereits querab gehabt: Jetzt beendete sie das Wendemanöver und lief mit raumem Wind der untergehenden Sonne entgegen, so schnell sie nur konnte. »Royals und Leesegel setzen.« Jack musterte vom Poopdeck aus die WAAKZAAMHEID. Durch ihr Beidrehen war sie sichtbar zurückgefallen, obwohl die Mannschaft Fock und Großsegel so schnell eingeholt hatte, daß er anerkennend nickte. Zwar setzte der Holländer nun ebenfalls Royals und Stagsegel, aber es dauerte doch eine ganze Weile, bis er genauso viel Fahrt machte wie sein englischer Gegner.

Näher heranzukommen war für ihn in dieser schwachen Brise unmöglich.

»Mr. Grant«, sagte er zu seinem Ersten, »kommen Sie bitte mit Fock- und Großmarsschoten einen halben Faden auf. Das Pechfaß zu den Heckdavits, und Mr. Burton zu mir.«

Die Achterkajüte war leergeräumt und gefechtsklar. Jack sagte zum Stückmeister: »Mr. Burton, wir werden jetzt ein wenig Spaß haben.« Unterdessen verlor die LEOPARD als Folge von Jacks Befehl an Fahrt, und die WAAKZAAMHEID kam mit schöner Bugwelle langsam auf. Die bronzenen Neunpfünder waren bereits geladen und ausgerannt, die Stückmannschaften starrten an Lauf und Mündung vorbei auf den sich nähernden Feind, kauerten beiderseits der Kanonen und warteten. Hinter ihnen glühten die Zündschnüre in den Luntenfäßchen, argwöhnisch bewacht von den Pulvergasten, die in einigem Abstand davon die Kartuschen bereithielten.

»Feuern nach eigenem Ermessen, Mr. Burton«, sagte Jack. Im gleichen Moment blitzte es auf der Back des Holländers auf: ein Probeschuß aus der Jagdkanone im Bug. »Billy, die Handspake«, murmelte der Stückmeister, machte sich am Staukeil der Lafette zu schaffen, worauf sich der Lauf der Kanone etwas aufsteilte. Er wartete, bis die LEOPARD in Schußposition war, und zog an der Abzugsleine. Mit gewaltigem Krachen sprang die Kanone unter seinem gebeugten Oberkörper zurück, aber schon stand ihre Crew bereit und sicherte sie, der nasse Schwabber fuhr in den heißen Lauf, und Burton reckte den Hals, um den Einschlag der Kugel zu beobachten: etwas kurz, aber die Richtung stimmte.

Jack feuerte die zweite Kanone mit demselben Ergebnis. Er ließ Grant ausrichten, er möge doch bitte das Schiff noch ruhiger halten, und ein paar Minuten darauf verpaßte der Stückmeister der auf hundert Yards herangekommenen WAAKZAAMHEID mit einem Abpraller ein Loch in die Breitfock. Danach feuerten die Neunpfünder, so schnell sie konnten, und schleuderten in der einbrechenden Dämmerung ihre Eisenlast auf den Verfolger, bis die Läufe so heiß waren, daß die Männer sie nicht mehr anfassen konnten und die Stücke bei jedem Rückstoß ein paar Zoll in die Höhe sprangen. Auch wenn sie keinen großen Schaden anrichteten, war sich Jack doch fast sicher, drei Treffer erzielt zu haben. Dann hüllte die

Dunkelheit das Ziel ein. Das letzte, was sie in dieser Nacht vom holländischen Linienschiff sahen, war ein Feuerschein in weiter Entfernung: Sie hatte beigedreht und sandte der LEOPARD Breitseiten aus beiden Decks hinterher. Ihre Kanoniere hatten das Mündungsfeuer des Engländers als Zielpunkt genommen, aber die Einschläge lagen weit daneben.

»Kanonen einrennen und seefest zurren«, sagte Jack, und dann lauter: »Bringt das Faß aus. Aber vorsichtig!«

Langsam wurde das Faß mit brennendem Pech und kunstvoll darauf verteilten Knallkörpern zu Wasser gelassen. Es trieb schnell vom Schiff weg, täuschend echte Flammenzungen, wie von feuernden Kanonen, schossen immer wieder daraus hervor.

Jack kehrte aufs Achterdeck zurück und gab Befehl, achtern die Schoten anzubrassen. Er war schweißnaß, müde und glücklich.

»Das war's erst einmal, Mr. Grant«, sagte er. »Ich denke, die Musterung kann heute entfallen. Schadensmeldungen?«

»Nur das Loch im Großsegel, Sir. Ein paar Wanten sind zerschossen, und ihre erste Breitseite hat die Krulle getroffen: Backbords hat unsere LEOPARD keine Nase mehr, fürchte ich.«

»Die LEOPARD hat ihre Nase verloren«, sagte Jack etwas später zu Stephen. Hinter geschlossenen Fensterblenden und Stückpfortenklappen war jetzt gedämpftes Licht gestattet, Abblendlaternen tauchten die Heckkabine in einen trüben Schein. »Wäre ich nicht so erschossen, würde ich daraus noch einen Witz machen – wo wir doch die Franzosenkrankheit an Bord haben.« Er lachte herzlich bei dem Gedanken, so nahe an einem geistreichen Witz vorbeigeschrammt zu sein.

»Wann komme ich denn nun endlich zum versprochenen Abendessen?« fragte Stephen. »Du hattest mich, wie du dich erinnern wirst, zu überbackenem Käse in der gemütlichen Achterkajüte eingeladen – und was finde ich hier? Keine Gemütlichkeit, sondern größte Unordnung und einen Gastgeber, der verzweifelte Versuche macht, lustig zu sein – und das bei einer so schweren und schmerzhaften Krankheit. Doch halt – rieche ich da etwa gebratenen Käse über all dem Pulverdampf und dem Gestank dieser üblen Funzel? Killick, prei mich mal an: Wie steht's mit dem Käse?«

»Nämlich ist er schon unterwegs, oder etwa nicht?« gab ein gereizter Killick zurück. Keinen einzigen Schuß hatte er abfeuern dürfen, und so grummelte er jetzt halblaut daher über »Vielfraße und ihre verdammte Fettlebe ... keine Minute lassen sie einen in Ruhe, immer wollen sie was ... und sind nie zufrieden.«

»Während wir auf Killick warten«, fuhr Stephen fort, »darf ich da hoffen, daß du mir sagst, wie diese Schießerei ausgegangen ist, die uns soviel Hektik, Lärm und Unordnung eingebracht hat?«

»Nun, das ist doch ziemlich klar«, sagte Jack. »In einem halben Glasen gehen wir auf einen Kurs, der uns quer über das Kielwasser des Holländers auf seine Luvseite führt. Dann setzen wir Vollzeug und machen, daß wir davonkommen. Der alte Käskopp hat getan, was er konnte – es hätte ungemütlich für uns werden können, denn bei einer schwereren See wäre sein größeres Schiff im Vorteil gewesen. Bei dieser Dünung bleibt ihm aber wohl nichts anderes übrig, als uns zu vergessen und gen Süden zu segeln. Er hat da einiges aufzuholen und wird sich beeilen, ganz egal, ob er nun das Signal an unsere nicht vorhandenen Verbündeten für echt hält oder nicht. Wir dagegen werden wieder Kurs aufs Kap nehmen und können hoffen, den braven holländischen Biedermann ordentlich hinters Licht geführt zu haben. Nun ziehen wir beide friedlich unsere Bahnen, und die führen uns mit jeder Wache weiter voneinander weg. Wenn die Nacht um ist, liegen vielleicht schon hundert Meilen Ozean zwischen uns.«

SIEBTES KAPITEL

ALS DER MORGEN ANBRACH, wurde Jack erneut aus den Armen einer anbetungswürdigen Mrs. Wogan aufgeschreckt, und zwar wiederum durch die Nachricht, backbord voraus sei ein Schiff in Sicht. Diesmal hatte der Offizier der Wache die Bramsegel der LEOPARD bereits verschwinden lassen, aber viel mehr als eine höfliche Verbeugung vor den Konventionen des Krieges auf See war das nicht: Der Holländer stand bereits wesentlich näher als gestern, mindestens drei Meilen, und trotz des leichten Dunstes über der kalten, milchig-trüben See war die WAAKZAAMHEID bestens zu erkennen. Die Nebel lichteten sich, dann verdichteten sie sich wieder, und so war das feindliche Schiff manchmal kaum auszumachen, im nächsten Augenblick aber überdeutlich und unnatürlich groß zu sehen. Sie schien bereit, sich mit ausgebreiteten Flügeln auf die LEOPARD zu stürzen.

Am Rand der kalten Westdrift, in die sie jetzt kamen, wehte eine steife Brise, noch war die See jedoch kabbelig und nicht mehr – keine Spur von richtiger Dünung mit ihren hohen Kämmen und tiefen Tälern, in der ein schwereres Schiff klar im Vorteil war. Als an Bord der LEOPARD die Mittagsbreite genommen wurde, war der Holländer bereits hinter der Kimm verschwunden: Jack hatte mit südwestlichem Kurs soviel Zeug setzen lassen, wie sie tragen konnte.

Über dem gemeinsamen Abendessen fragte Stephen: »Dürfen wir schon *Io triumphe* rufen? Vor über zwei Stunden hab ich den Feind zuletzt gesehen, und da wand er sich am Boden in ohnmächtiger Wut.«

»Ich werde weder Io dingsbums noch sonst irgend etwas rufen, bevor ich nicht die Muringstonnen von Simon's Bay sehe«, erwiderte Jack erregt. »Ich wollte vorhin nichts sagen, weil Turnbull und Holles dabei waren, aber eines sage ich dir: Ich kann mich nicht erinnern, jemals etwas so Erschreckendes gesehen zu haben wie die WAAKZAAMHEID heute morgen, wie sie da in Luv stand und uns den Weg zum Kap versperrte. Es war gerade so, als hätte sie mir letzte Nacht immer dann über die Schulter geguckt, wenn ich unseren Kurs festlegte. Und was die Vorstellung vom Vormittag angeht, bin ich keineswegs frohen Mutes: Es war zwar zu diesig, als daß ich sicher sein könnte, aber ich habe so ein unangenehmes Gefühl, daß der Holländer uns nur halbherzig verfolgt hat. Keine Skysegel, wie du sicher bemerkt hast. Vielleicht tragen seine Bramstengen nicht so viel, aber mir schien es, als wollte er uns nicht so sehr einholen, als vielmehr leewärts und nach Süden abdrängen. Wäre ich an seiner Stelle und hätte seine Mannschaft – zwei Männer auf jeden von uns! –, ich würde versuchen, längsseits zu gehen und zu entern. Besser das, als den Gegner zu Klump zu schießen, damit er dir dann vor den Augen wegsinkt. Stell dir das mal vor: Was für ein Triumph, wenn er mit einem seetüchtigen Fünfziger, einem Zweidecker, als Prise nach Indien kommt! Vielleicht wartet er aber auch nur auf eine günstige Gelegenheit. Sei's drum, ich werde alles daransetzen, heute nacht sein Heck zu kreuzen, und wenn ich erst einmal den Luvvorteil habe und der Wind auch nur ein bißchen östlicher als Süd steht, werde ich ihm einen ordentlichen Luvkampf liefern. Wir können nämlich enger am Wind liegen – diese großen Schiffe mit dem breiten Rumpf sacken immer stärker nach Lee, als Fregatten das tun. Wenn die See also nicht unerträglich wird für unseren Leoparden, dann können wir den wachsamen Holländer heute weit achteraus lassen und morgen in seinem Luv stehen. Das hoffe ich jedenfalls.«

Aber er hoffte vergeblich. In der Nacht machte eine totale Windstille Jacks Plan zunichte, des Holländers Kielwasser zu queren. Als am Nachmittag des nächsten Tages alle Mann damit beschäftigt waren, ein neues Stell Schlechtwettersegel zu setzen, tauchte im Nordosten die WAAKZAAMHEID auf und brachte die Brise mit. Sie bot einen prächtigen Anblick, hatte untere und obere Leesegel gesetzt und leuchtete in strahlendem Weiß unter einem bewölkten Himmel. Das ungewöhnlich leuchtende Weiß ihres Tuches zeigte an, daß auch sie einen frischen Satz Segel gesetzt hatte, in Erwartung des bösen Wetters tiefer unten im Süden. Die Männer auf der LEOPARD konnten dem herrlichen Anblick allerdings kaum etwas abgewinnen: Alle hatten sie die Kugel gesehen, die im Vorschiff liegengeblieben war, nachdem sie der Galionsfigur die Nase abgerissen hatte – alle wußten, daß hinter den Stückpforten vom unteren Batteriedeck des Gegners eine lange Reihe holländischer Zweiunddreißigpfünder wartete. Und die spien Kugeln, die fast um die Hälfte schwerer wogen als die Geschosse der größten eigenen Kanonen. Der Rumpf der LEOPARD war zum größten Teil aus bester und härtester Eiche, was auch für die Mehrheit der Mannschaft zutraf, aber es gab an Bord keinen Mann, der nicht gelächelt hätte, als der Wind endlich auch das eigene Schiff erreichte: Das noch steife Segeltuch blähte sich, und unter der Gillung gurgelte das Wasser, als die LEOPARD Fahrt aufnahm. Kurz darauf bekam die WAAKZAAMHEID die Launen des Windes zu spüren und drehte bei. Die folgende Kanonade nahm ihr auch den letzten Wind.

Langsam und gezielt kamen die Schüsse. Nur die obere Batterie feuerte, und zwar Einzelschüsse mit reichlich Pulver. Das Feuer lag zu kurz, war aber beeindruckend regelmäßig und genau – einige der Abpraller landeten an Deck. Jack konnte aus so großer Entfernung nicht viel ausrichten mit seinen Zwölfpfündern auf dem Oberdeck, die Kugeln waren kaum halb so schwer wie die, mit denen der Gegner ihn gerade beharkte. Und doch sah er eine Möglichkeit, dem Holländer ein paar Spieren wegzuschießen oder sein Rigg zu beschädigen, was ganz sicher nicht von Nachteil wäre, lagen doch fünf- oder sechstausend Seemeilen zwischen der WAAKZAAMHEID und der nächsten Nachschubquelle. Es gab noch andere Möglich-keiten: Ein Zufallstreffer konnte eine Kiste mit Kartuschen oder eine Laterne unter Deck treffen und so Feuer legen oder gar das Pulverschapp in die Luft jagen – so etwas war äußerst unwahr-scheinlich, aber schon vorgekommen, wie er wußte. Andere Überlegungen wogen jedoch weit schwerer: Jack liebte Schießübungen an Bord seines Schiffes und verfügte über genügend eigenes Geld, daher hatte die LEOPARD außergewöhnlich viel Pulver und Eisen an Bord. Wenn er den Kommandanten der WAAKZAAMHEID also dazu verleiten konnte, Schuß für Schuß abzufeuern, ohne mehr als die Wellen zu treffen, konnte er letztlich nur gewinnen. Zudem wußte er nur zu gut, wie ungern selbst die furchtlosesten Helden mit den Händen im Schoß herumsitzen, während man auf sie feuert. Und schließlich hatte er leider die Erfahrung gemacht, daß der Mensch auf kein anderes Ziel in Gottes weitem Erdkreis so begeistert und sorgfältig zielt wie auf seinen Nächsten – eine bessere Gelegenheit würde er nicht finden, um die Stückmannschaften in Hochform zu bringen. Die Männer an den Kanonen nutzten die Gunst der Stunde ausgiebig. Gelegentlich konnten sie sehen, wie das Wasser von ihren Einschlägen bis auf das gegnerische Deck spritzte, und zweimal erzielte die gut eingespielte Crew von Nummer sieben unter dem begeisterten Gejohle der ganzen Mannschaft einen direkten Treffer. Die Erfolge der WAAKZAAMHEID nahmen sich bescheiden aus: Eine Kugel blieb kraftlos und verbraucht in den Finknetzen der LEOPARD stecken. Und doch konnte Jack sich des Eindrucks nicht erwehren, daß sein Gegenüber haargenau dasselbe vorhatte: Daß auch er die Situation nutzen wollte, um seine Besatzung (erschreckend viele Männer) noch feiner zu schleifen, noch näher an die Perfektion heranzuführen. Durch sein Teleskop konnte er den holländischen Kommandanten genau erkennen: Er sah einen großgewachsenen Mann im hellblauen Uniformrock, der dort auf dem Achterdeck stand, eine Stummelpfeife im Mund, und die LEOPARD eingehend studierte. Manchmal ging er auch zwischen den Kanonen an Oberdeck auf und ab. Jack war mehr als zufrieden, als ein erneuter leichter Wind die WAAKZAAMHEID überging und ihn außer Reichweite brachte.

In der mondlosen Nacht – es war Neumond – lag das Schiff bis zur Morgenwache fast auf der Stelle fest. Dann trieb ein westlicher Wind kalten Regen heran, und die LEOPARD stieg und fiel mit der mittelstarken Dünung. Sie nahm Kurs auf das Kap, das jetzt nicht nur im Osten, sondern auch bereits beträchtlich nördlich von ihnen lag.

Diesmal mußte Jack nicht erst geweckt werden. Lange vor Sonnenaufgang stand er an der Leereling des Achterdecks, eingemummt in eine Lotsenjacke, und musterte den Horizont. Wie erwartet enthüllte das erste Licht des Tages weit im Nordosten, zwischen ihm und Afrika, die Silhouette der WAAKZAAMHEID. Der Holländer steuerte einen Kurs, der den seinen in ein paar Stunden kreuzen würde. Jack ließ abfallen, bis die LEOPARD den Wind steuerbord querab hatte; sein Gegenüber tat es ihm nach, ohne jedoch näher zu kommen. Den ganzen Tag segelten sie so beinahe Seite an Seite, während es ohne Unterlaß regnete – weiter und weiter ging es gen Süden. Ab und an verschwand eines der Schiffe im dichten Regen eines wolkenbruchartigen Schauers, aber sobald es wieder aufklarte, war die WAAKZAAMHEID wieder da. So sorgfältig, wie sie ihre Position hielt, machte es den Eindruck, als sei das größere Schiff die Eskorte für die kleinere LEOPARD und folge treu deren Signalen. Manchmal kam der Holländer ein oder zwei Meilen auf, dann wieder setzte Jack sich ein wenig ab – aber als die Nacht hereinbrach, waren sie nach einem grob geschätzten Etmal von hundertunddreißig Seemeilen (die dicht dahintreibenden Wolken hatten jede Mittagsbeobachtung verhindert) immer noch ungefähr so weit voneinander entfernt wie am Morgen. Als es dunkel war, begann Jack aufzukreuzen, einmal über Steuerbordbug, dann über Backbordbug; beide Wachen blieben an Deck. Er hoffte, den Gegner so im Schutze der Dunkelheit abschütteln zu können (hart am Wind war sein Schiff der WAAKZAAMHEID überlegen), dann in einem weiten Bogen nordwärts zu segeln und ihr Kielwasser zu queren – in einer Entfernung, die zu weit für die schärfsten Ausguckaugen und das beste Glas sein würde. Der Plan hätte aufgehen können, wäre der Wind nicht plötzlich abgeflaut. So aber blieb der LEOPARD gerade genug Wind für Ruderwirkung, und sie trieb hilflos in der Westdrift dahin, um am Morgen darauf im Licht der aufgehenden Sonne die verhaßt-vertraute Silhouette des holländischen Schiffes zu sehen, das exakt so peilte wie am vorigen Tag.

Nach einem Tag voller Segelmanöver und schwachen, unbeständigen Winden aus wechselnden Richtungen – kein Punkt auf dem Kompaß, aus dem es nicht irgendwann einmal geweht hätte – versuchte die WAAKZAAMHEID in der folgenden Nacht, die LEOPARD zu entern. Bei Sonnenuntergang war der Himmel klar und versprach eine anständige Brise am nächsten Morgen. Bevor die schmale Sichel des jungen Mondes aufging, leuchteten die Sterne vom wolkenlosen Nachthimmel, und in ihrem schwachen Licht trieb der Holländer, einem Geisterschiff gleich, nur unter Skysegeln heran. Die Bewegung war kaum erkennbar, denn das Schiff glitt sanft über eine lange, ölige Dünung dahin. Der aufmerksame Ausguck im Masttopp der LEOPARD sah nur die untersten Sterne nacheinander verschwinden und gab Alarm – der Vierundsiebziger hatte wohl mit den obersten Segeln das erste, zaghafte Streicheln der Brise eingefangen und schwang herum, sobald er auf Reichweite seiner Kanonen herangekommen war. Eine Serie spektakulärer Breitseiten folgte. An Bord der Fregatte war schon »*Alle Mann auf Gefechtsstation*« befohlen worden; das Licht der Gefechtslaternen schien durch die geöffneten Stückpforten an Backbord, aus beiden Decks lugten die Mündungen der Kanonen, und es roch in allen Decks nach brennenden Lunten. Solange jedoch die Distanz zwischen beiden Schiffen noch so groß war, hielt Jack das eigene Feuer zurück. Er stand auf der Poop und starrte mit dem Nachtglas über das Wasser zum feindlichen Schiff hinüber. So ganz traute er diesem Artillerieangriff nicht, denn er selbst hätte Boote zu Wasser gelassen, und nach denen suchte er jetzt. Aber er suchte lange vergeblich und wollte schon aufgeben, als er endlich, in einer ganz anderen Richtung als erwartet, Riemen aufblitzen sah. Die Boote waren sehr weit vom eigenen Schiff entfernt und kamen rasch näher; der holländische Kapitän mußte sie im Dunkeln auf der dem Gegner abgewandten Seite zu Wasser gelassen und sie dann, vollgestopft mit Männern, in einem weiten Bogen vor mindestens einer halben Stunde zur LEOPARD in Marsch gesetzt haben. Die Breitseiten der WAAKZAAMHEID aus weiter Entfernung dienten nur dazu, die Aufmerksamkeit der gegnerischen Besatzung backbords zu binden, während die Boote auf ihrer Steuerbordseite angriffen. »Der schlaue Fuchs«, sagte Jack. Rasch gab er Befehl, die Enternetze auszubringen, die Kanonen wieder einzurennen und sie mit Kartätschen statt Kugeln zu laden. Die Seesoldaten erhielten Order, ihre Plätze an den Kanonen zu räumen und an die Musketen zu gehen.

Der Enterversuch schlug fehl, weil der schwache Wind für kurze Zeit auflebte, umsprang und die Leopard schneller nach Süden trieb, als die Rudergasten pullen konnten. Dann traf das Kartätschenfeuer die Führerboote aus zweihundert Yards und richtete ein schreckliches Blutbad unter den Männern an. Die restlichen Boote machten kehrt, flohen in alle Richtungen und mußten von der Waakzaamheid mühsam aufgelesen werden, wodurch der Holländer viel Zeit verlor und die günstige Brise erst mit einiger Verspätung nutzen konnte. Aber fast wäre die Taktik des Gegners aufgegangen: Jacks Schiff hätte nicht auf beiden Seiten zugleich kämpfen können, und allein in den Booten hatte der Holländer mehr Männer gehabt, als die Leopard aufbieten konnte.

»Ein solches Risiko werden wir nicht noch einmal eingehen«, sagte Jack. »Egal wie der Wind steht – wir müssen halsen und aufkreuzen, selbst wenn wir dadurch Tag für Tag weiter vom Kap abstehen müssen. Wenn ich die Zeichen richtig lese und es nach den Büchern geht, müßte der Wind bald auf Süd drehen – was uns nur recht sein kann. Mit ein wenig Glück«, er klopfte auf den Holzgriff seines Sextanten, »können wir uns gegen den Südwind weit hinauf in die Vierziger arbeiten. Und in den Brüllenden Vierzigern gibt es keine Kalmen. Für derartige Mätzchen braucht er aber eine windstille Nacht.«

Ausnahmsweise hielt sich der Wind einmal an die Regeln und drehte am Morgen einmal um die halbe Rose. Aus Süden wehte er nun, etwas schwächlich zwar und alles andere als stetig, aber an Bord wurden einige Eissturmvögel und ein großer Albatros gesichtet: zuverlässige Boten stärkerer Winde weiter südlich. Die unbeständige Brise war immerhin ausreichend für ein paar Knoten, und die Leopard kam gut voran, wechselte alle zwei Glasen den Bug und ging präzise wie ein Uhrwerk über Stag. Der schwere Vierundsiebziger tat sein Bestes und peitschte die Rahen, als wären es Weidengerten, aber so nahe am Wind konnte er nicht mithalten: Die Waakzaamheid verlor auf jedem Schlag etliche hundert Yards gegenüber der Leopard und mußte einmal sogar halsen, was sie fast eine Meile kostete. Es wurde ein langer Tag ohne einen Moment der Entspannung, der beste Mann am Ruder, die Kanonen auf der Leeseite ein-, an Luv ausgerannt, um das Schiff noch steifer am

Wind zu machen – jeder denkbare Kunstgriff wurde angewandt, um aus der Brise soviel Schub wie möglich herauszuholen, und schon beim kleinsten Versehen wurden ungeschicktere Seeleute von ihren fähigeren Bordkameraden fast verprügelt. Trotzdem standen am Ende dieses Tages die Segel der WAAKZAAMHEID im Norden noch über der Kimm. Als nach der abendlichen Musterung der obligatorische Trommelwirbel den Tag beschloß, ließ Jack die Hängematten herabpfeifen, damit die erschöpften Männer von der Backbordwache ein wenig Schlaf finden konnten.

Die Order für die Nacht lautete: Luven, was das Zeug hält. Ein regelrechter Luvkampf entwickelte sich. Stunde um Stunde segelte die LEOPARD stetig über Backbordbug und nutzte dabei die Westdrift, die jetzt spürbar stärker war. Am Morgen war die WAAKZAAM-HEID nur noch ein winziger, heller Fleck gegen die dunklen Wolken am Horizont. Einige Segel hatte sie gerefft, sie schien die Jagd aufgegeben zu haben.

Während der Mittagswache wurde das Schiff von immer mehr Albatrossen begleitet, und das Leben an Bord nahm wieder seinen alltäglichen Gang. In der Offiziersmesse – nicht länger ein leergeräumtes zusätzliches Kanonendeck – wurden die Kabinenschotts wieder eingezogen und der große Heckraum in das zurückverwandelt, was er vor der Gefechtsbereitschaft gewesen war: ein recht zivilisiert eingerichtetes und ansprechend geschmücktes Eßzimmer. Das erste gemeinsame Abendessen war nicht gerade ein Admirals-bankett: Graupensuppe, Fischpastete und Mehlpudding waren aber zumindest heiß, was besonders einen völlig durchgefrorenen Stephen freute, der stundenlang im Großmarstopp gesessen und Albatrosse beobachtet hatte. Zwischen den Gängen nagte er an einem Stück Schiffszwieback und klopfte die Maden mit einer lässigen Geste heraus, die zeigte, wie sehr ihm derartige Vorsichtsmaßnahmen bereits zur Routine geworden waren. Er betrachtete seine Tischgenossen: Was Kleidung und Mode anging, durfte man von Seeleuten nicht allzu viel erwarten, trugen sie doch eine unansehnliche Mischung diverser Uniformteile und alter, bewährter Zivilkluft, teils aus Wolle, teils aus Leinen, die vor allem warm halten sollte. Babbington trug eine wollene Strickjacke, von MacPherson geerbt, die in losen Falten an seinem schmächtigen Körper herunterhing. Byron hatte über die eine braune Weste eine zweite in Schwarz gezogen; Turnbull führte einen Jagdrock aus Tweed vor; nur Larkin und Grant waren einigermaßen präsentabel – insgesamt jedoch gaben sie neben den adrett uniformierten Offizieren der Marineinfanterie ein trauriges Bild ab. Seit der Holländer aufgetaucht war, hatte eine fühlbare Spannung über dem Schiff gelegen, und Stephen hatte seine Messekameraden die ganze Zeit der Verfolgung hindurch immer wieder beobachtet. Die Reaktionen der Männer waren manchmal überraschend. Benton zum Beispiel, der Zahlmeister, schien sich keinerlei Sorgen zu machen, daß die LEOPARD geentert, versenkt oder zum Wrack zusammengeschossen werden könnte, andererseits verfiel er wegen der Unzahl an Kerzen, die an Bord verbraucht wurden, in düsteres, brütendes Schweigen. Auch Grant war nicht mehr sonderlich zu Gesprächen aufgelegt gewesen, seit der Holländer das Feuer eröffnet hatte – aber dies nur in Gegenwart von Stephen oder Babbington. Wie Stephen den Bemerkungen des Kaplans entnahm, ließ er sich, sobald die beiden nicht im Deck waren, ausgiebig über Taktik und Strategie aus, die er verfolgen würde, wäre er Kommandant: Mit ihm als Skipper hätte die LEOPARD entweder sofort attackiert, den Überraschungseffekt nutzend, oder wäre von Anfang an nördlichen Kurs gelaufen. In diesen nachträglichen Betrachtungen wurde er von Fisher unterstützt, der allerdings einräumte, seine Meinung sei ja hier an Bord von nur geringem Gewicht. Zwischen den beiden Männern hatten sich zarte Bande der Freundschaft gebildet, die auf einer nur zu ahnenden Wesensähnlichkeit fußen mochten. Der Kaplan zeigte sich ansonsten merklich verändert: Die Besuche bei Mrs. Wogan hatte er eingestellt, ja, er hatte sogar des öfteren Dr. Maturin gebeten, für sie die Bücher mitzunehmen, die er ihr versprochen hatte. »Seit ich dem Tod im Gefecht von der Schippe gesprungen bin«, sagte er feierlich, »habe ich viel nachgedacht.«

»Auf welches Gefecht beziehen Sie sich, wenn ich fragen darf?« sagte Stephen.

»Auf das erste, als eine Kanonenkugel nur ein paar Zoll neben meinem Kopf eingeschlagen ist. Seither denke ich über das alte Sprichwort nach, wonach sich Feuer und entzündliches Material nicht vertragen – und über die Gefahren körperlicher Begierde, die Versuchungen der Fleischeslust.«

Offensichtlich wünschte er, über diesen Punkt von Stephen näher befragt zu werden und ihm einige Geheimnisse anzuvertrauen, aber Stephen wollte von alledem nichts hören. Seit dem Fleckfieberausbruch an Bord hatte er an Mr. Fisher jegliches Interesse verloren, er schien ihm letztlich doch ein gewöhnlicher Mensch, der im Übermaß um sich und die eigene Erlösung besorgt war und bei genauerem Hinsehen kaum sympathische Züge hatte. Daher verbeugte sich Stephen nur, ohne etwas zu erwidern, und nahm die Bücher entgegen.

Er konnte sich des Eindrucks nicht erwehren, daß Grant wie Fisher sehr große Angst hatten. Zwar fehlten augenfällige Beweise für diese Annahme, aber beide beschwerten sich andauernd: über den neumodischen Geist dieser modernen Zeiten, die junge Generation, die heutige Dienerschaft (faul und zu nichts zu gebrauchen), Regierung und die politischen Parteien (fügten dem Land nur Schaden zu). Selbst der König entging ihren verbalen Rundumschlägen nicht; an allem hatten sie etwas auszusetzen, unterstellten jedem unlautere Motive. Stephen erinnerten sie an seine Großmutter mütterlicherseits in den letzten Jahren vor ihrem Tod: Sie, die vorher eine starke, vernünftig denkende und mutig handelnde Frau gewesen war, jammerte nur noch und mißbilligte alles und jeden – sie versank im gleichen Maße in einer allgemeinen Unzufriedenheit, in dem sie schwächer und gebrechlicher wurde. Wie sich beide bewähren würden, sollte es tatsächlich zum Kampf kommen und Blut fließen, vermochte er nicht zu sagen, hielt es aber für möglich, daß sie im Gefecht Mut und Männlichkeit würden wiederfinden können. Was die anderen im Deck betraf, hatte er diesbezüglich kaum Zweifel: Babbington hatte er schon gekannt, als der Leutnant noch ein Junge gewesen war; der Mann war bissig wie ein Terrier und genauso mutig. Byron war vom selben Schlag. Turnbull, der großmäulige Prahlhans, würde sich wohl trotzdem ganz anständig halten. Moore hatte bereits reichlich Kampferfahrung und würde schießen, was das Zeug hielt, das Feuer des Feindes gut gelaunt ertragen und selbstverständlich sein Bestes geben – das war sein Beruf. Howard, der zweite Marineinfanterist, würde ihm sicher mit dem phlegmatischen Gehorsam folgen, der Militärs überall kennzeichnete; soweit Stephen sehen konnte, waren der Musiker Howard mit seiner Flöte und der steife Seesoldat zwei ganz verschiedene Personen. Bei Larkin, dem Master, hatte er dagegen Bedenken. Mutig war er, ein fähiger Seemann dazu, aber mittlerweile schwamm er geradezu in Alkohol und hatte seinen Körper, soweit Stephen erkennen konnte, bis an die Grenze der Belastbarkeit geschwächt.

Man brachte einen Toast auf den König aus. Stephen schob seinen Stuhl zurück und stand auf, trank einen Schluck von dem widerlichen Wein und verließ die Runde, wobei er zum hundertsten Mal über Babbingtons Neufundländer stolperte. Er begab sich aufs Achterdeck in der Hoffnung, noch einen Blick auf seinen Albatros erhaschen zu können – seit dem Frühstück begleitete sie der mächtige Vogel schon. Dort traf er auf Herapath im Gespräch mit dem Fähnrich der Wache. Die beiden berichteten ihm, was es Neues von der WAAKZAAMHEID gab: Seit zwei Stunden war sie auch von der Großbramsaling aus nicht mehr zu sehen. »Möge sie lange leben, und zwar weit weg von uns«, sagte Stephen und kehrte in seine Kammer zurück, wo Arbeit auf ihn wartete.

Die Querschotts dieser Kammer im Orlop blieben eingezogen, wenn das Schiff klar zum Gefecht gemacht wurde, und so hatte er sich, mit Unterbrechungen zwar, auch während der letzten, anstrengenden Tage einer Aufgabe widmen können, mit der er kurz nach Herapaths Geständnis begonnen hatte. Er arbeitete an einer Erläuterung des britischen Geheimdienstnetzes in Frankreich und einigen Ländern Westeuropas in französischer Sprache. Das Papier enthielt auch beiläufige Verweise auf die Vereinigten Staaten und Anspielungen auf ein weiteres Dokument, das sich angeblich mit der Lage im holländischen Ostindien befaßte, dazu Details über Doppelagenten, Bestechungsgelder (von wem geboten, von wem genommen) und undichte Stellen in den Ministerien – so wie es angelegt war, würde es in Paris für einige Verwirrung sorgen, sofern zwischen Mrs. Wogans Vorgesetzten in Amerika und den Franzosen tatsächlich eine Verbindung bestand. Er hatte vor, es über Mrs. Wogan in die Hände dieser Vorgesetzten gelangen zu lassen und sich dabei Herapaths Mithilfe zu bedienen. Die Aufstellung war vorgeblich unter den persönlichen Papieren eines toten Offiziers gefunden worden, der nach Ostindien beordert worden war. Der Name des Offiziers tauchte im Dokument nicht auf, aber natürlich deutete alles auf Martin hin, der sein halbes Leben in Frankreich verbracht und die Sprache mit der Muttermilch aufgesogen hatte. Laut Stephens Legende sollten nun für die interessierten Behörden Kopien von diesem Papier angefertigt werden – Dr. Maturin wußte, daß Mr. Herapath fließend Französisch sprach, und wollte höflichst fragen, ob er ihm dabei nicht ein wenig zur Hand gehen könnte. Der naive und arglose junge Mann würde, da war Stephen sich sicher, seiner Louisa umgehend von dem Dokument erzählen. Mrs. Wogan würde ihn dann dazu bringen, ihr eine Abschrift davon zu geben, ganz gleich, wieviel ehrenvollen und gewissenhaften Widerstand sie bei ihrem jugendlichen Verehrer zu diesem Zwecke brechen mußte. Stephen ging davon aus, daß die Dame dann das Transkript im Schweiße ihres schönen Angesichts – die Arme tat ihm jetzt schon leid – verschlüsseln und Herapath verpflichten würde, das kodierte Papier am Kap in die Post zu geben. Über die Jahre hatte Maturin schon etliche geheimdienstliche Brunnen vergiftet, aber dieses Projekt konnte sein Meisterstück werden, falls alles gutging: Er konnte aus einem unerhörten Reichtum an Material die wenigen Happen, die alle Zweifel beseitigenden und nur ihm, Sir Joseph und ein paar Männern in Paris bekannten Einzelheiten auswählen, die er ihnen vorwerfen wollte. Nie zuvor hatte er einen so hübschen Köder ausgelegt – und nie zuvor war er so giftig gewesen.

»Was gibt es nun schon wieder?« fragte er gereizt.

»Sir, kommen Sie bitte, schnell«, rief ein kreidebleicher Seesoldat durch die geschlossene Tür. »Mr. Larkin hat unseren Leutnant ermordet!«

Stephen schnappte sich seine Tasche, verschloß die Tür und stürzte in die Offiziersmesse, wo drei Männer bemüht waren, Larkin niederzuhalten und an Armen und Beinen zu fesseln; auf dem Tisch vor ihnen lag eine blutige Pike. Howard hing noch mit weit aufgerissenen Augen und offenem Mund im Stuhl, das Gesicht eine weiße Totenmaske mit dem Ausdruck völliger Überraschung. Larkin zuckte und wand sich im Delirium tremens unter den über ihn gebeugten Männern; sein Körper wurde von starken Krämpfen geschüttelt, und er gab ein heiseres Brüllen von sich, das eher tierisch als menschlich zu nennen war. Schließlich wurde er überwältigt und abgeführt. Stephen besah sich die Wunde, fand die Aorta in Höhe des oberen Rippenbogens durchtrennt und bemerkte zu den Umstehenden, der Tod sei auf der Stelle eingetreten.

Wie man ihm berichtete, war der Master vom Tisch aufgesprungen, als Howard begonnen hatte, seine Flöte zusammenzusetzen. Von der Wand des Querschotts hatte er sich eine Pike gegriffen und gerufen: »Hier, für dich, du flötenblasende Schwuchtel« – dann hatte er sich mit einem Satz quer über den Tisch dorthin geworfen, wo der Seesoldat zwischen Moore und Benton saß, und war unmittelbar nach der Tat unter lautem Gebrüll zusammengebrochen.

»Sie sind so seltsam still«, sagte Mrs. Wogan, als sie einige Zeit später zwischen Vorschiff und Achterdeck auf und ab gingen. »Mindestens zwei geistreiche Bemerkungen habe ich gemacht, und Sie haben sie mit keinem Wort gewürdigt. Sie sollten sich auch wirklich wärmer anziehen, Dr. Maturin, kalt und feucht wie es hier ist.«

»Mein Kind, ich bedaure zutiefst, nicht unterhaltsamer zu sein«, antwortete er, »aber einer unserer Offiziere hat vorhin in sturztrunkenem Zustand einen anderen umgebracht, den besten Flötenspieler, dem ich je begegnet bin. Manchmal drängt sich mir der Gedanke auf, daß unser Schiff wahrlich unter einem unglücklichen Stern segelt. Vielleicht stimmt es, was viele von den Männern sagen: daß wir jemanden an Bord haben, der das Unheil anzieht.«

Die Seesoldaten bestanden darauf, ihren Leutnant in einen richtigen Sarg mit graviertem Namensschild zu legen. So vergingen einige Tage, bis Howard auf 41° 15' Süd, 15° 17' Ost beigesetzt werden konnte; die LEOPARD hatte hierfür trotz starken Westwinds beigedreht. Wieder einmal fand sich im Logbuch der lakonische Eintrag: *Der See den Körper von John Condom Howard übergeben*, wieder einmal schrieb Jack hinter einen Namen in der Musterrolle: *ausgeschieden durch Tod*.

Die Stimmung beim Abendessen war gedämpft und melancholisch, und Jack sagte zu Stephen, seinem einzigen Gast: »Morgen können wir Kurs auf das Kap nehmen, denke ich – es geht nach Norden. Mit ein wenig Glück haben wir in drei oder vier Tagen den Tafelberg über der Kimm, und dann ist auch endlich Schluß mit dem Geschrei dieses armen Irren.«

Seit Donnerstag hatte die LEOPARD südlich des Vierzigsten in Breiten gestanden, in denen jetzt hier im Süden Sommer war. Obwohl nicht einmal auf die Westwinde in dieser Jahreszeit unbedingter Verlaß war, solange ein Schiff nördlich vom fünfundvierzigsten Breitengrad segelte, waren sie doch jetzt ihrem guten Ruf treu geblieben: Wind und Strömung schenkten dem Schiff Etmale von über zweihundert Seemeilen von einer Mittagsbeobachtung zur nächsten, Tag für Tag – und von der WAAKZAAMHEID keine Spur.

»Weißt du, ich frage mich, ob die Amerikaner am Kap wohl einen Konsul haben«, sagte Stephen. Er hatte das Dossier fertig, Herapath kopierte es gerade. Die Lunte war gelegt.

»Es ist mehr als wahrscheinlich, aber beschwören könnte ich's nicht. Am Kap legen viele ihrer Fernostfahrer an, außerdem Robbenjäger, Walfänger und so weiter. Warum willst du –« er unterdrückte die Frage und fuhr mühsam fort »– willst du vielleicht mit mir eine Runde an Deck drehen? Dieses Heizstövchen bringt mich noch um.«

Auf dem Achterdeck zeigte Stephen seinem Freund einen bestimmten Albatros aus einer Sechsergruppe, die dem Schiff seit Tagen folgte. »Dieser ganz dunkle Vogel dort gehört, wie ich meine, zu einer bisher unbeschriebenen und unbekannten Spezies. Sicher nicht *Diomedea exulans*, sieh dir nur einmal den keilförmigen Schwanz an. Bei Gott, was gäbe ich darum, mir die Brutplätze seiner Schwestern und Brüder ansehen zu können! Da, der Schwanz, siehst du, was ich meine?« Jack warf aus reiner Höflichkeit einen Blick auf den Vogel und gab ein pflichtschuldiges »Tatsächlich – Donnerwetter!« von sich und Stephen, der erkannte, wie herzlich wenig Jack die Schwanzform dieser Kreatur bedeutete, wechselte das Thema: »Du denkst also, daß wir den Holländer endlich abgeschüttelt haben? Ein hartnäckiger Bursche, nicht wahr?«

»Und durchtrieben wie der Teufel dazu. Wahrscheinlich steht er mit dem Gehörnten im Bunde, oder aber –« Er unterbrach sich, denn er wollte nicht sagen: oder wir haben eine Hexe an Bord, die mit ihm über unseren Klabautermann in Verbindung steht – das glauben jedenfalls viele von meinen Männern. Und die wissen auch schon, wer die Hexe ist: deine Zigeunerin nämlich. Das aber sagte er nicht, denn er zog es vor, nicht für abergläubisch gehalten zu werden. Außerdem glaubte er die ganze Geschichte nicht wirklich, und so fuhr er fort: »Oder aber, er kann meine Gedanken lesen und überdies als erster erfahren, wie der Wind weht. Diesmal aber glaube ich doch, daß wir ihn ein für allemal los sind. Ich schätze, er wird nicht vor fünfundsiebzig oder achtzig Grad Ost nach Norden gehen, um oben dann den Südwestmonsun zu erwischen. Was heißt schätzen – ganz sicher könnte ich sein, wären da nicht ein, zwei dumme Sachen.«

»Und die wären? Sag es mir.«

»Tja, zuerst einmal weiß er, wohin wir steuern. Und dann haben wir ihm die Beiboote zerschossen und seine Mannschaft übel zugerichtet.«

»Bitte um Verzeihung, Sir«, sagte Grant, der von der Leeseite herüberkam. »Meldung an den Doktor: Larkin fängt wieder an.«

Der Melder hätte sich den Weg von der Kammer des Masters zum Achterdeck hinauf sparen können, denn trotz der vernehmlichen Stimme des Windes klang das Geheul des Segelmeisters bereits allen an Deck in den Ohren, achtern wie vorne.

»Ich komme sofort«, sagte Stephen.

Jack schüttelte betrübt den Kopf und nahm seine Wanderung wieder auf, bis der Ausguck das Deck aufscheuchte: »Segel in Sicht, an Deck: Segel in Sicht!«

»Wie peilt sie?« rief Jack. Kein Gedanke mehr an Larkin jetzt.

»Backbord querab, Sir. Bramsegel gerade über der Kimm.«

Ein kurzes Nicken vom Kommandanten, und Babbington enterte mit einem Glas in den Masttopp, um kurze Zeit später in die aufmerksame Stille an Deck hinein mit klarer Stimme die erlösende Meldung zu machen: »An Deck. Ein Walfänger, Sir. Steuert Ost zu Süd.«

Der Messesteward, vom ersten, erschreckenden Anruf des Ausgucks an Deck festgehalten, setzte seinen Weg fort und bemerkte beiläufig, als er die Wache vor der Kammer des Masters passierte, zu dem Seesoldaten, der dort mit aufgepflanztem Bajonett stand: »Keine Angst, Kamerad – kein Holländer, nur ein Walfänger, Gott sei's gedankt.«

Jenseits des Schotts sagte Stephen zu Herapath: »Hier, flößen Sie ihm das ein – es wird ihn ruhigstellen. So, und nun legen Sie bitte den Trichter beiseite, und folgen Sie mir: Wir wollen eine Schale Tee in meiner Kabine trinken. Die haben wir uns verdient.«

Der junge Mann folgte ihm zwar, blieb aber nicht lange und trank nicht einmal seinen Tee aus. Er entschuldigte sich wortreich, behauptete, noch viel Arbeit erledigen zu müssen, wich Stephens Blick hartnäckig aus, verabschiedete sich und war verschwunden.

»Armer Michael Herapath«, notierte Stephen anschließend in sein Tagebuch. »Er leidet so sehr. Zu genau kenne ich die Foltermale, die eine entschlossene und abweisende Frau im Gesicht eines liebenden Mannes hinterläßt. Ich sollte ihm vielleicht zur Linderung der Schmerzen ein wenig von meinem Laudanum zukommen lassen, damit er bis zum Kap durchhält.«

Da der Walfänger seine Crew vor den Fängen der LEOPARD und ihrer Preßgang sicher wußte (der Schutzbrief enthob ihn in dieser Hinsicht aller Sorgen), hatte er nichts dagegen, von einem britischen Kriegsschiff angepreit zu werden. Sie sei die THREE BROTHERS, unterwegs von Wapping an der Themse nach der Großen Südsee, schallte es herüber als Antwort auf den Anruf der LEOPARD: »Welches Schiff? Woher und wohin?« Letzter Hafen war Kapstadt, aber nein: Seit dem Auslaufen aus False Bay kein einziges Segel gesichtet.

»Kommen Sie an Bord, wir trinken eine gute Flasche«, rief Jack über graue Wogen hinüber. Die zustimmenden Worte des Skippers waren Balsam für seine Seele, beseitigten sie doch den letzten Rest des fast abergläubisch anmutenden Zweifels, den er seit Tagen mit sich herumtrug. Unablässig hatte er sein Glas über den luvseitigen Horizont geführt und insgeheim befürchtet, ein kleiner weißer Fleck dort an der Kimm würde sich als die teuflische WAAKZAAM-HEID entpuppen. Es war allgemein bekannt, daß kein Seemann auf den Meeren der Welt bessere Augen hatte als die Walfänger, denn deren Sold und Prämien hingen davon ab, alles zu sehen – und sei der Blas auch noch so mickerig und die See noch so sturmzerzaust unter tiefhängenden, dichten Wolken. Die Krähennester dieser Schiffe waren rund um die Uhr besetzt; dem Ausguck eines Walfängers, unaufhörlich voll Eifer den Horizont absuchend, würden auch die entferntesten Bramsegel nicht entgehen, weder bei Tag noch während der jetzt mondhellen Nächte.

Der Master von der THREE BROTHERS kam an Bord und brachte selbst eine Flasche mit. Sie wurde als erste geköpft, und dann redeten sie über die Jagd auf den großen Wal in diesen weitgehend unbekannten Gewässern. Der Master hatte drei Reisen auf dem Meer des Südens hinter sich und kannte die See hier unten wie nur wenige. Jack konnte von ihm einiges besonders Wissenswertes über Südgeorgien erfahren und seine Karte von den Ankergründen um jene ferne Insel entsprechend korrigieren – nur für den Fall, daß die LEOPARD sich jemals auf 54° Süd und 37° West wiederfinden sollte. Auch erfuhr er, daß es in diesem riesigen südlichen Ozean noch ein paar andere Fleckchen Land gab, von denen er bis jetzt nie gehört hatte. Aber die Erzählungen des Waljägers wurden immer unerhörter und phantastischer, je mehr Flaschen voll gebracht und erstaunlich schnell leer wieder abgeräumt wurden, denn nun faselte er von einem großen Kontinent, der um den südlichen Pol herum liegen sollte: Dort gab es mit Sicherheit Gold, ein El Dorado des Südens – wenn er erst einmal dorthin kam, würde er nur noch in Ballast gehen und die Wale ignorieren, aber sein Ballast wäre dann reines Gold ...

Unter Seeleuten galt es als unfein, einen Gast nüchtern von Bord zu lassen; dennoch war Jack mehr als zufrieden, als der Skipper schwerfällig in sein Beiboot plumpste und sich hinüber zur THREE BROTHERS pullen ließ. Zum Abschied wünschte er dem Walfänger noch gute Jagd und glückliche Heimkehr, dann steckte er den neuen Kurs zum Kap ab. Er ließ Ruder legen, und die LEOPARD schnitt eine schöne, scharfgezogene Furche in die grüne See, als sie in enger Wendung auf Nordkurs ging. Weiße Gischt schäumte über ihre Kuhl, und der Wind kam jetzt kräftig und leicht achterlich auf der Backbordseite ein. Nur mit Untersegeln und gerefften Marssegeln machte sie gute Fahrt, so daß sich das Deck neigte wie ein mäßig abschüssiges Hausdach und die Leerüsten in den aufgewühlten Schwall ihrer verlängerten Bugwelle tauchten. Böses Wetter kündigte sich an: Das Schiff steuerte auf eine niedrige Wolkenbank zu, über deren breite Front heftige Schauerböen jagten. Blitze im Inneren der riesigen Wolkenmasse waren als gedämpftes Aufleuchten nur zu erahnen; es war empfindlich kalt geworden, und der Wind peitschte Gischt von den Wellenkämmen, die das Gesicht des Kapitäns an der Luvseite des Achterdecks mit eiskaltem Sprühwasser näßte. Ihm war jedoch gar nicht kalt: Ihn wärmte nicht nur eine ordentliche Lage Speck auf den Rippen und die warme Lotsenjacke, sondern auch das angenehme Gefühl tiefster innerer Zufriedenheit. Auf und ab marschierte er und zählte jede Wendung mit den Fingern seiner auf dem Rücken verschränkten Hände, tausend davon, dann würde er unter Deck gehen. Am Ende jeder Bahn blickte er zum Himmel und auf die See: Der Himmel war gefleckt mit Wolken aller Art, im Süden noch blau und weiß, allerdings mit einem unheilschwangeren, stahlfarbenen Rand, im Westen türmten sich graue Sturmbringer auf, im Norden und Osten war schon alles schwarz und düster. Auch die See changierte in allen Tönen, wechselte von tiefem Blau über jede Schattierung von Grau bis zu Schwarz, dazwischen immer wieder Striche von gischtigem Weiß, die nicht vom Wind herrührten, sondern von den auslaufenden Wogen früherer Stürme. Die Dünung ging hoch und recht schwer, sie hob und senkte die LEOPARD mit schöner Regelmäßigkeit. Manchmal sah Jack kaum drei Meilen bis zum Horizont, dann wieder blickte er über die enorme Weite des Ozeans und sah eine aufgewühlte See und endlose Meilen kalter Trostlosigkeit – sah das ungemütliche Element, in dem er zu Hause war.

Einen allerdings eher oberflächlichen Teil seiner inneren Aufmerksamkeit verwandte er nun darauf, sich Gedanken über den Master zu machen, diesen unglücklichen Mann. Jack hatte sich die Bücher von Mr. Larkin kommen lassen und sie hoffnungslos vernachlässigt vorgefunden – der Mann mußte sie seit Wochen nicht mehr geführt haben. Eine der vielen Pflichten des Segelmeisters bestand darin, den Frischwasserbestand an Bord zu überwachen, aber Jack wurde aus den hingekritzelten und anscheinend ohne jedes System geführten Aufzeichnungen nicht schlau. Der Schiffslastgast und er würden jetzt im Bauch des Schiffes herumkriechen und jedes Faß einzeln überprüfen müssen, vom Spundloch bis zum Deckel. Er könnte Grant mit dieser Aufgabe betrauen, sah hierin aber wenig Sinn: Der Erste war jetzt, da er eine eigene Wache zu gehen hatte, störrisch und zänkisch geworden, ein Griesgram, der keinerlei Wert darauf legte, zu gefallen oder auch nur guten Willen zu zeigen. Zwar ging er nie so weit, sich durch eine unüberlegte Bemerkung selbst auf Sand zu setzen, aber immer fand er ein Wort des Widerspruchs, stets stand er bereit, über dies und das zu lamentieren und seiner allgemeinen Unzufriedenheit Ausdruck zu verleihen. Ein armer Hund, dachte Jack, aber ein guter Seemann – das mußte er zugeben. Das Schicksal von Brotfrucht-Bligh fiel ihm ein, dessen übler Ruf in der Flotte, und bei der siebenhundertsten Drehung sagte er sich: »Bevor man einen Kommandanten verurteilt, sollte man wissen, wen er zu kommandieren hat.« Er selbst war nicht umhin gekommen, Grant gegenüber bei den Zurechtweisungen in seiner Kajüte Worte zu gebrauchen, die ihm marineweit den Ruf eintragen konnten, ein scharfzüngiger Schleifer zu sein. Zwar war er nicht ausfallend geworden, aber er hatte doch sehr deutliche Worte gefunden, nachdem Grant seinem Befehl, das Sturm-Gaffelsegel zu setzen, nicht ohne weiteres hatte nachkommen wollen.

Wieder machte er kehrt, bei siebenhundertundfünfzig angekommen, als erstaunte Ausrufe von überall an Deck ihn aus seinen Gedanken rissen. Er blickte um sich und sah Gesichter, die nach Backbord starrten, und Hände, die aufgeregt zum Horizont zeigten. Da kam auch schon der erschreckt klingende Anruf des Ausgucks: »Segel in Sicht, Segel in Sicht! An Deck, Segel an Backbordseite, Peilung West-Nordwest.«

Jack fuhr herum, und sah die Waakzaamheid, wie sie gerade genau im Luv der Leopard, in unnatürlich gleißendes Licht gehüllt, aus einer dunklen Wolkenbank mit Schauern und Blitzen herausglitt. Aber jetzt war sie kein drohender Schatten weit entfernt am Horizont, sondern keine drei Meilen entfernt mit dem Rumpf über der Kimm.

»Ruder hart Backbord«, sagte er. »Klüver und Jager. Reffs ausstecken. Fockbramsegel setzen.« Das Schiff schoß fast auf dem Absatz herum, so daß Babbingtons Hund gegen die Reling geschleudert wurde, wobei er mit einer Karronade kollidierte. Die Mannschaft eilte an die Brassen, Schoten und Geitaue und brachte das Schiff rasch auf einen Kurs direkt vor dem Wind.

Beide Schiffe hatten einander praktisch im selben Moment gesichtet und setzten fast gleichzeitig die neuen Segel, so rasch die Toppgasten sie ausschütteln konnten. Der Holländer verlor ein Großbramsegel in dem Augenblick, als die Schoten dichtgeholt wurden – das Tuch flatterte bugwärts davon und blieb in den Vorstagen hängen. »Diesmal will er es aber wissen«, dachte Jack. »Sehen wir zu, daß wir wegkommen.« Aber er wußte auch, daß die Masten der LEOPARD keinen Quadratzoll Segeltuch mehr tragen konnten, ohne wegzubrechen. Er fühlte die Achterstagen – die Taue zum Zerreißen gespannt – und schüttelte den Kopf, blickte hinauf zu den hohen Bramstengen, die sich unter dem Zug der Segel zu biegen schienen, und schüttelte erneut den Kopf: unmöglich, sie zu diesem Zeitpunkt abzuschlagen. »Den Bootsmann zu mir«, sagte er. Der Gerufene stürzte aufs Achterdeck. »Mr. Lane, lassen Sie Warptrossen und leichte Kabeltaue zu den Masttopps ausbringen.«

Der Bootsmann, ein übellauniger Bursche mit ewig düsterem Blick, öffnete schon den Mund, besann sich aber angesichts des Ausdrucks auf dem Gesicht seines Kapitäns eines Besseren, sagte nur: »Aye, aye, Sir«, und eilte nach vorn, mit dem Gellen der Pfeife seine Gehilfen zusammentrommelnd.

»Versuchen wir einmal, ob unser Großbramsegel hält, Mr. Babbington«, sagte Jack. Das Schiff fühlte jetzt die ganze Wucht des raumen Windes in den Segeln und drängte mit aller Macht vorwärts. Jetzt enterten die Toppgasten auf, liefen die Rah entlang, kurz darauf blähte sich das Segel bauchrund: Die Rah hob sich etwas unter dem Andruck des Windes, der Mast ächzte, die Achterstagen spannten sich noch ein wenig mehr – aber Zeug und Rigg hielten, und die LEOPARD machte merklich mehr Fahrt. Ein Blick achteraus über das schäumende Kielwasser zeigte Jack, daß der Abstand zum Vierundsiebziger sich etwas vergrößert hatte. »So weit, so gut«, sagte er so leise, daß nur Babbington es hören konnte. »Geien Sie trotzdem auf. Wir versuchen es noch einmal, wenn der Bootsmann fertig ist.«

Soweit schien alles tatsächlich gut: Das Schiff segelte der WAAKZAAMHEID langsam, aber stetig davon unter allem Tuch, das ein solcher Püster erlaubte. Sollten Wind und Wellen so bleiben, mußte sie dem Holländer mindestens ebenbürtig, wenn nicht überlegen sein, was die maximale Geschwindigkeit betraf. Aber er mußte unbedingt vermeiden, noch weiter nach Süden abgedrängt zu werden, denn dort bliesen die Westwinde noch viel härter – ihr Segelvorteil wäre dahin.

Eine Stunde später befahl er Kursänderung genau nach Osten. Sofort wendete auch der Gegner und versuchte, die LEOPARD abzudrängen, indem er ihren Wendebogen schnitt. Dabei gewann sie mehr Yards, als Jack lieb war, und setzte gleichzeitig am Großmast über der Bramrah ein seltsames, kleines Dreieck, das aussah wie ein auf den Kopf gestelltes Mondsegel.

Für Possen und Späße ist es jetzt zu spät, dachte Jack. Was den Kurs anging, hatte sein Gegner eindeutig die Oberhand und kontrollierte die LEOPARD. Also legte er das Schiff wieder vor den Wind, der jetzt aus Westnordwest blies und erkennbar noch weiter auf Norden zu drehen schien. Dann wandte er sich zum Vormasttopp und sah Lane, der dort mit seiner Gruppe im Rigg stand. Die Männer klammerten sich auf der wild gierenden Rah fest, so gut sie nur konnten; ihre Zöpfe wiesen im starken achterlichen Wind brettsteif nach vorn. Jacks mächtige Stimme trug aber gut bis nach dort oben: »Mr. Lane, soll ich vielleicht Ihre Hängematte hinaufschicken?«

Falls der Bootsmann hierauf antwortete, ging seine Antwort in dem üblichen Lärm unter, den unten an Deck das Anschlagen von acht Glasen der Nachmittagswache auslöste: Das Logscheit wurde ausgebracht, jenseits der gewaltigen Bugwelle, die das Schiff jetzt aufwarf, das Spulrad surrte, der Quartermaster rief: »Knick ab!«, und der Fähnrich der Wache antwortete: »Knapp unter zwölf, Sir.« Der Offizier der Wache notierte die Zahl mit Kreide auf dem Logbrett. Dann die Meldung des Zimmermanns: »Drei Zoll Wasser in der Bilge, Sir.« Jack sagte: »Gut, Mr. Gray – ich wollte gerade nach Ihnen schicken lassen. Bringen Sie in der Achterkajüte Fensterblenden an. Ich habe keine Lust, mir heute nacht nasse Füße zu holen, wenn uns der Wind irgendwelche Nachläufer hinterherschickt.«

»Aye, aye, Sir: Fensterblenden in der Kajüte. Gibt ja auch nichts Ungesünderes für einen Seemann als nasse Füße.« Gray war bereits ein alter Mann, beherrschte sein Handwerk meisterlich (was er auch wußte) und neigte aus beiden Gründen etwas zur Schwatzhaftigkeit. »Was meinen Sie, Sir – wird's etwas ungemütlich werden?« Nach gängigen Maßstäben war es bereits seit langem mehr als ungemütlich: Die Fregatte bockte wie ein widerspenstiges Pferd, weiße Gischt schäumte über ihren Bug. Bei genau achterlichem Wind hätte es an Bord eigentlich fast still sein müssen, aber bei diesem Wetter und dieser Windstärke mußte man schon laut brüllen, um sich verständlich zu machen. Immer wieder schossen Gischtfetzen an ihnen vorbei nach vorne, die der zunehmende Sturm von den Wellenkämmen gepeitscht hatte. Allerdings war ein solches Wetter hier in den Brüllenden Vierzigern kaum der Rede wert und galt noch nicht einmal als richtiger Püster.

»Ich fürchte, ja. Schauen Sie mal nach Lee, Mr. Gray – das Leuchten dort hinten gefällt mir gar nicht.«

Der Zimmermann warf einen Blick hinüber zum Horizont und achteraus auf den Holländer, der in der stampfenden Dünung gerade drohend den Bug hob, runzelte die Stirn und sagte: »Was anderes war ja wohl auch nicht zu erwarten, wenn man 'ne Hexe und 'nen Klabautermann an Bord hat. Fensterblenden – sofort, Sir.«

»Und Sandsäcke in die Klüsen, versteht sich.«

»Aye, aye, Sir.«

Bis zum nächsten Glasen liefen die beiden Schiffe mit gleichem Kurs und unverändertem Abstand. Kaum war die Schiffsglocke verklungen, kauerte Jack oben auf der Poop hinter dem Heckbord und richtete das Teleskop auf die WAAKZAAMHEID. Als er die Back des Holländers anvisierte, zuckte er zusammen: Dort stand der gegnerische Kommandant, füllte das Blickfeld des Fernrohrs fast aus und richtete seinerseits das Glas auf ihn. Es konnte nur der Kapitän der WAAKZAAMHEID sein, Jack erkannte ihn mittlerweile an seiner hohen, etwas plumpen Gestalt und der Art, wie er den Kopf etwas zur Seite geneigt hielt – sein Feind war ihm bereits vertraut. Aber der Holländer trug jetzt Schwarz, nicht den hellblauen Rock, den Jack erwartet hatte. »Nur ein Zufall, oder sollten wir etwa einen aus seiner Familie erwischt haben?« dachte Jack. »Gott bewahre – hoffentlich nicht seinen Sohn!«

Der Vierundsiebziger kam jetzt etwas auf. In diesen Breiten blieb es zu dieser Jahreszeit abends lange hell, und da beide Schiffe die finsteren Wolken im Norden weit hinter sich gelassen hatten, konnte Jack jetzt einen genaueren Blick auf diese merkwürdigen Dreiecke über den Bramrahen des Holländers werfen. Auch am

Fockmast war jetzt eines aufgeriggt, und er sah, daß es ein Sturm-
stagsegel war, am eigenen Tau aufgehängt.

»Verzeihen Sie, Sir«, sprach ihn ein Kadett an, der junge Hillier.
»Der Bootsmann meldet, die Rah ist klar, und könnte er bitte eine
Gruppe zum Belegen haben?«

Wenn alles nach Jacks Plan ging, würde Mr. Lane schon eine
gewaltige Gruppe brauchen, denn die Absicht war, die Achterstagen
mit Kabeltrossen zu verstärken, um so wiederum die Masten zu
stabilisieren, die bei einem nachfolgenden Wind und so großer
Segelfläche unter gewaltigem Anpreßdruck nach vorne standen.
Klappte es, würde viel von dem Druck auf den Rumpf des Schiffes
abgeleitet – aber um die dicken Taue so straff spannen zu können,
daß sie ihren zugedachten Zweck erfüllen würden, brauchte er die
Kraft sehr vieler Männer. Als er noch Dritter Offizier auf der
THESEUS war, hatten sie einmal das Großsegel setzen müssen, um
nicht auf ein Riff am Kap von Penmarch geschleudert zu werden:
Es blies dabei so hart aus Südwesten auf die bretonische Küste zu,
daß zweihundert kräftige Seeleute gerade ausgereicht hatten, um das
Schot dichtzuholen. So viele taugliche Männer konnte er nicht
aufbringen, aber dafür mußte es auf der LEOPARD auch nicht so
schnell gehen wie damals, als die THESEUS die ersten Brecher nur
noch ein paar Kabel leewärts hatte.

Es galt jedoch auch jetzt, keine Zeit zu verlieren, denn der mächtige
Vierundsiebziger stand gerade mal drei Seemeilen entfernt und legte
die Meile in fünf Minuten zurück. Vor allem war jetzt nicht die Zeit,
einen Fehler zu machen – segelte er sich in diesem Wetter einen
Mast ab, so war das Schiff verloren.

»Bringt eine Stengentalje zu beiden Mastklampen aus«, rief Jack mit
klarer, fester Stimme. »Nach hinten bis zum Fußblock führen und
fest an den hintersten Ringbolzen belegen. Los, los, nicht einschla-
fen da. Craig, auch du bist gemeint.« Das scheinbar totale Durcheinander an Deck ordnete sich binnen fünf Minuten. Halb ertrunken und völlig durchnäßt, kam die Arbeitsgruppe des Bootsmanns
von der Arbeit an den Mastklampen zurück, und die gesamte
Besatzung strömte in die Kuhl und auf die Seitendecks zu den
Kabeltrossen, die als horizontale Fallen dienen und die Masten mit
dreimal soviel Haltekraft verstagen sollten.

»Ruhe an Bord«, rief Jack. »Steuerbord, holt an. Auf mein Wort: Jetzt, alle zusammen – holt an und eins – holt an und zwei – holt an und belegen! Jetzt Backbord: Holt an und eins – holt an und zwei – holt an. Belegen!« So ging es immer weiter: ein kurzes, scharfes Anholen von den Klampen nach achtern und dann von den Fußblocks nach vorne. Gleichmäßig und langsam wurde der Zug verstärkt, und die Kabeltaue spannten sich immer straffer in einem Wechselspiel stetig zunehmender Kräfte, bis der Wind ihnen allen denselben Ton entlockte. Jedes der drei Paare war jetzt eisenhart gespannt, und zusammen gaben sie den Masten sehr viel zusätzliche Stabilität.

Ein letztes Mal rief Jack: »Belegen. – Gut gemacht, Jungs. Fertig, Mr. Lane?«

»Aye, aye, Sir, bin bereit.«

»Ausscheiden an Tauen – niemand zieht mehr. Großbramsegel setzen.«

Wieder hob sich die Rah unter dem plötzlichen Andruck des Segels, diesmal jedoch protestierte der Mast nicht. Die Bugwelle der LEOPARD schäumte nun, da das Schiff weiter an Geschwindigkeit zulegte, noch ein paar Zoll höher. Jetzt wurde noch das Sprietsegel gesetzt, das Großsegel dagegen eingeholt, um das Stampfen und Schaukeln des Schiffes zu dämpfen. Der Wind fiel vorn ungehindert in die Breitfock, und sie segelte sich leichter, ohne dabei an Fahrt zu verlieren. Der Holländer fiel weiter zurück, obwohl er das Reff aus seinem Vormarssegel geschüttelt hatte.

In wütender Hatz jagten sie im klaren Licht des späten Abends über die leere Weite der aufgewühlten See dahin und schenkten sich nichts. Wer immer zuerst eine wichtige Spiere oder gar ein Segel verlöre, würde noch in dieser Nacht das Rennen verlieren, soviel war klar. Die Sonne ging unter, anderthalb Stunden noch und der Mond würde aufgehen – ein fast voller Mond noch. Die lange Dämmerung und danach das helle Mondlicht machten es für einige Zeit praktisch unmöglich, sich ungesehen davonzustehlen, aber versuchen konnte er es ja: Eine halbe Stunde vor Mondaufgang wollte er ein oder zwei Strich anluven, gerade so viel, daß Klüver und vordere Stagsegel Zug entwickeln und ihm den zusätzlichen halben Knoten oder mehr geben konnten, die er brauchte. Und alles in allem gab es keinen Grund, die Hängematten nicht unter Deck pfeifen zu lassen; die Backbordwache konnte eintörnen, allerdings in voller Kleidung, um im Notfall schnell bei der Hand zu sein. Die abendliche Musterung konnte heute entfallen; es schien Jack sinnlos, die Männer hinter den fest geschlossenen Stückpforten frieren zu lassen, denn ein Gefecht, sollte es denn dazu kommen, war noch in weiter Ferne – würde vielleicht erst weit im Osten stattfinden. Ruhe und Schlaf waren jetzt wichtiger, seit zwei Tagen wurden sie bereits gejagt.

In der abgedunkelten Achterkabine traf er auf Stephen, der am Tisch saß und das Cello zwischen den Knien hielt. In Reichweite stand eine Suppenschüssel: leer, wie Jack sich überzeugte. »Du alter Judas«, knurrte er.

»Keineswegs, mein Lieber. Killick kümmert sich gerade um Nachschub – allerdings kann ich dir nur abraten von dem Zeug. Nimm besser ein Glas Wasser mit einem Schuß Wein – nur ein paar Tropfen – und dazu ein Stück Zwieback.«

»Warum zum Teufel hast du es dann alles so überaus gründlich weggeputzt? Sieh dir das an – von dem Rest kann ja keine Fliege mehr satt werden.«

»Nun, eigentlich fand ich, meine Not war größer als die deine, denn meine Arbeit war wichtiger: Während du dem Tod zulieferst, bringe ich Leben hervor. Bei Mrs. Boswell haben nämlich die Wehen eingesetzt. Irgendwann am heutigen Abend oder in der Nacht wirst du ein neues Besatzungsmitglied begrüßen können.«

»Eine Frau – da wette ich zehn zu eins«, sagte Jack. »Killick, du Faulpelz, wo bleibst du?«

Der Steward kam und brachte mehr Suppe, dann ofenheiße Koteletts, eine Kanne Kaffee und eine dicke Scheibe festen Pflaumenpudding.

»Was meinst du – wird das noch lange dauern mit dem holländischen Herren?« fragte Stephen, während er sein Cello stimmte.

»So eine Verfolgungsjagd kann endlos gehen«, antwortete Jack.

»Und du glaubst nicht, daß er aufgeben wird?«

»Das wage ich kaum zu hoffen. Der Holländer klebt an unserem Heck und scheint mir nicht zum Scherzen aufgelegt.«

»Nun gut, stellen wir uns also auf eine lange und schwere Verfolgungsjagd ein: Nun laß dir aber von mir sagen: Auch eine Steißlage ist keine leichte Arbeit. Mir scheint, wir haben beide eine lange Nacht voller Mühsal vor uns – gestatte, daß ich uns eine zweite Kanne Kaffee kommen lasse.«

Stephen hatte tatsächlich eine Nacht voller Mühen vor sich, fehlte es ihm doch sowohl an einer richtigen Gebärzange wie auch an der eigentlich erforderlichen Erfahrung in praktischer Geburtshilfe. Jack dagegen verlebte eine ruhige Nacht, ging nur einmal an Deck, um den neuen Kurs legen zu lassen – gen Süden, da der Holländer sicher mit dem Gegenteil rechnete – und im Licht des aufgehenden Mondes ein paar Minuten zu seinem Verfolger hinüber zu starren, streckte sich dann in der Koje aus und fiel sofort in einen tiefen Schlaf. Klüver und Vormars-Stagsegel standen gut im Wind und zogen anständig, das Schiff lag weich am Ruder, und die WAAK-ZAAMHEID blieb konstant vier bis fünf Meilen hinter ihrem Heck. Bis jetzt war sie nicht wachsam genug gewesen, um den behutsamen Richtungswechsel ihrer Beute zu bemerken, auch hatte sie erst Focksegel gesetzt, als die LEOPARD fast eine Meile mehr an Vorsprung gewonnen hatte.

Irgendwann in der Nacht erwachte er frisch und ausgeruht. Während er schlief, hatte sein Seemannshirn jedoch den Aufprall der Wellen gegen die Blenden der Heckfenster registriert, und so war es für ihn keine Überraschung, als er an Deck sah, daß Windstärke und Seegang während der Nacht weiter zugenommen hatten. Unter einem kalt leuchtenden Mond zogen hohe Wogen mit langen, tiefen Tälern dazwischen in gleichmäßiger Folge ostwärts; die Wellenköpfe trugen jetzt Schaumkronen, und Flugwasser wehte in Kaskaden von weißer Gischt an ihren Leeseiten hinunter. In der Takelage heulte der Wind eine halbe Oktave höher.

Sollte es schlimmer werden – und danach sah es aus, wenn er den Himmel im Westen betrachtete und an das fallende Barometer dachte –, würde er die Fregatte wieder vor den Wind legen müssen, schwerere Seen, die nicht genau achterlich einkämen, würden sie vom Kurs abbringen. Der Holländer stand noch genauso weit entfernt wie gestern, aber das würde nicht lange so bleiben.

Ein Glasen folgte auf das andere in einer endlos scheinenden Friedhofswache, und immer weiter ging die Jagd. Keines der Schiffe reffte Segel, beide rauschten unter allem Zeug dahin, das Masten und Rahen tragen konnten: Die WAAKZAAMHEID hatte sich als eine grimmige und zu allem entschlossene Verfolgerin erwiesen, und die Jagd war nun in vollem Gange. Bei acht Glasen und beiden Wachen an Deck ließ er das Sprietsegel einholen, legte die Rah längsschiffs, setzte den Innenklüver und luvte noch einen Strich an – seine letzte Chance vielleicht, denn jetzt war die Luft voller Flugwasser, und die LEOPARD preschte mit einer Geschwindigkeit durch die schäumende See, die er nie für möglich gehalten hätte und die ohne die Kabeltrossen zur Stützung der Masten auch niemals möglich gewesen wäre. Allerdings war das nicht mehr die mitreißende Hatz von gestern abend: Jetzt blies der Wind mit beängstigender Stärke, und die Fregatte ähnelte in ihrer halsbrecherischen Fahrt einem Geisterschiff, das von Furien durch einen bösen Traum gehetzt wurde.

Stunde um Stunde verging, und auch während der Morgenwache nahm der Wind weiter zu. Kurz nach sieben Glasen wurde die LEOPARD zweimal von einer unerwartet hereinbrechenden Achtersee beinahe unter Wasser gedrückt. Aus der stetigen, berechenbaren Prozession der Wogen war ein Wirrwarr von Brechern und Sturzseen ohne Ordnung und Regelmäßigkeit geworden. Wieder ertönte die Schiffsglocke: acht Glasen. Er legte das Schiff genau vor den Wind und ließ die Stagsegel einholen. Loggen war unmöglich, denn die Windstöße waren so heftig, daß das Logscheit bis vor den Bug geweht wurde. Der Gehilfe des Zimmermanns meldete zwei Fuß Wasser in der Bilge – ein guter Teil davon war durch die starke Arbeit des Rumpfes während der Nacht durch die Bordwände eingedrungen; hinzu kam noch das Schwallwasser, trotz verschalkter Niedergänge und Stoppersäcken in den Ankerklüsen.

Die Sonne ging über einer tosenden See auf, im stürmischen Wind jagten die Kronen der Brecher vor der Dünung dahin und begruben die Wellenkämme, soweit das Auge reichte, in Strudeln von sahnigem Weiß. Nur in den jetzt viel tieferen Tälern zeigte das Meer seine graugrüne Farbe. Gischtfetzen und regelrechte Schwälle von Flugwasser wurden von den Kämmen der Wogen gerissen, legten einen dunklen, gräulichen Schleier über die wogenden Wasser und füllten die Luft mit Nässe. Die WAAKZAAMHEID war bis auf zwei Meilen herangekommen. Bei so starkem Wellengang war das Segeln für beide Schiffe äußerst gefährlich geworden: In den Wellentälern lag die LEOPARD im Windschatten fast bekalmt, wurde dann aber auf den Kämmen der Roller von der ganzen Wucht des Windes getroffen – ein so gewaltiger und plötzlicher Druck auf das gesamte Rigg, daß die Segel aus ihren Lieks gerissen zu werden drohten und die Masten ohne die Trossensicherung weggebrochen wären. Was noch schlimmer war: Unten verlor sie jedesmal einen großen Teil der Fahrt, die sie oben brauchte, um der folgenden Sturzsee zu entkommen; und sollte das auch nur einmal nicht gelingen, würde eine dieser turmhohen Sturzseen das Heck unter sich begraben, das Schiff steuerlos herumschwingen, quer zu Wind und Wellen zu liegen kommen – und von der nächsten See im Handumdrehen zerschmettert werden.

Jack hatte schon schlimmeres Wetter erlebt und kannte das Tohuwabohu, das einer dieser Zehn-Tage-Stürme anrichten konnte. Ein solcher Wind trieb enorme Wellen mit tausend Meilen Anlauf ineinander und türmte Kreuzseen von gewaltiger Höhe auf, die mit tödlicher Gewalt über einem Schiff brechen mochten. Es sah so aus, als könnte dies einer dieser Stürme werden. In solchem Wetter aber war die WAAKZAAMHEID als das größere, schwerere Schiff deutlich im Vorteil, und das zeigte sich bereits: Mit ihren höheren Masten und ihrer schieren Masse verlor sie in den bekalmten Tälern nicht so viel an Fahrt und war dadurch bereits bis auf eine Meile und ein paar Kabel herangekommen. Soweit Jack erkennen konnte, trug sie allerdings keines der merkwürdigen Dreieckssegel mehr; entweder waren sie vom Wind weggerissen worden, oder ihr Kapitän hatte sie wieder einholen lassen.

Ein Albatros strich an der Steuerbordseite entlang, stieß hinab auf das Kielwasser und pickte im Flug etwas von der kochenden Wasseroberfläche. Erst gegen das strahlende Weiß seiner Flügel sah Jack, daß der Schaum und die Gischt nicht weiß, sondern schmutziggelb waren. Sosehr er auch auf sein Schiff konzentriert war und auf die unzähligen Kräfte, die jetzt von allen Seiten einwirkten, fühlte er doch selbst in diesem Moment höchster Anspannung tiefe Bewunderung für den Vogel: Mit perfekter Kontrolle seiner zwölf Fuß

Spannweite schoß er dahin und glitt mit ein, zwei eleganten Flügel-schlägen sanft und mühelos über einen entgegenkommenden Bre-cher. Ich wünschte, Stephen könnte das sehen, dachte er noch, als die LEOPARD den nächsten Wellenkamm erklomm – aber dann verscheuchte ein Krachen aus dem Fockmast und das Geräusch reißender Leinwand die Gedanken an den Freund. Das Fockmars-segel war gerissen. »Geit auf, geit auf – los, los«, schrie er – das Segel konnte noch halbwegs intakt geborgen werden. »An die Fallen, Männer – Großmarssegel reffen.« Er rannte nach vorne und rief nach dem Bootsmann. Der war nirgendwo zu sehen, dafür stand Cullen, der Anführer der Fockmarsgasten, bereits am Mast und war zusammen mit den Gehilfen des Bootsmanns dabei, das Marssegel zu bergen. Die Rah senkte sich auf das Eselshaupt, während das Schiff in der Gischt der brechenden Wellenkrone einen langen Abhang hinabglitt. Das stark gereffte Großmarssegel zog nach ein paar Minuten und hielt die Heckseen auf Abstand, aber es stand zu weit achtern, und der Schub war nicht so, wie Jack sich das vorstellte: Die LEOPARD hatte etwas an Fahrt verloren und konnte jetzt leichter aus dem Ruder laufen.

Noch war es möglich, ein neues Fockmarssegel zu setzen. »Wo bleibt der Bootsmann?« brüllte er, und da kam der Mann endlich. Er war offensichtlich betrunken, nicht sinnlos zwar, aber so, daß er dienst-unfähig war. »Ab auf die Back«, befahl er ihm, dann wandte er sich an den dienstältesten Bootsmannsgehilfen: »Arklow, Sie machen weiter. Fockmarssegel Nummer zwei und das beste Tuch aus der Segellast.«

Es war ein sehr hartes Stück Arbeit da draußen auf der Rah, eine lange, grausame Schinderei für die Männer, die bei dem heulenden Wind schwer mit dem Segeltuch zu kämpfen hatten. Schließlich aber hatten sie es geschafft, das Segel war angeschlagen, und die Gasten kehrten wie geprügelte Hunde mit blutigen Händen auf den vergleichsweise festen Boden des Decks zurück.

»Unter Deck, und laßt euch die Hände verbinden«, sagte Jack. »Geht zum Messesteward – jeder von euch bekommt einen ordent-lichen Schluck Grog und eine warme Mahlzeit – Befehl von mir.«

Die Augen zum Schutz gegen die fliegende Gischt halb geschlossen, lehnte er an der Reling und blickte zur WAAKZAAMHEID hinüber, die bereits auf weniger als tausend Yards herangekommen war. Er zuckte mit den Achseln: Bei diesem Wellengang konnte kein Schiff eine Breitseite wagen, kein großes Linienschiff, nicht einmal ein spanischer Vierdecker. »Mr. Grant«, sagte er zu seinem Ersten, »lassen Sie die Lenzpumpen klarmachen. Bei diesem Seegang bekommen wir eine Menge Wasser ins Schiff.« Dann warf er noch einen kurzen Blick auf das neue Fockmarssegel – fest wie ein Trommelfell – und ging unter Deck, um selbst etwas zu essen.

Killick mußte die Gedanken seines Kapitäns ebenso gut lesen können, wie das der Holländer zu tun schien: Jack hatte kaum den tropfnassen Südwester aufgehängt und die dämmrige Heckkajüte betreten, da backte der Steward bereits Kaffee und einen ganzen Berg Schinkenbrote auf. Jack setzte sich auf eine Truhenbank neben der Steuerbordkanone und aß im Halbdunkel – durch die Heckfenster drang fast kein Licht mehr, seit sie durch dicke Holzblenden ersetzt worden waren. Sogar das Oberlicht war mit einer Teerplane abgedeckt.

»Dank dir, Killick«, sagte er zwischen zwei riesigen Bissen. »Hast du etwas vom Doktor gehört?«

»Nein, euer Ehren, nur ein großes Geheul und jede Menge Schreie. Mr. Herapath geht's nich' so gut, glaub ich. Wie ich immer sage: Es muß einem erst ganz dreckig gehen, wenn's wieder besser werden soll.«

»Zweifellos, ja sicher«, gab Jack mit einiger Unsicherheit in der Stimme zu und stürzte sich auf die nächste Stulle. Sie waren höchst willkommen, obwohl Killick kalte, dicke Pfannkuchen anstelle von Brot hatte nehmen müssen. Er kaute langsam und gründlich, während er über das harte Los der Frauen in dieser Welt nachsann. Von Eva und dem ewigen Fluch des Weibes kam er über die schmerzensreiche Geburt und die unbefleckte Empfängnis mühelos zu seiner Sophie und endete schließlich bei den ins Kraut schießenden Töchtern. Ein gewaltiger Krach beendete sein Sinnieren: Holz splitterte, Fetzen fliegender Gischt wehten in die Kabine, und eine Kanonenkugel rollte kraftlos über die Planken. Er lugte durch die zerschossene Fensterblende und sah auf dem Bug der WAAKZAAM-HEID den Mündungsblitz eines zweiten Schusses. Diesmal hörte er nur das Tosen des Sturms – die Kugel war fehlgegangen und der erste Schuß unter diesen Bedingungen offensichtlich ein Glückstreffer gewesen –, aber es war nicht zu übersehen, daß der Holländer mit den Jagdkanonen im Bug das Feuer eröffnet hatte. Da die LEOPARD genau in Kiellinie des Gegners segelte, konnte dieser nur durch die Bugpforten feuern und hatte tatsächlich mit dem ersten Schuß Jacks Kaffeetasse getroffen – ein absurder Zufall und hoffentlich nur Anfängerglück.

»Killick, eine neue Tasse«, rief er und begab sich für das weitere Frühstück in seine Schlafkabine. »Und schick mir Chips her.«

Niemals hätte ich an so einem Tag mit Feuerwerk gerechnet, sagte er zu sich. Natürlich war im Krieg die Vernichtung des Feindes das erklärte Ziel aller Parteien, und bei Seegefechten zweier Flotten in Schlachtlinie hatte er so etwas auch schon mit ansehen müssen: Etliche französische Schiffe waren durch Breitseiten der versammelten englischen Linienschiffe völlig zusammengeschossen worden und gesunken. Aber in Einzelgefechten, beim Kampf Schiff gegen Schiff, ging es in aller Regel darum, das gegnerische Schiff so intakt wie möglich zu erobern. Deshalb hatte er erwartet, der Vierundsiebziger würde den Sturm hinter ihm abreiten und einen Enterversuch unternehmen, sobald es das Wetter zuließ. Ein Feuergefecht unter diesen Bedingungen, bei denen an Entern und Erobern nicht zu denken war, konnte nur bedeuten, daß der holländische Kommandant ihren Tod wollte, nichts weniger – wer bei diesem Wind und diesen Wellen durch Trefferwirkung zuerst einen Mast oder eines der Hauptsegel einbüßte, würde dadurch auch die Kontrolle über das Schiff verlieren – der Untergang des Schiffes und der Tod aller an Bord wäre die unvermeidliche Folge. Ein ganz und gar blutrünstiger Mann also, dachte Jack und erinnerte sich an die schwarze Uniform.

Lange war er nicht unter Deck gewesen, und dennoch, wie verändert schien alles, als er wieder aufs Achterdeck trat! Der Wind war es nicht, hatte er doch sogar ein wenig abgenommen, die See dagegen war noch schwerer, die Kämme der Wogen noch höher, die Wellentäler noch tiefer geworden. Die LEOPARD hatte jetzt schwer zu kämpfen und lag tief im Wasser, obwohl die Kettenpumpen ohne

Unterlaß lenzten und armdicke Wasserstrahlen außenbords spien. Er würde den Sturmklüver einholen müssen, das Segel zog den Bug herunter, und der Klüverbaum wippte und peitschte ohnedies schon zum Gotterbarmen. »Mr. Grant, wir holen den Sturmklüver ein. Und dann ein Reff ins Großsegel.«

»Aber Sir ...«, begann der ältere Mann – Grant schien Jack in den letzten Tagen um Jahre gealtert zu sein –, besann sich dann jedoch eines Besseren und schwieg.

Die LEOPARD verlor weiter an Fahrt und schien jetzt in den tiefen Tälern zwischen zwei Seen regelrecht festzuhängen, aber immer noch war sie schnell genug, um den folgenden Brechern bei guter Seemannschaft ohne große Gefahr davonzusegeln. Jack stellte eine Gruppe erstklassiger Vollmatrosen zusammen, die jeweils zu viert während zwei Glasen Ruder gehen sollten. Gefahr drohte durch den schockartigen Einfall des Windes auf den Wellenkämmen, deshalb hätte Jack normalerweise das Fockmarssegel dicht gerefft oder die Segelfläche sogar insgesamt so weit verkleinert, wie nötig war, um die Kaventsmänner achteraus auf Abstand zu halten. Jetzt aber sah er die WAAKZAAMHEID unerbittlich näher kommen – noch mehr Reffen konnte er sich nicht leisten, aber den Klüver wieder zu setzen, wagte er auch nicht. Sollte der Holländer noch näher herankommen, müßte die LEOPARD ihre Zuladung verringern müssen, um den verminderten Segelschub auszugleichen: Tonne für Tonne würden sie das Frischwasser aus den Fässern unten in der Schiffslast außenbords pumpen müssen. Die WAAKZAAMHEID stand eine halbe Meile achteraus. Zweimal blitzten ihre Jagdkanonen stumm auf – das Heulen des Sturms überdeckte das Krachen der Abschüsse, und auch die Einschläge konnte Jack in der kochenden Gischt der See nicht beobachten.

Mit langen Schritten, den Wind im Rücken, ging er über das Seitendeck nach vorn, kämpfte sich auf der anderen Schiffsseite gegen den wütenden Wind zurück nach achtern und musterte auf beiden Wegen das Rigg: Alles schien in so guter Ordnung, wie man es in so einem Fall nur wünschen konnte. Es gab keinen Grund, in nächster Zeit an der Takelage etwas zu verändern, es sei denn, Sturm oder Gegner zwängen ihn dazu. Also befahl er Moore, Burton und die besten Stückführer zu sich in die Kajüte und verließ das Achterdeck.

»Sir«, bemerkte Grant am Niedergang, »die WAAKZAAMHEID hat das Feuer eröffnet.«

»Das ist mir nicht entgangen, Mr. Grant«, sagte Jack und lachte. »Aber was der kann, können wir auch.« Zu seiner Überraschung blieb das Gesicht des Ersten Offiziers nach dieser Bemerkung unbewegt – nicht einmal die Andeutung eines Lächelns. Jack hatte jedoch keine Zeit, sich mit den Launen des Leutnants aufzuhalten, und ging an der Spitze der kleinen Gruppe in die Heckkabine.

Zügig wurden die Stücke losgezurrt und die Fensterblenden entfernt. Durch die Fensterluken blickten die Männer auf einen grünen Berg aus Wasser, gerade fünfzig Yards hinter ihnen, an dessen Flanke sich die Kielwasserspur der LEOPARD hinabzog. Die riesige Welle versperrte den Blick auf den Himmel und kam rasch näher – das Heck des Schiffes hob sich höher und höher – die enorme Woge trug sie einen Augenblick auf ihrem Kamm, um dann sanft unter dem Kiel hindurch zu ziehen – und dann sahen sie durch den Vorhang von Sprühwasser und Gischt die WAAKZAAMHEID, die tief unter ihnen auf den Tiefpunkt des Wellentals zuhielt. »Feuern nach eigenem Ermessen, Mr. Burton«, sagte Jack zum Stückmeister. »Ein Loch in ihr Fockmarssegel, und es reißt vielleicht.« Die Backbordkanone brüllte auf, und sofort füllte sich die Kabine mit beißendem Pulverdampf. Kein Treffer im Rigg, aber auch kein sichtbarer Einschlag im Wasser. Jack visierte über das Rohr der Steuerbordkanone den Holländer an, korrigierte die Erhöhung etwas und zog an der Abzugsleine: nichts passierte. Sprühwasser mußte das Zündschloß benetzt haben. »Lunte«, rief er, aber als er das glühende Ende des Luntenwurms endlich in der Hand hielt, war die WAAKZAAMHEID schon wieder in das nächste Wellental gesunken, außer Sicht und zu tief für die beiden Jagdkanonen. Andererseits konnte ihr Gegner jetzt feuern: Unten im Tal blitzte es ein paarmal auf, bevor die LEOPARD den Kamm der Welle überschritten hatte und wieder ein graugrüner Berg von Wasser die beiden Schiffe trennte.

»Sir, dürfte ich vorschlagen, eine Zigarre zu verwenden? Man kann sie zwischen den Schüssen im Mund behalten.« Der Vorschlag kam von Moore, der jetzt Auswischer an seiner Kanone war und zudem stellvertretender Stückführer. Der Seesoldat war von Kopf bis Fuß in Ölzeug gehüllt und hatte nur noch wenig von einem Marinein-fanteristen an sich, wenn man vom steifen, roten Uniformkragen unter dem Kinn einmal absah wie auch von dem fast ebenso geröteten Gesicht, das er Jack unmittelbar unter die Nase hielt.

»Ausgezeichnete Idee«, sagte Jack. Als sie die relative Ruhe der Senke zwischen zwei Wogen erreicht hatten – von der WAAKZAAMHEID war noch nichts zu sehen –, zündete Moore am glühenden Lunten-ende eine Zigarre an und reichte sie ihm mit klammen Fingern.

Erneut hob sich der Bug, und der Holländer tauchte unter ihnen auf: ein riesiger schwarzer Schatten in weißer Gischt, die von dem brechenden Wellenkamm herabschoß. Beide Neunpfünder feuer-ten gleichzeitig. Die Kanonen sprangen zurück; beide Crews arbei-teten fieberhaft und wortlos, wischten die Rohre sauber, luden Kartusche und Kugel und rannten die Stücke erneut aus. Wieder krachten beide Kanonen fast gleichzeitig, und diesmal konnte Jack den Weg seines Geschosses verfolgen: Ein dunkler Schatten huschte über das helle Wasser, und wenn er auch keinen Einschlag beobach-ten konnte, so wußte er doch, daß die Richtung stimmte und er lediglich etwas höher zielen mußte, um mit dem nächsten Schuß genau im Ziel zu liegen. In dem Moment schien das Schiff auf dem Wellenkamm fast still zu stehen. Vom Gegner war nichts zu sehen, die Kabine füllte sich mit einer Mischung aus Wind und Wasser, die ihnen den Atem nahm – doch die Stückmannschaften arbeiteten ohne die kleinste Pause weiter, durch das Flugwasser bis auf die Haut durchnäßt.

Hinunter ging es, den Abhang einer weiteren enormen Welle hinab, umgeben von weißen Wirbeln aufgewühlten Wassers, durch das Tal und wieder hinauf. Die Stücke waren geladen und ausgerannt, warteten auf ihr Ziel. Aber erst waren die Kanoniere des Gegners an der Reihe: »Diesmal habe ich den Einschlag gesehen«, sagte Moore. »Kleine Fontäne zwanzig Yards steuerbord querab.«

»Genau so«, stimmte Burton zu. »Ich denke, er will unser Ruder zerschießen, sich neben uns legen und uns eine Breitseite in den Bauch jagen. Gottverdammter Bluthund.«

Jetzt tauchte die WAAKZAAMHEID wieder über dem Wellenkamm auf. Jack schüttelte aus dem Horn das feine Kraut in das Zündgatt, wobei er das Pulver mit der flach ausgestreckten anderen Hand gegen Sprühwasser schützte und unablässig an der Zigarre zwischen den zusammengebissenen Zähnen sog, um sie nicht ausgehen zu lassen. Bei diesem Durchgang schaffte jede der Kanonen drei Schüsse, dann wurde die LEOPARD wieder hochgehoben, der Holländer kam außer Sicht und feuerte nun seinerseits Schuß auf Schuß gegen sie ab. Wie auf einer gewaltigen, sich selbst nur gemächlich bewegenden Achterbahn ging es immer weiter, aber bei der rasend schnellen Fahrt der Schiffe bedeutete das kleinste Straucheln Sturz, Untergang, Tod. Die Feuerstöße antworteten einander in einem verbissenen Dialog; die Männer luden, zielten und schossen mit derart erbitterter Hingabe, daß auch die Schwälle von Flugwasser, mit denen der Sturm sie auf jedem Wellenkamm empfing, sie nicht für eine Sekunde vom Ziel ablenken konnten.

Auf einmal stand Babbington an Jacks Seite und wartete auf eine Pause im Kampfeslärm, um seine Meldung zu machen. Die Kanone sprang zurück, Jack befahl: »Moore, Sie übernehmen«, und trat etwas zur Seite. Babbington machte Meldung: »Sir, der Holländer hat unsere Besan-Marsstenge getroffen. War ein Volltreffer.«

Jack nickte: Der Gegner war jetzt viel zu nah, fast bis auf Kernschußweite herangekommen; außerdem hatte er den Wind im Rücken. »Beginnen Sie mit dem Lenzen der Wassertonnen – alles bis auf eine Tonne – und setzen Sie den Klüver, mit einem Reff darin.«

Jack ging wieder an die Kanone, die gerade ausgerannt wurde. Die WAAKZAAMHEID war jetzt an der Reihe mit Feuern und nutzte ihre Chance weidlich: Eine Kugel schlug hoch oben im Achtersteven ein, als die LEOPARD gerade auf dem Wellenkamm ritt – ein wohlkalkulierter Schuß, der das Schiff erbeben ließ. Einen Augenblick später strömte ein Schwall schäumenden Wassers durch die Fensterluken. »Ganz anständig, unser Kanonendrill, Mr. Burton«, sagte Jack. »Jedenfalls bei diesem Seegang.«

Der Stückmeister wandte sich zu ihm um, und ein Lächeln überzog das verbissene, triefend nasse Gesicht. »Könnte schlechter sein, Sir, könnte um einiges schlechter sein. Und ich will verdammt sein, wenn ich dem Käskopp nicht mit dem vorletzten Schuß ein ordentliches Ding verpaßt habe.«

Mit dem zusätzlichen Preßschub des Klüvers konnte die LEOPARD den Abstand zu ihrem Verfolger etwa um ein halbes Kabel vergrößern, und weiter ging die wilde Jagd; das seltsame Artillerieduell nahm seinen Fortgang: Minuten hektischen Wütens, dann eine Pause – warten auf die Schüsse des Gegners – auf dem Wellenkamm durch und durch naß werden, die ganze Kabine voller Schwallwasser – die trennende Wasserwand, der Gegner den Blicken entzogen jenseits des Wellenberges – und dann alles von vorn. Befehle waren jetzt überflüssig, die Männer gingen schweigend zu Werke, während sie in einem normalen Gefecht einander auf den Batteriedecks in den Feuerpausen, halb taub vom Kanonendonner, Worte und Satzfetzen zugebrüllt hätten. An die Gefahr, von einer der riesigen Seen, die direkt vor ihrer Nase mit unerbittlicher Regelmäßigkeit emporstiegen, am Heck gepackt zu werden, verschwendete kaum einer in der Achterkabine einen Gedanken.

Burtons Crew brüllte auf wie ein Mann in zornigem Triumph. »Wir haben ihre Backbordpforte getroffen«, schrie Bonden, Burtons zweiter Mann. »Sie kriegen sie nicht mehr zu.«

»Dann sitzen wir alle im gleichen Boot«, sagte Moore. »Jetzt bekommen auch die Holländer jedesmal nasse Füße, wenn ihr Schiff Wasser über den Bug holt. Wohl bekomm's, ha, ha!«

Der Triumph war nur von kurzer Dauer. Ein Fähnrich kam und meldete, der Klüver sei abgerissen und weggeweht worden – Babbington habe alles im Griff und versuche jetzt, ein Sturm-Gaffelsegel zu setzen. Das halbe Wasser sei schon über Bord.

Obwohl die LEOPARD jetzt leichter war, machte sich der Verlust des Klüvers doch bemerkbar. Die WAAKZAAMHEID kam heran, der riesige Wellenhügel trennte die beiden Schiffe nun nur noch für ein paar Augenblicke. Alles würde davon abhängen, ob die LEOPARD sich vom Gegner würde lösen können, sobald alle Wasserfässer über Bord waren. Falls nicht, mußten die Oberdeckskanonen daran glauben – alles mußte dem Ziel untergeordnet werden, das Schiff leichter und schneller zu machen und so vielleicht vor dem erbitterten Verfolger zu retten. Beide Schiffe feuerten jetzt fast pausenlos; die Stücke wurden heiß und sprangen bei jedem Rückstoß ein paar Zoll in die Luft, worauf erst Mr. Burton und dann auch Jack die Pulverladung verringerten.

Immer näher kam der Holländer heran. Nun trennte sie kein

Wellental mehr, beide rasten mit weniger als einem halben Kabel Abstand dieselbe Woge hinunter. Ein Loch tauchte im Vormarssegel des Vierundsiebzigers auf, aber die Schot hielt. Drei Einschläge in rascher Folge trafen den Rumpf der LEOPARD gleich neben dem Ruder. Jack hatte fünf Zigarren bis auf die Stumpen heruntergeraucht, und sein Mund fühlte sich ausgetrocknet und verbrannt an. Er starrte entlang dem Rohr der Steuerbordkanone dorthin, wo in wenigen Momenten der Bugspriet der WAAKZAAMHEID vor dem Korn auftauchen mußte. Im nächsten Augenblick sah er den Mündungsblitz ihrer Steuerbord-Jagdkanone, drückte die Glut der Zigarre in das Zündloch, und ein gewaltiger Krach, viel zu laut für einen Schuß, ließ die Achterkabine erzittern.

Irgendwann erwachte er; wieviel Zeit vergangen war, vermochte er nicht zu sagen. Auch was um ihn herum vorging, begriff er zunächst nicht, wußte nur, daß er an einem der Kabinenschotten lag, Killick seinen Kopf festhielt und Stephen emsig nähte: Er konnte fühlen, wie Nadel und Faden irgendwo auf dem Kopf durch die Haut gezogen wurden, empfand aber keinen Schmerz. Er versuchte, den Kopf zu heben und um sich zu blicken, erntete dafür aber nur ein barsches »Stillhalten!« von Stephen. Jetzt fühlte er die Nadel, einen rotglühenden Schmerz am Hinterkopf, und begriff auf einmal, was geschehen war. Die Kanone war nicht explodiert – da stand Moore und trieb die Crew an ... Er war getroffen und aus der Schußlinie gebracht worden – mußte wohl ein Holzsplitter gewesen sein. Stephen und Killick beugten sich schützend über ihn; ein Schwall grüner See strömte in die Kabine. Stephen kappte den Faden und schlang ein nasses Tuch um Jacks Kopf, das nur noch ein Auge und einen Teil der Stirn frei ließ, und fragte: »Kannst du mich hören?« Jack nickte. Stephen ging zu einem zweiten Mann, der, anscheinend bewußtlos, ausgestreckt auf den Decksplanken lag. Jack versuchte aufzustehen, fiel aber wieder hin und kroch zu den Kanonen hinüber. Killick versuchte vergeblich, ihn daran zu hindern; Jack stieß ihn zurück und griff nach dem Tau, um die geladene Steuerbordkanone ausrennen zu helfen. Über sich sah er Moore mit der Zigarre in der Hand, der sich konzentriert über das Rohr beugte, und an ihm vorbei blickte er durch das Bullauge des Fensterluks auf die zum Greifen nahe WAAKZAAMHEID: Kaum zwanzig Yards entfernt pflügte ihr riesiger, schwarzer Bug durch die See und warf eine gewaltige Bugwelle auf. Moore senkte die Hand mit der Zigarre zum Zündgatt, und Jack wich automatisch zur Seite, war jedoch zu betäubt, bewegte sich zu langsam, und der Rückstoß der aufbrüllenden Kanone warf ihn erneut zu Boden. Auf Händen und Knien suchte er im dichten Pulverqualm nach dem verlorenen Broktau, fand es auch, während sich um ihn die Schwaden lichteten, und hielt es fest. Kurz darauf aber war er wieder zu langsam, um gleich zu begreifen, warum ein ohrenbetäubendes Freudengebrüll der Männer um ihn die Heckkabine erfüllte. Doch dann sah er durch die zerborstenen Fensterblenden, wie der Fockmast des Holländers schwankte, sich zu stabilisieren schien, erneut wankte und schließlich nach vorne wegbrach. Stagen und Wanten rissen, und Mast und Segel wurden von einer wütenden Bugsee weggerissen.

Die LEOPARD erreichte den Wellenkamm, und Schwallwasser blendete ihn. Durch den rötlichen Schleier des Seewassers, das ihm vom blutigen Turban auf seinem Kopf in die Augen rann, sah er den riesigen Brecher, der sich über der WAAKZAAMHEID auftürmte. Das Schiff lag auf der Seite, von einem Balkenkopf zum anderen, das halbe Unterschiff und der Kiel ragten aus dem Wasser. Im nächsten Moment war alles nur noch ein gewaltiges Durcheinander von schwarzem, berstendem Rumpf, weißschäumendem Wasser und Spieren, die in alle Richtungen geschleudert wurden. Und dann nichts mehr, nur ein graugrüner Wasserberg mit weißen Schaumkronen darauf.

»Allmächtiger«, sagte er. »O mein Gott – sechshundert Mann.«

ACHTES KAPITEL

DEN GANZEN NÄCHSTEN TAG über ritt die LEOPARD mit nichts als dem Fockmarssegel den Sturm ab, und die ganze Zeit hindurch stieg die Barometersäule. Jack hatte schon in den letzten Stunden der Verfolgung durch die WAAKZAAMHEID bemerkt, daß der Wind langsam nachließ, aber die See beruhigte sich noch nicht; im Gegenteil, die Wellenberge schienen ihm zeitweise noch höher zu werden. An eine Kursänderung von mehr als einem Strich oder gar an Beidrehen war bei diesem Seegang überhaupt nicht zu denken.

Jack lag in der Koje und fühlte sich seltsam betäubt und verwirrt. Er wußte wohl, wie zufrieden er eigentlich sein müßte: Das Schiff lag gut am Ruder und war in erfahrenen Händen; die Lenzpumpen gewannen langsam die Oberhand über das Wasser, das die gewaltigen Seen fußhoch ins Schiff gedrückt hatten; der Zimmermann hatte die zerschmetterten Fensterblenden bereits repariert, und Killick war mit seinen Gehilfen gerade dabei, in der verwüsteten Achterkajüte Klarschiff zu machen – das Stövchen glühte schon wieder munter. Schließlich wußte und fühlte er, daß die LEOPARD es geschafft hatte – allen Anzeichen nach ging dem Sturm so langsam die Luft aus, das Schiff aber war alles in allem unbeschädigt, und selbst die Kanonen standen alle noch in den beiden Batteriedecks. Wäre der Holländer nicht quergeschlagen und gesunken, hätten sie innerhalb der nächsten Minuten ebenso über Bord gehen können wie zuvor fast ihr gesamter Trinkwasservorrat. All dies wußte Jack, aber er fühlte sich weit entfernt, und nichts davon interessierte ihn. Wieder und wieder erstand vor seinem inneren Auge das schreckliche Bild der WAAKZAAMHEID, wie sie kieloben dahintrieb und im nächsten Augenblick von dem gewaltigen Brecher zerschmettert und verschlungen wurde. Es war Krieg, der Holländer hatte den Kampf gewollt, immer wieder aufs neue, und nichts unversucht gelassen, um die LEOPARD zu vernichten. Jack hatte ein wesentlich größeres Schiff des Gegners in den Untergang getrieben und der Royal Navy einen Dienst erwiesen, dessen ganzer Wert sich erst in den fernen Gewässern Ostindiens erweisen würde. Aber trotz alledem fühlte er nichts als Schmerz und eine tiefe Trauer, die nicht weichen wollte.

Ein Lichtschein traf ihn, und er schloß die Augen. »So, so, mein Lieber«, murmelte Stephen, »das Licht behagt dir also nicht. Sei's drum.« Er stellte die Laterne unter die Schwingkoje und sprach eine Weile leise mit dem Freund, der mit schwacher Stimme antwortete. Wie Jack bereits vermutet hatte, war es ein Splitter gewesen, der ihn in der Achterkabine außer Gefecht gesetzt hatte: zwei Fuß bester Eiche mit einem scharf zackigen Rand, die eine holländische Kugel aus der Heckwand gerissen und in den Schiffsraum geschleudert hatte. »Ich schätze, dieses Stück aus deinem Schiff wird dir noch ein paar Tage lang Kopfschmerzen bereiten«, bemerkte Stephen. »Die Wunde sieht spektakulär aus; deine Schönheit wird sicher leiden, aber sonst ist alles halb so schlimm – du hast schon Schlimmeres überstanden. Es war die gleiche Verletzung, die damals Lord Nelson ein Auge gekostet hat, nur war bei dir glücklicherweise die Stirn dazwischen.« Jack lächelte: Er hätte das Auge gern gegeben, um Nelson auch hierin zu folgen. »Was mir jedoch gar nicht gefällt, ist dein Kopf als Ganzes. Das Holz hat dir einen ordentlichen Schlag mit der flachen Seite versetzt, von der Fleischwunde einmal abgesehen, und ich fürchte, du hast eine leichte Gehirnerschütterung. Die kann aber auch vom Rückstoß der Kanone kommen, was sogar wahrscheinlicher ist: Hätte dich der heilige Johannes nicht behütet, wärest du jetzt nur noch Brei und selbst für einen Anatomiestudenten nur noch von geringem Erkenntniswert. Du kannst deinem Namensheiligen danken, daß ich große Hoffnungen habe, das Bein retten zu können. Hast du jetzt überhaupt Gefühl darin?«

»Mein Bein? Welches Bein, was ist damit? Nanu, es ist ganz taub! Du meine Güte, ich fühle gar nichts!«

»Sorge dich nicht, mein Lieber – ich habe Beine gesehen, die waren viel übler zugerichtet, und ihre Besitzer bedienen sich ihrer immer noch.«

Jack schwieg eine Weile, schien dann aber alles Interesse an seinem Bein verloren zu haben und fragte: »Stephen, was trägst du da um den Hals? Du bist doch nicht etwa auch verletzt?«

»Das ist ein Wollschal gegen die Kälte. Mrs. Wogan hat ihn für mich gestrickt. Sie sagt, die rote Farbe verstärkt das Gefühl der Wärme noch, weil sie bestimmte Assoziationen weckt. Ich bin ihr zu tiefstem Dank verpflichtet.«

Killick steckte den Kopf durch die Tür und flüsterte heiser: »Nämlich Mr. Grant ist hier und will seinen Bericht machen.«

Stephen trat vor die Kabine und sagte Grant, der Patient dürfte zur Zeit mit nichts behelligt werden, was ihn irgendwie aufregen könnte – jede Unruhe würde die geistige Erschütterung noch verstärken.

»Wollen Sie etwa sagen, daß der Kapitän nicht mehr ganz richtig im Kopf ist?« rief Grant erstaunt.

»Keineswegs will ich das«, antwortete Stephen. Der aufgeregte Ton des Ersten Offiziers behagte ihm überhaupt nicht. Der Mann war offensichtlich nur zu gern bereit, sogleich das Schlimmste anzunehmen. Er spürte aber auch die eigene Reizbarkeit, die lange Tage ohne Schlaf bei ihm hinterlassen hatten, und setzte sein kaltes Reptiliengesicht auf, als er in die Schlafkabine zurückkehrte. Jack, der mit den Gedanken weit weg war, bemerkte jedoch nichts und sagte: »Nach einem Kampf ist mir immer zum Heulen zumute, aber diesmal ist es viel schlimmer als sonst ... Ich sehe immer wieder das Schiff, wie es sich auf die Seite legt und mit Mann und Maus von diesem Kaventsmann verschlungen wird – fünfhundert, sechshundert Mann. Ich kann das Bild nicht aus dem Kopf verscheuchen, Stephen, es verfolgt mich immerzu. Kannst du mir das erklären? Gibt es dafür irgendwelche medizinischen Gründe?«

»Ich denke, bis zu einem gewissen Grade schon«, sagte Stephen. »Nimm fünfundzwanzig Tropfen von dieser Tinktur« – sorgfältig zählte er im indirekten Licht der Laterne –, »die wird deine Säfte wieder ins Gleichgewicht bringen und die schwarze Galle der Melancholie besänftigen. Mehr vermag der Arzt nicht zu tun.«

»Es ist nicht ganz so widerlich wie deine üblichen Mittelchen«, sagte Jack. »Verzeih mir, ich vergaß: Wie war deine Nacht? Und wie geht es deiner Zigeunerin?«

»Ich kann im Moment nicht sicher sagen, ob Mrs. Boswell leben wird. So ein Kaiserschnitt ist immer ein riskantes Unterfangen, auch wenn man nicht in einem Orkan operieren muß. Wenn wir die geeignete Nahrung finden, kann aber das Kind überleben – übrigens ist es ein Mädchen, wie du vorhergesehen hast, und die sind bekanntlich zäh. Im ersten Moment wußte ich gar nicht, was ich mit ihr anfangen sollte.«

»Da ist doch die Dienerin von Mrs. Wogan.«

»Daran habe ich auch schon gedacht. Aber wie du dich erinnern wirst, verdankt sie ihre Deportation einer Verurteilung wegen Kindestötung, und zwar gleich in mehreren Fällen. Sie ist, wie soll ich sagen, ein wenig sonderbar, was Säuglinge angeht – ich hielt sie nicht gerade für die Richtige. Wie dem auch sei: Ich habe mich jedenfalls Mrs. Wogan anvertraut, und die Dame wird mir freundlicherweise behilflich sein. Im Moment liegt das Baby in einem ihrer Körbe, den sie mit Wolle gepolstert hat, und verlangt, wie man mir sagt, lautstark nach einem dieser Hängestövchen.«

»Herrgott, Stephen – manchmal sehne ich mich richtig nach Tom Pullings, weißt du?« sagte Jack. Kurz darauf schlief er schon wieder tief und fest.

In der Offiziersmesse saßen Byron und Babbington über einer Partie Schach, aufmerksam beobachtet von Moore und Benton. Fisher nahm Stephen beiseite und sagte: »Was muß ich da hören – der Geist des Kapitäns soll verwirrt sein?«

Stephen fixierte ihn einen Moment lang und sagte dann kalt: »Es obliegt mir nicht, die Leiden meiner Patienten zum Thema allgemeiner Konversation zu machen. Wäre also der Intellekt des

Kommandanten in irgendeiner Weise beeinträchtigt, so würden Sie es von *mir* zuallerletzt erfahren. Da dies aber nicht der Fall ist, kann ich Ihnen soviel sagen: Kapitän Aubrey hat eine Menge Blut verloren und ist dadurch geschwächt, aber er kann es an Geisteskräften jederzeit mit zweien von uns gleichzeitig aufnehmen – was sage ich, mit drei oder vier Männern hier im Deck.« Stephen wurde zusehends erregter: »Potz, Blitz und Schwefel, mein Herr – was fällt Ihnen ein, mir mit so einer Frage zu kommen? Verflucht will ich sein, wenn ich die Form der Frage weniger beleidigend finde als den Gehalt. Sie sind unverschämt, Sir.« Er trat rasch einen Schritt vor, und Fisher, verblüfft und schockiert, wich zurück: Es tat ihm leid – keinerlei böse Absicht – vielleicht hatte er aus echter Sorge um den Kommandanten die Grenzen des Anstands überschritten – in diesem Fall wollte er die Frage zurückziehen. Mit diesen Worten schlich er um den Tisch herum und verließ eilends die Messe.

»Bravo, Sir, gut gemacht.« Hauptmann Moore war sichtlich erfreut. »Ich liebe Männer, die nicht nur bellen, wenn man sie ärgert, sondern auch beißen können. Kommen Sie, wir trinken einen Grog zusammen.«

Ein eiskalter Blick aus stahlgrauen Augen traf den Seesoldaten: Stephen hatte eine schlimme Nacht hinter sich, war todmüde, und die Verantwortung für die Wöchnerin und ihr Kind sowie die Sorge um Jack lasteten schwer auf ihm – er war bereit, beim kleinsten Anlaß aus der Haut zu fahren. Und doch schaffte es der gutmütige, freundliche Moore mit dem rotwangigen Mondgesicht, ein Lächeln auf seine Lippen zu zaubern. »Nein, nein«, antwortete er, »ich war aufbrausend und unbedacht – viel zu hastig.«

Als Moores Grog schon zur Neige ging, sagte der Offizier: »Es stimmt ja – einen Augenblick lang war unser Allmächtiger tatsächlich etwas von Sinnen. Was Wunder bei der gewaltigen Kopfnuß, die ihm der Holländer verpaßt hat. Sie werden mir vielleicht nicht glauben, aber als ich ihn zum Sieg beglückwünschen wollte, sagte er, daß er darin nichts Glückliches sehen könne. Der Kommandant einer Fregatte versenkt einen Vierundsiebziger, ein dickes Linienschiff, und empfindet kein Glück dabei! Mir war klar, daß er geistig etwas außer Gefecht war, sozusagen. Aber wenn nun einer daraus etwas ganz anderes machen will und sagt, unser Kapitän wäre geistig verwirrt, nun, dann . . .«

Die Tür der Messe öffnete sich, und ein Schwall eiskalter Luft strömte herein, dicht gefolgt von Turnbull, der lautstark nach heißem Kaffee verlangte. Er klopfte sich den Schnee vom Umhang und verteilte die dicken, weißen Flocken dabei großzügig im ganzen Raum. »Es hat angefangen zu schneien«, sagte er. »Ist das zu glauben? Ein halber Fuß Schnee an Deck, und es schneit weiter.«

»Bläst es noch stark?« fragte Babbington.

»Kaum noch, wird immer schwächer. Und der Schnee hat die See besser beruhigt, als Öl das könnte – erstaunlich. Erst hat es mit Regen begonnen, dann ist Schnee daraus geworden. Ist das nicht unglaublich?«

Auch Grant, der gerade aus seiner Kammer trat, mußte sich von Turnbull anhören, daß es zu schneien begonnen hatte. Zuerst Regen, dann Schnee, und jetzt lag das Weiß einen halben Fuß hoch an Deck; der Wind hatte sich gelegt, die See sich erstaunlich beruhigt . . .

»Schnee in diesen Breiten?« sagte Grant. »Als ich in diesen Gewässern segelte, bin ich nie tiefer nach Süden gegangen als bis zum Achtunddreißigsten, und ich hatte niemals Schnee. Die Vierziger, das heißt Sturm und Wellenberge und die Pest an Bord – glauben Sie mir, der ich fünfunddreißig Jahre Seefahrt auf dem Buckel habe: Ein umsichtiger Kapitän wird niemals südlich vom Neununddreißigsten reisen, niemals. Und so weit in den Norden kommt der Schnee nicht.«

Auch auf dreiundvierzig Grad südlicher Breite fand Stephen keinen Schnee vor, als er früh am nächsten Morgen das Deck betrat. Allerdings war es empfindlich kalt, und er blieb nur ein paar Minuten an Deck, lange genug, um zu wissen, was er wissen wollte: Die immer noch recht hohen Wogen der langen Dünung trugen keine Schaumkronen mehr, tiefliegende Wolken zogen langsam über einen Himmel von tiefem Blau, und der Albatros steuerbord querab war noch ein junger Vogel – im zweiten, vielleicht auch im dritten Jahr. Er machte auf dem Absatz kehrt und schritt auf den Niedergang zu, als Herapath den Kopf aus dem Luk streckte, Stephen erblickte, sichtlich erschrak und wieder unter Deck verschwand.

Stephen seufzte leise. Eigentlich mochte er Herapath und fand es äußerst bedauerlich, den jungen Mann für seine dunklen Zwecke hinters Licht führen, ja zum Betrüger machen zu müssen und ihn daran so leiden zu sehen. Dafür tat es gut, an der gegenüberliegenden Seite der Reling ein viel freundlicheres Gesicht zu erblicken: Der Steuermann grinste ihn offen und einladend an. »Einen guten Morgen wünsche ich, Barret Bonden«, sagte Stephen. »Was treibt dich so früh um?«

»Guten Morgen, Sir: Wir verpassen dem Besan ein neues Schamfilkissen – das Tauwerk da, sehn Sie? Ist 'n schöner, klarer Morgen für diese Zeit im Jahr, Sir.«

»Ich finde es unangenehm kühl – die feuchte Luft fährt einem richtig in die Knochen, fürchte ich.«

»Tja, so 'n bißchen frisch mag's schon sein. Cobb sagt, er kann das Eis riechen. Er war mal Walfänger – die riechen Eis auf viele Meilen.« Beide blickten zu Cobb hinüber, der heftig errötete und sich tief über die Taue beugte.

Eis, ewiges Eis, dachte Stephen, als er die Achterkabine betrat. Vielleicht auch die großen Pinguine des Südens, Ohrenrobben, See-Elefanten ... Wie gern sähe ich einen ganzen Berg aus Eis, eine dieser schwimmenden Inseln. Laut dann: »Killick, einen guten Morgen wünsche ich. Und wie geht es unserer Majestät?«

»Guten Morgen, Sir. Hat 'ne ruhige Nacht gehabt und liegt jetzt ganz gemütlich und wohlauf in der Koje.«

Gemütlich – vielleicht, obwohl der Patient immer noch in sich gekehrt und verschlossen wirkte, was an den Kopfschmerzen liegen mochte, die er zweifellos noch hatte. Ganz sicher aber war er nicht wohlauf: Jack fühlte sich speiübel, er hatte das gewaltige Frühstück gar nicht angerührt, das Killick ihm vorgesetzt hatte. Aber Stephen fand auch Erfreuliches, machte doch Jacks Bein gute Fortschritte, und so stimmte er zu, als Jack ihm sagte, er sei fest entschlossen, zum Schießen der Sonne an Deck zu sein; allerdings bestand Stephen auf festem Halt, einem Stuhl und wollener, warmer Kleidung. »Du darfst jetzt auch Mr. Grant empfangen und dich von ihm über den Zustand des Schiffes ins Bild setzen lassen – wie ich dich kenne, bist du schon ganz versessen darauf zu erfahren, wie es der guten alten Leopard geht. Aber es wäre nicht unklug, würdest du die Stimme dämpfen und dein Temperament zügeln. Jede Art von Aufregung ist Gift für deinen Geist.«

»Ach, Grant«, sagte Jack. »Kaum war ich aufgewacht, habe ich ihn herzitiert und gefragt, was zum Teufel er sich dabei gedacht hat. Ändert den Kurs, ohne daß er Befehl dazu hatte! Da hing die Nadel« – eine unbedachte Kopfbewegung in Richtung des Tochterkompasses über seiner Koje ließ Jack vor Schmerz das Gesicht verziehen – »und zeigte mir, daß wir erst Nordost und dann Nord steuern. Als ob ich im Kampf gefallen wäre! Ich habe ihn erst einmal ordentlich eingenordet. Was dieser Kerl für eine laute Stimme hat – ich könnte wetten, seine Mutter war eines der Fischweiber vom Fleet Street Market. Was ist denn?«

»Nämlich es ist Mr. Byron, Sir«, grummelte Killick. »Er fragt, ob er einen richtigen Berg aus Eis in Luv melden darf.«

Jack nickte, und wieder verzerrte der blitzartige Schmerz sein Gesicht. Byron betrat die Kajüte, Stephen erhob sich, legte warnend den Finger an die Lippen und verließ den Raum. Der junge Mann, geistesgegenwärtiger als Mr. Grant, meldete im Flüsterton: »Gestatten, Sir – ein Berg aus Eis an unserer Luvseite.«

»Sehr gut, Mr. Byron. Entfernung und Peilung?«

»Ungefähr fünf Meilen, Sir. Richtung West-Südwest, ein halb West.«

»Aye. Sorgen Sie bitte dafür, daß die Glocke umwickelt wird, Mr. Byron. Das Gebimmel sprengt mir noch den Schädel.«

Den ganzen Tag über schlug die sorgsam in Tuch gehüllte Glocke gedämpfte Glasen auf einem Schiff, das so still war wie ein Grab. So ruhig segelten sie dahin, daß das Wimmern und Greinen von Mrs. Boswells Baby im Orlop noch nahe der Niedergangsluken von den Männern auf der Gangway vernommen werden konnte. Das Kind beruhigte sich erst, als es mit seinem runzligen, roten Gesicht den bräunlichen Busen der Mutter gefunden hatte. Mrs. Wogan sagte: »Na also, mein armes kleines Lämmchen. Ich komme in einer Stunde wieder und hole sie.«

»Sie haben eine glückliche Hand mit diesen kleinen Wesen, finde ich«, bemerkte Stephen auf dem Weg zu ihrer Kabine.

»Babys habe ich immer gemocht«, antwortete sie und schien noch etwas sagen zu wollen.

Als dann jedoch eine kleinere Pause eintrat, brach Stephen das Schweigen: »Sie müssen jetzt unbedingt die wärmste Kleidung anziehen, die Sie besitzen, und zwar jedesmal, wenn Sie an die Luft wollen. Ich muß Sie leider auch bitten, den Spaziergang heute an der Seite von Mr. Herapath zu unternehmen, und zwar früher als gewöhnlich. Ihre Farbe gefällt mir ganz und gar nicht, viel zu viel Gelb, und Sie wirken ein wenig kränklich. Die Luft ist sehr kalt, wird Ihnen aber guttun. Ich empfehle zwei Paar Strümpfe, zwei Paar Unterhosen – die ziehen Sie bitte bis über den Bauchnabel hoch – und einen langen Mantel.«

»Bei Gott, Dr. Maturin«, sagte Mrs. Wogan und lachte ihr glucksendes, perlendes Lachen, »und bei allen Heiligen – Sie sind ein Unmensch, wissen Sie das? Erst sagen Sie mir, daß ich schlecht aussehe, und dann nehmen Sie das Wort für die Unaussprechlichen in den Mund.«

»Ich bin Arzt, mein Kind: Ab und an bin ich *ex officio* weit entfernt vom Rest der Menschheit, so weit wie der Priester mit seiner Tonsur.«

»Also seht ihr Medizinmänner in den Patienten gar keine Wesen, die zur selben Rasse gehören wie ihr?«

»Ich will mal so sagen: Wenn eine Dame mich um einen Krankenbesuch bei sich bittet, sehe ich nur einen weiblichen Körper, der mehr oder minder in seinen Funktionen beeinträchtigt ist. Sie werden jetzt vielleicht sagen, daß die Dame ja auch noch über einen Geist verfügt, der in ähnlicher Not sein mag wie der kranke Körper. Hier haben Sie vollkommen recht; jedoch ist und bleibt der Patient in diesem Falle keine Frau im eigentlichen und gewöhnlichen Sinne. Galanterien aller Art wären fehl am Platze und zudem – was noch schwerer wiegt – völlig unwissenschaftlich.«

»Was für eine peinigende Vorstellung, in Ihren Augen nur ein gestörter weiblicher Körper zu sein«, sagte Mrs. Wogan. Stephen bemerkte, daß zum erstenmal, seit sie sich kannten, ihre Selbstbeherrschung zu wanken begann. »Und doch ... Erinnern Sie sich noch, wie Sie mich bei unserem ersten Treffen gefragt haben – es war sehr indiskret von Ihnen –, ob ich vielleicht in anderen Umständen sein könnte?« Stephen nickte zustimmend. Mrs. Wogan zupfte mit gesenktem Blick an einem Stück blauer Wolle in ihrer Hand herum: »Nun, wie soll ich sagen? Würden Sie mich heute fragen, die Antwort müßte wohl lauten: Ja, vielleicht.«

Nach der üblichen Untersuchung sagte Stephen, es wäre noch zu früh, um sicher sein zu können; andererseits könnte sie mit ihrer Ansicht durchaus recht behalten, und deshalb: keine Stützkorsetts oder eng geschnürten Leibchen mehr, keine hochhackigen Schuhe, und sie sollte Ausschweifungen jeder Art und ein zu ausgiebiges Nachtleben vermeiden.

Ernst und ein wenig nervös hatte Mrs. Wogan bisher die Untersuchung ertragen und Stephens Fragen beantwortet, aber die Vorstellung von einem ausgiebigen, ja ausschweifenden Nachtleben auf so einem gottverlassenen Ozean brachte sie zum Lachen – ein halbes Glas Marmelade, drei Pfund madenfreier Zwieback und ein Pfund Tee, mehr war ihr von den eigenen Vorräten nicht geblieben. Wie immer war ihre Heiterkeit äußerst ansteckend, und Stephen mußte sich abwenden, um das Gesicht nicht zu verlieren. »Bitte um Vergebung«, sagte sie schließlich. »Ich werde gehorchen und alles tun, was Sie mir sagen – mit tiefster Inbrunst und Hingabe. Ein eigenes Baby habe ich mir immer schon gewünscht, mag der Zeitpunkt dafür auch etwas schlecht gewählt sein. Sei's drum: Ich will alles dafür tun, daß es ihm an nichts mangeln wird. Und dürfte ich noch hinzufügen«, flüsterte sie mit ersterbender Stimme, »wie sehr ich Ihre Diskretion zu schätzen weiß? Sogar bei einem Arzt wie Ihnen, Dr. Maturin, hatte ich Angst vor diesem Gespräch – oder sollte ich sagen: vor dieser Beichte mit den unvermeidlichen, sehr persönlichen Fragen? Sie aber waren noch gütiger, als ich zu hoffen gewagt hatte. Ich bin Ihnen zutiefst verpflichtet, Sir.«

Stephen wehrte ab: »Aber Ma'am. Ich bitte Sie.« Innerlich jedoch war er zutiefst verunsichert von der schönen jungen Frau, die ihn mit Tränen in den Augen vertrauensvoll und zärtlich ansah. Er war erleichtert, als sie mit einem für sie untypischen Ernst in der Stimme fortfuhr: »Ich hoffe so sehr, es ist nicht mehr als ein Gerücht: Der Kapitän soll im Sterben liegen, habe ich gehört. Die Glocke klingt so dumpf, und alle Matrosen erzählen meiner Peggy, daß sie für ihn geläutet wird und bald sein letztes Stündlein schlägt.«

»Was, haben die verfluchten Kerle etwa wieder Verbindung mit ihr aufgenommen?« rief Stephen erbost.

»Nein, o nein, so ist es nicht«, sagte Mrs. Wogan, die begriff, worauf er anspielte. »Sie reden nur durch die Gitterstäbe mit ihr. Ich bitte Sie, sagen Sie doch, wie es um ihn steht. Ich höre schlimme Geschichten von viel Blut und schrecklichen Wunden.«

»Er ist verletzt, und zwar schwer, soviel ist sicher. Aber mit Gottes Segen wird er wohl wieder auf die Beine kommen, denke ich.«

»Ich werde eine Novene für ihn sprechen.«

Die neuntägige Andacht begann am selben Mittag, aber Jack erschien nicht. Der Grund lag weniger darin, daß die Anstrengung ihn überfordert hätte oder die tiefhängende, dichte Wolkendecke es unmöglich machte, die Sonne zu schießen – nein, Jack schlief vielmehr tief und fest, auch noch am Nachmittag und sogar noch am nächsten Morgen: ein ganzer Tag wohltuenden und heilenden Schlafes. Killick und der Smutje mußten die gewaltigen Mahlzeiten selber essen, die sie für den Kranken zubereitet hatten, damit er wieder zu Kräften kommen konnte. Als er erwachte, fühlte er kaum noch Schmerz. Er war noch nicht ganz der alte, wirkte noch ein wenig abwesend – wie er selbst sagte: »Ich hänge ein paar Kabel hinterher« –, zeigte jedoch bereits reges Interesse am Schiff: wo sie jetzt standen, Kranke und Verletzte, Schäden im Schiff. Das Gefühl im Bein kehrte zurück, und so humpelte Jack kurz vor der Mittagsbeobachtung des folgenden Tages auf das Achterdeck und verfolgte die Szene mit gespannter Aufmerksamkeit. Dabei wurde er ebenso genau, wenn auch nicht so unverhohlen, von seinen Offizieren, den jungen Gentlemen aus dem Fähnrichslogis und allen Besatzungsmitgliedern beobachtet, die nicht auf dem Vorschiff bei der Arbeit waren. Jack blickte auf die graue See, die an diesem Morgen ruhig ging: eine lange, sanfte Dünung, Dunstschwaden über fahlem Wasser, niedrige Wolken, die eher an dichten Nebel erinnerten. Hier und da zeigten sich bereits Lücken in der Wolkendecke und gaben einen blaßblauen Himmel frei. Die LEOPARD lag gut im Wasser, das Deck ordentlich und sauber, und segelte so mühelos über die nebelverhangene See dahin, daß kaum noch etwas an die schwere Zeit erinnerte, die hinter ihr lag – abgesehen von der Besan-Marssstenge, an der gerade gearbeitet wurde. Backstags an Steuerbord sah er kaum ein Kabel entfernt eine Schule Grauwale, die sich durch das Schiff überhaupt nicht stören ließen: In ruhigem Gleichmaß hoben und senkten sich die massigen Körper; ab und zu blies eines der Tiere. Das Achterdeck sah einen auffällig blassen und schweigsamen Kapitän vor sich, der einen frischen Verband über dem schmaler gewordenen Gesicht trug und sich unsicher bewegte. »An Deck!« rief der Ausguck. »Eisinsel drei Strich backbord voraus, Entfernung drei Seemeilen.«

Alle Blicke gingen über das Meer zu der Insel, die über den tiefliegenden Schwaden zu schweben schien: ein gewaltiger Eisblock von ungefähr einer halben Meile Breite mit einer hohen, spitzen Pyramide an einem Ende. Da die Mittagsbreite unmittelbar bevorstand, blieb Jack keine Zeit für eine eingehendere Betrachtung, aber auch so sah er, daß um die Insel eine Unmenge kleinerer Eisbrocken in der See trieben. Er ging zu seinem gewohnten Platz an der Reling, gab Bonden die Taschenuhr, nahm den Sextanten zur Hand und starrte in den verhangenen Himmel. Die Offiziere, Fähnriche und Kadetten taten es ihm nach. Sollte sich der Hochnebel wenigstens im Norden lichten, bestand Aussicht, den Sonnenstand einigermaßen präzise zu fixieren. Die Nebelschwaden wurden bereits dünner, und eine blasse Sonne im Zenit brach durch – ringsum auf dem Achterdeck ein zufriedenes »Ha!«; Jack notierte die eigene Ablesung, während Bonden ihm die genaue Zeit sagte. Es folgte das Mittagsritual: Der diensttuende Master machte seine Meldung an den Offizier der Wache, der seinerseits an den Kommandanten: »Es ist Mittag, Sir.« Jack nickte, sagte bedeutungsvoll: »Zwölf Uhr, Mr. Babbington«, und die Bootsmannspfeife gellte durch das Schiff: *»Backen und Banken in den Decks.«* Das übliche, lärmende Tohuwabohu, das auf diesen Befehl folgte, deutete darauf hin, daß die Mannschaft ihren Kommandanten für hinlänglich genesen hielt. Dieser aber legte die Hand über die Augen, wandte sich ab, stolperte über sein lahmes Bein und fiel der Länge nach hin.

Alle stürzten zu ihm, um zu helfen, was ihren Kapitän noch ungehaltener zu machen schien. Als er sich wieder zu seiner vollen Höhe aufgerichtet hatte, mit einer Hand die Reling umklammernd, sagte Jack zum Ersten: »Mr. Grant, wenn die Mannschaft fertig ist mit dem Essen, werden wir die Jolle und den roten Kutter wegfieren und Eis von der Insel holen.«

»Ich bitte um Verzeihung, Sir – aber das Blut wird noch auf Ihren Rock laufen«, sagte Grant. Tatsächlich: Die Wunde war wieder aufgeplatzt, und aus dem bereits blutgetränkten Verband tropfte ihm das Blut ins Gesicht.

»Schon gut, schon gut«, gab er gereizt zurück. »Bonden, leih mir deinen Arm. Und Sie, Mr. Babbington, schaffen Ihr haariges Ding da aus dem Weg.« Eigentlich hatte er Grant und den Fähnrich zum Essen zu sich bitten wollen. Es war ihm nur zu sehr bewußt, wie wichtig es war, die Rolle des unverwundbaren und unfehlbaren Kommandanten zu spielen, dem auch das todbringendste Übel nichts anhaben konnte – besonders bei der gegenwärtigen Besatzung der LEOPARD: einige abgestumpfte und mehr oder weniger gleichgültige Offiziere, eine Menge Grünschnäbel auf erster Fahrt unter der Mannschaft und dazu eine Atmosphäre an Bord, aus der er eine seltsame Mischung von intensiver Neugier und starkem Zweifel herauszuspüren meinte. Dann aber fühlte er, daß er Grants laute, metallisch harte Stimme keine weitere Stunde würde ertragen können, und beschloß, die Einladung auf morgen zu verschieben.

Noch bevor er allerdings den ersten Bissen seines einsamen Mahls zu sich nehmen konnte, war Stephen bei ihm, erneuerte den Verband und setzte sich für ein paar Minuten dazu. Zum Freund gewandt, sagte Jack: »Hier stehen wir, siehst du« – der Finger fuhr über die auf dem Tisch ausgebreitete Seekarte – »auf 42 Grad 45 Minuten Ost, 43 Grad 40 Minuten Süd. Eine gute Mittagsbreite hatten wir vorhin, und die Chronometer habe ich am Mond erst vor zehn Tagen überprüft – die gehen genau. Die Position dürfte ziemlich exakt stimmen, plus oder minus einer Minute.«

Stephen folgte Jacks Finger und meinte: »Vom Kap scheinen wir aber noch sehr weit entfernt zu sein.«

»Ungefähr dreizehnhundert Meilen, vielleicht auch ein paar weniger. Bei Gott, der Holländer hat uns gewaltig nach Osten abgedrängt – wir sind vor dem Westwind gelaufen, als sei uns der Leibhaftige auf den Fersen.«

»Dann wird es vermutlich wesentlich länger dauern, zu wenden und wieder nach Westen zu segeln? Denn das müssen wir doch, wenn wir zum Kap wollen, oder?«

»Es macht jetzt wenig Sinn, nach Afrika zurückzugehen. Bis Botany

Bay sind es weniger als fünftausend Meilen, das ist vielleicht weniger als ein Monat: Hier unten in den Vierzigern können wir die ganze Strecke über mit gutem Wind rechnen. Was die Mannschaft angeht, so kann uns Mr. Bligh oder der Admiral ebenso gut neue Männer verschaffen wie die Federkielspitzer am Kap. Vorräte haben wir noch reichlich, also denke ich, wir werden uns weder gegen den Wind nach Westen durchkämpfen noch nach Nordwesten Kurs auf das Kap nehmen, sondern weitersegeln, Kurs Ost – entweder auf dieser Breite oder etwas weiter südlich.«

»Kein Kap also«, sagte Stephen.

»Nein. Du wolltest es wohl unbedingt wiedersehen?«

»Aber nein, ganz und gar nicht.« Dann aber: »Was mir gerade einfällt – hast du nicht fast alle Wasserfässer über Bord geworfen? Was sollen wir denn die ganzen Wochen über trinken?«

»Mein lieber Stephen«, sagte Jack, und zum erstenmal seit dem Gefecht lächelte er wieder, »ein paar Meilen in unserem Lee gibt es Süßwasser, soviel du nur willst. Wenn du an Deck gewesen wärst, als wir die Sonne geschossen haben, hättest du's mit eigenen Augen gesehen: Backbords – links von uns, für dich – haben wir eine prächtige, riesige Insel aus Eis, und die hat genug gefrorenes Wasser für zehn Reisen um die Welt. Wie du vielleicht bemerkt hast, habe ich zuletzt Südost steuern lassen – man findet immer welche von diesen treibenden Bergen in den hohen Breiten des Südens, obwohl ich noch nicht so bald mit ihnen gerechnet hatte. Hier unten ist ja jetzt Sommer.«

Am Vormittag mochte Stephen den Eisberg verpaßt haben (er hatte sich in Mrs. Wogans Aufzeichnungen vertieft, während die Dame in Begleitung von Herapath ihren täglichen Spaziergang an Deck unternahm), aber jetzt war er fest entschlossen, ihn sich genauer zu betrachten. Kaum daß die Arbeit in Mrs. Wogans Kabine beendet war, zog er eine Lotsenjacke über zwei warme Wollwesten, wickelte Louisas Wollschal um den Hals, setzte eine Mütze auf und ging an Deck, wo er sich in einer windgeschützten Ecke zwischen den stumm frierenden Hühnern auf einen der Verschläge setzte. Er nahm Jacks Teleskop zur Hand – das Dienstglas, denn sein bestes Stück wollte der Kapitän ihm dann doch nicht geben – und starrte zufrieden zu dem turmhohen Eisberg hinüber. Es war wirklich eine kleine Insel aus Eis, viel größer, als er es sich vorgestellt hatte. Dort, wo der Fuß des Berges die See berührte, war der Eisblock in phantastische Formeln zerfranst: kleine, tiefe Einbuchtungen, Höhlen unter überhängenden Klippen, scharfe Vorsprünge und dünne Nadeln. Ein alter Eisberg, dachte er, der jetzt auf der Drift nach Norden in raschem Zerfall begriffen war. Zahlreiche kleinere Eisbrocken hatten sich vom Muttereis gelöst und trieben nahebei im Wasser, andere brachen vor seinen Augen von den hohen Klippen des Berges. Lange saß er so und genoß den grandiosen Anblick. Das Kap nicht wiedersehen zu können war eine Enttäuschung gewesen, zumal er wie auch Mrs. Wogan fest damit gerechnet hatten, unter dem Tafelberg anzulegen: Sie war bis auf wenige Seiten fertig damit, Herapaths Abschriften seiner Papiere zu verschlüsseln; die Arbeit ging ihr jetzt viel rascher von der Hand. Allerdings verwendete sie als Codiervorlage offenbar immer noch den oftmals gefalteten Zettel mit der mittlerweile fast unlesbaren Tinte, von dem er sich bei früherer Gelegenheit eine Kopie gemacht hatte. Die Abschrift hatte er dann dem Brief beigelegt, der vom Kap aus an Sir Joseph gegangen war – was für ein Brief für einen Agenten, den man zur Erholung in Urlaub geschickt hatte! Wie dem auch sei, sagte er zu der Eiswand vor ihm, ob Kapstadt oder Port Jackson, ist letzten Endes gleichgültig. Ich bedauere nur, so viel Zeit zu verlieren. Wenn die Schwachköpfe im Londoner Kabinett sich durchsetzen und Amerika zur Kriegserklärung nötigen, werden ihnen diese Monate noch leid tun. Er sah, wie weit entfernt, dort wo die Boote der LEOPARD am Eisberg festgemacht hatten, irgendein großes, schwarzglänzendes Tier sich aus dem Wasser aufs Eis flüchtete. Er setzte das Fernrohr ab, blinzelte mit den Augen und blickte erneut hinüber: Ein Seelöwe vielleicht? Zum Teufel mit diesem Glas. Wenn er doch nur den Kopf des Tieres sehen könnte! Er putzte die Linse, was aber auch nicht half: Das Glas des Teleskops war gar nicht beschlagen, es war der Nebel, der die Sicht erschwerte. Gelblichweiße Schwaden zogen auf und entzogen die Insel zusehends den Blicken; ab und zu waren, wie Zinnen eines dahintreibenden Glaspalastes, die Spitzen des Eisbergs noch zu sehen.

Block um Block wurde das Eis mit Loshaken an Bord gezogen. Die

Arbeit ging zügig voran, und es wurde darüber nachgedacht, den zweiten Kutter und die Barkasse auch noch zum Einsatz zu bringen. Auf dem Achterdeck wurde darüber gesprochen. Stephen hörte zwar nur mit halbem Ohr hin, begriff aber, daß hierüber ein Streit unter den Offizieren ausgebrochen war. Babbington wiederholte immer wieder, er hätte damals, als er an Bord der Erebus nördlich der Neufundlandbänke auf Eis gestoßen sei, bemerkt, daß die Strömung ein Schiff immer zu einer Eisinsel hinzöge – und je größer die schwimmende Insel, desto stärker die Zudrift, das sei unter Seemännern im hohen Norden allgemein bekannt. Andere Offiziere bestanden darauf, das sei alles Unsinn – jedermann wüßte, daß hier unten in den Vierzigern die Strömung ein Schiff immer nur nach Osten treibe, egal ob Eisberge in der Nähe wären oder nicht. In der südlichen Hemisphäre sei sowieso alles anders, sagten sie; Babbington wolle sich nur interessant machen mit seinen Geschichten über die Bänke vor Neufundland. Er solle so etwas seinem Neufundländer oder den Seesoldaten erzählen – die würden ihm glauben.

Stephen gab es auf, bei dieser Distanz und dem Nebel irgend etwas auf dem Eisberg erkennen zu können. Die Leopard stand jetzt vor der Insel auf und ab, und trotz der Nebelwand, die sich nicht von der Stelle zu bewegen schien, mußte irgendwo doch Wind wehen: Die Bramsegel fingen jedenfalls genug von einer Brise ein, um das Schiff ausreichend Fahrt für die Wendungen am Ende jedes kurzen Schlages machen zu lassen. Babbington gab nicht auf – er bestand mit tiefem Ernst in der Stimme darauf, den Kommandanten zu wecken und ihm seine Bedenken vorzutragen. Grant dagegen weigerte sich ebenso hartnäckig – der Kapitän dürfe nicht gestört werden, er sei noch zu schwach. Endlich kam Babbington zu Stephen herüber und fragte: »Doktor, glauben Sie, ich kann den Kommandanten wecken und mit ihm sprechen? Ich will nichts tun, was ihm schaden könnte.«

»Sicher dürfen Sie mit ihm reden, aber in ruhigem Ton und nicht so laut, als ob Sie meilenweit von ihm entfernt wären. Er ist nicht taub, wissen Sie: Lautes Geschrei taugt für die Offiziersmesse, denn dort unterbrechen einen die anderen, bevor man den Mund aufgemacht hat. In der Kajüte wollen Sie ein derartiges Verhalten heute bitte vermeiden. Starker Blutverlust, müssen Sie wissen, schärft das Gehör ungemein.«

Zwei Minuten später stand Jack an Deck. Er stützte sich auf Babbingtons Schulter, blickte hinaus auf die nebelverhangene See und sagte: »Wo ist die Jolle jetzt?«

»Genau zwischen uns und der Insel, steuerbord querab. Vor nicht einmal zehn Minuten habe ich sie noch gesehen.«

»Signal an den Kutter: Er soll herüberkommen und die Leute einsammeln. Wir können hier nicht den ganzen Tag liegen und einen Schuß nach dem anderen abgeben, während die in dieser Waschküche nach uns Ausschau halten. Außerdem gefällt mir die Strömung überhaupt nicht. Morgen ist auch noch ein Tag, und wenn diese Brise hält, werden wir soviel Eis einholen, wie wir wollen, und zwar bei klarer Sicht.«

Die LEOPARD drehte eine dreiviertel Meile entfernt vom Eisberg bei. Die Jolle wurde entladen und wieder eingeholt; dann warteten alle auf den Kutter, der die Männer von der Insel holen sollte. Unterdessen brach ein dünner Sonnenstrahl durch den Nebel und zeigte dem hocherfreuten Stephen einen einzelnen Riesensturmvogel und noch mehr Eisbrocken, die von einer Klippe über den tiefliegenden Schwaden herabstürzten. Manche der gewaltigen Bruchstücke waren so groß wie ein Haus. Zu Dutzenden zerbarsten sie unter großem Getöse am Fuß des Eisbergs; andere landeten im Wasser, und turmhohe Fontänen schossen empor.

Der Kutter ging längsseits, wurde eingeholt, und Jack sagte: »Sprietsegel, Fock, Mars- und Bramsegel setzen. Wir gehen mit weitem Abstand um die Insel mit ihrer verdammten Drift herum, Kurs wird dann Ost-Südost.«

Die Wache wechselte. Turnbull kam an Deck, eingemummt wie ein Bär im Winterpelz, und Babbington übergab an ihn: »Hier hast du sie – trägt Sprietsegel und Fock, Mars- und Bramsegel, weit um die Insel herum, Kurs wird dann Ost-Südost.« Stephen, der genußvoll an einem Stückchen Eis lutschte, wurde wieder einmal daran erinnert, wieviel vom Dienst in der Marine aus reiner Routine und andauernder Wiederholung bestand.

Jack ging erst unter Deck, als Turnbull die Segel getrimmt hatte und die LEOPARD zügige fünf bis sechs Knoten machte, dann sagte er zum Ersten: »Kommen Sie doch bitte mit – wir wollen eine Schale Tee in meiner Kajüte trinken. Würden Sie uns begleiten, Doktor?«

»Sir, ich danke Ihnen«, erwiderte Grant, »doch sicher wollen Sie gar keine Gesellschaft.«

Jack gab keine Antwort, schweigend starrte er einige Zeit lang in den dichten Nebel und suchte den Eisberg backbord querab, konnte ihn aber nicht finden. Dann ging er nach achtern, sich auf Stephens Schulter stützend. Grant folgte ihnen zögernd.

Sie tranken Tee in einer steifen Atmosphäre, in der Grant seine Befangenheit nicht für eine Minute ablegen konnte. Er sprach lauter, seine Stimme klang blecherner als gewöhnlich, und Stephen war froh, als er einen Vorwand fand, um die kleine Runde zu verlassen: »Ich werde Mrs. Wogan und ihrem sehr angenehmen Stövchen einen Besuch abstatten. Sie entschuldigen mich«, sagte er, schon fast aus der Kajüte und auf dem Weg ins Orlop.

Er hatte gerade die oberste Treppenstufe des unteren Niedergangs erreicht, als ihn ein gewaltiger Stoß jäh zu Boden warf und den Niedergang hinunterstürzen ließ. Noch im Fallen hörte er das Echo des enormen Krachens und fühlte, wie jede Vorwärtsbewegung des Schiffes von einer Sekunde auf die andere erstarb. Die LEOPARD lag jetzt still. Er lag noch am Boden, Männer rannten an ihm vorbei auf dem Weg an Deck, und er brauchte einige Zeit, bis er sich wieder gesammelt hatte. Von oben tönten widersprüchliche Befehle: »Ruder hart Backbord!« und dann: »Ruder hart Steuerbord«, ein Wirrwarr lauter Stimmen.

Herapath hastete in Riesensätzen vorbei mit einer Spillspake in der Hand. Er sah Stephen und rief ihm zu: »Den Schlüssel, schnell! Ich muß sie da unten rausholen!«

»Fassen Sie sich, Mr. Herapath. Ich höre nichts, was auf gesplitterte Bordplanken und ein Leck hindeuten würde – wir sind nicht in unmittelbarer Gefahr. Aber nehmen Sie ruhig den Schlüssel, und auch diesen hier für die Vorpiek. Sollte das Wasser steigen, befreien Sie die Gefangenen.« Er sprach selbst ganz ruhig, wurde aber von Herapaths panischer Angst immerhin so weit angesteckt, daß er in seine Kammer eilte, rasch die wichtigsten Unterlagen zusammenraffte und sie einsteckte. Dann ging er an Deck.

Das Schiff bot ein Bild völligen Durcheinanders: Manche der Seeleute rannten nach achtern, andere nach vorn, wo vage schattenhafte Gestalten auf der Back zu erkennen waren, denn das Schiff und alles um sie lag unter einer dichten Nebeldecke. Dann fuhr ein Windstoß über das Deck, der Nebel teilte sich, und Stephen sah bis über die Mastspitzen eine riesige Wand aus Eis aufragen. Über ihren Köpfen verdeckte die überhängende Kante des Kliffs den halben Himmel; der Fuß der Eisklippe, an der die Wellen sich brachen, war keine zwanzig Fuß von der Bordwand entfernt.

»Alle Mann an die Brassen« – das war Jacks Stimme, die sich, von dem Eiswall als Echo zurückgeworfen, laut und deutlich über das Chaos erhob. Sofort legte sich das Durcheinander, die Rahen schwangen knarrend herum, und die turmhohe Mauer glitt sanft seitwärts weg, bis sie querab lag. Dann schloß sich der Nebel wieder über ihnen, und es wurde totenstill an Bord.

»Fockbramsegel setzen«, sagte Jack. »Lenzpumpen klarmachen.« Hunderte von Füßen stampften über das Deck, dann wieder Stille. Auf dem Achterdeck hörte man nur den fernen Donner fallenden Eises irgendwo an Steuerbord und das gedämpfte Mahlen der Pumpen, dazu das Plätschern des außenbords gelenzten Wassers. Alles schwieg, die Offiziere standen schweigend, ihre Atemwolken kleine, weiße Nebelfahnen in den alles einhüllenden grauen Schwaden. Keine Fahrt im Schiff, eine gespenstische Ruhe über allem.

Auf einmal ging ein Ruck durch das ganze Schiff, irgend etwas Großes riß sich knirschend los, und die LEOPARD begann fast unmerklich, vorwärts zu gleiten.

»Ruder mittschiffs«, befahl Jack.

»Kein Ruder im Schiff, Sir.« Unter den Händen des Quartermasters wirbelte das Steuerrad ohne Widerstand herum.

Babbington, der sofort nach unten geeilt war, meldete: »Ruder abgeschlagen, Sir.«

»Darum werden wir uns gleich kümmern«, sagte Jack. »Alle Mann an die Pumpen.«

Es folgte eine Zeit angestrengter Arbeit für die gesamte Besatzung. Segel wurden gerefft, andere gesetzt, Schoten wurden dichtgeholt oder ausgeschüttelt. Der Zimmermann und seine Crew meldeten als Bilgenwacht unablässig den Wasserpegel im Schiff an den Kommandanten, bis dieser schließlich selbst unter Deck humpelte, wobei er einen Arm auf Bondens starke Schulter legte. Als er auf das Achterdeck zurückkehrte, wirkte er entschlossen und zuversichtlich – Stephen aber las in seinem Gesicht, wie ernst die Dinge unten standen. Kurz darauf fand er den Verdacht bestätigt, als ein paar Arbeitsgruppen aus den Lenzmannschaften zusammengestellt wurden, die das Schiff leichter machen sollten: Die kostbaren Kanonen gingen über Bord, klatschten durch die geöffneten Stückpforten in die ruhige, dunstverhangene See. Die sorgsam gezurrten Broktaue der Stücke wurden von den Männern mit Axthieben gekappt. Es folgte alle Munition bis auf die Vorräte in der schwer zugänglichen Kugellast. Dann das mühsam gewonnene Eis, soweit es noch an Deck lag. Die Ankertrossen wurden in den Bugklüsen gekappt, die schweren Eisenanker versanken in der Tiefe. Danach die schweren, dicken Kabeltrossen, die Fässer voll Pökelfleisch und Zwieback, soweit sie in Nähe der Niedergänge standen. Stundenlang schufteten die Männer, wie rasend in ihrem Arbeitseifer.

»Die Leute pumpen aber gewaltig, nicht wahr?« bemerkte Stephen zu seinem Nebenmann am Pumpenspill.

»Viel zu verdammt gewaltig, Kamerad«, sagte der Seemann, der Stephen im abnehmenden Licht nicht erkannte. »Zuviel für die Speigatten – das ganze Deck schwimmt schon. Wenn die See zunimmt, fließt uns die Brühe durch die Luken wieder entgegen, wann immer unser Leopard den Kopf hebt.«

»Aber vielleicht haben wir es ja auch sehr bald schon geschafft?«

»Halt's Maul, du Schwachkopf, und pump lieber. Du weißt nichts, gar nichts.«

Die See ging jetzt höher, der Wind frischte auf; Jack stellte Männer an den Schanzkleidern auf, die mit der Pütz in der Hand zusätzlich Wasser über die Seite schafften und die Speigatten offenhielten. Schließlich aber mußte das Hauptniedergangsluk geschalkt werden, was die Seeleute stark behinderte, die Fässer, Trossen und andere schwere Gegenstände durch das Luk an Deck hieven mußten. Um Mitternacht ließ Jack die fähigsten Vollmatrosen von den Lenzpumpen abziehen. Die Männer saßen in der Kuhl und nähten sich im Licht der überall aufgehängten Schiffslaternen die Finger blutig: Aus Rollen von dickem Kalfaterwerg fertigten sie ein Lecksegel, das unter dem Kiel des Schiffes bis an das Leck gezogen werden sollte, um es nach außen zu verschließen. Währenddessen gingen die Pumpen pausenlos, Stunde um Stunde, und die Nacht schien für die Männer an den Pumpen kein Ende zu nehmen. Ihre Welt bestand nur noch aus dem kalten Dunkel um sie herum; die Balance haltend gegen das rollende Kränken des Schiffes, drückten sie mit aller Macht die Pumpenwinden im Kreis herum: »Steh und geh, steh und geh«, ohne Unterlaß. Einmal johlten die erschöpften Männer triumphierend, als die Backbord-Kettenpumpe gurgelnde Geräusche von sich gab – pumpten jedoch trotzdem unvermindert weiter. Der Jubel war verfrüht; wie sich herausstellte, war lediglich ein Pumpendahl verstopft gewesen; aber das Freudengeschrei gab allen neuen Mut.

Kaum daß die nötigsten Rettungsarbeiten beendet waren, ließ Jack die Lenzmannschaften in Wachen einteilen und regelmäßig ablösen. Die Freiwache stürmte dann in die Offiziersmesse, wo Zahlmeister und Messesteward für sie dünnen Grog, Zwieback, Käse und Wurst bereithielten. Alle aßen Seite an Seite, Offiziere, Fähnriche und Mannschaften, alle gleichermaßen erschöpft von der Plackerei an den schweren Winden der Pumpen und ausgelaugt vom eisigen Wind und Regen. Und doch waren sie noch voller Hoffnung, sogar zu Scherzen aufgelegt, sahen sie doch in dieser Zeit äußerster Not nichts als einen unangenehmen Traum, der zwar recht lange andauerte, irgendwann aber auch zu Ende gehen würde.

Im fahlen Licht des zögernd heraufdämmernden Morgens zeigte sich das Meer aufgewühlt und kabbelig: kurze, steile Wellen unter einem starken Wind, der weiter zunahm. Die LEOPARD lag tief und schwer im Wasser. Großmars- und Fockbramsegel waren über Nacht in Fetzen gegangen, weil man die Toppgasten nicht von den Pumpen hatte abziehen können, um sie im starken Wind aufzurollen und festzuzurren. Kurze Zeit später ereilte das Fockmarssegel das gleiche Schicksal. Wenigstens war das Lecksegel jetzt fertig und bereits ausgebracht: Auf beiden Seitendecks standen die Männer und pullten es Fuß um Fuß vom Bug nach achtern. Die größte Schwierigkeit hierbei war, das Leck überhaupt zu finden – das Schiff hatte den Eisberg zuerst mit dem Heck gerammt und sich dann auf dem Kiel in das Eis hineingedreht, so daß das Loch irgendwo in der

Bordwand sein konnte. Grant hatte sich trotz des schweren See-
gangs auf den Klüverbaum vorgewagt und dabei mehr als einmal
sein Leben aufs Spiel gesetzt, konnte aber keinen Schaden am Bug
ausmachen. Unten in der dicht gestauten Last, die jetzt fußhoch
unter Wasser stand, war es natürlich unmöglich, Schiffsboden und
Seitenwände in Augenschein zu nehmen.

Am meisten sprach dafür, das Leck im Heck zu vermuten, dort wo
das Ruder abgeschlagen worden war. Also sägten sie ein Loch in den
Boden der Offiziersmesse, um die achterne Brotlast zu erreichen,
holten alle schweren Gegenstände herauf und warfen sie durch die
Fensterluke der Messe (jedes Pfund, jede Unze zählte). Sobald die
Brotlast leer war, konnte man von dort ein zweites Loch schneiden,
das dann hinab in die Achterpiek tief im Bauch der LEOPARD führen
würde – vielleicht fanden sie dort das Leck. Zur selben Zeit arbeitete
eine Gruppe am zweiten Lecksegel, denn das erste war ohne sichtbare Wirkung geblieben. Immerzu aber gingen die Pumpen und
lenzten genausoviel Wasser wie zu Beginn. Nichts konnte ihre
Arbeit unterbrechen, nicht einmal der Bruch einer Kette. Unablässig stampften die Männer im Kreis, keiner wagte es, nicht sein
Äußerstes zu geben, auch wenn jetzt die Brecher glatt über das
Schanzdeck schlugen und die Lenzcrews bis auf die Knochen durch-
näßten. Jede der Pumpen lenzte eine Tonne pro Minute; mehr war
nicht möglich, und doch stieg der Pegel in der Bilge ständig weiter:
sieben Fuß, dann acht, dann zehn.

Gerade hatte Mr. Gray zehn Fuß Wasser über dem Kiel gemeldet,
da brach die Steuerbord-Kettenpumpe. Der arme Alte mußte die
äußere Ummantelung der Pumpe abbauen, um überhaupt erst an
das zerbrochene Kettenglied heranzukommen – eine stundenlange
Arbeit im Dunkeln nach seiner Schicht als Bilgenwache. Kaum war
sie repariert, da verstopfte im Wasser herumtreibende Grießkohle
die Pumpe, und alles begann von vorn.

Stephen hatte jedes Gefühl für Zeit verloren. Um ihn herum, vor
ihm, über und hinter ihm schien alles gleichzeitig und blitzschnell
zu passieren, ohne daß ein Ende in Sicht war, ohne daß er ein System
im allgemeinen Durcheinander erkennen konnte. Er hatte längst
den Überblick verloren, war sich aber dumpf bewußt, daß ihre
obskuren Bewegungen in der Dunkelheit einem vernünftigen Ziel

dienten und einem verständigen Plan folgten. Nur ein Objekt der Außenwelt stand klar und deutlich vor seinem geistigen Auge und im Zentrum aller geistigen und körperlichen Aktivität (von den wenigen Ausnahmen abgesehen, wenn er abgelöst wurde, um eine Wunde zu verbinden oder eine Schulter wieder einzurenken): Das war die Pumpe und die simple Aufgabe, so einleuchtend wie dringlich, das Spill Drehung um Drehung weiterzuwinden, um das Schiff über Wasser zu halten.

Die Gruppe stand untätig dabei, während die Pumpe repariert wurde, und Stephen starrte ein paar Minuten wie betäubt vor sich hin, bevor er den anderen nach achtern in die Offiziersmesse folgte. Die Männer hatten jetzt so lange in dem beißend kalten Schneeregen wie die Berserker geschuftet, daß sie in der schützenden Wärme des Decks einschliefen, sobald sie fertig waren – manche schliefen sogar über dem Essen ein.

Die Stunden verstrichen, die Pumpe war wieder klar, und der Anführer der Lenzmannschaft, ein junger Kadett, holte alle wieder an Deck. Noch eine Schicht – bald arbeiteten sie wieder ganz mechanisch; Wind und Regen bemerkten sie kaum noch. Die Ablösung kam: tiefer Schlaf, scheinbar nur für Minuten, dann wurden sie wieder hinausgejagt.

Irgendwann wurde sich Stephen bewußt, daß die Segelmacher ein zweites Segel zum Abdichten des Lecks klargemacht hatten. Erneut mühten sie sich ab, das Lecksegel unter dem Schiffsboden entlang zu ziehen – eine zähe, monotone Arbeit, die von unzähligen, laut gebrüllten Befehlen der Decksoffiziere begleitet wurde. Über allem lag das eintönige, mahlende Geräusch der Pumpen. Als lebendes Rädchen in der Maschinerie des Schiffes war er körperlichen Anstrengungen unterworfen, wie er sie in dieser Länge und Intensität noch nie erlebt hatte – er hätte aber nicht mit dem Mann tauschen wollen, der die Arbeiten leiten mußte und daher zusätzlich noch unter extremer geistiger Anspannung stand.

Mit vereinten Kräften gelang es schließlich, das Segel nach achtern durchzuführen und dichtzuholen; das Wasser stieg weiter. Jack ging von einer Arbeitsgruppe zur anderen, soweit sein Bein das zuließ, beaufsichtigte das Entladen des Schiffes, ließ sich unter den Männern an den Lecksegeln sehen oder kletterte mühsam hinab in die Offiziersmesse; aber die meiste Zeit über war er bei den Lenzmannschaften.

Das verletzte Bein zwang ihn, viel von der Arbeit und den schnellen Entscheidungen vor Ort seinem Ersten Offizier zu überlassen. Grant hatte ihn hervorragend vertreten, und Jack fand mehr und mehr Gefallen an dem Mann: Er verstand sein Handwerk meisterhaft und war mit jedem Zoll ein Seemann.

Auch mit der Besatzung der LEOPARD war er hochzufrieden, die Mannschaft hatte sich bisher tapfer gehalten. Jeder der Männer hatte hart gearbeitet, keiner hatte gemurrt oder den Dienst verweigert, die Disziplin war ausgezeichnet (abgesehen von der kurzen Panik nach dem Zusammenstoß) – allerdings hatten er und seine Offiziere auch sorgsam darauf geachtet, daß die Leute nichts Stärkeres zu trinken bekamen als den dünnen Grog, den der Steward in der Offiziersmesse ausschenkte. Sie hatten ohne Unterlaß schwer geschuftet, naß bis auf die Knochen, halb erfroren; mit nichts als einer Falschmeldung, um Mut zu fassen und die Hoffnung nicht zu verlieren; und das auf einem Schiff, daß mehr und mehr wie ein treibendes Wrack aussah: Niemals hatte er Lenzpumpen so lange so viel Wasser ausspeien sehen.

Als er sich wieder einmal den Pegelstand in der Bilge angesehen hatte, zweifelte er jedoch, ob die Mannschaft das alles noch länger ertragen konnte: die entmutigenden Fehlschläge, den beißenden Wind, die extreme körperliche Anstrengung. Bis jetzt hatte er wenigstens noch zum Teil an das geglaubt, was er den Männern an den Pumpen als Anfeuerung und Ermutigung zugerufen hatte. Sie hatten es ihm geglaubt und neuen Mut gefaßt. Wenn er sich nun aber für eine weitere Schicht einreihte, wußte er nichts Überzeugenderes mehr als das alte, abgenutzte: »Hurra, hurra! Hievt an und herum – hievt an und herum, hurra, hurra!«

Grant löste ihn mit demselben Ruf am Spill ab, und Jack humpelte nach achtern, um in der Messe einen Bissen zu essen. Stephen und Herapath waren an einem Tisch damit beschäftigt, ein paar Seeleuten die Wunden zu verbinden, die sie sich beim Heraufholen der Mehlfässer aus der Brotlast geholt hatten: gequetschte Finger und ähnliche Kleinigkeiten. Auch die Frauen fand er dort vor, was ihn nicht überraschte, hatte doch das Wasser bereits das Orlop geflutet. Das Orlopdeck voll, die Schiffslast fast voll, und jedermann wußte es.

Byron und drei der jungen Kadetten saßen an einer Back und warteten. In fünf Minuten würden sie die Männer ihrer Abteilungen an Deck treiben. Soweit er in der Eile und Hast erkennen konnte, hielten sich die meisten der jungen Gentlemen gut, liefen als Melder von einer Crew zur anderen und koordinierten deren Arbeit. Allerdings hatte er einige der Jungspunde nirgendwo gesehen. Ein kleiner Schiffsjunge schüttelte sich in Heulkrämpfen, war aber anscheinend vor allem völlig erschöpft – noch vor fünf Minuten hatte Jack ihn oben an Deck gesehen, die Arme voller alter Kabeltrossenreste. Byron schob ihm wortlos ein Stück Käse hinüber; er nahm es stumm, aß und war Sekunden später eingeschlafen, wenn denn ein solcher Stupor tiefster Erschöpfung Schlaf genannt werden konnte. Kaum pfiff der Bootsmann zur Wachablösung, schreckte er jedoch wieder hoch und trottete durch die Dunkelheit zur Steuerbordpumpe, gestützt auf den nimmermüden Bonden. Die Arbeitsgruppen wurden immer kleiner, mehr und mehr Männer versteckten sich irgendwo im Schiff. Die noch erschienen, arbeiteten schweigend und wie Schlafwandler; die Kräfte schwanden ihnen genau wie die Hoffnung mit jeder Wache ein wenig mehr; viele schienen jede Zuversicht verloren zu haben. Jack rief automatisch: »Hurra, hurra, hievt an und herum«; dabei zwang er seinen ermatteten Geist, über neue Wege zur Bekämpfung des Lecks nachzudenken – und wie sollten sie das Schiff steuern, wenn das Leck einmal abgedichtet sein sollte? Pakenham hatte sich einmal in ähnlicher Lage ein Notruder aus Ersatz-Bramstengen gezimmert, vielleicht …

Hinterher wußte er nicht mehr, wie er diese Nacht überstanden hatte. Eine Periode tiefer Dunkelheit, in der die Zeit Maß und Bedeutung verlor, ging irgendwann zu Ende, und Bonden führte, oder besser: trug ihn zurück in die Kajüte. Kaum war er dort angelangt, schwand die Wärme des stundenlangen, harten Pumpens aus seinem Körper, und er fühlte eine bittere Kälte bis ins Herz vordringen. Stephen verband die Wunde und packte ihn in die Koje, schwor ihm aber hoch und heilig, ihn nach einer Stunde zu wecken.

»Bonden, setz dich dort auf die Truhe, und trink etwas von dem Kaffee«, sagte Stephen. »Was denkst du – wie lange halten die Männer noch durch?« Er hatte die Anzeichen nicht überhört: Immer mehr Matrosen, ebenso erschöpft wie verängstigt, redeten hinter vorgehaltener Hand vom Verlassen des Schiffes – alle in die Boote, alles besser als sinnloses Lenzen auf einem untergehenden Schiff – jede Minute konnte die LEOPARD sinken und sie alle mit in die Tiefe reißen. Er hatte die panische Furcht vor dem Ertrinken in den leisen Stimmen der Männer gespürt, die das Schicksal der WAAKZAAMHEID vor Augen hatten und jetzt immer öfter von dem Fluch redeten, der auf dem eigenen Schiff läge.

»Ich glaube, daß sie vor der nächsten Nacht kommen werden«, antwortete Bonden. »Jedenfalls die Landratten, die noch nie unterm Kapitän gefahren sind. Sie jammern andauernd: Die Boote hätten schon lange klargemacht werden müssen – Mr. Grant kennt diese Gewässer wie seine Westentasche, er bringt uns alle sicher zum Kap – der Skipper ist nicht mehr ganz richtig im Kopf. Einem Schwachkopf habe ich dafür in den Arsch getreten – bitte um Verzeihung, Sir. Und sie wissen natürlich alle, daß sie 'n glückloser Kahn ist.« Bondens Kopf sank auf die Brust, und er murmelte noch: »Mr. Grant hat zu Turnbull gesagt, er will bald ...« Dann war er eingeschlafen.

Jack dagegen war wach, obwohl leichenblaß im Gesicht: Killicks herzhaftes Frühstück hatte die Kälte vertrieben und ihn zu so etwas wie Leben erweckt, als der Erste Offizier in die Achterkabine trat. Mr. Grant meldete Wasser bis über das Orlop und weiter steigend. Außerdem hatten sie das neue Lecksegel verloren, eines der Haltetaue war gerissen. »So sieht es aus, Sir. Wir haben alles getan, was wir konnten, um das Schiff zu retten. Wir können kein neues Lecksegel mehr ausbringen, bevor sie vollgelaufen ist. Soll ich Proviant und Wasser in die Beiboote schaffen lassen? Ich nehme an, Sie werden in die Barkasse gehen, Sir.«

»Mr. Grant, ich habe nicht vor, das Schiff zu verlassen.«

»Aber sie sinkt uns unter den Füßen weg, Sir.«

»Da bin ich mir nicht so sicher. Noch können wir sie retten: das Leck stopfen, ein Notruder setzen, das Schiff leerpumpen.«

»Sir, bei allem Respekt – die Mannschaft hat seit dem Zusammenstoß ihr Äußerstes gegeben, und es war umsonst. Können wir den Männern ehrlichen Gewissens jetzt noch Hoffnung machen? Ich will offen zu Ihnen sprechen: Ich bezweifle, daß sie überhaupt noch an die Arbeit gehen werden, jetzt, wo das Orlop abgesoffen ist. Sie werden uns nicht mehr gehorchen.«

»Und Sie, Mr. Grant, würden Sie mir noch gehorchen?« fragte Jack mit einem kleinen Lächeln.

»Ich werde niemals einen Befehl verweigern.« Es schien dem Ersten bitterernst zu sein. »Niemand soll mir je nachsagen können, ich sei ein Meuterer. Jeden Befehl werde ich befolgen, es sei denn, er ist widerrechtlich. Sir, ist es nicht gegen das Gesetz, die Männer in den Tod zu treiben – und kein Feind weit und breit? Ich respektiere Ihre Entscheidung, an Bord bleiben zu wollen, aber ich bitte Sie inständig, meinen Vorschlag zu bedenken: Ich glaube fest daran, daß die Boote das Kap sicher erreichen können.«

»Ich habe das zur Kenntnis genommen, Mr. Grant.« Jack überlegte: Von jetzt an würde der unruhige Teil der Mannschaft keinen Finger mehr rühren. Sie wußten mit Sicherheit, was ihr Erster vorhatte. Es wäre sinnlos, gegen die Meuterer – wenn er sie überhaupt so nennen durfte – seine Seesoldaten einzusetzen. Außerdem wußte er gar nicht, ob er auf die Marineinfanterie noch zählen konnte. »Ich höre, was Sie sagen. Vielleicht irren Sie sich aber, und die LEOPARD sinkt nicht. Nur: Egal, ob sie sinkt oder schwimmt, ich bleibe an Bord. Von nun an muß jedermann selbst entscheiden, was er für richtig hält. Wenn es Ihnen richtig erscheint, in die Boote zu gehen – meine Erlaubnis haben Sie, und Gott mit Ihnen allen. Achten Sie aber bitte darauf, daß ausreichend Proviant und Wasser an Bord ist. Was gibt es, William?«

Ein stark gealterter Babbington am Ende seiner Kraft und aschgrau im Gesicht, meldete: »Der Bootsmann ist da, Sir. Er hat ein Dutzend Männer dabei und möchte mit Ihnen sprechen. Ich hab ihm gesagt, Sie würden sie wohl empfangen. Soll ich Mr. Moore zu Hilfe rufen?«

»Nein. Die Leute sollen hereinkommen.«

»Sie wollten die Boote: Bei allem Respekt, Sir, nichts für ungut … Hätten alle bis zuletzt ihre Pflicht getan, sagten sie, aber jetzt, wo der Kahn am Absaufen sei – wollten ihr Glück mit der Barkasse und den Kuttern versuchen.«

»Es ist wahr, ihr habt eure Pflicht getan«, sagte Jack. »Niemand kann mehr von euch verlangen. Es ist auch wahr, daß es für die LEOPARD nicht sehr gut aussieht. Ich glaube aber, daß sie noch eine Chance hat, und zwar eine bessere als die Boote in dieser See. Wie dem auch sei, jedenfalls bleibe ich an Bord. Ich sage euch noch einmal in aller Offenheit: Ich glaube, daß wir sie über Wasser halten können. Wenn ihr mit den anderen wieder an die Pumpen geht, während wir ein neues Lecksegel riggen, dann verspreche ich euch: Mr. Grant wird auf meinen Befehl die Boote ausrüsten lassen. Alle drei werden klar zum Wegfieren auf uns warten, sollte das Schiff nicht mehr zu retten sein.«

Als sie wieder allein waren, sagte er: »Nun, Mr Grant – sind Sie zufrieden? Ein paar Stunden werden Sie jetzt Ruhe haben vor den Männern, in der Zeit bereiten Sie bitte die Boote vor: die Barkasse und beide Kutter, nicht die Jolle – die nützt Ihnen hier unten gar nichts. Nehmen Sie sich, was Sie wollen. Aber lassen Sie um Gottes Willen niemanden in die Rumlast.«

Jack wußte: Sie würden gehen, noch bevor er es mit einem neuen Lecksegel versucht hatte. Ein paar von den Leuten waren schon halb von Sinnen vor Furcht und bereit, jede Möglichkeit zur Flucht zu nutzen, auch wenn das bedeutete, in diesen Breiten in offene Boote zu gehen und tausenddreihundert Seemeilen zwischen sich und dem nächsten Hafen zu wissen. Bald würde sie nichts außer einem Bajonett mehr aufhalten – und was wäre für das Schiff gewonnen mit einem Massaker an Bord? Als Stephen zurückkehrte, sagte er ihm: »Stephen, die Leute werden die Boote aussetzen. Ich nehme an, noch bevor es Abend wird. Solltest du mitgehen, dann zieh dich bitte warm an und nimm meinen gewachsten Umhang. Die werden dich mitnehmen, das weiß ich.«

»Die? Was meinst du mit ›die‹? Was ist mit dir?«

»Ich gehe nicht mit. Aber ich will nicht, daß du dich verpflichtet fühlst, an Bord zu bleiben, wenn du nicht willst.«

Stephen fragte: »Schon aus Prinzip?«, und als Jack nickte, fuhr er fort: »Tu mir einen Gefallen und sag mir genau, was du denkst, ja? Ich habe wichtige Unterlagen, um die ich mich mehr sorge als um die eigene Person. Wenn wir einmal von deinen heiligen Prinzipien absehen – was ist der sicherere Kurs?«

»Ich mag mich irren, aber ich glaube nach wie vor: das Schiff. Die Barkasse hat sicher eine Chance; Bligh ist mit seinen Leuten noch weiter gesegelt, und Grant ist ein ausgezeichneter Seemann. Er wird die Barkasse führen, nehme ich an.«

»Dann werde ich ihm Abschriften von meinen Papieren mitgeben. Du wirst mich entschuldigen müssen, Jack, aber ich habe noch viel Arbeit vor mir und muß mich beeilen, soviel zu kopieren wie möglich. Wer weiß, wieviel Zeit mir noch bleibt – alle reden nur noch von den Booten, und bei einigen der Männer glaube ich nicht, daß ihre Nerven bis zum Abend halten.«

Jack humpelte hinauf zum Achterdeck, wo die gewohnte Ordnung und Routine noch einigermaßen unangetastet schien: Ein Seemann stand etwas verloren am Ruder, die Pumpen arbeiteten nach wie vor, und selbst das Stundenglas war gewendet worden. Wind und See hatten sich beruhigt, und die LEOPARD trieb, durch den Trimm stetig gehalten, mit halbem Wind dahin. Er ließ den Bootsmann zu sich kommen und gab Order, die Barkasse und danach die beiden Kutter zu Wasser zu lassen. Die Jolle sollte an Bord bleiben. Das Wegfieren der drei Boote nahm einige Zeit in Anspruch, wurde aber gewissenhaft und schnell ausgeführt, weil die Männer jetzt ein Ziel vor Augen sahen. Von Zeit zu Zeit warf einer der Matrosen und Schiffsjungen auf dem Achterdeck einen verstohlenen Blick auf den Kommandanten. Als die Boote zu Wasser waren, befahl er Grant, sie zu proviantieren, und ging dann unter Deck, um Briefe zu schreiben: einen an die Admiralität, einen an Sophie. Und als er die Feder in das Tintenhorn tunkte, zerriß der Schleier, der ihn seit Tagen von seiner Umwelt getrennt hatte, und er kehrte zurück in die Gegenwart. Seit dem Untergang der WAAKZAAMHEID war er das Gefühl nicht losgeworden, die Welt aus der Entfernung zu beobachten und ohne innere Verbindung zu den Menschen und Dingen um ihn herum, nur aus dumpfer Pflicht heraus, sich zu bewegen und zu funktionieren. Es war äußerst schmerzhaft, diese Distanz zu verlieren und wieder zu vollem Leben zu erwachen.

Unter ihm im vollgelaufenen Orlop stand zur selben Zeit Stephen bis zu den Knien im Wasser und schrieb wie ein Besessener: Eine engbeschriebene Seite nach der anderen füllte er mit einer verschlüsselten Zusammenfassung der wichtigsten Fakten und Erkenntnisse.

Beide wurden durch lauten Lärm im Achterschiff im Schreiben gestört, hörten das Krachen splitternden Holzes, das Geschrei und Gegröle enthemmter Männer. Was Jack am meisten befürchtet hatte, war eingetreten – Grant hatte einen Trupp ohne bewaffnete Eskorte nach achtern geschickt, um Proviant zu holen, und einige der Leute hatten die Tür zur Rumlast aufgebrochen. Ein paar Matrosen waren bereits sinnlos betrunken, andere kurz davor. Währenddessen gab die Backbord-Kettenpumpe endgültig den Geist auf, diesmal irreparabel verstopft durch die Grießkohle in der Bilge. Die Pumpencrew stürzte nach achtern, aller Hoffnung beraubt, und das Wasser im Schiff begann, noch rascher zu steigen. Das war das Ende.

Als die Boote schließlich ablegten, hatte keine klare Scheidung stattgefunden zwischen dem Teil der Mannschaft, der das Schiff verlassen, und den Besatzungsmitgliedern, die aus Pflichtbewußtsein oder Loyalität ihrem Kommandanten gegenüber und im Vertrauen auf seine seemännischen Fähigkeiten an Bord bleiben wollten: Das ganze Manöver ging in erschreckender Konfusion vonstatten; nicht wenige Seeleute waren panisch vor Angst, andere hatten durch den Rum Kopf und Verstand verloren. Die Kammern wurden geplündert, Seekisten mit dem privaten Besitz der Offiziere aufgebrochen – Kuhlgasten erschienen an Deck in spitzenbesetzten Uniformröcken, ein Toppgast trug den Dreispitz und zwei Paar Kniehosen übereinander. Als die Männer in die Boote gingen, gab es nicht genug Platz für alle; wer zuviel war, wurde getötet oder ins eiskalte Wasser gestoßen. Einige der Seeleute versuchten, die Jolle wegzufieren, aber Bonden und seine Freunde konnten sie daran hindern. Ob ein Mann ging oder blieb, hing oft letztlich davon ab, wieviel Alkohol er vertragen konnte: Manch ein altgefahrener und besonnener Toppgast, der sich eine Stunde zuvor noch standhaft geweigert hätte, ging jetzt von Bord. Alles in allem folgten die Besatzungsmitglieder bei der Entscheidung aber dem Grad ihrer persönlichen Verbundenheit mit dem Kapitän; es gab allerdings ein paar Abgänge durchaus nüchterner Männer, die überraschten.
Die letzten Szenen nach dem Aufbrechen der Rumlast, erbärmlich und trostlos schaurig, beobachtete Jack nicht mehr. Er hatte Grant

die Päckchen für England gegeben, ihm die Hand geschüttelt und alles Gute gewünscht (»alles, was ein Seemann brauchen kann«); dann war er in die Achterkabine gegangen, um die Karten zu studieren und weiter an dem Entwurf für das Notruder zu zeichnen. Stephen dagegen stand wie festgewurzelt an der Heckreling und blieb bis zum Ende. Ab und zu rief ihm der eine oder andere zu, er solle doch mitkommen, er aber schüttelte nur wortlos den Kopf. Er sah, wie die Barkasse ein Loggersegel setzte und in nördlicher Richtung davonsegelte. Der rote Kutter versuchte vergeblich zu folgen: Die Männer schafften es nicht, den Mast aufzurichten, und pullten hinter der Barkasse her. Im blauen Kutter dagegen hatte man es irgendwie geschafft, die Segel zu verlieren; nach einigem Hin und Her rammte das Boot die Bordwand, und von unten wurde lautstark nach Tuch geschrien. Irgendwer schleuderte vom Deck ein Bündel Segel ins Boot, worauf an die zwanzig Matrosen, die es sich anders überlegt hatten oder zu keinerlei Überlegung mehr fähig waren, vom Schanzkleid der LEOPARD hinterhersprangen. Der letzte Blick auf den achterlich davontreibenden Kutter zeigte eine dunkle Masse ineinander verkeilter Körper im und am Boot: Die einen klammerten sich an das Dollbord und versuchten mit aller Gewalt, hineinzukommen; die anderen kämpften mit Zähnen und Klauen darum, die Eindringlinge zurückzustoßen in die eisige See.

NEUNTES KAPITEL

Mittwoch, 24ter Dezember. Geschätzter Kurs Ost, 15° S. Ge-
schätzte Breite 46° 30' S. Geschätzte Länge 49° 45' O. Wetter:
Zunächst frischer Wind aus WNW, später schwachwindig und
heiter. Mannschaft beschäftigt mit Lenzen des Schiffes und
Anfertigen eines Lecksegels aus Sprietsegel. Wasserstand vorne ein
und ein halber Fuß über Balken Orlop, mittschiffs und achtern
jeweils ein Fuß.
Donnerstag, 25ter Dezember. Geschätzter Kurs Ost, 10° S. Be-
obachtete Breite 46° 37' S. Geschätzte Länge 50° 15' O. Leichte
Winde aus wechselnden Richtungen, dunstig, etwas Regen. See
ruhig, einige kleine Eisblöcke. Nachmittags Breitfock gesetzt;
Treibanker ausgebracht, um Drift des Schiffes zu vermindern.
Lecksegel vom Achtersteven nach vorn durchgeführt und über
Randsomhölzer und Besanrüsten dichtgeholt. Das Segel schlug
an; Pumpen lenzten fünf Fuß aus dem Schiff.

Jack war damit beschäftigt, mühsam seine krakeligen Notizen in
Reinschrift ins Logbuch zu übertragen. Als er zum triumphalen
Eintrag des ersten Weihnachtstages kam, lächelte er und war versucht, ihn mit ein oder zwei kunstvollen Wendungen auszu-
schmücken. Er wollte etwas von der Atmosphäre vermitteln, die an

Bord herrschte, als das Wasser im Schiff erstmals um einen Fuß gefallen war – die Meldung hatte den völlig entkräfteten Männern ein heiseres, kollektives Krächzen entrungen, das als Jubelgeschrei durchgehen mußte. Auch wollte er schildern, wie die Männer neuen Mut faßten, wie das sinkende Wasser sie derart anspornte, daß die Winden der Pumpen herumflogen wie Windmühlenflügel, so daß die Offiziere ihre Leute schließlich bremsen mußten – sie, die vorher die erschöpften Lenzmannschaften nur mit dauernden Anfeuerungen und Drohungen, Flüchen und Schlägen hatten bei der Stange halten können. Schließlich wollte er etwas über das Weihnachtsessen schreiben (Schweinefleisch aus frischer Schlachtung und eine doppelte Portion Pflaumenpudding pro Mann), das die gesamte Besatzung schichtweise bei bester Stimmung in der Offiziersmesse einnahm. Er wußte jedoch, daß diese Dinge in einem Logbuch nichts zu suchen hatten, selbst wenn es ihm gelingen sollte, die richtigen Worte für die Verwandlung des Schiffes zu finden; und so begnügte er sich damit, an den Rand eine kleine Hand zu zeichnen, deren Zeigefinger auf den stolzen Tag wies.

Die Aufzeichnungen über die ersten Tage nach dem Aussetzen der Boote waren verlorengegangen, als er mit dem Zimmermann und seinen Gehilfen erstmals versucht hatte, eine Art Notruder zu riggen. Sie hatten von den Fensterluken der Achterkabine aus gearbeitet, und eine nachlaufende Hecksee hatte die ganze Kajüte unter Wasser gesetzt. Der Inhalt dieser Aufzeichnungen war wenig erfreulich gewesen: Die LEOPARD trieb Tag für Tag in östlicher Richtung, meistens direkt vor dem Wind – eine langsame Agonie des Todes, in der die eine Hälfte ihrer Mannschaft versuchte, sie über Wasser zu halten, während die andere alles unternahm, um das Schiff wieder steuerbar zu machen. Die Pumpen gingen ohne Unterlaß; sie standen nur still, wenn wieder einmal ein Kettenglied riß oder die vermaledeite Grießkohle eines der Pumpendahle verstopfte. Stunde um Stunde stampften die Männer um die Pumpenspills; manchmal mußten sie auch noch in die Decks, um Wasser aus dem Schiff zu schöpfen, das durch die jetzt sehr tief liegenden Speigatten und Niedergänge hinabgeschwappt war. Alles hatte in diesen Tagen darauf hingedeutet, daß die LEOPARD nicht mehr lange schwimmen würde.

Jetzt war der Wasserfluß durch das Leck so weit reduziert, daß das Schiff nur noch soviel Wasser machte, wie die Pumpen lenzen konnten; trotzdem war Wenden, Halsen und Kurshalten nicht möglich, solange kein Ruder im Schiff war. Sie war so buglastig, daß das Wasser gar nicht mehr in die Bilge ablief, und der kräftige Westwind – andere Windrichtungen schien es hier unten kaum zu geben – sorgte für eine nachlaufende See, die das Schiff andauernd in Schräglage hielt. Der erste Versuch mit einem Notruder war fehlgeschlagen: Der Steuerapparat war zu schwer für die Aufhängung gewesen und weggebrochen. Aus den noch an Bord verbliebenen Ankertauen und Warptrossen und den Kombinationen von Segeln, Rahstengen und Persennings ließ sich nichts fertigen, was den Bug der LEOPARD um mehr als ein oder zwei Strich bewegt hätte. Dem alten Zimmermann schwanden zusehends die Kräfte, und doch ließ Mr. Gray es sich nicht nehmen, mit Jack zusammen nun an einem Steuerlangruder wie aus den Urzeiten der Segelschiffahrt zu arbeiten, das in seiner modernen Ausführung allerdings um ein Mehrfaches größer sein mußte.

Seit die LEOPARD das Ruder verloren hatte, war die vordringlichste Aufgabe die Wiederherstellung der Schiffssteuerung gewesen; in den letzten Tagen hatte Jack praktisch an nichts anderes mehr denken können. Jeden Augenblick konnte jetzt eine der Crozet-Inseln über die Kimm kommen, und um festes Land zu erreichen, mußte er das Schiff manövrieren können. Wann die erste der Inseln in Sicht kommen würde, konnte er nicht sagen – zum einen, weil er von den Längenberechnungen ihres französischen Entdeckers wenig hielt, zum anderen weil seine eigenen Chronometer in dem Tumult zu Bruch gegangen waren, den die betrunkenen Randalierer vor Verlassen des Schiffes veranstaltet hatten. Zur Bestimmung des Längengrades mußte er jetzt auf die ungenaue Taschenuhr zurückgreifen. Andererseits ging er davon aus, daß weder der Franzose noch er sehr weit danebenliegen konnten, was die geographische Breite der Inselgruppe anging, und so hatte er die LEOPARD in den letzten Tagen so nahe wie möglich an 46 Grad 45 Minuten südlicher Breite entlangsegeln lassen – eine zumeist nur gegißte Breite allerdings, weil der fast immer bedeckte Himmel eine genaue Mittagsbeobachtung selten erlaubte. Seit Tagen schon war der

Ausguck im Masttopp mit den schärfsten Augen des Schiffes besetzt.

Das Logbuch verzeichnete Tage wie diesen:

Sonntag. Kurs Ost, 10° N. Geschätzte Breite 46° 50' S, Länge 50° 30' O. Frische Winde aus W und WNW. Backbordpumpe verstopft. Gottesdienst abgehalten, kurze Predigt und Danksagung. Kriegsartikel verlesen. Rüge und strengen Verweis an: Wm. Plaice, James Hole, Thos. Paine und M. Lewis wegen Trunkenheit und Schlafen im Dienst. Mannschaft arbeitete an Lenzpumpen und Notruder. Breitfock und Großstagsegel gesetzt. Nachmittag: Kette der Steuerbordpumpe brach zum achtenmal; klargemacht in weniger als einer Stunde.

Jack hatte mit dem Logbuch gerade den Vortag erreicht, als die Trommel schlug und eine nicht unwillkommene Unterbrechung erzwang. Er humpelte hinaus in den Regen und den Niedergang hinab zur Offiziersmesse, in der jetzt die verbliebenen Offiziere, Fähnriche und Kadetten zusammen mit dem Kommandanten backten. Der Koch des Kapitäns war mit seinem Kollegen aus der Offiziersmesse in die Boote gegangen; Killicks kulinarische Künste reichten gerade einmal für gebratenen Käse; und daher kam ihr Essen jetzt aus der Mannschaftskombüse, ohne daß der Smutje auf die empfindlicheren Gaumen der Offiziere Rücksicht genommen hätte. Die Mannschaftskost wurde aber noch mit einem gewissen Stil serviert: Die Offiziere taten alles, um wenigstens den Schein zu wahren, denn schließlich war es mit dem Skipper am Kopf der Tafel fast wie früher beim wöchentlichen Kapitänsdinner, und jeder Offizier trug zumindest den Uniformrock, manche auch die einstmals weißen Hosen dazu. Wer aus dem unter Wasser stehenden Fähnrichslogis nicht Mr. Grant gefolgt war, saß jetzt auf den Plätzen, die der Erste und die Herren Turnbull, Fisher und Benton geräumt hatten; und doch wirkten Messe und Tisch fast leer, zumal die Diener hinter den Stühlen fehlten. Jack störte das ebensowenig wie Babbington, Moore oder Byron, die immer wieder betonten, weniger Esser bedeuteten nicht nur größere, sondern auch bessere Stücke vom Kuchen. Der heutige Kuchen hätte nach uralter Marinetradition aus Trockenerbsenbrei mit Hafermehl bestehen müssen, denn heute war Seemannssonntag. Weil aber die Arbeit an den Lenzpumpen der gesamten Mannschaft nach wie vor äußerste Anstrengungen abverlangte (am Steuerruder würde das kaum anders werden), hatte Jack jedem Mann an Bord ein Stück gepökeltes Rindfleisch bewilligt. Die Offiziere gingen die Lenzschichten uneingeschränkt mit, Tag und Nacht, und waren hungrig wie die Wölfe. Der Appetit führte in Verbindung mit einer Temperatur im Deck, die nur knapp über dem Gefrierpunkt lag, zu gefräßigem, fast barbarischem Schweigen während der Mahlzeit. Erst als die Teller verschwanden und der Wein gebracht wurde, kehrte man kurz zum guten Benimm zurück: Moore brachte einen Toast auf den König aus, es folgte ein Minimum an Konversation, und dann erhob sich Jack und sagte: »Nun denn, Gentlemen – an die Arbeit . . .«

Das Steuerruder machte auf alle Mann einen enormen Eindruck, als es fertig war. Jack und die Zimmermannscrew hatten eine Ersatz-Fockrah genommen und ein selbstgezimmertes Paddel am Wasserende angeschlagen. Das Heckbord mußte verstärkt werden, sollte es doch den Angelzapfen der Ruderanlage tragen, und der Plan sah vor, den Luftarm des Langriemens mit Taljen seitwärts zu bewegen, die über die Besan-Gaffelrah geführt wurden. Es erforderte große seemännische Erfahrung und Geschicklichkeit mit Tauen, Blocks und dem Marlspieker, eine derartige Steuerapparatur zu riggen, und Stephen verfügte weder über diese Fähigkeiten noch über intuitive Einsicht in das dynamische Zusammenspiel von See, Wind und Schiffskörper – er war folglich bei der gesamten Arbeit nicht zu gebrauchen; ja, man schlug ihm sogar höflich vor, sich doch ein anderes Plätzchen zu suchen. Nachdem er an der Lenzpumpe abgelöst worden war, stellte er sich etwas abseits an die Backbordreling und gönnte sich ein paar Minuten der Vogelbeobachtung. Es war erstaunlich, wie sehr in den letzten Tagen die Zahl der Vögel und ihrer Arten zugenommen hatte: die altbekannten Albatrosse und Sturmvögel aller Art, jetzt aber auch Wellenläufer, Raubmöwen, Scheidenschnäbler und Seeschwalben. Ihm war aufgefallen, daß sie immer einen bestimmten, offensichtlich landfesten Punkt im Norden ansteuerten und auch von dort heranflogen. Die nördliche Kimm war jedoch im Moment in heftige Regenschauer und graue Wolken gehüllt, und so ging er hinüber zur Steuerbordseite, wo das Licht besser war: Tief unten im klaren Wasser konnte er unzählige Pinguine sehen, die kreuz und quer unter dem Rumpf der LEOPARD herumflitzten. Einmal hatte er eine Robbe erspäht, die Jagd auf die Schwimmvögel machte – fast wie plumpe und ungeschickte Fliegende Fische waren diese auf der Flucht vor dem Jäger aus dem Wasser geschossen, um nach ein paar Metern leider schon wieder einzutauchen. Aber er hatte auch mit ansehen müssen, wie der Jäger selbst zur Beute wurde, gejagt, gestellt und zerfleischt von einer Rotte Killerwale; die See hatte sich ringsum rot gefärbt. Da waren sie jetzt wieder, die Pinguine, elegant flogen sie geradezu durchs Wasser bei der Jagd auf einen Schwarm langer, dünner Fische, die ihrerseits in einer unendlichen Wolke von fetten Garnelen grasten – die Garnelen so tieffrosa, als kämen sie frisch aus dem Kochtopf.

Die Pflicht rief nach Stephen (Mrs. Boswell, immer noch im Wochenbett, und die junge Leopardina; seine Patienten im Lazarett), er jedoch widerstand dem stillen Ruf. Auch verlangte die schlichte Menschlichkeit einen Besuch bei Mrs. Wogan – allerdings ohne Erfolg. Er sagte sich: Wenn die Dame eine derart robuste Konstitution hat, daß ein Kaiserschnitt mitten in einer Seeschlacht ihr nichts anhaben kann, werden fünf Minuten Aufschub schon keinen allzu großen Schaden bei Mrs. Boswell anrichten. Außerdem geht es ihr ausgezeichnet – zweifellos schläft sie tief und fest. Aus den fünf Minuten wurden zehn. Schon verließ ihn die Wärme der langen Arbeit an der Pumpe; der beißende, eisige Wind begann, sich durch seine vier Westen und die dicke Wolljacke hindurchzuwühlen, und ließ ihn frösteln – da wurde sein Warten plötzlich belohnt: Der Meeresboden schien sich neben dem Schiffsrumpf zu heben – eine riesige dunkle Fläche, deren Umriß nach und nach deutlich wurde. Ein Wal von gewaltiger Größe stieg aus der Tiefe empor, hob sich gemächlich höher und höher, bis sein runder Rücken die Wasseroberfläche in Strudel von milchigem Weiß verwandelte. Mit angehaltenem Atem sah Stephen den graublauen, weiß gefleckten Rücken des Wals unmittelbar neben dem Schiff auftauchen: Von den Fock- bis zu den Besanrüsten reichte sein Körper, Wasser strömte in Kaskaden von ihm herab. Der Kopf hob sich noch höher, das Tier stieß eine Atemfontäne aus, die in der eisigen Luft sofort kondensierte und bis zum Fockmasttopp hinaufreichte. Der Wind trieb sie über den Bugspriet der LEOPARD, und im selben Moment atmete auch Stephen aus. Er glaubte, noch das zischende Geräusch des Einatmens zu hören, bevor der Kopf ins Wasser zurücksank und der Riese seine enorme Masse scheinbar mühelos in Bewegung setzte. Weit hinten stach die Rückenflosse aus der See, und dahinter ahnte Stephen eine gewaltige Fluke; dann schloß sich das Meer sanft über dem Leviathan. Stephen war in einem solchen inneren Aufruhr, daß er seinen eigenen Augen nicht traute.

»Cobb, Cobb, bitte kommen Sie!« rief er zu dem Walfänger und zog ihn buchstäblich zur Reling. »Was ist das? Sagen Sie mir, was Sie sehen.« Noch immer konnte man den breiten, dunklen Rücken des Monstrums sehen, das gemächlich durch den Garnelenschwarm pflügte.

»Ach, das ist nur ein Blauwal«, sagte Cobb. »Den beachten Sie am besten gar nicht, Sir.«

»Aber der mißt mindestens hundert Fuß, von hier vorne bis zum Fockmast!«

»Tja, das mag wohl angehen«, entgegnete Cobb. »Aber ich sagte ja schon, er ist bloß ein Blauwal. Das sind üble und gemeine Viecher. Du pflanzt eine Harpune in seinen Bauch, und was tut er? Im Handumdrehen kommt er über dich wie ein Donnerschlag und schlägt das Boot kurz und klein. Dann taucht er ab und zieht tausend Faden Leine hinterher. Beachten Sie ihn gar nicht. Wenn Sie gestatten, Sir, werde ich jetzt aufentern. Moses Harvey wird da oben schon ungemütlich, er wartet nämlich auf die Ablösung.«

Stephen, noch immer erschüttert von den zurückliegenden Minuten, warf einen letzten, sehnsüchtigen Blick über die See und ging unter Deck. Mrs. Boswells Operationsnaht verheilte gut; zufrieden ging er nach achtern zur Segellast, die jetzt als Lazarett diente. Herapath wartete schon, um mit ihm zusammen den einzigen Patienten zu untersuchen, den sie zur Zeit im Revier hatten. Weil Ramadan war, aß und trank der türkische Eunuch von Sonnenaufgang bis zum letzten Licht des Tages nichts; und da er als Moslem auch kein Schweinefleisch aß, weder bei Tag noch bei Nacht, wurde er mit jedem Tag schwächer. Sie hatten schon versucht, ihn zu täuschen, indem sie den Raum verdunkelten, aber der Türke verfügte über eine sehr genaue innere Uhr und fiel auf ihre List nicht herein. »Der neue Mond des neuen Monats wird ihn kurieren – wir können es nicht«, bemerkte Stephen. Dann wandten sie sich dem allgemeinen Gesundheitszustand der Besatzung zu: erstaunlich gut, obwohl die Männer pausenlos hart arbeiteten, zu wenig schliefen und schon seit langem auf frisches Obst und Gemüse verzichten mußten. Stephen führte die robuste Verfassung der Seeleute auf den Abgang der Hälfte der Besatzung zurück: Wenn die verbliebenen Matrosen jetzt einmal in die Hängematten kamen, hatten sie endlich Platz zum Schlafen und atmeten im Mannschaftslogis deutlich bessere Luft. Außerdem hielt er die Kälte für belebend und stärkend, betonte vor allem aber den unschätzbaren Wert einer wirklichen Krise, die niemandem Zeit für Hypochondrie ließ. »Wir verdanken diesem kollektiven Bewußtsein einer unmittelbar bevorstehenden Katastrophe darüber hinaus«, dozierte er weiter, »eine einzigartige Harmonie an Bord, die Einmütigkeit, mit der die Männer an die Arbeit gehen: Alle ziehen an einem Strang, keiner hat ein böses Wort für den Kameraden, niemand flucht über den anderen oder wünscht ihn wegen nichts und wieder nichts zum Teufel. Der Liktor mit seinem Rohrstock und der neunschwänzigen Katze wird gar nicht gebraucht – ein so erwartungsvoller Eifer, eine so fröhliche Folgsamkeit, wie unsere Leute sie zur Zeit an den Tag legen, machen es überflüssig für die Macht, ihr mürrisches oder gar grausames Gesicht zu zeigen. Ob wir letztendlich gerettet werden, wird hiervon mehr abhängen als von allen anderen Faktoren – mit Ausnahme des nautischen Könnens unseres Kapitäns. Ich wage zu sagen, daß die gütige Vorsehung am Werke war, als uns gerade die streitsüchtigen und unzufriedenen Elemente an Bord verlassen haben. Wir können froh sein, sie losgeworden zu sein, diese – wie würde er sagen? – komischen Kerle.«

»Den Jonas sind wir los, den Unglücksraben – war wichtig. Jetzt alles gut, kein Jonas mehr an Bord«, ließ sich zu ihrer Verblüffung der Eunuch vernehmen.

Stephen trat zu ihm und warf einen prüfenden Blick auf das eingefallene, gelblich verfärbte Gesicht des Kranken. Der Türke sah ihn bedeutungsvoll unter halbgeschlossenen Lidern an, sagte noch einmal: »Kein Jonas jetzt«, schloß die Augen und sprach kein Wort mehr.

Nach einer Pause sagte Herapath: »Er hat recht, Sir. Alle Männer reden so, auch meine frühere Backschaft, ja das gesamte Unterdeck: Alle sind sie überzeugt, daß Mr. Larkin ein Jonas war, der das Unheil an Bord gebracht hat. Ihrer Meinung nach hat er deshalb auch so viel getrunken – weil er selber daran geglaubt hat. Keiner der Männer hat Tränen vergossen, als er in letzter Minute noch mit in die Boote wollte – und ich befürchte«, fügte er flüsternd hinzu, »ein paar haben ein bißchen nachgeholfen, als er auf dem Schanzkleid stand.«

Stephen nickte: So dürfte es gewesen sein. Er hätte Herapath gern noch ein paar Einsichten über die Kraft des Glaubens mit auf den Weg gegeben, aber er kam nicht dazu. »Land in Sicht«, tönte es von oben, und beide stürzten an Deck.

Oben folgten sie den Blicken der Lenzmannschaften, die wie gebannt nach Backbord starrten, und da war es: Genau querab, zehn oder fünfzehn Meilen entfernt in Richtung Norden, ragte die schneebedeckte Spitze eines Berges durch die Wolken. Stephen, Herapath und die wenigen verbliebenen Landratten und Gefangenen brachen in lauten Jubel aus, und sie hätten auch Freudentänze aufgeführt und Purzelbäume geschlagen, wären da nicht die strengen und tadelnden Blicke der Seeleute gewesen, die derartige Gefühlsausbrüche mißbilligten.

Die reservierte Reaktion der Mannschaft hatte ihren Grund: Ihnen war klar, daß jetzt alles vom Steuerruder abhing. Sollte es mit Hilfe des Notruders gelingen, die LEOPARD in den Wind zu drehen, konnte sie stagen und auf dem einen oder anderen Bug dicht am Wind gehen, dann war alles gut. Konnte das Schiff so weit anluven, daß der Westwind einen Strich vorderlicher als querab einkam, würden sie den Landfall sogar nur auf dem Backbordbug machen können – allerdings hatten sie dann höchstens eine Stunde für die nötigen Manöver, danach wäre das Schiff zu weit nach Osten abgetrieben. Wenn aber das Steuerruder nicht hielt und den Bug ihres malträtierten Schiffes nicht zumindest halbwegs in den Wind drehen konnte (und zwar bald, es gab wie immer keine Minute zu verlieren), dann war die LEOPARD dazu verdammt, weiter und weiter nach Osten zu segeln – mit nichts als einem alten, abgenutzten Stück Leinwand, das jeden Augenblick reißen konnte, zwischen dem Loch im Rumpf und der antarktischen See.

Wieder einmal brach auf dem Schiff fieberhafte Aktivität aus. Beim komplizierten und langwierigen Ausbringen des Steuerruders konnten nur wenige mithelfen, aber sobald die Segel so getrimmt waren, daß der Preß den Bug so weit wie möglich nach Norden drückte, konnten alle etwas tun. Sie wurden an den Lenzpumpen benötigt, um so viel Wasser wie möglich aus dem Schiff zu lenzen. Je leichter das Schiff, desto besser die Ruderwirkung – vorausgesetzt, es gelang, ein Ruder mit Wirkung zu riggen.

Der wohlbekannte Ruf ertönte: »Hurra, hurra, steht und geht«, und wieder schoß das Wasser in dicken Strahlen außenbords. Stephen stand zwischen Moore und dem einzigen Sergeanten, der dem Offizier noch verblieben war. Beide Seesoldaten waren in der Theorie des Seemannshandwerks sehr beschlagen und kommentierten den Fortgang der Arbeiten am Heck in kurzen, dürren Sätzen. Es ging nervenaufreibend langsam voran; die Blicke der beiden Männer glitten immer wieder zur Bergspitze hinüber, die jetzt klar zu sehen war, denn die Wolken hatten sich in einem heftigen Schauer ausgeregnet und anschließend aufgelöst. Nie und nimmer sei das Schiff jetzt im Lee des Berges – ach was, eine ganze Meile davon entfernt, oder sogar mehr. Stephen verstand zwar nichts, wenn sie von Preventer-Backstagen und Backbord-Bulinen redeten, aber soviel wurde ihm klar: Der Kapitän überließ jetzt nichts mehr dem Zufall. Ganz zweifellos war es weise, so umsichtig zu Werke zu gehen, und doch wurden alle an Bord von einer Welle der Ungeduld ergriffen und wünschten jetzt nichts sehnlicher, als endlich das Steuerruder ausgebracht zu sehen, egal wie unvollkommen es geriggt sein mochte.

Eine ganze Stunde verstrich. Der Regen fiel auf die dampfenden Rücken der Lenzmannschaften, dann endlich rief Jack einige der Männer auf die Poop. Die Männer an den Pumpen sahen, wie sich das Ende der Notruderstange an dem vorgesehenen Platz achterlich des Besanmasts in die Luft hob, die Taljen zogen an, und eine kleine Ewigkeit lang passierte nichts, während über ihren Köpfen der Regen in Schnee überging. Dann Jacks Stimme: »Wahrschau an

Steuerbord. Langsam und sinnig jetzt, einen halben Faden anholen. Backbord läßt nach.« Die LEOPARD kam langsam herum. An den Lenzpumpen hielten die Männer, die bis jetzt wie von Furien gehetzt die Winden bewegt hatten, ihre schweißüberströmten Gesichter in den Wind: Erst fühlten sie ihn querab einkommen, dann sogar etwas vorderlicher. Von achtern hörten sie den wohlvertrauten und länge vermißten Ruf der Seeleute an den Bulinen: »Und eins, und zwei, und belegen.« Allen war klar, was passiert war: Das Schiff hatte angeluvt und segelte jetzt am Wind. Ein Strich vorderlicher als querab – weiter anzuluven war unmöglich, trotz aller Befehle von der Poop und der eindrucksvollen Bewegungen des mächtigen Ruders war die LEOPARD nicht zu bewegen, höher an den Wind zu gehen. Jack konnte das Besan-Gaffelsegel nicht setzen, und alle Mühen der vergangenen Tage, das Schiff hecklastiger zu machen, um wieder halsen zu können, verhinderten jetzt nur, daß sie aufkommen konnte.

»Sie schafft es trotzdem«, sagte Moore. »Es wird reichen. Wird knapp werden, aber sie schafft es.« Und tatsächlich sah jetzt auch Stephen, der über den Bug voraus auf die Insel starrte, daß die LEOPARD nicht direkt darauf zuhielt, sondern auf einen Punkt, der ein kleines Stück in ihrem Luv lag.

Jetzt begann eine lange Reihe von blitzartig ausgeführten Segelmanövern: Rahen wurden gebraßt, die Klüversegel eingeholt, erneut gesetzt und dichtgeholt, Stagsegel wurden ausgeschüttelt; die Mannschaft, die nicht im Rigg oder an den Leinen stand, schickte Jack auf die Backbordseite des Vorschiffs, um die Luvseite stärker zu belasten – jeder nur denkbare seemännische Kniff wurde ausprobiert, um dem Schiff ein paar Yards Luvgewinn zu verschaffen. Mit allen Mitteln kämpfte die Besatzung gegen die natürliche Neigung der LEOPARD, leewärts abzudriften. Erschwert wurde dies durch die Wellen, die ihren Bug immer wieder abfallen ließen, und durch die stark nach Osten drückende Strömung. Moore erklärte Stephen anfangs noch jedes Manöver, jeden Befehl, verstummte dann aber. Schweigend beobachteten sie, wie die Insel vor dem Bug durchwanderte: Hatte sie zuerst noch rechts vom Bugspriet gelegen, so zeigte dieser bald genau auf den Berggipfel. Als das Schiff noch weniger als eine Meile vom Ufer entfernt war, stand die weißbedeckte Spitze schließlich deutlich links davon. Niemals war Stephen die Lee-abdrift eines Schiffes deutlicher vor Augen geführt worden: Der Bug der Fregatte hatte stets genau nach Norden (oder sogar etwas nach Nord-Nordwest) gezeigt, und doch war sie auf einer selbst nach Osten ziehenden See Kabel für Kabel leewärts versetzt worden – man konnte fast glauben, die Insel selbst segele langsam nach Westen davon.

Tief im Südwesten hatte die untergehende Sonne den Himmel purpurrot gefärbt. In der plötzlich hereinbrechenden Dämmerung konnte Stephen dennoch die felsige Küste der Insel gut erkennen. Dichte Schwärme von Seevögeln sah er in der klaren Luft ihre Kreise ziehen. Pinguine standen wie Tausende winziger Wächter am Strand und auf den Felsen, Scharen von ihnen schwammen in der Brandung. Und dann erblickte er vor sich eine kleine, gut geschützte Bucht. Der Eingang schien frei von Felsen oder Untiefen und lag unmittelbar im Lee einer vorspringenden, steilen Klippe.

Noch mehr Befehle von der Poop. Moore an seiner Seite fand die Sprache wieder und sagte leise: »Er wirft jetzt alles in die Schlacht, was er hat – die letzten Reserven.«

»Hievt an einen halben Faden, aber sachte und sinnig. Noch einen halben Faden«, befahl Jack; die Insel wanderte nach rechts durch, und die kleine Bucht lag genau vor ihnen. »Und noch einen halben Faden – Jesus Christus!«

Mit einem lauten Krachen brach das Steuerruder knapp unterhalb des Kopfes. Die Riemenstange mit dem Paddel daran wurde sofort über das Heck außenbords gerissen und trieb, nur noch von einem Stag gehalten, im Kielwasser der LEOPARD. Das Schiff fiel ab vom Wind; die Insel wanderte in einer gleichmäßigen und langsamen Bewegung nach links durch, bis sie erst backbord querab lag, dann achterlich davon und schließlich hinter dem Heck kleiner und kleiner wurde – so unerreichbar wie der Mond.

»Ein Reff ins Besan-Marssegel, holt ein Besam-Bramsegel«, befahl Jack in die schwer lastende Stille hinein.

Kaum drei Tage später hatte Stephen die ersten Skorbutfälle im Lazarett. Es waren vier breitschultrige, muskelbepackte Vollmatrosen; besonnene Männer, die bisher selbst in der größten Not des Schiffs den Kopf nicht hatten hängen lassen; ein für die Seemannschaft des Schiffes eminent wertvolles Quartett. Jetzt hockten sie lustlos und apathisch vor ihm, und nur ihr natürlicher Anstand bewahrte sie davor, in tiefe Verzweiflung zu verfallen. Stephen zeigte Herapath die körperlichen Symptome der Krankheit: schwammig angeschwollenes Zahnfleisch, übelriechender Atem und Mundfäule, spontane Blutergüsse am ganzen Körper. Bei zweien der Kranken waren alte Wunden wieder aufgebrochen. Daneben betonte er jedoch die wichtige Bedeutung der düsteren Stimmung an Bord für den Ausbruch der Krankheit. »Ich muß gestehen, Mr. Herapath, daß es mich fast physisch schmerzt, den Geist gefangen zu sehen in der Abhängigkeit von der richtigen Ernährung des Körpers. Es scheint mir, als ob ein solches Faktum einen billigen Determinismus stützen könnte, den ich zutiefst verabscheue und gegen den ich mit aller Vehemenz rebelliere. Hier nun, bei diesen Patienten, bin ich mit meinem Latein am Ende. Die Männer haben doch immer ihren Limonensaft bekommen – ein vorzügliches Prophylaktikum. Wir sollten vielleicht das Faß einmal genauer untersuchen, denn die meisten Händler sind Beutelschneider und Betrüger: Ich halte es durchaus für möglich, daß man uns verdorbenen Saft verkauft hat.«

»Halte zu Gnaden, Sir«, sagte Herapath, »aber ich denke, die vier haben ihre Ration Limonensaft vielleicht gar nicht bekommen.«

»Wie denn das – er wurde doch in den Grog für die Mannschaft gemischt? Ein Seemann mag eine geradezu widernatürliche Hinterlist an den Tag legen, wenn es darum geht, der eigenen Gesundheit zu schaden – bei uns an Bord jedoch muß er *nolens volens* den Saft einnehmen oder abstinent bleiben. Wir hier nehmen die Dienste Satans für einen guten Zweck in Anspruch: aus theologischer Sicht ein untragbarer Zustand, aus Sicht des Arztes nur vernünftig.«

»Sir, ich weiß das wohl. Ich habe aber oft gesehen, wie dieser riesige Vollmatrose aus meiner Backschaft, Faster Doudle, seinen Grog gegen Tabak eingetauscht hat. Könnten andere das nicht auch getan haben?«

»Diese verdammten Hundesöhne – mögen ihnen sämtliche Zähne ausfallen. Nun, ich werde hier andere Saiten aufziehen müssen.

Links ein Löffel, rechts ein Löffel, und in der Mitte eine ganze Pinte von dem Zeug. Dieser medizinische Ungehorsam muß ein Ende haben – die Männer werden den Saft trinken, oder sie bekommen die Katze zu spüren.« Stephen unterbrach sich, überlegte kurz und fuhr dann fort: »Andererseits werden die Leute mich wohl etwas scheel anschauen, Mr. Herapath – ich bin es doch gewesen, der immer gegen ihre ach so schädliche Tagesdosis Rum opponiert hat. Sogar eine Petition habe ich entworfen und an alle Schiffsärzte und Kommandanten in der Flotte geschickt. Darin fordere ich die Abschaffung der aus medizinischer Sicht ungeheuerlichen Tradition, daß ein Kranker nach seiner Genesung allen Grog, den er verpaßt hat, nachträglich noch ausgeschenkt bekommt. Und jetzt gehe ich zum Kapitän und bitte ihn, die Männer per Befehl zu zwingen, täglich ihre halbe Pinte zu trinken! Sei's drum – ich glaube nach wie vor, daß die Kraft der südlichen Zitrusfrucht in diesen Fällen ansprechen wird.«

Sie tat es, der Trank wirkte, die physische Symptome verschwanden – aber Verzagtheit und Mutlosigkeit blieben, nicht nur bei dem geheilten Quartett, sondern überall an Bord. Wie Stephen zu seinem Assistenten bemerkte, war das ein vorzüglicher geistiger Nährboden für Krankheiten aller Art. Nach wie vor gingen die Männer pflichtbewußt und eifrig an die Arbeit, mit Ausnahme einiger Schwätzer und Drückeberger, die es nicht mehr geschafft hatten, einen Platz in den Booten zu ergattern; es fehlte jedoch der letzte Schwung. Das Wasser im Schiff stieg wieder an, weil sich unter dem Druck des Seewassers auf das Leck das Kalfaterwerg des ersten Abdichtsegels aufzulösen begann, und ein zweites Lecksegel zu setzen war eine langwierige und mühsame Angelegenheit, die noch dazu kaum sichtbaren Erfolg zeitigte. Die Fregatte driftete in östlicher und leicht südlicher Richtung unter wenig Tuch dahin, der Wind nahm zu, die Mannschaft pumpte rund um die Uhr. Jederzeit konnte das Wetter umschlagen, war es doch in den letzten Wochen für die Brüllenden Vierziger ungewöhnlich ruhig und mild gewesen – und dann müßte das Schiff vor einem stürmischen Westwind laufen, der die Wellen zu enormer Höhe auftürmen würde. Keiner von den Seeleuten an Bord glaubte, daß sie in so einem Wetter auch nur einen Tag über Wasser bleiben konnte.

»Mr. Herapath – ich muß Sie etwas fragen«, sagte Stephen. »Nehmen wir an, unter Ihren Vorräten befände sich auch eine größere Menge Opium. Wären Sie in unserer Lage nicht versucht, zur Pfeife zu greifen?«

Herapath schien sich zu scheuen, zu den Vertraulichkeiten früherer Tage zurückzukehren. Das wisse er auch nicht, druckste er herum – wahrscheinlich würde er standhaft bleiben – in so einem Zustand der Furcht habe der Genuß von Opium in gewisser Weise etwas Unanständiges – andererseits: vielleicht dann doch.

Sofern die Arbeit im Lazarett es nicht unvermeidlich machte, daß sie zusammentrafen, mied er Stephens Nähe, wie und wo er nur konnte. Oft stand er über seine Schicht hinaus an den Pumpen und verzog sich sofort danach in die ehemalige Kammer des Zahlmeisters, den er nach dessen Abgang beerbt hatte (es gab jetzt erstmals leere Kammern im Schiff, sowohl vorne wie auch achtern). Nach jener ausweichenden Antwort auf Stephens Frage und einer nicht unbeträchtlichen Pause sagte Herapath schließlich: »Sie werden mich bitte entschuldigen, Sir. Ich habe versprochen, eine Sonderschicht an der vorderen Backbordpumpe zu gehen.«

Als er gegangen war, seufzte Stephen und zuckte resigniert mit den Schultern. Er hatte gehofft, den jungen Mann in ein Gespräch über chinesische Lyrik verwickeln zu können – der einzige Trost für den Amerikaner, so schien es, jetzt da seine Angebetete ihn nicht empfangen konnte. Früher hatte Herapath in den langen Unterhaltungen mit ihm oft über sein Studium in China und England gesprochen, das ihm die Sprache und Literatur dieses großen Landes nähergebracht hatte; Stephen hatte stundenlang fasziniert zugehört. Das war einmal. In diesen Tagen zog sein Assistent es regelmäßig vor, bei den ersten Anzeichen eines echten Gesprächs die Flucht zu ergreifen, wobei er diesmal einen Stoß Papiere auf dem kleinen Tisch im Lazarett zurückließ. Stephen war allein im Raum, also nahm er eines der Blätter zur Hand: Es war über und über mit sauber gezeichneten chinesischen Schriftzeichen bedeckt. »Anweisungen für die perfekte Kanne Tee oder die Weisheit von tausend Jahren – es kann alles sein«, dachte er. Auf einem der Blätter entdeckte er allerdings ein paar Zeilen lateinischer Buchstaben, offenbar eine Übersetzung zwischen den Zeilen des Originaltextes. Herapath hatte Stephen die Wort-für-Wort-Methode erläutert, die für die Übersetzung chinesischer Gedichte angewandt wurde.

> *Vor meinem Bett klares Mondlicht.*
> *Frost bedeckt den Boden?*
> *Den Kopf hebend, blicke ich zum Mond.*
> *Den Kopf senkend, denke ich an mein Land.*

Tatsächlich warf in diesem Moment ein fast voller Mond kaltes Licht durch das Speigatt in den Raum. Wieder konnte Stephen ein Seufzen nicht unterdrücken: Es war schon einige Zeit her, daß er Jack unter vier Augen gesehen hatte; er sehnte sich nach einem gemeinsamen Essen, nach einem privaten Gespräch mit dem Freund. Seit dem gescheiterten Landfall vor jener nun weit hinter ihnen liegenden Insel war Jack jedoch distanziert und unzugänglich geworden, so daß Stephen es nicht wagte, gerade jetzt auf ihre Freundschaft zu pochen und ein vertrauliches Tête-à-tête zu erzwingen. Der Kapitän schien an nichts anderes denken zu können als an die Rettung seines Schiffes. Immer wieder versuchte er zusammen mit dem Zimmermann, tief unten in der achterlichen Schiffslast zum Leck vorzudringen. Es mußte dort unten sein, soviel war klar. Stephen verstand ihn, und doch vermißte er das Beisammensitzen in der Achterkajüte; deshalb freute er sich besonders, als er auf dem Weg zurück in seine Kammer den jungen Forshaw traf, der ihm eine Einladung überbrachte: Nur falls der Doktor abkömmlich sein sollte – es eile nicht.

Auf dem Weg über das Achterdeck fühlte er, wie mild und angenehm die Luft war: für Frost deutlich zu warm. Ganz in der Nähe des Mondes, der durch vereinzelte Wolken zog, bemerkte er einen auffällig leuchtenden Stern.

»Da bist du ja, Stephen«, rief Jack erfreut. »Wie schön, daß du gleich kommen konntest. Bist du in der Stimmung für ein paar Takte Musik – sagen wir nur eine halbe Stunde? Bei Gott, meine Fiedel wird in einem erbärmlichen Zustand sein, aber ich dachte, wir schrammeln trotzdem ein wenig – und trinken ein gutes Glas dazu.«

»Ich bin dein Mann«, sagte Stephen. »Aber zuerst wirst du dir bitte ein Gedicht anhören.«

Vor meinem Bett klares Mondlicht.
Frost bedeckt den Boden?
Den Kopf hebend, blicke ich zum Mond.
Den Kopf senkend, denke ich an mein Land.

»Ein verdammt gutes Gedicht, obwohl es keinen Reim hat«, kommentierte Jack. Nach einer kurzen Pause, in der auch er den Kopf gesenkt hielt, fuhr er fort: »Eben gerade habe auch ich zu ihm hinaufgeschaut, mit dem Sextanten am Auge. Eine perfekte Mondbeobachtung, und Saturn steht so hell wie eine Laterne direkt daneben. Die Länge dürfte jetzt bis auf die Bogensekunde stimmen. Was meinst du zum Mozart in b-Moll?«

Schön klang ihr Spiel nicht, aber tiefes Gefühl lag darin. Beide ignorierten die oftmals harschen Falschtöne, die ihre verstimmten Instrumente von sich gaben, und stürzten sich mitten in das Herz der ihnen so vertrauten Musik, geleitet von den richtig getroffenen Noten. Auf der Poop stand ein müder Rudergänger am neuen Steuerruder und ein ebenso müder Babbington daneben, den Kompaß nicht aus den Augen lassend. Die Männer lauschten gebannt: Es waren die ersten Töne eines anderen, lebenswerteren Lebens, seit damals – sie konnten sich kaum noch erinnern, so lang schien es her zu sein – alle Mann an Bord ein paar Weihnachtslieder angestimmt hatten. Bonden und Babbington kannten Jack seit vielen Jahren und warfen sich bedeutungsvolle Blicke zu. Unter ihnen näherte sich der letzte Satz seinem großartigen, unausweichlichen Ende, die Töne verklangen, und Jack legte die Geige beiseite: »Die Offiziere werden es gleich erfahren«, sagte er im Ton einer gepflegten Konversation, als hätten sie die ganze Zeit über nichts anderes als Navigation gesprochen, »aber dir wollte ich es zuerst sagen: Hier unten soll es Land geben, und zwar ungefähr auf neunundvierzig Grad vierundvierzig Süd und neunundsechzig Ost. Ein Franzose namens Trémarec hat es entdeckt – Desolation Island heißt die Insel. Cook konnte sie damals nicht finden, aber das mag daran gelegen haben, daß Trémarec sich bei der Länge um zehn Grad geirrt haben dürfte. Ich bin sicher, daß die Insel hier irgendwo sein muß. Der Skipper des Walfängers – du erinnerst dich? – hat mir davon erzählt, und er hat eine genaue Positionsbestimmung gemacht, als der Mond gerade gut war. Jedenfalls bin ich zuversichtlich und gehe lieber das Risiko ein, das Land hier nicht zu finden, als jetzt nach Norden anzuluven. Heute nacht wage ich es nicht, zusätzliches Tuch zu setzen – es gibt hier Treibeis zuhauf. Morgen aber werde ich unsere gute alte LEOPARD nach Süden abdrehen lassen, wenn Wind und Wetter es zulassen. Das ist ein großes Wort, Stephen. Bisher habe ich nichts gesagt, einmal weil ich erst eine genaue Position brauchte, dann aber auch, weil ich keine Hoffnungen wecken wollte, die dann doch wieder enttäuscht werden könnten – ich glaube, die Männer würden noch so eine Enttäuschung wie bei den Crozets nicht überstehen. Ich wollte nur, daß du Bescheid weißt. Vielleicht sprichst du ein paar papistische Gebete für uns alle. Als ich noch ein kleiner Junge war, hat meine gute alte Sweeney immer gesagt: Wenn es ums Beten geht, ist Latein nicht zu schlagen.«

Ob mit Gebeten oder ohne: Am nächsten Morgen war der Himmel klar, Wind und See günstig. Vielleicht war etwas von Jacks Geheimnis durchgesickert, jedenfalls war überall eine gewisse Spannung zu spüren. Die Lenzpumpen drehten sich schneller; und hätte man die Atmosphäre unter der Besatzung auf einer Skala messen können, wäre die Säule sicher um ein paar Grad gestiegen. Die Ausgucke enterten zwar nicht gerade blitzschnell in den Masttopp auf, zeigten jedoch nichts von der Trägheit der letzten Tage: Kaum war er oben angelangt, meldete einer von ihnen bereits ein Segel in Sicht weit unten im Süden. Zwar stellte sich bald heraus, daß dies nur wieder einer dieser Berge aus Eis war (zwei der Monster trieben eine Meile querab in Luv, und in der Nacht hatte nur ein gütiger Mond sie vor dem Zusammenstoß mit einem paar dieser riesigen Eisschollen bewahrt), aber der Ruf »Segel in Sicht!« hatte alle neu beflügelt. Unendlich vorsichtig wurde schließlich der Bug des Schiffes Strich für Strich nach Steuerbord gebracht, bis die LEOPARD genau südlichen Kurs lief. Segel wurden gesetzt und ausgeschüttelt, mehr und mehr Fahrt kam ins Schiff, und auch die Fregatte erwachte zu neuem Leben. Die Mannschaft warf endlich den bleischweren Mantel aus Niedergeschlagenheit, Erschöpfung und völliger Übermüdung ab – vom Kapitän bis hinunter zum kleinsten Schiffsjungen hatte seit Wochen keiner mehr als vier Stunden am Stück geschlafen, und niemand wußte noch zu sagen, wann die Lenzpumpen das letztemal stillgestanden hatten; jetzt aber fühlten sie frischen Wind und schöpften neue Hoffnung.

»Ihnen einen guten Tag, Ma'am«, sagte Stephen, als er Mrs. Wogans Kabine betrat. »Heute dürfen Sie, denke ich, endlich wieder an die frische Luft. Der Himmel ist klar, und Sie werden die Luft im warmen Sonnenschein sehr angenehm finden. Auf unserer Poop sind zwar zur Zeit merkwürdige Arbeiten im Gange, die unsere Anwesenheit dort nicht angeraten erscheinen lassen, aber uns bleibt ja noch das Seitendeck, genauer: die Gangway auf der Wetter- oder Luvseite, wie wir Seeleute sagen. Machen wir das Beste aus diesem schönen Morgen, Ma'am.«

»Mein Gott, wie gern folge ich Ihnen, Dr. Maturin. Es kommt mir vor, als hätte ich den Himmel – oder Sie – seit Jahren nicht mehr gesehen. Wir Frauen haben hier die ganze Zeit auf einem Haufen gehockt, ununterbrochen gestrickt und versucht, nicht zu frieren, allerdings ohne Erfolg. Ich muß aber zugeben, daß so ein Baby ein wunderbares Gesprächsthema abgibt. Stimmen die Gerüchte – wir sollen zum antarktischen Pol unterwegs sein? Gibt es denn Land dort unten? Ich vermute ja, sonst würde man es ja nicht den Pol nennen, und niemand wäre so versessen darauf, dorthin zu kommen. Hier, probieren Sie einmal, ob diese Fäustlinge Ihnen passen! Meine Güte, wie hart und hornig Ihre Hände geworden sind – das kommt sicher vom andauernden Pumpen, nicht wahr? Land, festen Boden unter den Füßen … Läden werden die hier unten sicher nicht haben, aber wir dürfen doch wohl auf die südlichen Brüder der Eskimos hoffen – die handeln ja alle mit Pelzen. Oh, was würde ich jetzt nicht alles für einen warmen Pelz geben! Ein ganzes Bett voller Pelze, und dazu ein pelzbesetztes Nachthemd.«

»Eskimos kann ich Ihnen nicht versprechen, aber für die Pelze kann ich garantieren«, sagte Stephen, ein Gähnen unterdrückend. »In diesen eisigen Gewässern ist die Robbe sehr verbreitet, das Lieblingstier der modernen Dame von Welt. Rings um den Pol, so wird mir glaubhaft versichert, drängen sich die Tiere so eng zusammen, daß immer eine von zwei anderen getragen werden muß. Allein heute morgen habe ich so viele potentielle Pelze gesehen, daß man daraus eine volle Ladung für ein Schiff von bescheidener Größe –

wir Seeleute sprechen da von Verdrängung – machen könnte: drei verschiedene Arten von Robben, zwei Dutzend Wale, Schwärme von Seevögeln, darunter zu meinem Erstaunen eine kleine Entenart, unseren Krickenten nicht unähnlich, und ein Vogel, der aussah wie eine Krähe, nur heller im Gefieder. Es war zu gütig von Ihnen, Ma'am, an Fäustlinge für mich zu denken – ich bin Ihnen unendlich zu Dank verpflichtet.«

Mit halbem Zeug segelte die LEOPARD den Tag über tiefer und tiefer nach Süden, während unter Jacks besorgtem Blick das Barometer in der Achterkabine Stunde um Stunde fiel. Es hatte schon ordentliche Püster im Kanal und der Biskaya angekündigt, den tückischen Mistral im Mittelmeer und einen Wirbelsturm vor Mauritius, aber nie zuvor war es so schnell gefallen. Die wenigen Vorbereitungen, die der erbärmliche Zustand des Schiffes erlaubte, waren schnell getroffen; danach stand Jack auf der Poop und behielt den Himmel im Westen querab an Luvseite im Auge. Die Sonne schien noch, das Deck wirkte heiter mit dem Gewirr von Wäscheleinen und dem Sammelsurium trocknender Seemannskleidung (darunter auch die rosa Söckchen und Häubchen von Leopardina). Das Schiff krängte leicht in einer langen Dünung aus schönstem Blau; unter ihm auf dem Seitendeck spazierte Stephen mit Mrs. Wogan und zeigte ihr nicht nur die Robben, die Pelze für ihr zukünftiges Lager liefern würden, sondern auch die Tiere, die dafür ganz sicher nicht in Frage kamen, außerdem achtzehn Wale und so viele Vögel, daß eine weniger gutmütige Frau als Mrs. Wogan ihn einfach stehengelassen hätte.

Von Zeit zu Zeit blickte Jack zum Fockmasttopp empor, wo er seinen besten Ausguck wußte. Selbst aufentern wollte er nicht, weil er befürchten mußte, damit unter den Männern an Deck vorschnelle Hoffnungen zu wecken; dafür wartete er um so sehnsüchtiger auf die erlösende Meldung des Ausgucks. Selten zuvor war er so angespannt und ängstlich um das Schiff besorgt gewesen wie jetzt und fühlte daher nichts als kalte Wut, als er Mrs. Wogans perlendes, glucksendes Lachen hörte – ging aber weiter auf der Poop auf und ab, von der Heckreling bis zur Poopleiter, die Hände hinter dem Rücken verschränkt. Das Gesicht blieb völlig ausdruckslos; auch als der ersehnte Ruf ertönte: »An Deck! Land in Sicht!«, hielt er nicht inne und ließ sich erst nach einer Weile sein bestes Glas geben, um damit gemächlich zur Vorbramsaling aufzuentern.

Da lag es vor ihm: hohe Berge, die Felsen schwarz unter einer Kappe von Schnee, backbord voraus südöstlich zur LEOPARD. Selbst mit der unvermeidlichen Leeabdrift des Schiffes und der fast genau östlichen Strömung, die sie mit annähernd zwei Knoten vorantrieb, sollte es möglich sein, die Insel mit ausreichend Luvraum zu erreichen. Weit entfernt im Süden und Osten der Landmasse sah er Berggipfel emporragen und fand genügend der vom französischen Entdecker beschriebenen topographischen Merkmale wieder, um sich sicher zu sein: es war Desolation Island. Jack zweifelte keine Sekunde, daß dies der Landfall war, um den er gebetet hatte.

Als er wieder hinabstieg, konnte er sich ein verhalten triumphierendes Lächeln nicht verkneifen. Er ließ Vollzeug setzen, bis die Masten trotz der seit dem Gefecht mit der WAAKZAAMHEID nicht beseitigten Stützen ächzten und knarrten. Aber sie hielt sich gut, was ihn auch deshalb überraschte, weil Wasser als Ballast – und die Fregatte hatte nicht mehr allzu viel anderen Ballast – gewöhnlich sehr instabil war. Sobald die LEOPARD aber ihre gewaltige Masse in Bewegung gesetzt hatte, pflügte sie schnell durch eine kabbelige See.

Als das Rigg stand und das Schiff Fahrt aufgenommen hatte, ließ er den jungen David Allan kommen, den letzten verbliebenen Bootsmannsgehilfen, der jetzt als Bootsmann Dienst tat. Sie gingen gemeinsam durch das Schiff und prüften, was an starkem Tauwerk und Ankertrossen noch an Bord war. Auch vor dem traurigen Tag bei den Crozets hatten sie das Ankerzeug geprüft, und das Ergebnis sah jetzt nicht viel anders aus: Sie verfügten noch über einen Warpanker und gerade genug an Ankertrossen und Kabeln, um einen Notanker mit einigermaßen befriedigender Trossenlänge ausbringen zu können. Zwei Karronaden, die für Port Jackson bestimmt gewesen waren und deshalb tief unten in der Schiffslast festgezurrt überlebt hatten, ließ er bis in Reichweite des Hauptluks schaffen – fest an den Warpanker geschäkelt, würden sie einen kleinen Buganker fast ersetzen können. Das mußte ausreichen, um das Schiff mit einem Anker zu halten, vorausgesetzt sie fanden einen geeigneten Ort mit festem Meeresboden und nicht zu starker Tide.

»Und falls er nicht hält, Sir?« fragte Allan.

»Sobald wir nahe genug unter dem Land stehen, kürzen wir die Segel. Sie bekommen das ganze Tauwerk aus dem Rigg oberhalb der Marsstengen, spleißen mir eine schöne, lange Trosse zusammen und fieren sie durch die Ankerpforte in der Offiziersmesse. Alles weitere ergibt sich dann je nach Lage der Dinge.«

Allans Gesicht verriet totales Unverständnis, aber er war innerlich tief beeindruckt von der ruhigen Zuversicht des Kommandanten, der ihm die Bewältigung einer solchen Aufgabe ohne weiteres zuzutrauen schien. Als sein Kapitän ihm dann noch zusicherte, er würde für diese Arbeit über alle Vorschiffsgasten und Seesoldaten verfügen können (»und zur Hölle mit den Pumpen!«), war er vollends beruhigt.

Näher und näher rückte das Land, stand immer noch backbord voraus. Noch vor dem Abendessen war der nördlichste Küstensaum ohne Glas vom Deck sichtbar, sogar die weiße Linie der Brandungswellen war zu erkennen. Als Jack nach der hastig heruntergeschlungenen Mahlzeit wieder hinüberblickte, erkannte er, daß diese nördliche Küste zu einer weit aus der Insel hinausragenden Landzunge gehörte. Je näher das Schiff dem Land kam, desto schneller marschierte er auf der Poop hin und her. Eigentlich hatte er den Verdauungsapparat eines Krokodils, heute jedoch lag ihm das uralte Pökelfleisch wie ein Stein im Magen, so kompakt und hart, wie es aus dem Kessel der Kombüse gefischt worden war. Drüben im Westen bewölkte sich der Himmel rasch, und tief unten im Süden waren im fahlen Himmel die Anfänge eines Polarlichts zu sehen: Bald zog sich quer über den Himmel ein schimmernder, wabernder Vorhang, der ständig in Bewegung war, in die Höhe stieg und wieder herabsank; schwach prismatisch gefärbte Lichtbänder schienen fortwährend aus ihm herabzufallen, ohne jedoch irgendwo anzukommen. Drei riesige Eisinseln trieben in Luv; eine von ihnen war sicher vier Meilen lang und vielleicht zweihundert Fuß hoch; weitere Eisschollen verschiedener Größe dümpelten verstreut in der langen Dünung und blitzten ab und zu auf, wenn ein Sonnenstrahl sie in einer Rollbewegung traf.

Wann sollte er mit dem Segelkürzen beginnen, damit der Bootsmann an das kostbare Tauwerk heran konnte? Wieviel konnte er den erschöpften Männern noch abverlangen? Die Bramstengen mußten gestrichen und an Deck gebracht werden, um das Schiff durch den zu erwartenden Sturm zu bringen – und wenn sie das hinter sich hatten, warteten noch ungeahnte Anstrengungen auf sie, sollte sie sicher verankert werden. Und wie gingen überhaupt in diesen unkartierten Gewässern die Tiden? Im Westen nahm die Bedrohung allmählich sichtbare Formen an: Blitze zuckten, zwar noch meilenweit weg, aber nicht mehr allzu fern. Die ganze Atmosphäre des Tages hatte sich verändert.

Niemand konnte ihm die Entscheidungen abnehmen, die nun zu treffen waren. Gesammelte Weisheiten mochten dem Ratschluß eines einzelnen überlegen sein, aber ein Schiff war nun einmal kein Parlament; außerdem war für Debatten gar keine Zeit. Die Lage änderte sich von Minute zu Minute, genau wie vor einem Gefecht, und ein Plan, über dem man stundenlang gebrütet hatte, konnte in einem Augenblick hinfällig werden; dann waren neue Entscheidungen gefragt. Die Verantwortung für Schiff und Besatzung lastete schwer auf ihm; selten hatte er sich so einsam und gleichzeitig so fehlbar gefühlt. Die Spitze der Landzunge kam rasch näher, und mit ihr der Moment der Entscheidung. Schlafmangel, Schmerzen, dazu Wochen und Wochen ohne den regelmäßigen Rhythmus von Tagesarbeit und Nachtruhe forderten ihren Tribut – sein Geist war schwerfällig, er fühlte sich wie benebelt, und doch wußte er, daß ein Fehler von ihm in der nächsten Stunde die LEOPARD das Leben kosten mußte.

Seegang und Wind nahmen weiter zu. Er wußte nur zu gut, was ein echter Püster hier in den Vierzigern bedeutete: Wenn es richtig zu blasen anfing, so wie es hier unten immer möglich war, würden die Wolken den Himmel blitzschnell überziehen, diesen anscheinend so heiteren Tag binnen kürzester Zeit in heulende, tiefschwarze Dunkelheit stürzen und das Schiff mit riesigen Brechern vor sich her treiben. Er ging kurz in die Kajüte und sah, daß die Säule noch tiefer gefallen war – erschreckend tief. Oben auf der Poop mußte er feststellen, daß er beileibe nicht der einzige an Bord war, dem der zunehmend rauhe Seegang aufgefallen war. Die See war unruhig, wie von der unsichtbaren Hand eines Giganten aufgewühlt; das Wasser schwarz bis milchig weiß, am Abriß der Wellen seltsam grün. Er blickte zum nordwestlichen Horizont, wo die Sonne noch immer zu sehen war, jetzt jedoch von einem ominösen Hof umgeben, in dem kleine Nebensonnen schwach leuchteten. Über dem Bug hatte die Aurora an Intensität und Farbenpracht gewonnen; die Lichtbänder strahlten jetzt mit einem Glanz, der nicht von dieser Welt war. Unter ihm drehten sich die Pumpspills weiter, aber er fühlte, daß die Männer dort ebenso wie die Achterdecksfahrwache ihre Arbeit in einer Atmosphäre zunehmender Sorge, ja Angst taten. Immer noch lag die LEOPARD gut im Wasser, krängte jetzt allerdings bereits stark und tauchte den Backbord-Davit tief in die Leedünung. An den Kanten der Eisberge und an der luvseitigen Küste der Landzunge vor dem Bug brachen sich die Wellen nun in gewaltigen Kaskaden aus Wasser und weißer Gischt. Das Heulen des Windes in der Takelage war um eine Oktave höher und erheblich lauter geworden: Es klang jetzt äußerst bedrohlich.

Der breite Wasserstreifen zwischen dem Schiff und dem Kap am Ende der Landzunge zeigte bereits mehr Weiß als Grün. In dem Dreieck zwischen Kap und Festland hatte sich offenbar durch Gezeiten und Wind eine gefährliche Tidenströmung mit mächtiger Wucht gebildet: Wo noch vor einer halben Stunde die See spiegelglatt gewesen war, raste jetzt weißschäumendes Wasser von der Landzunge ostwärts – ein langer, schmaler und für die LEOPARD tödlicher Strom mitten im Meer, der noch weiter anschwellen würde, wenn sich die Flut ihrem Höchststand näherte.

Die Lage hatte sich bereits unübersehbar verschlechtert, aber es würde noch sehr viel schlimmer kommen, und zwar bald schon. Mit der Geschwindigkeit eines herabsinkenden Vorhangs überzog ein grauer Dunstschleier den Himmel. Es wurde düster; dunkle Wolken zogen heran; steuerbord querab, ganz nah jetzt, durchzuckten immer wieder Blitze die zunehmende Dunkelheit. Direkt vor ihnen aber sah er den Vorboten des eigentlichen Orkans: eine Sturmbö fegte wie aus heiterem Himmel mit schwarzen Wolken über die Landzunge und hüllte das Kap ein, so daß See, Land und Luft eins zu werden schienen.

Die Frage war jetzt nicht länger, wo und wie er das Schiff durch den rasenden Gezeitenstrom hindurchbringen wollte, sondern ob er das Kap überhaupt erreichen konnte oder gezwungen sein würde, das Schiff vor den weiter aufdrehenden Sturm zu legen und von ihm und den wachsenden Wellenbergen nach Osten gedrückt zu werden. Geschwindigkeit war jetzt alles – in fünf, höchstens zehn Minuten würde er keine Wahl mehr haben, so wie der Wind jetzt loslegte. Entweder würde er dann die LEOPARD vor den Wind bringen müssen, oder sie würden alle untergehen. Aber auch vor dem Wind hätten sie den sicheren Tod vor Augen, konnten doch die Männer nicht endlos weiter pumpen – sogar mit dem rettenden Land vor Augen waren sie am Ende ihrer Kräfte. Und selbst wenn die Lenzpumpen mit aller Kraft das Wasser weiter aus dem Rumpf pumpen konnten, würde das lädierte, schwerfällige Schiff mit dem schwachen Notruder noch vor Anbruch der Nacht mit Sicherheit querschlagen und sinken.

Die Tidenströmung vor ihm war zu einem gewaltigen Strom angeschwollen, wie er es noch nie zuvor gesehen hatte; doch da mußte sie hindurch, koste es, was es wolle. Hindurch oder vor dem Wind ablaufen – was das Ende nur hinauszögern konnte.

»Jetzt gilt es – Augen zu und durch«, sagte Jack leise bei sich. Dann brüllte er über den heulenden Sturm zum neuen Ersten hinüber: »Klüver und Fockstagsegel, Mr. Byron. Einen halben Strich abfallen.« Er hatte seine Entscheidung getroffen, wußte jetzt, was er zu tun hatte, und war auf einmal ganz ruhig und klar mit dem nötigen Quentchen innerer Distanz. Schnell, ganz schnell mußte jetzt alles gehen. Alles reduzierte sich auf die Frage, ob die Masten und Schoten halten würden, um den vollgeschlagenen, schweren Schiffsrumpf schnell genug durch die Stromwellen zu bringen, bevor das Ruder wegbrechen würde – ob die LEOPARD den Weststurm über diese eine Meile würde abreiten können, bevor er seine volle Orkanstärke erreichte und sie querschlagen und kentern ließ oder zum Abdrehen nach Osten in einen ebenso sicheren Tod zwang. Es war eine verzweifelte Wahl: Sollte auch nur eines der Segel an Großmast oder Besan nicht halten, sollte das Steuerruder wieder brechen oder eine der oberen Maststengen dem Preß nicht standhalten, dann war alles verloren. Wenigstens waren die Würfel nun gefallen. Jack war sicher, sich richtig entschieden zu haben – er haderte nur mit sich, weil er Schiff und Besatzung vorher nicht härter vorwärtsgetrieben hatte: Die früher am Tag verlorenen Minuten fehlten ihnen jetzt.

Unter dem verstärkten Segelpreß machte die Fregatte einen schwerfälligen Satz nach vorn, wie ein Kaltblut unter Sporen, und pflügte jetzt merklich schneller durch die tobende See. Der Wind kam jetzt raum achterlich ein; der Backbordbug tauchte so tief unter, daß die Back von den grünen Fluten bedeckt wurde. Viel zuviel Segel, viel zuviel Preß eigentlich, aber noch hielt das Rigg. Das Schiff schoß jetzt förmlich durch die Wogen, deren weiße Schaumkronen mannshoch über die Kuhl ragten; ein plötzlicher Windstoß ließ für einen Augenblick die gesamte Leereling in der Gischt verschwinden. Jack gab ihr noch einen Strich – er hatte ausreichend Luvraum – und sah, wie sie mit rasender Geschwindigkeit auf den Punkt zusteuerte, an dem sich alles entscheiden mußte: das Kap am Ende der Landzunge, wo der Sturm mit fürchterlicher Gewalt tobte, weit stärker als auf der offenen See, und die von der Landspitze ablaufende Tidenströmung mehr und mehr aufpeitschte.

In diesem Moment waren die aus allen Seiten auf Masten und Segel einwirkenden Kräfte am stärksten, das Risiko, entmastet zu werden, am größten. Eine Viertelmeile noch, und der Sturm drehte mit jeder Sekunde weiter auf. »Großbramsegel«, brüllte er: Die LEOPARD holte beängstigend weit nach Lee über, als das Schot dichtgeholt wurde, kam aber wieder hoch. Ein Augenblick relativer Ruhe, in dem alles wie eingefroren schien, und dann traf der Tidenstrom sie mit voller Wucht: Das Schiff wankte wie unter dem Aufprall eines Eisbergs. Um sie herum ein Tohuwabohu aus kreischendem Wind, dem Donner der nahen Brandung und schäumenden Brechern vor, hinter und neben dem Schiff; dann ein gewaltiger Schlag, als die Wirbel der Gegenströmung sie erfaßten. Noch ein paar bange Sekunden, als das gesamte Deck in einem strudelnden Meer aus Grün und Weiß versank und Gischt und Flugwasser einem den Atem raubten – und dann war sie durch; noch wild schaukelnd, lag die LEOPARD im Leeschatten der Landzunge.

Der Übergang war unerhört abrupt gewesen: Eben noch schlug die berstende See über dem Schiff zusammen, fiel der Wind mit wütendem Heulen über sie her – im nächsten Augenblick glitt sie still über ruhiges Wasser im Schutz gewaltiger Klippen. Die Masten schlugen noch hin und her wie Pendel einer Uhr; es war noch die Nachwirkung des kurzen, harten Schlags, den ihr der Gegenstrom verpaßt und der ihren Kapitän gegen die Speigatten geschleudert hatte.

Jack hievte sich hoch und sah nach oben: Alle oberen Maststengen hatten gehalten, nur das Großbramsegel war aus den Lieken gerissen worden. Sein zweiter Blick ging über die Reling auf die Küste vor ihm, die sich von der Landzunge in weitem Bogen nach Osten hinzog. In einiger Entfernung war dort eine Bucht zu erahnen; kleine Inseln und einzelne Felsen im Wasser lagen als natürliche Sperre vor dem Eingang.

»Bootsmannscrew an die Arbeit. Los, los, Allan – schlafen Sie mir nicht ein. Mr. Byron, Sie wollen bitte loten.«

Das Senkblei wurde ausgebracht, und ein paar Augenblicke später meldete Byron: »Kein Grund mit dem Lot.« Der Ruf klang seltsam laut, denn es gab kaum andere Geräusche, nur das leise Lappen des Wassers gegen die Bordwand und die Rufe der Seevögel über ihnen. Auch an Deck war alles ruhig; die lange Pause langsamen Begreifens schien sich endlos hinzuziehen.

»Tiefwasserblei klarieren – Mr. Byron, nehmen Sie sich ein paar Mann. Ihr da an den Pumpen – verflucht, was ist mit euch los? Tod und Teufel über euch alle«, rief Jack zu den untätigen Lenzmannschaften hinunter, wirkte dabei aber keineswegs erbost. Er selbst hätte in so einem Moment nicht weiter gepumpt. Die Männer hievten an und lenzten mechanisch weiter; alle Mann an Deck wirkten immer noch wie vor den Kopf geschlagen und blickten verwirrt um sich; das Schiff glitt bekalmt nur mit dem eigenen Schwung durch das tiefe, grüne Wasser im Schatten der Klippen. Rechter Hand lag karges, trostloses Land, schwarze, felsige Berge mit Kappen aus Schnee; linker Hand blickten sie auf ein Meer von kleinen und kleinsten Inseln. Über ihren Köpfen tobte weit oben ein ohnmächtiger Weststurm mit Blitz und Donner, hier unten dagegen herrschte eine unnatürliche Stille, als sei die Welt um sie taub geworden.

Jack durchbrach das Schweigen: »Vorschiff – Allan, geht es voran mit der Trosse?«

»Sir: Mit dem Fockmast sind wir oben durch, alles Tauwerk an Deck.«

Von der Kuhl kam ein dumpfes Klatschen: Das zusätzlich beschwerte und armierte Senkblei des Tiefwasserlots wurde ausgebracht.

»Recht so, recht so! Wahrschau mit der Leine! Fiert weg die Leine!«
Laute Befehle, dann Stille und die Meldung: »Fünfzig Faden unter
dem Kiel, Sir«; eine weitere Pause, dann: »Grauer Sand und Mu-
scheln.«

Eine Meile später machte die Leopard kaum noch Ruderfahrt. Tiefliegende Wolken glitten dicht über die Klippen der Landzunge und
brachten feinen, dünnen Nieselregen mit. Die Segel hingen schlaff,
aber weiter oben wehte eine schwache Brise, die den feinen Regen
vor sich her trieb. Jack ließ die verbliebenen Bramsegel und Royals
setzen, um sie einzufangen, und das Schiff glitt langsam weiter.

Erneut der Ruf zur Back hinüber: »Trosse klar? Wie weit sind Sie,
Allan?«

Der Bootsmann antwortete direkt unter ihm, wo er und Faster
Doudle am Decksabsatz der Poop knieten, wie die Besessenen mit
den Marlspiekern hantierten und die Taue langspleißten. »Viermal
die Deckslänge haben wir jetzt, Sir«, keuchte er.

Unter dem Kiel der Fregatte stieg der Meeresboden gleichmäßig an;
die heraufgeholten Proben zeigten stets denselben guten Muschel-
sand. Als sie sich einer Fahrrinne durch das Wirrwarr der Inseln
näherte, das zwischen dem Schiff und der Mündung der Bucht lag,
kamen die Meldungen vom Handlot in rascher Folge: »Siebzehn
Faden Tiefe – sechzehn – sechzehn und halb – achtzehn Faden
unter Kiel ...«

Sie hatten eine offene Tiefwasserrinne gefunden und glitten nun, vorbei an den Inselchen zu beiden Seiten, direkt auf die Bucht zu, die sich
vor ihnen wie ein weiter Beutel öffnete: ein tiefer, natürlicher Hafen,
auf drei Seiten durch hohe Felswände geschützt, lag vor ihnen.

Jack behielt die kleine Insel direkt vor ihnen genau im Auge. An
ihrem Fuß aus schwarzem Fels, der sich jäh aus der See erhob, sah
er am vorbeitreibenden Schaum, wie schnell die Tide hier noch
auflief. »An die Brassen«, befahl er und humpelte nach vorn. Das
Schiff wurde von der auflaufenden Tide gefährlich schnell in die
Bucht gesogen, und er hatte wenig Lust, sie in letzter Minute auf
Grund zu setzen, wenn Umsicht und ein letztes Quentchen Seemannschaft dies verhindern konnten.

Babbington war ihm nachgelaufen und meldete aufgeregt: »Sir,
Sir – ein Flaggenmast am Ende der Bucht, sehen Sie nur!«

Jack hob den Blick vom dahinströmenden Wasser und sah, daß die Bucht ungefähr wie ein Herz geformt war, dessen Spitze in die Fahrrinne mündete. Jede der Kammern endete in einem Strand, der wiederum zum Fuß der steilen Küstenklippen führte. Auf einer kleinen Anhöhe, die einen der Strände beherrschte, stand eine Fahnenstange. »Ach ja – tatsächlich«, sagte er. »Allan!«

»Sir?«

»Wie weit sind Sie?«

»Ankertrosse gespleißt und klar zum Ausbringen, Sir. Das eine Ende hängt in der Pforte vom Offizierslogis.«

Näher und näher rückte das Land auf beiden Seiten; Robben lagen träge auf den Felsen und starrten zu ihnen herüber, darunter ein paar regelrechte Monster der See. Einer der zahllosen Vögel, die über ihren Köpfen kreisten, erleichterte sich genau auf Jacks Kopf (sein Glückstag heute), er aber hielt den Blick unverwandt auf ein Inselchen nahe am Ufer der Bucht gerichtet, hörte mit einem Ohr die Meldungen des Lotgasten und rief dann: »Alle Mann an die Ankertrossen.«

Wie ein Geisterschiff trieb die LEOPARD noch ein oder zwei Kabel weiter. In die Stille an Bord sagte Jack: »Ruder hart Backbord.« Der Bug schwang herum, die Männer stürzten an die Brassen, Falleinen, Schoten und Geitaue, das noch verbliebene Besan-Bramsegel wurde backgestellt, und Jack sagte: »Fallen Anker.«

Der Anker mit den zwei Karronaden klatschte ins Wasser, die gespleißte Trosse lief durch die Heckankerpforte ab, das Schiff ging am Heck leicht in die Knie.

»Stopper rein«, sagte er.

»Stopper ist drin«, meldete Allan, und die LEOPARD kam mit einem sanften Ruck zum Stillstand, der alle an Bord straucheln ließ. Die Trosse spannte sich unter der ganzen Last des Schiffes. Dies war der entscheidende Moment: Würde der Anker halten? Der Anker hielt – ja, er hielt tatsächlich. Die Tide drückte das Schiff zwar noch in Richtung auf den Strand, trotzdem entspannte sich die Trosse etwas und hing leicht bauchig über dem Wasser. Allen Seeleuten an Bord entrang sich ein Seufzer der Erleichterung. Aber so ganz war die Gefahr noch nicht vorüber: Wenn die Tide umsprang, konnte sich der Anker immer noch lösen; das Schiff konnte dann leicht an einer der nahen Inseln auf Grund laufen.

»Jolle klarmachen und aussetzen«, befahl Jack. »Mr. Babbington, Sie werden bitte auf die Felsen dort zwischen dem Schiff und dem Strand zuhalten. Führen Sie ein Tau von der Ankerpforte zu einem der Felsen, und belegen Sie es ordentlich. Nehmen Sie den Dregganker und ein paar Enterhaken mit. Sehen Sie zu, daß alles hübsch fest ist – und dann«, sagte er, sich auf eines der hölzernen Judasohren stützend, »dann können wir vielleicht endlich einmal ausschlafen.«

ZEHNTES KAPITEL

I N DIESER NACHT SCHLIEFEN alle an Bord tief und fest;
auch Stephen, als er um drei Uhr morgens geweckt wurde, um
seine Schicht an der Steuerbord-Kettenpumpe anzutreten. Zuerst
war er nicht in der Lage, den Weg zu dem ihm vertrauten Posten
allein zu finden, so daß der zum Umfallen müde Kadett, den er
ablösen sollte, ihn an der Hand nahm und hinführte. Dann war er
völlig damit überfordert, die Ereignisse des gestrigen Tages zu
rekonstruieren – erst nach einer halben Stunde Schwitzen und
Keuchen in pausenlosem, eiskaltem Regen hatte die Anstrengung
den Nebel jenes tranceartigen Schlafes aus seinem Kopf vertrieben,
und er wurde wieder klar.

»Ich glaube, das waren See-Elefanten, die wir da am Eingang der
Bucht gesehen haben«, sagte er zu Herapath, seinem Nachbarn.
»Foster schreibt, der See-Elefant verfüge über ein außenliegendes
Skrotum – aber vielleicht verwechsele ich ihn auch mit der Ohren-
robbe, *Otaria gazella*.«

Herapath hatte keine Meinung, weder zu dieser noch zu irgendeiner
anderen Robbenart: Er schlief im Stehen und pumpte dabei weiter.
Selbst mit matten Arbeitern wie ihm gelang es den Lenzmannschaften in jener Nacht aber, den Wasserspiegel über dem Leck um volle
fünf Fuß zu senken. Jetzt, da der Schiffskörper nicht mehr unter

Fahrt stand und weder das vorbeiströmende Wasser noch der Zug der Masten an ihm arbeiteten, machte die LEOPARD gerade einmal soviel Wasser, wie während einer einzigen Wache gelenzt werden konnte. So konnten sie das Schiff trocken pumpen – oder wenn nicht trocken, so doch kaum mehr als sehr feucht. Das Wort »trocken« bedeutete nur wenig an einem Ort wie Desolation Island, einer Insel, auf der es ohne Unterlaß regnete. Schließlich begann man mit der langwierigen Arbeit, die Laderäume leer zu räumen, um an das Leck herankommen und ein richtiges Ruder setzen zu können.

Anfangs hatten sie nur die Jolle, um die Hunderte von Tonnen aus der Schiffslast an Land zu bringen, bald aber konstruierte Allan mit ein paar Leuten ein System aus Winden und Tauen, und ein Floß pendelte zwischen Bordwand und Ufer über das stille Wasser der Bucht hin und her. Auch am ersten Tag war es hier ruhig und praktisch windstill geblieben, während hoch über ihren Köpfen der Sturm derart wütete, daß selbst die Albatrosse sich nicht hinauswagten. Die Tiden machten dem Schiff noch ein wenig zu schaffen; der Wasserspiegel der Bucht hob und senkte sich bei Ebbe und Flut jedesmal erheblich; viel störender für die arbeitenden Männer waren jedoch die überaus neugierigen Pinguine. Die meisten Tiere saßen auf dem Gelege und brüteten, fanden aber mit ihren fischenden Genossen immer wieder Zeit, in dichten Scharen den Strand vor dem Fahnenmast zu bevölkern und geschlossen herbeizuwatscheln, wenn Floß oder Jolle zu entladen waren. Die Vögel trippelten den Männern zwischen den Beinen herum; ab und zu brachten sie einen fluchenden Seemann zu Fall, und im Weg waren sie immer und überall. Einige der Robben standen den Pinguinen in nichts nach, nur daß sie schwerer beiseite zu schaffen waren. Die entnervten Matrosen traten und schlugen sie heimlich, mehr aber nicht. Jack hatte auf Druck von Stephen strikte Anweisung gegeben, den Ort ihrer Rettung als sakrosankt zu betrachten: Hier sollte kein Blut vergossen werden, egal was anderswo in der Welt (oder auf der Insel) passierte.

In den ersten Tagen schonte Jack die Mannschaft und ließ nur eine Ankerwache gehen, damit die Männer sich richtig ausschlafen konnten – Schlaf war in den harten letzten Wochen ebenso wichtig geworden wie Essen. Was letzteres betraf, so war auf der Insel kein Mangel; es gab Fleisch in Hülle und Fülle, und die Männer brauchten bloß zuzugreifen, was sie auch oft taten. Es kam zu blutigen Schlächtereien auf den Stränden der Insel (nicht auf Flagstaff Beach allerdings), die praktisch jungfräuliches Land war; die Tiere hatten noch nicht gelernt, die Menschen zu fürchten. Allerdings war die Insel nicht ganz *virgo intacta*. Eine Flasche am Fuß des gesplitterten Leesegelbaums, den sie Flaggenmast nannten, enthielt ein Stück Papier: Die Brigg GENERAL WASHINGTON aus Nantucket, Skipper William Hyde, war hier gewesen; falls Reuben wegen frischen Kohls vorbeikam, sollte er Martha ausrichten, daß an Bord alles wohlauf sei und Wm. damit rechnete, noch vor dem Herbst mit einer ordentlichen Ladung zurück zu sein.

Nach dieser Phase der Ruhe und Erholung waren die Männer wieder bei Kräften und fett von vier Fleischmahlzeiten am Tag. Jack schickte sie wieder an die Arbeit, und auf Flagstaff Beach wurde nach und nach die gesamte Ladung der LEOPARD aufgestapelt. Sauber und ordentlich wurden die Vorräte sortiert und mit Segeltuch gegen den andauernden Regen geschützt; die quadratförmig angelegten Haufen türmten sich so hoch, daß es unvorstellbar schien, eine derartige Menge in einem einzigen Schiff unterzubringen – und noch war die achterne Schiffslast nicht einmal zur Hälfte leergeräumt. Jeden Tag wurde vom Morgen bis zum frühen Abend gearbeitet, manchmal sehr hart; doch die langen Sommerabende ließen der Mannschaft reichlich Zeit, auf der Insel herumzustromern und alles zu töten, was ihnen begegnete: See-Elefanten und Robben, Albatrosse, Riesensturmvögel und kleine Schwalbensturmvögel, Kaptauben, Seeschwalben – jede der handzahmen Kreaturen, die das Pech hatte, ihren Weg zu kreuzen oder daneben zu nisten. Stephen wußte nur zu gut, daß diese Tiere keineswegs friedliche Geschöpfe waren und einander unentwegt mordeten: Die Raubmöwen verwüsteten ohne Unterlaß die Gelege aller anderen Vogelarten und fraßen Eier und Küken; die Seeleoparden vertilgten alles, was sie fangen konnten; keiner der Vögel hatte auch nur das geringste Mitleid mit dem Fisch in seinem Schnabel. Die Tiere beachteten bei ihrem Gemetzel jedoch wenigstens eine gewisse etablierte Hierarchie des Tötens, die Seeleute dagegen respektierten nichts und niemanden und schlachteten wahllos alles ab. Vergebens versuchte er, an ihre Vernunft zu appellieren; die Männer hörten ihn mit ernsten Mienen an und machten dann einfach weiter, hielten sich dabei allerdings etwas außer Sicht. Sie kletterten die Klippen empor zu den großen Brutkolonien der Albatrosse an den höhergelegenen Steilhängen oder über die Klippen und hinunter in die nächste Bucht, wo die Robben ihre Brutplätze hatten. Stephen wußte, daß seine wortreichen Belehrungen nicht allzu überzeugend waren, wenn er selbst jede freie Minute am Tag damit zubrachte, Exemplare und anatomische Spezimina von jeder Tierart auf der Insel zu sammeln, vom See-Elefanten bis hinunter zum kleinsten Insekt und den Süßwasser-Flöhen in den Regentümpeln. Nachts saß er dann Stunde um Stunde in seiner Kammer, sezierte die Tiere oder klassifizierte Eier, Knochen und Pflanzen, die er aufgelesen hatte. Er wußte überdies, daß das Töten von Tieren zum Teil seine Berechtigung hatte – dazu brauchte er sich nur die vielen Fässer voll Pinguin- und Robbenfleisch anzusehen, die am Strand lagerten. Trotzdem machte das Gemetzel ihn krank, widerte ihn an, und deshalb zog er nach einigen Wochen tagsüber auf eine Insel in der Bucht um, die von niemandem außer dem Bordarzt der LEOPARD betreten werden durfte.

Die Männer machten ihm ein kleines Skiff aus Segelleinwand und hielten Stephen für außerhalb jeder Gefahr, solange er die zwei aufgeblasenen See-Elefantenblasen am Mann trug, die sie ihm besorgt hatten. Das Wasser in der Bucht war stets ruhig; und doch hätte es einmal beinahe ein Unglück gegeben, als er sich hoffnungslos in seinem Regenschirm verhedderte und aus dem Boot fiel. Die eigenwillig angebrachten Schwimmblasen hielten nur seine mageren Beine über Wasser; einzig die Anwesenheit von Babbingtons Neufundländer verhinderte Schlimmeres. Danach verbot man ihm, allein zu gehen.

Mit der Begleitung wurde in den meisten Fällen Herapath betraut, denn beim Ausräumen der Schiffslast war er fast ebensowenig zu gebrauchen wie Stephen. Der junge Mann war hier so weit entfernt von der Welt der Geheimpapiere und Agenten, einer Welt mit Häusern, Städten und gepflasterten Straßen, daß sein Verhalten gegenüber Dr. Maturin ihn weniger zu schmerzen schien, war er doch jetzt an einem Ort, der einem Traum entsprungen sein mochte und am anderen Ende der bekannten Welt lag. So viele mit intensiven Erfahrungen prall gefüllte Wochen lagen zwischen der Abschrift der von Stephen präparierten Dokumente und der antarktischen Gegenwart, daß der Verrat ihm Jahre zurückzuliegen schien. Bis zu einem gewissen Grad konnten beide an die frühere Freundschaft wieder anknüpfen. Es war Herapath zwar regelrecht verhaßt, auf der Insel knietief durch das nasse, modernde Gras des Flachlands zu waten; auch war es ihm ziemlich gleichgültig, ob das brütende Objekt von Stephens Interesse nun ein Königs- oder ein Wanderalbatros war. Er hatte aber an sich gegen derartige Expeditionen nichts einzuwenden, solange er nicht alle Nase lang irgendwo hin eilen mußte, um einen Tümpel voller Algen oder ein Raubmöwenküken zu bewundern. Nahe am Wasser hatte er sich einen kleinen Unterstand gebaut, und dort saß er stundenlang mit der Angelrute, während Stephen die Insel durchstreifte. Zum Schreiben oder Lesen war es fast immer zu naß. Herapath war jedoch ein kontemplativ veranlagter junger Mann, und der Anblick des auf und nieder hüpfenden Korkens da draußen ließ ihn regelmäßig auf eher fernliegende Gedanken ganz anderer Natur kommen, deren Anlaß jedoch nicht allzuweit entfernt war. Ab und zu fing er auch einen Fisch. Wenn es im nicht enden wollenden Regen selbst Dr. Maturin zu naß wurde, setzten sie sich zusammen in den Unterstand und sprachen über chinesische Lyrik oder, wesentlich häufiger, über Louisa Wogan. Die Dame lebte jetzt an Land und konnte oft in der Ferne gesehen werden: eine kerzengerade, in Pelze gehüllte Gestalt, die mit Mrs. Boswells Baby auf dem Arm am Strand auf und ab ging, sobald die Sonne sich einmal blicken ließ. Das Wort Haft hatte hier auf der Insel für die Frauen erheblich an Bedeutung verloren.

»Dies ist das Paradies«, bemerkte Stephen einmal, als sie das Skiff auf den Strand zogen.

»Vielleicht etwas feucht für das Paradies«, erwiderte Herapath.

»Aber nein – das irdische Paradies war keine windgegerbte, staubtrockene Ödnis aus Sand und Fels –, das Paradies war keine Wüste«, sagte Stephen. »Tatsächlich findet sich bei Mandeville der nachdrückliche Hinweis auf seine moosbewachsenen Mauern, was auf

Feuchtigkeit im Übermaß schließen läßt. Ich habe auf dieser Insel bis jetzt dreiundzwanzig verschiedene Moosarten gefunden – und ich bin sicher, es gibt noch mehr.« Er blickte sich um: schroffe Bergspitzen aus nacktem, schwarzem, naßglänzendem Fels; die Hänge darunter bedeckt von dickem, hartem Gras und gelblich-glibberigem Kohl (in verschiedenen Stadien der Fäulnis). Er sah die schwarze, klumpige Erde, Haufen von Vogelkot überall, tiefhängende Regenwolken und die Nebelschwaden unter grauem Himmel und sagte: »Die Landschaft hier erinnert mich an den Nordwesten Irlands, nur ohne Menschen. Ich denke da an ein Vorgebirge in der Grafschaft Mayo, wo ich meinen ersten Wassertreter zu Gesicht bekam ... Was meinen Sie – erst die Riesensturmvögel, oder ziehen Sie die Seeschwalben vor?«

»Um ganz ehrlich zu sein, Sir, würde ich wohl am liebsten ein wenig im Unterstand sitzen. In meinem Gedärm rumort es schon von dem vielen Kohl.«

»Unsinn«, fauchte Stephen. »Das hier ist der nahrhafteste Kohl, der mir in meinen Jahren als Arzt je auf den Teller gekommen ist. Ich hoffe doch sehr, Mr. Herapath, daß Sie jetzt nicht auch noch in dieses alberne, weibische, wissenschaftlich völlig unhaltbare Gejammer und Gezeter über den Kohl einstimmen wollen. Und wenn er ein wenig gelblich erscheint – in einem gewissen Licht, wohlgemerkt – was macht das schon? Und wenn er ein wenig streng riecht und schmeckt – um so besser, sage ich. Vielleicht wird ihn das davor bewahren, von den hirnlosen Phäaken, diesen seefahrenden Schweinen, so mißbraucht zu werden, wie sie die tierischen Geschöpfe um uns mißbrauchen. Sie schlagen sich den Bauch voll mit Fleisch, bis der kümmerliche Rest Hirn, den sie noch besitzen, im Fett ersoffen ist. Der Kohl dagegen ist ein wahrhaft vortreffliches Nahrungsmittel! Mögen auch seine kühnsten Kritiker die teuflischsten Pamphlete gegen ihn verfassen und Stein und Bein schwören, daß Kohl sie bläht, rülpsen und furzen läßt und ihr Gedärm überfordert – selbst sie können seine Wirksamkeit gegen die Purpura* nicht bestreiten. Sollen ihre Därme doch poltern und grollen wie die Himmel über Golgatha, es ist

* Blutfleckenkrankheit

mir gleich – meinetwegen können sie Feuer und Schwefel furzen, diese Sodomiten und Gomorrhaner: Solange es noch einen einzigen Kohlkopf zu pflücken gibt, will ich keinen einzigen Fall von Skorbut an Bord sehen. Der Skorbut ist die Schande des Schiffsarztes!«

»Ganz Ihrer Meinung, Sir«, sagte Herapath. Er konnte nicht widersprechen, hatte er doch die Heilerfolge gesehen. Ein paar Tage nach der Landung hatten Teile der Mannschaft einen See-Elefanten geschossen. Anfangs fraßen sie sich durch Berge von Fleisch, dann probierten sie die riesige Leber des Tieres – kurz darauf brachen bei allen Männern bläulich-violette, klar definierte Flecken auf dem ganzen Körper aus, ungefähr zwei Zoll im Durchmesser. Stephen traktierte sie sofort mit Kohl von der Insel. Er hatte ihn gefunden und im Selbstversuch sowie am Loblollyboy ausprobiert: eine nicht gerade wohlschmeckende Pflanze; der Geruch war, gelinde gesagt, außergewöhnlich. Aber sie wirkte: Die Blutflecken, so typisch für Purpura, verschwanden, was Jack zu der Bemerkung veranlaßte: »Die Leoparden haben das Winterkleid angezogen« – anschließend lachte er aus vollem Herzen über seinen Witz; die Augen verschwanden fast in dem purpurrot angelaufenen Gesicht. Seit sicher fünftausend Meilen hatte Stephen seinen Freund nicht mehr vor Vergnügen prusten und kichern sehen. Der Kohl aber fand den Weg in die täglichen Mahlzeiten der Männer, denn erstens konnte Prophylaxe nie schaden – Stephen hätte den Leuten auch dann Kohl ins Essen getan, wenn die LEOPARD auf einem Meer von Antiskorbutica geschwommen wäre –, und zweitens war an Bord der Limonensaft knapp geworden. Was die abführende Wirkung des Gemüses anging, hatte er von einer solchen unangenehmen Begleiterscheinung nichts gehört. Sollte Kohl tatsächlich ein wirksames Laxativum sein und derartige Behauptungen nicht nur Einbildungen überfressener Hypochonder sein – schaden konnte das in seinen Augen nicht. Männer (so Stephen mit einem scharfen Blick auf den Kapitän), die zum Frühstück zwei Albatroseier verspeisten, von denen jedes fast ein Pfund wiegt, sollten täglich entschlackt und von schädlichen Säften gereinigt werden.

»Wie gesagt, ganz Ihrer Meinung, Sir«, sagte Herapath. »Aber wenn Sie mich jetzt bitte entschuldigen – ich bin ein wenig erschöpft und würde gerne ein wenig angeln. Wie Sie sich erinnern werden, sagten Sie bei unserer letzten Exkursion, ich dürfte mich zurückziehen – der Riesensturmvogel hatte mich von Kopf bis Fuß mit seinem Tran überzogen.«

»Aber doch nur, weil Sie das arme Tier durch Ihren Sturz so erschreckt haben, Mr. Herapath; und Sie werden zugeben müssen, daß Ihr Sturz äußerst abrupt kam und sehr befremdlich aussah.«

»Sir – der Boden war naß und rutschig von der dicken Schicht Robbenkot.«

»Sturmvögel verzeihen einem nicht die kleinste Taktlosigkeit, mein Herr«, sagte Stephen. Es stimmte schon: Herapath war ein armer Wicht, der vom Pech verfolgt wurde. Ohne daß er ihnen Grund gegeben hatte, war er von vielen der Vögel mit übelriechendem Magentran bespritzt worden (gegen Stephen schienen sie keinen Groll zu hegen). Ein Albatros hatte sogar mit einem Schnabelhieb den Ärmel seines Mantels zerrissen und ihn erheblich am Arm verletzt. »Nun gut – tun Sie, was Ihnen beliebt«, sagte Stephen abschließend. »Kommen Sie, verteilen wir die Brote – ich habe nämlich vor, nicht vor Sonnenuntergang zurückzukommen.«

Das Paradies war recht groß: eine Stunde zu Fuß von ihrem Anlandeplatz über die Hügel zur anderen Seite. Im Gegensatz zu den meisten anderen Inseln (nichts als jäh aufragende Felsmassen und zerklüftete Steilhänge) gab es hier kaum steile Klippen, außer zwei Kliffs an der Küste zur offenen See hin. Ansonsten ähnelte die Insel einer abgeflachten Kuppel und stieg von den Seiten zur Mitte sanft und gleichmäßig an. Trotz einer lieblichen, parkähnlichen Ebene von einigen hundert Hektar bot sie eigentlich kaum genug Platz für all die Tiere, die in der Brutzeit hierher strömten. Zu Tausenden kamen sie aus den Weiten des südlichen Ozeans, den sie das restliche Jahr über durchstreiften – ein Meer fast ohne Inseln und festes Land, soweit man wußte. Ein paar Vogelarten blieben das ganze Jahr über: die immer neugierige Krickente, Raubmöwen, der Scheidenschnabel möglicherweise auch. Für sie gab es jetzt kaum genug Platz in den Brutkolonien, und Stephen mußte sehr vorsichtig sein, um nicht auf Vogeleier zu treten oder in eine der Nistmulden der zahllosen Entensturmvögel zu stolpern. Die großen Albatrosse lebten oben auf der Kuppel am höchsten Punkt der Insel; hier fiel das Gehen leichter, das Gras war kürzer, und die Nester lagen weiter auseinander. Stephen hatte die Vögel dieser Kolonie über viele Wochen von der Balz über den Nestbau bis zur Paarung beobachtet und glaubte, einige der Tiere wiedererkennen zu können, selbst wenn sie nicht im eigenen Nest saßen oder zwischen den Nistplätzen herumliefen. Ein wenig erinnerte die Kolonie Stephen an eine Dorfallmende mit weißen Gänsen darauf – diese Gänse waren allerdings sehr groß, und wenn sie auf ihren gewaltigen Schwingen über ihm kreisten, mußte er an die Geister aus Tausendundeiner Nacht denken. Die Vögel saßen die meiste Zeit über auf kleinen Nesthügeln, die oben die eigentliche Nistmulde trugen; fast kein Nest war ohne Ei. Stephen bahnte sich seinen Weg durch die Masse herumwatschelnder Tiere zu dem ersten Nest mit Brut (sofern ein einzelnes Ei als Brut bezeichnet werden konnte). Der Vogel auf dem Nest schlief mit nach hinten gebogenem Kopf und hatte den Schnabel unter einen Flügel gesteckt. Stephen war ihm so vertraut, daß er nur kurz ein Auge öffnete und ein leises Grunzen hören ließ, als er sich dem Nest näherte. Sanft drückte Stephen das Federkleid über der Brust des Tieres ein wenig auseinander, um zu sehen, ob die Schale des Eies noch intakt war – sie war es, bis zum Schlüpfen würde noch einige Zeit vergehen. Er setzte sich auf ein leeres Nest in der Nähe und sah sich ein wenig um. Von oben spürte er einen starken Luftstoß, dann etwas Warmes nahe bei ihm, und es roch fischig nach Seevogel – der Partner des nistenden Albatrosses war neben ihm gelandet. Der große Vogel taumelte etwas, faltete die enormen Flügel ein und watschelte zum Gemahl hinüber, um ihn zu begrüßen: sanftes, murmelndes Glucksen und ein zärtliches Knabbern am entgegengestreckten Hals. Zu Stephens Füßen hopste ein mattschwarzer Sturmvogel ungeschickt zwischen den Grasbüscheln herum; und rings um ihn glitten Riesenraubmöwen wie Piraten der Luft in Kopfhöhe dahin, auf der Suche nach unbewachten Eiern oder anderer leichter Beute.

Es regnete jetzt nicht mehr, daher legte er das Robbenfell beiseite, das er wie ein Landarbeiter über Kopf und Schultern gezogen hatte. Er holte die Brote aus seiner Tasche und setzte sich so, daß er den Teil der Insel im Auge hatte, über den er aufgestiegen war. Rechter

Hand sah er unten am Strand die See-Elefanten, massige Tiere von etlichen Tonnen Gewicht. Die meisten waren friedlich, allerdings mit einer bemerkenswerten Ausnahme: Ein alter Bulle, gut zwanzig Fuß vom Kopf bis zur hinteren Flosse, hielt sich einen regelrechten Harem und ließ ihn immer noch nicht nah herankommen, obwohl Stephen schon seit Wochen versuchte, Freundschaft mit ihm zu schließen. Jedesmal, wenn Stephen sich ihm näherte, richtete sich das Tier zu voller Höhe auf, zeigte die Zähne, knurrte warnend aus fleischigem Hals, blähte die Nüstern und brüllte ab und zu mit erstaunlicher Lautstärke. Wenn er doch den Anflug einer Ahnung oder Vorstellung davon hätte, dachte Stephen bei sich, wie schwach mein Fleisch nach Mrs. Wogan giert – er würde sich keine Sorgen um seine Damen machen. Neben ihnen sonnten sich die kleinen Pelzrobben mit ihren niedlichen Jungen; die kannte er gut. Noch weiter links sah er an den Steilhängen über dem Meer die Brutplätze der Pinguine: Myriaden von Vögeln, eine gewaltige Kolonie. Dahinter waren die Gründe der Seeleoparden kaum noch zu sehen. Einmal hatte er im Magen eines dieser Meeresjäger elf ausgewachsene Pinguine und eine junge Robbe gefunden, und doch pflegten die Seeleoparden an Land einen sehr friedlichen Umgang mit der potentiellen Beute – tatsächlich schien unter den Geschöpfen aller Art, die sich an Land durchaus vermischten, eine Art von stillschweigendem Vertrag zu gelten, der im Wasser null und nichtig wurde. Wieder spürte Stephen das Schlagen großer Schwingen in der Luft über sich, eine Riesenraubmöwe schrie dicht an seinem Ohr, und das Stück Schiffszwieback, das garniert mit Robbenfleisch auf einem Grasbüschel neben ihm gelegen hatte, war verschwunden. »Dieb, Halunke, Räuber«, fluchte er leise, aber eigentlich war sein Hunger gestillt, und er war nicht im mindesten verärgert.

Genau zwischen ihm und der kleinen Siedlung auf Flagstaff Beach lag die Leopard. Das Schiff bot einen höchst seltsamen Anblick. Nach einer Inspektion der Bucht und aller Inseln hatte Jack sich entschlossen, sie ganz nah an einen steilen, einzelnen Felsen zu warpen, um sie wenigstens etwas kielholen zu können. Das Leck hatten sie rasch gefunden; eine erschreckend tiefe und beinahe tödliche Wunde klaffte im Schiff; aber darum hatte sich der Zimmermann mit seinen Gehilfen bereits gekümmert. Nun mühten die

Männer sich damit ab, das neue Ruder zu setzen. Die Fregatte lag halb auf der Seite, vorne extrem tief, hinten sehr hoch, damit die Arbeiten an Achtersteven, Ruderösen und Zapfen leichter vorangehen konnten; ihr Heck verschwand fast unter dem Baugerüst aus Seilen und Planken.

Jetzt schob sich die Jolle in sein Blickfeld. Bonden ruderte, Jack und der kleine Forshaw quetschten sich auf die Heckbank. Das kleine Boot verhielt an einer Boje mitten in der Bucht; Jack fixierte einige Punkte mit dem Sextanten und rief nacheinander Zahlen aus, die der Kadett in eine Kladde eintrug: Offensichtlich arbeitete Jack wieder an seinen geographischen Vermessungen, wie er das immer tat, wenn die Tide die Arbeiten am Schiffsrumpf verhinderte. Stephen stellte sich auf einen kleinen Felsvorsprung, der sonst den Albatrossen als Absprungschanze diente, und rief, so laut er konnte: »Jolle ahoi.« Erschreckt warfen sich zu beiden Seiten einige der Riesenvögel in die Brise.

Jack wandte sich um, sah ihn und schwenkte den Hut. Die Jolle hielt auf die Insel zu, verschwand unter der Küste, und kurze Zeit darauf hastete Jack den Abhang herauf. Er war sichtlich angestrengt von dem Weg und atmete schwer; sein Bein war es nicht, das ihm so zusetzte – das Gefühl war schon vor Wochen vollständig zurückgekehrt –, sondern das Gewicht seines massigen Körpers. Er bewegte sich in diesen Wochen kaum, aß wie ein Scheunendrescher und merkte am eigenen Körper, wie Gelüste durch Befriedigung weiter verstärkt wurden. Jetzt marschierte er den Berg hinauf, um ein paar Frühstückseier zu suchen.

»Was für eine Schande«, sagte Stephen zu Jack, der ihm drei große Eier entgegenstreckte. »Wenn ich nur daran denke, wie sorgsam ich mein Ei gehütet habe – wie meinen Augapfel. In Watte habe ich es gepackt, damit es auch nicht den kleinsten Kratzer bekommt. Es ist vielleicht das einzige Ei seiner Art in England, Schottland und Wales, und du schlägst dir einfach drei davon zum Frühstück auf . . .«

»Man kann eben kein Omelett machen, ohne Eier zu zerschlagen«, erwiderte Jack hastig, bemüht, sein Bonmot zu plazieren, solange er die Chance dazu hatte. »Nun, Stephen – ha, ha –, was sagst du dazu?«

»Ich könnte als Antwort auf die Perlen und die Säue verweisen –
falls du mir folgen kannst: Die Perlen wären dann diese unbezahl-
baren Eier – aber ich verzichte auf den Versuch, einem Geistesriesen
wie dir ähnlich originell zu antworten.«

»Glaubst du, ich bin den ganzen Weg hier hoch gepustet, nur um
mich von dir als Halbtrottel darstellen zu lassen? Laß es dir gesagt
sein: In der guten, alten Royal Navy gibt es nicht wenige, die meinen
Grips mehr zu schätzen wissen als du. Nein, mein Lieber, dafür bin
ich nicht gekommen – sondern ich wollte hier auf den Felsen sitzen
und dir mein Schicksal klagen. Was habe ich bloß für ein hartes
Los.«

Stephen sah ihn prüfend an. Die Worte an sich waren die eines
heiter gelaunten, jovialen bis albernen Jack und paßten gut zum
wohlgenährten, kräftig geröteten Gesicht – der Tonfall dagegen
klang um die eine oder andere Nuance falsch; außerdem schien ihm
der Zeitpunkt falsch gewählt für solche Scherze, besonders wenn sie
aufgesetzt wirkten. Seit er als Bordarzt in der Marine fuhr, war ihm
immer wieder aufgefallen, wie allgegenwärtig Humor in der Flotte
war: In den Offiziersmessen, die er kennengelernt hatte, wurde
nahezu von jedem in jeder Situation und fast mechanisch gescherzt;
uralte Witze, mehr oder weniger lustige Anspielungen, drollige
Sprichwörter – das ganze Reservoir eines Humors, der obligatorisch
geworden war – machten einen Großteil der täglichen Konversation
seiner Bordkameraden aus. Stephen hielt dies für eine nationale
Eigenheit der Engländer, und er fand sie oftmals ermüdend. Dabei
übersah er den Wert nicht, den reflexartiges Scherzen als Prophylaktikum gegen Griesgram und Melancholie besaß. Es stärkte den Mut
und schützte vor allem Seeleute, die zum Zusammenleben auf
engstem Raum gezwungen waren, vor möglicherweise kontrover-
sen, erwachseneren Formen des Gesprächs – in solchen Unterhaltungen konnten Männer sich so in Hitze reden, daß ein ernsthafter
Streit unvermeidbar wurde. Vielleicht lag hierin der wahre, tiefere
Zweck des englischen Humors, vielleicht konnte man ihn aber auch
als Manifestation nationalen geistigen Leichtgewichts oder als Ausdruck der englischen Abneigung gegen Intellekt und geistige Betätigung ansehen – das wagte er nicht zu entscheiden. Er wußte aber
Jack Aubrey fest in dieser Tradition verwurzelt, für die Ernsthaftig-

keit irgendwie unanständig war. Für den Kapitän war es nur mit großer Anstrengung möglich, bei allen Themen, die nicht mit dem Führen eines Schiffes im besonderen oder der Marine im allgemeinen zu tun hatten, nicht zu lächeln; und noch auf dem Totenbett würde er den Geist mit einem halbfertigen Wortspiel aufgeben, wenn er es nicht sogar schaffte, die richtige zweite Hälfte noch rechtzeitig zu finden.

Sollte aber diese Art der Heiterkeit einmal falsche Töne produzieren, dann klangen sie extrem falsch. Stephen wurde an eine Cello-Suite erinnert, an der er sich oft mit mäßigem Erfolg versucht hatte: eine simple Adagio-Melodie, die sich für ihn durch sukzessive Variationen regelmäßig zum Alptraum auswuchs. Hier lag der Fall ähnlich; und sein scharfer Blick spürte hinter Jacks lachenden Augen eine tiefe Erschöpfung, die von Verzweiflung nicht mehr allzu weit entfernt war. Warum waren ihm die Symptome nicht vorher aufgefallen? Desolation Island mit seiner reichen Flora und Fauna mußte seine Aufmerksamkeit völlig absorbiert haben. Ja, so war es: Hier gab es Seevögel, von denen er bisher nur geträumt hatte, und zwar zum Greifen nah; die gesamte Tier- und Pflanzenwelt der Insel war nahezu unbekannt; und er hatte Zeit im Überfluß für ausgiebige Studien. Zu Jack sagte er: »Verzeih mir, Bruder – stimmt etwas nicht? Ist das alte Leck wieder aufgebrochen?«

»Nein, nein, das ist es nicht – das Leck haben wir gestopft, der Rumpf ist so gut wie neu. Nein – das Ruder macht mir Sorgen.«

Als in den vergangenen Wochen das Schiff leergeräumt und das Leck abgedichtet worden war, hatte sich Stephen für den Fortgang der Arbeiten nur am Rande interessiert. Die Beteiligten waren sowieso wenig geneigt, ihn mit technischen Details zu belästigen, und wenn er am Ende eines langen Forschertages von seiner Insel zurückkehrte, war er zumeist auch gar nicht mehr aufnahmefähig: Durchnäßt, frierend und zum Umfallen müde hockte er gähnend am rauchigen Robbentranfeuer und war zu sehr mit den eigenen faszinierenden Entdeckungen beschäftigt, um genau zuzuhören. Er war es zufrieden, die Experten an Bord ihre Arbeit tun zu lassen; derweil ging er eigenen Aufgaben nach. Die schönen, neuen Planken, die das Leck innen und außen abdeckten, waren ihm nicht entgangen; ebensowenig das stattliche Ruder. Der Zimmermann und seine Crew hatten es mit aller Umsicht aus Reservemaststengen zurechtgesägt – so sorgfältig, daß Stephen keinen Unterschied zum alten Ruder erkennen konnte. Jetzt fürchtete er nur, daß die LEOPARD – dicht und trocken, voll proviantiert und steuerbar an jedem Wind – den Anker lichten würde, bevor er mit seinen botanischen und zoologischen Sammlungen richtig begonnen hatte.

Jack gab ihm jetzt eine gründliche, sehr technische Beschreibung der Arbeit am Ruder. Was die Experten befürchtet hatten, war tatsächlich eingetreten: Die eigentliche Verbindung zwischen Ruder und Rumpf war nicht zu bewerkstelligen – zumindest war sie bisher nicht gelungen, und Jack wußte keinen Rat mehr. Dem nach neuen Prinzipien konstruierten Achtersteven hatte er von Anfang an nicht getraut (»neumodischer Firlefanz, der die guten Eichenbohlen nicht lohnt«); jetzt hatten sie dort erschreckende Mängel festgestellt. Der Eisberg hatte ihm übel mitgespielt, vor allem aber war das Holz unter dem Kupferbeschlag vollkommen verfault und verrottet. »Der arme alte Gray hat bitterlich geweint, als er das sah.« Wollten sie das Ruder trotzdem hochseefest am Rumpf befestigen, gab es keinen anderen Weg, als neue Ruderösen zu schmieden, jene massiven, gußeisernen Klammern mit Öffnungen für die Zapfen des Ruders. Weil der Achtersteven dafür zu schwach war, mußten sie aber die Ruderösen mit wesentlich längeren Haltearmen versehen, damit sie am eigentlichen Schiffskörper angebracht werden konnten; nur die soliden Planken des Rumpfes vermochten ein solches Gewicht zu halten. Zwar fand sich auf der LEOPARD und unter der Ladung am Strand genug Eisen für die Ösen, eine Schmiede aber hatten sie nicht – die war zusammen mit Amboß, Schmiedehämmern und den übrigen Werkzeugen des Waffenmeisters geopfert worden, als auch Kanonen, Anker und andere schwere Gegenstände über Bord gegangen waren, um das Schiff über Wasser zu halten. Außerdem gab es praktisch keine Kohle mehr: Was nicht in Säcken außenbords geschafft worden war, hatten die Lenzpumpen in kleinen Bruch-stückchen über die Speigatten gespien. Robbentran eignete sich zwar gut für die Beheizung der Hütten am Strand, er hielt auch die Decks an Bord warm; aber Eisen so stark erhitzen, daß man es schmieden und schweißen konnte, ging damit nicht. Und selbst wenn es gelänge – zur Bearbeitung des Eisens brauchten sie schwere Hämmer und einen Amboß.

»Ach, was bin ich für ein Jammerlappen«, sagte Jack schließlich. »Ich rede, als ob die Welt morgen untergeht, was sie kaum tun wird. Ein paar Ideen hab ich ja auch noch: Ein besserer Brand mit Knochen, die wir vorher in Tran einlegen; dann können wir eine der Karronaden vom Notanker lichten und uns daraus einen Amboß und ein paar Vorschlaghämmer machen – du wirst schon sehen, mit Meißel und Feile kann man wahre Wunder vollbringen. Allerdings brauchen wir dafür Geduld und viel Zeit. Und wenn es doch nicht möglich sein sollte, ein neues Ruder zu setzen, können wir uns immer noch ein Boot bauen, einen Kutter mit Halbdeck zum Beispiel. Babbington nimmt sich ein Dutzend unserer besten Leute, segelt damit nach Norden und holt Hilfe.«

»Könnte ein Boot denn in dieser See überleben?«

»Ohne eine anständige Portion Glück wohl kaum. Grant hat sicher an eine echte Chance geglaubt, aber der hatte auch kaum mehr als tausend Seemeilen vor sich – wir sind noch einmal so weit vom Kap weg. Und so ein Boot zu bauen, das braucht Zeit. Wenn dann die Nächte länger werden, kommt auch das Eis weiter nach Norden, und irgendwann werden wir hier bis zum nächsten Frühjahr eingeschlossen sein. Dir würde das sicher gefallen – obwohl wir dann noch einigen Robben den Schädel einschlagen müßten, Stephen! Die Mannschaft dagegen wäre alles andere als begeistert: Der Rum ist fast alle, und viel Tabak haben wir auch nicht mehr.« Er duckte sich, und ein Albatros verfehlte seinen Kopf nur um eine Handbreit. Dann erhob er sich und sagte: »Immerhin, noch ist es nicht soweit. Ein paar Kugeln hab ich noch im Schapp, sozusagen – einen verbesserten Blasebalg, um nur eine zu nennen, und einen neuen Ofen. Wie dem auch sei – wir müssen auf alles gefaßt sein und die nötigen Vorbereitungen treffen. Wenn es bis Ende der Woche mit dem Ruder nicht vorangegangen ist, werde ich mit den Zeichnungen für den Kutter beginnen.« Jack sah Stephens besorgtes, tiefernstes Gesicht und fügte hinzu: »Es ist eine große Erleichterung für mich, Stephen, einmal jammern und klagen zu dürfen, nicht immer die allwissende Zuversicht in Person sein zu müssen – also übertreibe ich ein wenig. Nimm nicht zu ernst, was ich dir gerade gesagt habe.«

Eine Woche verging, dann die nächste. Auf Stephens paradiesischem Eiland schlüpften die Albatrosküken aus den Eiern, und die Kohlköpfe zeigten erste Blüten. Auf Flagstaff Beach hingegen hämmerten die Arbeitsgruppen immer noch ohne großen Erfolg auf das Eisen ein, umgeben von Haufen von zersplittertem Gestein. Unter Jacks Händen nahm der Bauplan für das Boot, das in einem Jahr segeltüchtig sein sollte, erste Konturen an.

Die Tage wurden kürzer, das Wetter blieb schön (zu schön, wie Jack meinte). Auf der Insel töteten die Männer immer mehr Tiere, und der Faßbinder füllte ein Fäßchen nach dem anderen mit dem Fleisch der getöteten See-Elefanten, Robben, Pinguine und Albatrosse. Das Fleisch wurde in Robbentran gekocht, um es haltbar zu machen; das wenige, kostbare Salz brauchte Stephen für die Kohlfässer. Auf Wohlgeschmack kam es jetzt nicht an, sondern darauf, den antarktischen Winter zu überstehen, wenn Robben und Seevögel in die Winterquartiere im Norden abgewandert sein würden. Vom Rum war kaum noch etwas übrig, nur ein kleiner Meßbecher täglich für eine Achterbackschaft, vom Tabak noch weniger, gerade einmal eine halbe Unze pro Kopf und Woche. Vom ärztlichen Standpunkt aus mochte Stephen die erzwungene Entwöhnung der Mannschaft von schädlichen Stoffen begrüßen, als Mitglied der Besatzung dagegen fühlte er, wie sehr die Männer unter dem Entzug von Rum und Tabak litten – es gab auf der Insel sonst wenig, was ihnen Genuß bereiten konnte. Er selbst verbrachte jetzt fast jede freie Minute auf seiner Insel. Leberblümchen und Bärlapp standen in voller Blüte, und Stephen studierte die verschiedenen Flechtenarten.

Nach einem langen Abend kehrte Stephen zum Unterstand zurück. Herapath hatte den Tag mit Angeln verbracht, was ihm reichlich Zeit ließ, seine große Liebe bei ihren Spaziergängen am Strand durch ein kleines Teleskop zu betrachten. Das Glas hatte er von Byron für drei Unzen Tabak erworben; Geld hatte an Bord seit langem jeden Wert verloren.

»Fünf kleine Fische habe ich gefangen, Sir«, begrüßte er Stephen, die Stimme gegen das abendliche Robbenkonzert erhebend: Um sie herum brüllte, jaulte und blökte es.

»Ein überaus günstiges Omen«, sagte Stephen. »Mehr als fünf wären des Guten zuviel gewesen. Wo aber haben Sie das Boot gelassen, wenn ich fragen darf?«

»Welches Boot?« Herapath lächelte verständnislos. Dann erschrak er sichtlich: »Gute Güte, das Boot – es ist weg!«

»Vielleicht waren die Bande nicht fest genug, um diese Kolonie am Mutterland zu halten – was meinen Sie, Mr. Herapath? Weit ist es aber nicht gekommen. Sehen Sie, da drüben treibt es, zwischen den Inselchen am Eingang der Bucht.«

»Soll ich hinschwimmen?«

»Könnten Sie sich denn eine so lange Strecke über Wasser halten? Ich würde sicher untergehen. Und selbst wenn ich ein guter Schwimmer wäre, glaube ich kaum, daß ich mich auf ein solches Abenteuer einließe. Nein, nein – Mr. Herapath, ziehen Sie den Mantel an. Wir sind sowieso schon knapp an Leuten; der Kapitän verzeiht es mir nie, wenn ich Sie verliere, egal ob an einen vorwitzigen Killerwal, einen Seeleoparden oder nur an feuchte Kälte auf bloßer Haut. Lassen Sie uns lieber ein Zeichen geben. Auf dem Strand werden sie uns sehen und die Jolle herüberschicken; die nimmt unser Skiff ins Schlepp, und wir sind gerettet.«

»Das ist sicher besser.« Herapath knöpfte erleichtert seinen Mantel zu. »Ich stehe tief in der Schuld unseres Kapitäns – er hat mir schon einmal das Leben gerettet, wie Sie wissen.«

»Sicher weiß ich das. Sie werden ja nicht müde, daran zu erinnern. Los jetzt, beide zusammen: Strand ahoi!«

»Strand ahoi!« riefen sie, immer wieder, aber die Mönchsrobben brüllten lauter, tatkräftig unterstützt von See-Elefanten und den kleinen Ohrenrobben mit ihren schrillen Schreien. Einmal meinten sie eine Gestalt zu sehen, die ihnen vom fernen Ufer antwortend zuwinkte, aber im Zwielicht der einsetzenden Dämmerung mußten sie sich wohl getäuscht haben. Am Strand rührte sich jedenfalls nichts.

»Nie und nimmer wird die Jolle kommen«, sagte Herapath endlich. »Die am Strand werden denken, wir sind auf dem Schiff; und die an Bord glauben, wir sind an Land.«

»Wie elegant Sie unsere Lage auf den Punkt bringen, Mr. Herapath. Jetzt fängt auch noch dieser vermaledeite Regen wieder an. Bald wird es frieren, und wir werden mit sehnsüchtigem Verlangen an die warmen, wasserdichten Robbenfellumhänge in unseren Kabinen denken.«

Sie saßen in dem zur See hin offenen Verschlag und blickten durch den Nieselregen hinüber zu den fernen Feuern am Ufer. Einige Zeit verging, schließlich brach Stephen das Schweigen: »Wie aktiv die Sturmvögel da hinten zu dieser späten Stunde noch sind. Aber sehen Sie nur – da ist ein Boot, das uns erlösen wird. Rechts von dem Felsen, mit dem Büschel Gras darauf. Läuft gerade in die Bucht.«

»Das ist nicht unser Boot – es ist viel größer als eine Jolle!«

»Nanu, was mag das wohl sein? Egal – wenn keine Eisbären oder Hunnen an den Rudern sitzen, wird man uns wohl erlösen. Boot ahoi!«

»Ahoi!« rief einer der Männer; die anderen legten die Riemen glatt. Stephen rief: »Bitte seien Sie so gut und nehmen Sie das kleine Skiff dort zu Ihrer Linken ins Schlepptau. Es ist uns davongetrieben, und wir sitzen hier sozusagen fest.«

Im Walfangboot wurde gemurmelt und gestikuliert; dann ruderten die Männer zum Skiff hinüber, vertäuten das kleine Boot am Heck und pullten zum Strand.

Ein großgewachsener Mann sprang über den Bug an Land und fragte: »Sie sagen, Sie sitzen fest?«

»Im wahrsten Sinne des Wortes«, antwortete Stephen. »Wir hatten das Boot festgemacht, aber die Leine hat sich gelöst, und hier sitzen wir nun und sind von unseren Freunden und der Welt abgeschnitten. Ich bin Ihnen zutiefst verpflichtet, mein Herr. Habe ich das Vergnügen, mit Mr. Reuben zu sprechen?«

»Das ist der dort«, sagte der große Mann und zeigte auf das Walboot. Mr. Reuben kletterte über die Ruderbänke, sprang auf den Strand und kam herüber. Auch er war sehr groß und beugte sich mit einem Gesichtsausdruck äußerster Verwunderung zu Stephen hinunter. »Ich schätze, Sie beide sind von einem Engländer«, sagte er schließlich. Stephen bemerkte, daß er an Skorbut im fortgeschrittenen Stadium litt: Er stank entsetzlich aus dem Mund, und sein Gesicht war aufgedunsen.

»Ganz richtig«, antwortete Stephen.

Einer aus dem Boot kommentierte: »Das schlägt doch dem Faß den Boden aus.«

»Und dem Faßbinder dazu«, sekundierte ein anderer.

»Sind wir schon im Krieg mit England?« fragte Reuben.

»Nein.« Herapath meldete sich zu Wort. »Jedenfalls war noch Frieden, als wir Portsmouth verließen. Sie kommen aus den Staaten, wie ich vermute?«

»Wenn Sie mich jetzt bitte entschuldigen würden, Gentlemen«, sagte Stephen, als er tief geduckt gegen den kräftigen Regen vorsichtig in die kleine Nußschale kletterte. »Wir dürfen unsere Freunde nicht länger warten lassen. Haben Sie vielen Dank – ich nehme doch an, Sie werden uns mit einem Besuch beehren? Kommen Sie, Mr. Herapath.«

Eine Stimme rief ihnen nach: »Wehe, Sie haben unsere Kohlköpfe geklaut!«

»Kohlköpfe?« gab Stephen zurück. »Also wirklich – als ob wir Kohl essen würden.«

Die aufgehende Sonne verscheuchte am nächsten Morgen die Wolken wie auch die Dunkelheit, die über jenem ersten Treffen gehangen hatte. Im ersten Licht des neuen Tages sahen die Männer am Ufer zwei Schiffe in der Bucht: Die LEOPARD, wie gewohnt, und in einigem Abstand die Brigg LA FAYETTE aus Nantucket, Skipper Winthrop Putnam. Der Walfänger driftete auf der Morgenflut in die Bucht, und kurz darauf pullten ihr Master und der Bootsmann, Reuben Hyde, im Beiboot zum Ufer. Sie stiegen aus und kamen herauf zum Flaggenmast, wo Kapitän Aubrey sie erwartete. Die Brigg hatte die eigene Flagge nicht zum Salut gedippt, wie es sich gehörte; trotzdem entbot er ihnen einen guten Morgen, schüttelte dem Skipper mit der Rechten die Hand, mit der Linken eine Flasche Port präsentierend, und lud sie zum Frühstück ein.

»Tja, Sir«, sagte Kapitän Putnam, der Jacks Hand immer noch nicht losgelassen hatte, »ich würde ja nur zu gerne, aber ...« Hier traf ihn der Duft frischen Kaffees aus Jacks Strandhütte, Putnam mußte husten und fuhr fort: »Sie meinen wohl, hier an Land? Nun, in diesem Fall habe ich nichts dagegen.«

Er war hochgewachsen und hager, aber dennoch kräftig, mit stechenden, eisblauen Augen und einer ebenso blauen Nase, die eine Gesichtshälfte war stark angeschwollen. Ein schweigsamer Mann, zurückhaltend, wenn nicht mißtrauisch; ab und zu hielt er eine Hand an die geschwollene Wange, und dann preßte er die Lippen zu einem dünnen Strich zusammen.

Seit er vor zweieinhalb Jahren den Nantucket Sound hinter sich gelassen hatte, war er recht erfolgreich gewesen und hatte sein Schiff mit Lebertran, Walrat und Robbenfellen gefüllt. Es sollte nach Hause gehen, sobald die Ladung Kohlköpfe für die Rückfahrt an Bord war – er hatte den Skorbut im Schiff, sagte er, und dazu noch reichlich andere Krankheiten.

»Ich schicke Ihnen unseren Bordarzt, der wird sich die Kranken mal ansehen«, sagte Jack.

»Sie haben einen Arzt an Bord? Was für ein Glück«, rief Kapitän Putnam erstaunt. »Wir hatten auch einen, aber der ist uns vor Süd-Georgien mit Bauchgrimmen gestorben.«

»Unserer hat ein besonderes Händchen für Skorbut, und mit der Säge schlägt er jeden Knochenflicker in der Royal Navy.«

Putnam schwieg eine Weile. Wieder durchzuckte der Schmerz sein Gesicht, und er sagte: »Also, um ganz offen mit Ihnen zu sein, Sir – ich habe nicht vor, mir von der Marine Ihres Königs George helfen zu lassen.«

»Ach ja?«

»Lassen Sie mich noch hinzufügen: Ich habe weiterhin nicht vor, auch nur einen Fuß an Bord der LEOPARD zu setzen. Wir haben sie gleich erkannt, schon beim Einlaufen. Nichts gegen Sie persönlich, Sir … Im Jahre sieben fuhr sie unter einem anderen Kommandanten. Damals hat Ihr Schiff meinen Vetter getötet, als sie die CHESAPEAKE angegriffen und Männer aus ihr gepreßt hat – ich wünsche die LEOPARD auf den Grund des Meeres, Sir, und ich schätze, so wie ich denken die meisten Amerikaner.«

»Nun, Kapitän Putnam«, sagte Jack, »das tut mir leid – Sie haben mein tief empfundenes Mitgefühl.« Er meinte das genau so, hatte immer schon bedauert, was damals passiert war. Der Vorfall, der den Walfänger erbitterte, lag schon Jahre zurück, aber Jack erinnerte sich nur zu gut: Im Jahre 1807 feuerte die LEOPARD, damals unter Buck Humphreys, drei volle Breitseiten in ein völlig unvorbereitetes amerikanisches Kriegsschiff, die CHESAPEAKE, tötete oder verwundete zwei Dutzend ihrer Männer und zwang das Schiff, die Flagge zu streichen. Als Amerikaner hätte er eine derartige Beleidigung niemals vergeben oder vergessen, sondern die LEOPARD genauso auf den tiefsten Meeresgrund gewünscht, wie der Skipper der LA FA-YETTE dies tat. Er selbst hatte das Vorgehen des englischen Kommandanten nie verstanden und stets verurteilt – er hätte niemals zu solchen Mitteln gegriffen, bloß um sich ein paar desertierte Matrosen (oder auch ein paar hundert) zurückzuholen. So offen konnte er als Offizier Seiner Majestät einem mittlerweile vielleicht schon feindlichen Ausländer gegenüber aber nicht sprechen; statt dessen bot er dem Mann eine zweite Tasse Kaffee an (die Walfangbrigg hatte die letzten Bohnen südlich von Kap Hoorn vermahlen) und lobte noch ein wenig Dr. Maturin. »Einen amerikanischen Assistenten hat er auch«, fügte Jack hinzu. »Die beiden Gentlemen wurden gestern abend von Ihrem Boot gerettet.«

»Hatte ich mir schon gedacht, daß die keine Toppgasten waren«, sagte Kapitän Putnam mit etwas, das einem Lächeln näher kam als alles, was er bis dahin zustande gebracht hatte. Er erhob sich und dankte Kapitän Aubrey für dessen Gastfreundschaft. Dann meinte er, schon fast im Gehen, der amerikanische Arztgehilfe dürfte sich wohl in einer ziemlich heiklen Lage befinden, sollte es tatsächlich zum Krieg kommen – möglicherweise sei der Krieg bereits ausgebrochen, und sie wüßten nur nichts davon.

»Sie halten das demnach für wahrscheinlich?«

»Wenn die Engländer weiter unseren Handel stören, unsere Schiffe aufbringen und alle Männer pressen, die sie irgendwie für britisch halten – wie können wir dann den Krieg *nicht* erklären? Wir Amerikaner sind eine stolze Nation, Sir, und wir haben es euch schließlich schon einmal ordentlich gegeben. An Präsident Jeffersons Stelle hätte ich dem guten König George die Kriegserklärung zugeschickt, noch während die LEOPARD auf unsere CHESAPEAKE feuerte. Und eines sage ich Ihnen, mein Herr: Wir haben jetzt Fregatten auf See, die alles in ihrer Klasse in Stücke schießen, und weitere liegen schon auf Kiel. Wenn es kracht, dann haben wir einen ganzen Stall von Hühnern mit euch zu rupfen, und wir werden sie rupfen – jawohl, Sir!« Mit jedem Satz wurde er zorniger und funkelte Jack dabei aus wutblitzenden Augen an. Dann warf er ihm noch ein letztes, emphatisches »Sie werden schon sehen!« an den Kopf, machte grußlos auf dem Absatz kehrt und ging zurück zum Boot. Der Bootsmann an seiner Seite hatte während der ganzen Unterredung kein Wort gesagt.

Später am Tag wurde die kollektive Abneigung der Walfänger gegen die LEOPARD noch deutlicher. Die Besatzung der LA FAYETTE kam mit allen Beibooten herüber; die Männer führten sich auf, als sei Flagstaff Beach ihr privater Strand, und kletterten dann die Klippen hinauf auf der Suche nach Eiern und Kohlköpfen. Jack hatte Order gegeben, jeden Zusammenstoß mit den amerikanischen Seeleuten zu vermeiden – ein Befehl, der sich als völlig überflüssig herausstellte: Die Walfänger grüßten nicht, wenn sie einem der Männer von der LEOPARD begegneten; sie grunzten höchstens kurz und kommunizierten ansonsten nur indirekt mit seinen Leuten, indem sie laute Bemerkungen machten, die für englische Ohren bestimmt waren: »Denkt an die CHESAPEAKE« – »Verdammter Scheißkahn, diese LEOPARD« – »1807 – unvergessen!« – »Mistkerle, haben uns den halben Kohl weggefressen« und so weiter. Die Burschen sahen rauh und ungehobelt aus, viele verschwanden fast hinter buschigen Bärten, so daß sie entfernt an Bären erinnerten. Wer allerdings genau hinsah, konnte erkennen, daß die Männer nicht in der besten Verfassung waren. Die steilen Hänge brachten sie gehörig ins Schwitzen und Schnaufen, und obwohl die Netze mit den Kohlköpfen kaum mehr als einen halben Zentner wiegen konnten, gingen die Seeleute tief gebeugt unter der Last. Einige stopften sich rohe Kohlblätter in den Mund, während sie zum Strand hinabstiegen.

Jack behielt die ganze Zeit über nicht nur die amerikanische Besatzung, sondern auch ihr Schiff sorgsam im Auge. Aus dem Kombüsenabzug der Brigg stieg unablässig eine dünne, schwarze Rauchsäule empor – offensichtlich war ausreichend Kohle an Bord. Noch hatte er sich keine Verhaltensstrategie zurechtgelegt. Jedes Walfangschiff, das über viele Monate, sogar über Jahre auf See blieb, mußte eine Schmiede an Bord haben; er konnte es jedoch nicht riskieren, sich auf seine Bitte um Mitbenutzung der Esse eine glatte Absage einzuhandeln. Es war mehr als wahrscheinlich, daß Putnam in seiner gegenwärtigen Verfassung ablehnen würde, und damit wären alle Verhandlungsmöglichkeiten ausgeschöpft. Moore favorisierte sowieso eine Politik der starken Hand, und wenn es nach ihm ging,

würden seine Seesoldaten erst alle Walfänger an Land gefangenneh-
men und dann an der Brigg mit deren eigenen Booten längsseits
gehen. »Mit größerem Widerstand rechne ich nicht«, sagte er zu
Jack. »An Deck lungern vor allem die Kranken herum – und wer
wird sich schon blutige Nasen holen wollen, wenn wir uns bloß die
Schmiede ausleihen wollen?«

Jack war sich da nicht so sicher. Kapitän Putnam hatte bereits die
vier Sechspfünder ausgerannt und Enternetze geriggt: eine ganz
normale Vorsichtsmaßnahme, wenn so ein Schiff mit kostbarem
Walrat zwischen den Kannibaleninseln der großen Südsee kreuzte;
hier vor Desolation Island aber eine Geste von besonderer Bedeutung. Auf jeden Fall waren die Beziehungen zwischen England und
den Vereinigten Staaten zur Zeit so gespannt, daß jede Gewaltan-
wendung einen diplomatischen Zwischenfall oder gar den Krieg
bedeuten mußte – zumal bei einem Schiff mit dem Namen und der
unglückseligen Vorgeschichte der Leopard. Vielleicht gab es aber
gar keinen anderen Weg; auch waren beide Länder möglicherweise
schon im Krieg. In diesem Fall wäre er mehr als gerechtfertigt, und
die La Fayette gäbe eine schöne Prise ab: Die Schmiede, aber auch
Walrat und Pelze, wären dann Eigentum der Krone. Es war eine
gewaltige Versuchung, und viel Zeit zum Überlegen blieb ihm
nicht, denn der Walfänger wollte in See stechen, sobald ausreichend
Grünzeug eingelagert war. »Dr. Maturin zu mir«, befahl er.

Dr. Maturin weilte in diesem Moment wieder einmal im Paradies.
Zusammen mit dem Assistenten war er dabei, niedere Moose und
Flechten auszugraben und seinem wachsenden Herbarium einzu-
verleiben. Herapath fiel es schwer, seine Aufregung zu zügeln,
allerdings hatte der Aufruhr in seiner Seele sehr wenig mit Botanik,
dafür um so mehr mit der Aussicht auf Krieg zu tun: Zahllose
Hypothesen stellte er im Geist auf und verwarf sie wieder, die alle
um einen möglichen, ja wahrscheinlichen Krieg zwischen England
und Amerika kreisten. Immer wieder drängte er Stephen, beim
Kapitän ein gutes Wort für ihn einzulegen, damit er die La Fayette
besuchen konnte (was Jack am Morgen ausdrücklich verboten
hatte).

»Sie sind doch selbst Amerikaner«, sagte Stephen. »Unser Kapitän
würde gegen internationales Recht verstoßen, sobald er auch nur

den Versuch macht, Sie wieder zu uns zu bringen. Und daß die LEOPARD knapp an Leuten ist, brauche ich Ihnen ja nicht zu sagen.«

»Dann ist es also wahr, daß ein in den Staaten geborener Amerikaner nicht gegen seinen Willen von einem amerikanischen Schiff entfernt werden darf?«

»So wahr ich hier stehe.«

»Aber ich würde doch sozusagen eine Geisel stellen – Sie müssen doch wissen, daß ich sie nie und nimmer hier zurücklassen könnte.«

»Ich weiß das wohl, Kapitän Aubrey aber nicht. Arme Mrs. Wogan. Es wird sie hart ankommen, die ersehnte Freiheit nicht einmal eine halbe Meile vor sich zu sehen. Auch sie ist nämlich unerreichbar für den Arm des englischen Gesetzes, sobald sie das Deck des Amerikaners betritt. Vielleicht hätte ich das jedoch besser nicht erwähnt – wenn sie davon erfährt, könnte sie versucht sein, plötzlich etwas sehr Unbedachtes zu tun. Sie weiß wohl gar nichts und denkt nicht daran, und ich will auch nicht – psst, ich höre eine Stimme.«

Stephen hätte stocktaub sein müssen, um Allan zu überhören. Der Mann hatte sich mittlerweile das ihm zustehende, tiefe und volle Bootsmannsgebrüll angewöhnt; jetzt stand er in der Jolle und preite aus voller Kehle die moosbewachsenen Berge des Paradieses an – der Doktor solle sofort zum Kommandanten kommen.

»Platz da«, herrschte er die Pinguine an, als er Stephen die natürliche Straße hinabtrieb, die zahllose Generationen von Seevögeln auf der Insel hinterlassen hatten.

»Nun, Mr. Allan – wozu diese Hatz und Hast?« fragte Stephen, sobald sie in der Jolle saßen. »Gibt es Neuigkeiten von diesem scheußlichen Krieg – ist er etwa schon ausgebrochen?«

»Gott bewahre, Sir«, antwortete Allan. »Mein Bruder ist doch in den Staaten. Ist ausgebüchst von der HERMIONE, dabei war er Bootsmannsgehilfe und reif für den Decksoffizier. Auf den will ich keine Kanone nie richten müssen. Nein, das ist es nicht – aber der Kapitän hatte es verdammt eilig, Sie zu sehen, ist alles, was ich weiß.«

Die Sorgenfalten in Jacks Gesicht glätteten sich ein wenig, als Stephen in die Hütte trat. Er schilderte dem Freund die Lage, Stephen überlegte einige Minuten und sagte dann: »Vielleicht wäre es am besten, man ließe Herapath gewähren. Er will um alles in der

Welt auf diesen Walfänger – lassen wir ihn gehen. So ein Besuch wird ganz natürlich wirken, ja man könnte fast sagen, er ist obligatorisch. Schließlich ist er ein Landsmann von ihnen. Gib ihm die Erlaubnis, und ich bin sicher, es wird unserer Sache nicht schaden.«

»Und wenn er gar nicht mehr zurückkommt? Ich kann jetzt keinen Mann entbehren, nicht einmal eine Landratte wie Herapath – immerhin kann er im Notfall an den Pumpen helfen, und was ein Tau ist, weiß er ja mittlerweile auch. Die Brigg kann ankerauf gehen, wann immer sie will; die muß hier nicht überwintern. Keiner von denen hat einen langen Winter mit Eis und Schnee vor sich und den Hungertod um die nächste Ecke. Das Schiff geht zurück in die Heimat, Stephen – das solltest du bedenken. Außerdem: Selbst wenn die LEOPARD seetüchtig wäre und segeln könnte, wäre es doch alles andere als angenehm für ihn, mit uns gegen sein Land zu kämpfen. Wer weiß, ob wir nicht schon im Krieg mit Amerika stehen.«

»Ich lege meine Hand dafür ins Feuer, daß er zurückkommen wird. Wenn nicht aus anderen Gründen, so allein deshalb, weil er ein ehrenwerter Mann ist; er besitzt ein ausgeprägtes Pflichtgefühl und hat nicht vergessen, daß du sein Leben gerettet hast und er dir die Beförderung verdankt. Immer wieder hat er auf der Reise davon geredet, gerade gestern noch kam er wieder darauf. Nein, Jack – er wird zurückkehren, da bin ich ganz sicher.«

»Du hast recht; er scheint ein höchst anständiger Kerl zu sein. Nun gut – lassen wir ihn kommen. Killick, Mr. Herapath zu mir.«

»Mr. Herapath, es ist mir zu Ohren gekommen, daß Sie gerne einmal Ihre Landsleute besuchen würden. Sie haben meine Erlaubnis. Wie Sie sicher wissen, gibt es eine Menge böses Blut zwischen den Vereinigten Staaten und England. Die LEOPARD ist unglücklicherweise einer der Gründe für diesen bedauerlichen Zustand, weshalb ich die üblichen Schiffsbesuche auch untersagt habe – ich will nicht, daß es zwischen den Männern zu irgendwelchen Reibereien kommt. Sie wissen außerdem, wie es um unser Schiff steht: Einen Tag mit einer ordentlichen Esse und dem richtigen Werkzeug, und wir können sie seetüchtig machen und nach Hause segeln, statt hier zu überwintern. Auf dem Walfänger gibt es sicherlich eine Schmiede, aber als Gentleman werden Sie meine Lage verstehen. Es würde mich sehr hart ankommen, den Skipper des Amerikaners um einen Gefallen zu bitten, denn eine Ablehnung ginge nicht nur gegen mich, sondern träfe sozusagen die ganze Royal Navy. Ich darf hinzufügen: Auch er zögert wie ich, um irgend etwas zu bitten; das ehrt ihn. Bei näherer Überlegung könnte er jedoch einem Tausch nicht abgeneigt sein: seine Schmiede gegen unsere medizinischen Dienste. Vielleicht setzen Sie ihn hierüber ins Bild. Sie sollten uns jedoch nicht auf irgendein offizielles Ersuchen festlegen – hören Sie mir gut zu, Herapath: Was immer Sie tun, setzen Sie uns auf keinen Fall einem Affront aus. Sollte er mit so einem Tausch einverstanden sein – nun, dann wäre ich Ihnen sehr verbunden. Mehr als verbunden sogar, ich stünde dann tief in Ihrer Schuld, denn ich möchte alles tun, um Gewalt und Blutvergießen zu vermeiden.«

»Aber Sir – so etwas würden Sie doch sicher niemals tun?« rief Herapath.

»Ich fände es scheußlich. Was immer die Atmosphäre zwischen unseren Ländern weiter vergiften könnte, ist mir zuwider. Ich finde die Vorstellung abstoßend, gegen Schiffe Ihrer Nation Krieg führen zu müssen. Aber Not kennt kein Gebot, Mr. Herapath, und ich muß an mein Schiff und an meine Leute denken, besonders an die Frauen – die müssen sonst hier überwintern, und Sie können sich vorstellen, was das bedeutet. Aber hoffen wir, daß es so weit nicht kommen muß. Ich bitte Sie, tun Sie, was in Ihrer Macht steht, damit es nicht dazu kommt. Unannehmbare Bedingungen gibt es für mich in dieser Lage praktisch nicht mehr. Ach ja – noch eins, Mr. Herapath: Wenn ich mich nicht irre, sagten Sie mir, daß Sie Amerikaner sind. Ich brauche wohl kaum zu betonen, daß Sie dieses Schiff nicht verlassen dürften, hätten Sie irgend etwas von einer Ratte, die ein sinkendes Schiff . . . Sie verstehen?«

Herapath ging, blieb eine Stunde und kam zurück. »Sir, ich weiß gar nicht so recht, was ich eigentlich melden soll. Mr. Putnam war bettlägerig, als ich kam, und litt unter derart starken Kieferschmerzen, daß er zeitweise nicht zu verstehen war. Der Bootsmann und die anderen Decksoffiziere sind Cousins von ihm und Teilhaber, die hatten jeder ein Wörtchen mitzureden. Zu meinem großen Bedauern muß ich Ihnen berichten, Sir, daß die antibritischen Gefühle an Bord der Brigg wirklich sehr stark sind. Eine Schmiede haben sie, aber Mr. Putnam wie auch Reuben haben geschworen, daß kein Engländer je den Fuß auf ihr Schiff setzen wird. Die anderen beiden hielten sich zurück. Der mit der schlimmen Schwellung am Bein und sein Bruder waren für eine gütliche Lösung – sie sprachen in sehr ernsten Worten von den Kranken an Bord und dem allgemeinen Gesundheitszustand und zeigten mir ein paar schockierende Fälle. Mr. Putnams Entschlossenheit geriet sichtlich ins Wanken, und als ihn der Schmerz wieder überfiel, wollte er, daß ich den Zahn an Ort und Stelle ziehe. Ich sagte, die Instrumente dafür seien an Bord der LEOPARD und ich müßte sowieso zuerst mit meinem Vorgesetzten sprechen.«

»Ausgezeichnet, Mr. Herapath«, sagte Jack. »Wie ich sehe, haben Sie Ihre Sache sehr gut gemacht. Leben Sie wohl, wie wir sagen.« Das Lächeln, mit dem Herapath Jacks Lob erwiderte, wirkte gequält; Stephen beobachtete sein angespanntes Gesicht, die gewisse Niedergeschlagenheit darin, und war überzeugt, daß der junge Mann nicht nur über die Schmiede und medizinische Dinge gesprochen hatte. Jack wandte sich zum Gehen: »Also, hier haben Sie Ihren Vorgesetzten – jetzt können Sie nach Herzenslust über Pillen und Verbände reden.«

Als sie allein waren, begann Herapath: »Dr. Maturin, darf ich Sie bitten, mich zu begleiten? Schon allein Ihr Rat würde helfen, denn einige der Walfänger haben Leiden, vor denen bin ich völlig hilflos. Die Symptome und Behandlungen für unsere gewöhnlichen Seemannskrankheiten kenne ich jetzt – auf der Brigg jedoch gibt es Fälle, die ich noch nie gesehen habe: Frostbrand auf Füßen, die jetzt grün und blau sind, obwohl ihr verstorbener Bordchirurg die Zehen amputiert hat; dann sah ich eine völlig vereiterte Harpunenwunde und einen Patienten, bei dem ich eine Strangurie vermute, wenn nicht … Völlig überfordert war ich dann, als der Kapitän mir den bösen Zahn zeigte. Er hat versucht, sich mit einer Zange selbst zu helfen, und dabei den Zahn regelrecht zerstückelt. Und die ganze Zeit sehen die Männer mich so vertrauensvoll an – haben mir sogar angeboten, mich mitzunehmen und mir den vollen Arztanteil zu bezahlen. Ich hätte mich niemals als Assistenzarzt ausgeben dürfen – ich fühle mich so schuldig, Dr. Maturin.«

»Unsinn. Sie würden das schon schaffen, nach einer gewissen Eingewöhnungszeit natürlich«, sagte Stephen. »Ich habe viele junge Burschen gekannt, die mit viel weniger Wissen am Operationstisch gestanden haben. Sie sind belesen und haben den Blane und den Lind, auf den Sie immer zurückgreifen können. Noch eine anständig ausgerüstete Kiste mit Arzneien und Instrumenten, und Sie würden bestens Ihren Mann stehen. Mir ist schon öfters aufgefallen, daß Ihr Gewissen – nun, sagen wir: ein wenig überentwickelt ist.«

»Sir, noch einmal: Könnten Sie mich bitte begleiten? An Bord wissen die Leute, daß Sie aus Irland kommen und ein Freund der Unabhängigkeit sind, auch der irischen – ich hab es ihnen gesagt. Sie sind dort herzlich willkommen, das weiß ich. Mr. Putnam würde Ihnen jede Summe zahlen, da bin ich sicher – nur könnte er Kapitän Audrey nie um Ihre Dienste bitten.«

Stephen runzelte die Stirn. »Fassen Sie sich, Mr. Herapath. Ich bin kein Beutelschneider. Alles, was wir wollen, ist seine Schmiede, nicht sein Geld. Und sowenig Jack bereit ist, darum zu bitten, so sehr ziert sich Mr. Putnam, um meine Dienste zu ersuchen. Es ist eine absurde Situation, geradezu kindisch. Jeder für sich würde den anderen aus dem Wasser ziehen – ja, er würde sogar selbst hineinspringen, sich in Gefahr begeben, nur um dieses fremde Leben zu retten. Aber kaum handeln sie als Vertreter ihres Stammes und nicht als Individuen, dreschen sie mit allem, was sie haben, aufeinander ein, beharken sich mit Kanonen und Musketen, versenken und verbrennen einander, ohne mit der Wimper zu zucken. Die beiden haben sich in eine lächerliche Lage hineinmanövriert, und nur Männer mit Sinn und Verstand können sie da wieder herausholen – nicht diese zwei Kampfhähne, diese edlen Ritter hoch zu Roß für Gott und Vaterland. Kommen Sie, wir gehen in meine Kammer.« Dort angelangt, öffnete er die Schranktruhe und fragte: »Welcher Zahn ist es?«

Herapath öffnete den Mund und zeigte mit dem Finger: »Der hier hinten.«

»Hmm.« Stephen nahm ein furchteinflößendes Instrument zur Hand und prüfte die Zangenarme. »Das müßte reichen – aber wir nehmen besser das ganze Arsenal mit. Wenn sie den Skorbut an Bord haben, gibt es noch einige Zähne, die heraus müssen. Wundhaken, Amputationsmesser, Skalpell, vielleicht ein paar von den kleinen Sägen aus diesem erstklassigen Schwedenstahl? Ja, für Knochen gibt es nichts Besseres. Die Knochenfeile auch, sicher ist sicher. Und nun zu den Arzneien: Wie sieht es in ihrer Medizinkiste aus, Mr. Herapath?«

»Leer, Sir. Die haben alles aufgebraucht, bis auf einen kleinen Rest Nelkenpulver.«

»Natürlich, hätte ich mir denken können. Kalomel auf Brechnuß, dazu Kassiarinde zum Purgieren und alles verpackt in das gute James-Pulver, damit sie es überhaupt hinunterbringen. Kein Wunder, wenn es den Männern drüben nicht allzu gut geht.« Als er alles beisammen hatte, nahm er die Tasche und sagte: »Wir brauchen jemand, der uns zur La Fayette übersetzt. Wenn wir operieren müssen, können wir keine zitternden Hände gebrauchen.«

Diese Vorsichtsmaßnahme erwies sich als sehr vernünftig. Kaum hatte Stephen das Loch betreten, das auf der Brigg als Lazarett durchging, wurde ihm klar, daß hier eine ruhige, feste Hand und ein starker Arm (für die weniger wichtigen Arbeiten) gefragt waren: Zwei nicht ganz einfache Resektionen mußten sofort gemacht werden, wollte er die Beine noch retten; außerdem würde er wie erwartet etliche Zähne extrahieren müssen – die konnten warten. Er wandte sich kurz Putnam zu: ein Blick auf den Unterkiefer, dann wurde der Skipper angewiesen, den Tabakpfriem aus dem Mund zu nehmen und statt dessen ein Pflaster, das Herapath vorbereitet hatte, gegen das entzündete Zahnfleisch zu pressen, außerdem die Füße in heißes Wasser zu halten und sich ansonsten in Geduld zu üben; zuerst kämen die größeren chirurgischen Eingriffe. Stephen sagte, er wollte sich Kapitän Putnam gern zuwenden, sollte dafür noch Zeit sein – für so etwas brauche man volles Tageslicht; versprechen könne er aber nichts, zumal die Schwellung erst abklingen müsse.

»Doktor, darf ich Sie bitten, Ihr Honorar zu nennen? Wie hoch es auch sein mag, ich zahle das Doppelte oder mehr, wenn Sie dieses – Ding ziehen, bevor es dunkel wird.«

»Mr. Putnam, ich bin nicht des Geldes wegen hier«, erwiderte Stephen. »Ihre Männer haben auch kein Honorar verlangt, als sie mich von der Insel geholt haben. Keine Klauseln, keine Bedingungen – und so halte ich es jetzt auch.«

Während Herapath den Operationstisch vorbereitete, indem er vier Seekisten unter dem Oberlicht der Achterhütte fest zusammenzurrte, konzentrierte sich Stephen auf die Fälle, die zur Operation anstanden. Er hatte es sich zur Gewohnheit gemacht, seinen Patienten aufmerksam zuzuhören, wenn sie über ihr Leiden sprachen; das war für seinen Berufsstand ungewöhnlich, wie er selbst zugab, half aber bei der Diagnose. Und so erklärte sich jetzt für Stephen nebenbei, warum Kapitän Putnam einem Besuch durch die Royal Navy mehr als abgeneigt war: Die Männer versuchten, ihn mit ihren Erzählungen zu täuschen; nicht über die Natur ihrer diversen Leiden, aber über ihre Nationalität. Der auffällige amerikanische Akzent war ihm oft genug zu Ohren gekommen, um die Sprechweise der Seeleute als armselige Imitation zu durchschauen. Die besondere Syntax des in Irland gesprochenen Englisch fiel seinem daran gewöhnten Ohr sofort auf; ab und zu fing es auch leise gemurmelte Brocken vom seltsam fremden, echten Irisch auf, wenn die Kranken sich unbeobachtet fühlten. Der Mann mit dem Harnzwang weigerte sich beständig, das Hemd auszuziehen, bis ihm Stephen schließlich unverblümt sagte, er solle es ruhig anbehalten und zum Teufel mit ihm – den sähe er in einer Woche sowieso, wenn das hier nicht behandelt würde –, wenn er den Denunzianten noch mehr fürchte als den Arzt. Dann überschüttete er den armen Mann mit einer Auswahl besonders drastischer gälischer Flüche und Gotteslästerungen, die er während der Kindheit gelernt und nie vergessen hatte. Das Hemd wurde dann doch ausgezogen, und zum Vorschein kam eine Tätowierung: HMS Caledonia, ein Linienschiff Seiner Majestät, ein Kriegsschiff im aktiven Dienst. Und die Strangurie war nicht der einzige derartige Fall. Offensichtlich bestand die Besatzung der Brigg zum großen Teil aus geborenen Iren, die leicht in britische Dienste gepreßt werden konnten, während andere von englischen Schiffen desertiert waren und den Strick von der Großbramrah, mindestens aber die neunschwänzige Katze und den harten Dienst in der Royal Navy zu fürchten hatten. Wäre Jack hier, er könnte wahrscheinlich mindestens ein Drittel der Crew mitnehmen, ohne irgendwie ungesetzlich zu handeln; daß er knapp an Leuten war, wußte hier jeder. Nach Stephens Wutausbruch nahm die fühlbare Spannung unter Deck merklich ab, nur um sofort wieder anzusteigen, als er ernsthaft an die Arbeit ging. Die LA FAYETTE war eine demokratisch geführte Brigg: Gesicht an Gesicht rahmte das Oberlicht ein, und alle sahen ebenso erschreckt wie fasziniert zu, wenn Stephen das elegante Amputationsmesser oder die brutale Säge führte.

Die erste der beiden Resektionen wurde gerade weggetragen, als der große Harpunierer aus Cahirciveen sagte: »Kommen Sie, Doktor, trinken Sie erst mal einen mit uns.«

»Das werde ich ganz sicher nicht tun«, antwortete Stephen. »Mein Kopf muß so klar sein, als hätte ich das gesamte Kardinalskonzil unter dem Messer. Wenn ich fertig bin, wäre ich allerdings einem Tröpfchen nicht abgeneigt.«

Die Arbeit war anstrengend und langwierig. Zum Glück hatte er gutes Licht, die See war ruhig und seine Instrumente hatte er gut geschärft; zudem wußte er einen fähigen Assistenten an seiner Seite. Mit ein bißchen mehr Erfahrung konnte aus Herapath ein anständiger Schiffsarzt werden. Während der Operationen erläuterte Stephen ihm jeden Schritt (immer auf Latein); er sprach auch ausführlich über die notwendige Nachsorge, als würde der junge Mann die Patienten in den kommenden Monaten zu pflegen haben. Tatsächlich war Stephen fest davon überzeugt, daß Herapath nur die Geliebte noch auf Desolation Island hielt. Mit ihr als Begleiterin wäre er im Handumdrehen an Bord des Walfängers, genau das aber war Stephens Absicht. Zwar würde er sie beide vermissen, hatte sie sogar liebgewonnen, aber er konnte ihre Flucht kaum erwarten: Sie sollten, ohne dabei selbst in Gefahr zu geraten und irgend etwas zu ahnen, die vergifteten Köder für Bonapartes Spionagenetz auslegen – das Verderben für viele Agenten im Dienste des Tyrannen. Mrs. Wogan bliebe außerdem vor einem trostlosen Exil bewahrt.

Der Abend brach an, das Trinken begann. »Jesus, Maria und Joseph, das tut gut«, sagte Stephen. »Schenken Sie ruhig nach. Noch eine Stunde wie die letzte, und ich wäre tot umgefallen.« Er besah sich seine rechte Hand, die nach der Anspannung der präzisen Arbeit unkontrollierbar zitterte. »Die Zähne heben wir uns für morgen auf.«

»Morgen? Was heißt morgen?« brüllte Putnam. »Sohn einer räudigen Hündin, du hast versprochen –« Er hielt inne, die Vernunft siegte, und so höflich, wie der schmerzende Kiefer es zuließ, bat er Stephen, »das verdammte Ding hier und jetzt« zu ziehen, denn noch so eine Nacht glaubte er nicht überstehen zu können.

»Kapitän, bei Ihnen liegt der Zahn schwierig, außerdem hat er gewaltige Wurzeln, und die Schwellung ist immer noch nicht abgeklungen – ich brauche Kraft, eine ruhige Hand und gutes Licht dafür. In diesem Halbdunkel und bei dem Tremor in meiner Hand würde ich den Zahn noch nicht einmal anfassen, wenn Sie der Papst wären«, gab Stephen zurück.

»Der Papst kann mich mal«, rief der Skipper.

»Paß bloß auf, Winthrop Putnam«, sagte der Master warnend.

»Glauben Sie denn, ich stehe nicht zu meinem Wort?« sagte Putnam. »Ich sage Ihnen, mein Herr: Wenn die Sonne morgen aufgeht, steht die Esse auf dem Strand, komme, was da wolle – und dazu ein Dutzend Dreißig-Fuß-Eisen, fünf mal ein Zoll, ein Amboß, Kohle, was immer Sie brauchen.«

»Ich zweifle nicht daran, Sir. Mein Gewissen als Arzt verbietet es mir aber leider, den Zahn heute noch zu ziehen. Trinken Sie das hier, spucken Sie das Pflaster nicht wieder aus, und ich verspreche Ihnen eine nicht unerträgliche Nacht.«

Stephen schwieg auf dem Rückweg zum Ufer; er fühlte sich leer und ausgelaugt, und auch von Herapath kam kein Wort. Erst als er Jack gegenübersaß und Bericht erstatten sollte, fand Stephen die Sprache wieder. »Ich schlage vor, du wählst aus der Mannschaft alle Iren, Ausländer und Schwarzen aus, die uns noch verblieben sind. Die Männer sollen am Morgen am Strand stehen und den Leuten von der Brigg helfen, die Schmiede an Land zu schaffen. Es wäre gut, wenn du und die Offiziere während der Prozedur nicht zu sehen wären.« Nachdenklich blickte er Jack an, erhob sich dann ohne ein weiteres Wort und ging hinüber zur Hütte von Mrs. Wogan.

»Ich bin gekommen, um eine Schale Tee mit Ihnen zu trinken«, sagte er. »Es sei denn, Sie haben schon etwas anderes vor.«

»Aber nein, ich bin entzückt, Sie zu sehen«, rief sie. »Ich hatte überhaupt nicht mit Ihnen gerechnet – was für eine angenehme Überraschung. Peggy, das Teegeschirr, und dann kannst du gehen.«

»Und die Hosen, Ma'am – was wird mit denen?« fragte Peg und blickte mit Unschuldsmiene von ihrer Näharbeit auf.

Mrs. Wogan schoß durch den Raum und entriß dem stumm dasitzenden Mädchen die Hosen. Peggy wurde hastig hinausgeschickt, und Stephen sagte mit Blick auf den summenden Teekessel: »Eine Schale Tee ... Tja, meine Dame, ich habe gerade Ihre Landsleute zusammengeflickt, die ja eigentlich auch meine sind, wenn ich es recht bedenke. Als es vorüber war, mußte ich mit den Männern trinken: Whiskey, Genever, Rum ... Eine Schale Tee würde mir jetzt guttun, um das aufgeregte Gemüt zu beruhigen.«

»Auch ich war heute ganz außer mir vor Aufregung«, sagte Mrs. Wogan, und es war offensichtlich, daß sie die Wahrheit sprach. Sie konnte kaum stillsitzen, ihr Gesicht hatte die teigige Blässe der ersten Schwangerschaftswochen verloren. Sie sah aus wie das blühende Leben, die Augen funkelten und strahlten vor neuer Energie, und Stephen fand sie außerordentlich schön. »Der Kopf schwirrt mir, so aufgewühlt bin ich. Lassen Sie uns ein paar Gallonen Tee trinken, Dr. Maturin, dann werde ich vielleicht ruhiger – und Sie auch. Sehen Sie, mein Freund – ich habe mich an ein Paar Seemannshosen gewagt – hoffentlich nicht zu gewagt – gegen die Kälte, wissen Sie. Außerordentlich warm, das versichere ich Ihnen. Und ich habe den blauen Schal fertig, sehen Sie? Wollen Sie ihn einmal umlegen? Gibt es Neuigkeiten aus den Staaten?«

»Wie unendlich freundlich von Ihnen. Ich werde ihn um meine Lenden wickeln, denn in den Lenden, Ma'am, liegt der Quell aller Lebenskraft. Haben Sie vielen Dank. Was die neuesten Nachrichten angeht, so muß ich leider sagen, daß ein Krieg unmittelbar bevorsteht – vielleicht ist er bereits ausgebrochen. Auf der La Fayette habe ich von einem amerikanischen Schiff vor Tristan da Cunha gehört, noch vor kurzem soll es da gelegen haben. Herapath wird Ihnen mehr dazu sagen können, denn er hatte mehr Zeit, mit den Männern zu reden. Es gibt aber auch ein paar Lokalnachrichten: Die Amerikaner sind so freundlich, uns ihre Bordschmiede und den Amboß zu borgen. Bald werden wir unsere Reise fortsetzen können.«

»Und die Brigg – bleibt sie noch lange hier?«

»O nein, sicher nicht. Sie brauchen noch etwas Grünzeug für die Rückreise, das dauert vielleicht noch ein, zwei Tage. In der Zeit kümmere ich mich um die restlichen Fälle, kleinere Sachen nur.

Dann segelt sie zurück in die Heimat – nach Nantucket, das liegt in Connecticut, wenn ich mich nicht irre.«

»Massa – Massachusetts.« Mrs. Wogan brach in Tränen aus. »Verzeihen Sie mir. Das muß die Schwangerschaft sein – ich habe noch nie ein Kind erwartet. Nein, bitte gehen Sie jetzt nicht – oder schicken Sie Mr. Herapath zu mir, wenn Sie nicht bleiben können. Ich würde so gern hören, was er zu berichten hat.«

Stephen zog sich zurück. Er fühlte sich schmutziger als gewöhnlich. Es war heute in mehr als einer Hinsicht ein dreckiges Geschäft gewesen, und doch war er zufrieden, als er das Tagebuch weiterführte: »Eigentlich könnte ich mit dem Verlauf, den die Dinge für mich nehmen, mehr als zufrieden sein – aber ganz sicher bin ich noch nicht. Am liebsten trüge ich die armen Simpel eigenhändig an Bord des Walfängers, jedoch muß ich mich davor hüten, Mrs. Wogan mißtrauisch zu machen. Sie darf nicht den geringsten Verdacht schöpfen: Sollte sie ahnen, daß ich ihnen auf die Schliche gekommen bin, verlören meine Unterlagen jede Glaubwürdigkeit für ihren Vorgesetzten, den ich für äußerst gerissen halte. Manchmal bin ich versucht, Jack ins Vertrauen zu ziehen. Er könnte die Wachen abziehen oder die Boote auf dem Strand lassen – irgend etwas tun oder unterlassen, was ihnen die Flucht erleichtert. Aber der gute Jack ist ein großer Tolpatsch, wenn er eine Rolle spielen soll; ich denke, er würde zu dick auftragen, und sie würde alles sofort durchschauen. Möglicherweise bleibt mir jedoch keine andere Wahl: Herapath ist wohl der schlechteste Komplize für einen Verschwörer, den man sich vorstellen kann. Mag sein, daß er die unschätzbare Gabe besitzt, ehrlich und aufrichtig zu wirken – die meisten Menschen können das nicht, wenn sie erst einmal angefangen haben zu lügen. Andererseits verliert er zu oft die Kontrolle, das Gedächtnis läßt ihn im Stich, Mimik und Gestik verraten ihn. Heute bemerkte er, ich sei ›ein Freund der irischen Unabhängigkeit‹, was sicher richtig ist. Von mir weiß er das jedoch sicher nicht, diese Information kann er nur von Mrs. Wogan haben – ein dummer Fehler von ihm. Gerade diese grundanständige Ehrlichkeit könnte ihn jetzt dazu verleiten, zur Unzeit den Ehrenmann spielen zu wollen, der für sein Land eintritt. Jack hätte das mit den Ratten besser etwas anders formulieren sollen. Sei's drum – ich habe getan, was ich konnte, und werde mir gleich ein paar Tropfen genehmigen. Fünfundzwanzig, nicht mehr. Ich werde sie in einem Glas Port auf Herapath trinken: Möge er glücklich werden. Der junge Mann ist mir richtig ans Herz gewachsen, auch wenn ich ihm unter Umständen nichts Gutes tue, indem ich der Verbindung mit Mrs. Wogan eine zweite Chance gebe; die Beziehung dürfte anders verlaufen, als er sich das vorstellt. Und doch hoffe ich, daß er genießt, was es zu genießen gibt, und nicht seine Jugend verzehrt in vergeblichem Sehnen und enttäuschtem Hoffen, wie ich das getan habe.«

Bald darauf fiel er in einen langen, tiefen Schlaf, aus den ihn das dröhnende Klingen schwerer Hämmer weckte, die auf Eisen schlugen. Auf dem Strand stand die Esse, weiße Glut im Bauch, und die Walfänger waren bereits zur Brigg zurückgekehrt.

Selten hatte er Jack so glücklich gesehen wie bei diesem Frühstück. Der Kapitän saß bei frischem Kaffee in der großen Achterkabine und blickte zwischen jedem Schluck mit dem Fernglas hinüber zum Ufer, wo die wunderschöne Schmiede stand. »Auch ein Amerikaner muß nicht restlos schlecht sein«, sagte er zu Stephen. »Wenn ich an den armen Skipper denke, im Gesicht ganz grau vor Schmerzen, der als Morgentrank nur sein Dünnbier hat, hätte ich nicht übel Lust, ihm einen Sack Kaffeebohnen zu schicken.«

»Im Irischen gibt es ein Sprichwort«, erwiderte Stephen, »das übersetzt ungefähr soviel bedeutet wie: Auch ein Engländer kann etwas Gutes in sich tragen – *is minic Gall maith*. Es wird allerdings nur selten gebraucht.«

»Natürlich können auch Amerikaner gute Menschen sein«, sagte Jack. »Denk nur mal an den jungen Herapath gestern. Ich habe ihm das auch so gesagt, als ich ihn heute morgen traf. An seiner Stelle wäre es mir sehr schwer gefallen, nicht zu türmen. Mrs. Wogan ist eine wunderhübsche Frau, bei meiner Ehre, und dazu noch immer kreuzfidel – so etwas liebe ich an einer Frau. Jetzt sieht sie aber gar nicht vergnügt aus. Ich hoffe doch, er ist nicht unverschämt geworden. Sieht so aus, als hätte er doch etwas Falsches gesagt – sie setzt ihm gerade den Kopf ordentlich zurecht. Er läßt den Kopf hängen, bläst Trübsal – armer Hund, ha, ha, ha. Hätte lieber warten sollen bis Mittag, Liebeleien sind nichts für kalte Morgenstunden. Eines wollte ich dir erzählen, Stephen: Einige der Leute auf dem Walfänger sind entlaufene Matrosen, bei einem bin ich mir ganz sicher – Scanlan, der war Signalgast auf der ANDROMACHE. Ich kenne sein Gesicht genau, weil er immer auf dem Achterdeck stand. Und ich lege meine Hand dafür ins Feuer, daß es auf dem Walkahn noch mehr von seiner Sorte gibt.«

»Ich bitte dich, Jack«, Stephens Stimme klang müde. »Ich flehe dich an – laß die Männer in Ruhe. In der jetzigen Lage würdest du nur unendlich viel Schaden anrichten, wenn du damit anfängst. Lieber, lieber Jack, ich bitte dich von ganzem Herzen: Bleib gemütlich hier sitzen und warte, bis sie uns verlassen haben. Es ist mir todernst damit.«

»Nun gut, ich werde tun, was du sagst. Aber leicht fällt mir das nicht – du kannst dir ja nicht vorstellen, wie groß mein Appetit auf Männer ist. Erstklassige Seeleute sind das, diese Walfänger, Vollmatrosen – Herrgott noch einmal! Du gehst?«

»Der Skipper wartet – ich muß ihm den Zahn ziehen.«

»Der ist schon gezogen – seine Esse steht dort auf dem Strand, ha, ha, ha!« Jack war sehr zufrieden mit sich. »Was sagst du dazu, Stephen?«

Stephen sagte kaum etwas, und als er mit Herapath zur LA FAYETTE hinüberruderte, schwieg er fast ganz. Am Walfänger legten gerade die Boote ab, um die letzten Ladungen Kohlköpfe und Vogeleier zu holen. Die Männer an den Riemen begrüßten sie wie alte Freunde, und Stephen kletterte die Jakobsleiter empor an Deck. Der junge Mastersgehilfe empfing ihn mit der Nachricht, der Kapitän sei gerade erst aufgewacht (anscheinend hatte Putnam nachts so fest geschlafen, daß seine Leute ihn für tot gehalten hatten). Der Seemann fuhr fort, er spräche jetzt nicht nur für sich, sondern auch für die Kameraden: Ob der Doktor tauschen wolle? Kaffeebohnen gegen ein ganzes Schwein zum Beispiel; sie hätten ein erstklassiges Marquesas-Schwein von fast fünf Zentnern.

»Für ein Schwein habe ich leider keine Verwendung, Sir. Wenn Sie ein paar Bohnen glücklich machen würden – dort unter der Ruderbank finden Sie ein Säckchen. Ich gehe jetzt zum Kapitän.«

Putnam erwachte gerade zu neuem Leben, sein Zahn allerdings auch. Die Schwellung war über Nacht zurückgegangen, der Zahn reif für die Extraktion: Eine langsame, kräftige Drehbewegung, dann ein starker Ruck, und der Skipper war erlöst von seinen Leiden, saß mit immer noch weit geöffnetem Mund da und bestaunte den blutigen Backenzahn. Stephen ging zu den nächsten Patienten und wurde wieder einmal an einen kuriosen Umstand erinnert: Männer, die einen größeren chirurgischen Eingriff und sogar eine Amputation mannhaft und tapfer über sich ergehen ließen, schlimmste Schmerzen schweigend ertrugen und die Zähne zusammenbissen, wurden unbegreiflicherweise zu Angsthasen, sobald man sie in einen Stuhl setzte und den Mund öffnen ließ. Wenn sie nicht gerade noch in diesem Moment akute Schmerzen hatten (oder sich zumindest an die Stunden davor erinnern konnten), änderten sie oft in letzter Minute ihre Meinung und schlichen von dannen. Er zog diverse Zähne; dann wechselte er die Verbände der Matrosen, die er am Vorabend operiert hatte. Langsam und deutlich erklärte er ihnen dabei, was er gerade tat und was in den nächsten Wochen zu tun war – er haßte es, Patienten zu verlieren, weil die Instruktionen für die Nachsorge nicht deutlich genug gewesen waren. Wieder und wieder die gleichen Belehrungen, bis er befürchten mußte, Herapath würde ihn durchschauen und die wahre Absicht erkennen. Der junge Mann aber war mit den Gedanken derart weit weg, daß Stephen schließlich sagte: »Werter Kollege, Sie scheinen mir heute etwas verwirrt. Darf ich Sie bitten, die wichtigsten Punkte noch einmal durchzugehen?«

Herapath entledigte sich dieser Aufgabe recht ordentlich und fügte dann leise hinzu: »Ich muß Sie um Verzeihung bitten, Sir – ich habe in der Nacht nur sehr schlecht geschlafen. Mein Kopf ist wie vernagelt.«

»Dann wird dieser Geruch ihn öffnen«, erwiderte Stephen. Durch das ganze Schiff zog der Duft von Kaffee, der gerade in der Kombüse in einer rotglühenden, riesigen Bratpfanne geröstet oder besser geschmort und verbrannt wurde.

Die letzten Verbände wurden angelegt; Stephen machte noch ein paar Bemerkungen allgemeiner Art über die Arzneien, die er für die Medizinkiste der LA FAYETTE gestiftet hatte: Er kam auf Antimon zu sprechen und wetterte gegen die althergebrachte Lehrmeinung, die in dem Stoff nichts als ein Gift sehe und junge Berufsanfänger verunsichere: »Ganz sicher kann Antimon ein Gift sein, wenn es nicht korrekt verabreicht wird. Wir Ärzte aber sollten nicht Gefangene unserer eigenen Worte sein. Es gibt Zeiten, da muß man zu Antimon greifen – das gilt auch für andere Mittel, die einen ebenso schlechten Ruf genießen. Ein starker Mann läßt sich nicht durch ein simples Wort abschrecken, Mr. Herapath, jedenfalls dann nicht, wenn ein solcher kategorischer Imperativ von einem Außenstehenden kommt, der die innere Natur und ganze Komplexität des Falles nicht kennt.« Er sprach immer noch über die Notwendigkeit, einen kühlen Kopf zu bewahren, frei von Vorurteilen und der übermäßigen Beeinflussung durch die Urteile anderer, als sie zum Kaffee beim Kapitän gebeten wurden.

Ohne Schmerzen, dafür mit frischem Kaffee vor sich war Mr. Putnam ein wesentlich angenehmerer Gesprächspartner. Ausführlich lobte er Stephens ärztliche Kunst und dankte den Göttern, die ihn zu dieser Insel geführt hatten. Damals hatte er allerdings gleich wieder wenden lassen wollen, als er die LEOPARD in der Bucht gesichtet hatte; und er hätte das auch getan, wären nicht Tide und Wind gegen ihn gewesen; außerdem kannte er keinen anderen sicheren Hafen mit gutem und reichlichem Grünzeug in der Nähe, den er bei diesem Wind hätte anlaufen können. Mit der heutigen Ebbe würde er wohl in See stechen, sagte er, ungefähr zu Mondaufgang. Dann bat er Dr. Maturin inständig, diese Seeotterfelle als Geschenk anzunehmen (fertig gegerbt, von den Ufern der fernen Kamschatka-Halbinsel), dazu das Stück polierten Bernstein (von baltischen Ufern) und diese Pottwalzähne – sie seien bitte als Zeichen der tiefen Dankbarkeit an Bord der LA FAYETTE für seine freundlichen Dienste zu verstehen.

»Hört, hört«, sagte Reuben.

Stephen fand ein paar passende Worte des Dankes und sagte dann, er wolle unmittelbar vor Auslaufen der Brigg noch einmal an Bord kommen: um ein letztes Mal nach seinen Patienten zu sehen, vor allem aber, weil er Kapitän Putnam genaueste Instruktionen hinterlassen wolle, was Pflege und Nachsorge betreffe – ein Punkt von höchster Wichtigkeit, da die LA FAYETTE ohne Bordarzt segele. Als er das sagte, bemerkte er hochbefriedigt, wie Putnams Gesicht jeden Ausdruck verlor und sein Blick leer wurde. Reuben musterte mit gesenktem Kopf seine Schuhe.

»Doch warten Sie, mir kommt da gerade eine Idee«, sagte er nachdenklich. »Ich denke, ich kann mich jetzt doch schon verabschieden. Mr. Herapath ist in diesen Dingen ebenso erfahren und kompetent wie ich – er wird heute abend herkommen und sich um alles kümmern. Er wird mich ersetzen. Und somit, Gentlemen, bleibt mir nur noch, Ihnen Lebewohl und Adieu zu sagen und allen eine gesunde und glückliche Heimreise in die Staaten zu wünschen.«

Im Boot sagte Herapath mit leiser, sorgenvoller Stimme: »Dr. Maturin, wenn Sie gestatten, würde ich Sie sehr gern unter vier Augen sprechen.«

»Vielleicht heute nachmittag, wenn wir die Kiste noch einmal durchforsten? Ich denke daran, Ihren Landsleuten etwas Asa foetida mit auf den Weg zu geben. Der Teufelsdreck ist für den Seemann eine wahre Labsal, wenn ihn einmal Schwermut und andere Grillen plagen.« Außerdem gaben er und die verschiedenen Möglichkeiten, ihn zu mischen, ein hinreichendes Gesprächsthema ab, bis sie die Leopard erreicht hatten. Stephen kletterte an Bord und bat Herapath, allein ans Ufer zu rudern, das immer noch vom Dröhnen der Schmiedehämmer und dem Fauchen der Esse erfüllt war. Der junge Mann solle ohne ihn den Bestand an Arzneien in der Hütte sichten und bei der Gelegenheit Mrs. Wogan aufsuchen: Dr. Maturin würde ihr gern nach dem Abendessen seine Aufwartung machen. Abschließend bemerkte er, den zweiten Schlüssel zur Medizinkiste müsse Herapath ja noch haben.

In der Offiziersmesse der Leopard ging es hoch her: Trotz der Anwesenheit des Kommandanten redeten alle durcheinander, rissen Witze, löffelten Albatrossuppe, schaufelten zarte Stücke vom See-Elefanten in sich hinein und schoben fritierte Sturmtaucherfilets hinterher. Stephen und Herapath blieben von der ausgelassenen Stimmung unberührt; für sie war das Essen an diesem Tage eine sinnentleerte Zeremonie. Beide nahmen sich nur wenig von den Delikatessen, aßen noch weniger und versteckten die Fleischbrocken ungegessen unter Scheiben von Schiffszwieback. Wann immer Stephen den Kopf hob und in die Runde blickte, fand er Herapaths Blick auf den Kommandanten oder auf sich gerichtet; je weiter das Mahl fortschritt, desto aufgeregter schien Herapath zu werden. Sollte er jetzt noch kentern, so kurz vor dem sicheren Hafen der auslaufbereiten Brigg? »Hauptmann Moore«, rief Stephen gegen den allgemeinen Gesprächslärm. »Sie sind doch mit dem Prinzen der Auvergne auf einem Schiff gefahren, wenn ich nicht irre? Bitte sagen Sie uns, was für ein Mann er ist.« Der betreffende Gentleman war einer der wenigen königstreuen Exiloffiziere aus Frankreich, die es in der Royal Navy bis zum Vollkapitän gebracht hatten. In der Marine waren seine Zurückhaltung und kühle Reserviertheit geradezu sprichwörtlich.

»Tja, also was das angeht« – Moores Gesicht nahm wieder den gewohnt ernsten Ausdruck an –, »kann ich nicht so viel beisteuern. Im Gefecht habe ich ihn nie selbst gesehen, obwohl er sich ja immer bravourös geschlagen hat, da bin ich sicher – und auch bei normaler Fahrt habe ich ihn nur selten zu Gesicht bekommen, wenn Sie mir folgen können. Er war ja auch in einer merkwürdigen Position, kämpfte ja gegen das eigene Land. Was den Umgang mit seinen Offizieren anging, hielt er sich sehr zurück, blieb viel allein. Vielleicht hat es ihm auch nur nicht gefallen, wenn wir über die Franzosen herzogen, oder er –« Babbingtons Neufundländer, mitgerissen von der allgemeinen Stimmung, stimmte ein fröhliches und überraschend melodiöses Gebell an, worauf das Gespräch wieder in die alten Bahnen zurückfloß (es ging gerade um Brassen und Ruderösen) und Moores Schlußbemerkung zu einer Pantomime reduzierte. Der Seesoldat schüttelte mißbilligend wie bedauernd den Kopf, Stephen aber war recht zufrieden mit dem Effekt des kurzen Zwischenspiels. Die Zufriedenheit schwand allerdings gegen Ende des Essens, als ein Toast auf den König ausgebracht wurde. Herapath leerte sein Glas und stimmte in das allgemeine »Gott schütze den König« mit ungewohntem Enthusiasmus ein, und Stephen fiel auf einmal mit einem unangenehmen Schaudern wieder ein, daß Herapaths Vater im amerikanischen Unabhängigkeitskrieg treu zur englischen Krone gestanden hatte – ein loyaler Untertan, der seinem König die Gefolgschaft nicht hatte aufkündigen wollen. War etwas von dieser emotionalen Bindung auf den Sohn übergegangen?

Mir scheint, sagte er sich, daß ein Gespräch jetzt fatale Folgen haben würde. Natürlich würde Herapath mir sein Herz ausschütten, natürlich müßte ich versuchen, ihn umzustimmen: Ist mein Widerstand erfolglos, bestärkt ihn das nur im Entschluß zu bleiben; andererseits lege ich bei einer erfolgreichen Opposition meine Karten auf den Tisch, wenn er und Mrs. Wogan nicht völlig auf den Kopf gefallen sind. Wie auch immer – ich habe nicht die Kraft, einem anständigen Mann seine Überzeugungen auszutreiben, nicht heute zumindest. Wie ich das hasse, dieses Manipulieren von Menschen, wie es mich anwidert. Es vergiftet mein Herz.

Nichtsdestotrotz nahm er ein Päckchen mit zu Mrs. Wogan, das er auf dem kleinen Tisch in der Mitte des Raumes deponierte. Der Tisch war für gewöhnlich mit Büchern, Nähzeug und diversem Kram übersät – auch Stephens löchrige Socken lagen dort ab und zu in Erwartung der Stopfnadel. Jetzt war der Tisch leergeräumt, der ganze Raum ungewohnt ordentlich und fast kahl.

»Bei meinem Wort, Ma'am – Sie sind heute wunderschön, und ich versuche keineswegs, Ihnen zu schmeicheln.« Was auch stimmte. Vielleicht reichte Mrs. Wogan nicht an die katzenhafte Grazie von Diana heran, dafür aber hatte ihre Haut nicht unter der Sonne Indiens gelitten und war jetzt von einem reinen Schimmer, den Stephen bei keiner anderen Frau gesehen hatte. Hier wie in England derselbe, weich dahinwehende Regen; vielleicht war das ein Grund. »Sie sehen phantastisch aus«, sagte er.

Mrs. Wogan errötete und erwiderte lachend, so etwas höre sie gern, sie wünschte nur, ihm auch glauben zu können. Eigentlich reagierte sie jedoch rein mechanisch auf sein Kompliment und wirkte unkonzentriert und geistesabwesend, wenn Stephen redete. Sie ging ruhelos auf und ab und bemerkte dann, wie wunderbar es doch sei, daß sich das schöne Wetter so lange halte, Tag für Tag fast sommerliche Temperaturen, und diese Luft ... Nie hatte sie vor ihm jemals auf das Wetter zurückgreifen müssen, nie war sie so wenig Herrin ihrer Gefühle gewesen. Dann erkundigte sie sich nach dem Stand der Tide und fragte, ob die Boote des Walfängers noch am Ufer lägen, wobei ihre Stimme vor unterdrückter Anspannung vibrierte.

»Also – wir haben ein paar wunderschöne neue Ruderösen und können jetzt bald weitersegeln, ist das wahr?« fragte sie.

»Ich denke, alles ist fast fertig. In der Offiziersmesse wird bereits gejubelt und Hosianna gesungen. Ich meine mich aber zu erinnern, daß wir Desolation Island noch nicht so bald verlassen sollen. Erst einmal müssen diese Ruderösen angebracht oder, wie wir das nennen: geriggt werden, dann müssen wir die Ladung wieder an Bord bringen, die jetzt über den ganzen Strand verteilt ist. Außerdem dürfte es Kapitän Aubrey reichlich schwerfallen, sich vor der Royal Society zu rechtfertigen, wenn er den Anker lichtet, wie wir Seeleute sagen, bevor meine botanischen und zoologischen Sammlungen vollständig sind. Jetzt stecke ich gerade mitten in den Kryptogamen.«

»In Kryptogrammen, Sir – was für Kryptogrammen?« rief Mrs. Wogan.

»Nein, mein Kind: Kryptogame. Ein Kryptogramm mit zwei r statt einem ist ein Worträtsel, eine Art Puzzle – und ich glaube, das Wort bezeichnet auch eine geheime Schrift. Kryptogame hingegen sind Sporenpflanzen; sie produzieren ihren Nachwuchs, ohne daß eine erkennbare eheliche Vereinigung stattgefunden hätte.« Mrs. Wogan errötete nochmals, tiefer diesmal, und ließ den Kopf hängen. »Und das erinnert mich an etwas«, setzte Stephen nach, dabei langsam das Paket öffnend.

»Ihr Landsmann war so freundlich, mir ein paar Pelze zukommen zu lassen. Ich bitte Sie, wickeln Sie das Baby darin ein – ich brauche sie nicht. Wenn es auf die Welt kommt, wird es alle Wärme brauchen, die es kriegen kann, im wörtlichen wie im übertragenen Sinn.«

»Es wird beides bekommen, das arme, süße, kleine Ding, da bin ich sicher«, sagte Mrs. Wogan und rief dann, diesmal nur leicht errötend: »Oh – Seeotter! Ich habe mir immer schon einen Seeotterpelz gewünscht. Maria Calvert hatte gleich zwei – wie haben wir sie damals beneidet! Aber das hier sind vier! Zuerst werde ich sie eintragen, aber ganz vorsichtig, und dann bekommt das Baby die Pelze, jedenfalls sonntags. Was für ein Luxus! Aber es ist ja auch bald mein Geburtstag.«

»Ich gratuliere Ihnen jetzt schon, meine Liebe«, sagte Stephen und küßte sie zum Zeichen dafür auf die Wange.

Mrs. Wogan küßte ihn herzhaft zurück und sagte dann: »Wie gütig Sie sind, wie unendlich freundlich. Sicher gibt es irgendwo eine Dame, die . . .«

»Keine Dame, Ma'am, nirgendwo – leider. Es mangelt mir an den üblichen Vorzügen; Person, Familie und Vermögen sind bei mir nicht allzu beeindruckend. Es ist immer mein zugegebenermaßen unglückliches Schicksal gewesen, mich in Damen zu verlieben, die ich nicht verdiene. In der Liebe habe ich wenig Glück.«

»Sie müssen einmal nach Baltimore kommen, dort finden sie zahllose Mädchen – manche von ihnen gute Katholikinnen. Aber was rede ich denn da? Unser Ziel heißt ja Botany Bay.« Eine längere Pause trat ein, in der sie den weichen Pelz gegen die Wange rieb. Schließlich sagte sie wie zu sich: »Es kommt selbstverständlich darauf an, was Sie unter Liebe verstehen.« Dann fuhr sie in normalem Ton fort: »Sie glauben also nicht, daß die LEOPARD schon bald segelt?«

»Nein, das denke ich nicht.«

»Nehmen wir einmal an, es dauert noch eine Woche. Sie wissen doch alles über das Meer und Schiffe – sagen Sie es mir: Könnte unser Schiff den Walfänger einholen, wenn beide dieselbe Richtung haben? Die LEOPARD ist doch ein Kriegsschiff und hat mehr Masten und Segel, also muß sie doch viel schneller sein, denke ich.«

»Nein, keineswegs. Unser Schiff könnte die LA FAYETTE niemals einholen, meine Liebe. Der Walfänger geht mit der Tide hinaus, und dann müssen wir ihr für immer adieu sagen. Wir werden das Schiff nie wiedersehen.«

Mrs. Wogan bat Stephen darum, ihr die Sache mit der Tide zu erklären – sie sei ja so schrecklich unwissend in diesen seemännischen Dingen. Er sagte ihr alles, was er darüber wußte, und fügte noch hinzu, daß Mr. Herapath zum Beispiel eine durchaus nicht ungünstige Tidenströmung vorfinden würde, wenn er die Jolle unmittelbar vor dem Auslaufen des Walfängers noch einmal hinüberruderte – ganz im Gegenteil: im ablaufenden Wasser würde es kinderleicht sein, die Brigg zu finden, trotz der Dunkelheit. Es folgte eine Reihe von sehr ähnlichen Fragen: Wann werden die Walfänger ihre Esse holen? Wird es schwer für sie sein, zurück zum Schiff zu rudern? Was ist, wenn der Wind dreht oder Windstille eintritt – kann das Schiff nur auf der Tide auslaufen? Würde es das auch wirklich tun? Wie schön für die Leute an Bord. Stephen beobachtete sie mit großem Vergnügen, verband sie doch auf rührende Weise eine gewisse Naivität mit kluger Berechnung. Als ihr keine Fragen mehr einfielen, sagte er: »Was ich unter Liebe verstehe? Da gibt es sicher Definitionen ohne Ende. Was allen gemeinsam sein dürfte, könnte man vielleicht die Abdankung der kritischen Vernunft nennen. Damit meine ich, daß man als Liebender die Fehler des anderen zwar sieht, aber sich mit aller Kraft weigert, sie zu verurteilen. Aber, meine Dame, das führt zu weit – wollte ich Ihnen meine Einsichten über Liebe und Leidenschaft mitteilen, säße ich um Mitternacht immer noch hier. Ihnen einen guten Tag, Ma'am.«

»Oh, Sie müssen schon fort? Gehen Sie denn nicht mit Mr. Herapath auf die LA FAYETTE?

»Heute werde ich ihn nicht mehr sehen. Er hat zwar ein Treffen nach dem Abendessen vorgeschlagen, aber um die Wahrheit zu sagen, fühle ich mich im Moment zu erschöpft dafür. Es wird wohl bis morgen warten müssen. Eigentlich habe ich vor, heute niemanden mehr zu sehen.«

Aus heiterem Himmel und ohne Bezug auf irgend etwas in ihrem Gespräch sagte Mrs. Wogan: »Ich weiß, daß Sie ein Freund von Amerika sind, Dr. Maturin – Mr. Herapath hat mir berichtet, die Walfänger seien voll des Lobes über Sie. Ich finde, das sollten sie auch sein. Wenn Sie wieder nach London kommen, würden Sie dann einen meiner Freunde aufsuchen? Er ist ein höchst interessanter und sehr intelligenter Mann, Charles Pole ist sein Name. Soviel ich weiß, hat er einen Posten in der Regierung, im Außenministerium, aber er ist nicht so ein gewöhnlicher, langweiliger Behördenmensch. Außerdem stammt seine Mutter aus Baltimore.« Sie sah ihn jetzt sehr scharf an – ein Blick voller Zuneigung, aber auch aufgeladen mit einer besonderen Bedeutung.

»Es wäre mir ein besonderes Vergnügen, Mr. Poles Bekanntschaft zu machen.« Stephen erhob sich. »Ihnen wünsche ich noch einen guten Tag, meine Liebe.«

Sie reichte ihm die Hand; er nahm sie, erwiderte ihren Händedruck und ging.

Seinem Freund sagte er kurz darauf, Herapath ginge auf seine ausdrückliche Anordnung am Abend allein auf die Brigg. Dann bat er Jack um dessen bestes Glas. Fast wäre er noch einen Schritt weiter gegangen und hätte gefordert, Herapath unter keinen Umständen anzuhalten oder sonstwie zu behindern, und er wäre sogar noch weiter gegangen, hätte die Lage es erfordert – als Jack spontan bemerkte: »Dann wird ihn niemand hinüberrudern können. Heute abend wird der Strand leer sein, keine Seele an Land bis auf die Frauen. Wir setzen das neue Ruder, und ich werde jeden Mann brauchen, der ein Tampenende erkennt, wenn er es sieht. Stephen, gib bitte.gut Obacht mit diesem Teleskop, ja? Es ist das allerbeste, ein achromatisches Glas. Fängt erstaunlich viel Licht ein, und die Linse ist so rein eine Jungfrau.«

»Ich werde es hüten wie meinen Augapfel. Jack, könnte ich denn auch Bonden haben, trotz deiner Ruderpläne? Ich wäre so gern wieder auf meiner Insel.«

»Nun, einer mehr oder weniger macht auch keinen Unterschied. Aber Stephen, du wirst doch sicher nicht verpassen wollen, wie wir das Ruder setzen? Du wirst dir diesen herrlichen Anblick doch nicht etwa entgehen lassen?«

»Ist das denn der letzte Zug, der Triumph, das gloriose Matt?«

»Ach was, natürlich nicht – dabei geht's um die Fingerlinge, Stephen –, Zapfen also, nicht Ösen. Das kommt noch. Aber auch so ist das ein ziemlicher Triumphzug für einen Seemann, bei meiner heiligen Ehre, das ist es.«

Stephen schloß die Tür hinter sich und murmelte: »Meine heilige Ehre – *tantum religio potuit saudere malorum.*« Zu Bonden sagte er: »Barret Bonden, sei doch bitte so gut und begleite mich in meinem Boot hinüber auf meine Insel. Nachmittags würde ich gern meine Flechtenstudien voranbringen, und dann möchte ich später beim Licht des Mondes meine Küken besuchen.«

»Er geht heute auf, sobald die Sonne runter ist, Sir«, erwiderte Bonden. »Ich bringe mal besser etwas zu beißen und ein paar Pelze mit. Sobald die Sonne unter der Kimm ist, wird's teuflisch kalt hier. Mr. Herapath war gerade da und hat nach Ihnen gefragt, Sir – jetzt ist er mit dem Floß los und guckt, ob Sie im Lazarett sind.«

»Aye, aye. Gut, einen Schlag schneller, Bonden – wir müssen los. Richte ihm aus: Ich bin heute nicht zu sprechen, wir sehen uns morgen.«

Bonden hatte den Doktor schon auf etlichen merkwürdigen Expeditionen begleitet, deshalb sagte er nichts, als Stephen, kaum auf der Insel angekommen, sich versteckte und das starke Fernglas auf das Ufer richtete. Dort hatten sich alle Mann bereits versammelt und warteten darauf, mit dem Floß zur LEOPARD überzusetzen. Eine Stunde später hatte Stephen seinen Assistenten vor der Linse, der allein auf dem Strand auftauchte. Er wirkte erschöpft und niedergeschlagen, ja gequält. Auf dem Rücken trug er ein großes Bündel, eingeschlagen in seinen Umhang; damit stapfte er über den Strand, der jetzt menschenleer war bis auf Mrs. Boswell und ihr Baby, vorbei an der noch rauchenden Esse bis zu einem der Walfängerboote, die später die ganze Schmiede zurück an Bord der Brigg bringen sollten. Der Bootsführer lag mit Peggy im Windschatten eines Felsens; Herapath konnte ihn nicht sehen, das Teleskop aber sehr wohl. Der junge Mann zögerte, hörte einen Zuruf von der Klippe, wo Reuben und seine Männer die letzten Kohlköpfe zusammentrugen, nickte kurz und legte das Bündel in den Bug des Bootes. Dann ging er eine Weile am Strand auf und ab, um kurz darauf in Mrs. Wogans Hütte zu verschwinden. Stephen schwenkte das Glas herum auf die LEOPARD: Dort starrte jeder Mann gebannt auf das mächtige Ruder, das gerade Fuß für Fuß emporgehievt wurde.

Von da an hielt er das Teleskop unablässig auf den Eingang der Hütte gerichtet, so als glaubte er, durch die Tür oder das Fenster aus Ölpapier in das innere der Hütte und weiter in das Herz von Herapath schauen zu können. Wie würde der Kampf in seiner Seele ausgehen? Er dachte: Sicher wird sie seinen Widerstand brechen. Sie hat das Baby, das sie austragen muß, und dann der Krieg, die Tränen, der Appell an seinen gesunden Menschenverstand. Aber falls sie ihm mit der Ehre kommt, dann gnade uns Gott … *Ich liebt' dich nicht so sehr, mein Herz, liebt' ich nicht Ehre mehr* – und so weiter bis geradewegs auf den Scheiterhaufen. Wenn er dann noch an den unendlich unwichtigen Umstand denken sollte, daß er mir sieben Guineen für die Uniformteile schuldet – das könnte der lächerliche Stolperstein werden. Wer kann schon sagen, wie weit ein Mann getrieben werden kann, bevor er sich umdreht und kämpft? Jede Schande, alle Schmach will ich tragen – aber diese eben gerade nun nicht mehr. Und welche wäre es bei ihm? Bei schwachen Menschen fällt die Antwort am schwersten, genauso bei denen, die bloß ihre schwachen Seiten haben. So einer ist Herapath. Wenn sie ihn überredet, wird er ihr das möglicherweise nie verzeihen – wenn sie es nicht schafft, wird sie ihm das mit Sicherheit nicht vergeben. Sie wird gewinnen, keine Frage. Maturin, mein Guter, ich glaube, du redest so sicher, weil du gar nichts weißt.

»Die Sonne geht gerade unter, Sir«, sagte Bonden irgendwann. »Sie sollten Ihren Mantel anziehen.«

Sonnenuntergang – die Zeit war außerordentlich schnell vergangen. Zweimal hatte er Herapath in der Dämmerung gesehen, aber Stephen konnte nichts ausmachen, das auf eine Entscheidung hindeutete – sein Assistent wirkte immer noch zerrissen.

»Die haben da ihren Spaß mit dem Ruder«, bemerkte Bonden, während er Stephen ein Robbenfell über die Schultern legte. »Diese Landeier von Seesoldaten haben es doch tatsächlich in die Backbordwanten gehievt.«

Lichter überall auf der LEOPARD: Jack war wieder einmal dabei, nicht eine Minute zu verlieren. Einer nach dem anderen kamen die Sterne heraus, im Süden noch sehr zögernd, denn dort hing eine große Aurora Australis wie ein wabernder Himmelsteppich über dem Pol, ein großer Lichtbogen von prachtvoller Schönheit. Frost lag in der Luft.

Dann Dunkelheit; Robben bellten irgendwo, über ihnen die undeutlichen Formen von Sturmvögeln gegen einen sternenübersäten Himmel. »Was rauchst du da für ein Kraut, Bonden?« fragte Stephen.

»Nur den besten Virginia, Sir«, lachte Bonden zufrieden. »Ein alter Bordkamerad von mir fährt auf dem Walfänger, den hab ich heute morgen auf dem Strand getroffen. War 'n bißchen kiebig am Anfang, wie Joe Plaice und ich ihn angepreit haben – hat ein D hinter seinem Namen – 'n Desertierter, Sir. Aber dann sind wir doch ins Gespräch gekommen, und er hat uns 'nen Sack besorgt – fast einen Zentner. Wenn ich ihn jetzt verpfeife, ist's auch egal. Die lichten gerade den Anker, und er ist so sicher, wie wenn er im Tower steckte – nur andersrum. Sehen Sie, Sir, wie die Brigg herumwarpt? Jetzt setzt sie Signale: eine Laterne auf der Back, wird hoch und runter geschwenkt. Haben die einen an Land vergessen? Aber ein Boot habe ich nie nicht gesehen. Nur noch ein Anker jetzt, und die

Männer stehen schon klar beim anderen Spill wegen der Ankerkette. Jetzt geht's los: steh und geh, steh und geh – hören Sie's, Sir?« Mit seinem tiefen Bariton gab Bonden ein prächtiges Echo zu dem Shanty: *Stamp and go, stamp and go, the lady comes from Mexico.* »Nun ist die Trosse auf und nieder: Die Brigg liegt genau überm Anker – hören Sie, der Skipper läßt die Stopperenden setzen, Anker ist klar.«

Ein riesiger Mond, nicht mehr ganz rund, hob sich über den Horizont und überflutete die See mit fahlem Schein. Höher und höher stieg er, die Zeit verging, und irgendwo zu ihrer Linken begann ein lautstarker Streit unter den See-Elefanten.

»Kann sein, daß sie 'nen Ankerflügel nicht klarkriegen – sie brauchen so lang«, sagte Bonden nach einer Weile. »Nein, es geht voran – sie hat ihr Vormarssegel ausgeschüttelt. Jede Minute segelt sie los. Wird schnell fort sein, die Ebbe zieht sie raus, bei der Brise wird sie ordentlich Fahrt machen. Sie ist bald weg, und wir Gott sei Dank auch – Fingerlinge rein und Ruder gesetzt und vielleicht morgen schon ab nach Hause, sobald die Last voll ist. Da – wieder die Laterne! Die werden noch die Tide verlieren, wenn sie weiter so herumtrödeln. Was für eine komische Art die haben, die Amerikaner. Hören Sie das, Sir? Nein, nicht den alten Robbenmann – ein Boot, pullt auf die Brigg zu. Dort drüben, ich hab's genau gesehen, kommt von hinter dem spitzen Felsen da. Nanu – das ist doch unsere Jolle. Ich möchte wetten, es ist Mr. Herapath – keiner pullt so schlecht wie er. Ja, wußt ich's doch. Und wer sitzt da bei ihm, der junge Bursche mit dem schwarzen Haar? Die Visage kenn ich gar nicht. Sir, Sir, sehen Sie nur – es ist Mrs. Wogan. Die Lady läuft weg, geht von Bord. Soll ich hinterher und sie zurückbringen?«

»Nein, Bonden«, sagte Stephen. »Setz dich, und keinen Ton.«

Das Boot kam heran und passierte sie so nahe, daß sie einen Stein hätten hineinwerfen können. Das Mondlicht übergoß die beiden freudestrahlenden, offenen Gesichter – so absurd jung noch – mit hellem Glanz. Sie glitten weiter, und der schwarze Schlagschatten der La Fayette verschluckte sie. Ein paar leise Rufe tönten herüber von der Brigg: »Halten Sie sich gut fest, Ma'am – beide Hände an die Tampen, und passen Sie auf die Unterröcke auf – sachte, sachte, Leute, hievt sie hoch« – und dann hörten sie ein ihnen wohlbekanntes Geräusch, während die Brigg sich vor den Wind legte und Fahrt aufnahm. Mrs. Wogans Gelächter driftete über die See zu ihnen herüber: fröhlich, sehr gelöst und so ansteckend wie eh und je. Stephen und Bonden wurden mitgerissen und lachten leise vor sich hin, das Lachen der Lady aber hatte jetzt erstmals den schönen Klang eines großen Triumphes.

Erklärung
der seemännischen Fachausdrücke

abfallen – mehr von der Richtung wegdrehen, aus der der Wind kommt

Abukir – Schlacht von A. (engl. Battle of the Nile): Hier vernichtete Admiral Nelson am 1. 8. 1798 eine französische Flotte.

achteraus – Richtungsangabe für alles, was sich hinter dem Heck bewegt oder befindet

achterlich – Bezeichnung für den hinteren Sektor eines Schiffes

achtern – hinten an Bord

anluven – mehr auf die Richtung zudrehen, aus der der Wind kommt

aufpallen – auf Gestellen lagern

aufschießen – eine Leine in Rundungen ordnen; in den Wind drehen

Aviso – schneller Bote

Back – Vorschiff

Backbord – in Fahrtrichtung links

backen und banken – Hauptmahlzeit an Bord einnehmen

Backschaft – Tischgemeinschaft an Bord

backsetzen – Segel, z. B. beim Wenden, in Luv geschotet lassen, so daß der Wind gegen die eigentliche Leeseite weht; erzeugt ein Drehmoment

backschlagen – wie oben, aber unbeabsichtigt und durch die Windkraft verursacht

Ballast – in B.: ohne Ladung, nur mit Gewicht im Rumpf

Bändsel – dünnes Tau

Bargholz – eine Art Stoßdämpfer oder Scheuerleiste am Rumpf

Bark – Großsegler mit drei Masten

Barkasse – breit und wuchtig gebautes, zweimastiges Beiboot für schwere Lasten und bis hundert Personen

Baum – Rundholz an der Unterkante des Segels

bekleeden – umkleiden zum Schutz gegen Durchscheuern

Belegnagel – Holz- oder Metallstab in einem Lochbrett, an den die Leinen gehängt werden

Bilge – tiefster Hohlraum im Rumpf

Blinde – an einer Rah des Bugspriets gesetztes Zusatzsegel

Block – hölzerne Scheibe zur Umlenkung von Tauen

Bombarde – breites und schweres Segel- oder Ruderschiff, mit großkalibrigen Mörsern bewaffnet

Bonnet – aneinandergeheftete Segeltuchstreifen, die am Fußliek eines Segels befestigt werden

Bramrah – das oberste (reguläre) Rundholz am Mast, an dem das Bramsegel angeschlagen ist

Bramsegel – oberstes (reguläres) Rahsegel

Brassen – Leinen, die eine Rah in die gewünschte Stellung bringen

Brigg – 1) Kanonen- oder Kriegsbrigg, 18./19. Jahrhundert, zwei rahgetakelte Masten, etwa zwanzig Kanonen 2) Zweimastiges Handelsschiff

Bugspriet – den Bug überragende, kurze, kräftige Spiere

Bulin – Leine, mit der das Luvliek eines Segels am Wind nach vorn gespannt wird

Bumboot – Händlerboot mit Waren und Dirnen

Bunsch – Bündel

Cockpit – hier: Schiffslazarett

Davit – einfacher Bordkran mit Taljen

Decksoffizier – Unteroffizier

Dollbord – oberes Abschlußbrett am Bootsrumpf

Draggen – Wurfanker mit Greifhaken

Drehbasse – leichtes, schwenkbares Geschütz, meist für Schrotladung

Ducht – Bank

dwars – quer

eintörnen – 1) am Anker zur Ruhe kommen 2) sich in die Koje zurückziehen

Ellbogen – (hier) Schlinge

Eselshaupt – Teil der Marssaling

Etmal – die von Mittag bis Mittag zurückgelegte Strecke

Faden – 1,83 m

Fall – 1) Leine zum Setzen der Segel 2) Neigung des Mastes zur Senkrechten in Längsschiffrichtung

fieren – (Tau) ablaufen lassen, nachlassen

Finknetze – Netze oder Taschen am Schanzkleid zur Aufnahme der zusammengerollten Hängematten (Kugelfang)

Fischung – kurze Stücke Bauholz zur Verstärkung

Flaggenparade – vor allem auf Kriegsschiffen: gleichzeitiges Einholen (abends) bzw. Setzen (morgens) der Nationalflaggen aller Schiffe

Fock – (hier:) das unterste Rahsegel am Vormast

Foksel – auch Foxel von f'c'sle, engl. forecastle (Vorderkastell, Back) Aufbau, Deck oder Quartier auf dem Vorschiff

Fregatte – (historisch); schnelles Kriegsschiff mit drei rahgetakelten Masten und 28 bis 44 Kanonen. Operierte häufig unabhängig

Freibeuter – (auch Korsar); im Unterschied zum Piraten mit offizieller Lizenz ausgestattetes, privates Kampfschiff

Fuß – (Längenmaß); 30,5 Zentimeter

Fußpferd – unterhalb der Rah verlaufende Leine (Draht) als Halt für die Füße

Gaffel – Rundholz an der Oberkante eines Gaffelsegels

Gat – Öffnung

Geitau – aufholbare Leine zum Reffen des Rahsegels

Gib – Gibraltar

Gig – leichtes Beiboot, acht bis neun Meter lang, vor allem für den Kommandanten

Gillung – Sektor der stärksten Krümmung am Rumpf

Glasen – Anschlagen der Schiffsglocke beim halbstündlichen Umdrehen der gläsernen Sanduhr

Gording – Leine zum Aufholen eines Rahsegels

Gräting – Gitter aus Holzleisten

Großmast – Haupt- oder mittlerer Mast

Großsegel – (hier:) das unterste Rahsegel am Großmast

Grummetstropp – Ring aus Tau

Hahnepot – (Hahnenpfote) zur besseren Lastverteilung gespreizt angreifende Leinen

Huk – Landspitze

Hulk – alter Segelschiffsrumpf ohne Takelage

Hüttendeck – begehbares Dach des Aufbaus (Hütte) auf dem Achterdeck, der Schiffsführung vorbehalten

Jawl – anderthalbmastiges Segelschiff, bei dem der achtere kleine Mast hinter dem Ruder und außerhalb der Wasserlinie steht

Jolle – (hier:) kleines, einmastiges Beiboot

HMS Victory
Lord Nelsons Flaggschiff in Portsmouth

I	Bugspriet	1	Vorstagen	9	Groß-Bram-
II	Vor-/Fockmast aus drei Teilen:	2	Groß-Bramstag		Toppnant
	Untermast, Marsstenge, Bramstenge	3	Groß-Marsstag	10	Groß-Bram-Brassen
III	Großmast aus drei Teilen:	4	Besan-Bramstag	11	Groß-Mars-Brassen
	Untermast, Marsstenge, Bramstenge	5	Vor-Bram-	12	Großbrassen
IV	Besanmast aus drei Teilen:		Toppnant	13	Vor-Bram-Geitau
	Untermast, Marsstenge, Bramstenge	6	Vor-Bram-	14	Vor-Mars-Geitau
V	Galion		Brassen	15	Fockgeitau
VI	Anker	7	Vor-Mars-	16	Groß-Bram-Geitau
VII	Bordwand mit Stückpforten		Brassen	17	Groß-Mars-Geitau
VIII	Einlaß-/Fallreepspforte	8	Fockbrassen	18	Großgeitau

19 Besan-Bram-Geitau	A Klüverbaum	a Außenklüver/Jager
20 Besan-Mars-Geitau	B Bramrah	a1 Klüver
21 Besan-Bram-Toppnant	C Marsrah	b Bramsegel
22 Wanten mit Webeleinen	D Fockrah	c Marssegel
23 Rüsten mit Rüsteisen	E Großrah	d Fock (Breitfock)
24 Achterstage mit	F Besangaffel	e Großsegel
Pardunen	G Besanbaum	f Besan
25 Fußpferde	H Blinde-Rah	g Fink-/
	I Bramsaling	Hängemattsnetze
	J Marssaling mit	h Blinde
	Püttingswanten	

Judasohr – erste Planke nach dem Vorsteven

Jungfer – runde Holzscheibe mit Löchern darin zum Durchsetzen von Tauen

Kabel – (Kabellänge); rund 185 Meter

Kabine – Wohnraum eines Passagiers

Kajüte – Wohnraum des Kommandanten

Kammer – Wohnraum eines Offiziers

Kardeel – Teil einer Leine

Kartusche – Pulverladung

Kausch – innen mit Metallauskleidung verstärkte Tauschlinge

Kielschwein – Längsträger zur Verstärkung des Kiels

killen – flattern

Kimm – sichtbarer Horizont

Kinke – störender Knoten, Unklarheit

Klüse – Öffnung in der Bordwand zur Führung von Leinen oder Ketten

Klüverbaum – über den Bug(spriet) hinausragende Spiere

Knoten – Geschwindigkeitsangabe: eine Seemeile (rund 1,85 Kilometer) pro Stunde

Kombüse – Schiffsküche

Kommandant – militärischer Schiffsführer (Leutnant, Kapitänleutnant, Kapitän usw.)

Kranflasche – flaschenförmiger Doppelblock am Kranhaken

Kraut – historisch für Schießpulver

krimpen – Änderung der Windrichtung entgegen dem Uhrzeigersinn

Kuhl – offenes Deck, zum Teil mit Kanonen an beiden Seiten, eingefaßt von den beiden Seitendecks sowie von Vor- und Achterdeck

Kutter – (hier:) einmastiges kleines Segelschiff mit zwei bis drei Vorsegeln und Gaffeltakelung, seetüchtig

Lagger – (Heringslogger); nordeuropäisches Spezialschiff für den Heringsfang mit Treibnetzen; Anderthalbmaster, 19 bis 24 Meter lang

Landfall – erstes Insichtkommen von Land

Lanzen – Wasser über Bord befördern

Lasching – Verbindung oder Befestigung durch eine mehrfach geschlungene dünne Leine

Last – 1) Gewicht 2) Frachtraum an Bord

Lateinersegel – dreieckiges Segel, das mit der Vorderkante an einer langen, den kurzen Mast überragenden Spiere angeschlagen ist

League – (historisch; bei der britischen Marine:) 5,56 Kilometer; sonst zwischen 3,9 und 7,4 Kilometern

Lee – die vom Wind abgewandte Seite; die Richtung, in die der Wind hinweht

Liek – Kante des Segels

Linienschiff – Kampfschiff von tausend bis dreitausend Tonnen Verdrängung, mit bis zu einhundertzwanzig Kanonen in zwei bis vier Batteriedecks

Loblollyboy – Gehilfe des Schiffsarztes

Luggersegel – viereckiges Schratsegel

Luv – die dem Wind zugewandte Seite; die Richtung, aus der der Wind kommt

Marling – aus dünnem Garn zusammengedrehte Leine

Marlspieker – Handwerkszeug aus Hartholz oder Stahl, mit starkem Dorn

Marssegel – mittlere Segeletage

Neerstrom – gegenläufige Strömung

Niedergang – hüttenartig überwölbter Eingang oder Treppe zu einem tiefer gelegenen Deck

Nock – Ende einer Spiere

Orlop – unterstes Deck im Schiff

Palstek – Seemannsknoten, der eine Schlinge bildet

Part – Abschnitt einer Leine

Pinasse – einfach besegeltes, meist gerudertes schmales Beiboot, zehn bis zwölf Meter lang

Pinkompaß – auch Stechkompaß: hölzerne Tafel mit Windrose und Löchern, auf der kleine Pflöcke provisorisch Kurs und Fahrt markieren

Pinne – Ruderpinne; (meist) waagerechter Hebel zur Betätigung des Ruders

Poop – auch Hütte: erhöhter Aufbau auf dem Achterschiff

preien – (gezielt) rufen

Preventer – Leine zur vorübergehenden seitlichen Abstützung eines Mastes oder einer Stenge

Prise – erbeutetes Schiff

pullen – rudern

Pütz – Eimer, oft aus Segeltuch

Quartermaster – Steuermannsmaat

Rack – Beschlag als Halterung einer Rah

Rah – bewegliches Querholz am Mast zum Anschlagen der Segel

raum – (als Richtungsangabe:) von schräg hinten

raumen – (Wind:) mehr nach achtern umspringen

Reeperbahn – (hier:) langgestreckte Halle zur Anfertigung von Tauwerk

reffen – Segelfläche verkleinern

Riemen – Ruder zur Fortbewegung eines Bootes

Rigg – Antriebseinheit eines Segelschiffes mit allem stehenden und laufenden Gut einschließlich Masten und Spieren

Royal – oberste, zusätzliche Segeletage am Mast

Ruder – (hier:) Steuerrad

Saling – Querstrebe(n) am Mast

Schaluppe – großes Beiboot mit ein bis zwei Masten, auch ruderbar, kurz und breit gebaut

schamfilen – reiben, scheuern

Schanzkleid – Brüstung an der Deckskante

Schebecke – schnelles, wendiges Mittelmeerschiff, bis zu vierzig Meter lang, noch ruderbar, ab 1750 mit gemischter Lateiner- und Rahbesegelung

Schiemannsgarn – aus mehreren Garnen zusammengedrehte Leine

Schlappgording – dünne Leine, die das Fußliek eines Rahsegels etwas aufholt, damit man darunter durchblicken kann (nur auf Kriegsschiffen)

Schmarting – geteerte Tuchstreifen zum Bekleeden

Schnau – skandinavischer Handelsschiffstyp mit zwei Masten

Schot – Leine zum Einstellen der Segel

Schott – (hier:) hölzerne (Quer-)Wand, oft entfernbar

schralen – (Wind) mehr nach vorn drehen

Schratsegel – ein Segel, dessen Unterkante in Längsschiffrichtung steht

schricken – lose geben, nachlassen

Schwabber – Marineslang für Feudel bzw. Mop

Schwichtungsleine – schräge Halteleine vom Mast zur Rah

Seemeile – 1,852 Kilometer

Segelmeister – dem Kommandanten beigegebener Unteroffizier, zuständig für Navigation, Segelführung und Seemannschaft

Slup – (hier:) Marine-, Kriegs- oder Kanonenslup 20 bis 35 Meter, bis zu zwanzig Kanonen mittleren Kalibers, zwei Masten mit kombinierter Rah- und Schratbesegelung

Soldatenloch – Öffnung in der Plattform der Marssaling, durch die Scharfschützen leichter hinaufklettern konnten

Speigatten – Abflußöffnungen am Fuß des Schanzkleids

Spiere – allgemeine seemännische Bezeichnung für Stangen und Rundhölzer aller Art

Spill – Winde mit (meist) senkrechter Welle

Spleiß – handgefertigte Verbindung von Tauen

Sprietsegel – viereckiges Schratsegel, das am Mast angereiht ist und mit einer Spiere (»Spriet«) ausgespannt wird

Spring – zusätzliche Festmacherleine

Sprung – (Decksprung); Linienverlauf des Decks in der Seitenansicht

Squarerigger – rahgetakeltes Schiff

stäbig – steif, robust

Stag – Tau zur Abstützung des Masts von vorn und hinten

Stampfstock – Spiere (Stange, Kette) zwischen Bugspriet und Vorsteven

Stek – seemännischer Knoten

Stell – eine Garnitur Segel

Steuerbord – in Fahrtrichtung rechts

Strich – 11,25 Grad, Unterteilung der (alten) Kompaßrose

Superkargo – für die Ladung verantwortlicher Kaufmann

Takelage – siehe Rigg

Takelung – das Prinzip der Takelage, je nach Schiffstyp

Talje – Flaschenzug

Tampen – Endstück einer Leine

Tender – Versorgungsschiff, Beiboot

Toppgast – Vollmatrose, besonders geschult für die Arbeit in der Takelage

Toppnant – Tau von der Rahnock zum Masttopp

Tory – (britisch); Anhänger der hochkonservativen, legitimistischen Partei, auch Reaktionär

Trabakel – bzw. Trabaccolo: adriatischer, speziell dalmatinischer, zweimastiger Küstensegler des 17. und 18. Jahrhunderts

Traube – (bei Vorderladern:) Zapfen am hinteren Ende des Rohrs

Traveller – Laufkatze, auf Rollen, beweglicher Beschlag

Treiber – kleines Besansegel

Trensing – Garn, das spiralförmig um ein Tau gewickelt wird, um es vor dem Durchscheuern zu schützen

verschalken – verrammeln

Vollschiff – Segelschiff mit Rahsegeln an mindestens drei Masten

voll und bei – Stellung der Segel am Wind, bei der sie optimal ziehen

Wahrschau – warnender Ausruf

Want – Tau zur seitlichen Abstützung des Masts

warpen – durch Zug an der Ankerleine fortbewegen

Waschbord – hochstehende Planke an Deck zum Schutz vor überkommendem Wasser

Webeleinen – leiterartige Querleinen zwischen den Wanten

Whigs – (britisch); konservativ gesinnte Liberale, auch Oppositionspartei gegen die Tories

Windsack – Trichter aus Leinwand, der frische Luft unter Deck leitet

Wrangen – gebogene Holzbalken des Rumpfgerüsts

Wuhling – Gewirr, Unordnung

Zeising – kurze, dünne Leine

Zoll – 2,54 Zentimeter

Zurring – sichere Befestigung mittels dünner Leine (Bändsel)